Gröls Verlage

„BÜCHER SIND WIE FALLSCHIRME. SIE NÜTZEN UNS NICHTS, WENN WIR SIE NICHT ÖFFNEN."

Gröls Verlag

Redaktionelle Hinweise und Impressum

Das vorliegende Werk wurde zugunsten der Authentizität sehr zurückhaltend bearbeitet. So wurden etwa ursprüngliche Rechtschreibfehler *nicht* systematisch behoben, denn kleine Unvollkommenheiten machen das Buch – wie im Übrigen den Menschen – erst authentisch. Mitunter wurden jedoch zum Beispiel Absätze behutsam neu getrennt, um den Lesefluss zu erleichtern.

Um die Texte zu rekonstruieren, werden antiquarische Bücher von Lesegeräten gescannt und dann durch eine Software lesbar gemacht. Der so entstandene Text wird von Menschen gegengelesen und korrigiert – hierbei treten auch Fehler auf. Wenn Sie ebenfalls antiquarische Texte einreichen möchten, finden Sie weitere Informationen auf www.groels.de

Viel Freude bei der Lektüre wünscht Ihnen das Team des Gröls-Verlags.

Adressen

Verleger: Sophia Gröls, Im Borngrund 26, 61440 Oberursel

Externer Dienstleister für Distribution & Herstellung: BoD, In de Tarpen 42, 22848 Norderstedt

Unsere „Edition | Werke der Weltliteratur“ hat den Anspruch, eine der größten und vollständigsten Sammlungen klassischer Literatur in deutscher Sprache zu sein. Nach und nach versammeln wir hier nicht nur die „üblichen Verdächtigen“ von Goethe bis Schiller, sondern auch Kleinode der vergangenen Jahrhunderte, die – zu Unrecht – drohen, in Vergessenheit zu geraten. Wir kultivieren und kuratieren damit einen der wertvollsten Bereiche der abendländischen Kultur. Kleine Auswahl:

Francis Bacon • Neues Organon • **Balzac** • Glanz und Elend der Kurtisanen • **Joachim H. Campe** • Robinson der Jüngere • **Dante Alighieri** • Die Göttliche Komödie • **Daniel Defoe** • Robinson Crusoe • **Charles Dickens** • Oliver Twist • **Denis Diderot** • Jacques der Fatalist • **Fjodor Dostojewski** • Schuld und Sühne • **Arthur Conan Doyle** • Der Hund von Baskerville • **Marie von Ebner-Eschenbach** • Das Gemeindekind • **Elisabeth von Österreich** • Das Poetische Tagebuch • **Friedrich Engels** • Die Lage der arbeitenden Klasse • **Ludwig Feuerbach** • Das Wesen des Christentums • **Johann G. Fichte** • Reden an die deutsche Nation • **Fitzgerald** • Zärtlich ist die Nacht • **Flaubert** • Madame Bovary • **Gorch Fock** • Seefahrt ist not! • **Theodor Fontane** • Effi Briest • **Robert Musil** • Über die Dummheit • **Edgar Wallace** • Der Frosch mit der Maske • **Jakob Wassermann** • Der Fall Maurizius • **Oscar Wilde** • Das Bildnis des Dorian Grey • **Émile Zola** • Germinal • **Stefan Zweig** • Schachnovelle • **Hugo von Hofmannsthal** • Der Tor und der Tod • **Anton Tschechow** • Ein Heiratsantrag • **Arthur Schnitzler** • Reigen • **Friedrich Schiller** • Kabale und Liebe • **Nicolo Machiavelli** • Der Fürst • **Gotthold E. Lessing** • Nathan der Weise • **Augustinus** • Die Bekenntnisse des heiligen Augustinus • **Marcus Aurelius** • Selbstbetrachtungen • **Charles Baudelaire** • Die Blumen des Bösen • **Harriett Stowe** • Onkel Toms Hütte • **Walter Benjamin** • Deutsche Menschen • **Hugo Bettauer** • Die Stadt ohne Juden • **Lewis Caroll** • *und viele mehr....*

Jules Verne

Zwei Jahre Ferien

Erster & Zweiter Band

Inhalt

Erster Band

I.

Der Sturm. – Ein verirrter Schooner. – Vier Knaben auf dem Verdeck des „Sloughi.“ – Das Focksegel in Stücken. – Im Innern der Yacht. – Der halberstickte Schiffsjunge. – Land in Sicht durch den Morgennebel. – Die Klippenbank.

———

In der Nacht des 9. März 1860 beschränkten die mit dem Meere fast zusammenfließenden Wolken die Sehweite bis auf wenige Fadenlängen.

Auf dem empörten Wasser, dessen Wogen, fahle Lichter werfend, einherstürmten, flog ein leichtes Fahrzeug fast segellos dahin.

Es war eine Yacht von hundert Tonnen – ein Schooner, mit welchem Namen man in England und Amerika solche Goëletten bezeichnet.

Dieser Schooner führte den Namen „Sloughi“; doch vergebens hätte man denselben am Achter des Fahrzeugs zu lesen gesucht, da die betreffende Tafelplanke durch irgend einen Zufall – durch Anprall der Wogen oder Collision – unter der Regeling zum größten Theil abgesprengt war.

Es war jetzt um elf Uhr Nachts. Unter den Breiten, wo sich das Schiff befand, sind die Nächte zu Anfang des März noch kurz. Das erste Tagesgrauen war etwa gegen fünf Uhr Morgens zu erwarten. Doch verminderten sich damit, daß die Sonne den Weltraum erleuchtete, die Gefahren, welche den „Sloughi“ bedrohten? Blieb das gebrechliche Fahrzeug nicht noch immer der Gnade der ungeheueren Wogen anheimgegeben? Unzweifelhaft; nur die Besänftigung der hohlen See, das Abflauen des wüthenden Sturmes konnte dasselbe vor dem entsetzlichsten Schiffbruche bewahren, vor dem auf offenen Meere, fern von jedem Lande, auf dem die Ueberlebenden vielleicht hätten Rettung finden können.

Auf dem Hintertheile des „Sloughi“ standen drei Knaben, der eine im Alter von vierzehn, die beiden andern in dem von dreizehn Jahren, und außerdem ein zwölfjähriger Schiffsjunge von Negereltern, am Steuerrade. Hier vereinigten sie ihre Kräfte, um den seitwärts anstürmenden Wellen, welche die Yacht querzulegen drohten, Widerstand zu leisten. Es war ein hartes Stück Arbeit, denn das trotz ihres Entgegenstemmens sich drehende Rad schien sie jeden Augenblick über die Schanzkleidung schleudern zu können. Kurz vor Mitternacht brach auch einmal eine solche Wassermasse über die Seite der Yacht herein, daß es ein Wunder zu nennen war, als das Steuer derselben noch glücklich Stand hielt.

Die Knaben wurden zwar von dem Stoße umgeworfen, konnten sich aber sofort wieder erheben.

„Gehorcht es noch dem Steuer, Briant?“ fragte einer derselben.

„Ja, Gordon,“ antwortete Briant, der seinen Platz schon wieder eingenommen und offenbar die gewohnte Kaltblütigkeit bewahrt hatte.

Darauf wandte er sich an den Dritten.

„Fest halten, Doniphan, rief er, und auf keinen Fall den Muth verlieren! . . . Es gilt, außer uns auch noch Andere zu retten!“

Diese Worte wurden englisch gesprochen, doch verrieth der Tonfall bei Briant die französische Abkunft.

Dieser kehrte sich nachher nach dem Schiffsjungen um.

„Du bist doch nicht verletzt, Moko?“

„Nein, Herr Briant,“ erklärte der Gefragte. „Doch lassen Sie uns darauf achten, die Yacht gerade gegen die Wellen zu halten, sonst laufen wir Gefahr versenkt zu werden!“

Eben wurde die Kappenthüre der nach dem Salon des Schooners hinabführenden Treppe hastig geöffnet.

„Briant! . . . Briant!“ rief ein Kind von neun Jahren. „Was ist denn geschehen?“

„Nichts, Iverson, gar nichts,“ erwidert Briant. „Geh' mit Dole wieder hinunter, aber recht schnell!“

„Ach, wir fürchten uns so sehr!“ ließ sich das zweite, noch etwas jüngere Kind vernehmen.

„Und die Anderen?“ fragte Doniphan.

„Die Andern auch!“ versicherte Dole.

„Nun geht nur Alle hinunter," ermahnte Briant. „Schließt Euch fest ein, sucht Eure Lagerstätten auf und macht die Augen zu, dann werdet Ihr keine Furcht mehr spüren. Gefahr ist nicht vorhanden."

„Achtung! . . . Wieder eine große Welle!" rief Moko.

Ein gewaltiger Anprall erschütterte das Hintertheil der Yacht. Diesmal schlug die See glücklicherweise nicht über, denn wenn das Wasser in größerer Menge durch die Treppenthür gedrungen wäre, hätte sich die noch weiter belastete Yacht bei dem starken Seegange schwerlich wieder aufrichten können.

„Macht doch, daß Ihr hineinkommt!" rief Gordon. „Hinunter, oder ihr bekommt's mit mir zu thun!

„Geht, geht hinunter, Ihr Kleinen!" setzte Briant in freundlicherem Tone hinzu.

Die beiden Köpfe verschwanden gerade in dem Augenblicke, wo ein anderer am Treppenausgange erscheinender Knabe sagte:

„Du bedarfst unser nicht, Briant?"

„Nein, Baxter," antwortete dieser. „Du magst mit Cross, Webb, Service und Wilcox bei den Kleinen bleiben. Wir Vier sind uns genug."

Baxter schloß wieder sorgfältig die Thür.

„Die Anderen fürchteten sich auch!" hatte Dole gesagt.

Aber befanden sich denn ausschließlich Kinder auf diesem vom Orcan verschlagenen Schooner? – Ja, nichts als Kinder. – Und wie viele waren es? – Fünfzehn, unter Einrechnung Gordons, Briants, Doniphans und des Schiffsjungen. – Durch welche Zufälligkeiten diese allein mit ihrem Schiffe abgesegelt waren, werden wir später erfahren.

Und auf der Yacht befand sich kein erwachsener Mann? Kein Capitän, um diese zu führen? Kein Seemann zur Bedienung des Segelwerkes und der Takelage? Kein Steuermann, um bei diesem Sturme das Steuer zu handhaben? – Nein, kein einziger!

Ebenso hätte keine lebende Seele an Bord genau angeben können, an welchem Orte auf dem Ocean der „Sloughi" sich befinde . . . Welcher Ocean war es überhaupt? . . . Der ausgedehnteste von allen, das Stille Weltmeer, das sich über

140 Längengrade von der Landmasse Australiens und den Küsten Neuseelands bis zur Küste von Südamerika erstreckt.

Was mochte hier vorgegangen sein? War die Besatzung des Schooners durch einen Unfall verunglückt? Hatten malayische Seeräuber sie entführt und an Bord die jungen Passagiere, deren ältester kaum vierzehn Jahre zählte, ihrem Schicksale überlassen? Eine Yacht von hundert Tonnen erfordert mindestens einen Capitän, einen Obersteuermann und fünf bis sechs Leute, und von diesem zur Führung des Schiffes unentbehrlichen Personal war ein Schiffsjunge allein übrig!... Woher endlich kam dieser Schooner, aus welchem australischen Gebiete oder welchem oceanischen Archipel? – Und wohin war er bestimmt? Auf diese Fragen, welche jeder Schiffer gestellt hätte, wenn ihm der „Sloughi" in diesen einsamen Meerestheilen begegnet wäre, würden die Kinder wohl haben Antwort geben können; es war jedoch weder ein Segel in Sicht, noch einer jener transatlantischen Dampfer, deren Reiserouten sich auf den Meeren Oceaniens kreuzen; ebensowenig eines der unter Segel oder Dampf laufenden Kauffahrteischiffe, welche Europa, wie Amerika, zu Hunderten nach den Häfen des Großen Oceans entsendet. Doch hätte auch eines jener mächtigen Fahrzeuge, durch seine Dampfmaschine oder seine große Besegelung gegen den Sturm ankämpfend, sich in dieser Gegend gezeigt, so würde es doch nicht in der Lage gewesen sein, der von der rollenden See gleich einem Spielballe umhergeworfenen Yacht Hilfe zu leisten.

Inzwischen wachten Briant und seine Gefährten so gut sie konnten darüber, daß der Schooner nicht nach der einen oder der andern Seite abgedrängt wurde.

„Was thun wir nun?..." fragte da Doniphan.

„Alles, was uns mit Gottes Hilfe möglich sein wird, uns zu retten," antwortete Briant.

In der That verdoppelte der Sturm jetzt seine Gewalt. Der Wind wehte „fuderweise", wie die (französischen) Seeleute zu sagen pflegen, und wiederholt schien es, als müsse der „Sloughi" bei dem schauerlichen Unwetter in Trümmer gehen. Seit achtundvierzig Stunden rhedelos, der Großmast vier Fuß über den Deckbalken abgebrochen, hatte man kein Schönfahrsegel hissen können, um das Schiff sicherer zu regieren. Der nur seiner Oberbramstange beraubte Fockmast stand zwar vorläufig noch fest, doch war jede Minute zu befürchten, daß er, wenn die Wanten (Strickleitern) desselben rissen, sich auf das Deck herabsenken würde. Vorn flatterten und klatschten die Fetzen des kleinen Klüversegels so laut wie der Knall einer Feuerwaffe. Als einziges Segelwerk war nur das Focksegel übrig, welches aber ebenfalls zu zerreißen drohte, da die Knaben nicht Kraft genug hatten, durch ein eingezogenes Reff seine Oberfläche zu verkleinern. Kam es auch noch dazu, so konnte der Schooner nicht mehr im Striche des Windes gehalten werden; die Wogen rollten dann von der Seite her über ihn herein, brachten ihn zum Kentern und zum Sinken, und damit verschwanden seine Passagiere im schauerlichen Abgrunde.

Und bisher war nach der offenen See zu keine Insel entdeckt worden, keine Linie festen Landes im Osten aufgetaucht! Sich mit einem Schiffe auf den Strand zu setzen, ist ein entsetzliches Rettungsmittel, und doch würden diese Kinder es weniger gefürchtet haben, als das Wüthen des grenzenlosen Meeres. Jedes beliebige Ufer hätten sie trotz etwaiger Untiefen, Klippen, trotz des darauf stürmenden Wogenschwalles und der Brandung, welche unaufhörlich gegen die Felsmauern donnert, als winkende Rettung begrüßt, als festes Land unter den Füßen an Stelle des Oceans, der sie jeden Augenblick zu verschlingen drohte.

Auch nach einem Lichte, auf das sie hätten zusteuern können, spähten sie vergebens ...

Kein freundlicher Schein durchdrang das tiefe Dunkel der Nacht.

„Der Fockmast ist gebrochen!" rief Doniphan.

„Nein; nur das Segeltuch hat sich von den Saumtauen losgerissen," erklärte der Schiffsjunge.

„Wir müssen uns desselben entledigen," meinte Briant. „Gordon, bleib' Du mit Doniphan am Rade, und Du, Moko, hilfst mir!"

Wenn Moko als Schiffsjunge einige nautische Kenntnisse besitzen mußte, so gingen diese auch Briant nicht vollständig ab. Da er auf seiner Fahrt von Europa nach Oceanien den Atlantischen und den Stillen Ocean durchschifft, hatte er sich mit der Führung eines Schiffes einigermaßen vertraut gemacht. Das erklärt es, weshalb die anderen Knaben, welche davon gar nichts verstanden, Moko und ihm die Sorge, den Schooner zu führen, hatten überlassen müssen.

In einem Augenblicke waren Briant und der Schiffsjunge unerschrocken nach dem Vordertheil der Yacht geeilt. Um deren Drehung zu verhüten, mußten sie dieselbe von dem Focksegel befreien, dessen unterer Theil eine Art Tasche bildete und durch Abfangen des Windes den Schooner so bedenklich nach seitwärts neigte, daß dieser fast die Wellenkämme berührte. Kam es aber erst so weit, so konnte dieser sich nicht wieder aufrichten, wenn nicht der Fockmast nach Sprengung seiner metallenen Puttings gekappt wurde; wie hätten Kinder das indeß ausführen können?

Unter diesen schwierigen Umständen bewiesen Briant und Moko eine wirklich erstaunliche Geschicklichkeit. In der Absicht, an Leinwand so viel wie möglich zu behalten, um den „Sloughi" während der Dauer des Sturmes vor dem Winde zu erhalten, bemühten sie sich – und zwar mit Erfolg – das Hißtau der Raa zu lösen, welche sich nun bis auf vier bis fünf Fuß über dem Deck herabsenkte. Nach Lostrennung einzelner Fetzen des Focksegels mittels Messer, wurden dessen untere Ecken durch einige Hilfsbrassen an den Pflöcken der Schanzkleidung befestigt, wobei die zwei muthigen Knaben freilich zwanzigmal in Gefahr kamen, von Sturzseen weggespült zu werden.

Unter dieser bis aufs äußerste verminderten Segelfläche konnte dem Schooner wenigstens die Richtung gesichert werden, die er jetzt schon lange Zeit einhielt. Schon der Druck des Windes an seinem Rumpf allein genügte übrigens, ihn mit der Schnelligkeit eines Torpedobootes dahinzujagen. Das war von Wichtigkeit, weil es darauf ankam, schneller als die nachrollenden Wogen fortzutreiben, um von zu schweren Sturzseen über Hackbord frei zu bleiben.

Nach Durchführung ihrer Aufgabe kehrten Briant und Moko wieder zu Gordon und Doniphan zurück, um diese beim Steuern zu unterstützen.

Eben jetzt öffnete sich die Thür der Treppenkappe zum zweiten Male. Ein Kind steckte den Kopf heraus. Es war Jacques, der um drei Jahre jüngere Bruder Briants.

„Was willst Du, Jacques?" fragte ihn sein Bruder.

„Komm! Komm schnell!" erwiderte Jacques. „Im Salon steht Wasser!"

„Ist das möglich?" rief Briant erschreckt.

Eilenden Schrittes lief er nach der Kappe und sprang die Treppe hinunter.

Den Salon erleuchtete nur ganz nothdürftig eine Hängelampe, welche bei dem Stampfen des Schiffes heftig schwankte. Beim Scheine derselben erblickte man etwa zehn Kinder auf den Polsterbänken oder den Lagerstätten des „Sloughi." Die kleinsten derselben – und es waren solche von acht bis neun Jahren darunter – hatten sich in ihrer Todesangst dicht an einander gedrängt.

„Es ist keine Gefahr vorhanden!“ rief ihnen Briant, der sie zunächst beruhigen wollte, zu. „Wir sind ja da! Fürchtet Euch nicht!“

Darauf mit einer Signallaterne den Fußboden des Salons ableuchtend, mußte er sich überzeugen, daß eine gewisse Menge Wasser in der Yacht von einem Bord zum anderen hin und wieder fluthete.

Jetzt galt es festzustellen, woher dieses Wasser kam und ob es wohl gar durch einen Sprung in der Seitenwand eingedrungen war.

Vor dem Salon befand sich das große Zimmer und weiterhin der Speisesaal, dann die Wohnung und darüber das Wachhaus der Mannschaft.

Briant durchsuchte alle diese Räumlichkeiten und erkannte, daß das Wasser weder ober-, noch unterhalb der Schwimmlinie eingedrungen sein könne. Dasselbe war vielmehr nur durch das Aufbäumen des Vorderstevens hiehergeschleudert worden und rührte von Spritzseen her, welche, über das Vordertheil schlagend, teilweise durch die zur Mannschaftswohnung führende Treppenkappe Eingang nach dem Innern gefunden hatten. Von dieser Seite drohte also keine eigentliche Gefahr.

Briant beruhigte seine Leidensgefährten, als er wieder durch den Salon kam, und nahm auch selbst mit größter Zuversicht seinen Platz am Steuerrade wieder ein. Der sehr solid gebaute und erst unlängst frisch gekupferte Schooner zog kein Wasser und versprach auch dem Anprall der Wogen Widerstand zu leisten.

Es war jetzt ein Uhr Nachts, und während schwere Wolken die Dunkelheit noch verschlimmerten, entfesselte sich der Orcan zur schlimmsten Wuth. Die Yacht flog dahin, als wäre sie völlig in Wasser eingetaucht. Scharf drang dann und wann der Schrei eines Sturmvogels durch die Luft. Von deren Erscheinen konnte man jedoch keineswegs auf die Nähe eines Landes schließen, denn man begegnet denselben oft mehrere hundert Seemeilen von der nächsten Küste. Uebrigens außer Stande, gegen den Sturm aufzukommen, folgten die Vögel diesem vielmehr selbst ebenso wie der Schooner, dessen Schnelligkeit keine menschliche Kraft zu hemmen vermocht hätte.

Eine Stunde später hörte man an Bord wieder etwas zerreißen. Der Rest des Focksegels war in Stücken gegangen und die Leinwandfetzen flatterten gleich riesigen Möven durch die Luft davon.

„Nun haben wir kein Segel mehr,“ rief Doniphan, „und ein anderes zu setzen ist ganz unmöglich.“

„Thut nichts!“ antwortete Briant. „Verlass' Dich darauf, daß wir doch noch ebenso schnell vorwärts kommen.“

„Eine schöne Antwort!“ erwiderte Doniphan. „Wenn das Deine Art und Weise zu manövriren ist . . .“

„Achtung auf die Wellen von rückwärts!“ unterbrach ihn Moko. „Festgehalten oder wir werden weggeschwemmt . . .“

Er hatte den Satz kaum beendet, als mehrere Tonnen Wasser über das Hackbord hereinstürzten. Briant, Doniphan und Gordon wurden gegen die Treppenkappe geschleudert, wo sie sich zum Glück noch anklammern konnten. Der Schiffsjunge dagegen war verschwunden mit der Wassermasse, welche sich in brodelndem Schwall von hinten nach vorne über den „Sloughi“ ergoß und dabei einen Theil des Mastwerkes, die beiden Boote und die Jolle – obwohl diese ganz hereingeholt waren – sowie mehre Schiffsbalken und das Compaßhäuschen mit fortriß. Da jedoch gleichzeitig die Schanzkleidung streckenweise zerstört war, konnte das Wasser schnell wieder abfließen, was die Yacht vor dem Untergange durch diese ungeheuere Überlastung bewahrte.

„Moko! . . . Moko!“ rief Briant, sobald er wieder ein Wort sprechen konnte.

„Ist er etwa ins Meer geschleudert worden?“ fragte Doniphan.

„Nein; doch man sieht und hört nichts von ihm,“ erklärte Gordon, der sich über die Regling hinausgebeugt hatte.

„Wir müssen ihn retten – ihm eine Rettungsboje oder Stricke zuwerfen!“ antwortete Briant.

Und mit lauter Stimme, welche während einiger ruhigerer Secunden kräftig wiederhallte, rief er noch einmal:

„Moko! . . . Moko.“

„Hierher! . . . Zu Hilfe!“ erklang die Antwort des kleinen Negers.

„Er liegt nicht im Meere,“ sagte Gordon. „Seine Stimme kommt vom Vordertheile des Schooners her.“

„Ich werde ihn retten!“ rief Briant.

Sofort tastete er sich über das Deck hin unter steter Vorsicht, den Blöcken und Rollen auszuweichen, welche lose an den herabgelassenen Raaen hingen, und sich festklammernd, um bei den Bewegungen des Schiffes auf dem schlüpfrigen Verdeck nicht umgeworfen zu werden.

Noch einmal hörte er die Stimme des Jungen, dann war Alles still.

Mit größter Anstrengung war es Briant gelungen, die Treppenkappe des Volkslogis zu erreichen.

Er rief laut . . .

Keine Antwort.

War Moko etwa durch eine neue heftige Schiffsbewegung über Bord geschleudert worden, nachdem er den letzten Schrei ausgestoßen? In diesem Falle mußte der unglückliche Bursche schon weit von ihnen, weit hinter dem Winde treiben, denn die Wellenbewegung konnte ihn nicht mit gleicher Schnelligkeit wie der Sturm den Schooner mit fortgetragen haben; dann war er verloren . . .

Nein; eben drang wieder ein schwacher Hilferuf bis zu Briant, der nach dem Gangspill eilte, in dessen Fuß das Ende des Bugspriets eingelassen war. Hier fand er einen sich umherwindenden Körper. –

Der Schiffsjunge war es, halb eingeklemmt zwischen die an der Spitze zusammenlaufende Schanzkleidung. Ein Hißtau, das er mit aller Kraft von sich abzudrängen suchte, schnürte ihm den Hals zu. Erst zurückgehalten durch dieses Hißtau, als die gewaltige Woge ihn wegspülte, war er jetzt nahe daran, durch dasselbe erwürgt zu werden.

Briant riß sein Messer heraus, und nicht ohne Mühe gelang es ihn, das Hanftau, welches den Schiffsjungen festhielt, zu durchschneiden.

Moko wurde nach dem Hintertheile zurückgeführt.

„Danke, Herr Briant, danke!“ sagte er, sobald er die Sprache wiedererlangt hatte.

Dann nahm er seinen Platz am Steuerrade wieder ein, und alle Vier banden sich fest, um gegen die Wasserberge, welche sich hinter dem „Sloughi“ aufthürmten, gesichert zu sein.

Entgegen der Annahme Briants, hatte sich die Geschwindigkeit der Yacht doch etwas vermindert, seitdem vom Focksegel gar nichts mehr übrig war – und darin lag eine neue Gefahr. Die jetzt schneller als jene laufenden Wellenberge konnten über das Hintertheil hereinbrechen und sie mit Wasser anfüllen. Doch war dagegen nichts zu thun und jedenfalls an das Aufhissen eines Segels gar nicht zu denken.

Auf der südlichen Halbkugel der Erde entspricht der März dem Monat September auf der nördlichen, und die Nächte sind noch nicht zu lang. Da es jetzt um die vierte Morgenstunde war, konnte es nicht mehr lange währen, bis der Horizont im Osten, also in der Richtung, nach der der „Sloughi“ getrieben wurde, sich aufhellen mußte. Vielleicht nahm die Gewalt des Sturmes mit anbrechendem Tage etwas ab. Vielleicht kam auch ein Land in Sicht und das Loos dieser Kindergesellschaft entschied sich binnen wenigen Minuten. Wir werden das erfahren, wenn das Morgenroth erst die Tiefen des Himmels färbt.

Gegen viereinhalb Uhr glitt ein schwacher Lichtschein bis zum Zenith empor. Unglücklicher Weise beschränkte der Dunst in der Luft den Gesichtskreis auf kaum eine Viertelmeile. Man fühlte es fast, daß die Wolken mit ungeheurer Schnelligkeit dahineilten. Der Orcan hatte nichts an Kraft verloren, und weit hinaus verschwand das Meer unter dem Schaume der sich überstürzenden Wogenkämme. Kam der Schooner in horizontale Lage mit diesen, so wäre er, der jetzt einmal auf dem Scheitel einer Welle tanzte und dann in das Thal derselben hinuntergestürzt wurde, wohl zwanzigmal gekentert.

Die vier Knaben betrachteten unverwandt das Chaos der durcheinander wirbelnden Fluthen. Sie ahnten wohl, daß ihre Lage, wenn das Meer sich nicht bald beruhigte, eine verzweifelte werden mußte. Nimmermehr hätte der „Sloughi“ noch weitere vierundzwanzig Stunden dem Anprall der Wogen, welche zuletzt doch die Treppenkappen wegreißen mußten, Widerstand leisten können.

Da ertönte auf's neue Moko's Stimme:

„Land!“ rief er jubelnd. „Land!“

Durch einen Nebelspalt glaubte der Schiffsjunge vor ihnen im Osten die Umrisse einer Küste erkannt zu haben. Täuschte er sich nicht? Es ist oft gar so schwer, die schwachen Linien eines Landes zu unterscheiden, wenn von ferne gesehen die Wolkenschichten unmittelbar darauf lagern.

„Ein Land? . . .“ hatte Briant geantwortet.

„Ja,“ versicherte Moko. „. . . ein Land . . . dort im Osten!“

Er wies dabei nach einem Punkte am Horizont, den jetzt schon wieder wallende Nebelmassen verhüllten.

„Bist Du Deiner Sache sicher?...“ fragte Doniphan.

„Ja!... Ja!... Ganz sicher,“ behauptete der kleine Neger. „Wenn der Nebel wieder einmal zerreißt, so seht nur scharf dorthin, etwas nach rechts vom Fockmast... da... Achtung... da unten!...“

Die sich eben öffnenden Nebelmassen lösten sich allmählich von der Meeresfläche, um nach höheren Zonen aufzusteigen. Einige Augenblicke später war der Ocean auf die Strecke von mehreren Seemeilen vor der Yacht klar zu übersehen.

„Ja... Land!... Das ist Land!...“ rief Briant.

„Und ein sehr niedriges Land!“ setzte Gordon hinzu, der die gemeldete Küste schärfer ins Auge gefaßt hatte.

Jetzt konnte kein Zweifel mehr aufkommen. Auf einer breiten Strecke des Horizontes zeichnete sich Land, ein Continent oder eine Insel, in deutlicher Linie ab. Dasselbe mochte fünf bis sechs Seemeilen von hier entfernt sein. Bei der Richtung, der er folgte und aus der abzuweichen der Sturm ihm gar nicht erlaubte, mußte der „Sloughi“ binnen einer Stunde unbedingt auf dasselbe geworfen werden. Dabei war freilich zu befürchten, daß er zertrümmert wurde, vorzüglich wenn ihn Klippen aufhielten, bevor er den eigentlichen Strand erreichte. Hieran dachten die Knaben jedoch gar nicht. In dem Lande, welches so unerwartet sich ihren Blicken darbot, sahen sie nur das Heil, die winkende Rettung.

In diesem Augenblick begann der Wind wieder stärker zu wehen. Wie eine Feder davongetragen, stürmte der „Sloughi“ auf die Küste zu, welche sich scharf wie ein Tintenstrich vom weißlichen Grunde des Himmels abhob. Hinter dem Strande erhob sich nämlich ein höheres Uferland, das aber nicht mehr als hundertfünfzig bis zweihundert Fuß aufsteigen mochte. Vor ihm dehnte sich ein gelblicher Strand aus, zur Rechten eingerahmt von abgerundeten Massen, welche einen Wald im Innern anzugehören schienen.

O, wenn der „Sloughi“ dieses sandige Vorland erreichen konnte, ohne auf eine Klippenreihe zu stoßen, wenn die Mündung eines Flusses ihm Zuflucht bot – dann, ja, dann konnten seine jungen Passagiere noch heil und gesund davonkommen!

Während Doniphan, Gordon und Moko am Steuer blieben, hatte Briant sich nach dem Vorderdeck begeben und betrachtete das sich sichtlich nähernde Land; so schnell schossen sie dahin. Vergebens suchte er aber eine Stelle, wo die Yacht hätte unter günstigen Bedingungen anlaufen können. Hier zeigte sich weder die Mündung eines Flusses oder Baches, noch selbst ein flach ins Meer abfallender sandiger Strand, auf dem man mit einem Stoße festfahren konnte. Vor dem Strande hin nämlich streckte sich eine Reihe von Klippen, deren schwärzliche Häupter bei den auf und ab schwankenden Wogen auftauchten und wieder verschwanden und an welchen das Wasser fortwährend schäumend brandete. Hier mußte der „Sloughi" beim ersten Stoß in Stücken gehen.

Briant sagte sich da, daß es besser sei, im Augenblicke der Strandung alle seine Kameraden auf dem Deck zu haben. Er öffnete also die Thür der Kappe und rief hinunter:

„Alle, alle herauf!"

Sofort kam ein Hund herausgesprungen und ihm folgten zehn Kinder, die sich nach dem Hintertheile der Yacht drängten. Die kleinsten stießen beim Anblick der bergehohen Wellen ein entsetzliches Angstgeschrei aus.

Kurz vor sechs Uhr Morgens war der „Sloughi" bis an den Rand des Klippengürtels herangekommen.

„Jetzt festhalten!" rief Briant. „Tüchtig festhalten!"

Die Kleider halb abgelegt, hielt er sich bereit, denen zu Hilfe zu springen, welche der Wogenschlag etwa fortriß, denn sicherlich wurde die Yacht über die Klippen hin gewälzt.

Da machte sich ein erster Stoß fühlbar. Der „Sloughi" stampfte mit seinem Hintertheile auf einen Felsen, aber trotz der gewaltigen Erschütterung des ganzen Schiffsrumpfes drang doch kein Wasser durch dessen Plankenwand.

Von einer zweiten Welle gehoben, wurde er gegen fünfzig Fuß weiter getragen, diesmal ohne die Klippen zu streifen, welche an unzähligen Stellen emporstarrten. Endlich blieb er, nach Backbord geneigt, inmitten der kochenden Brandung liegen.

Wenn auch nicht im offenen Meere, so befand er sich doch noch eine Viertelseemeile vom Strande entfernt.

II.

In der Brandung. – Briant und Doniphan. – Die Küste. – Vorbereitungen zur Rettung. – Das umstrittene Boot. – Von der Höhe des Fockmastes. – Ein muthiges Unternehmen Briant's. – Eine Folge der Springfluth.

———

Die von der Nebelwand befreite Atmosphäre gestattete jetzt einen weiten Ausblick rings um den Schooner. Die Wolken flogen noch immer mit rasender Schnelligkeit am Himmel hin, der Sturm hatte noch immer nicht ausgewüthet. Vielleicht peitschte er dieses unbekannte Gebiet des Stillen Oceans aber doch nur mit seinen letzten Ausläufern.

Das war mindestens höchst wünschenswerth, denn die Lage des „Sloughi" war jetzt nicht minder beängstigend als in der Nacht, wo er gegen das empörte Meer ankämpfte. Eines sich an das andere schmiegend, mußten diese Kinder sich verloren glauben, wenn eine Woge über die Schanzkleidung schlug und sie Alle mit Schaum bedeckte. Die Stöße waren jetzt desto härter, da der Schooner denselben nicht frei nachgeben konnte. Jedenfalls erzitterte er bei jedem Anprall bis in alle Rippen und doch schien es nicht, als ob seine Wand geborsten wäre, weder als er den Rand der Klippen streifte, noch als er sich zwischen den Köpfen der Klippen sozusagen festkeilte. Briant und Gordon, die nach den unteren Räumen gegangen waren, überzeugten sich wenigstens, daß noch kein Wasser in den Rumpf eindrang.

Sie beruhigten in dieser Hinsicht nach Möglichkeit ihre Kameraden, vorzüglich die kleinsten derselben.

„Habt nur keine Angst! . . ." wiederholte Briant immer wieder. „Die Yacht ist fest gebaut! . . . Der Strand ist nicht mehr fern! . . . Wartet nur, wir werden den Strand schon erreichen!"

„Und warum sollen wir warten?" fragte Doniphan.

„Ja . . . warum denn? . . ." setzte ein andrer, zwölfjähriger Knabe, Wilcox mit Namen, hinzu. „Doniphan hat recht. Warum denn warten?"

„Weil der Seegang noch zu schwer ist und uns auf die Felsen schleudern würde," erwiderte Briant.

„Und wenn die Yacht nun in Stücken geht? . . .“ rief ein dritter Knabe, Namens Webb, der mit Wilcox etwa gleichalterig war.

„Ich glaube nicht, daß das zu befürchten ist,“ antwortete Briant, „mindestens nicht mehr, wenn die Ebbe eintritt. Sobald das Wasser sich soweit zurückgezogen hat, wie der Sturm das zuläßt, werden wir an unsere Rettung gehen!“

Briant hatte völlig recht. Obwohl die Gezeiten im Stillen Ocean verhältnißmäßig schwach auftreten, so können sie doch zwischen Fluth und Ebbe eine nicht unbeträchtliche Verschiedenheit des Wasserstandes hervorbringen. Es war also von Vortheil, einige Stunden zu warten, zumal wenn dann auch der Wind abflaute. Vielleicht legte die Ebbe einen Theil der Klippen trocken; dann war es leichter, den Schooner zu verlassen und die letzte Viertelmeile bis zum Strande zu überwinden.

So vernünftig dieser Rath indeß erschien, zeigten sich Doniphan und zwei oder drei Andere doch gar nicht geneigt, demselben Folge zu geben. Sie traten auf dem Vorderdeck zusammen und sprachen gedämpften Tones mit einander. Es trat schon klar zutage, daß Doniphan, Wilcox, Webb und ein anderer Knabe, Namens Cross, keine Lust hatten, sich mit Briant zu verständigen. Während der langen Fahrt des „Sloughi“ leisteten sie ihm noch Gehorsam, weil Briant, wie erwähnt, einige seemännische Erfahrung besaß. Sie hegten dabei aber stets den Gedanken, sofort nach dem Wiederbetreten eines Landes sich ihre Freiheit des Handelns zu wahren – vor Allen Doniphan, der sich durch genossenen Unterricht und natürliche Beanlagung sowohl Briant wie allen seinen Kameraden überlegen dünkte. Diese Eifersucht Doniphan's gegen Briant bestand übrigens schon seit langer Zeit, und schon weil letzterer von Geburt Franzose war, empfanden junge Engländer wenig Neigung, sich seiner Oberherrschaft zu fügen.

Es lag also die Befürchtung nahe, daß diese Umstände den Ernst der ohnehin beunruhigenden Lage noch verschlimmern könnten.

Inzwischen betrachteten Doniphan, Wilcox, Cross und Webb das schäumende, von Wirbeln aufgeregte und von Strömungen hingerissene Wasser, welches freilich schwer zu überwinden schien. Der geübteste Schwimmer hätte der Brandung des zurücksinkenden Meeres, welches der Sturm von rückwärts packte, nicht zu widerstehen vermocht. Der Rathschlag, einige Stunden zu warten, rechtfertigte sich also von selbst. Doniphan und seine

Kameraden mußten das endlich einsehen, und so kehrten sie wieder nach dem Hinterdeck zurück, wo die Kleinen sich aufhielten.

Da sagte Briant zu Gordon und einigen Andern die ihm umstanden:

„Wir dürfen uns auf keinen Fall trennen! ... Bleiben wir zusammen, oder wir sind verloren!"

„Du nimmst Dir doch nicht heraus, uns Vorschriften machen zu wollen?" rief Doniphan, der jene Worte verstanden hatte.

„Ich nehme mir gar nichts heraus," antwortete Briant, „und verlange nichts, als daß wir zum Heile Aller vereinigt handeln."

„Briant hat recht," erklärte Gordon, ein ernster, schweigsamer Knabe, der nie sprach, ohne seine Worte reiflich erwogen zu haben.

„Ja! ... Ja! ..." riefen einzelne der Kleinen, welche eine Art geheimer Instinct trieb, sich an Briant anzuschließen.

Doniphan erwiderte nichts mehr; doch er und seine Kameraden hielten sich abseits in Erwartung der Stunde, wo zur Rettung geschritten werden sollte.

Doch welches Land lag eigentlich vor ihnen? Gehörte es zu einer der Inseln des Stillen Oceans oder zu einem Festlande? Diese Frage mußte vorläufig offen bleiben, da der „Sloughi" sich viel zu nahe dem Ufer befand, um einen hinreichenden Gesichtskreis überblicken zu können. Seine hohle, eine geräumige Bucht bildende Masse lief in zwei Vorgebirge aus – das eine ziemlich hoch und nach Norden zu scharf abgeschnitten, das andere in einer nach Süden vorgestreckten Spitze endigend. Vergebens suchte aber Briant mit einem der an Bord befindlichen Fernrohre zu erkennen, ob das Meer jenseits dieser Vorberge die Uferlinien einer Insel badete.

Im Fall dieses Land nämlich eine Insel war, entstand die ernste Frage, wie man diese wieder verlassen könne, wenn es sich als unmöglich erwies, den Schooner wieder flott zu machen, den die nächste Fluth schon dadurch, daß sie ihn auf den Klippen hin und her warf, elend zertrümmern mußte. Und war diese Insel obendrein unbewohnt – solche giebt es im Stillen Ocean gar viele – wie sollten auf sich selbst angewiesene Kinder, die nichts besaßen, als was ihnen vielleicht von den Vorräthen der Yacht zu bergen gelang, sich die nothwendigsten Lebensbedürfnisse verschaffen?

Auf festem Lande dagegen hätte sich die Aussicht auf Rettung entschieden verbessert, weil dieses Festland kein anderes als Südamerika sein konnte. Da mußten sie, auf dem Gebiet von Chile oder Bolivia, jedenfalls Hilfe finden, und wenn auch nicht sofort, so doch wenige Tage nach stattgehabter Landung. Freilich waren auf diesen Nachbargebieten der Pampas mancherlei schlimme Begegnungen zu fürchten – jetzt handelte es sich aber einzig darum, überhaupt erst das Land zu erreichen.

Die Witterung war jetzt klar genug geworden, um alle Einzelheiten desselben zu erkennen, und deutlich unterschied man das Vorland des Strandes, das hohe, diesen im Hintergrunde einrahmende Ufer, nebst verschiedenen, auf letzterem zerstreuten Baumgruppen. Briant erkannte sogar die Mündung eines Rio rechts am Ufer.

Wenn der Anblick dieser Küste auch nichts besonders Anziehendes bot, so wies doch der grüne Vorhang derselben auf eine gewisse Fruchtbarkeit hin, welche der der Länder unter mittlerer Breite zu entsprechen schien. Voraussichtlich zeigte die Vegetation jenseits der Uferhöhe, wo sie Schutz vor den Seewinden und gewiß noch günstigeren Boden fand, eher eine üppigere Entwicklung.

Bewohnt schien der sichtbare Theil des Ufers nicht zu sein, wenigstens bemerkte man hier kein Haus und keine Hütte, nicht einmal an der Mündung des Rio. Vielleicht wohnten die Eingebornen, wenn es solche gab, mit Vorliebe mehr im Innern des Landes, wo sie dem heftigen Ansturme des Westwindes am wenigsten ausgesetzt waren.

„Ich kann nicht den geringsten Rauch entdecken," sagte Briant, das Fernrohr senkend.

„Und am Strande befindet sich kein einziges Boot," bemerkte Moko.

„Wie sollte das der Fall sein, da hier kein Hafen vorhanden ist?..." warf Doniphan ein.

„Ein Hafen ist dazu nicht gerade nothwendig," erwiderte Gordon. „Einfache Fischerboote können auch in einer Flußmündung Schutz finden, und es wäre möglich, daß diese des Sturmes wegen sich hätten weiter landeinwärts zurückziehen müssen."

Gordon's Bemerkung war ganz richtig. Mochte es nun diesen oder jenen Grund haben, jedenfalls war nirgends ein Boot wahrzunehmen, und in der That schien dieser Theil des Ufers keine Bewohner zu haben. Es mußte demnach die erste Aufgabe der jungen Schiffbrüchigen werden, festzustellen, ob dasselbe sich überhaupt als bewohnbar erweise.

Inzwischen sank das Wasser mit der Ebbe, doch sehr langsam, weiter zurück, denn der Wind von der Seeseite hemmte dessen Abfluß, obwohl dieser bei einer gleichzeitigen Drehung nach Nordwest schwächer zu werden schien. Jetzt galt es also sich bereit zu halten für den Augenblick, wo die Klippenreihe einen Uebergang gestatten würde.

Es war nun gegen sieben Uhr. Jeder beschäftigte sich damit, die für den ersten Bedarf notwendigsten Gegenstände auf das Deck zu schaffen, in der Hoffnung, die übrigen aufzufischen, wenn die Wellen sie ans Ufer trügen. Die Großen wie die Kleinen legten hierbei die Hände an. An Bord befand sich unter anderen ein großer Vorrath an Conserven, Bisquit, an gepöckeltem und geräuchertem Fleisch. Diese Nahrungsmittel wurden zu handlichen Ballen verpackt und sollten, unter die Größeren vertheilt, von diesen an's Land geschafft werden.

Um das aber ausführen zu können, mußte die Klippenreihe erst einen trockenen Weg bieten, und Niemand wußte doch, ob das Meer sich auch beim niedrigsten Stande soweit zurückziehen würde, um die Felsen bis zum Strande bloß zu legen.

Briant und Gordon beobachteten unablässig und aufmerksam das Meer. Mit der Veränderung der Windrichtung wurde die Luft merkbar ruhiger und die Gewalt der Brandung begann ebenfalls nachzulassen, so wie man leicht bemerken konnte, daß das Wasser an den hervorragenden Felsblöcken niedersank. Der Schooner selbst lieferte einen Beweis für diese Abnahme des Wasserstandes, da er sich noch etwas weiter nach Backbord überneigte. Es war sogar zu befürchten, daß diese Neigung noch ferner zunahm und er sich ganz auf die Seite legte, denn er hatte sehr feine Formen und einen schlank abgerundeten Rumpf mit hohem Kiel, gleich den schnellsegelnden Yachten. Wenn das Wasser dann das Vorderdeck des Fahrzeuges eher erreichte, als man das letztere verlassen konnte, mußte die Situation sich äußerst bedrohlich gestalten.

Wie beklagenswerth erschien es nun, daß die Boote vom Sturme weggerissen worden waren. Diese hätten hingereicht die ganze Gesellschaft aufzunehmen, und die jungen Leute wären jetzt schon in der Lage gewesen, einen Landungsversuch zu unternehmen. Und welche Bequemlichkeit eine

Verbindung zwischen Schooner und Küste zu unterhalten, um vielerlei nützliche Gegenstände, die jetzt an Bord zurückgelassen werden mußten, fortzuschaffen! Wenn der „Sloughi“ schon die nächstfolgende Nacht vielleicht in Stücken ging, was waren seine Wracktrümmer werth, nachdem die Brandung sie durch die Klippenreihe hingewälzt hatte? Konnten diese überhaupt noch nützliche Verwendung finden? Würden dann die noch übrigen Vorräthe nicht vollständig havarirt sein? Sahen sich die jungen Schiffbrüchigen nicht in kürzester Zeit allein auf die Hilfsquellen angewiesen, welche dieses Land ihnen bot?

Ja, es war ein beklagenswerther Umstand, daß kein Boot mehr vorhanden war, um die Ausschiffung zu bewerkstelligen.

Plötzlich ertönte vom Vorderdeck ein lauter Aufschrei. Baxter hatte eine jetzt hochwichtige Entdeckung gemacht.

Dic für verloren gehaltene Jolle hatte sich unter dem Knie des Bugspriets in den Ketten des letzteren gefangen. Diese Jolle konnte freilich nur fünf bis sechs Personen aufnehmen; doch da sie sich unbeschädigt zeigte, was leicht zu erweisen war, nachdem man sie auf's Deck gezogen hatte, erschien es nicht unmöglich, sie zu benützen, im Falle das Meer die Ueberschreitung der Klippen trockenen Fußes verhinderte. Hiezu mußte man natürlich den niedrigsten Stand der Ebbe abwarten, und inzwischen kam es wieder zu einer lebhaften Auseinandersetzung, vorzüglich zwischen Briant und Doniphan.

Doniphan, Wilcox, Webb und Cross, die sich der Jolle bemächtigt hatten, gingen nämlich schon daran, sie wieder über Bord zu befördern, als Briant auf sie zutrat.

„Was beginnt Ihr hier?“ fragte er.

„Was uns paßt!“ antwortete Wilcox.

„Ihr wollt dieses kleine Fahrzeug besteigen? . . .“

„Ja,“ erwiderte Doniphan, „und Du wirst uns nicht davon abhalten.“

„Das werd' ich doch thun, ich und alle die Uebrigen, die Du verlassen willst.“

„Verlassen? . . . Wer sagt Dir das?“ antwortete Doniphan hochmüthig. „Ich will Niemand verlassen, verstehst Du? Wenn wir erst am Strande sind, wird Einer die Jolle zurückrudern . . .“

„Und wenn er nicht zurückkehren kann,“ rief Briant, der sich nur mit Mühe beherrschte, „wenn sie zwischen den Felsen leck würde . . .“

„Einsteigen!... Zum Einsteigen fertig!“ unterbrach ihn Webb, der Briant zurückdrängte.

Von Wilcox und Cross unterstützt, hob er schon das leichte Fahrzeug auf, um es in's Wasser zu bringen.

Briant packte dasselbe an dem einen Ende.

„Ihr werdet nicht einsteigen!“ rief er.

„Das wollen wir doch sehen!“ antwortete Doniphan.

„Ich sage Euch, Ihr steigt nicht ein!“ widerholte Briant, entschlossen im allgemeinen Interesse Widerstand zu leisten. „Die Jolle muß zunächst für die Kleinsten zurückbehalten werden, im Falle auch bei niedrigem Meere zu viel Wasser stehen bliebe, um den Strand zu erreichen.“

„Laß' uns in Ruhe!“ schrie Doniphan aufbrausend. „Ich erkläre Dir nochmals, Briant, Du wirst uns nicht hindern zu thun, was wir wollen.“

„Und ich wiederhole Dir, Doniphan,“ herrschte ihn Briant ebenso laut an, „daß ich Euch doch hindern werde!“

Die beiden Knaben waren schon bereit, auf einander los zu stürzen. Bei diesem Streite hätten Wilcox, Webb und Cross natürlich für Doniphan Partei ergriffen, während sich Baxter, Service und Garnett voraussichtlich auf Briant's Seite stellten. Die Sache hätte die schlimmsten Folgen haben können, als Gordon sich noch ins Mittel legte.

Gordon, der älteste und besonnenste von Allen, sah das Beklagenswerthe eines solchen Zwischenfalles ein, und war vernünftig genug, sich zu Gunsten Briant's auszusprechen.

„Halt! Halt, Doniphan!“ rief er, „etwas Geduld! Du siehst doch, daß der Seegang noch stark ist und wir Gefahr laufen, unsere Jolle ganz einzubüßen.“

„Ich mag es nicht leiden, daß Briant uns Gesetze vorschreibt, wie er sich das seit einiger Zeit angewöhnt hat,“ erwiderte Doniphan heftig.

„Nein!... Nein!...“ ließen Cross und Webb sich vernehmen.

„Es fällt mir gar nicht ein, irgendwem Gesetze vorzuschreiben,“ antwortete Briant, „ich werde das aber auch keinem Anderen gestatten, wenn es sich um das Interesse Aller handelt.“

„Das liegt uns ebenso sehr am Herzen wie Dir," schleuderte ihm Doniphan entgegen; „und jetzt wo wir auf dem Lande sind . . ."

„Leider noch nicht," fiel im Gordon in's Wort. „Trotze nicht ferner, Doniphan, und laß uns einen günstigen Augenblick abwarten, wo wir die Jolle verwenden können."

Gordon trat zu sehr gelegener Zeit als Vermittler zwischen Briant und Doniphan – wozu er übrigens schon mehrfach Veranlassung gefunden hatte – und die Kameraden fügten sich seinen Vorstellungen.

Der Wasserstand hatte jetzt um zwei Fuß abgenommen, und es entstand die Frage, ob sich zwischen den Klippen vielleicht eine Art Canal hinziehe.

In der Meinung, von der Höhe des Fockmastes die ganze Anordnung des Klippengürtels besser übersehen zu können, begab sich Briant nach dem Vorderdeck, erklomm die Steuerbord-Wanten und kletterte dann noch an den Tauen der Bramstenge hinauf.

Quer durch die Klippenbank zeigte sich da eine Durchfahrt, deren Richtung durch viele, sie auf beiden Seiten begrenzende Felsblöcke angedeutet war und der man folgen mußte, wenn man mit Hilfe der Jolle nach dem Strande gelangen wollte. Augenblicklich freilich brodelte und wirbelte die Brandung hier noch viel zu heftig, um sich jener mit Erfolg bedienen zu können. Unfehlbar wäre die Jolle auf eine Felsspitze geworfen und damit schwer beschädigt, wenn nicht vernichtet worden. Es empfahl sich also noch so lange zu warten, bis das sinkende Meer hier eine gefahrlosere Wasserstraße zurückließ.

Von der Oberbramraa aus, auf welcher Briant reitend sich anklammerte, bemühte sich dieser, das Uferland noch genauer zu besichtigen. Er suchte mit dem Fernglase Stück für Stück den Strand ab bis zu der höher ansteigenden Hinterwand desselben. Zwischen den beiden, etwa acht bis neun Seemeilen von einander entfernten Vorgebirgen schien die Küste völlig unbewohnt zu sein.

Nach halbstündigem Auslugen stieg Briant wieder hinunter und berichtete seinen Gefährten, was er gesehen. Wenn Doniphan, Wilcox, Webb und Cross ihm zuhörten, ohne etwas zu sagen, so fragte ihn Gordon dagegen:

„Als der ›Sloughi‹ strandete, Briant, war es da nicht gegen sechs Uhr Morgens?"

„Ja," antwortete Briant.

„Und wie lange dauert es bis zum niedrigsten Wasserstande?"

„Ich glaube fünf Stunden. – Nicht wahr, Moko?“

„Ja, zwischen fünf und sechs Stunden,“ erklärte der Schiffsjunge.

„Das träfe also gegen elf Uhr ein,“ fuhr Gordon fort. „Dann wäre der günstigste Zeitpunkt zu dem Versuche, die Küste zu erreichen.“

„So hatt' ich auch gerechnet,“ bemerkte Briant.

„Nun wohl,“ nahm Gordon wieder das Wort, „wir wollen uns für diese Zeit bereit halten und inzwischen etwas essen. Sind wir gezwungen selbst in's Wasser zu gehen, so geschehe das wenigstens mehrere Stunden nach eingenommener Mahlzeit.“

Ein guter Rath, wie er von diesem klugen Knaben zu erwarten war. Jetzt ging's also an das erste, aus Conserven und Bisquit bestehende Frühstück. Briant besorgte und überwachte dabei vorzüglich die Kleinen. Jenkins, Iverson, Dole, Costar begannen sich bei der glücklichen Sorglosigkeit ihres Alters schon wieder völlig zu beruhigen und hätten gewiß ohne jede Rücksicht drauf los gegessen, denn sie hatten seit vierundzwanzig Stunden nichts über die Lippen gebracht. Alles ging jedoch gut ab, und einige Tropfen mit Wasser verdünnten Brandys lieferten ein anregendes Getränk.

Nach eingenommenem Frühstück begab sich Briant wieder nach dem Vordertheile des Schooners und beobachtete, auf die Schanzkleidung gestützt, die Klippenreihe.

Wie langsam wich doch das Meer zurück! Es lag aber auf der Hand, daß dessen Niveau sich erniedrigte, denn die Schieflage des Schooners nahm noch weiter zu. Moko hatte mittels eines Senkbleis gefunden, daß noch mindestens acht Fuß Wasser über der Bank standen. Daß die Ebbe so tief sinken würde, um jene völlig trocken zu legen, glaubte Moko nicht annehmen zu dürfen und theilte seine Ansicht Briant heimlich mit, um Niemand unnöthig zu erschrecken.

Briant setzte dann Gordon hiervon in Kenntniß. Beide begriffen, daß der Wind, obwohl er noch weiter nach Norden umgegangen war, doch das Meer verhinderte, soweit zurückzusinken, wie es bei stillem Wetter der Fall gewesen wäre.

„Was beginnen wir dann also?“ sagte Gordon.

„Ich weiß es nicht... ich weiß es nicht!..." antwortete Briant. „Und welches Unglück, es nicht zu wissen... welches Unglück, in unserer Lage fast noch Kinder und, wo es so nöthig wäre, nicht Männer zu sein."

„Die Nothwendigkeit wird unsere Lehrmeisterin sein," versicherte Gordon. „Verzweifeln wir nicht, Briant, und handeln wir klug!"

„Ja, handeln, Gordon! Wenn wir den ›Sloughi‹ vor Wiedereintritt der Fluth nicht verlassen haben, wenn wir noch eine Nacht an Bord bleiben müssen, sind wir verloren..."

„Kein Zweifel, denn die Yacht wird dann zertrümmert werden. Wir müssen dieselbe auf jeden Fall verlassen haben..."

„Gewiß; um jeden Preis, Gordon!"

„Wäre es nicht rathsam, eine Art Floß oder etwas wie eine Fähre herzustellen?"

„Daran hab' ich wohl auch gedacht," antwortete Briant, „leider hat uns der Sturm aber alles dazu geeignete Material entführt. Die Schanzkleidung abzubrechen, um aus deren Theilen ein Floß zusammen zu zimmern, dazu fehlt uns die Zeit. So bleibt nur die Jolle übrig, deren wir uns aber bei dem schweren Seegange nicht bedienen können. Doch nein, wir könnten auch noch versuchen, ein Tau durch den Klippengürtel zu ziehen und dessen Ende an der Spitze eines Felsens zu befestigen. Vielleicht gelingt es uns, daran bis ganz in die Nähe des Strandes hingleiten zu können..."

„Wer soll das Tau aber auslegen?"

„Ich," erklärte Briant.

„Und ich werde Dir helfen," sagte Gordon.

„Nein, ich vollbring' es allein," versetzte Briant.

„Denkst Du dabei die Jolle zu benützen?"

„Das hieße, es wagen, sie ganz einzubüßen, Gordon, und es ist besser, diese als allerletztes Hilfsmittel aufzubewahren."

Bevor er zur Ausführung seines gefahrvollen Vorhabens schritt, wollte Briant jedoch, um jede unglückliche Möglichkeit auszuschließen, noch eine nützliche Maßregel treffen.

An Bord befanden sich verschiedene Schwimmgürtel, und er veranlaßte die kleinsten Gefährten, sich sofort mit denselben auszurüsten. Im Fall sie die Yacht verlassen mußten, während das Wasser noch so tief war, daß diese mit den Füßen keinen Grund fanden, würden diese Apparate sie schwimmend erhalten, und die größeren Knaben, welche an dem Tau hinglitten, sollten sie dann nach dem Strande zu vor sich herschieben.

Es war jetzt zehneinviertel Uhr. Binnen fünfundvierzig Minuten mußte die Ebbe den tiefsten Stand erreicht haben. Am Steven des „Sloughi" maß man nur noch vier bis fünf Fuß Wasser, es schien aber nicht, als ob dieser Stand sich noch um mehr als wenige Zoll erniedrigen sollte. Gegen sechzig Yards weiterhin stieg der Grund freilich merkbar höher auf, das verrieth sich deutlich an der mehr schwärzlichen Farbe des Wassers, sowie an den zahlreichen Spitzen, die längs des Strandes aufgetaucht waren. Die Schwierigkeit lag nur darin, über die tiefere Stelle vor dem Schiffe glücklich hinweg zu kommen. Gelang es Briant, in dieser Richtung ein Tau auszulegen und es an einem Felsen haltbar zu befestigen, so mußte dieses Tau, nach dessen Anspannung mittels des Gangspills an Bord, es ermöglichen, eine Stelle zu erreichen, wo man wenigstens Grund fand. Holte man an demselben Kabel die Ballen mit Mundvorräthen und Werkzeugen herüber, so gelangten diese voraussichtlich unbeschädigt an's Land.

Wie gefährlich dieser Versuch auch sein mochte, so wollte Briant doch Niemand gestatten, für ihn einzutreten, und er traf demgemäß seine Vorbereitungen.

Am Bord befanden sich mehrere schwächere Taue von etwa hundert Fuß Länge, welche gelegentlich zum Bugsiren gedient hatten. Briant wählte eines von mittlerer Dicke, das ihm am geeignetsten erschien, und befestigte dasselbe, nachdem er sich halb entkleidet, am Gürtel.

„Jetzt Achtung, Ihr Andern!" rief Gordon. „Seid bei der Hand, das Tau nachgleiten zu lassen. Hierher auf's Vorderdeck!"

Doniphan, Wilcox, Cross und Webb konnten ihre Mithilfe bei einem Unternehmen nicht verweigern, dessen Wichtigkeit sie einsahen. Trotz ihrer Mißlaune ließen sie sich dazu herbei, an dem Tau mit anzufassen und dieses je nach Bedarf nachschießen zu lassen, um Briant's Kräfte möglichst zu schonen.

In dem Augenblicke, wo dieser bereit stand über Bord zu springen, näherte sich ihm sein Bruder und rief:

„Ach, Briant, was wagst Du?"

„Keine Furcht, Jacques! Aengstige Dich nicht um mich!“ antwortete der muthige Knabe.

Gleich darauf sah man ihn schon im Wasser auftauchen und mit kräftiger Bewegung fortschwimmen, während das Tau ihm nachrollte.

Selbst bei ruhigem Meere wäre dieses Unternehmen sehr schwierig gewesen, denn die Brandung schlug stets heftig gegen das Felsengewirr. Strömungen und Gegenströmungen hinderten den unerschrockenen Knaben oft, eine gerade Richtung einzuhalten, und wenn sie ihn packten, hatte er große Mühe, sich wieder herauszuarbeiten.

Immerhin kam Briant dem Strande allmählich näher, während seine Kameraden das Tau nach Bedarf ablaufen ließen. Offenbar aber nahmen seine Kräfte ab, obwohl er sich fünfzig Fuß weit vom Schooner befand. Vor ihm tobte jetzt ein heftiger Wirbel, erzeugt durch verschieden aufeinandertreffende Wellen. Gelang es ihm, um diesen herumzukommen, so durfte er hoffen, sein Ziel zu erreichen, denn hinter demselben war das Wasser bedeutend ruhiger. Er versuchte also sich mit aller Anstrengung nach links zu werfen. Vergeblich! Auch der beste Schwimmer im kräftigsten Mannesalter wäre hieran gescheitert. Von der durcheinanderschießenden Wellenbewegung erfaßt, wurde Briant unwiderstehlich nach der Mitte des Wirbels gezogen.

„Zu Hilfe! ... Zieht an! ... Holt ein!“ hatte er noch die Kraft zu rufen, bevor er verschwand.

An Bord der Yacht verbreitete sich ein unbeschreiblicher Schrecken.

„Holt ein!“ ... rief Gordon kaltblütig.

Seine Kameraden beeilten sich das Tau schnell einzuziehen, um Briant wieder an Bord zu holen, ehe er durch zu langes Verweilen unter Wasser erstickte.

Binnen weniger als einer Minute war Briant – freilich bewußtlos – an Bord geholt; er kam jedoch in den Armen seines Bruders bald wieder zu sich.

Der Versuch, ein Tau irgendwo an der Klippenreihe zu befestigen, war mißglückt und Keiner hätte ihn mit Aussicht auf Erfolg wiederholen können. Die unglücklichen Kinder waren also darauf angewiesen, ruhig zu warten ... Auf was denn zu warten? ... Auf Unterstützung? ... Doch von welcher Seite und von wem hätte eine solche kommen können?

Jetzt war schon Mittag vorüber; die Fluth machte sich bereits bemerkbar und die Brandung wurde stärker. Da gleichzeitig Neumond war, mußte die Fluth sogar höher steigen als am vergangenen Tage. Wenn dazu der Wind wieder mehr nach der Seite des hohen Meeres zurückging, lief der Schooner Gefahr, von seinem Felsenbett noch einmal abgehoben zu werden... Er streifte dann von Neuem den Grund, er mußte an den Klippen kentern! – Diesen endlichen Ausgang des Schiffbruchs hätte Keiner überlebt. Und jetzt war nichts zu thun... nichts!

Auf dem Achterdeck versammelt, die Kleinen in der Mitte der Großen, betrachteten Alle das Wiederanschwellen des Meeres, das sich durch die nach einander verschwindenden Klippenhäupter verrieth. Leider war der Wind wieder nach Westen umgeschlagen, und wie in vergangener Nacht peitschte er das Land mit voller Wucht. Mit dem sich vertiefenden Wasser wuchsen auch die Wellen wieder an, hüllten den „Sloughi" in feuchte Dünste und mußten bald über denselben hinweg branden. Gott allein konnte den jungen Schiffbrüchigen zu Hilfe kommen, und ihre Gebete vermischten sich mit ihren Angstrufen.

Kurz vor zwei Uhr hatte der Schooner sich wieder aufgerichtet und lag jetzt nicht mehr nach Backbord geneigt. Infolge seines Stampfens stieß er aber mit dem Vordertheile auf den Grund, obwohl sein Hintersteven noch auf dem Felsen festsaß. Bald wiederholten sich die Stöße ohne Unterlaß und der „Sloughi" rollte dabei von einer Seite zur anderen. Die Kinder mußten sich fest aneinander halten, um nicht über Bord geschleudert zu werden.

In diesem Augenblicke kam ein schaumgekrönter Berg von der offenen See her angestürmt und thürmte sich zwei Kabellängen von der Yacht noch höher auf. Man hätte ihn für die ungeheure Woge einer Springfluth, wie diese in einige große Ströme sich eindrängt, halten können. In einer Höhe von über zwanzig Fuß kam er herangedonnert, brauste über den Klippengürtel hinweg und hob den „Sloughi" auf, den er über die Felsen wegtrug, ohne daß sein Kiel die Felsen nur streifte.

Binnen weniger als einer Minute wurde der „Sloughi," umhüllt von der gurgelnden Wassermasse, bis mitten auf den Strand und hier auf einen Sandhügel geworfen, so daß er kaum zweihundert Schritte von den Bäumen des hohen Uferrandes entfernt lag. Hier blieb er, diesmal auf dem festen Lande, unbeweglich sitzen, während das wieder abfluthende Meer den Strand trocken zurückließ.

III.

Die Pension Chairman in Auckland. – Große und Kleine. – Ferien auf dem Meere. – Der Schooner „Sloughi“. – Die Nacht des 15. Februar. – Verschlagen. – Sturm. – Berathung in Auckland. – Was vom Schooner übrig ist.

———

Zur Zeit, da unsere Geschichte spielt, war die Pension Chairman eine der angesehensten in Auckland, der Hauptstadt Neuseelands, jener bedeutenden englischen Colonie im Stillen Ocean. Dieselbe zählte gegen hundert, den besten Familien des Landes angehörige Zöglinge. Die Maoris, die Eingebornen der Inselgruppe, konnten in derselben ihre Kinder nicht unterbringen, doch waren für letztere andere Unterrichts- und Erziehungsanstalten vorhanden. Die Pension Chairman besuchten nur junge Engländer, Franzosen, Amerikaner und Deutsche, lauter Söhne von Plantagenbesitzern, Rentnern, Kaufleuten oder Beamten des Landes. Sie erhielten hier eine allseitige Erziehung und Ausbildung, vollkommen entsprechend derjenigen, welche die ähnlichen Anstalten des Vereinigten Königreiches gewähren.

Der Archipel von Neuseeland besteht zunächst aus zwei Hauptinseln, nämlich Ika-Na-Mawi oder die Fischinsel im Norden und Tamaï-Ponamu oder Nephrit-Land im Süden. Durch die Cookstraße getrennt, liegen diese zwischen den 34. und 45. Grade südlicher Breite, was auf der nördlichen Halbkugel etwa der Lage Nordafricas und Italiens entspricht.

Die in ihrem südlichen Theile stark zerrissene Insel Ika-Na-Mawi bildet eine Art unregelmäßiges Rechteck, das sich nach Norden zu in einem durch das Cap Van-Diemen abgeschlossenen Bogen fortsetzt.

Fast am Anfange dieses Bogenstückes und an einer Stelle, wo die Halbinsel nur wenige (englische) Meilen (zu je 1609 Meter) Breite mißt, ist Auckland erbaut. Die Stadt liegt also ganz ähnlich wie das griechische Korinth und hat wirklich auch den Namen „das südliche Korinth“ erhalten. Im Westen und im Osten besitzt sie je einen offenen Hafen. Da der östliche, der im Hauraki-Golf liegt, nicht tief genug ist, hat man mehrere jener langen „Piers“ (nach englischem Vorbilde) erbauen müssen, an denen wenigstens Schiffe von mittlerem Tonnengehalt anlegen können. Unter diesen befindet sich der „Commercial-

Pier“, an welchem die Queens-Street, eine der Hauptstraßen der Stadt, ausmündet.

In der Mitte dieser Straße hat man die Pension Chairman zu suchen.

Am Nachmittage des 15. April 1860 traten aus genanntem Pensionat gegen hundert Knaben, begleitet von ihren Eltern und mit lustigen Gesichtern und freudiger Lebendigkeit – junge Vögel, deren Käfig man geöffnet hatte.

Es war nämlich der Beginn der Ferien. Zwei Monate Unabhängigkeit, zwei Monate Freiheit! Einer beschränkten Anzahl dieser Zöglinge winkte die verlockende Aussicht einer Seereise, welche schon lange Zeit vorher in der Pension Chairman der Gegenstand lebhafter Gespräche gewesen war. Wir brauchen wohl nicht zu schildern, welch freudige Erwartung Diejenigen erregte, denen günstige Umstände gestatteten, sich an Bord der Yacht „Sloughi“ einzuschiffen, um mit derselben an einer Umsegelung von ganz Neuseeland theilzunehmen.

Der von den Eltern der Zöglinge gecharterte hübsche Schooner war für eine Reise von sechs Wochen ausgerüstet. Er gehörte dem Vater eines derselben, M. William H. Garnett, einem ehemaligen Capitän der Handelsflotte, zu dem man das beste Vertrauen haben konnte. Eine unter die verschiedenen Familien vertheilte Subscription sollte die Kosten der Reise decken, die voraussichtlich die denkbar größte Sicherheit und Annehmlichkeit zu bieten versprach. Für die jungen Leute war das natürlich eine große Freude, und schwerlich hätte man die wenigen Wochen Ferien besser verwenden können.

In den englischen Pensionaten unterscheidet sich die Erziehungsmethode sehr wesentlich von der in ähnlichen französischen Anstalten. Man gönnt den Zöglingen daselbst mehr ein gewisses Recht der Selbstbestimmung und damit eine größere Freiheit, welche die Zukunft derselben recht glücklich beeinflußt. Mit einem Worte, die Erziehung hält hier gleichen Schritt mit der vielseitigsten Ausbildung. Daher kommt es, daß die meisten Zöglinge höflich und gewandt, zuvorkommend, sowie achtsam auf ihr Benehmen sind und, was wohl hervorgehoben zu werden verdient, zur Verheimlichung und Lüge kaum je Zuflucht nehmen, selbst wenn es sich darum handelt, einer verdienten Bestrafung zu entgehen. Dabei sei auch bemerkt, daß die Schüler dieser Lehranstalten weit weniger den Regeln gemeinsamen Lebens und den daraus hervorgehenden Vorschriften des Stillschweigens u. s. w. unterworfen sind. Meist bewohnen dieselben besondere Zimmer, wo sie auch gewisse Mahlzeiten einnehmen, und wenn sie sich an die Tafeln eines gemeinsamen Speisesaales setzen, so steht es ihnen frei, nach Belieben zu plaudern.

Je nach dem Alter sind die Schüler in Abtheilungen untergebracht, deren das Pensionat Chairman fünf zählt. Wenn in der ersten und zweiten die Kleinen sich gelegentlich noch an den Hals ihrer Eltern hingen, so ersetzten die Größeren schon den kindlichen Kuß durch den männlichen Händedruck. Dabei gab es keinen Lauscher, sie zu überwachen, das Lesen von Erzählungen und Zeitschriften war gestattet, Urlaubstage wurden häufig bewilligt, die Arbeitsstunden blieben möglichst beschränkt, während daneben auf Körperübungen, wie Turnen, Boxen und anregende Spiele in freier Luft, hoher Werth gelegt wurde. Als Dämpfer gegenüber jener Unabhängigkeit, welche die Schüler übrigens nur selten mißbrauchten, hatte man jedoch die körperliche Züchtigung, vorzüglich mit der Gerte, beibehalten. Gelegentlich ausgepeitscht zu werden, erschien den jungen Angelsachsen nicht als ehrenrührig, und sie unterwarfen sich widerspruchslos einer solchen Züchtigung, wenn sie dieselbe als verdient erkannten.

Jedermann kennt die bei den Engländern gewöhnliche Achtung vor der Ueberlieferung im privaten, ebenso wie im öffentlichen Leben, und diesen Ueberlieferungen, selbst wenn sie an sich unvernünftig erscheinen, trägt man auch Rechnung in den Lehranstalten des weiten Reiches. Wenn es den älteren Schülern obliegt, die jüngeren zu unterstützen, so geschieht das nur unter der Bedingung, daß letztere es den ersteren durch gewisse häusliche Dienstleistungen, denen sie sich auf keine Weise entziehen können, vergelten. Diese Dienste, welche in der Herbeischaffung des Morgenimbisses, der Reinigung der Kleider wie des Schuhwerkes, der Besorgung von Aufträgen u. dergl. bestehen, sind unter dem Namen „Faggisme“ (etwa Fuchspflichten) bekannt, und Diejenigen, welche sie zu leisten haben, heißen „Fags“ (Füchse).

Es sind die Kleinsten, die Mitglieder der ersten Abtheilungen, welche den Zöglingen der höheren Classen als „Füchse“ dienen, und wenn sie sich dessen weigerten, würde ihnen das Leben gewiß recht sauer gemacht werden. Daran denkt jedoch Keiner, und das gewöhnt sie, sich einer Disciplin zu fügen, von der man z. B. bei den Zöglingen der französischen Lyceen keine Spur findet. Die Ueberlieferung verlangt es hier einmal, und wenn es ein Land gibt, welches diese beachtet, so ist es das Vereinigte Königreich, wo sie den einfachsten Londoner Straßenjungen ebenso beherrscht, wie die Peers des Oberhauses.

Die Zöglinge, welche an der Spazierfahrt des „Sloughi“ theilnehmen sollten, gehörten verschiedenen Abtheilungen der Pension Chairman an. Wie der Leser schon weiß, befanden sich an Bord des Schooners solche von acht bis zu vierzehn Jahren. Und diese fünfzehn Knaben, mit Einrechnung des Schiffsjungen, sollten weit weg verschlagen werden und die schlimmsten Abenteuer zu bestehen haben.

Wir führen nun nicht nur ihre Namen auf, sondern auch ihr Alter, Gewohnheiten, Charakter, Familienverhältnisse neben den Beziehungen, welche zwischen ihnen bestanden, als sie zur gewöhnlichen Zeit der beginnenden Spätsommerferien die Anstalt verließen.

Mit Ausnahme zweier Franzosen, der Brüder Briant, und Gordon's, eines Amerikaners, sind Alle englischer Abkunft.

Doniphan und Cross stammen aus der Familie reicher Landeigenthümer, welche in der neuseeländischen Gesellschaft den ersten Rang einnehmen. Dreizehn Jahre und einige Monate alt, sind sie Vettern und zur Zeit Mitglieder der fünften Abtheilung. Der elegante und auf seine äußere Erscheinung streng haltende Doniphan ist unstreitig der hervorragendste Zögling. Geistig geweckt und eifrig, bewahrt er ehrgeizig sein Ansehen, theils aus Neigung sich auszubilden und zu lernen, theils infolge des Wunsches, seinen Kameraden immer voranzustehen. Ein gewisser aristokratischer Stolz hat ihm den Spitznamen „Lord Doniphan“ erworben, und sein selbstwilliger Charakter verleitet ihn dazu, überall herrschen zu wollen. Dem entstammt zwischen Briant und ihm jene Rivalität, welche schon mehrere Jahre andauert, die aber nur noch zugenommen hat, seitdem die Umstände Briant's Einfluß auf seine Kameraden erweiterten. Cross ist ein gewöhnlicher Durchschnittszögling, jedoch durchdrungen von der Bewunderung für Alles, was sein Vetter Doniphan denkt, spricht oder thut.

Der derselben Abtheilung zugehörige dreizehn Jahre alte Baxter, ein verschlossener, überlegender, fleißiger Knabe, der sich durch Erfindungsgabe und besondere Handfertigkeit auszeichnet, ist der Sohn eines Kaufmannes in verhältnismäßig bescheidenen Vermögensumständen.

Webb und Wilcox, beide zwölfeinhalb Jahre alt, sind Zöglinge der vierten Abtheilung. Von mittlerer Beanlagung, ziemlich eigenwillig und streitsüchtig, haben sie sich stets sehr streng bezüglich Beachtung der Regeln des Fuchswesens gezeigt. Ihre Familien sind reich und stehen unter dem Beamtenstande des Landes auf hoher Stufe.

Garnett, wie sein Genosse Service der dritten Abtheilung zugehörig und Beide zwölf Jahre alt, sind der eine der Sohn eines pensionirten Flottencapitäns, der andere der eines wohlgeborgenen Farmers, und ihre Familien wohnen am North-Shore, d. h. am nördlichen Ufer des Hafens von Waitemala. Dieselben halten gute Nachbarschaft, und ihr vertrauter Umgang ist auch die Ursache, daß Garnett und Service von einander ganz unzertrennlich geworden sind. Sie sind gutmüthiger Art, aber etwas träge. Garnett hat außerdem eine beklagenswerthe Leidenschaft für das auf der englischen Flotte so allgemein beliebte Accordeon. Als Sohn eines Seemanns spielt er in jeder freien Minute sein Lieblingsinstrument und hat dasselbe natürlich auch an Bord des „Sloughi“ mitgenommen. Was Service betrifft, so ist dieser der ausgelassenste der ganzen Gesellschaft, der richtige Bruder Lustig der Pension Chairman, der nur von Reiseabenteuern träumt und Robinson Crusoe, sowie den Schweizer Robinson, die er mit Vorliebe immer wieder liest, schon auswendig weiß.

Wir haben nun die Knaben von neun Jahren anzuführen. Da ist Jenkins, der Sohn des Vorsitzenden der Gesellschaft der Wissenschaften, der „New-Seeland-Royal-Society“; ferner Iverson, der Sohn des Pfarrers an der Metropolitankirche zu St. Paul. Zwar noch in der dritten, respective der zweiten Abtheilung, gelten sie doch als vorzügliche Schüler des Pensionats.

Es folgen hierauf zwei Kinder, Dole, achteinhalb, und Costar, acht Jahre alt, beide Söhne von Officieren der englisch-seeländischen Armee, welche in der kleinen Stadt Ouchunga, sechs Meilen von Auckland und am Ufer des Hafens von Manukau, wohnen. Sie gehören zu den „Kleinen,“ von denen man nichts zu sagen hat, außer daß Dole ein rechter Starrkopf und Costar ein kleines Leckermaul ist. Wenn sie noch in der ersten Abtheilung glänzen, so halten sie sich doch für nicht wenig fortgeschritten, da sie bereits lesen und schreiben können – und etwas Anderen kann man sich in diesem Alter ja nicht wohl zu rühmen haben.

Es erübrigt nun noch von den drei anderen, auf dem Schooner eingeschifften Knaben zu sprechen, von dem Amerikaner und den beiden Franzosen.

Der Amerikaner ist der vierzehnjährige Gordon. Erscheinung und Haltung desselben zeigen schon entschiedene Spuren der rohen Urwüchsigkeit des „Yankee“. Obwohl etwas linkisch und schwerfällig, ist er doch sozusagen der gesetzteste aller Schüler der fünften Abtheilung. Ihm fehlt das äußerlich Glänzende seines Kameraden Doniphan, dafür besitzt er ein scharfes Urtheil und gesunden Menschenverstand, von dem er zu wiederholten Malen Proben abgelegt hat. Den Blick auf ernstere Dinge gerichtet, ist er ein guter Beobachter von kaltem Temperament. Methodisch bis zur Kleinlichkeit, ordnet er die Gedanken im Gehirn wie die Gegenstände im Schreibtische, wo Alles classificirt, etiquettirt und in einem besonderen Büchlein verzeichnet ist. Seine Kameraden schätzen ihn, versagen seinen guten Eigenschaften nicht die gebührende Anerkennung und nehmen ihn, obwohl Nichtengländer von Geburt, stets freundlich in ihrem Kreise auf. – Gordon ist aus Boston gebürtig; vater- und mutterlos, hat er keine anderen Angehörigen als seinen Vormund, einen ehemaligen Consularagenten, der sich nach Ansammlung eines hübschen Vermögens in Neuseeland niedergelassen hat und eine jener reizenden Villas bewohnt, welche auf den Anhöhen rund um das Dorf Mount-Saint-John verstreut liegen.

Die beiden jungen Franzosen endlich sind die Söhne eines geschätzten Ingenieurs, der vor zweiundeinhalb Jahren hierherkam, um die umfänglichen Arbeiten der Trockenlegung der Sümpfe im Innern Ika-Na-Mawis zu leiten. Der Aeltere zählt dreizehn Jahre. Nicht besonders arbeitsam trotz sehr guter Anlagen, begegnet es ihm häufiger, der letzte in der fünften Abtheilung zu sein. Wenn er aber den Willen dazu hat, gelingt es ihm, bei seinem leichten Auffassungsvermögen und erstaunlichen Gedächtniß, sich auf den ersten Platz emporzuschwingen, worüber Doniphan erklärlicher Weise nicht wenig eifersüchtig wird. Zwischen Briant und ihm hat im Pensionat Chairman von jeher kein rechtes Einvernehmen geherrscht, und die Folgen der Disharmonie traten ja schon am Bord des „Sloughi“ zutage. Uebrigens ist Briant kühn, unternehmend, in allen körperlichen Uebungen geschickt, nicht mundfaul und gleich mit einer Gegenrede bei der Hand, sonst aber ein hilfsbereiter guter Junge, ohne den Stolz Doniphan's, ja bezüglich der äußeren Erscheinung sogar etwas nachlässig – kurz, er ist vom Scheitel bis zur Zehe Franzose und unterscheidet sich schon deshalb wesentlich von seinen englischen Kameraden. Die Schwächsten hat er oft geschützt gegen den Mißbrauch ihrer Kraft seitens der Großen, und sich, was seine Person anging, den Fuchsregeln niemals unterwerfen wollen. Dadurch entstanden manche Zänkereien und Schlägereien, aus welchen er, dank seiner überlegenen Körperkraft und seinem Muthe, meist als Sieger hervorging. Das hinderte jedoch nicht seine allgemeine Beliebtheit, und als es sich um Uebernahme der Führung des „Sloughi“ handelte, weigerten sich seine Kameraden, mit ganz wenig Ausnahmen, keinen Augenblick, ihm zu gehorchen, zumal er, wie wir wissen, sich gelegentlich seiner Ueberfahrt von Europa nach Neuseeland einige seemännische Kenntnisse angeeignet hatte.

Sein jüngeres Brüderchen, Jacques, war bisher stets als der Schalk und Spaßvogel der dritten Abtheilung – wenn nicht der ganzen Pension Chairman, Service inbegriffen – angesehen worden, da er immer neue Possen erfand und seinen Kameraden lose Streiche spielte, für die er gleichmüthig so manche Bestrafung hinnahm. Wie man bald sehen wird, hatte sich sein Charakter jedoch, ohne daß Jemand die Ursache enträthseln konnte, seit der Abfahrt der Yacht höchst auffallend verändert. –

Das war die Kindergesellschaft, welche der rasende Sturm auf eines der Ländergebiete des Stillen Oceans verschlagen hatte.

Während seiner mehrwöchentlichen Lustfahrt rings um die Gestade Neuseelands, sollte der „Sloughi“ von seinem Eigenthümer, dem Vater Garnett's, befehligt werden, der als kühner Yachtenführer in den Gewässern Oceaniens rühmlichst bekannt war. Wie oft war sein Schooner bereits an den Küsten Neucaledoniens, Neuhollands, von der Meerenge von Torres bis zur südlichsten Spitze Tasmaniens und bis hinauf in den selbst für größere Schiffe oft verderblichen Meeren der Molukken, der Philippinen und von Celebes sichtbar gewesen. Es war aber auch eine äußerst solid gebaute, schnell segelnde Yacht, welche ihre Seetüchtigkeit selbst beim schwersten Wetter glänzend bewährte.

Die Besatzung derselben bestand aus einem Obersteuermann, sechs Matrosen, einem Koch und einem Schiffsjungen – Moko, einem Neger von zwölf Jahren, dessen Familie bei einem Ansiedler von Neuseeland schon lange Zeit in Diensten stand. Wir dürfen auch nicht vergessen, einen schönen Jagdhund von amerikanischer Rasse, Phann, zu erwähnen, der Gordon angehörte und seinen Herrn niemals verließ.

Als Abfahrtstag war der 15. Februar bestimmt worden. Inzwischen lag der „Sloughi“, von seinen Sorrtauen am Hintertheil gehalten, am äußersten Ende des Commercial-Pier und folglich ganz nahe der Seeseite des Hafens.

Die Besatzung befand sich nicht an Bord, als die jungen Passagiere sich am Abend des 14. Februar einschifften. Capitän Garnett sollte erst eintreffen, wenn das Schiff die Fahrt antrat. Nur der Obersteuermann und der Schiffsjunge empfingen Gordon und seine Kameraden, da die übrige Mannschaft noch am

Lande bei einem letzten Glase Whisky saß. Nachdem Alle untergebracht und ihnen die Lagerstätten angewiesen waren, suchte auch der Obersteuermann die übrigen Leute noch einmal in der Schänke am Hafen auf, wo er sich der unverzeihlichen Nachlässigkeit schuldig machte, bis zur späten Nachtstunde zu verweilen. Der Schiffsjunge hatte sich bereits im Volkslogis zum Schlafen niedergelegt.

Was nun inzwischen vorging, das wird wohl niemals aufgeklärt werden. Sicher ist nur das, daß die Sorrtaue sich entweder zufällig lösten oder freventlich von dritter Hand gelöst wurden, ohne daß an Bord Jemand etwas davon bemerkte.

Tiefdunkle Nacht verhüllte den Hafen und den Golf Hauraki. Vom Lande her wehte ein ziemlich starker Wind, und der Schooner, den gleichzeitig die rückströmende Ebbe mit fortzog, wurde nach der offenen See hinausgetrieben.

Als der Schiffsjunge erwachte, schaukelte der Schooner, als werde er von hohlem Seegange umhergeworfen, eine Bewegung, welche mit der durch die gewöhnliche Brandung veranlaßten gar nicht zu verwechseln war. Moko sprang eiligst nach dem Deck hinauf... Die Yacht war im Abtreiben...

Auf den lauten Ruf des Schiffsjungen verließen Gordon, Briant, Doniphan nebst einigen Andern ihre Lagerstätten und stürmten die Treppe hinauf. Vergeblich riefen sie um Hilfe! Sie erblickten nicht einmal mehr ein einziges Licht von der Stadt oder dem Hafen. Der Schooner befand sich schon in der Mitte des Golfes, gegen drei Meilen vom Ufer.

Anfänglich versuchten die Knaben, auf den auch vom Schiffsjungen gebilligten Rath Briant's hin, ein Segel beizusetzen, um durch Kreuzen nach dem Hafen zurückzugelangen; zu schwer aber, um von ihnen in die passende Lage gebracht zu werden, hatte dieses Segel keine andere Wirkung, als daß es sie durch den Westwind, den es abfing, noch weiter hinaustrieb. Der „Sloughi" umschiffte dabei das Cap Colville, glitt durch die Meerenge, welche dieses von der Insel der großen Barre trennt, und befand sich bald mehrere Meilen von Neuseeland.

Der Ernst dieser Lage ist gewiß leicht zu durchschauen. Briant und seine Gefährten konnten auf Hilfe vom Lande her nicht mehr rechnen. Wenn selbst ein Schiff vom Hafen auslief, sie aufzuspüren, so mußten im günstigsten Falle mehrere Stunden vergehen, ehe es sie einholte – angenommen, daß es überhaupt möglich war, den Schooner bei der tiefen Finsterniß zu entdecken. Graute erst wieder der Tag, wie hätte Jemand ein so kleines, im offenen Meere verirrtes Fahrzeug wahrnehmen können? Und wie sollte es diesen Kindern gelingen, sich mit eigener Anstrengung aus dieser schlimmen Lage zu befreien? Schlug der Wind nicht bald um, so mußten sie darauf verzichten, das Land wieder erreichen zu können.

Freilich blieb auch die Möglichkeit übrig, einem Schiffe auf dem Wege nach einem der Häfen Neuseelands zu begegnen. Trotz der Unwahrscheinlichkeit eines so glücklichen Zufalles beeilte sich Moko doch, eine angezündete Signallaterne am Top des Fockmastes zu befestigen. Jetzt aber hatten sie nichts anderes zu thun, als den Anbruch des Tages abzuwarten.

Die Kleinen, welche von dem Lärmen nicht aufgewacht waren, ließen sie lieber weiterschlafen. Ihr Schrecken hätte an Bord nur Unordnung verursacht.

Immerhin wurden noch mehrere Versuche unternommen, dem „Sloughi" eine günstigere Richtung zu geben. Dieser widerstand aber jeder derartigen Bemühung und trieb mit großer Schnelligkeit immer weiter nach Osten hinaus.

Plötzlich tauchte, etwa zwei bis drei Meilen entfernt, ein Lichtschein auf. Es war ein weißes Licht oben am Maste, das unterscheidende Zeichen eines in Fahrt begriffenen Dampfers. Bald erschienen auch seine beiden Positionslichter, das rothe wie das grüne, und da beide gleichzeitig sichtbar blieben, bewies das, daß der Dampfer in gerader Richtung auf den Schooner zusteuerte.

Vergeblich ließen die Knaben laute Hilferufe ertönen. Das Klatschen und Schlagen der Wellen, das Zischen des Dampfes, der durch die Abflußrohre des Steamers ausströmte, und der noch weiter aufgefrischte Wind – Alles traf zusammen, ihre Stimme ungehört verhallen zu lassen.

Doch wenn sie die Rufe nicht hörten, mußten die wachhabenden Matrosen des anderen Schiffes nicht wenigstens das Signallicht des „Sloughi" erkennen? Das war die letzte Hoffnung.

Unglücklicher Weise war durch eine heftige Schlingerbewegung die Leine desselben zerrissen, die Laterne dabei in's Meer gefallen und nichts verrieth jetzt mehr die Gegenwart des „Sloughi", auf den der Dampfer mit einer Schnelligkeit von zwölf Knoten in der Stunde zujagte.

Nach wenigen Secunden wurde die Yacht angerannt und wäre ohne Zweifel versenkt worden, wenn der Stoß sie rechtwinkelig traf. So betraf die Collision aber nur den Achter derselben und zerstörte die Planke mit dem Namen, ohne den Schiffsrumpf zu beschädigen.

Der Stoß war überhaupt ein so schwacher gewesen, daß der Dampfer den „Sloughi“ einfach, trotz drohenden Sturmes, sich selbst überließ und seine Fahrt ruhig fortsetzte.

Sehr häufig bekümmern sich die See-Capitäne nicht im geringsten um die Schiffe, welche sie angerannt haben. Von solchem verbrecherischen Benehmen gibt es gar zu viele Beispiele. Im vorliegenden Falle war freilich anzunehmen, daß man an Bord des Dampfers von der Collision mit der leichten Yacht, die in der Dunkelheit auch Niemand gesehen, überhaupt nichts verspürt hatte.

Vom Winde weiter hinaus gejagt, mußten die Knaben sich für so gut wie verloren halten. Als der Tag graute, sahen sie nur eine öde Wasserwüste vor sich. Auf diesem weniger belebten Theile des Stillen Oceans folgen die Schiffe, welche von Oceanien nach Amerika oder umgekehrt segeln, einem entweder weit nördlicheren oder mehr südlicheren Wege. In Sicht der Yacht kam kein einziges vorüber. Wieder brach die Nacht herein, welche noch schlimmer zu werden drohte, und wenn der eigentliche Sturm sich auch zeitweilig beruhigte, so wehte doch der Wind immer recht steif von Westen her.

Wie lange diese Fahrt andauern sollte, davon hatten natürlich weder Briant noch seine Kameraden eine Ahnung. Vergeblich suchten sie in der Weise zu manövriren, um den Schooner nach den neuseeländischen Gewässern zurückzuleiten; es fehlte ihnen jedoch an Kenntnissen, seine Richtung bestimmt zu beeinflussen, und überdies an Kraft, die schweren Segel beizusetzen.

Unter diesen Verhältnissen gewann Briant, der eine seinem Alter überlegene Thatkraft entwickelte, allmählich ein Uebergewicht über seine Gefährten, dem sich auch Doniphan nicht entziehen konnte. Gelang es ihm auch, trotz Moko's Unterstützung, nicht, die Yacht wieder nach Westen zurückzusteuern, so benutzte er doch seine geringen Kenntnisse, um diese unter möglichst guten Bedingungen forttreiben zu lassen. Er schonte sich keinen Augenblick, wachte Tag und Nacht und lugte immer nach dem Horizont hinaus, um eine Aussicht auf Rettung zu entdecken. Gleichzeitig ließ er auch mehrere Flaschen mit einem Bericht über den Verbleib des „Sloughi“ in's Meer werfen, und wenn das auch ein sehr unzuverlässiges Hilfsmittel war, wollte er es doch nicht vernachlässigen.

Inzwischen trieb der Westwind die Yacht immer weiter über den Stillen Ocean hinaus, ohne daß es möglich war, deren Lauf zu hemmen oder nur ihre Geschwindigkeit zu vermindern.

Wir wissen schon, was sich weiter zutrug. Wenige Tage, nachdem der Schooner durch die Wasserstraßen des Golfes Hauraki hingerissen worden war, brach ein Sturm los, der zwei volle Wochen lang mit außergewöhnlicher Heftigkeit wüthete. Von ungeheueren Wellen auf und ab geschleudert, hundertmal nahe daran, durch andonnernde Wassermassen zertrümmert zu werden, was ohne seine besonders feste Bauart und seine vortrefflichen nautischen Eigenschaften gar nicht hätte ausbleiben können, war der „Sloughi" schließlich auf ein unbekanntes Stück Erde im Stillen Ocean geworfen worden.

Welches Loos erwartete nun dieses Pensionat von Schiffbrüchigen, welche wohl achtzehnhundert Meilen weit von Neuseeland verschlagen waren? Von welcher Seite würde ihnen die Hilfe kommen, die sie in sich selbst nicht finden konnten?...

Jedenfalls hatten ihre Familien gar zu viele Ursache, sie mit dem Schooner untergegangen zu glauben.

Diese Ursache war nämlich folgende:

Als in Auckland das Verschwinden des „Sloughi" in der Nacht vom 14. zum 15. Februar bemerkt worden war, benachrichtigte man davon den Capitän Garnett und die Familien der unglücklichen Kinder. Wir brauchen wohl die Wirkung dieses traurigen Vorfalles, der in der Stadt allgemeine Bestürzung erregte, nicht eingehender zu schildern.

Wenn seine Sorrtaue aus irgend einem Grunde nachgegeben hatten, so war der Schooner doch vielleicht nicht über den Golf selbst hinausgetrieben. So durfte man hoffen, ihn noch wiederzufinden, obwohl der steife Westwind eine recht schmerzliche Beunruhigung erweckte.

Ohne eine Minute Zeit zu verlieren, traf der Hafencapitän Anstalt, der Yacht zu Hilfe zu kommen. Zwei kleine Dampfer sollten den ganzen Golf Hauraki durchsuchen. Die ganze Nacht über kreuzten sie umher, während der Seegang immer schwerer wurde, und als sie mit Tagesanbruch zurückkehrten, raubten ihre Meldungen den von dieser schrecklichen Katastrophe betroffenen Familien den letzten Schimmer von Hoffnung.

Wenn diese Dampfer zwar den „Sloughi" nicht aufgespürt hatten, so hatten sie doch einzelne Stücke aufgefischt. Diese letzteren bestanden aus den in's Meer gefallenen Trümmern des Hackbords nach der Collision mit dem peruanischen Dampfer „Quito", eine Collision, von der letzterer nicht einmal Kenntniß hatte.

Auf diesen Bruchstücken waren noch drei bis vier Buchstaben des Namens „Sloughi“ deutlich zu erkennen. Es schien also unzweifelhaft, daß die Yacht verunglückt und vielleicht ein Dutzend Meilen von der Küste Neuseelands mit Mann und Maus untergegangen war.

IV.

Erste Untersuchung des Uferlandes. – Briant und Gordon im Strandwald. – Vergeblicher Versuch eine Grotte zu finden. – Eine Inventur der Vorräthe. – Nahrungsmittel, Waffen, Kleidungsstücke, Bettzeug, Geräthe, Werkzeuge und Instrumente. – Erstes Frühstück. – Erste Nacht.

———

Die Küste war verlassen, wie Briant es erkannt hatte, als er sich auf der Raa des Fockmastes zum Auslugen befand. Seit einer Stunde lag der Schooner auf dem Ufersande, und noch war von keinem Eingebornen etwas bemerkt worden. Weder unter den Bäumen, welche von dem hohen Ufer aufragten, noch neben dem Rande des Rio, der jetzt von der anschwellenden Fluth erfüllt war, sah man ein Haus, eine Hütte oder nur ein Zelt. Nicht einmal ein Eindruck eines menschlichen Fußes zeigte sich auf der Oberfläche des Strandes, den das an- und ablaufende Wasser mit einer langen Anhäufung von Varec eingefaßt hatte. In den Mündung des kleinen Flusses schaukelte kein Fischerboot, und längs des ganzen Umfanges der Bai, zwischen den beiden Vorgebirgen im Norden und im Süden, wirbelte keine Rauchsäule in die Luft.

In erster Linie hatten Briant und Gordon den Gedanken unter die Baumgruppen einzudringen, um die höhere Wand zu erreichen und wenn möglich zu erklimmen.

„Da wären wir nun auf dem Lande; das ist ja schon etwas,“ sagte Gordon. „Doch welches ist dieses Land, das ganz unbewohnt scheint ...“

„Die Hauptsache bleibt doch, daß es nur nicht unbewohnt ist,“ erwiderte Briant. „Für einige Zeit haben wir ja Mundvorrath und Munition. Es fehlt uns zunächst nur ein Obdach, und ein solches müssen wir finden ... Mindestens für die Kleinen ... Vorwärts also!“

„Ja, Du hast Recht! ...“ stimmte ihm Gordon zu.

„Zu wissen, wo wir uns befinden," fuhr Briant fort, „das aufzuklären wird noch Zeit genug sein, wenn wir erst für das allernöthigste gesorgt haben. Wenn es ein Festland wäre, so hätten wir ja einige Aussicht Hilfe zu finden, wäre es eine Insel ... eine unbewohnte Insel ... so werden wir ja sehen! ... Komm, Gordon, komm zur Entdeckungsreise!"

Beide erreichten schnell genug den Saum des Waldes, der schräg zwischen dem steilen Ufer und der rechten Seite des Rio, drei- bis vierhundert Schritte stromaufwärts hinzog.

In diesem Gehölz fand sich keine Spur, daß hier Menschen hindurchgezogen wären, kein Durchhau, kein Fußsteg. Alte morschgewordene Stämme lagen hie und da auf der Erde und Briant und Gordon sanken bis ans Knie in den Teppich von weichem Laube ein. Die Vögel dagegen entflohen so furchtsam, als hätten sie menschlichen Wesen schon mißtrauen gelernt. Danach schien es also, als ob diese Küste, wenn sie auch nicht selbst bewohnt war, doch dann und wann von Eingebornen des Nachbargebietes besucht wurde.

In zehn Minuten hatten die beiden Knaben das Gehölz durchschritten, dessen Dichtheit sich nahe der felsigen Rückseite vergrößerte, die gleich einer Mauer auf eine mittlere Höhe von hundertachtzig Fuß schroff emporstieg. Es wäre höchst wünschenswerth gewesen, daß der Fuß dieser Felswand irgend eine Ausbuchtung enthielte, in der man hätte Obdach suchen können. Hier hätte ja eine gegen den Seewind durch die Bäume geschützte und vor dem Ansturm des Meeres gesicherte Höhle einen vortrefflichen Zufluchtsort geboten; hier hätten die jungen Schiffbrüchigen sich vorläufig einrichten und so lange aushalten können, bis eine eingehende Untersuchung der Küste ihnen gestattete, mit mehr Sicherheit in's Innere des Landes vorzudringen.

Unglücklicher Weise entdeckten Gordon und Briant an dieser Wand, welche so schroff wie eine Festungsmauer abfiel, weder eine Grotte, noch auch nur einen Einschnitt, durch den sie hätten bis zum Scheitel derselben gelangen können. Um zu dem Inneren des Gebietes zu gelangen, mußten sie wahrscheinlich dieses steile Ufer, dessen Anordnung Briant, als er sich von den Raaen des „Sloughi" aus umsah, überblickt hatte, vollständig umwandern.

Etwa eine halbe Stunde lang zogen Beide längs des Strandes am hohen Ufer hin nach Süden zu hinab. Damit erreichten sie die rechte Seite des Rio, der in vielen Windungen nach Osten zu verlief. War dieses Ufer von schönen Bäumen beschattet, so begrenzte das andere eine Landschaft von ganz verschiedenem

Aussehen – ohne Grün und ohne jede Bodenunebenheit. Man hätte einen ungeheuren Sumpf vor sich zu sehen geglaubt, der sich bis zum südlichen Horizont hin ausdehnte.

Getäuscht in ihrer Hoffnung, bis zur Höhe des steilen Ufers emporklimmen zu können, von wo aus sie ohne Zweifel das Land hätten auf einen Umkreis von mehreren Meilen überschauen können, kehrten Briant und Gordon nach dem „Sloughi“ zurück.

Doniphan und einige Andere liefen auf den Felsen hin und her, während Jenkins, Iverson, Dole und Costar sich mit dem Einsammeln von Muscheln belustigten.

In einem Gespräch, das sie mit den Größeren hatten, setzten Briant und Gordon diese von dem Erfolg ihres kurzen Ausfluges in Kenntniß. Bevor diese Untersuchungen nicht weiter ausgedehnt werden konnten, erschien es rathsam, den Schooner nicht zu verlassen. War dieser auch in seinem ganzen Rippenwerke erschüttert und lag er ziemlich tief nach Backbord geneigt, so konnte er doch an Ort und Stelle, wo er fest lag, als einstweilige Wohnung dienen. Hatte sich das Deck auch über dem Volkslogis geöffnet, so boten doch der Salon und die übrigen Räume des Hintertheiles ein hinreichendes Obdach gegen den stürmischen Wind. Die Küche hatte ebenfalls durch das Streifen über die Klippen nicht gelitten – zur großen Befriedigung der Kleinen, welche die Frage der Mahlzeiten vor allem Anderen interessirte.

In der That war es ein Glück zu nennen, daß die Knaben nicht nöthig hatten, die zu ihrer Einrichtung nöthigsten Gegenstände nach dem Strande zu schaffen. Selbst wenn ihnen das gelungen wäre, mit welchen Schwierigkeiten, welchen Anstrengungen wäre es verknüpft gewesen! Blieb der „Sloughi“ innerhalb der Klippenbank eingeklammert sitzen, wie hätten sie die Bergung des gesammten Materiales bewerkstelligen sollen? Das Meer mußte die Yacht doch bald demoliren, und was hätten sie dann von den Conserven, Waffen, dem Schießbedarf, den Kleidern, der Bettwäsche und den Geräthen aller Art wohl retten können? Glücklicher Weise hatten jene Fluthwellen den „Sloughi“ bis über den Klippengürtel hinausgeworfen. Wenn er damit auch niemals wieder flott werden konnte, so war er wenigstens bewohnbar geblieben, da sein Oberwerk sowohl dem Wellenschlage als auch dem nachfolgenden Stoße widerstanden hatte und nichts ihn wieder aus diesem sandigen Bette reißen konnte, in das sein Kiel tief eingesenkt war. Unter der abwechselnden

Einwirkung der Sonne und des Regens mußte er wohl endlich aus den Fugen gehen, seine Wand mußte sich öffnen und das Verdeck schließlich aufspringen, so daß das Obdach, welches er jetzt noch bot, einmal unzulänglich zu werden drohte.

Doch bis dahin hatten die jungen Schiffbrüchigen entweder eine Stadt oder ein Dorf aufgefunden, oder wenn der Sturm sie auf eine ganz öde Insel verschlagen hatte, würden sie doch eine Grotte in den Uferfelsen entdeckt haben.

Am besten erschien es also, vorläufig am Bord des „Sloughi“ zu bleiben, und dazu richtete man sich noch an demselben Tage ein. Eine am Backbord – nach welcher Seite die Yacht gesenkt lag – befestigte Strickleiter gestattete den Großen wie den Kleinen die Treppenkappe des Verdeckes zu erreichen. Moko, der etwas vom Kochen verstand, wie es ihm als Schiffsjungen zukam, beschäftigte sich, unterstützt von Service, dem es Vergnügen machte, bei der Zubereitung der Speisen zu helfen, mit der Herrichtung einer Mahlzeit. Alle verzehrten dieselbe mit größtem Appetit, und Jenkins, Iverson, Dole und Costar verfielen selbst in ihre frühere gewohnte Heiterkeit. Nur Jacques Briant, ehemals der Singvogel des Pensionats, hielt sich auch jetzt noch bei Seite. Eine solche Veränderung seines Charakters, seiner Gewohnheiten mußte überraschen. Jacques aber, der jetzt höchst schweigsam geworden war, wußte sich allen diesbezüglichen Fragen seiner Kameraden geschickt zu entziehen.

Stark ermüdet nach so vielen Tagen und so vielen Nächten der Angst während des furchtbaren Sturmes, dachten endlich Alle daran, sich schlafen zu legen. Die Kleinen vertheilten sich in die Zimmer der Yacht, wo die Großen sich ihnen bald anschlossen. Briant, Gordon und Doniphan wollten jedoch der Reihe nach Wache halten. Konnten sie nicht den Ueberfall einer Bande wilder Thiere oder vielleicht gar eines Haufens Eingeborner erwarten, welch' Letztere gewiß nicht weniger zu fürchten waren? Doch nichts von dem geschah. Die Nacht verlief ohne Störung und als die Sonne aufging, machten sich Alle nach einem Dankgebet zu Gott an die durch die Umstände gebotene Arbeit.

Zuerst galt es, sich über die Vorräthe der Yacht Rechenschaft zu geben, und dann das Material an Waffen, Instrumenten, Geräthen, Werkzeugen, Kleidungsstücken u. s. w. aufzunehmen. Die Frage bezüglich der Nahrung erschien als die dringendste, da die Küste ja völlig verlassen schien. Die

Hilfsquellen hier beschränkten sich offenbar auf die Ausbeute der Fischerei oder der Jagd, wenn es an eßbarem Wild nicht mangelte.

Bisher hatte Doniphan, ein geschickter Jäger, überhaupt nichts bemerkt, als zahlreiche Gesellschaften von Vögeln auf der Oberfläche der Klippen und den Felsen des Vorlandes. Es wäre aber sehr bedauerlich gewesen, sich nur von Seevögeln ernähren zu sollen. Man mußte also wissen, wie viel Proviant der Schooner noch führte und wie lange dieser noch ausreiche, wenn man sparsam damit umging.

Ein Ueberschlag ließ erkennen, daß, abgesehen von dem in sehr großen Mengen vorhandenen Schiffszwieback, die Konserven, der Schinken, das Fleischbisquit – bestehend aus Mehl erster Sorte mit gehacktem Schweinefleisch und Gewürz – das Corn-beef, Salzfleisch und die Leckerbissen in Blechdosen nicht länger als zwei Monate reichen würden, selbst wenn man sehr sparsam damit umging. Demnach empfahl es sich von Anfang an, auf die Erzeugnisse des Landes zurückzugreifen, um den Proviant zu schonen, für den Fall, daß es nothwendig würde, einige hundert Meilen weiter zu ziehen, um einen Hafen an der Küste oder eine Stadt im Innern des Landes zu erreichen.

„Wenn nur ein Theil dieser Conserven nicht schon verdorben ist!“ bemerkte Baxter. „Ist nach unserer Strandung das Meerwasser in den Schiffsrumpf eingedrungen? . . .“

„Das werden wir sehen, wenn wir die Kisten öffnen, die uns beschädigt erscheinen,“ antwortete Gordon. “Wenn man den Inhalt derselben noch einmal aufkochte, könnte man ihn doch vielleicht verwenden.“

„Das soll meine Sorge sein,“ ließ sich Moko vernehmen.

„So mach' Dich recht bald daran,“ empfahl ihm Briant, „denn während der ersten Tage werden wir doch gezwungen sein, von dem Proviant des ›Sloughi‹ zu leben.“

„Warum aber,“ fiel Wilcox ein, „sollten wir nicht schon heute die Felsen absuchen, welche sich im Norden der Bai erheben, und dort eßbare Vogeleier einsammeln?“

„Ja! . . . Ja! . . .“ riefen Dole und Costar.

„Und warum sollten wir nicht fischen?“ fügte Webb hinzu. „Sind denn nicht Angelschnuren an Bord und Fische im Meere? – Wer will mit mir angeln gehen?“

„Ich! . . . Ich! . . .“ riefen die Kleinen.

„Gut, gut!“ sagte Briant. „Aber es handelt sich nicht darum, nur zu spielen, und Angelschnuren erhalten von uns nur ernsthafte Fischer.“

„Beruhige Dich, Briant,“ versicherte Iverson, „wir werden es als eine Pflicht betrachten . . .“

„Schon gut, doch laß' uns damit beginnen, ein Inventar von Allem aufzunehmen, was unsere Yacht enthält,“ sagte Gordon. „Wir dürfen nicht allein ans Essen und Trinken denken.“

„Wir könnten einstweilen Schalthiere zum Frühstück einsammeln,“ bemerkte Service.

„Nun, meinetwegen!“ antwortete Gordon. „Nun auf, Ihr Kleinen, drei oder vier von Euch mögen gehen. Moko, Du wirst sie begleiten.“

„Gewiß, Herr Gordon.“

„Und Du gibst hübsch auf sie Acht,“ setzte Briant hinzu.

„Aengstigen Sie sich nicht!“

Der Schiffsjunge, auf den man sich verlassen konnte, ein sehr dienstwilliger, geschickter und entschlossener Bursche, versprach den jungen Schiffbrüchigen nach besten Kräften Dienste zu leisten. Er fühlte sich vorzüglich zu Briant hingezogen, der seinerseits kein Hehl aus der Theilnahme machte, die er für Moko hegte, eine Theilnahme, über welche seine angelsächsischen Gefährten ohne Zweifel gespöttelt hätten.

„Nun vorwärts also!“ rief Jenkins.

„Du begleitest sie nicht, Jacques?“ fragte Briant, sich an seinen Bruder wendend.

Jacques antwortete verneinend.

Jenkins, Dole, Costar und Iverson brachen also unter Führung Moko's auf und gingen am Rande der Klippen hin, welche das Meer jetzt ganz trocken gelegt hatte. Vielleicht konnten sie in den Zwischenräumen der Felsblöcke eine reichliche Ernte von Schalthieren, Miesmuscheln, Taschenkrebsen oder gar Austern einheimsen, und roh oder gekocht mußten diese Schalthiere eine angenehme Zugabe zu dem Frühstück bilden. Sie sprangen lustig dahin, da sie in diesem Ausfluge weniger dessen Nutzen als ein Vergnügen erkannten. Das entsprach ja ihrem Alter, und jetzt fehlte ihnen fast schon jede Erinnerung an die schweren Prüfungen, die sie ausgestanden, ebenso wie die Sorge um die drohende Zukunft.

Sobald die kleine Gesellschaft sich entfernt hatte, gingen die Großen an die Nachsuchungen an Bord der Yacht. Auf der einen Seite nahmen Doniphan, Cross, Wilcox und Webb die Durchsicht der Waffen, des Schießbedarfs, der Kleidungsstücke, Bettwäsche, Geräthe und Werkzeuge des Schiffes vor; auf der anderen berechneten Briant, Garnett, Baxter und Service, was an Getränken, Wein, Ale, Brandy, Whisky und Gin, die sich in zehn bis vierzig Gallonen haltenden Fäßchen im unteren Raume befanden, vorhanden war. Nach der Aufnahme eines jeden einzelnen Gegenstandes verzeichnete Gordon die Anzahl oder das Maß in sein Notizbuch. Dieses Notizbuch war übrigens schon vorher mit Aufzeichnungen, betreffend die Ausrüstung und Ladung des Schooners, angefüllt. Der methodische Amerikaner – der sich fast von Geburt an für Alles verantwortlich zu fühlen schien – besaß schon ein allgemeines Inventarverzeichniß, das bei dieser Gelegenheit nur etwas berichtigt zu werden brauchte.

Zuerst stellte sich hierbei heraus, daß noch eine vollständige Serie von Segeln und Takelwerk aller Art, Leinen, Seile, Taue u. dergl. vorhanden war. Wäre die Yacht noch flott gewesen, so hätte nichts gefehlt, sie wieder in segelklaren Zustand zu setzen. Wenn diese vortreffliche Leinwand, diese neuen Taue nun zwar nicht mehr zu einer Schiffsausrüstung dienen sollten, so versprachen sie doch sehr nützlich zu werden, wenn es darauf ankam, sich häuslich einzurichten. Einige Fischereigeräthschaften, Hand- und Grundangeln, sowie Schleppnetze befanden sich ebenfalls unter diesem Inventar, und diese waren höchst schätzbar, vorausgesetzt, daß es im Wasser hier reichlich Fische gab.

Was die Waffen betrifft, so hatte Gordon in sein Notizbuch folgendes eingetragen; acht Centralfeuer-Jagdgewehre, eine weittragende Entenflinte und ein Dutzend Revolver. Der Schießbedarf bezifferte sich auf dreihundert Patronen für die Hinterladungsgewehre, zwei Tonnen Pulver von je fünfundzwanzig Pfund und eine große Menge Blei, Schrot und Kugeln. Diese Munition, ursprünglich bestimmt, auf den Jagdzügen verwendet zu werden, wenn der „Sloughi“ an der Küste Neuseelands Aufenthalt nahm, versprach hier einem viel nützlicheren Zwecke, nämlich der Beschaffung von Nahrungsmitteln zu dienen – wenn sie nicht gar gelegentlich zur Vertheidigung in Anspruch genommen wurde. Die Pulverkammer enthielt daneben eine große Anzahl

Raketen, zu Nachtsignalen bestimmt, und etwa dreißig Kartuschen und Projectile für die beiden kleinen Kanonen der Yacht, von denen Gebrauch zu machen, man hoffentlich nicht zur Abweisung eines Angriffs Eingeborner genöthigt wurde.

Was die Toilettengegenstände und das Küchengeräth anging, so war hiervon so viel vorhanden, daß es die Bedürfnisse der jungen Schiffbrüchigen deckte, selbst wenn deren Aufenthalt sich unerwartet verlängern sollte. Wenn ein Theil des Geschirrs bei dem Aufschlagen des „Sloughi" zerbrochen war, so war doch mehr als genug für Speisekammer und Tafel übrig. Unentbehrlich nothwendige Gegenstände waren das ja ohnehin nicht. Von größerer Wichtigkeit erschien ein hinlänglicher Vorrath von Kleidungsstücken aus Flanell, Tuch, Baumwolle und Leinwand, um mit diesen, je nachdem die Temperatur es erforderte, wechseln zu können. Lag dieses Land nämlich unter derselben Breite wie Neuseeland – was schon der Umstand wahrscheinlich machte, daß der Schooner von dem Hafen von Auckland aus stets durch westliche Winde fortgetrieben worden war – so mußte hier im Sommer große Hitze, im Winter aber recht empfindliche Kälte herrschen. Glücklicherweise befand sich an Bord eine große Menge solcher, bei einem mehrwöchentlichen Ausfluge unentbehrlicher Kleidungsstücke, denn auf dem Meere muß man damit reichlich versehen sein. Die Kisten und Koffer der Mannschaft enthielten unter Anderem Beinkleider, wollene Jacken, Wachstuchröcke, dicke gestrickte Westen und Strümpfe, welche man für Große und Kleine passend machen zu können hoffen durfte – kurz eine so reiche Auswahl, daß man auch der winterlichen Jahreszeit beruhigt entgegensehen konnte. Es versteht sich von selbst, daß wenn die Umstände zum Vertauschen des Schooners gegen eine andere Wohnung zwangen, Jeder sein vollständiges Bettzeug mitnehmen sollte, und von Matratzen, Pfühlen, Kopfkissen und Decken gab es einen solchen Vorrath, daß derselbe bei sorgsamer Behandlung auf lange Zeit auszureichen versprach.

Lange Zeit! ... Ein Wort, das vielleicht „für immer" bedeutete? ...

Bezüglich der an Bord vorhandenen Instrumente verzeichnete Gordon in seinem Notizbuche: Zwei Aneroïd-Barometer; ein hunderttheiliges Weingeist-Thermometer; zwei Schiffsuhren; mehrere jener kupfernen Trompeten oder Hörner, welche im Nebel benützt werden und deren Ton auf sehr weite Entfernungen hinausdringt; drei Fernrohre mit schwächerer und stärkerer Vergrößerung; einen Deckcompaß (im Häuschen) und zwei tragbare kleinere dergleichen; ein „Storm-glaß," welches herannahende Stürme vorher meldet;

mehrere englische Flaggen, ohne das Sortiment von Flaggen und Wimpeln zu rechnen, deren man sich auf dem Meere zur Verständigung von einem Schiffe zum anderen bedient. Endlich fand sich hier auch ein Exemplar jener Halketts-Boote, d. h. jener kleinen Fahrzeuge aus Kautschuk, die sich in Form eines Reisesackes zusammenlegen lassen und zur Überschreitung eines Flusses oder Binnensees recht wohl genügen.

Was die Werkzeuge betraf, so enthielt der Arbeitskasten des Tischlers davon ein ganzes Sortiment, abgesehen von den Säcken mit Nägeln, den Schraubenziehern, Holz- und Metallschrauben und Eisenvorräthen jeder Art, welche zu gelegentlichen kleinen Reparaturen der Yacht bestimmt waren. Knöpfe, Nähfaden und Nadeln fehlten ebenfalls nicht, denn in der Voraussicht häufig nothwendiger Ausbesserungen hatten die Mütter der Zöglinge hierfür ausreichend gesorgt. Außerdem liefen die Schiffbrüchigen keine Gefahr, des Feuers entbehren zu müssen, denn neben einem großen Vorrath an Streichhölzchen mußten die Zündschnüre und Feuerstähle auf lange Zeit hinaus genügen, so daß sie in dieser Hinsicht völlig beruhigt sein konnten.

An Bord befanden sich ferner in großem Maßstabe entworfene Land- und Seekarten, welche freilich, da sie sich nur auf die Küsten Neuseelands bezogen, hier im unbekannten Lande nutzlos erschienen. Zum Glück hatte Gordon einen allgemeinen Atlas der Alten wie der Neuen Welt mitgenommen, und zwar den „Großen Stieler", der bezüglich der neueren Geographie allen übrigen ähnlichen Werken voransteht. Die Bibliothek der Yacht zählte überdies viele gute englische und französische Bücher, meist Reiseschilderungen und ältere wissenschaftliche Arbeiten, ohne von den beiden berühmten Robinsons zu reden, welche Service ebenso, wie einst Camoëns seine „Lusiaden", gerettet hatte – und dasselbe galt auch von Garnett's Ziehharmonika, welche die Stöße bei der Strandung heil und gesund überstanden hatte. Neben vorgenanntem Lesestoffe fanden sich endlich alle Schreibbedürfnisse, Federn, Bleistifte, Tinte und Papier, und schließlich ein Kalender des Jahres 1860, in welchem Baxter jeden verflossenen Tag zu streichen übernahm.

„Es war am 10. März," sagte er, „als unser armer ›Sloughi‹ auf die Küste geworfen wurde. Ich streiche also den 10. März, sowie alle schon vergangenen Tage dieses Jahres."

Zu erwähnen wäre hier noch eine Summe von fünfhundert Pfund in Goldstücken, welche im Geldschrank der Yacht vorgefunden wurde. Vielleicht fand dieses Geld einmal Verwendung, wenn die jungen Schiffbrüchigen etwa einen Hafen erreichten, von dem aus sie nach der Heimat zurückkehren konnten.

Gordon beschäftigte sich dann mit sorgfältiger Aufnahme der im unteren Raume verstauten Fässer. Verschiedene derselben, welche mit Gin, Ale und Wein angefüllt gewesen waren, hatten durch die Stöße bei der Strandung so arg gelitten, daß ihr Inhalt völlig ausgelaufen war. Nach diesem nicht wieder zu ersetzenden Verluste empfahl es sich also doppelt, mit dem Restbestand sorgsam umzugehen.

Der Raum des Schooners barg aber immer noch etwa hundert Gallonen Weißwein oder Sherry, fünfzig Gallonen Gin, Brandy und Whisky; vierzig Tonnen Ale, jede zu fünfundzwanzig Gallonen (1 Gallone englisch gleich 4½ Liter), und mehr als 30 Flaschen mit verschiedenen Liqueuren, die in ihrer dichten Strohverpackung den Stößen an den Klippen unbeschädigt widerstanden hatten.

Man ersieht hieraus, daß den fünfzehn früheren Insassen des „Sloughi" für eine gewisse Zeit kein Mangel an eigentlichen Lebensbedürfnissen drohte, und es erübrigte nur festzustellen, ob auch das Land selbst noch einige Hilfsmittel lieferte, um jene nicht allein in Anspruch nehmen zu müssen. War es nämlich eine Insel, auf welche der langandauernde Sturm sie verschlug, so durften sie kaum hoffen, dieselbe je wieder verlassen zu können, wenn nicht etwa ein Schiff in die Nähe derselben kam, dem sie ihre Anwesenheit zu erkennen zu geben vermochten.

Eine Reparatur der Yacht, die Ausbesserung ihrer bis in den Grund gelockerten Rippen, wie die Dichtung der leckgewordenen Verplankung überstieg ebenso ihre Kräfte, wie es die Benutzung von Hilfswerkzeugen erfordert hätte, die ihnen nicht zu Gebote standen. An die Herstellung eines neuen Fahrzeuges aus den Trümmern des alten konnten sie aber gar nicht denken, und wie hätten sie, bei ihrem Mangel an Kenntnissen in der Schifffahrtskunde, es ermöglichen sollen, durch den Stillen Ocean nach Neuseeland zurückzusegeln? Vielleicht wäre es mittels der Boote des Schooners thunlich gewesen, ein Festland oder eine andere Insel zu erreichen, wenn sich in der Nähe dieses Theiles des Stillen Oceans eine solche befand. Die beiden Boote wurden aber durch den Wogenschlag weggerissen und an Bord lag nur noch die Jolle, welche höchstens zu kürzeren Fahrten längs der Küste genügte.

Gegen Mittag kamen unter Führung Moko's die Kleinen nach dem „Sloughi“ zurück. Durch ernsthafte Durchführung ihres Vorhabens hatten sie sich wirklich nützlich zu machen verstanden, denn sie brachten einen reichlichen Vorrath an Schalthieren mit, deren Zubereitung der Schiffsjunge sofort in die Hand nahm. Eier mußte es wohl auch in großer Menge geben, denn Moko hatte sich von dem Vorhandensein unzähliger eßbarer Felsentauben überzeugt, welche in den Löchern und Spalten des hohen Steilufers nisteten.

„Das ist schön!“ rief Briant; „so werden wir an einem der nächsten Morgen eine Jagd veranstalten, welche sehr erfolgreich auszufallen verspricht.“

„Ganz gewiß,“ bestätigte Moko; „drei bis vier Flintenschüsse müssen uns Dutzende von jenen Tauben liefern. Was die Nester angeht, so dürfte es durch Emporklettern oder Herablassen an einem Tau nicht allzuschwierig sein, dieselben auszunehmen.“

„Einverstanden!“ bemerkte Gordon. „Vielleicht spürt Doniphan Lust, sich schon morgen auf die Jagd zu begeben? . . .“

„Mit größtem Vergnügen!“ versicherte Doniphan. „Webb, Cross und Wilcox, Ihr begleitet mich doch dabei?“

„Herzlich gern!“ riefen die jungen Knaben, erfreut, auf die nach Tausenden zählenden Tauben Feuer geben zu sollen.

„Ich empfehle Euch jedoch,“ ließ Briant sich vernehmen, „nicht gleich zu viele Tauben zu erlegen. Im Falle des Bedarfs finden wir sie schon wieder. Vor Allem gilt es, Pulver und Blei nicht zu vergeuden . . .“

„Schon gut! . . . Schon gut!“ fiel ihm Doniphan ins Wort, der solche Ermahnungen nicht liebte, vorzüglich wenn sie von Briant ausgingen. „Wir nehmen nicht zum ersten Male ein Gewehr in die Hand und brauchen keine guten Rathschläge.“

Nach Verlauf einer Stunde meldete Moko, daß das Frühstück fertig sei. Alle begaben sich eilig wieder an Bord des Schooners und nahmen im Speisesalon Platz. Bei der Lage der Yacht neigte sich die Tafel sehr merklich nach Backbord. Das belästigte jedoch die Kinder nicht, welche die Bewegungen des Schiffes schon gewöhnt waren. Die Schalthiere, vorzüglich die Miesmuscheln, wurden vortrefflich befunden, obwohl ihre Zubereitung zu wünschen übrig ließ. In diesem Alter ist der Hunger aber ja stets der beste Koch. Schiffszwieback, ein tüchtiges Stück Corn-Beef und frisches Wasser, geschöpft an der Mündung des

Rio zur Zeit der Ebbe, wo es also keinen Salzgeschmack haben konnte, und gewürzt mit wenigen Tropfen Brandy – das Alles bildete zusammen eine gar nicht zu verachtende Mahlzeit.

Der Nachmittag wurde verschiedenen Aufräumungsarbeiten im Schiffsraume und der Ordnung der inventarisirten Gegenstände gewidmet. Während dessen beschäftigte sich Jenkins nebst einigen kleinen Genossen mit dem Angeln im Flusse, der von Fischen mancherlei Art geradezu wimmelte. Nach dem Abendessen aber begaben sich Alle zur Ruhe, mit Ausnahme Baxter's und Wilcox', welche bis Tagesanbruch die Wache übernahmen.

So verging die erste Nacht auf diesem Erdenwinkel des Stillen Oceans.

Alles in Allem sahen sich diese Knaben nicht von den Hilfsquellen entblößt, welche Schiffbrüchigen an öden Küsten so häufig mangeln. Unter den Verhältnissen, in welchen sie sich befanden, hätten arbeitsfähige und umsichtige Männer alle Aussicht gehabt, ihre Lage ganz erträglich zu gestalten. Würden diese Knaben aber, deren ältester vierzehn Jahre zählte, wenn es ihnen bestimmt war, lange Jahre unter solchen Verhältnissen auszuharren, es auch vermögen, sich alle Lebensbedürfnisse zu beschaffen? ... Das ist wohl einigermaßen zu bezweifeln.

V.

Insel oder Festland? – Ein Ausflug. – Briant zieht allein aus. – Die Amphibien. – Schaaren von Plattfischen. – Frühstück. – Von der Höhe des Vorgebirges. – Die drei Eilande im offenen Meere. – Eine blaue Linie am Horizont. – Rückkehr zum „Sloughi“.

———

Insel oder Festland? – Das blieb noch immer die wichtige Frage, mit der sich Briant, Gordon und Doniphan, ihrem Charakter und ihrer Intelligenz nach die natürlichen Häupter dieser kleinen Welt, unausgesetzt beschäftigten. Bei dem Gedanken an die Zukunft, während die Kleinen nur der Gegenwart lebten, sprachen sie sehr oft über diesen Gegenstand. Ob dieses Land aber einer Insel oder einem Continente angehörte, jedenfalls lag es nicht innerhalb der Tropenzone; das bewies seine Pflanzenwelt, der Bestand an Eichen, Buchen, Birken, Weiden, Fichten und Tannen verschiedener Art, das zeigte sich an den zahlreichen Myrtaceen oder Steinbrecharten, welche als Bäume oder Gebüsche im mittleren Theile des Stillen Oceans nicht vorkommen. Es schien sogar, als liege dieses Gebiet in etwas höherer Breite, also näher dem Südpole, als Neuseeland, weshalb zu befürchten war, daß der Winter hier mit großer Strenge auftreten würde. Schon bedeckte eine dicke Lage welker Blätter den Boden der Gehölze, die sich am Fuße des Steilufers hinzogen. Nur die Tannen und Fichten hatten ihren Nadelschmuck bewahrt, der sich von Jahr zu Jahr erneuert, ohne jemals ganz abzufallen.

„Aus diesem Grunde," bemerkte Gordon am nächsten Tage nach der Festlegung des „Sloughi" auf dem Strande, „erscheint es mir rathsam, daß wir uns nicht endgiltig auf diesem Theile der Küste ansiedeln."

„Das mein' ich auch," ließ Doniphan sich vernehmen. „Doch wenn wir die schlechte Jahreszeit herankommen lassen, wird es zu spät sein, einen bewohnten Ort auszusuchen, wenigstens wenn wir Hunderte von Meilen bis dahin zurückzulegen haben."

„Geduld, Geduld!" erwiderte Briant. „Noch sind wir erst in der Mitte des März!"

„Nun," entgegnete Doniphan, „die gute Witterung mag bis Ende April dauern, und binnen sechs Wochen ist ein gutes Stück Wegs zu überwinden."

„Vorausgesetzt, daß es überhaupt einen Weg gibt," meinte Briant.

„Und warum sollt' es keinen geben?"

„Natürlich," fiel Gordon ein. „Doch wenn es einen giebt, wissen wir auch, wohin er führen wird?"

„Ich sehe nur das Eine," erwiderte Doniphan, „daß es eine große Thorheit wäre, vor Eintritt der Kälte und der Regenzeit den Schooner nicht verlassen zu haben, und schon aus diesem Grunde darf man nicht bei jedem Schritte neue Schwierigkeiten wittern."

„Es ist stets besser, diese scharf ins Auge zu fassen," versetzte Briant, „als sich gleich Narren in ein Land hineinzuwagen, das man nicht kennt."

„Und es ist sehr leicht," erklärte Doniphan herausfordernd, „Diejenigen Narren zu nennen, welche nicht Eurer Ansicht sind!"

Vielleicht hätte diese Antwort Doniphan's wieder scharfe Gegenreden seines Kameraden hervorgerufen und das Gespräch in eine Zänkerei ausarten lassen, da trat Gordon vermittelnd dazwischen.

„Es nützt nichts, mit einander zu streiten,“ sagte er, „und um sich in schlimmer Lage zu helfen, gilt es zuerst sich zu verständigen. Doniphan hat damit recht, zu sagen, daß wir, wenn ein bewohntes Land in unserer Nachbarschaft liegt, ungesäumt dahin aufbrechen sollten. Ist das aber anzunehmen? antwortet dagegen Briant, und er hat nicht unrecht, so zu antworten.“

„Was zum Teufel!“ rief Doniphan hitziger. „Sieh, Gordon, wenn wir nach Norden hinaufziehen, nach Süden hinunterwandern, wenn wir uns nach Osten hinwenden, so müssen wir schließlich ans Ziel kommen . . .“

„Ja, sobald wir uns auf einem Festlande befinden,“ unterbrach ihn Briant, „nicht aber, wenn wir auf einer Insel sind und diese unbewohnt ist.“

„Doch eben deshalb gilt es, sich zu überzeugen, woran wir sind,“ erwiderte Gordon. „Was aber das Verlassen des ›Sloughi‹ betrifft, ohne uns darüber vergewissert zu haben, ob auch im Osten ein Meer sich befindet . . .“

„O, der wird uns schon selbst verlassen!“ rief Doniphan, wie immer auf seiner einmal gefaßten Ansicht bestehend. „Auf diesem Strande wird er dem Ansturm des Wetters in der schlechten Jahreszeit doch nicht widerstehen können.“

„Das geb' ich zu,“ meinte Gordon, „und doch müssen wir vor einem Auszuge nach dem Innern wissen, wohin wir gehen.“

Gordon's Einwürfe erschienen so berechtigt, daß Doniphan sich ihnen wohl oder übel fügen mußte.

„Ich bin bereit, auf Kundschaft auszuziehen,“ meldete sich Briant.

„Ich ebenfalls,“ schloß sich Doniphan an.

„Wir Alle sind gewiß dazu bereit,“ meinte Gordon; „es wäre jedoch sehr unklug, auch die Kleinen bei einem solchen möglicherweise langen und beschwerlichen Zuge mitzunehmen; zwei bis drei von uns werden, denk' ich, genug sein?“

„Es ist sehr bedauerlich,“ äußerte Briant, „daß sich hier keine beträchtlichere Anhöhe findet, von deren Gipfel aus man Umschau halten könnte. Leider befinden wir uns auf ziemlich niedrigem Lande, und auch von der Seeseite her hab' ich, selbst am Horizonte, keinen Berg entdecken können. Hier scheinen andere Höhen, als das schroff ansteigende Ufer im Hintergrunde des Strandes, ganz zu fehlen. Jenseits des letzteren befinden sich sicherlich Wälder, Ebenen und Sümpfe, durch welche der Rio sich hinschlängelt, dessen Ausmündung wir besichtigt haben."

„Und doch wäre es von Nutzen, diese Gegend einmal in Augenschein zu nehmen," warf Gordon ein, „ehe wir das Steilufer weiter untersuchen, in dem ich mit Briant vergeblich nach einer Höhle gesucht habe."

„Nun, warum sollen wir uns dann nicht nach dem Norden der Bai begeben?" sagte Briant. „Ersteigen wir das dortige Vorgebirge, so müßten wir, wie mir scheint, weithin sehen können . . ."

„Ebendaran dachte ich auch," antwortete Gordon. „Ja, jenes Cap, welches zwei- bis dreihundert Fuß hoch sein mag, muß das Steilufer überragen."

„Ich erbiete mich, dahin zu gehen . . ." erklärte Briant.

„Wozu aber?" warf Doniphan ein. „Was wäre von da oben zu sehen?"

„Ich meine, den Versuch ist es jedenfalls werth," erwiderte Briant.

In der That erhob sich am Ende der Bai eine Anhäufung von Felsen, eine Art Hügel, der auf der einen Seite mit schroffer Wand ins Meer abfiel und auf der anderen in das lange Steilufer überzugehen schien. Vom „Sloughi" aus maß die Entfernung dahin längs der Windungen des Strandes höchstens sieben bis acht (englische) Meilen, und nur fünf bis sechs in der Luftlinie. Gordon täuschte sich auch wohl nicht, wenn er die Höhe des Vorgebirges über dem Meere auf dreihundert Fuß abschätzte.

Ob diese Höhe ausreichend war, einen größeren Theil des Hinterlandes zu übersehen? Oder wurde der Ausblick nach Osten hin durch irgend ein Hinderniß beschränkt? Jedenfalls war von dort aus zu erkennen, was jenseits des Vorgebirges lag und ob die Küste sich nach Norden hin unbegrenzt fortsetzte oder ob sich dahinter schon wieder der Ocean ausbreitete. Es empfahl sich also, nach dem Ende der Bai zu gehen und die Anhöhe daselbst zu ersteigen. Lag nach Osten zu ebeneres Land, so mußte man es von jenem Punkte aus auf mehrere Meilen hin überblicken können.

Es wurde also beschlossen, diesen Plan auszuführen. Wollte Doniphan auch dessen Nutzen nicht anerkennen – ohne Zweifel, weil die Anregung dazu von Briant und nicht von ihm herrührte – so war derselbe doch nicht minder geeignet, ein werthvolles Ergebniß zu liefern.

Gleichzeitig wurde bestimmt, und nach reiflicher Erwägung festgestellt, den „Sloughi“ nicht eher zu verlassen, als bis man mit Sicherheit wisse, ob dieser auf der Küste eines Festlandes gescheitert sei oder nicht – und dieses Festland konnte kein anderes als Amerika sein.

Nichtsdestoweniger konnte jener Ausflug während der fünf folgenden Tage nicht ausgeführt werden. Das Wetter war dunstig geworden, und zuweilen rieselte ein feiner Regen herab. Zeigte der Wind keine Neigung zum Auffrischen, so mußten die den Horizont verhüllenden Dunstmassen jeden Ausblick verhindern.

Diese Tage waren deshalb jedoch nicht als verloren anzusehen. Man benützte sie zu verschiedenen Arbeiten. Briant beschäftigte sich mit den kleinen Kindern, welche er unablässig überwachte, als wäre es ihm ein natürliches Bedürfniß ihnen eine Art väterlicher Liebe angedeihen zu lassen. Stets hielt er dabei im Auge, daß dieselben, so gut die Umstände es erlaubten, mit Allem versorgt wurden. So nöthigte er sie, da die Temperatur zu sinken schien, wärmere Kleider anzulegen, wobei er ihnen diejenigen passend zurecht machte, welche sich in den Kisten der Matrosen vorfanden. Das war eine Schneiderarbeit, bei der die Scheere mehr zu thun hatte, als die Nadel, und bei welcher Moko, der etwas nähen konnte, wie ja ein Schiffsjunge in Allem bewandert sein muß, sich sehr anstellig erwies. Man hätte freilich nicht sagen können, daß Costar, Dole, Jenkins und Iverson sich besonders elegant ausnahmen in diesen für sie zu großen Beinkleidern und Wolljacken, von denen nur Beine und Aermel passend geschnitten waren; doch darauf kam nicht viel an. Sie mußten sich schon damit zu behelfen suchen und fanden sich bald in diese neue Ausstaffirung hinein.

Uebrigens ließ man sie nicht müßig gehen. Unter Führung Garnett's oder Baxter's zogen sie öfters hinaus, um Muscheln zu sammeln oder mit Schnüren oder Netzen im Bett des Rio zu fischen. Das war für sie ein Vergnügen und für Alle ein Vortheil. In dieser Weise mit einer Arbeit beschäftigt, welche sie belustigte, dachten sie gar nicht an ihre Lage, deren Ernst über ihr Begriffsvermögen hinausging. Jedenfalls betrübte sie die Erinnerung an ihre Eltern, ebenso wie diese den Uebrigen schwer auf den Herzen lag. Der Gedanke jedoch, daß sie diese niemals wiedersehen würden, konnte ihnen gar nicht kommen.

Was Gordon und Briant anging, so verließen diese kaum jemals den „Sloughi,“ dessen Instandhaltung sie übernommen hatten. Service blieb dann manchmal bei ihnen und machte sich, bei seiner guten Laune, immer recht nützlich. Er liebte Briant und schloß sich niemals denjenigen seiner Kameraden an, welche mit Doniphan in ein Horn bliesen. Auch Briant empfand für ihn eine ausgesprochene Zuneigung.

„Seh' Einer, das macht sich! . . ." rief Service gern. „Wahrhaftig, unser ›Sloughi‹ ist sehr zu gelegener Zeit von einer gefälligen Welle auf den Strand geworfen, und nicht einmal gar zu sehr beschädigt worden! – Das ist ein Vorzug, den weder Robinson Crusoe noch der Schweizer Robinson auf ihren erdichteten Inseln genossen haben!"

Und Jacques Briant? Nun, wenn Jacques zuweilen seinem Bruder bei den verschiedenen Beschäftigungen an Bord zu Hilfe kam, so antwortete er doch kaum auf die an ihn gerichteten Fragen und wendete allemal schnell die Augen ab, wenn ihm Jemand ins Gesicht sah.

Briant empfand eine rechte Besorgniß über dieses Benehmen Jacques'. Vier Jahre älter als jener, hatte er auf ihn stets einen unbestrittenen Einfluß ausgeübt. Seit der unfreiwilligen Abfahrt des Schooners schien es jedoch, wie wir schon erfahren haben, als ob das Kind von Gewissensbissen gequält würde. Hatte er sich wohl ein ernstliches Vergehen vorzuwerfen – ein Vergehen, welches er nicht einmal seinem Bruder gestehen mochte? Ganz sicher war, daß seine Augen durch auffallende Röthe wiederholt verriethen, daß er geweint hatte.

Briant legte sich wohl die Frage vor, ob Jacques' Gesundheit angegriffen wäre, denn es hätte ihm eine schwere Sorge bereitet, wenn dieses Kind hier wirklich erkrankte. Er drang deshalb öfters in seinen Bruder, ihm mitzutheilen, was ihm fehle, doch dieser antwortete darauf nur:

„Nein, nein, mir fehlt nichts, mir fehlt gar nichts!"

Etwas anderes war nicht aus ihm herauszubringen.

Während der Zeit vom 11. bis 15. März beschäftigten sich Doniphan, Wilcox, Webb und Cross mit der Jagd auf die in den Felsen nistenden Vögel. Sie gingen immer miteinander, sichtlich bestrebt, eine besondere Partei zu bilden. Gordon bemerkte das nicht ohne Beunruhigung. Wenn sich dazu die Gelegenheit bot, unterließ er es auch nie, den Einen oder den Anderen vorzunehmen und ihnen klar zu machen, wie nothwendig Allen ein einmüthiges Zusammenhalten sei. Doniphan aber antwortete auf seine Ermahnung stets mit solcher abweisenden Kälte, daß er es für klug hielt, nicht allzusehr auf ihn zu dringen. Dennoch verzweifelte er nicht, diese Keime der Zwietracht, welche Allen so verderblich werden konnten, rechtzeitig zu ersticken, und vielleicht führten auch die Umstände wieder eine Annäherung herbei, welche er mit seinen Worten nicht erzwingen konnte.

Während dieser dunstigen Tage, welche den geplanten Ausflug nach dem Ende der Bai verhinderten, lieferte die Jagd recht erwünschte Beute. Doniphan, der jeder Art von Sport mit Vorliebe huldigte, erwies sich sehr geschickt in der Handhabung des Gewehres. Sehr stolz – vielleicht etwas zu stolz – auf diese Eigenschaft, zeigte er eine offenbare Verachtung gegen alle übrigen Jagdgeräthe, wie Fallen, Schlingen u. dgl., denen Wilcox den Vorzug gab. Unter den Verhältnissen, in welchen seine Gefährten sich befanden, wurde es übrigens wahrscheinlich, daß dieser Knabe ihnen weit größere Dienste leistete als er. Wilcox schoß wohl auch recht gut, konnte sich hier darin aber mit Doniphan nicht messen. Dem kleinen Cross fehlte es noch an dem „heiligen Feuer," und er begnügte sich damit, den Heldenthaten seines Vetters zuzujubeln. Hier müssen wir auch den Jagdhund Phann erwähnen, der sich bei diesen Jagden auszeichnete und niemals zögerte, sich in die Wellen zu stürzen, um das über die Klippen hinaus ins Wasser gefallene Federvieh zu holen.

Wir müssen gestehen, daß sich unter den von den jungen Jägern erlegten Stücken eine Anzahl Seevögel befanden, mit denen Moko nicht das geringste anfangen konnte, wie Seeraben, Möven, Meerschwalben, Silbertaucher und ähnliche. Daneben lieferten aber auch die Felsentauben, sowie Gänse und Enten, deren Fleisch sehr geschätzt war, reichliche Beute. Die Gänse gehörten zu den sogenannten Ringelgänsen (Bernicla), und aus der Richtung, bei der sie beim Krachen der Schüsse entflohen, konnte man annehmen, daß sie gewöhnlich im Innern des Landes wohnten.

Doniphan erlegte auch einige jener Austernfresser, welche gewöhnlich von Schalthieren leben, nach welchen sie sehr lüstern sind, wie von Schüssel-, Venus-, Miesmuscheln u. dergl. Mit einem Worte, an Auswahl fehlte es gerade nicht, nur erforderte dieses Federwild eine gewisse Zubereitung, um seinen thranigen Geschmack zu verlieren, und trotz seines guten Willens erwies sich Moko dieser Schwierigkeit nicht immer so gewachsen, wie es Alle gewünscht hätten. Uebrigens hatte hier, wie der vorsorgliche Gordon bemerkte, Niemand das Recht, zu viel zu verlangen und zu erwarten, da es gerathen schien, die Vorräthe der Yacht mit Ausnahme des in sehr großen Mengen vorhandenen Schiffszwiebacks, möglichst zu schonen.

Natürlich fühlten Alle ein großes Verlangen, die Besteigung des Vorgebirges ausgeführt zu sehen, eine Besteigung, welche vielleicht die wichtige Frage „ob Festland oder Insel“ entscheiden konnte. Von dieser Entscheidung hing ja die Zukunft sehr wesentlich ab, wenigstens so weit es sich um eine vorläufige oder eine bleibende Ansiedlung auf diesem Lande handelte.

Am 15. März schien sich die Witterung günstiger zu gestalten, um jenes Vorhaben durchzuführen. Während der Nacht hatte sich der Himmel von den durch die ruhige Luft der letzten Tage angesammelten Dünsten fast befreit, und der vom Lande kommende Wind fegte ihn bald völlig rein. Glänzende Sonnenstrahlen vergoldeten den Rand des hohen Ufers. Man durfte hoffen, daß der Horizont im Osten, wenn ihn die Nachmittagssonne erst schräg beleuchtete, hinlänglich klar erscheinen würde. Erstreckte sich das Wasser dann auch längs dieser Seite hin, so bildete dieses Land eine Insel, und Hilfe war nur dann zu erwarten, wenn sich ein Schiff in die Nähe derselben verirrte.

Der Leser hat nicht vergessen, daß der Plan zu diesem Ausfluge nach dem Norden von Briant ausgegangen war, und dieser es auch übernommen hatte, ihn allein durchzuführen, wenn er eine Begleitung Gordon's gewiß auch nicht ungern gesehen hätte. Es erschien ihm jedoch zu gefährlich, seine Kameraden zu verlassen, ohne daß dieser bei ihnen zurückblieb.

Am 15. des Abends, als das Barometer auf schön Wetter zeigte, theilte Briant Gordon mit, daß er am nächsten Morgen mit Tagesanbruch aufzubrechen gedenke. Eine Entfernung von zehn bis elf Meilen – Hin- und Rückweg gerechnet – zurückzulegen, das erschreckte den muthigen Knaben nicht, der eine Anstrengung nicht beachtete. Ein ganzer Tag mußte ihm völlig genügen, seine Nachforschung zu vollenden, und Gordon konnte darauf rechnen, daß er vor Einbruch der Nacht zurück sein würde.

Briant brach also mit dem ersten Morgengrauen auf, ohne daß die Anderen etwas davon wußten. Er führte nur einen Stock und einen Revolver mit sich, für den Fall, daß ihm Raubthiere in den Weg kamen, obwohl die Jäger während ihrer bisherigen Ausflüge niemals die Spur eines solchen entdeckt hatten.

Diesen Vertheidigungswaffen hatte Briant noch ein Instrument hinzugefügt, das ihm seine Aufgabe erleichtern sollte, wenn er sich auf dem Gipfel des Vorgebirges befand, nämlich eines der Fernrohre vom „Sloughi“, das sich neben großer Tragweite durch vorzügliche Klarheit auszeichnete. Gleichzeitig trug er in einem am Gürtel befestigten Sacke Schiffszwieback, ein Stück Pöckelfleisch, nebst einem Flaschenkürbis voll mit ein wenig Brandy versetzten Wassers mit sich, um ein Frühstück und nötigenfalls ein Mittagessen einnehmen zu können, wenn irgend ein Zufall seine Rückkehr zum „Sloughi“ verzögerte.

Schnellen Schrittes dahinwandelnd, folgte Briant anfänglich der Küstenlinie, welche an der inneren Riffgrenze ein langer Streifen von der letzten Fluth her noch feuchten Varecs bezeichnete. Nach Verlauf einer Stunde gelangte er schon zu dem äußersten, von Doniphan und dessen Begleitern erreichten Punkte, wenn diese sich zur Jagd auf Felsentauben begaben. Das Geflügel hatte augenblicklich nichts von ihm zu fürchten. Er wollte sich nicht aufhalten, um so schnell als möglich bei dem Cap anzulangen. Das Wetter war klar und der Himmel ganz frei von Dunstmassen – das mußte er benutzen. Häuften sich am Nachmittag nach Osten zu wieder Nebelwolken, so war sein ganzes Unternehmen verfehlt.

Während der ersten Stunden hatte Briant ziemlich schnell weiter schreiten und die Hälfte seines Weges zurücklegen können. Stellte sich ihm kein Hinderniß entgegen, so konnte er vor acht Uhr am Vorgebirge eintreffen. Je mehr sich das steile Ufer aber der Klippenbank näherte, desto beschwerlicher wurde für ihn der Boden des Vorlandes. Der Sandstreifen wurde um so schmäler, je mehr die Brandung über ihn hereinbrach. An Stelle des elastisch festen Erdbodens zwischen dem Gehölz und dem Meere mußte Briant jetzt über nasse Felsblöcke und schlüpfrige See-Eichen vordringen, oder gelegentlich Wasserlachen umwandern, so wie über loses Gestein hinbalanciren, auf dem der Fuß nirgends festen Stützpunkt fand. Das machte sein Fortkommen sehr schwierig und – was noch schlimmer war – verursachte ihm eine Verspätung von zwei vollen Stunden.

„Ich muß das Cap vor Wiedereintritt des Hochwassers erreichen!“ sagte sich Briant. „Dieser Theil des Landes ist bei der letzten Fluth überschwemmt gewesen und das wird bei der nächsten bis zum Fuße des hohen Ufers wieder der Fall sein. Bin ich gezwungen, entweder zurückzuweichen oder mich auf ein Felsstück zu flüchten, so komm' ich zu spät an. Ich muß also um jeden Preis hindurch, ehe die Fluth das Vorland bedeckt!“

Ohne auf die Anstrengung zu achten, die ihm fast die Glieder lähmte, suchte der muthige Knabe den kürzesten Weg einzuschlagen. Zuweilen mußte er Stiefeln und Strümpfe ausziehen, um bis zum halben Bein versinkend durch Wasseransammlungen zu waten. Befand er sich dann wieder auf den Klippen, so setzte er sich manchem gefährlichen Sturz aus, den er nur durch seine Gewandtheit glücklich vermied.

Wie er sich hier überzeugte, tummelte sich gerade an dieser Stelle der Bai das Seegeflügel in größter Menge; ja, man konnte sagen, daß es hier von Tauben, Austernfressern und Enten wimmelte. Ferner spielten hier zwei oder drei Paar Pelzrobben am Rande der Klippen, welche nicht die geringste Furcht zeigten und gar nicht ins Wasser zu entfliehen suchten. Daraus war der Schluß zu ziehen, daß diese Amphibien dem Menschen nicht mißtrauten, weil sie von ihm nichts zu fürchten zu haben glaubten, und daß mindestens seit langen Jahren keine Fischer hierher gekommen waren, um auf sie Jagd zu machen.

Bei näherer Ueberlegung erkannte Briant aus dieser Anwesenheit von Robben auch, daß diese Küste in noch höherer Breite liegen mußte, als er vorher angenommen, und jedenfalls südlicher als Neuseeland. Der Schooner mußte also bei der Fahrt über den Stillen Ocean nicht unbeträchtlich nach Südosten abgewichen sein.

Diese Wahrnehmung wurde noch weiter bestätigt, als Briant, nachdem er den Fuß des Vorgebirges erreicht, ganze Schaaren von Plattfischen, welche die antarktischen Gegenden bewohnen, sich umhertummeln sah. Diese glitten zu Hunderten durcheinander unter ungeschickter Bewegung ihrer großen Flossen, welche ihnen natürlich mehr zum Schwimmen als zum Fliegen dienen. Uebrigens ist mit deren ranzigem und öligem Fleische nichts anzufangen.

Es war jetzt zehn Uhr Morgens, ein Beweis, wie viel Zeit Briant zur Zurücklegung der letzten Meilen gebraucht hatte.

Erschöpft und ausgehungert, hielt er es für das Klügste, sich erst etwas zu stärken, ehe er die Besteigung des Vorgebirges unternahm, dessen Kamm sich bis dreihundert Fuß über die Meeresfläche erhob.

Briant setzte sich also, geschützt gegen die ansteigende Fluth, welche schon über den Klippengürtel hinwegschäumte, auf einen Felsen nieder. Sicherlich hätte er nach einer Stunde zwischen der Brandung und am Fuße des steilen Ufers nicht mehr hindurch kommen können, ohne von der Fluthwelle umspült zu werden. Das beunruhigte ihn nun nicht weiter, und am Nachmittag, wenn das Wasser sich bei der Ebbe wieder ins Meer zurückgezogen hatte, hoffte er auch an dieser Stelle einen gangbaren Weg zu finden.

Ein tüchtiges Stück Fleisch und einige herzhafte Schlucke aus der Kürbisflasche, mehr bedurfte es nicht, um Hunger und Durst zu stillen, während der Aufenthalt seine Glieder neu stärkte. Gleichzeitig gab er sich aber auch den ihn bestürmenden Gedanken hin. Allein und ferne von seinen Kameraden suchte er sich seine Lage völlig klar zu machen, fest entschlossen, sich dem Wohlsein und der Rettung Aller bis zum Ende mit allen Kräften zu widmen. Wenn das Auftreten Doniphan's und einiger Anderer ihm manche Sorge einflößte, so war das nur deshalb, weil er eine Trennung für höchst verderblich hielt. Er nahm sich jedoch bestimmt vor, sich jeder Handlung, die ihm seine Kameraden zu gefährden schien, unbedingt zu widersetzen. Dann dachte er an seinen Bruder Jacques, dessen Benehmen ihm rechte Sorge machte. Es schien ihm, als ob das Kind irgend einen, wahrscheinlich vor der Abfahrt begangenen Fehler verheimliche, und er gelobte sich, so lange in Jacques zu dringen, bis dieser sich herbeiließ, ihm zu antworten.

Briant dehnte seinen Aufenthalt bis auf eine Stunde aus, um wieder ganz zu Kräften zu kommen, dann schnürte er den Sack wieder zu, warf ihn auf den Rücken und begann die ersten Felssprossen emporzuklimmen.

Ganz am Ende der Bai gelegen, zeigte das in eine ganz scharfe Spitze auslaufende Vorgebirge eine sehr merkwürdige geologische Bildung. Man hätte es als eine durch Feuer erzeugte Krystallisation ansehen können, welche unter dem Einfluß platonischer Kräfte entstanden war.

Dieser Hügel stand übrigens mit dem steilen Ufer nicht, wie es aus der Ferne den Anschein hatte, in unmittelbarer Verbindung. Seiner Natur nach unterschied er sich ja auch wesentlich von jenem, da er aus Granitfelsen aufgebaut war, statt der Kalkschichten, wie solche den englischen Canal in Europa umrahmen.

Dieses Verhalten fiel Briant sofort ins Auge; er bemerkte ebenso, daß eine enge Schlucht das Vorgebirge von dem Steilufer trennte. Auf der anderen Seite erstreckte sich das Vorland über Sehweite nach Norden hinaus. Da der Hügel die ihn umgebenden Höhenpunkte jedoch gut um hundert Fuß überragte, mußte der Blick von dessen Gipfel eine ziemlich umfassende Fernsicht gewähren, und darauf kam es ihm ja vorzüglich an.

Die Ersteigung war ziemlich beschwerlich: er mußte dabei von einem Felsstück zum andern emporklimmen, und diese waren nicht selten so groß, daß Briant nur mit größter Mühe ihre oberen Kanten erlangen konnte. Da er jedoch zu derjenigen Classe von Knaben gehörte, welche man mit Recht „Kletterthiere“ nennen könnte, da er von Jugend auf eine besondere Vorliebe für solche Wagstücke gehabt und sich dadurch eine ungewöhnliche Kühnheit, Geschmeidigkeit und Gewandtheit erworben hatte, so setzte er schließlich den Fuß auf den Gipfel, nachdem er wiederholt manch' recht verderblichen Sturz glücklich vermieden hatte.

Das Fernrohr vor den Augen, lugte Briant nun zuerst in der Richtung nach Osten hinaus.

Diese Gegend erschien, soweit er sehen konnte, völlig flach. Das steile Ufer bildete ihre größte Erhebung und dessen Hochebene senkte sich ganz allmählich nach dem Inneren zu hinab. Weiter hinaus unterbrachen noch einige sehr mäßige Erhöhungen diese Fläche, ohne das Bild des Landes besonders zu verändern. Nach derselben Richtung hin bedeckten es große Waldmassen, welche unter ihrem jetzt mehr gelblichen Blätterdache die Wasserläufe bergen mochten, die dem Uferlande zueilten. Das Ganze erschien also bis zum Horizont hinaus als große Ebene, deren Durchmesser etwa zehn Meilen betragen konnte. Es hatte demnach nicht den Anschein, als ob das Meer an dieser Seite das Land begrenzte, und um festzustellen, ob dasselbe einer Insel oder einem Festland angehörte, bedurfte es eines weiter ausgedehnten Ausfluges in der Richtung nach Osten.

Nach Norden hin erkannte Briant kein Ende des Vorlandes, das sich in jener Linie wohl sieben bis acht Meilen weit ausdehnte. Jenseits eines weiter draußen liegenden, sehr verlängerten Vorberges bildete dieses vielmehr eine große sandige Fläche, welche man fast hätte als eine Wüste bezeichnen können.

Nach Süden zu und hinter dem anderen Vorgebirge, das sich dort am Ende der Bai erhob, verlief die Küste von Nordosten nach Südwesten und begrenzte da einen ausgedehnten Sumpf, der mit dem öden Vorlande im Norden auffallend contrastirte.

Briant hatte das Objectiv seines Fernrohres aufmerksam über alle Theile dieses weiten Kreises hinweggeführt. Befand er sich auf einer Insel? War er auf einem Festlande?

... Er hätte es nicht sagen können. Wenn es eine Insel war, – so hatte diese wenigstens einen ziemlich bedeutenden Umfang – mehr konnte er vorläufig nicht feststellen.

Er wandte sich jetzt der Westseite zu. Das Meer erglänzte unter den schrägen Strahlen der Sonne, welche allmählich zum Horizonte hinabsank.

Plötzlich nahm Briant das Fernrohr sehr hastig wieder vor das Auge und richtete es nach der äußersten Linie der offenen See.

„Schiffe!" rief er für sich. „Vorübersegelnde Schiffe!"

In der That zeigten sich drei schwarze Punkte am Rande der glitzernden Gewässer und in einer Entfernung, welche mindestens fünfzehn Meilen betragen mochte.

Wie fühlte sich Briant seltsam erregt! War er das Opfer einer Augentäuschung! Sah er dort wirklich Fahrzeuge vor sich?

Briant senkte das Fernrohr wieder, reinigte das von seinem Athem angelaufene Ocular und blickte wieder hinaus ...

In der That schienen die drei schwarzen Punkte Schiffen anzugehören, von denen man nur den Rumpf sehen konnte. Von einer Bemastung zeigte sich freilich nichts, und jedenfalls deutete keine Rauchsäule darauf hin, daß es Dampfer in Fahrt wären.

Sofort kam Briant der Gedanke, daß diese Schiffe, wenn es solche waren, sich in viel zu großer Entfernung befanden, als daß sie Signale von ihm hätten wahrnehmen können. Da er auch annehmen mußte, daß seine Kameraden diese Fahrzeuge nicht bemerkt hätten, erschien es ihm als das Beste, schnellstmöglich nach dem „Sloughi" zurückzukehren, um auf dem Strande ein großes Feuer anzuzünden und dann ... wenn die Sonne versunken war ...

Während dieser Gedanken behielt Briant die drei schwarzen Punkte unausgesetzt im Auge. Wie groß war aber seine Enttäuschung, als er sich überzeugte, daß diese sich nicht von der Stelle bewegten.

Von Neuem richtete er das Fernrohr auf dieselben und behielt sie einige Minuten in dessen Gesichtsfelde ... Da wurde es ihm bald klar, daß er nur drei kleine Eilande vor sich hatte, die im Westen von der Küste lagen und an denen der Schooner gewiß vorübergekommen war, als der Sturm ihn hierher verschlug, die aber bei der Dunkelheit nicht bemerkt worden waren.

Die Enttäuschung war eine recht schmerzliche.

Jetzt war es um zwei Uhr. Das Meer begann wieder sich zurückzuziehen und ließ den Klippengürtel zur Seite des steilen Ufers trocken liegen. Briant hielt es an der Zeit, nach dem „Sloughi“ heimzukehren, und bereitete sich, nach dem Fuße des Hügels hinabzusteigen.

Indessen wollte er noch einmal den östlichen Horizont besichtigen. Vielleicht erkannte er bei dem jetzt tieferen Stand der Sonne noch einen anderen Punkt des Landes, der ihm bisher entgangen war.

Er schritt also nochmals zu einer umfänglichen aufmerksamen Beobachtung in dieser Richtung, und wahrlich, er sollte diese Mühe nicht zu bereuen haben.

In der That unterschied er am äußersten Gesichtskreise und jenseits der Wälder sehr deutlich eine bläuliche Linie, die sich auf die Entfernung von einigen Meilen von Norden nach Süden hin fortsetzte, eine Linie, deren beide Enden sich hinter der verstreuten Masse von Bäumen verbargen.

„Was ist das?“ fragte er sich.

Noch einmal blickte er möglichst scharf hinaus.

„Das Meer! . . . Ja . . . das ist das Meer!“

Fast wäre das Fernrohr seinen Händen entfallen.

Da sich das Meer auch im Osten ausdehnte, unterlag es keinem Zweifel mehr, daß es kein Festland war, auf dem der „Sloughi“ scheiterte, sondern eine Insel, eine in der grenzenlosen Weite des Stillen Oceans verlorene Insel, von der sie unmöglich wieder fortkommen konnten!

Alle diese Gefahren zogen wie eine flüchtige Vision vor den Gedanken des jungen Knaben vorüber. Sein Herz krampfte sich zusammen, daß er es kaum noch klopfen fühlte; doch er entriß sich mit Gewalt dieser Anwandlung von Schwäche, wohl begreifend, daß er sich, so beunruhigend die Zukunft auch erschien, nicht niederdrücken lassen durfte.

Eine Viertelstunde später war Briant wieder nach dem Strande hinabgestiegen und gelangte auf demselben Wege, den er am frühen Morgen eingeschlagen, gegen fünf Uhr nach dem „Sloughi“, wo seine Kameraden seine Heimkehr mit großer Ungeduld erwarteten.

VI.

Verhandlung. – Ein geplanter und verschobener Ausflug. – Schlechtes Wetter. – Der Fischfang. – Das riesenhafte Meergras. – Costar und Dole auf einem nicht besonders schnellen Renner reitend. – Die Vorbereitungen zum Aufbruch. – Auf den Knieen vor dem südlichen Kreuz.

———

Noch am selben Tage nach dem Abendessen machte Briant die Großen mit den Ergebnissen seiner Nachforschung bekannt, die er wie folgt zusammenfaßte: In der Richtung nach Osten, jenseits der Zone der Waldungen, hatte er sehr deutlich eine Wasserlinie wahrgenommen, welche von Norden nach Süden zu verlief; daß dieselbe dem Meere angehörte, erschien ihm nicht zweifelhaft. Der „Sloughi“ hatte also das Unglück gehabt, auf einer Insel und nicht auf einem Festlande zu scheitern.

Anfänglich nahmen Gordon und die Uebrigen diese Mittheilung ihres Gefährten mit großer Erregung auf. Wie, sie befanden sich auf einer Insel und ihnen fehlte es an jedem Mittel, von derselben wieder wegkommen zu können! Auf die frühere Absicht, nach Osten zu weiter in das angenommene Festland vorzudringen, sollten sie verzichten! Sollten verurtheilt sein, auf ein Schiff zu warten, welches zufällig an dieser Küste vorübersegelte! War es denn wirklich an dem, daß das ihnen die einzige Aussicht auf Rettung bot? . . .

„Doch sollte sich Briant in seiner Wahrnehmung nicht getäuscht haben?“ bemerkte Doniphan.

„Ja, Briant,“ ließ sich Cross vernehmen, „könntest Du nicht vielleicht eine Wolkenbank für das Meer angesehen haben?“

„Nein,“ versicherte Briant, „ich bin fest überzeugt, mich nicht geirrt zu haben. Ich habe im Osten bestimmt eine Strecke Wasser gesehen, die sich bis zum Horizont ausbreitete.“

„In welcher Entfernung?“

„Etwa sechs Meilen vom Vorgebirge.“

„Und bis dahin gab es keine Berge, kein höher aufsteigendes Land?“

„Nein; nichts als den weiten Himmel!“

Briant schien seiner Sache so sicher, daß man seine Angaben vernünftiger Weise nicht anzweifeln konnte.

Wie es Doniphan aber immer that, wenn er über irgend etwas mit ihm sprach, so beharrte er auch jetzt bei seiner eigenen Meinung.

„Und ich wiederhole," erklärte er, „daß Briant sich doch hat täuschen können, und so lange wir uns nicht mit eigenen Augen überzeugt haben . . ."

„Das soll sehr bald geschehen," unterbrach ihn Gordon, „denn wir müssen wissen, woran wir sind."

„Und ich möchte hinzufügen," meldete sich Baxter, „daß wir keinen Tag zu verlieren haben, wenn wir noch, im Falle wir auf einem Festlande sind, vor Eintritt der schlechten Jahreszeit weiterziehen wollen."

„Schon morgen," nahm Gordon wieder das Wort, „werden wir, falls die Witterung es erlaubt, einen auf mehrere Tage ausgedehnten Ausflug unternehmen. Ich sage, wenn es schönes Wetter ist; denn sich in die dichten Wälder des Inneren bei schlechtem Wetter zu wagen, würde eine entschiedene Thorheit sein . . ."

„Ganz recht, Gordon," bestätigte Briant, „und wenn wir die entgegengesetzte Seite der Insel erreicht haben . . ."

„Im Fall es eine Insel ist!" rief Doniphan dazwischen, der ungläubig mit den Achseln zuckte.

„Es ist aber eine Insel," versetzte Briant ungehalten. „Ich habe mich nicht getäuscht! Mit vollster Deutlichkeit habe ich im Osten das Meer erkannt. Doniphan gefällt sich nur darin, mir, seiner Gewohnheit gemäß, zu widersprechen . . ."

„O, Du bist nicht unfehlbar, Briant!"

„Nein, das bin ich nicht; doch dieses Mal werdet Ihr ja sehen, ob ich mich geirrt habe! Ich werde selbst ausziehen, dieses Land näher zu besichtigen, und wenn Doniphan mich begleiten will . . ."

„Natürlich geh' ich mit!"

„Und wir ebenfalls!" riefen drei oder vier der größeren Knaben.

„Gut! . . . Schon gut! . . ." meinte Gordon; „nur nicht über den Strang geschlagen, meine Freunde! Wenn wir auch noch Kinder sind, wollen wir doch gleich Männern handeln. Unsere Lage ist sehr ernst, und eine Unklugheit könnte sie nur noch verschlimmern! Nein, Alle dürfen wir nicht durch jene Wälder ziehen. Die Kleinen könnten uns dahin doch nicht folgen, und sollen wir diese allein auf dem „Sloughi“ zurücklassen? Mögen Doniphan und Briant sich dorthin auf den Weg machen, und zwei ihrer Kameraden sie begleiten ...“

„Ich!“ meldete sich Wilcox.

„Und ich!“ rief Service.

„Meinetwegen,“ antwortete Gordon; „drei werden übrig genug sein. Kommt ihr nicht rechtzeitig zurück, so könnte Euch immer noch einer von uns entgegengehen, während die Anderen auf dem Schooner verbleiben. Vergeßt nicht, daß hier unser Lager, unser ›Haus‹ ist, und das dürfen wir nicht verlassen, außer wenn wir sicher sind, uns auf einem Festland zu befinden.“

„Wir sind auf einer Insel!“ erwiderte Briant. „Ich bleibe bei meiner Behauptung!“

„Das werden wir sehen!“ sagte Doniphan.

Die klugen Rathschlage Gordon's hatten der Meinungsverschiedenheit dieser jungen Starrköpfe ein Ende gemacht. Auch Briant erkannte gern an, daß es nothwendig sei, durch die ganze Breite der Wälder des Inneren zu gehen, um bis zu der von ihm gesehenen Wasserlinie selbst zu gelangen. Angenommen, es war das Meer, das sich da im Osten vor ihnen ausdehnte, so konnten in derselben Richtung ja auch noch andere, vielleicht nur durch einen schmalen Canal getrennte Inseln liegen, nach denen sie ohne Schwierigkeiten übersetzen konnten. Und wenn diese Insel einem Archipel angehörte, wenn am Horizont sich größere Höhen zeigten, so mußte man sich doch wohl davon genauere Kenntniß verschaffen, ehe ein Entschluß bezüglich der Rettung Aller gefaßt werden konnte. Unzweifelhaft war ja nur, daß nach Westen hin kein Land lag zwischen diesem Theile des Stillen Oceans und den Küsten von Neuseeland. Die jungen Schiffbrüchigen durften also nur hoffen, ein bewohntes Gebiet zu finden, wenn sie ein solches nach der Seite des Sonnenaufganges suchten.

Jedenfalls schien es gerathen, diese Nachforschung nur bei ganz gutem Wetter anzustellen, und so wie Gordon gesagt hatte, geziemte es sich für sie, nicht wie Kinder, sondern wie Männer zu handeln. Bei den Umständen, unter denen sie sich befanden, bei den noch in Zukunft drohenden Gefahren, mußte ihre Lage, wenn die Knaben nicht eine frühreife Einsicht entwickelten, wenn der leichte

Sinn, die natürliche Inconsequenz ihres Lebensalters sie vorwiegend beeinflußten und zwischen ihnen vielleicht gar noch Uneinigkeit eintrat – welche an sich schon bedenklich genug erschien – eine geradezu verzweifelte werden, und in Erwägung dessen war Gordon fest entschlossen, Alles zu thun, um eine gewisse Ordnung unter seinen Kameraden zu erhalten.

So eilig es Briant und Doniphan indeß mit ihrem Ausfluge hatten, zwang sie ein Umschlag der Witterung doch, diesen zu vertagen. Am nächsten Morgen fiel nämlich mit einzelnen Unterbrechungen ein recht kalter Regen herab. Das fortwährende Fallen des Barometers stellte eine Periode unstäter Witterung in Aussicht, von der Niemand vorher wissen konnte, was sie mit sich bringen würde. Unter solchen ungünstigen Bedingungen wäre es mehr als tollkühn gewesen, sich weiter hinaus zu wagen.

Uebrigens war das gewiß nicht besonders zu beklagen. Es versteht sich zwar von selbst, daß es Alle – von den Kleinsten kann hierbei nicht die Rede sein – verlangte zu wissen, ob das Meer sie von allen Seiten umschloß. Doch, wenn sie auch die Gewißheit erlangten, auf einem Festlande zu sein, hätten sie wohl daran denken können, quer durch ein ihnen völlig unbekanntes Land zu wandern, und noch obendrein, wenn der Eintritt schlechterer Jahreszeit allen Anzeichen nach so nahe bevorstand? Konnten sie die Anstrengung eines Marsches aushalten, der sich möglicher Weise über Hunderte von Meilen hin erstreckte?

Hätte der Kräftigste von ihnen Ausdauer genug besessen, ein so fernes Ziel zu erreichen? Nein! Um ein solches Unternehmen voraussichtlich glücklich durchzuführen, mußte dasselbe bis zur Zeit der langen Tage verschoben werden, wo keine Unbill der Witterung, wie sie der Winter mit sich bringt, zu befürchten war. Die kleine Gesellschaft mußte sich wohl oder übel entschließen, die kalte Jahreszeit auf dem „Sloughi“ auszuhalten.

Gordon hatte sich inzwischen die Mühe nicht verdrießen lassen, festzustellen, in welchem Theile des Oceans der Schiffbruch wohl stattgefunden hätte. Der Stieler'sche Atlas, der zur Bibliothek der Yacht gehörte, enthielt auch eine Reihe Karten des Stillen Oceans. Verfolgte man nun die Wegstrecke von Auckland bis zur Westküste Amerikas, so lag nördlich desselben und jenseits der Pomotu-Inseln nichts als die Osterinsel und die Insel Juan Fernandez, auf der Selkirk – ein wirklicher Robinson – einen Theil seines Lebens zugebracht hatte. Nach Süden zu fand sich kein Land bis nach den unbegrenzten Flächen des antarktischen Oceans. Weiter östlich stieß man dann auf die längs der Küste

Chiles verstreuten Chiloë- oder Madre-de-Dios-Inseln, und tiefer unten auf die Magellan-Straße und das Feuerland, um welche am Cap Horn das Meer stets mit furchtbarem Wüthen brandete.

War der Schooner gar auf eine dieser öden Inseln verschlagen worden, welche nur die Pampas zu Nachbarn haben, so würden die Knaben Hunderte von Meilen zurückzulegen haben, um nach den bewohnten Gebieten Chiles, La Platas oder der argentinischen Republik zu gelangen. Welche Hilfsmittel boten ihnen aber diese ungeheueren Einöden, wo Gefahren aller Art den Reisenden bedrohen?

Solchen Aussichten gegenüber empfahl es sich, mit größter Vorsicht zu Werke zu gehen und sich nicht einem elenden Untergang auf dem Wege durch unbekannte Gebiete auszusetzen.

Das war nicht nur Gordon's Ansicht, sondern Briant und Baxter theilten dieselbe gleichmäßig, und Doniphan und sein Anhang mußte sich ihr am Ende gezwungen auch anschließen.

Der Plan einer nach Osten weiter zu verfolgenden Nachforschung, um die Land- und Wasserverhältnisse daselbst genau kennen zu lernen, blieb natürlich bestehen, konnte jedoch während der folgenden vierzehn Tage nicht zur Ausführung gebracht werden. Das Wetter wurde geradezu abscheulich; es regnete oft vom Morgen bis zum Abend und fast unausgesetzt heulte ein mächtiger Sturm. Der Ausflug mußte also wohl oder übel verschoben werden, so sehr es sie auch verlangte, die so wichtige Frage über die Natur des Landes, auf dem sie weilten, endgültig gelöst zu sehen.

Während dieser langen stürmischen Tage sahen sich Gordon und seine Kameraden auf das Schiff beschränkt, ohne daß sie deshalb unthätig blieben. Einestheils erforderten alle Geräthe u. s. w. eine fortwährende Aufmerksamkeit und dann hatten sie auch stets Beschädigungen der Jacht auszubessern, welche von dem Ungestüm des Wetters recht ernstlich zu leiden hatte. Die Planken begannen allmählich sich weiter zu öffnen und das Deck war nicht mehr wasserdicht. An einigen Stellen drang der Regen schon durch die Fugen, deren Werg sich allmählich ausfaserte, so daß sich deren frische Kalfaterung unverzüglich nöthig machte.

Sehr dringend erschien es nun auch, ein minder unzuverlässiges Obdach zu suchen. An eine „Auswanderung“ nach dem fernen Osten war unter fünf bis sechs Monaten doch nicht zu denken, und so lange hielt der „Sloughi“ sicherlich nicht mehr zusammen. Mußten sie diesen aber während der rauhen Jahreszeit verlassen, wo hätten sie Unterkunft finden sollen, da der Westabhang des Steilufers nicht einmal eine Aushöhlung darbot, welche benutzt werden konnte? Jedenfalls mußten also an der anderen Seite desselben neue Nachforschungen angestellt werden, um dort, geschützt vor den Seewinden, wenn es nicht anders anging, eine für Alle ausreichende Wohnung zu erbauen.

Die jetzt dringendsten Ausbesserungen bezweckten übrigens weniger, dem eindringenden Wasser als der Luft die Wege in den Schiffsrumpf zu verschließen und die innere Wegerung, welche sich schon abzulösen begann, noch einmal zu befestigen.

Gordon hätte gerne die Reservesegel zur Umhüllung des ganzen Rumpfes der Jacht verwendet; er schrak aber doch davor zurück, diese dichten Gewebe zu opfern, welche vortrefflich zur Errichtung eines Zeltes dienen konnten, wenn sie zufällig in die Lage kamen, vorübergehend vielleicht gar unter freiem Himmel zu nächtigen.

Inzwischen war die gesammte Ladung in einzelne Ballen vertheilt und in Gordon's Notizbuche diejenigen derselben mit Nummern bezeichnet worden, welche im Nothfalle schleunigst ans Land geschafft werden sollten.

Klärte sich das Wetter einmal für wenige Stunden auf, so zogen Doniphan, Webb und Wilcox sogleich zur Jagd auf Felstauben hinaus, welche Moko mit mehr oder weniger Erfolg in verschiedener Weise zuzubereiten sich bemühte. Andererseits beschäftigten sich Garnett, Service und Cross, denen sich auch die Kleinen anschlossen und die selbst Jacques zuweilen begleitete, wenn sein Bruder das ausdrücklich verlangte, mit dem Fischfange. In ihrem Küstengewässer, welches sich sehr fischreich erwies, bot die Bai, inmitten der an den ersten Klippen abgelagerten Algen, vorzügliche Vertreter der Familie „Nothotenia," sowie größerer und kleinerer Stockfische. Zwischen den Fäden des gewaltigen Meergrases, des „Kelps," welche bis vierhundert Fuß Länge hatten, wimmelte es von kleinen Fischen, die man mit den Händen fangen konnte.

Da hätte man die Freudenrufe der jungen Fischer hören sollen, als sie ihre Schnuren oder Netze nach dem Rande der Klippenbank herausgezogen!

„Ich habe welche! ... Ich habe wunderschöne Fische!" rief Jenkius. „... Ei, wie groß sie sind!"

„Und meine, . . . die sind noch größer als die Deinigen," behauptete Iverson, der Dole zur Unterstützung herbeirief.

„Sie werden uns noch entwischen," rief Costar.

Die Anderen eilten ihnen zu Hilfe.

„Fest halten! . . . Fest halten!" ermahnten Garnett und Service, von dem Einen zum Anderen laufend, „und zieht die Netze schnell ein!"

„Ich kann nicht! . . . Ich kann nicht!" wiederholte Costar, den die Last fast hinunterzog.

Mit vereinigten Kräften gelang es endlich Allen, die Netze bis auf den Sand zu schleppen. Es war die höchste Zeit, denn inmitten des klaren Wassers tummelten sich eine Menge Hyxinen, eine Art Raubbricken, welche die in den Maschen zappelnden Fische gewiß bald weggeschnappt hätten. Obwohl auf diese Weise sehr viele verloren gingen, so genügte der Rest doch noch reichlich für die Bedürfnisse des Tisches. Vorzüglich die kleinen Stockfische lieferten, sowohl frisch genossen, wie in Salz eingesetzt, ein vortreffliches Fleisch.

Bezüglich des Fanges an der Mündung des Rio, so erzielte dieser nur mittelmäßige Exemplare von „Galaxias," eine Art Gründling, welche Moko als Backfische zubereitete.

Am 27. März gab ein bedeutsamer Fang Veranlassung zu einem recht drolligen Auftritte. Im Laufe des Nachmittags, als der Regen einmal aufgehört hatte, begaben sich die Kleinen mit ihren Fischgeräthen nach dem Rio.

Plötzlich ertönten laute Schreie – mittels welchen sie die Anderen zu Hilfe riefen.

Gordon, Briant, Service und Moko, welche an Bord des Schooners beschäftigt waren, unterbrachen ihre Arbeit und eilten in der Richtung hin, von der die Rufe ertönten. Bald hatten sie die fünf- bis sechshundert Schritte Entfernung bis zum Rio zurückgelegt.

„Schnell, schnell, hierher! . . . Kommt hierher!" rief Jenkins.

„Schnell, schnell, seht nur Costar mit seinem Renner!" sagte Iverson.

„Noch schneller, Briant, noch schneller oder er geht uns durch!" wiederholte Jenkins.

„Genug!... Genug! Laß mich herunter!... Ich fürchte mich!“ rief Costar weinend und mit den kläglichsten Geberden.

„Hui!... Hui!“ rief dagegen Dole, der hinter Costar auf einer sich bewegenden Masse Platz genommen hatte.

Diese Masse war nichts anderes als eine sehr große Schildkröte, einer jener gewaltigen Chelonier, die man meist auf der Oberfläche des Meeres eingeschlafen antrifft.

Hier war sie jedoch auf dem Strande überrascht worden und suchte jetzt ihr natürliches Element wieder zu gewinnen.

Vergebens bemühten sich die Kinder, nachdem sie eine Leine um den Hals des Thieres geschlungen, die sich auch über dessen Rücken hin fortsetzte, das kräftige Thier zurückzuhalten, dieses kroch immer weiter, und wenn es auch nicht schnell von der Stelle kam, so zog es doch mit unwiderstehlicher Gewalt die ganze Gesellschaft nach sich. Aus Scherz hatte Jenkins den kleinen Costar auf den Rückenschild gesetzt und Dole hielt rittlings hinter ihm den Knaben fest, der nun um so ängstlicher schrie, je mehr die Schildkröte sich dem Meere näherte.

„Nur Muth, Costar, nur Muth!“ rief Gordon.

„Und achte darauf, daß Dein Pferd nicht die Trense zwischen die Zähne nimmt!“ setzte Service hinzu.

Briant konnte sich, da von einer Gefahr gar keine Rede war, des Lachens nicht enthalten. Wenn Dole Costar losließ, so brauchte dieser nur hinabzugleiten, um jeder Furcht ledig zu sein.

Dringend schien es dagegen, das Thier zu fangen. Es lag auf der Hand, daß Alle zusammen, wenn auch Briant seine Kräfte mit denen der Kleinen vereinte, nicht im Stande sein würden, dasselbe aufzuhalten. Man mußte also auf ein Mittel denken, dessen Weiterkriechen zu verhindern, ehe es im Wasser verschwand, wo es dann unbedingt in Sicherheit war.

Die Revolver, welche Gordon und Briant vom Schooner mitgenommen hatten, konnten hier zu nichts dienen, denn der Rückenpanzer einer Schildkröte verträgt eine Kugel ohne Schaden, und wenn man dieselbe mit Äxten angegriffen hätte, so zog jene einfach Kopf und Füße ein und vereitelte damit jeden Angriff.

„Es gibt nur ein einziges Mittel," sagte Gordon, „und das besteht darin, sie auf den Rücken zu wenden."

„Doch wie?" erwiderte Service, „das Thier da wiegt wenigstens seine dreihundert Pfund, und wir werden nie im Stande sein . . ."

„Sparren, Sparren holen!" rief Briant.

Begleitet von Moko lief er, was ihn die Füße tragen konnten, nach dem „Sloughi" zurück.

In diesem Augenblicke befand sich die Schildkröte nur noch dreißig Schritte vom Meere. Gordon beeilte sich, um Costar und Dole, die noch immer auf dem Thiere saßen, herunter zu heben. Dann packten Alle den Strick und zerrten mit Leibeskräften daran rückwärts, ohne den Gang des Thieres nur verzögern zu können; ja, dieses wäre wohl im Stande gewesen, die ganze Pension Chairman fortzuschleppen.

Glücklicherweise kamen Briant und Moko zurück, ehe die Schildkröte das Meer erreicht hatte.

Zwei Sparren wurden ihr unter das Brustschild geschoben, und mit Hilfe dieser Hebel gelang es endlich, freilich nicht ohne große Anstrengung, sie auf den Rücken zu wenden. Hiermit war dieselbe endgiltig gefangen, da sie unmöglich wieder selbst auf die Füße zu kommen vermochte.

In dem Augenblick übrigens, wo sie den Kopf einziehen wollte, traf sie Briant mit einem so wohlgezielten Axthieb, daß sie das Leben fast augenblicklich verlor.

„Nun, Costar, hast du noch immer vor der großen Schnecke Angst?" fragte er den kleinen Knaben.

„Nein, nein, Briant, die ist ja todt."

„Schön," rief Service, „ich wette aber, daß Du nicht von ihr zu essen wagst."

„Kann man das Thier denn essen?"

„Gewiß!"

„Dann, wenn es gut ist, ess' ich auch davon!" erwiderte Costar, dem schon das Wasser im Munde zusammenlief.

„O, es ist sogar ausgezeichnet," versicherte Moko, der gar nicht genug rühmen konnte, wie schmackhaft das Fleisch der Schildkröten sei.

Da man nicht daran denken konnte, diese schwere Masse nach der Yacht zu befördern, mußte man sich zum Ausweiden derselben an Ort und Stelle entschließen. Das war zwar eine etwas widerwärtige Arbeit; die jungen Schiffbrüchigen gewöhnten sich indessen schon langsam an die mancherlei recht unangenehmen Nothwendigkeiten dieses Robinsonlebens. Die schwierigste Aufgabe war es, das Brustschild zu zersprengen, dessen metallische Härte selbst die Schneide einer Axt schartig gemacht hätte. Es gelang das endlich nach Einführung eines Bankmeißels in die Verbindungsstellen der Platten. Darauf wurde das in Stücken geschnittene Fleisch nach dem „Sloughi" geschafft.

Noch am nämlichen Tage konnten sich Alle überzeugen, daß die Schildkrötenbouillon wirklich vorzüglich schmeckte, ganz zu geschweigen von den gerösteten Fleischschnitten, welche verzehrt wurden, obwohl Moko auf den glühenden Kohlen sie hatte etwas schwarz werden lassen. Auch Phann bezeigte auf seine Weise, daß die Reste des Thieres für eine Hundezunge nicht zu verachten waren.

Die Schildkröte hatte über sechzig Pfund Fleisch geliefert, wodurch es möglich wurde, die Vorräthe der Yacht zu schonen.

Unter solchen Verhältnissen verstrich der Monat März. Während der drei Wochen seit dem Schiffbruche des „Sloughi" hatte Jeder nach besten Kräften gearbeitet, schon im Hinblick auf ein längeres Verweilen an dieser Küste. Jetzt kam es, ehe der Winter seinen Einzug hielt, darauf an, die wichtige Frage, ob Festland oder Insel, mit Bestimmtheit zu lösen.

Am 1. April wurde es offenbar, daß die Witterung in nächster Zeit umschlagen würde. Das Barometer stieg langsam und der Wind, der auf das Land zustand, schwächte sich mehr und mehr ab. Man konnte sich über diese Vorzeichen einer bevorstehenden Ruhe der Atmosphäre, und zwar einer länger andauernden, nicht täuschen. Die Umstände gestatteten damit einen Forschungszug nach dem Innern des Landes.

Die Großen sprachen an jenem Tage schon davon und begannen nach reiflicher Ueberlegung bereits die Vorbereitungen zu jenem Ausfluge, dessen hohe Bedeutung sich Keiner verhehlte.

„Ich denke," begann Doniphan, „daß uns nichts abhält, schon morgen früh aufzubrechen?..."

„Ich hoffe, nichts," antwortete Briant, „und dann werden wir uns zu früher Stunde aufmachen müssen."

„Ich habe aufgeschrieben," ließ Gordon sich vernehmen, „daß die Landgrenze der im Osten wahrgenommenen Wasserlinie sich sechs bis sieben Meilen vom Vorgebirge befinden soll."

„Ja," bestätigte Briant; „da sich die Bai aber tief ins Land hineinzieht, ist es möglich, daß die Entfernung von unserem Lager aus eine kürzere wäre."

„Und dann," nahm Gordon das Wort, „könnte Euer Ausflug ja kaum über vierundzwanzig Stunden in Anspruch nehmen."

„Gewiß, Gordon, wenn es uns möglich ist, direct nach Osten hin vorzudringen; doch werden wir einen Weg durch die Wälder finden, wenn wir das Steilufer erst hinter uns haben?"

„O, das ist die Schwierigkeit nicht, die uns aufhalten dürfte," bemerkte Doniphan.

„Zugegeben," antwortete Briant, „doch andere Hindernisse könnten uns den Weg verlegen, ein Wasserlauf, ein Sumpf oder was weiß ich? Es erscheint also gewiß rathsam, sich mit Nahrungsmitteln für eine mehrtägige Reise zu versehen."

„Und mit Munition," setzte Wilcox hinzu.

„Das versteht sich von selbst," erwiderte Briant, „und Du, Gordon, brauchst Dich, im Falle wir nach vierundzwanzig Stunden noch nicht zurück wären, um uns nicht zu ängstigen."

„Ich werde schon unruhig sein, wenn Eure Abwesenheit auch nur einen halben Tag dauert," antwortete Gordon. „Doch was reden wir hiervon – der Ausflug ist einmal beschlossen, und Ihr werdet ihn unternehmen. Uebrigens darf der Zweck desselben nicht allein der sein, das im Osten gesehene Meer zu erreichen; Ihr müßt auch das Land jenseits des Steilufers ins Auge fassen. An unserer Seite hier haben wir keine Höhle gefunden, und wenn wir den „Sloughi" erst verlassen müssen, wollen wir unser Lager doch da aufschlagen, wo es vor den Seewinden geschützt ist. Die schlechte Jahreszeit auf diesem Strande zuzubringen, erscheint mir unthunlich."

„Du hast Recht, Gordon," stimmte Briant ihm zu, „und wir werden nach einem Plätzchen suchen, wo wir uns später häuslich niederlassen können ..."

„Es müßte sich denn nachweisen lassen, daß wir diese vermeintliche Insel nicht verlassen können," bemerkte Doniphan, der immer auf seine Rede zurückkam.

„Das versteht sich, vorausgesetzt, daß die schon weit vorgeschrittene Jahreszeit es gestattet," antwortete Gordon. „Nun, wir werden ja unser Bestes thun. Morgen also zum Aufbruch!"

Die Vorbereitungen waren bald beendet. Lebensmittel für vier Tage, in Säcken, welche an einem breiten Gurt getragen wurden, vier Flinten, vier Revolver, zwei kleine Schiffsäxte, ein Taschencompaß, ein weittragendes Fernrohr, um das Land in einem Umkreis von drei bis vier Meilen genau überblicken zu können, Reisedecken, ferner neben dem gewöhnlichen Inhalt der Taschen, Lunten und Feuerstahl, nebst Streichhölzchen, das schien für die Bedürfnisse einer kürzeren aber nicht ungefährlichen Expedition zu genügen. Briant, wie Doniphan, ebenso Service und Wilcox, welche Jene begleiten sollten, mußten jedenfalls vorsichtig vorgehen, die Augen immer überall hinwenden und durften sich nicht trennen.

Gordon sagte sich wohl, daß seine Anwesenheit zwischen Briant und Doniphan nicht unnütz gewesen wäre; es erschien ihm aber doch klüger, bei dem „Sloughi" zu bleiben, um die kleineren Gefährten zu überwachen. Von Briant, den er einmal bei Seite nahm, erhielt er übrigens die Zusicherung, daß dieser jede gereizte Auseinandersetzung und jeden Streit unbedingt vermeiden werde.

Die Vorhersagung des Barometers war in Erfüllung gegangen. Vor dem Ende des Tages waren die letzten Wolken im Norden verschwunden. Die Kreislinie des Meeres zeichnete sich im Westen scharf am Horizonte ab. Die prächtigen Sternbilder der südlichen Halbkugel flimmerten am Firmament und unter ihnen das herrliche südliche Kreuz, welches am antarktischen Pole der Welt leuchtet.

Am Abend der bevorstehenden Trennung fühlten Gordon und seine Kameraden ihr Herz recht schwer belastet. Was konnte sich Alles bei einem Ausfluge ereignen, der vielleicht unerwartete Zwischenfälle bot. Und während ihre Blicke am Sternenhimmel hafteten, wendeten sich die Gedanken ihren Eltern, ihren Familien und der theuren Heimat zu, welche sie vielleicht niemals wiedersehen sollten! . . .

Da knieten die Kleinen vor dem südlichen Kreuz nieder, wie sie es vor dem Kreuze einer Kapelle gethan hätten. Rief es sie denn nicht, zu dem allmächtigen Schöpfer dieser Himmelswunder zu beten und ihre Hoffnung auf ihn zu setzen?

VII.

Der Birkenwald. – Von der Höhe des Steilufers. – Durch den Wald. – Ein Weg über den Creek. – Der Rio als Wegweiser. – Nachtlager. – Die Ajoupa. – Die bläuliche Linie. – Phann löscht seinen Durst.

———

Briant, Doniphan, Wilcox und Service hatten das Lager des „Sloughi“ um sieben Uhr Morgens verlassen. Die am wolkenlosen Himmel aufsteigende Sonne versprach einen jener schönen Tage, wie sie der October zuweilen den Bewohnern der gemäßigten Zone auf der nördlichen Halbkugel bescheert und an dem weder Hitze noch Kälte zu fürchten war. Wenn irgend ein Hinderniß ihr Fortkommen verzögerte, so konnte das nur vom Erdboden selbst ausgehen.

Anfangs zogen die jungen Forscher schräg über das Vorland, um nach dem Felsen des Steilufers zu gelangen. Gordon hatte ihnen empfohlen, Phann mitzunehmen, dessen Instinct ihnen gewiß von Nutzen sein konnte, und deshalb nahm das treue Thier an dem Zuge theil.

Eine Viertelstunde nach dem Aufbruche waren die vier Knaben schon unter dem Blätterdache des Waldes verschwunden, der bald durchmessen wurde. Auf den Bäumen flatterten verschiedene Vögel umher. Doniphan, der seinem Gelüste widerstand, ließ sie unbehelligt. Selbst Phann schien zu begreifen, daß sein weites Hin- und Herlaufen jetzt unnütz sei und hielt sich bei seinen Herren, ohne sich von diesen weiter zu entfernen, als es seine Rolle als Kundschafter bedingte.

Die nächste Absicht ging dahin, dem Fuße des Steilufers bis zu dem im Norden der Bai gelegenen Vorgebirge nachzugehen, wenn es, ehe sie ans Ende desselben kamen, unmöglich schien, die Höhe zu übersteigen. Dann wollte man auf die von Briant gemeldete Wasserfläche zu marschiren. Dieser Weg hatte, wenn er auch nicht der kürzeste war, doch den Vorzug der Sicherheit. Ein bis zwei Meilen Umweg genirte die kräftigen Knaben, welche gute Fußgänger waren, nicht im Geringsten.

Sobald er das Steilufer erreicht, erkannte Briant auch die Stelle wieder, wo er mit Gordon gelegentlich des ersten Ausfluges Halt gemacht hatte. Da sich in diesem Theile der Kalkwand kein Durchgang vorfand, mußten sie im Norden eine gangbare Stelle suchen, und wenn sie das auch zwang, bis zum Vorgebirge selbst zu gehen. Das nahm freilich einen ganzen Tag in Anspruch, doch man konnte eben nicht anders zu Werke gehen, im Fall sich das Steilufer an seiner Westseite überall unersteigbar erwies.

Briant setzte das seinen Kameraden auseinander, und auch Doniphan erhob dagegen, nachdem er mehrere vergebliche Versuche gemacht, die Abhänge der Böschung zu erklimmen, keinen weiteren Einspruch. Alle Vier folgten also den äußersten Gesteinslagen, an welche die letzte Reihe der Bäume fast heranreichte.

Eine Stunde etwa marschirte man so vorwärts und da man voraussichtlich bis zum Vorgebirge hinausziehen mußte, so sorgte sich Briant schon darüber, ob der Weg dahin wirklich frei sein würde. Hatte zu dieser vorgerückten Stunde die Fluth nicht den Strand schon wieder bedeckt? Das hätte den Verlust eines halben Tages bedeutet, wenn man warten mußte, bis die Ebbe die Klippenbank wieder trocken gelegt hatte.

„Beeilen wir uns," sagte er, nachdem er ihnen mitgetheilt, wie nöthig es sei, der Fluth hier zuvorzukommen.

„ Bah," erwiderte Wilcox, „da würden wir uns doch höchstens die Knöchel etwas naß machen!"

„Die Knöchel, dann die Brust und nachher die Ohren," antwortete Briant. „Das Meer steigt hier mindestens um fünf bis sechs Fuß. Wahrlich, ich glaube, wir hätten besser gethan, geraden Weges auf das Vorgebirge loszugehen."

„Das hättest Du vorschlagen müssen," versetzte Doniphan. „Du, Briant, dienst uns hier als Führer, und wenn wir eine Verzögerung erleiden, so wirst allein Du die Verantwortung tragen!"

„Du sollst ja recht haben, Doniphan, doch laß' uns keinen Augenblick verlieren! – Wo ist denn Service?"

Er rief laut:

„Service! . . . Service!"

Der Knabe war nicht mehr da. Nachdem er sich mit seinem Freunde Phann entfernt, war er hinter einem Vorsprunge des Steilufers, etwa hundert Schritte zur Rechten, verschwunden.

Da ertönten, begleitet vom Gebell des Hundes, laute Ausrufe, so als ob Service sich in Gefahr befände.

In kürzester Zeit hatten Briant, Doniphan und Wilcox ihren Kameraden eingeholt, der vor einer, offenbar schon lange vorhandenen Einsturzstelle der Felswand wartete. Durch immer wieder einsickerndes Wasser oder überhaupt durch die Unbill der Witterung, welche im Laufe der Zeit die Kalkmasse lockerte, hatte sich hier eine Art Halbtrichter gebildet, der, mit dem Halse nach unten zu, von der oberen Kante der Steinwand bis zum Fuße derselben reichte. In der sonst fast senkrechten Mauer öffnete sich damit also eine halbkegelförmige Schlucht, deren innere Wände stärkere Neigungswinkel als solche von vierzig bis fünfzig Grad nirgends zeigten. Die Unregelmäßigkeiten derselben boten übrigens eine Reihenfolge von Stützpunkten, auf denen der Fuß Halt fand. Gewandte und gelenkige Knaben mußten also die Kammhöhe der Wand ohne große Beschwerde erklimmen können, wenn sie dabei nicht einen Nachsturz des Gesteines veranlaßten.

Die mögliche Aussicht hierauf hielt sie jedoch nicht zurück.

Doniphan schwang sich zuerst auf die am Grunde lagernden Blöcke.

„Warte! . . . Warte! . . .“ rief Briant ihm zu. „Begehe keine Unklugheit!“

Doniphan hörte jedoch nicht auf diese Warnung, und da ihn seine Eigenliebe anspornte, es seinen Kameraden – vor Allen gerade Briant – vorauszuthun, hatte er sehr bald schon die Hälfte der Schlucht erklettert.

Seine Kameraden folgten ihm nach, vermieden aber die Stellen gerade unter ihm, um nicht von den Bruchstücken getroffen zu werden, welche von der Kalksteinmasse losbrachen und bis zum Erdboden unter öfterem Aufschlagen hinabrollten.

Alles lief gut ab, und Doniphan genoß die Befriedigung, den Fuß auf den Kamm des Steilufers zu setzen, während die Anderen erst nach ihm ebenda anlangten.

Doniphan hatte schon sein Fernrohr aus dem Etui gezogen und richtete es nach der Oberfläche der Waldungen, welche sich nach Osten hin bis über Sehweite hinaus fortsetzten.

Hier bot sich ihm das gleiche Rundgemälde von Himmel und Grün, das Briant von der Höhe des Vorgebirges aus gesehen hatte – nur in etwas beschränkterer Ausdehnung, da letzteres das Steilufer noch um hundert Fuß überragte.

„Nun,“ fragte Wilcox, „Du siehst nichts?“

„Ganz und gar nichts!“ versicherte Doniphan.

„So laß' mich einmal hindurch sehen,“ sagte Wilcox.

Doniphan reichte das Fernrohr dem Kameraden, während sein Gesicht eine unverholene Befriedigung widerspiegelte.

„Ich kann nicht die geringste Wasserlinie entdecken,“ sagte Wilcox, das Fernrohr senkend.

„Das ist sehr erklärlich,“ antwortete Doniphan, „da es nach dieser Seite hin überhaupt keine gibt. Du kannst ja hindurchsehen, Briant, und ich glaube, Du erkennst dann Deinen Irrthum . . .“

„Das wäre nutzlos,“ erwiderte Briant; „ich weiß, daß ich mich nicht getäuscht habe.“

„Das ist doch etwas stark! . . . Wir können Beide nichts erblicken . . .“

„Sehr natürlich, weil unser Standpunkt hier niedriger ist als das Vorgebirge, und weil die Sehweite dadurch verkürzt wird. Wären wir auf der Höhe, wo ich damals stand, so würde die bläuliche Linie in der Entfernung von sechs bis sieben Meilen sichtbar sein. Dann würdet Ihr deutlich erkennen, daß sie die von mir angegebene Lage hat und daß es unmöglich ist, sie mit einer flachen Wolkenschicht zu verwechseln.

„Das ist leicht gesagt! . . .“ warf Wilcox ein.

„Und auch leicht bewiesen,“ antwortete Briant gelassen. „Ziehen wir nur über die Hochfläche des Steilufers, dann durch die Wälder hin, und gehen wir immer weiter, bis wir die Stelle erreichen . . .“

„Ah, sehr schön,“ unterbrach ihn Doniphan, „das könnte uns weit weg führen, und wer weiß, ob sich's der Mühe lohnte . . .“

„So bleib' Du hier, Doniphan,“ sagte Briant, der, Gordon's Rathe folgend, trotz des bösen Willens des Kameraden seine Ruhe bewahrte. „Bleib' hier zurück; Service und ich werden allein gehen . . .“

„Nein, wir gehen mit!“ rief Wilcox. „Auf, Doniphan, und vorwärts nun!“

„Wenn wir erst gefrühstückt haben!“ meinte Service.

In der That empfahl es sich, vor dem Wiederaufbruch einen stärkenden Imbiß einzunehmen.

Das war nach einer halben Stunde abgethan, und dann zogen die Knaben weiter.

Die erste Meile wurde schnell zurückgelegt, da der Rasenboden keine Hindernisse bot. Da und dort zeigten sich kleine steinige Erhebungen mit Moos und Flechten überzogen. Durch Zwischenräume von einander getrennt, erhoben sich auch einzelne Gruppen von Gebüsch, hier baumartige Farren oder Lycopoden, dort Haidekraut, Berberitzensträucher, Stechpalmen mit stacheligen fleischigen Blättern, oder Buschhaufen einer anderer Berberitzenart mit sehr zähen Blättern, welche sich selbst noch in sehr hohen Breiten reichlich vermehrt.

Als Briant mit seinen Gefährten die ebene Fläche überschritten, konnten sie auch nur mit Mühe an der anderen Seite des, hier fast ebenso hohen und wie nach der Bai zu schroff abfallenden Steilufers hinunter gelangen. Ohne das halbausgetrocknete Bett eines Bergbaches, dessen vielfache Windungen die Steilheit des Abhanges etwas ermäßigten, wären sie wohl genöthigt gewesen, hier oben bis zum Vorgebirge hin zu wandern.

Im Walde selbst gestaltete sich das Fortkommen auf dem von üppig wuchernden Pflanzen und hohem Grase bedeckten Boden weit beschwerlicher. Manchmal sperrten umgestürzte Bäume den Weg, oder war das Unterholz so dicht, daß sie sich erst mit der Axt Bahn brechen mußten. Die Knaben arbeiteten sich hier in der nämlichen Weise vorwärts, wie die Pioniere der Cultur in den Urwäldern der Neuen Welt. Jeden Augenblick gab es hier Aufenthalt, der die Arme mehr ermüdete als die Beine und das Fortkommen so verzögerte, daß der vom Morgen bis zum Abend zurückgelegte Weg kaum mehr als drei bis vier Meilen betrug.

Es schien in der That, als sei noch kein menschliches Wesen durch diese üppigen Waldungen vorgedrungen, wenigstens fand sich davon keine Spur. Der schmalste Pfad hätte ja hingereicht, dafür den Beweis zu erbringen; doch nirgends war ein solcher zu entdecken. Das Alter oder irgend ein Orcan, aber nicht des Menschen Hand, hatte diese mächtigen Bäume gefällt. Das an manchen Stellen niedergetretene Gras deutete nur auf das Vorüberkommen mittelgroßer Thiere, von denen jetzt noch einige entflohen, ohne daß die Art derselben zu bestimmen gewesen wäre. Jedenfalls waren sie nicht besonders zu fürchten, da sie sich so eilig über Schußweite in Sicherheit brachten.

Dem ungeduldigen Doniphan zuckte zwar schon die Hand, nach der Flinte zu greifen und den Flüchtlingen eine Kugel nachzusenden, doch siegte in ihm die Vernunft, so daß eine Einmischung Briant's unnöthig wurde, um jenen an Begehung der Unklugheit zu hindern, durch einen Schuß ihre Gegenwart zu verrathen.

Begriff Doniphan auch, daß er seiner Lieblingswaffe hier Schweigen gebieten mußte, so hätte es doch nicht an Gelegenheit gefehlt, sie ein Wort sprechen zu lassen. Bei jedem Schritte flatterten hier Rebhühner, von der Sippe der sogenannten Tinamus und von vorzüglichem Geschmack, in die Höhe, oder Uferschwalben glitten pfeilschnell dahin; ferner zeigten sich Krammetsvögel, wilde Gänse und Kraniche in großer Menge, ohne das andere Geflügel zu rechnen, das man hier hundertweise hätte erlegen können.

Für den Fall eines längeren Verbleibens in dieser Gegend versprach die Jagd also hinreichende Nahrungsmittel zu liefern. Davon überzeugte sich Doniphan vom Beginn dieses Ausfluges an, bereit, sich später für die ihm jetzt aufgezwungene Zurückhaltung gebührend zu entschädigen.

Die Baumarten des Waldes gehörten vorwiegend verschiedenen Sorten von Birken und Buchen an, welche ihre Aeste mit den zartgrünen Zweigen wohl bis auf hundert Fuß emporstreckten. Unter den andern Bäumen fanden sich schön gewachsene Cypressen, Myrtaceen mit röthlichem und überaus festem Holze und Gruppen jener prächtigen, „Winters“ genannten Gewächse, deren Rinden einen, dem des Zimmets nahekommenden Wohlgeruch verbreiten.

Es war zwei Uhr, als ein nochmaliger Halt gemacht wurde, und zwar inmitten einer ganz schmalen, von einem seichten Rio – wofür man in Nordamerika die Bezeichnung „creek“ gebraucht – durchströmten Lichtung. Das vollkommen klare Wasser dieses Creek floß langsam über ein schwärzliches Felsenbett hin. Wenn man seinen friedlichen und wenig tiefen Lauf betrachtete, der weder abgestorbenes Holz noch welkes Gras mit sich führte, so konnte man wohl annehmen, daß seine Quellen nicht weit von hier zu suchen wären. Ueber die in demselben verstreuten Steine hinweg konnte man ihn leicht überschreiten; ja, an einer Stelle schienen solche flache Steine so ordnungsgemäß aneinander geschichtet, daß das auf den ersten Blick auffallen mußte.

„Das sieht ja merkwürdig aus!“ sagte Doniphan.

In der That bildete das ganze eine Art chaussirten Weges von einem Ufer zum andern.

„Man könnte es für eine Brücke halten," meinte Service, der schon daran ging, sie zu überschreiten.

„Halt! . . . Achtung!" rief ihm da Briant zu. „Wir müssen die Anordnung dieser Steine erst näher besichtigen!"

„Es ist doch ganz unmöglich," fügte Wilcox hinzu, „daß sie der reine Zufall so aneinander gefügt hätte . . ."

„Nein," pflichtete ihm Briant bei; „mir scheint es, als habe hier Jemand einen gangbaren Weg über den Rio herstellen wollen. Doch, sehen wir näher zu!"

Man prüfte nun sorgsam die einzelnen Bestandtheile dieser schmalen Chaussee, welche das Wasser nur um wenige Zolle überragte und während der Regenzeit überschwemmt sein mußte.

Konnte man deshalb aber sagen, daß es die Hand des Menschen gewesen sei, welche diese Steinplatten quer durch den Creek gelagert, um das Ueberschreiten des Wasserlaufes zu erleichtern? – Nein; es war dagegen wohl mit mehr Wahrscheinlichkeit anzunehmen, daß die Gewalt der Strömung zur Zeit des Hochwassers sie hier nach und nach zusammengehäuft und damit eine natürliche Brücke gebildet hatte. So erklärte sich wenigstens auf einfachste Weise das Vorhandensein dieses Steges, und nach genauester Besichtigung nahm auch Briant mit seinen Kameraden diese Anschauung an.

Hierzu muß bemerkt werden, daß das rechte Ufer ebensowenig wie das linke andere Spuren erkennen ließ und nichts darauf hindeutete, daß der Fuß eines Menschen jemals diese Lichtung betreten habe.

Der Creek selbst strömte nach Nordosten, also nach der der Bai entgegengesetzten Seite. Mündete er also wohl in das Meer, welches Briant vom Gipfel des Vorgebirges gesehen zu haben behauptete?

„Wenn dieser Rio," bemerkte dazu Doniphan, „nicht nur der Nebenarm eines größeren Flusses ist, der selbst nach Westen zu verläuft."

„Das werden wir bald sehen," antwortete Briant, der es für zwecklos erachtete, über diesen Gegenstand weiter zu verhandeln. „So lange er jedoch ohne allzu große Umwege die Richtung nach Osten beibehält, find' ich es am besten, ihm nachzugehen."

Die vier Knaben brachen wieder auf, nachdem sie den Creek auf jener Naturbrücke überschritten, um weiter stromaufwärts sich dazu nicht etwa unter ungünstigeren Verhältnissen gezwungen zu sehen.

Es war leicht genug, dem Uferrande zu folgen, bis auf wenige Stellen, wo gewisse Baumgruppen ihre Wurzeln in dem murmelnden Wasser badeten, während ihre Zweige sich von Ufer zu Ufer verstrickten. Machte der Creek auch zuweilen einen scharfen Bogen, so ergab der Compaß doch eine allgemeine Richtung desselben nach Osten. Seine Mündung mochte von hier noch ziemlich weit entfernt sein, da die Strömung weder an Schnelligkeit, noch das Bett an Breite zunahm.

Gegen fünfeinhalb Uhr mußten Briant und Doniphan zu ihrem Leidwesen erkennen, daß der Lauf des Creek sich entschieden nach Norden richtete. Folgten sie ihm auch noch ferner als Leitfaden, so wurden sie offenbar weit ab und nach einer, ihrem Ziele nicht entsprechenden Richtung weggeführt. Sie beschlossen also in Uebereinstimmung, von dem Ufer abzuweichen und durch die dichtesten Birken und Buchen einen geraden Weg nach Osten zu einzuschlagen.

Doch welche Schwierigkeiten brachte das mit sich! Inmitten des hohen, ihre Köpfe zuweilen überragenden Grases mußten sie sich wiederholt anrufen, um zusammen zu bleiben.

Da nach eintägiger Wanderung noch nichts die Nähe einer größeren Wasserfläche verrieth, wurde Briant allgemach etwas unruhig. Sollte er doch das Opfer einer Augentäuschung gewesen sein, als er von der Höhe des Vorgebirges den Horizont betrachtete? . . .

„Nein, nein! . . . wiederholte er sich. Ich habe mich nicht getäuscht! . . . Das kann nicht sein! . . . Das ist nicht der Fall!“

Doch wie dem auch sein mochte, jedenfalls war um sieben Uhr Abends die Grenze des Waldes noch nicht erreicht und die Dunkelheit schon zu groß, um noch weiter vorwärts zu dringen.

Briant und Doniphan beschlossen Halt zu machen und die Nacht unter dem Schutze der Bäume zu verbringen. Ein gutes Stück Corn-beef mußte den Hunger stillen, und unter dicken Decken würde man von der Kälte nichts zu leiden haben. Außerdem würde sie nichts gehindert haben, mit dürren Zweigen ein Feuer anzuzünden, wenn diese zum Schutze gegen Raubthiere sehr empfehlenswerthe Maßregel sich hier nicht wegen der Möglichkeit verboten hätte, daß der Schein desselben etwaige Eingeborne heranlocken könnte.

„Es ist besser, wir vermeiden die Gefahr entdeckt zu werden," bemerkte Doniphan.

Alle stimmten ihm zu und beschäftigten sich nur noch mit dem Abendessen. An Appetit fehlte es ihnen nicht. Nachdem sie von ihrem Reiseproviant gehörig zugelangt, wollten sie sich schon am Fuße einer großen Birke ausstrecken, als Service noch auf ein nur wenige Schritte entferntes Dickicht hinwies. Aus diesem Dickicht strebte – so weit sich das bei der Dunkelheit erkennen ließ – ein mittelhoher Baum empor, dessen untere Zweige wieder bis zur Erde herabreichten. Hier legten sich dann Alle, in ihre Decken gehüllt, auf einem Haufen trockener Blätter nieder. In ihrem Alter läßt der Schlaf sich nicht lange bitten; bald lagen sie denn auch in süßem Schlummer, während Phann, dem es eigentlich oblag zu wachen, es seinen Herren nachzuthun sich anschickte.

Ein- oder zweimal ließ der Hund wohl ein längeres Knurren vernehmen. Offenbar streiften einzelne Raub- oder andere Thiere durch den Wald; sie kamen aber bis in die unmittelbare Nähe des Lagers nicht heran.

Es war gegen sieben Uhr, als Briant und seine Kameraden erwachten. Die schrägen Strahlen der Sonne erleuchteten nur unbestimmt den Ort, wo sie die Nacht zugebracht hatten.

Service kroch zuerst aus dem Dickicht hervor, sofort aber schrie er wieder auf, oder ließ wenigstens Rufe des Erstaunens hören.

„Briant! . . . Doniphan! . . . Wilcox! . . . Kommt, kommt doch!"

„Was giebt es denn?" fragte Briant.

„Ja, was ist denn los?" ließ sich Wilcox vernehmen. „Mit seiner Gewohnheit gleich aufzuschreien, setzt uns Service immer in unnöthigen Schrecken! . . ."

„Schon gut! . . . Schon gut! . . ." antwortete Service. „Seht doch einmal nach, wo wir geschlafen haben!"

Es war das kein Dickicht, sondern eine Blätterhütte, welche die Indianer „Ajoupa" nennen und die sie aus verflochtenen Zweigen herstellen. Die Ajoupa hier mußte vor langer Zeit errichtet sein, denn Dach und Wände derselben hielten nur noch zusammen, weil sie sich an den Baum in der Mitte stützten, dessen Laubwerk die, denjenigen der Indianer Südamerikas ganz ähnliche Hütte neu überkleidete.

„Hier gibt es also doch Menschen?...“ fragte Doniphan, schnell umherblickend.

„Ja, oder es hat mindestens solche gegeben,“ antwortete Briant, „denn diese Blätterhütte hat sich nicht allein aufbauen können.“

„Damit erklärt sich auch das Vorhandensein des Steinplattensteges über den Creek!“ bemerkte Wilcox.

„Nun, desto besser,“ rief Service. „Leben hier Landesbewohner, so sind es brave Leute, da sie uns diese Hütte ganz speciell zum Uebernachten errichtet haben!“

In Wirklichkeit freilich war nichts ungewisser, als daß die Eingebornen dieses Landes gerade so „brave Leute“ wären, wie Service sich äußerte. Offenkundig schien nur, daß Eingeborne diesen Theil des Waldes besuchten, oder vor mehr oder weniger langer Zeit besucht hatten. Diese Eingebornen konnten aber nur Indianer sein, wenn das Gebiet hier mit dem Festland der Neuen Welt zusammenhing, oder Polynesier, vielleicht gar Cannibalen, wenn es eine Insel war, die einem der Archipele Oceaniens angehörte. Diese letztere Möglichkeit barg natürlich schwere Gefahren in sich und machte die Lösung der schwebenden Frage desto dringlicher.

Briant wollte schon weiter wandern, als Doniphan vorschlug, jene Hütte genau zu durchsuchen, wenn dieselbe auch offenbar seit sehr langer Zeit verlassen sein mußte.

Möglicherweise fand sich hier irgendwelcher Gegenstand, ein Werkzeug, Instrument oder Geräth, dessen Ursprung man zu erkennen vermochte.

Das auf dem Boden der Ajoupa ausgebreitete Lager von trockenen Blättern wurde sorgfältig weggeräumt und in einer Ecke fand Service wirklich einen Scherben aus gebranntem Thon, der einem Napf oder einer bauchigen Flasche angehört haben mochte. Das war zwar ein neues Beweisstück von menschlicher Arbeit, es klärte sie aber über nichts auf. Sie mußten ihre Wanderung also weiter fortsetzen.

Gegen halb acht Uhr brachen die Knaben, den Compaß in der Hand, auf und zogen in gerader Richtung nach Osten über einen leicht abfallenden Erdboden hin. So wanderten sie zwei Stunden hindurch langsam, sehr langsam weiter, da sie sich durch das feste Gewirr von Büschen und Sträuchern wiederholt erst mit der Axt einen Weg bahnen mußten.

Endlich, kurz vor zehn Uhr, breitete sich vor ihren Augen ein anderer Horizont aus, als die endlose Waldfläche. Jenseits der letzteren lag eine mit Mastixbüschen, Thymian und Haidekraut bedeckte Ebene. Eine halbe Meile weiter im Osten umschloß dieselbe einen Streifen sandigen Landes, an welches sanft die Brandung des von Briant gesehenen und bis zu den Grenzen des Horizonts hinausreichenden Meeres anschlug...

Doniphan schwieg mäuschenstill. Es kostete dem ehrgeizigen Knaben nicht wenig, anzuerkennen, daß sein Kamerad sich nicht getäuscht hatte.

Briant, dem es übrigens nach gar keinem Triumphe dürstete, betrachtete inzwischen die Umgebung durch das Fernrohr.

Im Norden wendete sich die von den Sonnenstrahlen glänzend erleuchtete Küste etwas nach links hin.

Der Süden bot denselben Anblick, nur rundete sich hier das Gestade zu einem mehr vorspringenden Bogen ab.

Jetzt konnte Niemand länger zweifeln. Es war kein Festland, sondern eine Insel, auf welche der Sturm den Schooner geschleudert hatte, und sie mußten auf jede Hoffnung, von hier wieder wegzukommen, verzichten, wenn ihnen nicht von außen Hilfe wurde.

Nach der hohen See hinaus war kein weiteres Land in Sicht. Es schien, als ob diese Insel ganz vereinzelt und wie verloren in der ungeheueren Wasserwüste des Stillen Oceans liege.

Nachdem Briant, Doniphan, Wilcox und Service die sich bis zum Strande hinziehende Ebene überschritten, machten sie am Fuße eines niedrigen Sandhügels Halt. Sie wollten nur frühstücken, um dann durch den Wald zurückzukehren. Wenn sie sich recht beeilten, war es vielleicht möglich, den „Sloughi“ vor Einbruch der Nacht wieder zu erreichen.

Während dieser übrigens recht traurigen Rast wechselten sie kaum einige Worte.

Endlich raffte Doniphan Rucksack und Flinte zusammen, erhob sich und sagte nur:

„Laßt uns aufbrechen!“

Alle Vier schickten sich denn nach einem letzten Blicke über das vor ihnen liegende Meer an, über die Ebene zurückzuziehen, als Phann noch einmal nach dem Saume des Strandes davonsprang.

„Phann! ... Phann!" rief Service.

Der Hund lief aber, den feuchten Sand hinter sich aufwerfend, in großen Sätzen weiter. Dann gelangte er mit einem Sprunge in die kleinen Brandungswellen und begann hier begierig zu saufen.

„Er trinkt! ... Er trinkt!" ... rief Doniphan.

In einen Augenblicke hatte Doniphan den schmalen Sandstreifen hinter sich und kostete einige Tropfen des Wassers, mit dem Phann seinen Durst füllte ... Es schmeckte nicht salzig!

Nur ein See war es, der sich bis zum östlichen Horizont hin ausdehnte – nicht das Meer.

VIII.

Im Westen des Sees. – Längs des Ufers. – Strauße in Sicht. – Ein aus dem See abfließender Rio. – Ruhige Nacht. – Die Rückseite des Steilufers. – Ein Damm. – Trümmer eines Bootes. – Die Inschrift. – Die Höhle.

———

Die hochwichtige Frage, von der das Wohl oder Wehe der jungen Schiffbrüchigen abhing, blieb also auch jetzt noch ungelöst. Daß das vermeintliche Meer ein See sei, war über jeden Zweifel erhaben. Konnte es deshalb jedoch nicht immer noch möglich sein, daß dieser See nur einer Insel angehörte? Würde man nicht bei weiterer Ausdehnung dieser Nachforschung auf das wirkliche Meer treffen – auf das Meer, über welches zu entkommen jedes Mittel mangelte?

Dieser See zeigte übrigens eine recht ansehnliche Ausdehnung, da der Himmelshorizont – wie Doniphan bemerkte – drei Viertheile seines Umfanges abschloß. Das machte es wieder wahrscheinlicher, daß man sich hier auf einem Festlande und nicht auf einer Insel befinde.

„Danach wäre es also Amerika, an dessen Strande wir scheiterten," sagte Briant.

„Das hab' ich von jeher angenommen," antwortete Doniphan, „und es scheint, ich irrte damit nicht."

„Jedenfalls," erwiderte Briant, „war es eine Wasserlinie, die ich im Osten wahrgenommen hatte ..."

„Zugegeben; ein Meer war es aber nicht!"

Diese berechtigte Einrede gewährte Doniphan offenbar eine Befriedigung, welche mehr für seine Eitelkeit als für ein gutes Herz sprach. Briant beschied sich ohne Groll; jedenfalls war es im allgemeinen Interesse besser, daß er sich theilweise getäuscht hatte. Auf einem Festlande würden sie nicht Gefangene sein, wie auf einer Insel. Inzwischen erschien es nothwendig, eine noch günstigere Zeit abzuwarten, um einen Auszug nach Osten zu unternehmen. Die zu überwindenden Schwierigkeiten, um nur eine Strecke von wenigen Meilen vom Lagerplatze nach diesem See zu gelangen, mußten ja ganz unmäßig anwachsen, wenn es galt, lange Zeit mit der ganzen kleinen Gesellschaft dahinzuziehen. Jetzt stand man schon im Anfang des April, und der Winter der südlichen Halbkugel bricht weit schneller herein, als der der nördlichen Erdhälfte. Deshalb war an einen Aufbruch erst nach Wiedereintritt der schöneren Jahreszeit zu denken.

Dennoch konnte der Aufenthalt an dieser von den Seewinden gepeitschten Bai der Westküste nicht mehr lange zu ertragen sein. Vor Ende des Monats mußte der Schooner jedenfalls geräumt werden. Da Gordon und Briant ferner am Westabhange des Steilufers keine passende Aushöhlung gefunden hatten, machte es sich nothwendig, Umschau zu halten, ob sich nicht nach der Seite des Binnensees eine zur Niederlassung geeignete Stelle entdecken ließ. Jetzt galt es also, dessen Umgebung sorgfältig zu besichtigen, wenn diese Nachforschung die Rückkehr auch um einen oder zwei Tage verzögerte. Gordon würde sich darüber zwar nicht wenig beunruhigen, doch änderte das an Briant's und Doniphan's Entschlusse nichts. Ihr Mundvorrath mußte noch auf achtundvierzig Stunden ausreichen, und da kein Anzeichen eine Aenderung der Witterung befürchten ließ, beschlossen sie, nach Süden hin der Seeküste nachzugehen.

Aber auch noch ein anderer Grund bestimmte sie, ihre Nachforschungen weiter auszudehnen.

Unzweifelhaft war dieser Theil des Landes von Eingebornen bewohnt oder mindestens besucht gewesen. Der durch den Creek gelegte Weg, die Ajoupa, deren Errichtung die Gegenwart von Menschen vor längerer oder kürzerer Zeit erkennen ließ, waren lauter Hindeutungen, welche eine Ergänzung erforderten, ehe man sich zu einer Ansiedlung für den Winter entschloß. Vielleicht vervollständigten die bisher gefundenen auch noch weitere Merkzeichen. Abgesehen von Eingebornen, konnte ja auch ein Schiffbrüchiger bis zu dem Zeitpunkte gelebt haben, wo er endlich eine der Städte des Festlandes erreichte. Das verlohnte schon der Mühe, die Nachforschungen über die Umgebung des Sees auszudehnen.

Eine offene Frage blieb es nur, ob Briant und Doniphan nach Norden oder nach Süden zu weiterziehen sollten. Da sie sich aber bei Einhaltung der letzteren Richtung gleichzeitig dem „Sloughi" mehr näherten, entschieden sie sich für diese. Später würde sich ja herausstellen, ob es rathsam erscheine, auch noch nach dem andern Ende des Sees vorzudringen.

Nach hierüber erzielter Einigung machten sich alle Vier gegen halb neun Uhr wieder auf den Weg durch die grasbestandenen kleinen Dünen, welche die im Westen von dichtem Grün umrahmte Ebene stellenweise unterbrachen.

Phann sprang voraus und jagte ganze Schaaren von Tinamus auf, die sich im Schutze der Mastixgebüsche oder großer Farrnwedel niedergelassen hatten. Hier fanden sich auch zuweilen rothe und weiße Moosbeeren und wilde Selleriestauden, von welchen ein wichtiger hygienischer Gebrauch zu machen war. Die Gewehre dagegen mußten in Ruhe bleiben, um durch das Schießen keine Aufmerksamkeit zu erregen, im Falle die Umgebung des Sees von eingebornen Stämmen unsicher gemacht wurde.

Dem Gestade einmal längs des Fußes der Dünen und dann wieder ganz nahe am sandigen Strande folgend, konnten die Knaben im Laufe dieses Tages ohne zu große Anstrengung noch gegen zehn Meilen hinter sich bringen. Eine Spur von Eingebornen fanden sie dabei nicht. Keine Rauchsäule wirbelte aus dem Waldesdickicht empor; kein Eindruck eines Fußes zeigte sich in dem Sande, den der Wellenschlag dieser großen, bis an ihr Ende nicht übersehbaren Wasserfläche feucht erhielt. Es schien nur, als ob deren nördliches Ufer sich wieder nach Süden zu wendete, um hier den Ring um den See zu schließen. Sonst zeigte sich dieser gänzlich verlassen. Weder hob sich ein Segel von dem

Horizonte ab, noch glitt eine Pirogue über seine schimmernde Fläche. War dieses Gebiet bewohnt gewesen, so konnte das heute kaum noch der Fall sein.

Wilde Thiere oder Wiederkäuer sah man nirgends. Zwei oder drei Mal im Laufe des Nachmittags zeigten sich einige Vögel am Saume des Waldes, ohne daß man sich denselben zu nähern vermochte. Das verhinderte Service jedoch nicht, auszurufen:

„Das sind Strauße!"

„Dann wenigstens sehr kleine Strauße, ihrer geringen Körperhöhe nach zu urtheilen," bemerkte Doniphan.

„Aber es sind doch Strauße," versetzte Briant; „und wenn wir auf einem Festlande weilen ..."

„Zweifelst Du daran noch immer?" warf Doniphan spöttisch ein.

„So muß es das Amerikas sein, wo sich diese Thiere in großer Menge finden," fuhr Briant fort, „das war's allein, was ich sagen wollte."

Gegen sieben Uhr Abends wurde Halt gemacht. Am nächsten Morgen hoffte man, wenn nicht unerwartete Hindernisse eintraten, nach der Sloughi-Bai – so nannte man schon allgemein den Ufertheil, an dem der Schooner auf den Grund gerathen war – zurückzukehren.

Am heutigen Abend wär' es übrigens unmöglich gewesen, in der Richtung nach Süden noch weiter zu marschiren. An dem erreichten Punkte verlief nämlich ein Rio, durch den das Wasser des Sees abfloß und den sie nur schwimmend überschreiten konnten. Die Dunkelheit gestattete überdies kein genaues Erkennen der Oertlichkeit, und es schien, als ob ein Steilufer die rechte Seite dieses Rio einfaßte.

Nach eingenommener Abendmahlzeit dachten Briant, Doniphan, Wilcox und Service nur noch daran auszuruhen – diesmal wegen Mangel an einer Hütte unter freiem Himmel. Aber sie waren so glänzend, die Sterne, welche da am Himmelsgewölbe funkelten, während die Sichel des zunehmenden Mondes im Westen nach dem Stillen Ocean niedertauchte.

Alles still auf dem See wie am Strande. Die vier zwischen den mächtigen Wurzeln einer Buche gelagerten Knaben lagen bald in so tiefem Schlafe, daß auch kein Donnerschlag sie aufgeweckt hätte. Ebensowenig wie Phann vernahmen sie ein ziemlich nahes Gebell, das nur vom Schakal herrühren konnte, noch ein entferntes Geheul, aller Wahrscheinlichkeit nach das Geheul von Raubthieren. In dieser Gegend, wo Strauße in wildem Zustande lebten, konnte man auch das Vorkommen von Jaguars oder Cuguars vermuthen, welche den Tiger oder den Löwen des südlichen Afrika vertreten. Die Nacht verlief jedoch ohne Störung. Gegen vier Uhr früh aber, als das Tageslicht den Horizont jenseits des Sees noch nicht erhellt hatte, gab der Hund Zeichen von Aufregung, indem er dumpf knurrte und auf dem Erdboden mit der Nase hinstrich, als wolle er einer Fährte nachgehen.

Es war gegen sieben Uhr geworden, als Briant seine, in ihre Decken gewickelten Kameraden weckte.

Alle waren sofort auf den Füßen, und während Service ein Stück Schiffszwieback kaute, warfen die andern Drei einen ersten Blick über die Gegend auf der anderen Seite des Wasserlaufs.

„Wahrhaftig," rief Wilcox, „wir haben sehr wohl daran gethan, gestern jeden Versuch der Überschreitung dieses Rio zu unterlassen; wir wären in den schlimmsten Sumpf gerathen!"

„Ja freilich," meinte Briant, „das ist eine Sumpfniederung, die sich nach Süden hinzieht und deren Ende man nicht zu erkennen vermag."

„Seht da!" rief Doniphan, „seht nur die zahlreichen Schaaren von Enten, Kriechenten und Becassinen, welche auf dessen Oberfläche flattern! Könnten wir uns für den Winter hier niederlassen, so wären wir sicher, an eßbarem Wild nie Mangel zu leiden."

„Und warum könnten wir das nicht?" erwiderte Briant, der sich nach dem rechten Ufer des Rio begab.

Im Hintergrunde erhob sich ein mächtiges Steilufer, das auf der anderen Seite schroff abzufallen schien. Von seinen beiden, fast in rechtem Winkel zusammenstoßenden Schenkeln lehnte sich der eine an die Seite des kleinen Flusses, während der andere nach dem See zu gerichtet war. Ob diese Erhebung sich nach Nordwesten hin fortsetzte und dieselbe war, welche die Sloughi-"Bai" einfaßte, das ließ sich erst nach näherer Untersuchung der weiteren Umgebung feststellen.

Was den Rio betraf, so erstreckte sich sein rechtes Ufer etwa in der Breite von zwanzig Fuß längs der benachbarten Höhen hin, während das sehr niedrige linke sich kaum von den Einschnitten, Wasserlachen und Schlammflächen der sumpfigen Ebene unterschied, welche sich nach Süden zu über Sehweite verlor. Um die Richtung des Wasserlaufs kennen zu lernen, mußte man dessen Steilufer ersteigen, und Briant nahm sich vor, nicht eher, als bis er das ausgeführt, nach der Sloughi-Bai zurückzukehren.

Zuerst galt es nun, den Rio da in Augenschein zu nehmen, wo das Gewässer des Sees sich in sein Bett ergoß. Er maß hier nur etwa vierzig Fuß Breite, mußte aber sowohl hieran wie an Tiefe zunehmen, je mehr er sich seiner Ausmündung näherte, wenigstens wenn er Zufluß aus dem Sumpfe oder dem höher gelegenen Lande erhielt.

„Ha, seht doch!“ rief Wilcox, als er den Fuß des Steilufers erreichte.

Was seine Aufmerksamkeit erregte, war eine Anhäufung von Steinen, welche eine Art Damm bildeten, eine ganz ähnliche Anordnung, wie die, welche sie im Walde angetroffen hatten.

„Dieses Mal kann kein Zweifel mehr sein!“ sagte Briant.

„Nein, unmöglich!“ antwortete Doniphan, indem er gleichzeitig nach einzelnen Holzresten am Ende des Dammes hinwies.

Diese Trümmer rührten ganz bestimmt von dem Rumpfe eines Fahrzeugs her und unter ihnen befand sich ein Stück stark verfaultes und von grünem Moose überzogenes Holz, dessen Krümmung verrieth, daß es zu einem Vordersteven gehört hatte, und an dem auch noch ein vom Roste ganz zerfressener Eisenring hing.

„Ein Ring! . . . Ein Ring!“ rief Service.

Unbeweglich sahen sich Alle rund um, als müsse der Mann, der sich dieses Bootes bedient, der diesen Damm aufgetragen hatte, jeden Augenblick erscheinen.

Nein! . . . Niemand! Viele Jahre waren verflossen, seitdem dieses Boot am Ufer des Rio zurückgelassen sein mochte. Ob der Mann, der hier gelebt, je seines Gleichen wieder gesehen, oder ob sein elendes Dasein auf diesem Lande geendet, ohne daß er dasselbe verlassen konnte, wer hätte es sagen können?

Man begreift aber gewiß die Erregtheit dieser jungen Leute, gegenüber den Beweisstücken des Daseins eines Menschen, welches sie nicht mehr bezweifeln konnten.

Da bemerkten sie auch das auffallende Benehmen des Hundes. Phann hatte offenbar eine Fährte gefunden. Mit aufgerichteten Ohren und wedelndem Schweife schlüpfte er unter dem Grase am Erdboden hin.

„Seht nur Phann!“ sagte Service.

„Er hat etwas gewittert,“ sagte Doniphan, der nach dem Hunde zurückging.

Phann war stehen geblieben, hatte die eine Pfote erhoben und den Kopf aufgerichtet. Dann stürmte er plötzlich nach einer Baumgruppe, welche am Fuße des Steilufers an der Seeseite stand.

Briant und seine Kameraden folgten ihm nach. Nach wenigen Augenblicken standen sie vor einer uralten Buche still, deren Rinde zwei Buchstaben und eine Jahreszahl in folgender Anordnung zeigte:

F. B.
1807.

Briant, Doniphan, Wilcox und Service wären lange stumm und regungslos vor dieser Inschrift stehen geblieben, wenn Phann nicht zurücklief und im Winkel der anstoßenden Uferhöhe verschwand.

„Hier, Phann, hierher!“ . . . rief Briant.

Der Hund folgte dem Rufe nicht, ließ dagegen ein lautes Gebell vernehmen.

„Jetzt Achtung!“ sagte Briant. „Bleiben wir beisammen und haben wir wohl Acht!“

Gewiß konnten sie in ihrer Lage gar nicht mit zu großer Vorsicht handeln. Vielleicht befand sich eine Rotte Eingeborner in der Nachbarschaft, und deren Anwesenheit war mehr zu fürchten als zu wünschen, wenn sie zu den wilden Indianerhorden gehörten, welche die Pampas von Südamerika bevölkern.

Die Gewehre wurden schußfertig gemacht und die Revolver zur Hand genommen, um zur Vertheidigung bereit zu sein.

Die Knaben drangen weiter vor; als sie den Winkel der Uferhöhe hinter sich hatten, glitten sie längs des schmalen Ufersaumes des Rio hin. Sie mochten kaum zwanzig Schritte zurückgelegt haben, als Doniphan sich bückte und einen Gegenstand von der Erde aufhob.

Es war eine Schaufel, deren Eisentheil mit dem verfaulten Griffe kaum noch zusammenhing – aber eine Schaufel von amerikanischem oder europäischem

Ursprunge, nicht eines jener plumpen Geräthe, wie sie die Wilden Polynesiens herstellen. Wie der Ring des Fahrzeuges, war auch diese stark oxydirt und hatte jedenfalls seit einer langen Reihe von Jahren hier gelegen.

Am Fuße des Steilufers gewahrte man auch noch einige Spuren von Cultur, nämlich einige unregelmäßige Furchen und ein kleines Beet von Ignamen, die aus Mangel an Pflege wieder ganz verwildert waren.

Plötzlich ertönte wieder ein dumpfes Bellen. Phann erschien in ganz seltsamer Aufregung. Er drehte sich um sich selbst, lief vor seinen jungen Herren her, sah sie an, rief sie und schien sie einzuladen, ihm zu folgen.

„Er hat sicher etwas Außerordentliches gefunden," sagte Briant, der den Hund vergeblich zu beruhigen suchte.

„Laßt uns gehen, wohin er uns führt," sagte Doniphan, der Wilcox und Service durch ein Zeichen aufforderte, ihm zu folgen.

Zehn Schritte weiterhin erhob sich Phann vor einer Anhäufung von Gebüschen und Sträuchern, deren Zweige sich am Fuße des Steilufers vielfach verstrickten.

Briant trat vor, um nachzusehen, ob dieser Haufen nicht den Cadaver eines Thieres oder gar eines Menschen bedeckte, auf dessen Fährte Phann gekommen war . . . Da, als er das Zweiggewirr etwas lüftete, bemerkte er eine enge Oeffnung.

„Sollte hier eine Höhle sein?" rief er, wenige Schritte zurückweichend.

„Das wäre ja möglich," antwortete Doniphan. „Doch, was befindet sich in dieser Höhle?"

„Das werden wir bald erfahren!" sagte Briant.

Mit seiner Axt begann er nun die, jene Oeffnung verdeckenden Zweige zu zertheilen. Trotz gespannten Lauschens hörte er nichts Verdächtiges.

Service wollte schon in den schnell freigelegten Eingang eindringen, als Briant ihm sagte:

„Sehen wir erst zu, was Phann beginnt!"

Der Hund gab noch immer ein dumpfes, also nicht besonders beruhigendes Gebell von sich.

Und doch, wäre ein lebendes Wesen in dieser Höhle gewesen, so wäre es sicher aus derselben schon herausgekommen.

Sie mußten wissen, was sie hier hatten. Da jedoch die Luft im Innern der Höhle schädlich und unathembar sein konnte, warf Briant eine Hand voll angezündeten trockenen Grases durch die Oeffnung. Auf dem Boden sich ausbreitend, brannten die Halme lebhaft weiter, ein Beweis von der Athembarkeit der Luft.

„Gehen wir nun hinein?“ fragte Wilcox.

„Ja wohl,“ antwortete Doniphan.

„Wartet wenigstens, bis wir darin deutlich sehen können,“ sagte Briant.

Er hatte schon einen harzigen Zweig von einer der Fichten geschnitten, welche am Rande des Rio wuchsen, und setzte denselben jetzt in Brand. Gefolgt von seinen Kameraden, wand er sich nun durch das Gestrüpp.

Am Eingange selbst maß die Oeffnung fünf Fuß in der Höhe bei zwei Fuß Breite; sie weitete sich jedoch schnell aus und bildete eine Höhle von etwa zehn Fuß Höhe und doppelter Breite, deren Boden aus ganz trockenem feinen Sand bestand.

Beim Eintreten schon stieß Wilcox gegen einen hölzernen Schemel, der nahe einem Tische stand, auf welchem verschiedenes Geschirr zu sehen war, wie ein Steingutkrug, große Muschelschalen, welche wohl als Teller gedient hatten, ein Messer mit schartiger und verrosteter Klinge, zwei bis drei Angelhaken, eine Blechtasse, welche ebenso leer war wie der Krug. An der entgegengesetzten Wand befand sich eine Art Koffer aus lose verbundenen Planken, der noch einzelne zerfetzte Kleidungsstücke enthielt.

Es lag also auf der Hand, daß diese Höhle bewohnt gewesen war, jedoch zu welcher Zeit und von wem? Lag das menschliche Wesen, das hier gelebt, vielleicht in einem Winkel? . . .

Im Hintergrunde erhob sich eine erbärmliche Lagerstätte, mit einer völlig zerrissenen wollenen Decke darüber. Am Kopfende auf einer Bank stand noch eine zweite Tasse und ein hölzerner Leuchter, dessen Dille noch das Ende eines verkohlten Dochtes enthielt.

Die jungen Leute wichen zunächst zurück bei dem Gedanken, daß diese Decke einen Leichnam verhüllen könne.

Briant überwand jedoch seinen Widerwillen und hob sie in die Höhe . . . das Lager war leer.

Einen Augenblick später waren Alle – eine Beute schmerzlicher Erregung – wieder bei Phann, der draußen geblieben war und noch immer schmerzlich bellte.

Zwanzig weitere Schritte gingen sie noch das Uferland des Rio hinunter und blieben dann plötzlich stehen. Ein Gefühl starren Entsetzens hatte sie an die Stelle gebannt.

Hier, zwischen den Wurzeln einer Buche, lagen die Reste eines menschlichen Gerippes auf der Erde.

An dieser Stelle war der Unglückliche also gestorben, der in jener Höhle gewiß lange Jahre hindurch gelebt, und diese elende Zufluchtsstätte, die er als Wohnung benützte, war nicht einmal sein Grab geworden.

IX.

Untersuchung der Höhle. – Möbel und Geräthe. – Die Bolas und der Lasso. – Die Uhr. – Ein fast unleserliches Heft. – Die Karte des Schiffbrüchigen. – Wo man sich befindet. – Rückkehr nach dem Lager. – Das rechte Ufer des Rio. – Das Schlammloch. – Gordon's Signal.

———

Briant, Doniphan, Wilcox und Service bewahrten tiefes Stillschweigen. Wer war der Mann, der hier seinen Tod gefunden? War es ein Schiffbrüchiger, dem bis zu seiner letzten Stunde keine Hilfe zutheil geworden? Welcher Nation gehörte er an? War er noch jung nach diesem Lande gekommen? War er erst alt darauf gestorben? Wie hatte er sich die nöthigsten Bedürfnisse verschaffen können? Wenn ein Schiffbruch ihn hierher verschlagen, waren Andere dabei mit dem Leben davon gekommen? Oder war er allein zurückgeblieben, nachdem seine Leidensgefährten vor ihm gestorben? Rührten die verschiedenen in der Höhle befindlichen Gegenstände von einem Schiffe her oder hatte er sie mit eigener Hand hergestellt?

Wie viele Fragen drängten sich hier Jedem unwillkürlich auf, deren Lösung vielleicht niemals gelingen sollte.

Eine derselben schien die wichtigste. Wenn es ein Festland war, auf dem dieser Mann Zuflucht gefunden, warum hatte er nicht eine Stadt des inneren Landes, nicht einen Hafen der Küste aufgesucht? Stellten sich seiner Rückkehr ins

Vaterland so schwere Hindernisse entgegen, daß er dieselben nicht zu überwinden vermochte? War die Entfernung eine so große, daß diese jedes derartige Unternehmen vereitelte? Gewiß erschien nur, daß der Unglückliche, geschwächt durch Krankheit oder Alter, hier zusammengesunken war, daß er nicht mehr die Kraft besessen, sich nach seiner Höhle zu schleppen, und daß ihn der Tod am Fuße dieses Baumes ereilt hatte. – Und wenn ihm die Mittel gefehlt hätten, im Norden oder im Osten dieses Gebietes Rettung zu suchen, würden sie dann nicht auch den jungen Schiffbrüchigen vom „Sloughi" fehlen?

Wie dem auch sein mochte, jedenfalls erschien es nothwendig, die Höhle genauer zu untersuchen. Wer weiß, ob sich da nicht vielleicht ein Schriftstück fand, das über diesen Mann, über seine Herkunft und die Dauer seines Verweilens hier, Aufschluß gab. – Andererseits mußte man auch zu erkennen versuchen, ob man sich nach dem Verlassen der Yacht hier für den Winter niederlassen könnte.

„Kommt mit!" sagte Briant.

In Begleitung Phanns drangen sie nun beim Schein eines anderen harzigen Zweiges durch die Oeffnung ein.

Der erste Gegenstand, der ihnen hier auf einem Brett an der Wand in die Augen fiel, erwies sich als ein Paket dicker Kerzen, welche aus Fett und zerfasertem, lose gedrehtem Hanf hergestellt waren. Briant zündete eine derselben an, setzte sie in den hölzernen Leuchter, und die Untersuchung nahm nun ihren weiteren Fortgang.

Vor Allem handelte es sich jetzt um Ergründung der Ausdehnung und Gestalt der Höhle, an deren Bewohnbarkeit nicht zu zweifeln war.

Sie bestand aus einer geräumigen, wahrscheinlich schon seit Urzeiten gebildeten Ausweitung des Kalkfelsens. Von Feuchtigkeit zeigte sich dabei keine Spur, obgleich der Luftwechsel nur durch die einzige, nach dem Uferland zu gelegene Oeffnung stattfinden konnte.

Ihre Wände waren ebenso trocken, als wären sie von Granit aufgemauert gewesen, ohne die Spur jener krystallinischen Infiltrationen – jener Rosenkränze von erstarrten Tropfen, welche in verschiedenen Porphyr- und Basalthöhlen die bekannten Stalactiten bilden. Ihre Lage schützte sie schon allein gegen die Winde vom Meere. Tageslicht drang freilich nur sehr wenig herein, durch Herstellung einer öder zweier Oeffnungen mußte es jedoch leicht sein, diesem

Uebelstande abzuhelfen, und auch den Innenraum für das Bedürfniß von fünfzehn Personen hinreichend zu lüften.

Was ihre Ausdehnung anging – fünfundzwanzig Fuß in der Breite und dreißig Fuß der Länge – so erschien diese Höhle zwar zu beschränkt, um gleichzeitig als Schlafraum, Speisekammer und allgemeine Niederlage zu dienen; es handelte sich jedoch nur darum, fünf bis sechs Wintermonate hierin zuzubringen, wonach man nach Nordosten hinausziehen wollte, um eine Stadt in Bolivia oder der Argentinischen Republik aufzusuchen. Sollte es dagegen nothwendig werden, sich hier einzurichten, so konnte man ja versuchen, dadurch mehr Raum zu schaffen, daß man die aus verhältnißmäßig lockerem Kalkstein bestehende Wand weiter aushöhlte, und wie dieses Obdach jetzt sich darbot, durfte man wohl bis zur Wiederkehr der besseren Jahreszeit damit zufrieden sein.

Nachdem er sich davon überzeugt, besichtigte Briant im einzelnen die in derselben vorhandenen Gegenstände. Es waren in der That wenig genug. Dieser Unglückliche mußte fast von Allem entblößt gewesen sein. Was hatte er von seinem Schiffbruche retten können? Nichts als formlose Wrackstücke, zerbrochene Sparren, Theile der Regeling, die ihn zur Herstellung jenes erbärmlichen Lagers, des Tisches, des Koffers, der Bank und jenes Schemels gedient hatten – das einzige Mobiliar dieser Wohnung! Minder begünstigt als die Ueberlebenden vom „Sloughi", hatte er keine so vollständigen Mittel zur Hand gehabt. Einige Werkzeuge, eine Schaufel, eine Axt, zwei oder drei Küchengeräthe, ein kleines Tönnchen, das wohl Branntwein enthalten haben mochte, ein Hammer, zwei Bankmeißel und eine Säge – das war Alles, was man zunächst vorfand. Diese Gerätschaften hatte er offenbar in dem Boote gerettet, von dem jetzt nur noch wenige Trümmer nahe dem Damme des Rio umherlagen.

Das waren die Gedanken Briant's, die er seinen Kameraden mittheilte. Nach dem Gefühl des Schauderns, das sie beim Erblicken des Gerippes empfunden und sie daran mahnte, daß ihnen vielleicht ein ähnliches Ende in gleicher Verlassenheit bevorstand, kam ihnen doch der Gedanke, daß ihnen nichts von alledem fehlte, was diesem Unglücklichen gemangelt hatte, und diese Erkenntniß gab ihnen das frühere Vertrauen in die Zukunft wieder.

Doch, wer war nun dieser Mann? Woher stammte derselbe? Zu welcher Zeit hatte er Schiffbruch erlitten? Ohne Zweifel waren viele Jahre seit seinem Ableben verflossen. Der Zustand der am Fuße des Baumes gefundenen Knochen sprach dafür deutlich genug. Wies nicht außerdem das ganz von Rost zerfressene Eisen der Schaufel und des Bootsringes, die Dichtheit des Gebüsches, das den Eingang zur Höhle verdeckte, darauf hin, daß der Tod des Schiffbrüchigen schon vor sehr langer Zeit erfolgt sein mußte?

Sollte nicht ein weiteres Merkzeichen gestatten, diese Vermuthung zur Gewißheit zu erheben?

Bei fortgesetzter Untersuchung wurden in der That noch mehrere Gegenstände gefunden – ein zweites Messer, von dem mehrere Klingen abgebrochen waren, ein Zirkel, ein Siedekessel, ein eiserner Pflock, ein sogenanntes Schließeisen (ein Matrosenwerkzeug), dagegen kein einziges Schiffsinstrument, kein Fernrohr oder Compaß, ebenso keine Feuerwaffe, um Wild erlegen oder sich gegen Raubthiere oder Eingeborne vertheidigen zu können.

Da er nun doch hatte leben müssen, war jener Mann gewiß gezwungen gewesen, Fallen zu stellen. Ueber diesen Punkt erhielten sie noch einige Aufklärung, als Wilcox rief:

„Was ist denn das?“

„Ja, das hier?“ fragte auch Service.

„Ein Kugelspiel?“ sagte Briant nicht ohne Verwunderung.

Er erkannte jedoch sofort, welchem Zwecke die zwei runden Steine gedient hatten, die Wilcox eben aufhob. Sie bildeten ein Jagdgeräth und zwar sogenannte „Bolas“, welche aus zwei durch einen Strick verbundenen Kugeln bestehen und die von den Indianern Südamerikas vielfach gebraucht werden. Schleuderte eine geübte Hand diese Kugeln, so schlingen dieselben sich um die Füße des betreffenden Thieres, das dadurch eine leichte Beute des Jägers wird, weil es kaum mehr weiter fort kann.

Unzweifelhaft hatte der Bewohner dieser Höhle das genannte Geräth hergestellt, ebenso wie einen Lasso, das heißt einen langen Lederstreifen, der ganz so wie die Bolas nur auf kürzere Entfernung verwendet wurde.

Das war Alles, was sich von Gegenständen jeder Art in der Höhle vorfand, und in dieser Beziehung mußten sich Briant und seine Kameraden wirklich reich dünken. Freilich waren sie nur Kinder und jener war ein Mann gewesen.

Ob dieser Mann aber ein einfacher Matrose oder ein Officier gewesen war, der sich seine durch früheres Studium erworbenen Kenntnisse hier hatte zu nutze machen können, das hätte sich sehr schwierig entscheiden lassen, wenn nicht noch ein Schriftstück entdeckt worden wäre, welches nach dieser Seite eine unerwartet sichere Auskunft lieferte.

Am Kopfende des Lagers und unter einer Falte der von Briant zurückgeschlagenen Decke fand Wilcox eine Uhr, welche an einem in der Wand eingeschlagenen Nagel hing.

Die Uhr war von ziemlich feiner Arbeit und jedenfalls von besserer Art, als sie die Matrosen zu tragen pflegen. Sie hatte eine doppelte silberne Cüvette, an der mittels einer Kette aus demselben Metall noch der Uhrschlüssel hing.

„Die Stunde! . . . Seht nach, welche Stunde sie zeigt!“ rief Service.

„Daraus würden wir auch nichts lernen,“ erwiderte Briant, „auf jeden Fall ist diese Uhr schon mehrere Tage vor dem Ableben des Unglücklichen stehen geblieben.“

Mit einiger Mühe öffnete Briant den Deckel, dessen Gelenk ebenfalls oxydirt war, und konnte nun sehen, daß die Weiser auf drei Uhr siebenundzwanzig Minuten zeigten.

„Jede Uhr,“ bemerkte Doniphan, „trägt aber einen Namen . . . Das könnte uns darüber aufklären . . .“

„Ja, Du hast Recht,“ antwortete Briant.

Nachdem er das Innere des Deckels gemustert, konnte er einige eingravirte Worte lesen.

„Delpeuch, Saint-Malo“ – lauteten sie, der Name und die Adresse des Fabrikanten.

„Es ist ein Franzose, ein Landsmann von mir gewesen!“ rief Briant gerührt.

Es war nach Allem wohl anzunehmen, daß in dieser Höhle ein Franzose bis zu der Stunde gelebt hatte, wo der Tod ihn endlich von seinen Leiden erlöste.

Zu diesem Beweise kam bald noch ein anderer nicht minder entscheidender, als Doniphan, der das Lager etwas abgerückt hatte, von der Erde ein Schreibheft aufnahm, dessen vergilbte Blätter mit Bleistiftzeichen bedeckt waren. Leider war der größte Theil derselben unleserlich geworden. Einige Worte ließen sich jedoch entziffern und unter diesen der Name François Baudoin.

Das stimmte überein mit den beiden großen Buchstaben, welche in den Baum eingeschnitten waren. Dieses Heft war das Tagebuch seines Lebens gewesen und wohl von dem Zeitpunkt ab, da er an der Küste scheiterte. Unter den von der langen Zeit noch nicht völlig verlöschten Schriftzügen vermochte Briant auch noch die Worte „Duguay-Trouin“ zu entziffern, offenbar der Name des Schiffes, das in dieser verlassenen Gegend des Stillen Weltmeeres einst zu Grunde gegangen war.

Ganz zu Anfang endlich stand eine Jahreszahl, dieselbe, welche unter den Anfangsbuchstaben „F. B.“ zu lesen war, die wahrscheinlich das Jahr des Schiffbruches bezeichnete.

Es waren also dreiundfünfzig Jahre verflossen, seit François Baudoin an dieses Gestade gekommen war, und während der ganzen Dauer seines Aufenthaltes hier hatte er von außen keine Hilfe gefunden!

Wenn es aber François Baudoin nicht gelungen war, nach einem anderen Orte dieses Festlandes zu kommen, so mußten sich dem wohl unübersteigliche Hindernisse entgegengestellt haben.

Mehr als je trat den jungen Leuten jetzt der Ernst ihrer Lage vor Augen. Wie würden sie das Ziel erreichen, welches selbst ein Mann, ein Seefahrer, der an harte Arbeit gewöhnt und durch Anstrengungen gestählt war, das nicht vermocht hatte? Noch ein anderer Fund sollte ihnen da lehren, daß jeder Versuch, dieses Land zu verlassen, ein vergeblicher sein müsse.

Beim Durchblättern jenes Heftes entdeckte Doniphan noch ein lose zusammengefaltetes Stück Papier. Es war eine Landkarte, gezeichnet mit einer Art Tinte, welcher Jener sich wahrscheinlich aus Wasser und Ruß gemischt hatte.

„Eine Karte!“ rief er.

„Welche François Baudoin jedenfalls selbst gezeichnet hat,“ antwortete Briant.

„Wenn das der Fall ist, so könnte dieser Mann kein gewöhnlicher Matrose gewesen sein,“ bemerkte Wilcox, „sondern einer der Officiere des „Duguay-Trouin“, da er im Stande war, eine Karte zu entwerfen . . .“

„Wäre das vielleicht gar eine Karte des? . . .“ rief Doniphan.

Ja, es war eine Karte dieses Landes. Auf den ersten Blick erkannte man auf derselben die „Sloughi-Bai“, den Klippengürtel, den Strand, auf welchem sich ihr Lager zum Theil jetzt befand, den See, an dessen westlichem Ufer Briant mit seinen Kameraden herabgezogen war, die drei Eilande draußen im Meere, das Steilufer, das sich am Rande des Rio hin erstreckte, und die Wälder, von denen das ganze Gebiet des Innern bedeckt war.

Jenseits des entgegengesetzten Seeufers befanden sich noch andere Wälder, die sich bis zum Rande einer anderen Uferstrecke ausdehnten und dieses Ufer ... begrenzte das Meer an seinem ganzen Umkreise.

Damit fielen also alle Pläne, nach Osten zu ziehen, um in dieser Richtung Rettung zu suchen, in sich zusammen!

Briant hatte damit gegen Doniphan Recht behalten!

Das Meer umrahmte von allen Seiten dieses vermuthete Festland! Es war eine Insel, und deshalb hatte François Baudoin von hier nicht wieder fortkommen können.

Auf der vorgefundenen Landkarte war es leicht zu erkennen, daß die allgemeinen Umrisse der Insel mit ziemlicher Genauigkeit wiedergegeben waren. Die Längenmaße konnten natürlich nur durch Schätzung gewonnen sein, vielleicht nach der zum Begehen derselben verwendeten Zeit und nicht durch die sonst übliche Triangulation; doch nach dem zu urtheilen, was Briant und Doniphan schon von dem Theile des Gebietes zwischen der Sloughi-Bai und dem See kannten, konnten die etwaigen Irrthümer nicht beträchtlich sein.

Die Karte selbst bewies ferner, daß der Schiffbrüchige seine ganze Insel durchmessen haben mußte, weil er auf derselben die hauptsächlichsten geographischen Einzelheiten eingezeichnet hatte, und ohne Zweifel waren die Ajoupa wie der Plattenweg über den Creek sein eigenstes Werk.

Wir geben hier die Gestalt der Insel wieder, wie François Baudoin sie auf seiner Karte entworfen hatte.

Sie dehnte sich demnach ziemlich lang aus und ähnelte einem ungeheueren Schmetterlinge. Im mittleren Theile, zwischen der Sloughi-Bai und einer im Osten ziemlich tief einschneidenden anderen, verhältnißmäßig schmalen, bildete sie nach Süden zu noch eine dritte, weithin offene Bai. Ganz umrahmt von dichtem Waldbestand, dehnte sich der Binnensee bei einer Länge von achtzehn Meilen bis auf fünf Meilen Breite aus – womit sich genügend erklärte, daß Briant, Doniphan, Service und Wilcox von dessen westlichem Ufer aus das nördliche, südliche und östliche Ufer nicht hatte erblicken können, so daß sie denselben im ersten Augenblick für das Meer ansahen. Mehrere Rios flossen aus dem See ab, und derjenige, welcher vor der Höhle vorbeiströmte, ergoß sich nahe dem Lagerplatze in die Sloughi-Bai.

Die einzige, etwas bedeutende Höhe der Insel schien das Steilufer zu sein, das sich in schräger Richtung von dem Vorgebirge im Norden der Bai bis zum rechten Ufer des Rio fortsetzte. Den nördlichen Theil des Landgebietes bezeichnete die Karte als dürr und sandig, während sich an der anderen Seite des Rio ein ausgedehnter Sumpf ausstreckte, der sich nach Süden zu in einer scharfen Spitze fortsetzte. Im Nordosten und Südosten schlossen sich lange Dünenlinien aneinander, welche diesem Theil des Uferlandes ein von dem der Sloughi-Bai sehr abweichendes Aussehen verliehen.

Nach dem am Fuße der Karte eingezeichneten Maßstabe betrug die größte Länge der Insel von Norden nach Süden ungefähr fünfzig Meilen, und fünfundzwanzig Meilen in der Breite von Osten nach Westen. Mit Einrechnung der größeren Unregelmäßigkeiten ihrer Küstenlinie mochte sich der Umfang auf etwa hundertfünfzig Meilen belaufen.

Was nun die Gruppe Polynesiens anging, der diese Insel zugehörte, und ob sie inmitten des Stillen Oceans vereinzelt liege oder nicht, darüber konnte man unmöglich zu begründeten Vermuthungen gelangen.

Auf jeden Fall aber sahen sich die Schiffbrüchigen vom „Sloughi" vor die Notwendigkeit gestellt, zu einer dauernden, nicht zu einer zeitweiligen Ansiedlung zu schreiten. Da die Höhle ihnen nun eine vortreffliche Unterkunft bot, so mußte das gesammte Material hierher übergeführt werden, ehe die ersten Winterstürme die Zerstörung des „Sloughi" vollendeten.

Jetzt galt es nun, ohne Verzug zum Lagerplatze zurückzukehren. Gordon mußte, da schon drei Tage seit dem Weggange Briant's und seiner Kameraden verstrichen waren, sehr beunruhigt sein und konnte wohl fürchten, daß ihnen ein Unfall zugestoßen wäre.

Auf Briant's Rath wurde denn beschlossen, den Rückmarsch noch am nämlichen Tage um elf Uhr Vormittags anzutreten. Es wäre unnütz gewesen, das Steilufer zu erklimmen, da die Karte erkennen ließ, daß der kürzeste Weg am rechten Ufer des von Osten nach Westen verlaufenden Rio hinführte. Hier trennten sie nur höchstens sieben Meilen von der Bai, und diese konnten in wenigen Stunden zurückgelegt werden.

Bevor sie jedoch aufbrachen, wollten die Knaben dem schiffbrüchigen Franzosen noch die letzten Ehren erweisen. Mittels der Schaufel hoben sie ein Grab am Fuße des Baumes aus, in den François Baudoin die Anfangsbuchstaben seines Namens eingeschnitten hatte, und bezeichneten die Stelle überdies mit einem hölzernen Kreuze.

Nach Beendigung dieser Aufgabe der Pietät kehrten alle Vier nach dem Eingange der Höhle zurück, den sie verschlossen, um dem Eindringen von Thieren zu wehren. Dann verzehrten sie ihre letzten Mundvorräthe und gingen längs des Steilufers auf dem Landstreifen rechts des Flusses hin. Eine Stunde später gelangten sie nach der Stelle, wo die Kalkfelsmasse sich davon entfernte und schräg nach Nordwesten weiterlief.

So lange sie dem Flußufer folgten, kamen sie ziemlich rasch vorwärts, da der Weg neben diesem durch Bäume, Gebüsche und Gräser nur wenig behindert war.

In der Voraussicht, daß der Rio als vermittelndes Glied zwischen dem Binnensee und der Sloughi-Bai diente, behielt Briant diesen unausgesetzt im Auge. Es schien ihm, als ob auf seinem Oberlaufe ein Boot oder ein Floß bequem an Zugleinen geschleppt oder mittelst Stangen fortgestoßen werden könne, was die Fortschaffung des Materials ganz besonders erleichtern mußte, wenn man die Fluth benützte, deren Wirkung sich bis zum See hin bemerkbar machte. Von Wichtigkeit war dabei nur, daß der Wasserlauf nicht durch Stromschnellen unterbrochen oder stellenweise zu seicht und zu schmal würde, um fahrbar zu sein. Davon zeigte sich jedoch nichts; auf eine Strecke von drei Meilen von seinem Austritte am Seeufer an schien der Rio eine vortreffliche Schiffbarkeit zu versprechen.

Um vier Uhr Nachmittags mußten sie jedoch das Flußufer verlassen. An das rechte Ufer schloß sich nämlich eine breite und weiche Schlammlache, worüber und in welche sie sich nicht ohne Gefahr wagen konnten. Es erschien also am räthlichsten, geraden Wegs durch den Wald vorzudringen.

Den Compaß in der Hand, wandte sich Briant daher nach Nordwesten, um die Sloughi-Bai auf kürzestem Wege zu erreichen. Hierbei gab es freilich beträchtliche Verzögerungen, denn das üppig wuchernde hohe Gras bildete auf dem Erdboden wirkliche Dickichte; dazu wurde es unter dem Zweiggewölbe der

Birken fast schon mit dem Niedergange der Sonne sehr dunkel. Zwei Meilen wanderten sie so unter recht erschwerenden Umständen hin. Nach Umgehung der weit nach Norden einschneidenden Schlammlache hätte es sich gewiß am meisten empfohlen, das Bett des Rio wieder aufzusuchen, der ja nach der Karte in der Sloughi-Bai ausmündete. Der Umweg erschien Briant und Doniphan aber so bedeutend, daß sie nicht die Zeit damit verlieren wollten. So zogen sie also unter dem Gehölz immer weiter, leider nur, um sich um sieben Uhr zu überzeugen, daß sie sich verirrt hatten.

Sollten sie nun gezwungen sein, die Nacht unter den Bäumen zuzubringen? Das wäre ja nicht allzu schlimm gewesen, wenn es ihnen nicht gerade an Nahrungsmitteln gefehlt hätte, als der Hunger sich bei Allen recht dringend meldete.

„Nur vorwärts!“ mahnte Briant. „Wenn wir nach Westen wandern, müssen wir auf den Lagerplatz treffen . . .“

„Wenigstens, wenn die Karte keine falschen Angaben enthält,“ antwortete Doniphan, „und jener Rio derselbe ist, der sich in die Bai ergießt.“

„Warum sollte diese Karte unzuverlässig sein, Doniphan?“

„Und warum sollte sie es nicht sein, Briant?“

Man sieht, daß Doniphan, der sein Mißgeschick noch nicht verdaut hatte, hartnäckig die Ansicht vertrat, der Landkarte des Schiffbrüchigen nur ein bedingtes Vertrauen zu schenken. Er hatte damit übrigens Unrecht, denn bezüglich des schon untersuchten Theiles der Insel mußte er deren Genauigkeit ja selbst zugestehen.

Briant hielt es für nutzlos, hierüber weiter zu streiten, und ging kurz entschlossen weiter.

Um acht Uhr konnte man gar nichts mehr erkennen, so tief war die Dunkelheit geworden. Und noch immer erreichte man nicht die Grenze dieses schier endlosen Waldes.

Plötzlich gewahrte Briant durch eine Lichtung der Bäume einen hellen Schein, der sich im Luftraume verbreitete.

„Was war denn das?“ fragte Service.

„Doch wohl eine Sternschnuppe,“ meinte Wilcox.

„Nein, das war eine Rakete,“ erklärte Briant, „eine Rakete, welche vom ›Sloughi‹ aus aufgeschossen worden ist.“

„Und demnach ein Signal Gordon's!…“ rief Doniphan, der dasselbe schon durch einen Flintenschuß beantwortete.

Nachdem man sich als Richtungspunkt einen Stern vermerkt, als eine zweite Rakete durch die Finsterniß aufstieg, hielten sich Briant und seine Gefährten nach diesem Leitungspunkte und trafen drei Viertelstunden später richtig am „Sloughi“ ein.

Wirklich hatte Gordon aus Besorgniß, daß sie sich verirrt haben könnten, den Gedanken gehabt, einige Raketen abzubrennen, um ihnen die Lage des Schooners anzuzeigen.

Eine vortreffliche Idee, ohne welche Briant, Doniphan, Wilcox und Service diese Nacht von den überstandenen Mühsalen nicht hätten auf den Lagerstätten des „Sloughi“ ausruhen können.

X.

Bericht über den Ausflug. – Beschluß, den „Sloughi“ aufzugeben. – Entladung und Zerlegung der Yacht. – Ein Sturmwind als Helfer. – Unter dem Zelte gelagert. – Construction eines Flosses. – Beladung und Einschiffung. – Zwei Nächte auf dem Rio. – Ankunft in French-den.

———

Den Empfang, welchen Briant und seine drei Gefährten fanden, wird man sich leicht vorstellen können. Gordon, Cross, Baxter, Garnett und Webb eilten ihnen mit offenen Armen entgegen, während die Kleinen sich an ihren Hals klammerten. Phann betheiligte sich ebenfalls an diesem herzlichen Willkommen, indem er durch sein freudiges Bellen die Hurrahs der Kinder begleitete. Ja, diese Abwesenheit hatte lange gedauert!

„Haben sie sich verirrt?… Sind sie Eingebornen in die Hände gerathen oder etwa von gefährlichen Raubthieren angefallen worden?“… so etwa fragten sich Alle, die hier auf dem „Sloughi“ zurückgeblieben waren.

Doch Briant, Doniphan, Wilcox und Service waren jetzt ja heil und gesund zurückgekehrt und Jeder wollte erfahren, was sie bei ihrem Ausfluge erlebt und gesehen hatten. In Anbetracht ihrer nach einer so langen Tageswanderung erklärlichen Erschöpfung wurde die Berichterstattung jedoch bis zum nächsten Morgen verschoben.

„Wir sind auf einer Insel!“

Das war Alles, was Briant vorläufig meldete, und erschien auch hinreichend, um seinen Genossen die Zukunft mit ihren vielen und beunruhigenden Zufälligkeiten vor Augen treten zu lassen. Trotzdem nahm Gordon diese Nachricht ohne sonderliche Erregung auf.

„Gut! Das hatt' ich mir immer gedacht,“ schien er sagen zu wollen, „und deshalb ängstigt es mich nicht aufs neue.“

Am anderen Morgen – mit dem Tagesanbruch des 5. April – traten die Großen, nämlich Gordon, Briant, Doniphan, Baxter, Cross, Wilcox, Service und Webb, denen sich noch Moko, dessen Rath auch nicht zu verachten war, anschloß, auf dem Vorderdeck der Yacht zusammen, während die Anderen noch schlummerten. Briant und Doniphan nahmen abwechselnd das Wort und setzten ihre Kameraden von allem Vorgegangenen in Kenntniß. Sie schilderten, wie ein über einen Bach gelegter Weg von Steinplatten und die unter einem Dickicht versteckten Reste einer Ajoupa ihnen den Glauben erweckt hätten, daß das Land bewohnt sei oder doch gewesen sei. Sie erklärten, daß die von ihnen früher für das Meer gehaltene weit ausgedehnte Wasserfläche sich als Binnensee erwiesen und wie verschiedene Zeichen sie bis zu der Höhle und nahe an die Stelle geführt, wo der Rio aus jenem Seebecken abfloß, wie die Gebeine François Baudoin's, eines gebornen Franzosen, entdeckt wurden, und endlich, wie eine von jenem Schiffbrüchigen entworfene Karte sie belehrt habe, daß es eine Insel sei, an der ihr „Sloughi“ gestrandet war.

Dieser Bericht wurde ganz eingehend abgestattet, ohne daß weder Briant noch Doniphan dabei die geringste Einzelheit übergingen. Durch Betrachtung der mitgebrachten Karte erkannten nun Alle, daß ihnen Rettung nur von außerhalb kommen könne.

Wenn sich ihnen die Zukunft hiermit in recht düsteren Farben darstellte und die jungen Schiffbrüchigen ihre Hoffnung nur noch auf Gott setzen konnten, so war doch – es verdient das besondere Hervorhebung – Gordon derjenige, der deshalb am wenigsten erschrak. Der junge Amerikaner besaß keine Familie, die ihn auf Neuseeland erwartete. Bei seiner praktischen Geistesrichtung, seiner methodischen und organisatorischen Natur hatte die Aufgabe, sozusagen eine kleine Colonie zu bilden, für ihn nichts Erschreckendes. Er sah darin vielmehr eine Gelegenheit, seinem natürlichen Geschmacke genug zu thun, und zögerte nicht, die Zuversicht seiner Kameraden wieder dadurch zu stärken, daß er ihnen, wenn sie ihm nur folgen wollten, ein erträgliches Leben in Aussicht stellte.

Da die Insel eine ziemlich große Ausdehnung zeigte, erschien es anfänglich undenkbar, daß dieselbe auf der Karte des Stillen Weltmeeres in der Nähe des Festlandes Südamerikas nicht angeführt sein sollte. Nach sorgfältiger Einsicht des Stieler'schen Atlas erkannte man, daß dieser keine irgend bedeutendere Insel außerhalb der Archipele angab, welche Feuerland und der Gegend der Magellanstraße vorlagern, d. s. die Insel Desolation, der Königin Adelaide, Clarence u. s. w. Gehörte die Insel aber zu diesen Archipelen, welche überall nur schmale Wasserstraßen zwischen sich lassen und auch dem Festlande nahe liegen, so hätte François Baudoin diese gewiß auf seiner Karte angedeutet, was doch nicht der Fall war. Die Insel mußte also vereinzelt und jedenfalls mehr nördlich oder südlicher von jenen Meerestheilen liegen. Ohne hinreichende Unterlagen und geeignete Instrumente blieb es aber unmöglich, ihre Lage im Stillen Ocean zu bestimmen.

Jetzt galt es nur, sich endgiltig einzurichten, ehe die schlechtere Witterung jeden Ortswechsel verhinderte.

„Das Beste wird es sein, wir richten uns als Wohnung die Höhle ein, welche wir am Strande des Sees gefunden haben," sagte Briant. „Sie wird uns ein vortreffliches Obdach bieten."

„Ist sie auch geräumig genug, um uns Alle aufzunehmen?" fragte Baxter.

„Das zwar nicht," antwortete Doniphan; „dagegen glaub' ich, daß sie sich unschwer vergrößern läßt, indem wir aus der lockeren Felsmasse noch eine zweite Höhle ausbrechen, Werkzeuge dazu haben wir ..."

„Nehmen wir sie zuerst, wie sie gerade ist," warf Gordon ein; „selbst wenn es darin etwas eng herginge ..."

„Und trachten wir danach," fügte Briant hinzu, „uns möglichst bald dahin zu begeben."

In der That erschien das sehr dringend. Wie Gordon schon erwähnte, mußte der Schooner von Tag zu Tag unwohnlicher werden. Die letzten Regen, nach welchen sich noch ziemlich starke Hitze einstellte, hatten sehr merkbar dazu beigetragen, die Fugen des Rumpfes wie des Verdeckes zu lösen. Die zerrissene Segeltuchhülle ließ Wasser und Luft in das Innere eindringen. Unter dem Kiele waren fernere einzelne Vertiefungen entstanden, wohl verursacht durch Wasserfäden, welche vom Regenwetter her über das Vorland rannen, und in Folge dessen nahm die geneigte Lage der Yacht noch mehr zu, während diese gleichzeitig in den leicht beweglichen Boden tiefer einsank. Wenn ein Sturm, wie er zur jetzigen Zeit der Tagundnachtgleiche jeden Tag zu erwarten war, über die Küste hereinbrach, so mußte man fürchten, den „Sloughi" binnen wenigen Stunden in Trümmern gehen zu sehen. Es handelte sich also nicht allein darum, diesen ohne Zögern zu verlassen, sondern ihn auch ordnungsmäßig zu zerlegen, und Alles, was von Nutzen sein konnte, wie Planken, Bohlen, Eisenzeug, Kupfer u. s. w. zu gewinnen, um damit French-den (die Franzosengrotte) auszustatten. Vorstehenden Namen hatte man nämlich der uns bekannten Höhle zum Andenken an den schiffbrüchigen Franzosen beigelegt.

„Wo werden wir aber bis zur Zeit wohnen, ehe wir dort Unterkommen gefunden haben?" fragte Doniphan.

„Unter einem Zelte," antwortete Gordon, „einem Zelte, das wir am rechten Ufer des Rio unter den Bäumen aufschlagen."

„Das ist wohl das Beste," meinte Briant, „und wir wollen unverzüglich an die Ausführung gehen."

Die Abtragung der Yacht, das Ausladen des Materials und Proviants, sowie endlich der Bau eines Flosses – Alles das erforderte wenigstens einen Monat Arbeit, und ehe die Sloughi-Bai verlassen werden konnte, mußten die ersten Tage des Mai herankommen, welche den ersten Novembertagen, also dem Anfange des Winters, auf der nördlichen Halbkugel der Erde entsprechen.

Mit gutem Grunde hatte Gordon das Ufer des Rio zur Errichtung des neuen Lagerplatzes erwählt, denn der Transport des gesammten Besitzthumes sollte später zu Wasser erfolgen. Kein anderer Weg wäre so kurz und so bequem gewesen. Durch den Wald oder über das Nebengelände des Rio hin alles das zu befördern, was nach Zerlegung der Yacht vorhanden war, hätte als eine ganz undurchführbare Arbeit erscheinen müssen. Dagegen gelangte während mehrerer Gezeitenwechsel, unter Ausnützung der bis zum See hier ansteigenden Fluth, ein Floß gewiß ohne besondere Anstrengung ihrerseits zum Ziele.

Bekanntlich bot der Rio, wie Briant sich überzeugt hatte, in seinem oberen Laufe keinerlei Hindernisse, weder Wasserfälle, noch Stromschnellen oder Sandbänke. Um nun auch den Unterlauf von der Schlammlache bis zur Mündung kennen zu lernen, wurde ein weiterer Ausflug, diesmal aber mit der Jolle, unternommen. Briant und Moko erkannten dabei, daß auch diese Strecke vollkommen schiffbar sei. Hier bot sich also eine natürliche Verkehrsstraße zwischen der Sloughi-Bai und French-den.

Die nächsten Tage fanden zur Einrichtung des Lagers am Ufer des Rio Verwendung. Die unteren Aeste zweier Buchen dienten, durch lange Stangen mit denen einer dritten verbunden, als Stützen für das Reserve-Großsegel der Yacht, das man an der Seite bis zur Erde herabfallen ließ. Unter das Zeltdach, welches durch Stricke haltbar befestigt wurde, schaffte man das Bettzeug, die nothwendigsten Geräthe, die Waffen nebst der Munition und die Proviantballen. Da das Floß aus den Bruchstücken der Yacht hergestellt werden sollte, mußte man sich damit bis zu deren vollständiger Zerlegung gedulden.

Ueber das fortwährend trocken bleibende Wetter war keine Klage zu führen. Erhob sich zuweilen der Wind, so wehte er von der Landseite her, und die Arbeit ging dabei unter günstigen Verhältnissen vor sich.

Gegen den 15. April befand sich auf dem Schooner nichts mehr als die zu schweren Gegenstände, welche erst nach der Demolirung desselben gelöscht werden konnten – unter anderem die als Ballast dienenden Bleibarren, die Wassertonnen im unteren Schiffsraume, das Gangspill und die Herdeinrichtung, zu deren Fortschaffung es geeigneter Hebeapparate bedurfte. Das ganze Takelwerk dagegen, der Fockmast, die Raaen, die Wanten, ferner Ketten, Wurfanker, Kabel, Taue, Kabelgarn und dergleichen, wovon sich an Bord ein großer Vorrath fand, war schon nach und nach in die Nähe des Zeltes geschleppt oder getragen worden.

Es versteht sich von selbst, daß trotz dieser sehr dringlichen Arbeiten die Beschaffung der täglichen Bedürfnisse nicht vernachlässigt wurde. Doniphan, Webb und Wilcox widmeten stets einige Stunden der Jagd auf Felsentauben und anderes Federwild, das vom Sumpfe aus hierher kam. Die Kleinen beschäftigten sich mit der Einsammlung von Schalthieren, sobald zur Ebbezeit der Obertheil der Klippenbank trocken lag. Es war eine Freude, Jenkins, Iverson, Dole und Costar gleich einer Heerde von Küchlein zwischen den Wasserlachen umhertrippeln zu sehen. Freilich wurden sie dabei zuweilen etwas weiter naß, als nur an den Füßen, und der etwas strenge Gordon hielt ihnen dann eine ernste Strafpredigt, während Briant sie nach Kräften entschuldigte. Jacques arbeitete wohl auch mit seinen jungen Genossen, doch ohne je in deren sorgloses Gelächter einzustimmen.

So schritt die Arbeit nach Wunsch und nach gewisser Methode vor sich, in der man leicht die Einwirkung Gordon's erkannte, dessen praktischer Sinn ihn niemals im Stiche ließ. Was Doniphan übrigens von diesem ruhig annahm, das hätte er weder Briant noch einem Anderen zugestanden. Kurz, jetzt herrschte eine löbliche Eintracht in dieser kleinen Welt.

Man mußte sich jedoch beeilen. Die zweite Hälfte des April war weniger schön, und die Mitteltemperatur sank nicht unbeträchtlich, ja, mehrmals wies die Thermometersäule am frühen Morgen auf Null. Der Winter meldete sich an, und mit ihm erschien gewiß sein Gefolge von Hagel, Schnee und Sturmwinden, welche in den höheren Breiten des Stillen Oceans oft mit furchtbarer Gewalt auftreten.

Aus Vorsicht mußten sich jetzt Kleine und Große wärmer bekleiden und wollene Unterkleider, Hosen aus dichtem Stoffe und Wollenjacken anlegen, welche für die rauhe Winterzeit auf dem Schiffe stets vorräthig gehalten wurden. Es bedurfte nur eines Einblickes in Gordon's Notizbuch, um zu wissen, wo diese nach ihrer Art und Größe classificirten Kleidungsstücke zu finden waren. Briant nahm sich hierbei vorzüglich der Kleinen an; er sorgte, daß sie keine kalten Füße bekamen und sich, wenn sie schwitzten, nicht der scharfen Luft aussetzten. Beim geringsten Schnupfen hielt er sie unter Dach zurück und ließ sie in der Nähe eines Tag und Nacht unterhaltenen Feuers schlafen. Wiederholt mußten Dole und Costar so, wenn nicht im Zimmer, doch im Zelte bleiben und Moko versorgte sie mit einem Theeaufguß, zu dem die Apotheke des Schooners die Droguen lieferte.

Nachdem die Yacht ihres gesammten Inhalts entledigt war, nahm man deren, übrigens in allen Theilen krachenden Rumpf in Angriff.

Die Kupferbleche des Beschlages wurden sorgsam abgelöst, um in French-den Verwendung zu finden. Zangen und Hämmer thaten nun ihre Schuldigkeit, um die Beplankung abzutrennen, welche große Nägel und Holzpflöcke an den Spanten (Rippen) hielten. Das war ein schweres Stück Arbeit, vorzüglich für so ungeübte Hände und noch minder kräftige Knabenarme. Die Zerlegung ging denn auch nur langsam vor sich, bis am 25. April ein stürmischer Wind den Arbeitern zu Hilfe kam.

Trotz der schon eingetretenen kalten Jahreszeit zog nämlich in der Nacht ein heftiges Gewitter auf, welches sich schon durch die Trübung des Storm-glaß angemeldet hatte. Grell leuchteten die Blitze durch die Atmosphäre und von Mitternacht bis Tagesanbruch setzte das Donnerrollen fast gar nicht aus. Zum Glück regnete es dabei nicht, doch machte es sich zwei- oder dreimal nothwendig, das Zelt zu halten, um es gegen das Wüthen des Windes zu schützen.

Wenn dasselbe, Dank den Bäumen, an denen es befestigt war, noch widerstand, so war nicht dasselbe der Fall mit der den anstürmenden Wogen unmittelbar ausgesetzten Yacht, welche unausgesetzt von schäumendem Wasser überfluthet wurde.

Das vollendete ihre Zerstörung. Die losgeschlagene Beplankung, die schon gelockerten Rippen und der durch wiederholtes Aufstampfen geborstene Kiel schwammen bald als Wrackstücke umher. Zu beklagen war das nicht, denn die zurückfluthenden Wellen rissen doch nur einen kleinen Theil dieser Trümmer mit sich fort, welche zum größten Theile durch die Klippenhäupter aufgehalten wurden. Das Eisenzeug aber mußte unter dem Triebsande leicht wieder aufgefunden werden.

Mit dieser Aufgabe beschäftigten sich Alle an den nächstfolgenden Tagen. Bohlen und Planken sowie die Ballaststücke aus dem Raume lagen wie die übrigen zu schwer fortzuschaffenden Gegenstände da und dort umher. Es handelte sich jetzt nur noch darum, sie nach dem rechten Ufer des Rio, wenige Schritte vom Zelte hin, zu befördern.

In der That eine schwere Aufgabe, die aber doch mit der Zeit und mit großer Anstrengung glücklich gelöst wurde. Es bot ein merkwürdiges Bild, Alle zu sehen, wie sie sich vor ein schweres Holzstück gespannt hatten und dasselbe unter großem Geschrei weiter bugsirten. Man half sich dabei wohl auch mit Stangen, welche als Hebel dienten, oder mit Stücken von Rundholz, auf dem die schwersten Gegenstände hingerollt wurden. Am schwierigsten gestaltete es sich, das Gangspill, ferner die Kochmaschine und die Wasserbehälter aus Eisenblech an Ort und Stelle zu schaffen. Warum fehlte diesen Kindern ein erfahrener Mann, der sie hätte anführen können! Hätte Briant seinen Vater und Garnett den seinigen zur Seite gehabt, so würden der Ingenieur und der Seecapitän ihnen so manche Mißgriffe erspart haben, die sie begingen und noch begehen sollten. Baxter, der für mechanische Arbeiten besonders gute Anlagen hatte, entwickelte jetzt übrigens ebensoviel Geschicklichkeit wie Feuereifer. Auf sein und auf Moko's Anrathen wurde auf dem Strande an eingerammten Pfählen eine Zugwinde angebracht, was die Kräfte der jungen Arbeitsmannschaft verzehnfachte und dadurch die Bewältigung ihrer Aufgabe wesentlich erleichterte.

Am Abende des 28. hatte man Alles, was vom „Sloughi" übrig war, nach dem Lagerplatze befördert. Damit war das Schlimmste überstanden, insofern ja der Rio selbst das gesammte Material bis French-den tragen sollte.

„Von morgen an," sagte Gordon, „beginnen wir mit der Herstellung unseres Flosses."

„Ja," antwortete Baxter, „und um uns das Zuwasserlassen desselben zu ersparen, schlag' ich vor, es gleich auf dem Rio selbst zusammenzuzimmern."

„Das dürfte nicht gerade bequem sein," bemerkte Doniphan.

„Thut nichts, wir versuchen es," erwiderte Gordon. „Macht uns auch die Herstellung mehr Schwierigkeiten, so brauchen wir es dann doch nicht erst vom Stapel laufen zu lassen."

Ein derartiges Vorgehen schien allerdings vorzuziehen zu sein, und so legte man denn am nächsten Morgen die Grundbalken des Flosses, das ziemlich groß bemessen werden mußte, um eine schwere und umfängliche Ladung aufzunehmen.

Die vom Schooner losgelösten Planken, der in zwei Stücken zerbrochene Kiel, der Fockmast, das Bodenstück des drei Fuß über Deck abgebrochenen Großmastes, die Kreuzhölzer und das sogenannte Eselshaupt, das Bugspriet, die Großraa des Focksegels und verschiedenes Andere war nach einer Stelle am Ufer geschafft worden, welche die Fluth nur zur Zeit des höchsten Wasserstandes erreichte. Man wartete diesen Zeitpunkt ab, und nach Aufhebung dieser Gegenstände durch die Fluthwelle schob man sie vollends auf den Rio hinaus. Hier wurden die längsten gerade neben einander gelegt und, nachdem sie mit kürzeren Querstücken verbunden waren, fest am Lande vertäut.

So erhielt man eine feste Grundlage von etwa dreißig Fuß Länge und fünfzehn Fuß Breite. Den ganzen Tag über wurde ohne Unterbrechung fortgearbeitet und vor Einbruch der Nacht war das Bauwerk fertig. Briant gebrauchte noch die

Vorsicht, es auch an einigen Uferbäumen festzulegen, um ebenso zu verhindern, daß es von der nächsten Fluth stromaufwärts nach French-den zu, wie von der Ebbe stromabwärts nach dem Meere zu weggeführt werden könne.

Erschöpft von der Anstrengung eines so mühevollen Tagewerkes, aßen Alle mit Löwenhunger zu Abend und sanken bald in tiefen Schlaf.

Am folgenden Morgen, dem 30., ging Jeder wieder an die Arbeit.

Es handelte sich jetzt darum, eine Plattform auf der Grundlage des Flosses herzustellen. Hierzu dienten die Planken der Bordwand und der Schanzkleidung des „Sloughi". Mit kräftigen Hammerschlägen eingetriebene Nägel und unter den einzelnen Stücken verknüpfte Taue bildeten haltbare Befestigungen des Ganzen.

Diese Arbeit erforderte, obwohl Jeder sich beeilte, da ja keine Stunde zu verlieren war, doch drei volle Tage. Schon zeigten sich einzelne Krystallisationen auf den Wassertümpeln zwischen den Klippen und selbst am Rande des Rio. Der Schutz, den das Zelt gewährte, fing trotz eines stets unterhaltenen Feuers an, unzureichend zu werden, und kaum konnten Gordon und seine Kameraden sich der Kälte dadurch erwehren, daß sie, in ihre Decken gewickelt, sich dicht an einander drängten. Das trieb sie also doppelt an, ihre Arbeiten zu vollenden, um die wohnliche Einrichtung von French-den zu beginnen. Hier hoffte man wenigstens, der Strenge des Winters, die unter diesen hohen Breiten sehr fühlbar wird, Trotz bieten zu können.

Selbstverständlich war die Plattform so haltbar als möglich hergerichtet worden, um sich unterwegs nicht lockern zu können, was die Versenkung des ganzen Materials im Bette des Rio zur Folge gehabt hätte. Um einem solchen Unfalle vorzubeugen erschien es besser, die Abfahrt um vierundzwanzig Stunden hinauszuschieben.

„Doch haben wir," bemerkte Briant, „ein Interesse daran, nicht bis über den 6. Mai zu warten."

„Und warum," fragte Gordon?

„Weil übermorgen Neumond ist," erklärte Briant, „und weil die Gezeiten da während einiger Tage bedeutender auftreten. Je stärker die Fluth aber anschwillt, desto mehr unterstützt sie uns bei der Bergfahrt auf dem Rio. Bedenke doch, Gordon, wenn wir genöthigt wären, dieses schwere Floß mittelst

Schlepptau oder durch Stoßen mit Stangen fortzubewegen, vermöchten wir niemals die Strömung zu überwinden."

„Du hast Recht," antwortete Gordon; „binnen drei Tagen müssen wir spätestens aufbrechen."

So kamen denn Alle überein, nicht zu ruhen, ehe die Arbeit vollendet wäre.

Am 3. Mai beschäftigte man sich mit der Ladung, welche sorgfältig vertheilt werden mußte, um das Floß im nöthigen Gleichgewichte zu halten. Jeder trug hierzu nach Kräften seinen Theil bei. Jenkins, Iverson, Dole und Costar wurden beauftragt, die kleineren Gegenstände, wie Werkzeuge, Geräthe und Instrumente nach der Plattform zu besorgen, wo Briant und Baxter diese nach Gordon's Angaben regelrecht niederlegten. Was die Gegenstände von beträchtlicherem Gewicht anging, wie der Kochofen, die Wasserbehälter, das Gangspill, das Eisenzeug, die Kupferbleche des Beschlages u. s. w., ferner die Ueberreste des „Sloughi", wie die Krummhölzer der Spanten, die Reste der Schanzkleidung, die Deckbalken und Treppenkappen, so blieb den Großen diese schwerere Aufgabe überlassen. Dasselbe war der Fall bezüglich der Proviantballen, der Fässer mit Wein, Ale und Spirituosen, ohne mehrere Säcke mit Salz zu vergessen, das zwischen den Felsen der Bai eingesammelt worden war. Um das Einladen zu erleichtern, ließ Baxter zwei Stangen aufrichten, welche durch vier Taue gehalten wurden. Oben an diese Art Hebebock wurde dann ein Block angebracht, über den starke Seile nach einer weiter unten hängenden, frei beweglichen Rolle liefen, welche Anordnung es gestattete, die Gegenstände vom Erdboden abzuheben und sie ohne Stoß auf die Plattform niedersinken zu lassen.

Alle arbeiteten mit solcher Einsicht und solchem Eifer, daß am Nachmittag des 5. Mai jeder Gegenstand an seinem Platze war; jetzt brauchten also nur noch die Sorrtaue des Flosses gelöst zu werden. Das sollte am folgenden Morgen gegen acht Uhr geschehen, wenn der Eintritt der Fluth sich an der Mündung des Rio bemerkbar machte.

Vielleicht hatten die Knaben vermuthet, daß sie nach Vollendung der Arbeit bis zum Abend der wohlverdienten Ruhe pflegen könnten. Damit täuschten sie sich aber, denn ein Vorschlag Gordon's brachte sie noch einmal in Thätigkeit.

„Liebe Freunde," sagte er, „da wir uns jetzt vom Meere entfernen, werden wir dasselbe nicht wie bisher überwachen können, und wenn sich ein Schiff der Insel näherte, wären wir nicht im Stande, ihm Signale zu geben. Es erscheint mir also rathsam, auf dem Steilufer einen Mast zu errichten und dort für immer eine unserer Flaggen aufzuziehen. Das wird hoffentlich genügen, die Aufmerksamkeit auf hoher See vorübersegelnder Schiffe zu erregen."

Dieser Vorschlag fand Annahme und die zur Herstellung des Flosses nicht mitverwendete Fockmaststenge des Schooners wurde nach dem Fuße des Steilufers geschleppt, dessen Böschung in der Nähe des Rio eine gangbare, sanfte Steigung zeigte. Immerhin kostete es große Anstrengung, den sehr winkeligen Weg emporzuklimmen, der nach dem Kamme der Uferhöhe führte.

Es gelang das jedoch, und die Stenge wurde fest in den Erdboden eingerammt. Mittelst einer Zugleine hißte Baxter dann die Flagge Großbritanniens, welche Doniphan gleichzeitig mit einem Gewehrschusse begrüßte.

„Aha," bemerkte Gordon gegen Briant, „der Doniphan nimmt im Namen Englands von der Insel Besitz."

„Es sollte mich sehr wundern, wenn sie diesem nicht schon angehörte," erwiderte Briant.

Gordon konnte nicht umhin, den Mund etwas zu verziehen, denn nach der Weise, wie man ihn gelegentlich von „seiner Insel" reden hörte, schien es, daß er diese für amerikanisches Besitzthum ansah.

Am folgenden Morgen mit Sonnenaufgang waren Alle auf den Füßen. Man beeilte sich, das Zelt abzubrechen und das Bettzeug auf das Floß zu schaffen, wo die Segelleinwand benutzt wurde, letzteres bis zum Endpunkt der Reise zu schützen. Es schien übrigens nicht, als ob von der Witterung etwas zu fürchten wäre. Immerhin hätte ein Umschlag des Windes die Dunstmassen des offenen Meeres über die Insel treiben können.

Um sieben Uhr waren die Vorbereitungen beendet. Die Plattform war so eingerichtet, daß sie nöthigenfalls zwei bis drei Tage als Aufenthalt dienen konnte. Den Mundvorrath betreffend, hatte Moko alles, was während der Fahrt voraussichtlich gebraucht wurde, für sich aufbewahrt, und auch darauf gesehen, daß er kein Feuer anzuzünden hatte.

Um acht Uhr Morgens nahmen Alle auf dem Floße Platz. Die Großen standen mit Bootshaken und Stangen versehen vornan, da das Floß nur durch solche, nicht aber durch ein auf die Strömung wirkungsloses Steuer regiert werden konnte.

Ein wenig vor neun Uhr machte sich die Fluth bemerkbar und ein dumpfes Krachen ließ sich in der Grundlage des noch an den Sorrtauen liegenden Floßes vernehmen. Nach diesem ersten Erzittern war aber eine weitere Lageveränderung seiner Theile nicht mehr zu befürchten.

„Achtung!" rief Briant.

„Achtung!" wiederholte Baxter.

Beide standen an den Tauen, welche das Floß am Vorder- und am Hintertheile fest hielten, und deren Ende wieder in ihre Hände zurücklief.

„Wir sind bereit!" rief Doniphan, der sich mit Wilcox auf dem vordersten Theile der Plattform hielt.

Nachdem er sich überzeugt, daß das Floß unter der Einwirkung der Fluth vorwärts trieb, rief Briant:

„Losgelassen!"

Das wurde unverzüglich ausgeführt und der nun frei gewordene Apparat trieb langsam zwischen den beiden Ufern hin und zog die Jolle noch im Schlepptau nach sich.

Es war eine große Freude, als Alle das Werk ihrer Hände in Bewegung sahen. Und wenn sie ein vollkommen seetüchtiges Schiff erbaut hätten, wäre ihre Befriedigung gewiß nicht größer gewesen; eine kleine Eitelkeit, die man ihnen wohl verzeihen kann.

Wie uns bekannt, stieg das rechte, mit Bäumen besetzte Ufer weit höher auf, als das linke mit seinem schmalen, längs des benachbarten Sumpfes verlaufenden Gelände. Das vorn natürlich stumpfe Floß von diesem Ufer, wo es leicht festfahren konnte, abzuhalten, war die Aufgabe Briant's, Baxter's, Doniphan's, Wilcox' und Moko's, der sie sich mit allen Kräften widmeten, vorzüglich da das entgegengesetzte Ufer des Rio es gestattete, dichter an demselben hinzugleiten.

Das Floß wurde also so viel als möglich nahe dem rechten Uferrande gehalten, an dem eine starke Strömung verlief und das einen Stützpunkt für die Bootshaken abgab.

Zwei Stunden nach der Abfahrt konnte der zurückgelegte Weg etwa auf eine Meile geschätzt werden. Einen Stoß hatte das Floß nicht erlitten, und so war zu erwarten, daß Alles ohne Beschädigung in French-den ankommen würde.

Jedenfalls bedurfte es aber nach der früheren Schätzung Briant's, daß einestheils der Wasserlauf vom See bis zur Mündung der Sloughi-Bai sechs Meilen maß und man anderntheils nur zwei Meilen während der wachsenden Fluth zurücklegen konnte, mehrerer Fluthepochen, ehe an ein Erreichen des Zieles zu denken war.

Gegen elf Uhr schon begann die Ebbe das Wasser stromabwärts zu führen, und man beeilte sich, den Apparat schleunigst festzulegen, um nicht nach dem Meere zurückgetragen zu werden.

Zwar wäre es möglich gewesen, gegen Ende des Tages wieder weiter zu fahren, wenn die nächste Fluth eintrat, damit aber hätte man sich in die Finsterniß hinaus gewagt.

„Ich meine, es wäre sehr unklug," bemerkte Gordon, „denn wir würden damit das Floß Stößen aussetzen, die es zerstören könnten. Ich bin daher der Ansicht, wir warten bis morgen, um die erste Fluth wieder zu benützen."

Dieser Vorschlag war zu vernünftig, um nicht allgemeine Billigung zu finden. Gebrauchte man auch vierundzwanzig Stunden mehr, so war das der Gefahr, die Sicherheit der werthvollen Ladung auf dem Rio zu vermindern, gewiß weit vorzuziehen.

Die Gesellschaft verweilte also einen halben Tag an dieser Stelle und blieb hier auch die ganze Nacht. Doniphan und seine gewöhnlichen Jagdbegleiter beeilten sich denn auch, gefolgt von Phann, am rechten Ufer an's Land zu gehen.

Gordon hatte ihnen empfohlen, sich nicht zu weit zu entfernen, und sie trugen auch dieser Ermahnung Rechnung. Da sie jedoch zwei Paar junge fette Trappen und eine Schnur voll Tinamus mitbrachten, so schien ihre Eigenliebe befriedigt. Auf Moko's Rath sollte dieses Wild für die erste Mahlzeit, ob Frühstück, Mittag- oder Abendbrod, aufbewahrt werden, das er in French-den zubereiten würde.

Während seines Jagdausfluges hatte Doniphan nicht das Geringste bemerkt, was auf die frühere oder neuerliche Anwesenheit menschlicher Wesen in diesem Theile des Waldes hingedeutet hätte. Von Thieren kamen ihm dabei nur große Vögel vor Augen, welche durch das Dickicht flüchteten, ehe er sie genau erkennen konnte.

Der Tag verstrich, und die ganze Nacht über wachten Baxter, Wilcox und Cross zusammen, stets bereit, gegebenen Falles die Leinen des Flosses fest anzuziehen oder ihnen beim Abfallen des Wassers mehr Spielraum zu geben.

Eine Störung kam nicht vor. Am folgenden Morgen, gegen neununddreiviertel Uhr, wurde bei steigender Fluth die Fahrt wieder unter den nämlichen Verhältnissen wie am Tage vorher fortgesetzt.

Die Nacht war kalt gewesen; der Tag war es nicht minder, und deshalb schien es höchste Zeit, ans Ziel zu gelangen. Was hätte aus ihnen werden sollen, wenn der Rio gar zum Stehen kam oder aus dem See abtreibende Eisschollen nach der Sloughi-Bai hinabschwammen? Das verursachte ihnen nicht geringe Unruhe, von der sie erst mit der Ankunft bei French-den erlöst werden konnten.

Und doch war es unmöglich, schneller als die Fluth vorwärts zu kommen, unmöglich gegen die Strömung anzukämpfen, wenn die Ebbe ablief, unmöglich also, mehr als eine Meile binnen einundeinerhalben Stunde zurückzulegen. Das war auch die mittlere Geschwindigkeit an diesem Tage. Gegen Mittag wurde auf der Höhe jener Schlammlache Halt gemacht, welche Briant bei der Rückkehr nach der Sloughi-Bai hatte umkreisen müssen. Etwa anderthalb Meilen weit drang die von Moko, Doniphan und Wilcox besetzte Jolle hin nach Norden vor und hielt erst an, als ihr das Wasser zu fehlen begann. Diese Schlammlache bildete gewissermaßen eine Fortsetzung des Sumpfes, der sich jenseits des linken Ufers ausdehnte, und sie schien sehr reich an Wasserwild zu sein. Doniphan konnte auch einige Bekassinen erlegen, welche neben den Trappen und Tinamus aufbewahrt wurden.

Es folgte eine ruhige, aber sehr kalte Nacht mit einer rauhen Brise, welche das Thal des Rio erfüllte. Auch bildete sich ein wenig Eis, das bei dem geringsten Stoß in Stücken ging oder sich auflöste. Trotz aller Vorsichtsmaßregeln gestaltete sich der Aufenthalt an Bord nicht zu einem besonders angenehmen, obgleich Jeder bemüht gewesen war, sich unter den Segeln zu verkriechen. Bei einzelnen der Kinder, vorzüglich bei Jenkins und Iverson, kam die üble Laune laut zum Durchbruche, und diese beklagten sich darüber, das Lager auf dem „Sloughi“ verlassen zu müssen, so daß Briant sie wiederholt beruhigen und ihnen guten Muth zusprechen mußte.

Am Nachmittage des nächsten Tages endlich kam das Floß mit Hilfe der bis einhalbvier Uhr anhaltenden Fluth in Sicht des Sees an und ging am Fuße des hohen Ufers vor dem Eingange von French-den ans Land.

XI.

Erste Einrichtung im Innern von French-den. – Entladung des Flosses. – Besuch am Grabe des Schiffbrüchigen. – Gordon und Doniphan. – Der Kochofen. – Haar- und Federwild. – Der Nandu. – Service's Pläne. – Annäherung der schlechten Jahreszeit.

———

Die Ausschiffung ging unter dem Jubel der Kleinen vor sich, für die jede Abwechslung in ihrem gewöhnlichen Leben ein neues Spiel war. Dole sprang wie ein junges Böckchen auf dem Ufer umher, Iverson und Jenkins liefen nach dem Strande des Sees, Costar aber nahm Moko zur Seite und sagte zu diesem:

„Du hast uns ein gutes Mittagessen versprochen, Moko."

„Ei, daraus wird nichts werden, Herr Costar," antwortete der Negerknabe.

„Und warum nicht?"

„Weil ich gar keine Zeit mehr hätte, ein Mittagsmahl herzustellen."

„Wie, wir sollen gar nicht essen?"

„Zu Mittag nicht, wohl aber zu Abend; und ich denke, die jungen Trappen werden sich zu einem Abendbrod nicht minder gut eignen."

Und seine weißen Zähne zeigend, lachte Moko hell auf.

Nachdem es ihm einen freundlichen Rippenstoß ertheilt, schloß das Kind sich seinen Kameraden wieder an. Briant hatte ihnen übrigens ans Herz gelegt, sich nicht zu entfernen, damit man sie stets im Auge behalten könnte.

„Nun, Du gehst nicht auch zu ihnen?" fragte er seinen Bruder.

„Nein, ich bleibe lieber hier!" antwortete Jacques.

„Du würdest aber weit besser thun, Dir etwas Bewegung zu machen," fuhr Briant fort. „Ich bin mit Dir nicht zufrieden, Jacques! . . . Du hast etwas, was Du verheimlichst . . . Oder solltest Du etwa krank sein?"

„Nein, Bruder, mir fehlt nichts!"

Immer dieselbe Antwort, welche Briant nicht genügen konnte, der nun einmal entschlossen war, Licht in die Sache zu bringen, selbst wenn er es deshalb auf eine Scene mit dem jungen Trotzkopf ankommen lassen mußte.

Es war indeß keine Stunde zu verlieren, wenn man schon diese Nacht in French-den zubringen wollte.

Zunächst sollten Diejenigen, welche die Höhle noch nicht kannten, in dieselbe eingeführt werden. Sobald das Floß an dem Ufer inmitten eines Wirbels und außerhalb der Strömung fest gelegt war, bat Briant seine Kameraden, ihn zu begleiten. Der Schiffsjunge trug eine Signallaterne, deren Flamme durch die Wirkung einer linsenförmigen Scheibe ein sehr lebhaftes Licht verbreitete.

Man begann nun zuerst den Eingang frei zu legen. So wie Briant und Doniphan die Zweige vor derselben verflochten hatten, wurden sie auch wieder aufgefunden, es hatte also kein menschliches Wesen und auch kein Thier nach French-den einzudringen versucht.

Nach Beseitigung der Zweige glitten Alle durch die schmale Oeffnung. Beim Scheine der Signallaterne erleuchtete sich die Höhle weit besser, als das durch brennende Harzzweige oder durch die groben Kerzen des Schiffbrüchigen möglich gewesen war.

„Ei, hier wird's aber eng hergehen!“ ließ Baxter sich vernehmen, als er die Tiefe der Höhle ausgemessen hatte.

„Bah,“ rief Garnett, „wenn wir die Lagerstätten über einander herrichten, wie in einer Cabine . . .“

„Wozu?“ fiel Wilcox ein. „Es wird genügen, sie nebeneinander auf dem Erdboden auszubreiten.“

„So, damit uns kein Platz zum Hin- und Hergehen bleibt,“ bemerkte Webb.

„Nun, dann wird einfach nicht hin- und hergegangen, damit ist's abgemacht,“ meinte Briant. „Weißt Du einen besseren Rath, Webb?“

„Nein, aber . . .“

„Aber,“ setzte Service den Satz fort, „die Hauptsache ist, ein hinlängliches Obdach zu haben! Ich denke, Webb hat sich's auch nicht eingebildet, hier eine vollständige Familienwohnung, mit Salon, Speisezimmer, Schlafzimmer, Vorsaal, Rauch- und Badezimmer vorzufinden.“

„Nein,“ sagte Cross; „nur einen Ort brauchen wir, wo die Küche eingerichtet werden kann.“

„Die bring' ich draußen an,“ erklärte Moko.

„Das wäre bei schlechter Witterung sehr unbequem," bemerkte Briant. „Ich meine übrigens, schon morgen können wir den Kochofen vom ›Sloughi‹ eben hier aufstellen ..."

„Den Kochofen ... in der Höhle, wo wir essen und schlafen?" versetzte Doniphan in einem Tone, der seinen Widerwillen erkennen ließ.

„Nun, so wirst Du einmal lauter Wohlgerüche einathmen, Lord Doniphan," rief Service, der dazu auflachte.

„Wenn mir das paßt, Du Küchengehilfe!" erwiderte der hochmüthige Knabe die Augenbrauen runzelnd.

„Laßt es gut sein," beeilte sich Gordon zu sagen. „Ob die Sache angenehm ist oder nicht, werden wir uns für den Anfang doch dazu entschließen müssen. Während er uns übrigens einestheils zum Kochen dient, erwärmt der Ofen gleichzeitig das Innere der Höhle. Uns mehr Gelaß zu schaffen, indem wir andere Räume aus dem Gestein ausbrechen, für diese Arbeit haben wir den ganzen Winter, wenn sie überhaupt auszuführen ist. Jetzt laßt uns French-den nehmen, wie es ist, und richten wir uns so gut wie möglich darin ein!"

Nach dem Essen wurden die Matratzen herbeigeschafft und die Lagerstätten in regelmäßigen Reihen auf dem Sande aufgeschlagen. Obwohl sie ziemlich dicht neben einander zu liegen kamen, mußten die Kinder bei ihrer Gewöhnung an die engen Schiffscabinen sich darauf doch ganz behaglich finden.

Diese Einrichtung nahm den Rest des Tages in Anspruch. Dann wurde noch die große Tafel der Yacht in der Mitte der Höhle aufgestellt, und Garnett, dem die Kleinen die nöthigen Geräthe von Bord zutrugen, übernahm das Decken derselben.

Moko, den Service nach Kräften unterstützte, hatte auch das Seinige gethan. Ein zwischen zwei großen Steinen angebrachter Herd am Fuße des Steilufers wurde mit trockenem Holze beschickt, das Webb und Wilcox unter den Bäumen am Ufer suchten. Gegen sechs Uhr kochte der große Topf mit dem Fleischbisquit, das nur wenige Minuten aufgesotten zu werden braucht, und verbreitete einen angenehmen Geruch. Daneben brieten an einen Draht gereiht, nachdem sie sauber gerupft waren, noch ein Dutzend Tinamus an einer lodernden Flamme über der Bratpfanne, in welcher Costar Lust hatte, noch ein Stück Zwieback zu rösten. Und während Dole und Iverson gewissenhaft ihres

Amtes als Bratspießdreher walteten, folgte Phann ihren Bewegungen mit sehr deutlich sprechendem Interesse.

Vor sieben Uhr fanden sich Alle in dem einzigen „Zimmer“ von French-den – dem Wohn-, Schlaf- und Vorrathsraum – zusammen. Die Schemel, Feldstühle und Korbsessel vom „Sloughi“ waren gleichzeitig mit den Bänken aus dem Volkslogis hierhergeschafft worden. Die jugendlichen Tischgenossen verzehrten nun, von Moko bedient und sich selbst bedienend, eine recht gehaltvolle Mahlzeit. Die warme Suppe, ein Stück Cornbeef, die gebratenen Tinamus, das Fleischbisquit in Brodteig, frisches Wasser mit dem zehnten Theile Brandy, ein Stück Chester-Käse und einige Gläser Sherry entschädigten sie für die mageren Mahlzeiten der letzten Tage. Trotz des Ernstes der Lage gaben sich die Kleinen doch ganz der ihrem Alter so natürlichen Heiterkeit hin, und Briant hütete sich wohl, sie in ihrer Freude zu beschränken oder ihr Lachen zu unterdrücken.

Der Tag war recht anstrengend gewesen. Nach Stillung des Hungers sehnte man sich also nach nichts Anderem, als nach Ruhe. Vorher aber schlug Gordon, getrieben durch ein religiöses Pflichtgefühl, seinen Genossen vor, dem Grabe François Baudoin's, dessen Wohnung sie jetzt einnahmen, einen Besuch abzustatten.

Schon lag das Abenddunkel auf dem See und das Wasser erglänzte nicht einmal mehr in den letzten Strahlen des Tageslichtes. Nachdem sie die Ecke der Uferhöhe umschritten, blieben die Knaben vor einer leichten Bodenerhebung stehen, auf der sich ein hölzernes Kreuz erhob, und dann sandten die Kleinen, auf den Knieen liegend, und die Großen gebeugt neben dem Grabe stehend, ein Gebet zu Gott für die Seele des armen Schiffbrüchigen.

Um neun Uhr waren die Schlafstätten besetzt, und kaum in ihre Decken gehüllt, fielen Alle auch schon in sanften Schlummer. Nur Wilcox und Doniphan, welchen es heute oblag, wach zu bleiben, unterhielten ein großes Feuer am Eingang der Höhle, welches, während es das Innere derselben erwärmte, auch dazu diente, gefährliche Besucher zurückzuschrecken.

Am nächsten Tage, am 9. Mai, und während der drei folgenden Tage waren alle Hände mit der Entladung des Flosses beschäftigt. Schon sammelten sich mit dem Westwinde mehr Dünste an, welche eine Periode häufigen Regens und Schneetreibens verkündeten. Die Temperatur überstieg jetzt kaum noch o Grad, und die oberen Luftschichten mußten schon recht kalt sein. Es galt jetzt also, alles, was leicht verdorben werden konnte, wie Munition, feste und flüssige Nahrungsmittel, in French-den unter Schutz zu bringen.

Während dieser wenigen Tage zogen, angesichts der dringlichen Arbeit, auch die Jäger nicht weit hinaus, doch da es an Wasserwild weder auf dem See noch über dem Sumpfe mangelte, erhielt Moko immer was er bedurfte. Bekassinen und Enten, langgeschwänzte und Kriechenten, gaben Doniphan Gelegenheit, manch glücklichen Schuß zu thun.

Nichtsdestoweniger sah Gordon, daß die Jagd, selbst wenn sie erfolgreich war, etwas zu viel Pulver und Blei kostete. Er hielt gar sehr viel darauf, den Schießbedarf, dessen Vorrath er in seinem Notizbuch genau verzeichnet hatte, möglichst zu schonen, und so rieth er Doniphan, mit Rücksicht darauf ja nicht unnöthig zu schießen.

„Es steht unser aller Interesse dabei auf dem Spiele," sagte er.

„Einverstanden," sagte Doniphan, „wir müssen aber ebenso vorsichtig mit unseren Vorräthen umgehen. Wir würden es bereuen, derselben beraubt zu sein, wenn sich je ein Mittel böte, die Insel zu verlassen . . ."

„Die Insel verlassen? . . ." entgegnete Gordon, „sind wir denn im Stande, ein Fahrzeug zu bauen, welches das Meer halten könnte?"

„Und warum nicht, Gordon, wenn sich ein Festland in der Nähe befände? . . . Auf jeden Fall hab' ich nicht Lust, hier wie der Landsmann Briant's zu sterben."

„Zugegeben," antwortete Gordon; „doch ehe wir an ein Fortkommen denken können, machen wir uns mit dem Gedanken vertraut, vielleicht gezwungen zu sein, hier lange Jahre zu leben . . ."

„Ja, daran erkenne ich meinen Gordon!" rief Doniphan. „Ich bin überzeugt, er wäre entzückt, hier eine Colonie zu begründen."

„Gewiß, wenn uns nichts anderes übrig bleibt."

„Ach, Gordon, ich glaube nicht, daß Du zu viele Anhänger einer solchen Marotte finden würdest, nicht einmal Deinen Freund Briant."

„Darüber zu reden, werden wir noch Zeit genug haben," erwiderte Gordon. „Und was Briant betrifft, so laß' mich Dir sagen, Doniphan, daß Du gegen ihn unrecht handelst. Er ist ein guter Kamerad, der uns schon Beweise seiner Opferwilligkeit gegeben hat . . ."

„Ei natürlich, Gordon!“ versetzte Doniphan in jenem verächtlichen Tone, den er sich nicht abgewöhnen konnte. „Briant hat alle vortrefflichen Eigenschaften ... Er ist eine Art Held ...“

„Nein, Doniphan, er hat Fehler wie wir Alle. Dein Auftreten ihm gegenüber kann aber nur zu einer Veruneinigung führen, welche unsere Lage gewiß verschlimmern müßte. Briant wird von Allen hochgeschätzt ...“

„Ja, ja, von Allen!“

„Oder wenigstens von der größten Zahl seiner Kameraden. Ich begreife nicht, warum Du, nebst Wilcox, Cross und Webb, Dich nicht mit ihm verständigen kannst. Ich sage Dir das nur beiläufig, Doniphan, und hoffe, Du wirst es Dir überlegen ...“

„Es ist schon Alles überlegt, Gordon!“

Gordon sah wohl ein, daß der stolze Knabe wenig geneigt sein mochte, seinem Rathe zu folgen, und das betrübte ihn, da er dadurch in Zukunft manche Mißhelligkeiten entstehen sah.

Wie erwähnt, hatte die Entladung des Flosses drei Tage in Anspruch genommen, jetzt blieb nur noch übrig, die Grundlage und die Plattform wieder auseinander zu nehmen, um deren Planken und Balken im Innern von French den zu verwenden.

Leider hatte nicht das ganze Material in der Höhle Platz finden können, und wenn es nicht gelang, diese zu vergrößern, würde man sich genöthigt sehen, eine Art Schuppen zu erbauen, unter dem die Ballen, geschützt gegen die schlechte Witterung, liegen konnten.

Inzwischen wurden alle Gegenstände, auf Gordon's Rath, in dem Winkel der Uferhöhe untergebracht und hier mit getheerten Leinenstücken, welche sonst zum Schutze der Oberlichtfenster und der Treppenkappen gedient hatten, überdeckt.

Im Laufe des 13. gingen Baxter, Briant und Moko an die Herrichtung des Kochofens, der auf Walzen bis zum Innern von French-den gezogen werden mußte. Hier stellte man ihn an die rechte Wand nahe dem Eingang, um sich einen möglichst guten Zug desselben zu sichern. Was das Rohr anging, welches die Verbrennungsproducte nach außen abführen sollte, so machte ihnen dessen Anbringung kein besonderes Kopfzerbrechen. Da der Kalkstein ziemlich weich war, gelang es Baxter, ein Loch durch denselben zu schlagen, in welches das Rohr eingepaßt wurde, so daß der Rauch nun nach Außen abziehen konnte. Am Nachmittage, als der Schiffsjunge den Ofen in Brand gesetzt, hatte er die Befriedigung zu sehen, daß derselbe ganz nach Wunsch fungirte. Selbst für die schlechteste Jahreszeit war die Zubereitung der Speisen gesichert.

Während der folgenden Wochen konnten Doniphan, Webb, Wilcox und Cross, denen sich noch Garnett und Service anschlossen, ihrer Jagdlust völlig Genüge thun. Eines Tages zogen sie so in den Birken- und Buchenwald, eine halbe Meile von French-den aus und an der Seite des Sees, hinein. An manchen Stellen entdeckten sie deutliche Spuren menschlicher Arbeit. Es waren da im Erdboden ausgehobene und mit Gezweig bedeckte Gruben, tief genug, um Thieren, welche hineinfielen, das Wiederentweichen zu verhindern. Der Zustand der Gruben ließ jedoch erkennen, daß diese schon viele Jahre alt waren, und eine derselben enthielt noch die Ueberbleibsel eines Thieres, dessen Art jetzt freilich nur noch schwer zu erkennen gewesen wäre.

„Jedenfalls sind das die Knochen von einem ziemlich großen Thiere," bemerkte Wilcox, der sich schnellstens in die Grube hinabgelassen hatte und einige von der Zeit gebleichte Knochen herausbrachte.

„Und das war ein vierfüßiges Thier, was man noch an den Beinknochen erkennt," fügte Webb hinzu.

„Wenigstens, wenn es hier nicht gar fünffüßige Thiere gibt," antwortete Service, „und dann hat das hier nur ein Schaf oder ein ganz gewaltiges Kalb sein können."

„Du mußt doch immer scherzen, Service," sagte Cross.

„Nun, das Lachen ist doch nicht verboten," meinte Garnett.

„Gewiß erscheint mir nur," fuhr Doniphan fort, „daß dieses Thier ein sehr kräftiges gewesen sein muß. Seht nur die Dicke des Kopfes und die mit Hakenzähnen ausgestattete Kinnlade. Service mag immer mit seinen Gaukler-Kälbern und seinen Jahrmarkts-Schafen scherzen, wenn dieser Vierfüßler hier aber wieder auflebte, würde ihm das Lachen, glaub' ich, schnell vergehen."

„Gut abgeführt!" rief Cross, der immer geneigt war, die Erwiderungen seines Vetters ausgezeichnet zu finden.

„Du meinst also," fragte Webb Doniphan, „daß wir hier ein gefährliches Raubthier vor uns hätten?"

„Ja, ganz sicherlich!“

„Einen Löwen ... einen Tiger etwa? ...“ fragte Cross, dem es hier gar nicht mehr geheuer vorkam.

„Wenn auch keinen Tiger oder Löwen, so doch mindestens einen Jaguar oder Cuguar!“

„Da werden wir uns also in Acht nehmen müssen! ...“ sagte Webb.

„Und dürfen nicht sorglos weit herumstreifen,“ setzte Cross hinzu.

„Hörst du wohl, Phann,“ sagte Service, sich nach dem Hunde umwendend, „hier giebt es sehr große Bestien.“

Phann antwortete durch ein freudiges Gebell, das keine besondere Unruhe verrieth.

Die jungen Jäger schickten sich nun an, nach French-den zurückzukehren.

„Halt, da kommt mir ein Gedanke!“ sagte Wilcox. „Wenn wir die Fallgruben mit frischen Zweigen bedeckten? ... Vielleicht könnten wir da noch einmal irgend ein Thier fangen.“

„Wie Du willst, Wilcox,“ antwortete Doniphan, „obwohl ich mehr dafür eingenommen bin, ein Stück Wild in Freiheit abzuschießen, als es im Grunde einer Grube zu ermorden.“

Es war der Sportsman, der aus ihm sprach; im Grunde erwies sich Wilcox mit seiner natürlichen Neigung zur Aufstellung von Fallen jedoch praktischer als Doniphan.

Er beeilte sich nun, den eigenen Vorschlag auszuführen. Seine Kameraden halfen von den benachbarten Bäumen Zweige abzuschlagen, welche dann kreuzweise über die Oeffnung der Gruben und so gelegt wurden, daß deren Blätter dieselben vollständig bedeckten. Gewiß eine sehr kunstlose Falle, welche von den Trappern der Pampas aber sehr häufig mit Erfolg angewendet wird.

Um die Stelle wieder zu finden, wo diese Grube sich befand, knickte Wilcox verschiedene Zweige der Bäume am Waldessaume an, und hierauf begaben sich Alle wieder nach French-den.

Die Jagden lieferten übrigens immer reiche Beute, da es hier einen wahren Ueberfluß an Federwild gab. Ohne die Trappen und Tinamus zu zählen, flatterten hier in großer Anzahl Hausschwalben umher, deren weißgetüpfeltes

Gefieder an das der Perlhühner erinnerte; ferner Holztauben in großen Schaaren und antarktische Gänse, welche recht gut eßbar sind, wenn sie durch geeignete Zubereitung ihren thranigen Geschmack verloren haben. Das Haarwild dagegen war vertreten durch „Tucutucos", eine Art Nagethiere, welche im Fricassée das Kaninchen recht wohl ersetzen können; durch „Maras", das sind grauröthliche Hasen mit einem schwarzen Halbmond auf dem Schwanze und ebenso eßbar wie die Agutis, ferner durch Pichis, eine Art der Gürtelthiere, oder Säugethiere mit Schuppenpanzer, deren Fleisch ganz vortrefflich schmeckt; durch „Pecaris", das sind kleine Wildschweine, und endlich durch „Guaculis", welche den Hirschen gleichen und ebenso flüchtig sind wie diese.

Doniphan gelang es wohl, einzelne dieser Thiere zu erlegen; da er sich aber nur schwer an dieselben heranschleichen konnte, stand der Aufwand an Pulver und Blei doch nicht in rechtem Verhältnisse zu den erzielten Erfolgen. Das ärgerte nicht nur den jungen Jäger selbst, sondern brachte ihm auch noch verschiedene Vorwürfe von Gordon ein – Vorwürfe, welche auch seinen Begleitern nicht erspart blieben.

Bei einem dieser Ausflüge sammelte man auch einen reichlichen Vorrath zweier, von Briant gelegentlich seines ersten Besuches am Binnensee entdeckter Pflanzen, nämlich von wildem Sellerie, der auf dem feuchten Boden üppig emporwucherte, und von Kresse, deren junge Triebe, wenn sie eben die Erde durchbrechen, ein vorzügliches Heilmittel des Scorbut abgeben. Aus Gesundheitsrücksichten erschienen diese Vegetabilien bei jeder Mahlzeit.

Da die Kälte die Oberfläche des Sees und des Rio noch mit keiner Eiskruste überzogen hatte, gelang es auch, mittels Angelhaken Forellen und eine Art Hechte zu fangen, welche sehr gut eßbar sind, wenn man sich nur wegen ihrer vielen Gräten gehörig in Acht nimmt. Eines Tages endlich kam Iverson triumphirend heim und brachte einen ansehnlichen Lachs, mit dem er lange Zeit, auf die Gefahr hin, seine Schnur zerreißen zu sehen, gekämpft hatte. Konnte man sich zu der Zeit, wo diese Fische nach der Mündung des Rio zurückkehrten, einen größeren Vorrath derselben zulegen, so mußte damit für den Winter eine köstliche Reserve gewonnen sein.

Inzwischen wurde die von Wilcox wieder hergerichtete Grube wiederholt besucht, doch hatte sich kein Thier in derselben fangen lassen, trotz eines großen, darin niedergelegten Stückes Fleisch, welches die Aufmerksamkeit eines Raubthieres hätte erregen können.

Am 17. Mai ereignete sich indeß ein unerwarteter Zwischenfall.

Briant und die Uebrigen hatten sich an diesem Tage nach dem Walde in der Umgebung des Steilufers begeben, in der Absicht, in der Nähe von French-den noch eine andere natürliche Höhle zu suchen, welche als Magazin für das noch übrige Material dienen könnte.

Bei Annäherung an die Grube vernahm man aus derselben ein heiseres Geschrei.

An Briant, der nach dieser Seite zuschritt, schloß sich sofort auch Doniphan an, welcher Jenem nicht den Vortritt lassen wollte. Die Andern folgten, die Gewehre schußfertig, einige Schritte hinterher, während Phann mit aufgerichteten Ohren und erhobenem Schwanze dahintrottete.

Sie befanden sich nur noch zwanzig Schritte von der Grube, als das Geschrei sich verdoppelte. In der Mitte der Zweigdecke zeigte sich ein großes Loch, das nur durch das Hindurchstürzen eines Thieres entstanden sein konnte.

Welcher Art dieses Thier war, hätte Niemand sagen können; jedenfalls empfahl es sich aber, zu einer Verteidigung bereit zu sein.

„Vorwärts, Phann, vorwärts!" rief Doniphan.

Der Hund sprang bellend, aber ohne besondere Unruhe zu zeigen, voraus.

Briant und Doniphan liefen nach der Grube, und sobald sie sich über dieselbe gebeugt, riefen sie:

„Hierher! Kommt nur heran!"

„Es ist kein Jaguar? . . ." fragte Webb.

„Und auch kein Cuguar? . . ." setzte Cross hinzu.

„Nein," belehrte sie Doniphan. „Es ist nur ein Thier mit zwei Pfoten, ein – Strauß!"

In der That war es ein Strauß, und sie hatten alle Ursache, sich über das Vorkommen dieser Thiere im Walde hier zu beglückwünschen, denn das Fleisch derselben ist vortrefflich, vorzüglich an dem die Brust bedeckenden Fettpolster.

Wenn es auch nicht zweifelhaft sein konnte, daß sie einen Strauß vor sich hatten, so zeigten dessen geringere Größe, die kleineren Federn, welche den ganzen Körper mit einem weißlich-grauen Vließ bedeckten, daß derselbe zu der in den Pampas von Südamerika so häufig vorkommenden Sippe der „Nandus" gehörte. Obwohl diese sich mit dem afrikanischen Strauß nicht messen können, bilden sie doch eine Zierde der Fauna jedes Landes.

„Den müssen wir lebend bekommen!“ rief Wilcox.

„Ei, das wünscht' ich auch!“ jubelte Service.

„Es dürfte aber nicht so leicht sein,“ meinte Cross.

„So versuchen wir es wenigstens,“ erklärte Briant.

Das kräftige Thier hatte offenbar nicht entkommen können, weil seine Flügel ihm nicht erlaubten, sich bis zur Erdoberfläche zu erheben, und seine Füße an den lothrechten Wänden keinen Stützpunkt fanden. Wilcox mußte sich also nach dem Grunde der Grube selbst auf die Gefahr hin hinabgleiten lassen, einige Schnabelhiebe wegzubekommen, die ihn ernstlich verletzen konnten. Da es ihm jedoch bald gelang, dem Thiere seine Wollenjacke über den Kopf zu werfen, so wurde dieses hierdurch völlig unbeweglich gemacht. Nun war es auch leicht, dessen Füße mit zwei oder drei aneinander geknüpften Taschentüchern zu fesseln, und so gelang es Allen durch Vereinigung ihrer Kräfte, die Einen von unten, die Anderen von oben her nachhelfend, ihn aus der Grube zu ziehen.

„Endlich haben wir ihn,“ rief Webb erfreut.

„Was fangen wir aber mit dem Burschen an?“ fragte Cross.

„Das ist sehr einfach,“ antwortete Service, der an nichts verzweifelte. „Wir führen ihn nach French-den, füttern ihn gut und benutzen ihn als Reitthier. Ich werde das schon nach dem Vorgange meines Freundes, des schweizerischen Robinson, fertig bringen.“

Ob es möglich sein sollte, den Strauß in dieser Weise zu benutzen, erschien trotz des von Service dafür angezogenen Beispiels mindestens zweifelhaft. Da es jedoch keine Schwierigkeit machte, ihn nach French-den mitzunehmen, so wurde das ausgeführt.

Als Gordon den Nandu ankommen sah, erschrak er wohl ein wenig über die Aussicht, noch einen Magen mehr sättigen zu sollen, nahm ihn aber, in Berücksichtigung, daß dazu Gras oder Laub genügen würde, doch gut auf. Für die Kleinen war es eine Freude, sich dem Thiere zu nähern – natürlich nicht allzusehr – nachdem dasselbe an einen langen Strick gebunden war, und als sie hörten, daß Service dasselbe zum Reiten abrichten wolle, nahmen sie ihm schon das Versprechen ab, hinter ihm aufsitzen zu dürfen.

„Ja, wenn Ihr hübsch artig seid, Ihr Kleinen!“ antwortete Service, den die Kinder schon als Helden anstaunten.

„Gewiß, gewiß!“ rief Costar.

„Wie? Auch Du, Costar,“ erwiderte Service, „auch Du wolltest es wagen, dieses Thier zu besteigen?“

„Hinter Dir . . . und wenn ich mich an Dir festhalten kann, ja!“

„Du denkst wohl gar nicht mehr an die ausgestandene Angst, als Du auf dem Rücken der Schildkröte rittest?“

„Das war ein ganz anderes Ding,“ antwortete Costar. „Das Thier hier geht wenigstens nicht unters Wasser.“

„Nein, aber möglicherweise in die Luft!“ sagte Dole.

Das machte die Kinder freilich etwas nachdenklich.

Seit sie French-den endgiltig bewohnten, hatten Gordon und seine Kameraden eine regelmäßige tägliche Lebensordnung eingeführt. Nach vorläufig vollendeter Einrichtung schlug Gordon nämlich vor, die Beschäftigung eines Jeden nach gewissem Plane zu bestimmen und vorzüglich die Kleinen sich nicht selbst zu überlassen. Letztere verlangten übrigens selbst danach, nach Maßgabe ihrer Kräfte an der allgemeinen Thätigkeit teilzunehmen; doch warum sollte man mit ihnen nicht auch den in der Pension Chairman begonnenen Unterricht fortsetzen?

„Wir haben ja Bücher, die uns die weitere Betreibung unserer Studien ermöglichen,“ sagte Gordon, „und es scheint mir nicht mehr als billig, das was wir gelernt haben oder etwa noch lernen werden, auch unseren jüngeren Kameraden zu lehren.“

„Ganz recht,“ antwortete Briant, „und wenn es uns je vorbehalten bliebe, diese Insel zu verlassen, wenn wir unsere Familien wiedersehen sollten, so wollen wir darauf achten, unsere Zeit nicht zu vergeuden.“

Es wurde also eine Art Programm entworfen, nach dessen allgemeiner Billigung auch streng auf seine Durchführung gesehen werden sollte.

Mit Eintritt des Winters mußten ja viele unfreundliche Tage kommen, während welcher weder Große noch Kleine den Fuß ins Freie setzen konnten, und es galt doch, diese nicht nutzlos vorübergehen zu lassen. Was die Insassen von French-den vorläufig am meisten belästigte, war die Beschränktheit des einzigen Raumes, indem sie sich zusammendrängen mußten. Das veranlaßte sie denn, ohne Säumen auf Mittel und Wege zu sinnen, der Höhle eine hinreichende Ausdehnung zu geben.

XII.

Vergrößerung von French-den. – Ein verdächtiges Geräusch. – Phanns Verschwinden. – Phanns Wiedererscheinen. – Einrichtung des Vorsaales. – Schlechtes Wetter. – Namengebung. – Die Insel Chairman. – Das Oberhaupt der Kolonie.

———

Während der letzten Ausflüge hatten die jugendlichen Jäger wiederholt das Steilufer untersucht, in der Hoffnung, darin eine zweite Aushöhlung zu entdecken. Hätten sie eine solche gefunden, so konnte diese als allgemeines Magazin, als Niederlage für das noch übrige, jetzt unter freiem Himmel aufgestellte Material dienen. Bei der Erfolglosigkeit dieser Nachforschungen mußte man jedoch auf den früheren Plan einer Erweiterung der jetzigen Wohnung zurückgreifen und einen oder mehrere mit der Höhle François Baudoin's zusammenhängende Räume herzustellen suchen.

Im Granitfels wäre diese Arbeit unausführbar gewesen; in dem hier anstehenden Kalkstein aber, den Axt und Spitzhaue leicht angriffen, konnte sie keine großen Schwierigkeiten bieten. Der Zeitaufwand kam ja nicht in Frage. Das war eine Gelegenheit, die langen Wintertage auszufüllen, und bis zum Wiedereintritt der schönen Jahreszeit konnte Alles vollendet sein, wenn kein Einsturz erfolgte oder etwa Wasser hindurchsickerte, was allerdings zu fürchten war.

Zu Sprengmitteln brauchte man übrigens nicht zu greifen. Die gewöhnlichen Werkzeuge mußten genügen, wie sie genügt hatten, als es sich darum handelte, ein Loch herzustellen, in welches das Ofenrohr geführt werden konnte. Außerdem hatte Baxter, freilich mit einiger Mühe, den Eingang von French-den soweit zu erweitern vermocht, daß er an demselben eine Thür aus dem „Sloughi“ mit Schloß und Haspen anbringen konnte. Ferner waren links und rechts vom Eingange zwei schmale Fenster oder mehr eine Art Schießscharten durchgebrochen worden, was dem Tageslicht einen besseren Zutritt und der Luft eine leichtere Circulation gestattete.

Seit einer Woche hatte jetzt die schlechtere Witterung ihren Einzug gehalten. Heftige Sturmwinde brausten über die Insel hin, denen French-den jedoch, Dank seiner Lage nach Süden und Osten, nicht ausgesetzt war.

Regenschauer und tolles Schneegestöber zogen manchmal mit lautem Geräusch über den Kamm des Steilufers. Nur in der Nachbarschaft des Sees spürten die Jäger noch ihrer Beute nach, nämlich Enten, Bekassinen, Kiebitzen, Wiesenläufern, Wasserhühnern und zuweilen einzelnen jener „Pelzschnäbler", welche man in den südpacifischen Gebieten unter dem Namen „weiße Tauben" kennt. Waren See und Rio auch noch nicht zum Stehen gekommen, so mußte doch eine klare Nacht hinreichen, sie mit Eis zu überkleiden, wenn nach der stürmischen Erregung der Atmosphäre trockene Kälte eintrat.

Meist auf ihre Wohnung beschränkt, konnten sich die Knaben ungehindert den Erweiterungsarbeiten widmen, und sie begannen mit diesen noch im Laufe des 27. Mai.

Die rechte Wand war es, welche Axt und Schaufel zuerst in Angriff nahmen.

„Dringen wir in schräger Richtung ein," hatte Briant gesagt, „so gelingt es uns vielleicht, an der Seeseite durchzubrechen und damit einen zweiten Zugang nach French-den zu gewinnen. Das würde uns eine bessere Ueberwachung der Umgebung ermöglichen, und wenn schlechte Witterung uns an der einen Seite am Austreten hindert, so könnten wir immer noch an der andern herauskommen."

Der Vortheil für die Allgemeinheit, den eine solche Anordnung versprach, lag zu sehr auf der Hand und die Erreichung desselben schien auch nicht unmöglich.

Von innen aus gerechnet, trennten die Höhle höchstens vierzig bis fünfzig Fuß von der östlichen Außenwand der Kalkmasse. Nach Feststellung der Richtung mit Hilfe des Compasses kam es also nur darauf an, einen Gang durchzuschlagen, bei dieser Arbeit aber wohl darauf zu achten, daß kein Einsturz erfolgte. Ehe man der neuen Aushöhlung die für später in Aussicht genommene Breite und Höhe gäbe, schlug Baxter vor, erst eine Art Stollen durch das Gestein zu treiben, der erweitert werden sollte, wenn und wo sein Ende erst wieder zu Tage trat. Die beiden Räumlichkeiten von French-den wären dann durch eine Art Vorsaal verbunden, der an beiden Enden abgeschlossen werden könnte und an dessen Seiten zwei dunkle Kammern ausgebrochen werden sollten. Dieser Plan empfahl sich entschieden als der beste, da er gleichzeitig gestattete, die Gesteinsmasse sorgfältig zu untersuchen, und die Arbeit eingestellt werden konnte, wenn man auf durchsickerndes Wasser stieß.

Während der drei Tage vom 27. bis 30. Mai ging die Arbeit unter günstigen Umständen vorwärts. Die Kalkmolasse ließ sich fast mit dem Messer schneiden, deshalb wurde es auch nöthig, sie mit einer Auszimmerung zu versehen, was freilich ziemliche Schwierigkeiten machte. Der Abraum wurde stets sofort nach außen befördert, um denselben sich nicht anhäufen und hinderlich werden zu lassen. Wenn wegen Mangels an Raum nicht alle Arme gleichzeitig bei dieser Arbeit angestellt werden konnten, so feierten dieselben doch keineswegs. Hörte es einmal auf zu regnen oder zu schneien, so beschäftigte sich Gordon mit den Anderen damit, das Floß wieder zu zerlegen, um die Planken der Plattform und die Rundhölzer der Grundlage zur neuen Einrichtung verwenden zu können. Die Genannten behielten auch die am Winkel der Anhöhenschenkel niedergelegten Gegenstände im Auge, denn die getheerten Decken schützten diese nur unvollkommen gegen die Unbilden der Witterung.

Die Arbeit schritt, wenn auch nicht ohne peinliches Umhertappen, nach und nach voran und der Stollen war schon auf einer Länge von vier bis fünf Fuß ausgebrochen, als im Laufe des Nachmittags am 30. Mai sich etwas ganz Unerwartetes ereignete.

Auf dem Boden liegend, wie ein Mienengräber, der die Gallerie zu einer Sprengkammer ausschachtet, glaubte Briant im Innern der Gesteinsmasse einen dumpfen Laut zu vernehmen.

Er unterbrach seine Arbeit, um besser lauschen zu können. Von neuem traf dasselbe Geräusch sein Ohr.

Sich aus dem engen Gange zurückzuwinden, bis zu Gordon und Baxter, die sich an dessen Mündung befanden, zu gelangen und diesen seine Wahrnehmung mitzutheilen, das erforderte nur einige Augenblicke.

„Täuschung!“ meinte Gordon. „Du hast nur etwas zu hören geglaubt . . .“

„Nimm Du meinen Platz ein, Gordon,“ antwortete Briant, „lege das Ohr an die Wand und horche Du einmal.“

Gordon kroch in den engen Gang und kam sehr bald daraus wieder zurück.

„Du hast Dich nicht getäuscht!“ sagte er. „Ich habe etwas wie entferntes Knurren gehört.“

Nun wiederholte auch Baxter dieselbe Probe und sagte, als er wieder herauskam:

„Was in aller Welt kann das sein?“

„Ich kann es mir nicht erklären,“ antwortete Gordon. „Wir werden Doniphan und die Anderen davon benachrichtigen müssen . . .“

„Nur die Kleinen nicht,“ setzte Briant hinzu; „sie würden sich fürchten.“

Eben fanden sich Alle zum Mittagsmahl zusammen und die Kleinen erfuhren dabei doch von dem Vorfalle, was sie natürlich nicht wenig erschreckte.

Doniphan, Wilcox, Webb und Garnett begaben sich nach einander in den Stollen. Jetzt hatte das Geräusch aber aufgehört; sie hörten nichts und neigten deshalb dem Glauben zu, daß ihre Kameraden sich doch wohl geirrt haben könnten.

Jedenfalls wurde beschlossen, die Arbeit nicht zu unterbrechen, und nach dem Essen wurde diese auch wieder aufgenommen.

Im Laufe des Nachmittags ließ sich kein weiteres Geräusch vernehmen, bis endlich gegen neun Uhr Abends erneuertes Knurren deutlich durch die Wand drang.

Da stürzte Phann wüthend in den Schacht hinein und kam aus demselben mit emporgesträubtem Fell und bis über die Fangzähne zurückgezogenem Maule wieder hervor, während er in unverkennbarer Aufregung grimmig anschlug, als wollte er auf das aus dem Felseninnern heraustönende Knurren Antwort geben.

Was bei den Kleinen bisher nur ein mit Verwunderung gepaarter Schreck gewesen war, steigerte sich nun zur wahrhaft kläglichen Angst. Die Phantasie des englischen Knaben nährt sich stets mit den in den nordischen Ländern heimischen Sagen, nach welchen Gnomen, Kobolde, Luft- und Wassergeister, Sylphen und Gespenster jeder Art schon um seine Wiege kreisen. Dole, Costar und selbst Jenkins und Iverson verhehlten gar nicht ihre tödtliche Furcht. Nach vergeblicher Bemühung sie zu beruhigen, veranlaßte sie Briant doch, ihre Lagerstätten aufzusuchen, wo sie, wenn auch erst ziemlich spät, einschliefen. Aber auch da träumten sie noch von Geistern, Gespenstern und übernatürlichen

Wesen, welche ihren Spuk in der Höhle trieben – kurz, sie litten am schönsten Alpdrücken.

Gordon und die Anderen unterhielten sich noch mit gedämpfter Stimme über die seltsame Erscheinung. Wiederholt konnten sie sich überzeugen, daß jenes Geräusch noch fortdauerte und daß Phann eine auffallende Gereiztheit erkennen ließ.

Endlich übermannte sie die Müdigkeit, und außer Moko und Briant legten sich Alle schlafen. Dann herrschte bis Tagesanbruch tiefes Schweigen im Innern von French-den.

Am folgenden Morgen war die ganze Gesellschaft sehr zeitig munter. Baxter und Doniphan krochen wieder in den Stollen... Kein Geräusch ließ sich vernehmen. Der Hund lief umher, ohne irgend welche Unruhe zu zeigen und sprang auch nicht, wie am Tage vorher, gegen die Wand an.

„Gehen wir wieder ans Werk!“ sagte Briant.

„Ja,“ antwortete Baxter. „Es wird immer Zeit sein, damit einzuhalten, wenn sich wieder ein verdächtiges Geräusch hören läßt.“

„Wär' es nicht möglich,“ bemerkte da Doniphan, „daß jenes Geräusch nur von einer Quelle herrührte, welche sich murmelnd durch die Felsmassen zwängt?“

„Dann würde es stets hörbar sein,“ wandte Wilcox ein, „und augenblicklich ist das nicht der Fall.“

„Richtig,“ stimmte ihm Gordon zu; „ich glaubte vielmehr, es vom Winde herleiten zu sollen, der sich vielleicht in einem Spalt am Kamme der Anhöhe fängt...“

„Steigen wir hinauf,“ sagte Service, „und da entdecken wir wahrscheinlich...“

Dieser Vorschlag wurde angenommen.

Gegen fünfzig Schritte am Ufergelände hingehend, fanden sie einen Pfad, der den Obertheil der Felsmasse zu erreichen gestattete. Binnen wenigen Augenblicke hatte Baxter nebst zwei bis drei Anderen denselben erklommen und gingen auf der Höhe bis gerade über French-den zurück. Aus der Oberfläche dieses Höhenrückens fand sich aber kein Spalt, durch den ein Luftstrom oder eine Wasserader hätte eindringen können, und als sie zurückkamen, wußten sie auch nicht mehr über jene merkwürdige Erscheinung, welche die Kleinen in ihrer Naivität für übernatürlich erklärten.

Die Arbeit wurde also wieder aufgenommen und bis zum Ende des Tages fortgesetzt. Das Geräusch vom Vortage hörte man nicht wieder, obwohl nach Baxter's Angabe die Wand, an welcher die Schläge bisher nur matt widerhallten, jetzt einen mehr klingenden Ton gab. Befand sich in dieser Richtung also eine natürliche Höhle, auf welche der Stollen zufällig treffen sollte, und entstand das vernommene Geräusch vielleicht in dieser selbst? Die Voraussetzung einer zweiten, an die Höhle grenzenden Aushöhlung erschien nicht unannehmbar; ja, es war sogar wünschenswerth, daß sich dieselbe bestätigte, weil dadurch die Arbeit bezüglich der Vergrößerung der Räumlichkeiten wesentlich vermindert werden mußte.

Erklärlicher Weise mühten sich nun Alle mit größtem Eifer ab, und dieser Tag gehörte zu den anstrengendsten, die sie bisher verlebten. Nichtsdestoweniger verlief er ohne nennenswerthen Zwischenfall, wenn wir davon absehen, daß Gordon am Abend das Verschwinden seines Hundes meldete.

Zur Essenszeit stellte sich Phann sonst regelmäßig neben dem Sessel seines Herrn ein; heute blieb der Platz des Hundes leer.

Man rief nach ihm ... Phann antwortete nicht.

Gordon trat auf die Thürschwelle und rief von neuem ... Alles still!

Doniphan und Wilcox liefen der Eine nach dem Gelände des Rio, der Andere nach dem Ufer des Sees ... Keine Spur vom Hunde.

Vergebens wurden die Nachsuchungen in der Umgebung von French-den noch auf einige hundert Schritt weit ausgedehnt ... Phann war nirgends zu finden.

Offenbar war der Hund jetzt nicht in Hörweite, denn auf Gordon's Stimme hätte er zweifellos geantwortet. Daß er sich nur verirrt hätte, erschien doch kaum glaublich; eher konnte er dem Zahne eines Raubthieres zum Opfer gefallen sein, wenigstens erklärte das am besten sein plötzliches Verschwinden.

Es war jetzt um neun Uhr abends. Tiefe Dunkelheit hüllte das Steilufer und den See ein, und so mußten sich die jungen Leute wohl oder übel entschließen, ihre Nachsuchungen aufzugeben und nach French-den zurückzukehren.

Alle gingen also sehr beunruhigt zurück; nein, nicht beunruhigt allein, sondern wirklich entmuthigt bei dem Gedanken, daß das intelligente Thier vielleicht für immer verschwunden sein könne.

Die Einen streckten sich auf ihre Lagerstätten aus, die Anderen setzten sich, ohne an Schlaf zu denken, um den Tisch. Es erschien ihnen, als wären sie jetzt weit einsamer und verlassener und noch entfernter von der Heimat und ihren Familien.

Plötzlich hörten sie durch die sonst herrschende Stille neue dumpfe Laute. Diesmal ähnelten diese mehr einem mit Schmerzensschreien untermischtem Geheul, das wohl eine Minute lang währte.

„Das ist dort . . . das kam von dort her!" rief Briant, auf den Stollen zueilend.

Alle hatten sich erhoben, als erwarteten sie irgend welche Erscheinung. Von Entsetzen gepackt, wickelten sich die Kleinen fester in ihre Decken.

Briant kam wieder aus dem engen Gange hervor.

„Dort muß noch eine Höhle sein," sagte er, „deren Eingang sich jedenfalls am Fuße der Gesteinsmasse befindet . . ."

„Und welche wahrscheinlich Thiere benützen, um die Nacht geschützter zu verbringen," setzte Gordon hinzu.

„Das muß wohl so sein," antwortete Doniphan. „Morgen schon suchen wir uns Aufklärung zu verschaffen . . ."

Da schlug ein lautes Gebell an ihre Ohren, das ebenso wie das Geheul aus dem Innern des Felsens heraustönte.

„Sollte Phann da drin und vielleicht mit einem Thier im Kampfe sein?" rief Wilcox.

Briant, der wieder in den Stollen geschlüpft war, lauschte mit an die Wand gelegtem Ohre . . . Vergeblich! Ob nun aber Phann an dem vermutheten Orte war oder nicht, unzweifelhaft befand sich hier und ihnen ganz nahe eine zweite Aushöhlung, welche mit der Außenwelt wahrscheinlich durch ein, von dem Strauchgewirr am Fuße des Steilufers verdecktes Loch in Verbindung stand.

Die Nacht verging, ohne daß ein Geheul oder Gebell sich nochmals vernehmen ließ.

Das mit Tagesanbruch untersuchte Gestrüpp lieferte, an der Seite des Sees wie an der des Rio, kein besseres Resultat als die gestrigen Nachsuchungen auf dem Kamm des Felsberges.

Phann hatte, obwohl man ihn in der Nachbarschaft von French-den suchte und anrief, keine Antwort gegeben.

Briant und Baxter gingen nun abwechselnd wieder an die Arbeit, bei der Spitzhaue und Schaufel nicht feierten. Während des Vormittags nahm der Stollen um etwa zwei Fuß an Tiefe zu. Von Zeit zu Zeit hielten sie an, um zu horchen – nichts war mehr zu erlauschen.

Die durch das Mittagsessen unterbrochene Arbeit wurde nach Verlauf einer Stunde wieder aufgenommen. Unter Beachtung aller Vorsichtsmaßregeln sah man dem durch einen letzten Hieb zu erwartenden Durchbruche der Scheidewand entgegen, aus welcher vielleicht ein gefährliches Thier hervorstürzen konnte. Die Kleinen waren nach dem Ufergelände geführt worden. Gewehre und Revolver in den Händen, hielten sich Doniphan, Wilcox und Webb für jede Möglichkeit bereit.

Gegen zwei Uhr stieß Briant einen lauten Ruf aus. Seine Spitzhaue hatte die gleich weiter nachstürzende Kalkwand durchschlagen, welche nun eine ziemlich große Oeffnung zeigte.

Briant schloß sich seinen Kameraden, welche ganz unschlüssig dastanden, wieder an ...

Doch bevor sie den Mund aufthun konnten, hörten sie etwas an der Wand des Stollens hinstreifen und mit gewaltigem Satze sprang ein Thier in die Höhe ...

Das war Phann!

Ja, Phann, der sofort auf einen mit Wasser gefüllten Napf zueilte und gierig trank. Dann kehrte er mit wedelndem Schweife und ohne jedes Zeichen von Unruhe zu Gordon zurück; ein Beweis, daß vorläufig nichts zu fürchten war.

Briant ergriff nun eine Laterne und kroch damit in den Stollen. Gordon, Doniphan, Wilcox, Baxter und Moko folgten ihm nach. Bald darauf und nachdem sie durch die von dem Einsturze herrührende Oeffnung gelangt, befanden sich Alle in einer dunklen Aushöhlung, in welche kein Strahl des Tageslichtes eindringen konnte.

Es war eine zweite Höhle, die an Höhe und Breite die Größenverhältnisse von French-den zeigte, aber viel tiefer war, und deren Boden im Umfange von etwa fünfzig Quadrat-Yards ein feiner Sand bedeckte.

Da diese Höhle nach außen kaum eine Verbindung zu besitzen schien, konnte man befürchten, daß die Luft darin nicht athembar wäre. Die hell brennende Flamme der Laterne bewies jedoch, daß die Luft irgendwo Zutritt finden mußte. Wie hätte auch Phann sonst hineingelangen können?

Da stieß Wilcox mit dem Fuße an einen schweren, kalten Körper, was er daran erkannte, daß er diesen betastete.

Briant kam mit der Laterne näher heran.

„Der Körper eines Schakals!“ rief Baxter.

„Ja, eines Schakals, dem unser braver Phann den Garaus gemacht hat,“ antwortete Briant.

„Da haben wir die Erklärung für das, was wir nicht zu erklären vermochten!“ setzte Gordon hinzu.

Doch ob nun ein oder mehrere Schakals ihr gewohntes Lager in dieser Höhle haben mochten, blieb noch immer die Frage übrig, durch welchen Eingang sie dahin gelangten.

Nachdem er nach French-den zurückgekehrt, unterwarf Briant das Steilufer an der Seeseite einer genauen Untersuchung. Gleichzeitig gab er laute Rufe von sich, auf welche endlich andere Rufe aus dem Innern antworteten. Hierdurch gelang es ihm, zwischen dem Gestrüpp und dicht am Erdboden eine enge Oeffnung zu entdecken, durch welche die Schakals eindringen mochten. Nachdem Phann diesen aber nachgefolgt war, hatte, wie sich bald herausstellte, ein theilweiser Nachsturz von Geröll stattgefunden, der jene Oeffnung fast ganz verschloß.

Nun war also Alles erklärt, das Geheul des Schakals, wie das Gebell des Hundes, dem es vierundzwanzig Stunden unmöglich gewesen war, wieder herauszukommen.

Das gewährte aber eine Befriedigung! Nicht allein Phann war seinem Herrn wiedergegeben, sondern auch eine schwierige Arbeit erspart worden. Da lag „fix und fertig“, wie Dole sich ausdrückte, eine weite Höhle, deren Vorhandensein der schiffbrüchige Baudoin gar nicht geahnt hatte. Durch Erweiterung ihrer Mündung gewann man noch eine zweite, nach der Seite des Sees zu offene Thür. Das erleichterte wesentlich die Befriedigung so mancher Bedürfnisse. Die Knaben riefen denn auch, als sie in der neuen Höhle versammelt waren, ein lautes Hurrah nach dem anderen, das Phann noch mit freudigem Gebell begleitete.

Mit welchem Eifer ging es nun daran, den engen Stollen zu einem brauchbaren Gang zu erweitern! Die zweite Höhle, der der Name „die Halle“ beigelegt worden war, rechtfertigte denselben vollkommen durch den Umfang. Bis die Behälter dieser Seite des Verbindungsganges ausgebrochen waren, wurde das ganze Material noch in die Halle geschafft. Sie sollte daneben als Schlaf- und Arbeitsraum dienen, während das erste Zimmer zur Küche, Speisekammer und zum Speisesaal bestimmt wurde. Da dasselbe vorläufig auch als allgemeines Magazin galt, schlug Gordon vor, es Store-room zu nennen, was Alle gern annahmen.

Zunächst beschäftigte man sich jetzt damit, die Lagerstätten überzuführen, welche symmetrisch auf dem Sande der Halle angeordnet wurden, wo es an Platz nicht fehlte. Dann brachte man das Mobiliar aus dem „Sloughi“, die Sophas, Lehnstühle, Tische, Schränke u. s. w. dorthin, und – was von besonderer Wichtigkeit war – auch die Oefen aus dem Zimmer und dem Salon der Yacht, welche sofort in Stand gesetzt wurden, um diesen ganzen Raum heizen zu können. Gleichzeitig erweiterte man den Eingang von der Seeseite, um daselbst eine der Thüren des Schooners anzubringen – eine Aufgabe, deren sich Baxter nicht ohne Mühe entledigte; nachdem endlich zwei neue Schießscharten auf jeder Seite der genannten Thür durchgebrochen worden waren, drang auch hinreichendes Licht in die Halle, welche des Abends durch eine an der Wölbung hängende Signallaterne erleuchtet werden sollte.

Diese Einrichtungen erforderten fast vierzehn Tage. Es war hohe Zeit, daß sie vollendet wurden, denn das bisher ziemlich ruhig gebliebene Wetter zeigte Neigung umzuschlagen. Herrschte auch noch keine besondere Kälte, so wehten doch oft so stürmische Winde, daß sich jeder Ausflug ins Freie von selbst verbot.

Die Gewalt des Sturmes wurde gelegentlich so groß, daß er die Gewässer des Sees, trotz des Schutzes, den die Uferwand gewährte, wie ein Meer aufwühlte. Wild schäumend stürzten die Wellen übereinander hin, und jedes Fahrzeug, der Fischerkahn wie die Pirogue der Wilden, wäre unrettbar zu Grunde gegangen. Zuweilen bedeckten die gegen seine Strömung emporwirbelnden Wellen des Rio sogar die Uferlande bis zur daneben verlaufenden Anhöhe. Zum Glück waren weder Store-room noch die Halle dem directen Angriffe des Unwetters ausgesetzt, da der Wind von Westen her wehte.

Die mit dürrem Holz beschickten Oefen des Zimmers und der Küche erlitten auch keinerlei Störung.

Zu wie gelegener Zeit hatte jetzt alles, was vom „Sloughi“ gerettet werden konnte, unter sicherem Obdach aufgestapelt werden können! Die Mundvorräthe hatten nun nichts mehr von der Unbill der Witterung zu fürchten. Für die Dauer der schlechten Jahreszeit eingeschlossen, fanden Gordon und seine Kameraden Muße genug, sich bequem einzurichten. Sie hatten den Gang erweitert und zwei tiefe Kammern neben demselben ausgebrochen, von denen die eine mit einer Thür verschlossen und zur Aufbewahrung des Schießbedarfs erwählt wurde, um jede etwaige Explosion zu verhüten. Obwohl endlich sich die Jäger nicht weit von French-den wegwagen konnten, fehlte es doch nie an Wasservögeln, deren unangenehmen Geschmack Moko nicht immer zu beseitigen vermochte – was manche Proteste und Grimassen veranlaßte – doch war damit die tägliche Ernährung gesichert. Es versteht sich von selbst, daß endlich dem Nandu in einem Winkel des Store-room ein Plätzchen eingeräumt wurde, bis für ihn im Freien ein Gehege errichtet werden konnte.

Zu dieser Zeit kam Gordon der Gedanke, eine Art Programm zu entwerfen, dem sich Jeder zu fügen hätte, nachdem es von Allen gebilligt worden wäre. Außer an das materielle hatten sie doch auch an das geistige Leben zu denken, da ja Keiner wußte, wie lange sich der Aufenthalt auf dieser Insel ausdehnen würde. Glückte es dereinst, sie zu verlassen, welche Befriedigung mußte es ihnen dann gewähren, die Zeit verständig ausgenützt zu haben. Mit den wenigen Büchern aus der Bibliothek des Schooners konnten die Großen ebenso ihre eigenen Kenntnisse vermehren, wie als Lehrer für die Jüngsten auftreten.

Ein vortrefflicher Vorsatz, der die langen Winterstunden nützlich und angenehm zu verkürzen versprach.

Bevor dieses Programm jedoch aufgesetzt wurde, schritt man noch zu einer anderen, durch die Verhältnisse selbst sich empfehlenden Maßnahme.

Als am Abend des 10. Juni nach dem Nachtessen Alle in der Halle um die knisternden Oefen versammelt waren, lenkte sich das Gespräch auf die Vortheile, die es haben würde, wenn man den geographisch wichtigsten Punkten der Insel eigene Namen gäbe.

„Das wäre sehr nützlich und sehr praktisch,“ sagte Briant.

„Ja, ja, Namen," rief Iverson, „und wir wollen auch recht hübsche Namen wählen!"

„Wie es die wirklichen und erfundenen Robinsons stets thun," fügte Webb ein.

„Und wir, liebe Freunde," sagte Gordon, „sind in der That nichts Anderes."

„Ein großes Pensionat von Robinsons!" rief Service.

„Uebrigens werden wir," fuhr Gordon fort, „wenn die Bai, die Rios, Wälder, der See und das Steilufer besondere Namen bekommen, uns immer leichter zurecht finden."

„Wir haben schon die Sloughi-Bai, an der unsere Yacht scheiterte," sagte Doniphan, „und ich denke, wir behalten diesen Namen bei, da wir ihn einmal gewöhnt sind."

„Gewiß," erklärte Cross.

„Ebenso wie wir den Namen French-den für unsere Wohnung nicht ändern," fügte Briant hinzu, „schon zum Andenken an den Schiffbrüchigen, dessen Stelle wir nun eingenommen haben."

Hiergegen erhob sich kein Widerspruch, nicht einmal seitens Doniphan's, obwohl diese Bemerkung von Briant ausging.

„Und wie nennen wir nun," ließ Wilcox sich vernehmen, „den Rio, der sich in die Sloughi-Bai ergießt?"

„Den Rio Sealand," schlug Baxter vor. „Dieser Name wird uns immer an die Heimat erinnern."

„Angenommen! ... Einverstanden!" tönte es von allen Seiten.

„Und den See?" fragte Garnett.

„Da der Rio den Namen unseres Neuseeland erhalten hat," meinte Doniphan, „so geben wir dem See einen Namen, der an unsere Angehörigen erinnert und nennen ihn Family-lake (Familien-See)."

Auch das fand freudige Zustimmung.

Es herrschte, wie man sieht, vollständige Einmütigkeit, und unter dem Einflusse ähnlicher Empfindungen taufte man das Steilufer mit dem Namen Auckland-hill (Auckland-Hügel). Das Cap, welches jenes abschloß – dasselbe, von dessen Gipfel aus Briant im Osten das Meer erkannt zu haben glaubte – nannte man auf seinen Vorschlag False-Sea-Point (Spitze des falschen Meeres).

Die anderen Benennungen, welche nach und nach angenommen wurden, waren folgende:

Traps-woods (Trappenwald) nannte man den Theil des Waldes, wo die Trappen angetroffen worden waren; Bog-woods (Schlammwald) den anderen Theil zwischen der Sloughi-Bai und dem Steilufer; Southmoores (südlicher Morast) den Sumpf, der den ganzen südlichen Theil der Insel bedeckte; Dike-creek (Chausséebach), über den der kleine Weg aus flachen Steinen gelegt war; Wrack-coast (Wrackküste) die Küste der Insel, an der die Yacht strandete, Sport-terrace (Sportterrasse) endlich den von den Ufern des Rio und des Sees eingeschlossenen Platz, der vor der Halle einen Rasengrund bildete, welcher zu den im Programme vorzunehmenden Leibesübungen dienen sollte.

Was die übrigen Punkte der Insel betraf, so sollten diese, je nach dem sie näher bekannt wurden, oder nach den Vorfällen, die sich daselbst etwa abspielten, getauft werden.

Inzwischen schien es rathsam, noch den hauptsächlichsten auf der Karte François Baudoin's eingezeichneten Vorgebirgen gewisse Namen zu ertheilen; so entschied man sich für North-cape im Norden der Insel und für South-cape im Süden derselben. Endlich stimmten Alle darin überein, den drei Spitzen, welche im Westen nach dem Stillen Ocean hineinragten, die Namen French-cape, British-cape und American-cape zu geben, zu Ehren der drei in der kleinen Colonie vertretenen Nationen, der französischen, englischen und amerikanischen.

Colonie! Ja, dieses Wort wurde beliebt um anzudeuten, daß die Ansiedlung hier nicht als eine kurz vorübergehende aufzufassen sei. Natürlich geschah das auf Anregung Gordon's, der stets mehr daran dachte, das Leben in diesem neuem Gebiete zu organisiren, als daran, das letztere wieder zu verlassen. Die Knaben waren eben nicht mehr Schiffbrüchige vom „Sloughi“, sondern Colonisten der Insel . . .

Doch welcher Insel? Jetzt mußte auch diese noch getauft werden.

„Ei . . . Ich weiß, wie man sie nennen sollte,“ meldete sich Costar.

„Du weißt das . . . Du?“ erwiderte Doniphan.

„Ohne Zweifel will er sie Insel Baby nennen,“ scherzte Service.

„Nun, laß nur Deine Witze, Service, und hören wir seine Idee?“

Trotz dieser Aufforderung schwieg jetzt das verdutzte Kind.

„Sprich nur, Costar,“ fuhr Briant fort, indem er diesen mit einer Handbewegung ermunterte. „Ich bin überzeugt, daß Dein Vorschlag gut ist.“

„Nun denn,“ sagte Costar, „da wir alle Zöglinge der Pension Chairman sind, so sollten wir sie Insel Chairman nennen!“

In der That konnte ein besserer Name kaum gefunden werden und er wurde denn auch unter dem Beifall Aller angenommen – worüber sich Costar nicht wenig stolz zeigte.

Die Insel Chairman! Wahrhaftig, der Name hatte eine Art geographischen Anklang, und er konnte füglich in den Atlanten der Zukunft aufgenommen werden.

Nachdem diese Feierlichkeit zur allgemeinen Zufriedenheit beendet war, war auch die Zeit herangekommen der Ruhe zu pflegen, als Briant noch einmal das Wort verlangte.

„Liebe Freunde,“ begann er, „wäre es jetzt, wo wir unserer Insel einen Namen gegeben haben, nicht auch gerathen, ein Oberhaupt zu ernennen, um dieselbe zu regieren?“

„Ein Oberhaupt?“ warf Doniphan lebhaft ein.

„Ja, mir scheint, es müsse alles besser gehen, wenn Einer von uns Autorität über die Andern besäße. Sollte sich das, was in jedem Lande geschieht, nicht auch für die Insel Chairman eignen?

„Ja wohl! . . . Ein Oberhaupt! . . . Wählen wir ein Oberhaupt!“ riefen die Großen und die Kleinen wie aus einem Munde.

„Gut, ernennen wir ein Oberhaupt,“ sagte da Doniphan, „doch nur für eine gewisse Zeit . . . Etwa für ein Jahr . . .

„Das aber dann wieder wählbar wäre,“ setzte Briant hinzu.

„Zugestanden! . . . Wen wählen wir dazu?“ fragte Doniphan etwas befangen.

Der eifersüchtige Knabe schien nur die eine Furcht zu haben, daß seine Kameraden, wenn nicht ihn selbst, wahrscheinlich Briant erwählen könnten.

Er sollte sich in dieser Beziehung jedoch getäuscht haben.

„Wen wir wählen sollen," hatte Briant geantwortet, „natürlich den Weisesten von Allen, unseren Kameraden Gordon!"

„Ja! . . . Ja! . . . Hurrah für Gordon!"

Gordon wollte erst die ihm zugedachte Ehre ablehnen, da er sich mehr zum Organisiren, als zum Regieren berufen fühlte. Als er jedoch an die Störungen dachte, welche die in diesen Knaben fast ebenso hell wie bei Erwachsenen auflodernden Leidenschaften in Zukunft noch herbeiführen könnten, sagte er sich, daß seine Autorität nicht unnütz sein würde.

So wurde denn Gordon zum Oberhaupte der kleinen Kolonie der Insel Chairman ausgerufen.

XIII.

Das Programm. – Feier des Sonntags. – Schneeballwerfen. – Doniphan und Briant. – Strenge Kälte. – Das Brennmaterial. – Ausflug nach den Traps-woods. – Nach der Sloughi-Bai. – Robben und Fettgänse. – Eine öffentliche Züchtigung.

———

Vom Mai ab war der Winter endgiltig in der Umgebung der Insel Chairman eingezogen. Welche Dauer würde derselbe haben? Mindestens fünf Monate, wenn die Insel in ebenso hoher Breite wie Neuseeland lag. Gordon traf also alle Vorsichtsmaßregeln, um gegen die schlimmen Zufälligkeiten eines langen Winters geschützt zu sein.

Der junge Amerikaner hatte unter seinen meteorologischen Beobachtungen folgendes verzeichnet: Der Winter hatte erst mit dem Monat Mai angefangen, d. h. zwei Monate vor dem Juli der südlichen Erdhälfte, der dem Januar der nördlichen entspricht. Daraus war zu schließen, daß er zwei Monate nach diesem, also im September zu Ende gehen würde. Doch auch nach dieser Periode hatte man noch mit den Stürmen zu rechnen, welche zur Zeit der Tagundnachtgleiche so häufig sind. Es war ja auch möglich, daß die jungen Colonisten bis zum October auf French-den beschränkt blieben, ohne einen weiteren Ausflug über oder um die Insel Chairman unternehmen zu können.

Um auch für das Leben im Innern der Wohnung eine gewisse Ordnung zu sichern, unterzog sich Gordon der Entwerfung eines Programms für die täglichen Beschäftigungen.

Es versteht sich von selbst, daß die Ausschreitungen des Fuchswesens, von denen wir schon bei der Schilderung der Pension Chairman sprachen, auf der Insel dieses Namens nicht zur Einführung gelangten. Alle Bemühungen Gordon's zielten nur dahin, die jüngeren Knaben an den Gedanken zu gewöhnen, daß sie fast Männer wären, um als solche handeln zu lernen. „Füchse“ gab es also in French-den nicht, das heißt, die Kleinen sollten nicht verpflichtet sein, die Größeren zu bedienen. Sonst aber beobachtete man alle Überlieferungen, welche nach der Bemerkung des Verfassers vom „Collegienleben in England“, die „vis major (höhere Gewalt) der englischen Schulen“ vertreten.

In diesem Programm erschienen der Antheil der Kleinen und der der Großen sehr ungleich. Da die Bibliothek von French-den außer Reisebeschreibungen nur eine geringe Anzahl Bücher enthielt, so konnten die letzteren ihre Studien nur in beschränktem Maße fortsetzen. Die Schwierigkeit ihrer Existenz, der Kampf für Beschaffung der nothwendigsten Bedürfnisse, der Zwang, Urtheil und Erfindungsgabe gegenüber Zufälligkeiten aller Art zu üben, mußte sie freilich lehren, den Ernst des Lebens kennen zu lernen. Da sie nun von Natur zu Erziehern der Kleinen bestimmt schienen, mußten sie das wohl als eine Pflicht betrachten, der sie sich zu fügen hatten.

Weit davon entfernt aber, die Kleinen durch eine Anstrengung zu überlasten, sollte vorzüglich auch darauf Rücksicht genommen werden, mit ihnen körperliche Uebungen ebenso zu treiben, wie für ihre geistige Ausbildung zu sorgen. Wenn die Witterung es erlaubte, sollten diese, vorausgesetzt, daß sie warme Kleider trugen, angehalten werden, sich in der freien Luft zu bewegen und nach Maßgabe ihrer Kräfte selbst mitzuarbeiten.

Alles in Allem wurde dieses Programm nach den in der angelsächsischen Erziehungsmethode geltenden Grundsätzen entworfen, nämlich:

1. Allemal, wenn eine Sache dich erschreckt, thue sie.

2. Versäume niemals die Gelegenheit zu einer für dich irgend zu überwindenden Anstrengung.

3. Verachte keine Mühe, denn das wird nie unnütz sein.

Durch Uebertragung dieser Vorschriften in das praktische Leben, erstarken Leib und Leben gleichmäßig.

Man kam also unter Zustimmung der kleinen Colonie über Folgendes überein:

Zwei Stunden des Vormittags und zwei des Nachmittags sollten allgemeinen Arbeiten in der Halle gewidmet sein. Abwechselnd sollten Briant, Doniphan, Cross und Baxter aus der fünften und Wilcox und Webb aus der vierten Abtheilung des Pensionats ihren Genossen aus der dritten, zweiten und ersten Abtheilung Unterricht ertheilen, und sie mit Mathematik, Erdbeschreibung und Geschichte beschäftigen, wobei einzelne Bücher der Bibliothek, so wie ihre früheren Kenntnisse sie unterstützen sollten. Das bildete für sie mit eine Gelegenheit, nicht zu vergessen, was sie schon wußten. Zweimal in der Woche, nämlich Sonntags und Mittwochs, sollte eine Art allgemeine Versammlung abgehalten, das heißt, ein wissenschaftliches Thema entweder aus der Geschichte oder aus der Jetztzeit frei besprochen werden. Die Großen hatten sich dann dafür oder dagegen um's Wort zu melden und sollten ebenso zur eigenen Ausbildung wie zur allgemeinen Unterhaltung über den gewählten Gegenstand discutiren.

Gordon, in seiner Eigenschaft als Oberhaupt der Colonie, hatte darüber zu wachen, daß dieses Programm streng eingehalten wurde und nur unter ganz besonderen Umständen eine Abänderung erlitt.

Zuerst wurde eine Maßregel getroffen, welche die Bestimmung der Zeit betraf. Man besaß wohl den Kalender vom „Sloughi", in diesem aber mußte jeder verflossene Tag allemal gestrichen werden; man hatte auch Uhren vom Schiff her, diese mußten aber regelmäßig aufgezogen werden, um die genaue Zeit zu zeigen.

Zwei der größeren Knaben wurden mit dieser Aufgabe betraut, Wilcox für die Uhren und Baxter für den Kalender; auf die Zuverlässigkeit Beider konnte man gewiß rechnen. Was das Barometer und das Thermometer anging, so fiel Webb die Verpflichtung zu, die täglichen Angaben derselben abzulesen und aufzuzeichnen.

Ein weiterer Beschluß ging dahin, ein Tagebuch über alles zu führen, was sich bisher auf der Insel Chairman zugetragen oder was noch geschehen sollte. Baxter erbot sich zu dieser Arbeit, und Dank seiner pünktlichen Gewissenhaftigkeit wurde das „Journal von French-den" mit großer Genauigkeit geführt.

Eine nicht minder wichtige Angelegenheit, welche auch keinen ferneren Aufschub zuließ, betraf die Reinigung der Leib- und Bettwäsche, wozu es an Seife glücklicher Weise nicht fehlte, und Gott weiß, daß die Kleinen sich trotz aller Ermahnungen Gordon's doch stets beschmutzten, wenn sie auf der Sport-terrace spielten oder am Ufer des Rio angelten. Wieviel hatten sie hiefür schon Vorwürfe und selbst Strafe bekommen. Das Waschen war nun eine Thätigkeit, auf welche Moko sich aus dem Grunde verstand. Er allein wäre damit freilich nicht fertig geworden, und trotz ihres Widerwillens gegen diese Arbeit mußten die Großen sich entschließen, ihm zu Hilfe zu kommen, um den Wäschebestand von French-den in gutem Zustande zu erhalten.

Der nächste Tag war gerade Sonntag, und man weiß ja, mit welch' außerordentlicher Strenge dieser Tag in England und Amerika gefeiert wird. In den Städten, Flecken und Dörfern ist das Leben wie ausgestorben. „An diesem Tage“ – hat man mit Recht gesagt, – „ist jede Zerstreuung, jede Belustigung durch die Gewohnheit verboten. Man muß sich nicht allein langweilen, sondern muß auch ein gelangweiltes Aussehen zeigen, und diese Regel gilt für Kinder ebenso streng, wie für Erwachsene!“ Die Ueberlieferungen! Immer die berühmten Ueberlieferungen!

Auf der Insel Chairman kam man jedoch dahin überein, nach dieser Seite die Zügel etwas lockerer zu lassen, und an jenem Sonntage gestatteten sich die jungen Colonisten einen Ausflug nach den Gestaden des Family-lake. Da es indessen außergewöhnlich kalt war, freuten sich Alle nach zweistündigem Spaziergange, der mit einem Schnelllaufe, an welchem die Kleinen wenigstens auf der Sport-terrace theilnahmen, geschlossen wurde, nicht wenig, in der Halle eine behagliche Temperatur und im Stoore-room ein warmes Essen vorräthig zu finden, das von dem geschickten Oberkoch von French-den mit besonderer Sorgfalt zubereitet war.

Der Abend endigte mit einem Concert, bei dem die Ziehharmonika Garnett's die Stelle des Orchesters vertrat, während die Anderen mit echt angelsächsischer Ueberzeugungstreue mehr oder weniger falsch dazu sangen. Der einzige unter diesen Kindern, der eine recht hübsche Stimme besaß, war Jacques; bei seiner unerklärlichen Art des Benehmens aber nahm er an den Zerstreuungen seiner Kameraden keinen Antheil und schlug es trotz wiederholter Bitte ab, bei dieser Gelegenheit eines der reizenden Kinderlieder zum Besten zu geben, mit welchen er in der Pension Chairman stets so freigebig gewesen war.

Dieser Sonntag, der mit einer kurzen Ansprache „Seiner Hochwürden des Herrn Gordon“, wie Service sagte, angefangen wurde, wurde durch ein gemeinschaftliches Gebet beschlossen. Gegen zehn Uhr lag dann Alles in tiefem

Schlafe, und nur Phann, auf den man sich ja bezüglich jeder irgend verdächtigen Annäherung verlassen konnte, bewachte die ganze Gesellschaft.

Im Laufe des Juni nahm die Kälte immer mehr zu. Webb bestätigte, daß das Barometer im Mittel über siebenundzwanzig Zoll hoch stand, während das hunderttheilige Thermometer zehn bis zwölf Grad unter dem Gefrierpunkte zeigte. Wenn der meist aus Süden wehende Wind mehr nach Westen umging, erhob sich die Temperatur ein wenig, und die Umgebung von French-den bedeckte sich dann mit tiefem Schnee. Die jugendlichen Ansiedler lieferten sich auch einige Kämpfe mit mehr oder weniger festen Schneeballen, wie das in England Sitte ist, und eines Tages kam dabei gerade Jacques am schlechtesten weg, obwohl er dem übermüthigen Spiele nur als Zuschauer beiwohnte. Ein von Cross recht kräftig geschleuderter Schneeball traf ihn, nach dem er gar nicht gezielt war, ganz empfindlich und entlockte dem Knaben einen lauten Schmerzensschrei.

„Ich habe es nicht mit Absicht gethan," sagte Cross – die gewöhnliche Entschuldigung für alle Ungeschicklichkeiten.

„Gewiß nicht," antwortete Briant, den der Schrei seines Bruders nach dem Schlachtfelde gelockt hatte. „Immerhin thust du Unrecht daran, so stark zu werfen."

„Warum stand Jacques auch so nahe, da er ja doch nicht mitspielen wollte?" erwiderte Cross.

„Ist das ein Umstand," mischte sich Doniphan ein, „und wegen eines ungezogenen Jungen!"

„Zugegeben, die Sache hat nicht eben viel zu bedeuten," entgegnete Briant, es wohl empfindend, daß Doniphan nur eine Handhabe suche, sich wieder einmal an ihm zu reiben, „ich wollte Cross nur ersuchen, es nicht wieder zu thun."

„Und was ist's denn so Schlimmes? . . ." fuhr Doniphan höhnisch fort; „er hat's ja nicht einmal mit Absicht gethan . . ."

„Ich weiß nicht, Doniphan, warum Du Dich in eine Sache mengst, welche doch nur Cross und mich angeht . . ."

„Mich geht es ebenso gut an, Briant, da Du einen solchen Ton anschlägst," antwortete Doniphan.

„Wie Du willst ... und wann du willst!“ versetzte Briant, der schon die Arme gekreuzt hatte.

„Auf der Stelle!“ rief Doniphan.

Da trat, und recht zur gelegenen Zeit, Gordon noch dazu, um zu verhindern, daß dieser Streit in eine regelrechte Boxerei auslaufe. Er gab übrigens Doniphan Unrecht.

Dieser mußte nachgeben und zog sich grollend nach French-den zurück; es blieb aber immer noch zu fürchten, daß die beiden Rivalen bei der ersten besten Gelegenheit doch aneinander geriethen.

Achtundvierzig Stunden lang hielt der Schneefall unausgesetzt an. Zur Unterhaltung der Kleinen bauten Service und Garnett einen großen Schneemann auf; eine Gestalt mit großem Kopfe, ungeheurer Nase und weit gähnendem Munde – so etwas wie einen richtigen Knecht Rupprecht. Wenn es Dole und Costar nun auch wagten, bei Tageslicht diesen mit Schneeballen zu bombardiren, so betrachteten sie ihn doch mit einer gewissen Scheu, wenn die Dunkelheit seine Verhältnisse in's Ungeheuerliche vergrößerte.

„O, diese Prahlhänse!“ riefen dann Iverson und Jenkins, welche die muthigen Ritter spielten, obwohl es ihnen nicht viel besser zu Muthe war, als ihren kleinen Kameraden.

Gegen Ende des Juni mußte man auf derlei Belustigungen verzichten. Drei bis vier Fuß dick liegender Schnee machte das Gehen darüber gar zu beschwerlich, und wer sich nur wenige hundert Schritte von French-den hinausgewagt hätte, der wäre Gefahr gelaufen, nicht wieder zurückkehren zu können.

Die jungen Kolonisten blieben also volle vierzehn Tage – bis zum neunten Juli – auf das Haus beschränkt, was ihren Studien eher förderlich als hinderlich war. Das tägliche Programm wurde streng eingehalten, und auch die „allgemeine Versammlung“ an den dazu bestimmten Tagen jedesmal einberufen. Das gewährte Allen ein großes Vergnügen, und es darf nicht Wunder nehmen, daß Doniphan mit seiner Redegewandtheit und schon weiter vorgeschrittenen Ausbildung gewöhnlich die erste Rolle dabei spielte. Warum trug er nur immer solchen Stolz zur Schau? Dieser Hochmut verdunkelte wieder selbst die besten Seiten des Knaben.

Obwohl die Erholungsstunden jetzt nur in der Halle verbracht werden konnten, so litt doch, Dank dem reichlichen, durch den Verbindungsgang von einem Zimmer zum anderen stattfindenden Luftwechsel, die allgemeine Gesundheit keineswegs. Die hochwichtige Frage der Gesunderhaltung der Mitglieder ihrer kleinen Colonie schwebte ihnen immer vor Augen. Wie hätte man einem etwa erkrankenden Kinde hier auch die nöthige Pflege und Sorgfalt zutheil werden lassen können? Zum Glück kam in dieser Hinsicht nichts weiter vor, als einmal ein Schnupfen oder eine leichte Heiserkeit, welche durch Ruhe und Wärme immer unschwer zu beseitigen waren.

Jetzt beschäftigte sie auch die Lösung einer anderen Frage. Gewöhnlich wurde das Wasser für die Bedürfnisse von French-den bei niedrigem Meere aus dem Rio geschöpft, da es dann keinen Salzgehalt zeigte. Wenn der Rio aber vollständig zufror, mußte sich dasselbe ganz von allein verbieten. Gordon besprach deshalb mit Baxter, seinem „Leibingenieur“, die dagegen zu ergreifenden Maßregeln. Nach einiger Ueberlegung schlug Baxter vor, einige Fuß unter der Erde eine Leitung anzulegen, welche, da sie nicht zufrieren konnte, Store-room mit Wasser versehen würde. Das war gewiß eine schwierige Arbeit, welche Baxter kaum hätte zu Ende führen können, wenn er nicht die Bleirohre zur Verfügung gehabt hätte, die auf dem „Sloughi“ als Wasserleitung nach den Waschtischen gedient hatten. Nach verschiedenen mißlungenen Versuchen wurde endlich der Wasserzufluß nach Store-room gesichert. Was die Beleuchtung betraf, so waren jetzt noch hinreichende Oelvorräthe für die Lampen und Laternen vorhanden, nach Ablauf des Winters mußte es aber nothwendig werden, diese irgendwie zu ersetzen oder Kerzen aus dem Fette herzustellen, das Moko nicht gebraucht und aufgehoben hatte.

Einige Sorge erregte während dieser Zeit auch die Ernährung der kleinen Colonie, denn Jagd und Fischfang lieferten jetzt nicht die gewohnte Ausbeute. Wohl schweiften, vom Hunger getrieben, einzelne Thiere gelegentlich auf der Sport-terrace umher, doch das waren nur Schakals, welche Doniphan und Cross durch Gewehrschüsse zu vertreiben sich begnügten. Eines Tages erschien sogar eine ganze Bande derselben – wohl an zwanzig Stück – so daß man die Thüre der Halle und des Store-room fest verbarricadiren mußte. Ein Einbruch dieser durch den Hunger noch mehr gereizten Raubthiere hätte schreckliche Folgen haben können. Da sie Phann jedoch bei Zeiten meldete, kamen sie gar nicht dazu, die Thüre von French-den zu stürmen.

Unter so mißlichen Umständen sah Moko sich gezwungen, dann und wann auf den Proviant von der Yacht zurückzugreifen, der doch so viel als möglich geschont werden sollte. Nur sehr ungern ertheilte Gordon die Erlaubnis, denselben zu verwenden, und mit Betrübniß sah er in seinem Notizbuche die Rubrik der Ausgaben sich immer mehr verlängern, während die der Einnahmen stets gleich lang blieb. Da es jedoch auch einen reichen Vorrath an Enten und jungen Trappen gab, welche in halbgekochtem Zustande luftdicht in Fässer verpackt worden waren, so konnte Moko diese in Anspruch nehmen, ebenso wie er von den in Salzlake aufbewahrten Lachsen immer etwas auf die Tafel brachte. Man darf hierbei nicht vergessen, daß French-den fünfzehn Magen zu ernähren und den Appetit von acht- bis vierzehnjährigen Knaben zu befriedigen hatte.

Immerhin fehlte es den Winter über keineswegs ganz an frischem Fleisch. Wilcox, der in der Herstellung aller Art Hilfsgeräthe für Jagdzwecke sehr erfahren war, hatte auf dem Ufergelände mehrere Fallen errichtet, welche, einfach aus elastischen Zweigen in Form einer 4 bestehend, doch manches Stück Kleinwild lieferten.

Mit Hilfe seiner Kameraden spannte Wilcox auch am Ufer des Rio eine Art Luftnetze aus, wozu er die Schleppnetze vom „Sloughi" verwendete, welche an Stangen in geeigneter Weise befestigt wurden. In den Maschen dieser ausgedehnten leinenen Spinnengewebe, blieben viele Vögel aus den Southmoores hängen, wenn sie von einem Ufer zum andern flogen. Konnten sich auch viele derselben aus den für diesen Zweck zu engen Maschen wieder befreien, so gab es doch Tage, wo noch genug gefangen wurden, um die beiden Hauptmahlzeiten für die ganze Gesellschaft abzugeben.

Nur die Ernährung des Nandu machte nicht wenig Schwierigkeiten, und wir müssen gestehen, daß die Zähmung dieses wilden Stelzvogels, was auch der damit besonders betraute Service sagen mochte, noch recht viel zu wünschen übrig ließ.

„Das muß einmal ein Renner werden!" wiederholte er öfters, obwohl noch gar nicht zu ersehen war, wie er denselben je besteigen könnte.

Da der Nandu aber nicht zu den Fleischfressern zählte, mußte Service dessen täglichen Bedarf von Gräsern und Wurzeln unter der zwei bis drei Fuß hohen Schneedecke zu gewinnen suchen. Was hätte er indeß nicht Alles gethan, um seinem Lieblingsthiere ein zusagendes Futter zu beschaffen! Wenn der Nandu während dieses scheinbar endlosen Winters etwas abmagerte, so lag das gewiß nicht an seinem treuen Hüter, und man durfte getrost hoffen, daß jener mit der Rückkehr des Frühlings seine gehörige Körperfülle wieder gewinnen werde.

Als Briant frühmorgens am 9. Juli einmal in's Freie hinausgetreten war, konnte er beobachten, daß der Wind plötzlich nach Süden umgesprungen sei.

Der ungemein strenge Frost nöthigte ihn, schleunigst nach der Halle umzukehren, wo er Gordon von dieser Veränderung der Temperatur Mittheilung machte.

„Das war ja zu befürchten," antwortete Gordon, „und es sollte mich nicht verwundern, wenn wir noch einige Monate strengen Winters auszuhalten hätten."

„Das beweist aber," meinte Briant, „daß der ›Sloughi‹ weit tiefer als wir annahmen nach Süden zu verschlagen wurde."

„Gewiß," bestätigte Gordon, „und doch zeigt unser Atlas keine Insel in der Nähe des antarktischen Meeres."

„Das ist wirklich unerklärlich, Gordon, und wahrlich, ich wüßte nicht, welche Richtung wir einschlagen sollten, wenn uns einst die Möglichkeit geboten wäre, die Insel Chairman zu verlassen . . ."

„Die Insel verlassen? . . ." rief Gordon. „Aber, Briant, denkst Du denn daran noch immer?"

„Alle Tage, Gordon. Wenn es uns gelänge, ein einigermaßen seetüchtiges Fahrzeug zu erbauen, würd' ich keinen Augenblick Bedenken tragen, damit auf Entdeckung auszuziehen."

„Schon gut, schon gut," erwiderte Gordon, „damit hat's noch keine Eile . . . Warten wir wenigstens, bis unsere kleine Colonie vollständig organisirt ist . . ."

„Ei, mein wackerer Gordon," unterbrach ihn Briant, „Du denkst wohl nicht daran, daß wir da draußen noch Angehörige haben . . ."

„Gewiß . . . gewiß, Briant. Alles in Allem sind wir aber hier doch gar nicht so schlimm daran. Die Sache macht sich, und ich frage mich manchmal, was uns eigentlich noch fehlen sollte."

„Ich dächte, so mancherlei," antwortete Briant, der es nicht für angezeigt hielt, das Gespräch über dieses Thema noch weiter auszuspinnen. „Da fällt mir eben ein, daß unser Brennmaterial zu Ende geht . . ."

„Nun, ich dächte, der ganze Wald der Insel wäre noch nicht verbrannt."

„Nein, Gordon, aber es wird doch hohe Zeit, unsere Holzvorräthe wieder zu erneuern."

„Meinetwegen noch heute," erwiderte Gordon. „Komm', wir wollen nach dem Thermometer sehen!"

Das im Store-room hängende Thermometer zeigte nur fünf Grad über Null, obwohl im Kochofen ein tüchtiges Feuer prasselte. Als es dagegen an der Außenwand angebracht wurde, zeigte es sehr bald siebzehn Grad unter dem Gefrierpunkte.

Es war eine strenge Kälte, welche voraussichtlich noch zunahm, wenn die Witterung während einiger Wochen klar und trocken blieb. Trotz beständigen Feuers im Kochherde und in den beiden Oefen der Halle erniedrigte sich die Temperatur merklich im Innern von French-den.

Gegen neun Uhr und nach dem ersten Frühstück wurde beschlossen nach den Traps-woods zu ziehen und eine Ladung Holz zu holen.

Wenn die Luft ruhig ist, kann man sich selbst den niedrigsten Temperaturen ungestraft aussetzen. Vorzüglich schmerzhaft ist nur der schneidende Wind, der den Händen und dem Gesicht so zusetzt, daß man sich kaum dagegen zu schützen vermag. Zum Glück war an diesem Tage der Wind ganz schwach und der Himmel so vollkommen klar, als ob die Luft gefroren wäre.

An Stelle des lockeren Schnees, in den man noch am Vortage bis zur Taille versank, schritt der Fuß jetzt auf einer metallharten Fläche dahin. Wenn es sich nur um die Gefahrlosigkeit des Weges gehandelt hätte, wäre es möglich gewesen, ebenso über den ganz übereisten Family-lake wie über den Rio wegzuziehen. Mit einigen Schneeschuhen, wie sie die Bewohner der Polargebiete häufig benützen, oder selbst in einem, mit Hunden und Renthieren bespannten Schlitten hätte der See in seiner ganzen Ausdehnung von Norden nach Süden binnen wenigen Stunden besucht werden können.

Für den Augenblick handelte es sich aber nicht um einen so weit ausgedehnten Ausflug, sondern um einen Gang in die benachbarten Wälder, um daraus neue Brennholzvorräthe zu holen.

Die Ueberführung einer hinreichenden Holzmenge nach French-den mußte immerhin eine schwierige Arbeit werden, weil dieser Transport nur auf dem Arme oder dem Rücken zu bewerkstelligen war. Da kam Moko ein guter Gedanke, der schleunigst zur Ausführung gebracht wurde, dahin gehend, daß man sich doch ein für den Augenblick genügendes Gefährt beschaffen könnte. Der festgebaute, zwölf Fuß lange und vier Fuß breite Tisch des Store-room brauchte ja nur, die Beine nach oben umgewendet und dann über die glatte Fläche des vereisten Schnees gezogen zu werden; daß das anging, sahen Alle sofort ein. Nachdem sich vier größere Knaben mit Stricken vor dieses etwas primitive Gefährt gespannt, brach man gegen neun Uhr in der Richtung nach den Traps-Woods auf.

Mit rother Nase und brennenden Wangen sprangen die Kleinen gleich jungen Hunden voran, wozu Phann ihnen ein vorzügliches Beispiel gab. Manchmal kletterten sie auch unter Streit und einigen sanften Püffen auf den Tisch, selbst auf die Gefahr hin, einmal umzupurzeln, was hier niemals schlimm ablaufen konnte. Ihr Gejubel widerhallte mit außerordentlicher Deutlichkeit in der kalten, trockenen Atmosphäre. Es war wirklich herzerquickend, die ganze kleine Colonie bei so übermüthiger Laune und tadelloser Gesundheit zu beobachten.

Zwischen dem Auckland-Hill und dem Family-lake war Alles gleichmäßig weiß. Die Bäume mit ihren überreiften Zweigen und mit schimmernden Krystallen beladenen Aesten dehnten sich gleich einer feenhaften Decoration in unabsehbare Fernen aus. Ueber dem See flatterten ganze Schaaren von Vögeln bis zum Abhange des Steilufers hin. Doniphan und Cross hatten nicht vergessen ihre Flinten mitzunehmen. Eine weise Vorsicht, denn da und dort zeigten sich neben Spuren von Schakals auch solche von Jaguars und Cuguars.

„Diese gehören vielleicht zu den wilden Katzen, welche man ›Paperos‹ nennt, und die nicht minder furchtbar sind,“ sagte Gordon.

„O, wenn es nur Katzen sind!“ rief Costar mit den Achseln zuckend.

„Die Tiger sind aber auch nur Katzen,“ ließ Jenkins sich vernehmen.

„Ist es wahr, Service,“ fragte Costar, „daß die Katzen bösartig sind?

„Gewiß,“ versicherte Service, „und kleine Kinder verzehren sie wie Mäuse!“

Diese Antwort machte Costar doch recht bedenklich.

Die halbe Meile zwischen French-den und den Traps-woods wurde in kurzer Zeit zurückgelegt, und die jungen Holzfäller gingen an die Arbeit. Ihre Axt legten sie nur an Bäume von einiger Dicke, deren schwächere Zweige abgehauen wurden, nicht um sich mit einen Augenblick flackernden Reisigbündeln zu versorgen, sondern tüchtige Scheite zu gewinnen, welche den Koch- und die Heizöfen dauernder zu erhitzen geeignet waren. Der „Tafelschlitten“ erhielt zwar eine recht schwere Last, er glitt aber so leicht dahin und Alle zogen ihn mit so frohem Muthe über die harte Kruste, daß im Laufe des Vormittags zwei Fuhren gemacht werden konnten.

Nach dem Essen ging man wieder an die Arbeit, welche erst um vier Uhr, als der Tag zur Rüste ging, unterbrochen wurde. Die Anstrengung war eine ziemlich große gewesen, und da man sich ja nicht zu übernehmen brauchte, verschob Gordon die Fortsetzung bis zum folgenden Tage. Gordon's Befehl mußte aber allgemein beachtet werden.

Nach der Heimkehr nach French-den beschäftigte man sich nur noch damit, die Scheite zu zersägen, zu spalten und aufzuschichten, was bis zur Schlafenszeit andauerte.

Sechs Tage lang wurden diese Fahrten unausgesetzt wiederholt, wodurch sich Brennmaterial für eine Reihe von Wochen anhäufte. Es versteht sich von selbst, daß diese großen Vorräthe im Store-room nicht untergebracht werden konnten, es schadete ja aber auch nichts, sie in freier Luft am Fuße des Steilufers aufzustapeln.

Am 15. Juli war nach Angabe des Kalenders der Saint-Swithin-Tag; in England entspricht dieser Tag im Volksglauben ganz unserem Siebenschläfer.

„Nun," begann Briant, „wenn heute Regen fällt, werden wir sehen, daß es vierzig Tage lang fort regnet."

„Meiner Treu," versetzte Service, „was hat das auch Großes zu bedeuten, da wir jetzt in der schlechten Jahreszeit sind. Ja, wenn es Sommer wäre . . ."

In der That brauchen sich die Bewohner der südlichen Erdhälfte nicht wegen des Einflusses zu beunruhigen, den derartige Merktage des Volkes haben könnten, denn die Siebenschläfer sind wie Sanct Medardus für sie nur Winterheilige.

Der Regen hielt jedoch, da der Wind nach Südosten umsprang, nicht an, dagegen trat solcher Frost ein, daß Gordon den Kleinen jeden Ausgang untersagte.

In der Mitte der ersten Augustwoche sank die Thermometersäule nämlich bis auf siebenundzwanzig Grad unter Null herab. Sobald man sich da der freien Luft aussetzte, schlug sich der Athem in Form von Schnee nieder. Mit der Hand konnte man kein metallenes Geräth anfassen, ohne heftigen Schmerz, wie von einer Verbrennung, zu empfinden. Da mußten denn auch die umfassendsten

Maßregeln getroffen werden, um die Luftwärme des Innern nur erträglich zu erhalten.

Jetzt folgten sich vierzehn recht unangenehme Tage. Alle litten mehr oder weniger von dem Mangel an Bewegung. Briant sah nicht ohne Sorge die blassen Wangen der Kleinen, von denen jede Farbe gewichen war. Dank den warmen Getränken, woran es nie fehlte, überstanden die jungen Kolonisten jedoch diesen gefährlichen Zeitraum, abgesehen von einigen Schnupfen- und Hustenanfällen, ohne ernstlichen Nachtheil.

Gegen den 16. August neigte sich, mit nach und nach umgehenden Winden, der Zustand der Atmosphäre einer Veränderung entgegen. Das Thermometer erhob sich auf zwölf Grad unter dem Gefrierpunkte, zeigte also bei gleichzeitig ruhiger Luft eine erträgliche Temperatur an.

Doniphan, Briant, Service, Wilcox und Baxter kamen da auf den Gedanken, sich einmal nach der Sloughi-Bai zu begeben, von wo sie bei frühzeitigem Aufbruche an demselben Abend zurück sein konnten.

Es handelte sich dabei darum, zu sehen, ob die Küste nicht stark besetzt sei von jenen Amphibien, den gewöhnlichen Wintergästen der antarktischen Gegenden, von denen man schon zur Zeit der Strandung einzelne Exemplare gesehen hatte. Gleichzeitig sollte die Flagge erneuert werden, von der nach den Winterstürmen ja nur noch Fetzen übrig sein konnten. Auf Briant's Anrathen wollte man den Signalmast überdies mit einer Tafel versehen, welche die Lage von French-den angab, für den Fall, daß Seeleute nach Wahrnehmung des Mastes einmal hier landen sollten.

Gordon gab seine Zustimmung unter der Empfehlung, vor Anbruch der Nacht unbedingt heimzukehren, und die kleine Truppe brach also am Morgen des 19. August noch vor dem Hellwerden auf. Der Himmel war klar und der Mond erleuchtete ihn mit den schrägen Strahlen seines letzten Viertels. Sechs Meilen bis zur Bai hin zu wandern, das konnte junge Beine nach so langem Ausruhen nicht in Verlegenheit setzen.

Mit schnellen Schritten ging es vorwärts. Die Schlammlache der Bog-Woods brauchte, weil sie mit Eis bedeckt war, nicht umgangen zu werden, ein Umstand, der den Weg wesentlich abkürzte. Vor neun Uhr Morgens schon kam Briant mit seinen Kameraden auf dem Vorlande der Bai an.

„Da seht, ganze Schaaren von Vögeln!“ rief Wilcox.

Er wies damit nach einigen Tausenden auf den Klippen sitzender Vögel hin, welche mit ihrem langen miesmuschelförmigen Schnabel und dem ebenso durchdringenden wie häßlichen Geschrei etwa großen Enten glichen.

„Man könnte sie für Soldaten halten, die ihr General Revue passiren läßt," meinte Service.

„Es sind nur Fettgänse," belehrte ihn Baxter, „und die sind keinem Schuß Pulver werth."

Die stumpfsinnigen Vögel, welche sich in Folge ihrer weit hinten eingelenkten Pfoten fast ganz aufrecht hielten, dachten gar nicht daran, zu entfliehen, und man hätte sie mit Stockhieben erlegen können. Doniphan hatte vielleicht auch nicht üble Lust zu einem solchen nutzlosen Gemetzel; da Briant aber so klug war, sich demselben zu widersetzen, wurden die Pinguins (Fettgänse) in Ruhe gelassen.

Wenn dieses Geflügel übrigens gar keine Verwendung finden konnte, so gab es dafür andere Thiere, deren Fett zur Erleuchtung von French-den während des folgenden Winters zu gebrauchen war.

Es waren Robben, zur Abart der sogenannten Rüssel-Robben gehörig, die sich hier auf den mit dicker Eiskruste bedeckten Klippen tummelten. Um einige derselben zu erlegen, hätte man ihnen den Rückweg an der Außengrenze des Klippengürtels verlegen müssen. Sobald sich Briant und seine Kameraden jedoch herannahten, entflohen jene mit ganz erstaunlichen Luftsprüngen und verschwanden unter dem Wasser, so daß man sich vornehmen mußte, später einmal eine förmliche Jagd zu veranstalten, um diese Amphibien einzufangen.

Nachdem die Knaben von dem mitgeführten Proviant ein einfaches aber kräftiges Frühstück verzehrt, besichtigten sie die Bai in ihrer ganzen Ausdehnung.

Eine gleichmäßig weiße Fläche erstreckte sich hier von der Mündung des Rio Sealand bis zum Vorgebirge False-sea-point. Bis auf die Fettgänse und einzelne Seevogelarten, wie Sturmvögel, weiße und graue Möven u. dergl., schien das andere Geflügel den Strand gänzlich verlassen und sich, jedenfalls zur Befriedigung seines Nahrungsbedürfnisses, nach dem Innern der Insel gewendet zu haben. Zwei bis drei Fuß tiefer Schnee bedeckte das Vorland, und was von den Trümmern des Schooners vielleicht noch übrig war, lag unter dieser dichten Hülle versteckt. Der aus Tang und Seegras bestehende Auswurf des Meeres, der sich am Klippenrande in langer Linie angehäuft hatte, bewies, daß die Sloughi-Bai von besonders heftigen Aequinoctialfluthen nicht betroffen worden war.

Das Meer selbst erschien bis zur äußersten Grenze des Horizontes heute ebenso verlassen, wie Briant es vor drei Monaten gesehen hatte. Und da hinaus lag in der Entfernung von Hunderten von Meilen das heimatliche Neuseeland, das er immer eines Tages wiederzusehen hoffte.

Baxter ging nun daran, eine neue Flagge, die er mitgebracht, aufzuziehen und die Tafel zu befestigen, welche die Lage von French-den sechs Meilen stromaufwärts des Rio angab. Gegen ein Uhr Mittags traten dann Alle auf das linke Ufer über.

Unterwegs erlegte Doniphan noch ein Paar langgeschwänzte Enten, nebst einigen über dem Flusse umherfliegenden Kibitzen, und gegen vier Uhr, als es langsam zu dämmern begann, traf er mit seinen Begleitern wieder glücklich in French-den ein. Hier wurde Gordon von allem, was sie gesehen und beobachtet, unterrichtet, und da die Robben so überaus zahlreich in der Sloughi-Bai vorkamen, wollte man auf diese bei einigermaßen günstiger Witterung einmal Jagd machen.

Die schlechte Jahreszeit mußte nun bald zu Ende gehen. Während der letzten Woche des August und der ersten des September gewann der Seewind schon wieder die Oberhand. Schwere Regenböen führten eine schnelle Steigerung der Luftwärme herbei. Der Schnee kam deshalb bald zum Schmelzen, und an der Seeoberfläche donnerte und krachte es vom Bersten des Eises. Diejenigen Schollen, welche sich nicht an Ort und Stelle auflösten, trieben in tollem Durcheinander in den Rio hinein und thürmten sich hier übereinander, wodurch eine Eisstopfung entstand, die erst gegen den 10. September wieder völlig gebrochen wurde.

So war der Winter denn vorübergegangen. Dank den getroffenen Vorsichtsmaßregeln hatte die kleine Kolonie davon nicht allzuviel zu erdulden gehabt. Alle waren frisch und gesund geblieben und Gordon hatte, da sie ihre Studien mit großem Eifer fortsetzten, keine Veranlassung gefunden, etwaige Widerspänstige zu bestrafen.

Eines Tages jedoch mußte sich Dole, dessen Betragen eine exemplarische Buße erforderte, doch züchtigen lassen.

Wiederholt hatte der Trotzkopf sich geweigert „seine Pflicht zu thun", und Gordon's Ermahnungen und Warnungen schlug er leichten Sinnes in den Wind. Er wurde deshalb nicht zu Wasser und Brod – was sich mit dem in den angelsächsischen Schulen geübten System nun einmal nicht verträgt – sondern zu einer Anzahl Hiebe verurtheilt.

Die jungen Engländer empfinden, wie wir schon sagten, keineswegs denselben Abscheu gegen eine derartige körperliche Züchtigung, wie ihn junge Franzosen derselben gegenüber zeigen würden. Auch im vorliegenden Falle hätte Briant gern gegen eine solche, seiner Ansicht nach entehrende Strafart Einspruch erhoben, wenn er nicht die Entscheidung Gordon's zu respectiren verpflichtet gewesen wäre. Wo ein französischer Zögling sich übrigens der Strafe selbst schämen würde, schämt sich der englische Schüler davor, Furcht vor derselben merken zu lassen.

Dole erhielt also einige Ruthenhiebe von den Händen Wilcox', der durch Losung zum öffentlichen Stockmeister bestimmt worden war, und diese Abstrafung wirkte so nachhaltig, daß sich keine Wiederholung derselben nöthig machte.

Am 10. September waren übrigens sechs Monate verflossen, seit der „Sloughi" an den Klippen der Insel Chairman gescheitert war.

XIV.

Letzte Wintererscheinungen. – Der Wagen. – Rückkehr des Frühlings. – Service und sein Nandu. – Vorbereitungen zu einem Zuge nach Norden. – Die Erdgruben. – Stop-river. – Fauna und Flora. – Das Ende des Family-lake. – Die Sandy-Wüste.

———

Mit der sich ankündigenden schöneren Jahreszeit konnten die Knaben nun einige Pläne zur Ausführung bringen, die sie während der langen Wintermuße entworfen hatten.

Gegen Westen – das lag ja auf der Hand – fand sich kein Land in der Nachbarschaft der Insel. War das nach Norden, Süden und Osten hin aber ebenso der Fall, oder bildete diese nicht das Glied eines Archipels oder einer Inselgruppe des Stillen Weltmeeres? Nach Maßgabe der Karte François

Baudoin's mußte diese Frage gewiß mit Nein! beantwortet werden. Nichtsdestoweniger konnten in diesem Meerestheile sich noch Länder befinden, die der Schiffbrüchige wegen Mangels an einem Fernrohre nur nicht hatte wahrzunehmen vermocht, da von Auckland-Hill nur ein Umkreis von wenigen Meilen zu übersehen war. Die in dieser Beziehung viel besser ausgerüsteten Knaben entdeckten doch vielleicht, was dem Ueberlebenden vom „Duguay-Trouin" zu erkennen unmöglich gewesen war,

Ihrer eigentümlichen Gestaltung entsprechend, maß die Insel Chairman in ihrem mittleren Theile, östlich von French-den, nicht mehr als etwa ein Dutzend Meilen. Da auf der der Sloughi-Bai gegenüber liegenden Seite die Küste eine tiefe Einbuchtung bildete, empfahl es sich von selbst, eine Untersuchung in dieser Richtung vorzunehmen.

Vor einer Besichtigung der verschiedenen Gebietsteile der Insel schien es jedoch angezeigt, erst das zwischen dem Auckland-Hill, dem Family-Lake und den Traps-woods gelegene Terrain genauer kennen zu lernen. Es erschien ja von Wichtigkeit zu erfahren, welche Hilfsmittel dasselbe bot, ob es reich an nutzbaren Bäumen und Sträuchern sei oder nicht, und zur Lösung dieser und ähnlicher Fragen wurde denn für die ersten Tage des Novembers ein Ausflug festgesetzt.

Wenn der astronomische Frühling jetzt seinen Anfang nehmen sollte, so spürte freilich die unter ziemlich hoher Breite liegende Insel Chairman davon noch nicht gerade viel. Während des ganzen Septembers und der ersten Hälfte des Octobers herrschte noch recht schlechtes, rauhes Wetter, gelegentlich sogar ziemlich strenge Kälte, die jedoch nicht anhielt, da der Wind ungemein häufig seine Richtung wechselte. Während der Zeit der Tagundnachtgleiche traten äußerst heftige atmosphärische Störungen ein, ähnlich denen, welche den „Sloughi" über den Stillen Ocean gejagt hatten. Bei den entsetzlichen Windstößen schien selbst der Auckland-Hill bis in seine Grundvesten erschüttert zu werden, als der wüthende Sturm aus Süden, der über die, ihm kein Hinderniß bietenden Southe-moors hinwegfegte, die eisige Luft des antarktischen Polarmeers in diese Gegenden herauftrug. Es war ein hartes Stück Arbeit, ihm das Eindringen in French-den zu verwehren. Zwanzigmal drückte er wohl die in den Store-room führende Thür ein und stürmte durch den Verbindungsgang bis in die Halle hinein. Unter diesen mißlichen Verhältnissen litten Alle fast noch mehr, als zur Zeit des strengsten Frostes, der die Quecksilbersäule des hundertteiligen Thermometers bis auf dreißig Grad unter

Null herabgedrückt hatte. Jetzt hatte man übrigens nicht gegen den Sturm allein, sondern auch gegen heftige Regen- und Hagelschauer anzukämpfen. Um das Maß dieser Unannehmlichkeiten voll zu machen, schien das eßbare Wild auch ganz verschwunden zu sein, als hätte es in den tieferen, den Wetterlaunen der Tagundnachtgleiche minder ausgesetzten Theilen der Insel Zuflucht gesucht – und ebenso die Fische, welche durch die tolle Aufregung des langhin am ganzen Seeufer andonnernden Wassers erschreckt sein mochten.

In French-den legte man deshalb aber die Hände keineswegs in den Schooß. Da der Tisch nach dem Verschwinden der harten glatten Schneekruste als Gefährt nicht mehr dienen konnte, bemühte sich Baxter einen zum Transport schwererer Gegenstände geeigneten Wagen herzustellen.

Zu diesem Zwecke dachte er zwei gleichgroße Räder zu verwenden, welche zum Gangspill des Schooners gehört hatten. Diese Arbeit gelang freilich nicht ohne manche mißglückten Versuche, welche jeder Sachverständige zu vermeiden gewußt hätte. Diese Räder hatten nämlich Zähne, und nachdem sich Baxter erfolglos mit dem Ausbrechen derselben bemüht, mußte er sich begnügen, deren Zwischenräume mit Holzklötzchen auszufüllen und das ganze mit einem Eisenbande zu umschließen. Nach Vereinigung der beiden Räder durch eine Eisenstange, überbaute er das feste Gerüst mit einer Art Kasten aus starken Planken. Das im Ganzen recht mangelhafte Gefährt sollte, wie es war, doch recht ersprießliche Dienste leisten. Natürlich mußten an Stelle eines Pferdes, Esels oder Maulesels die kräftigsten Knaben der Colonie als Bespannung aushelfen.

Welche Anstrengung hätte man sich ersparen können, wenn es gelang irgend welche Vierfüßler einzufangen, die zu diesem Zwecke abgerichtet werden konnten! Warum schien auch die Insel Chairman, außer einigen Raubthieren, deren Ueberreste oder Spuren man entdeckt hatte, so reich an Geflügel und so arm an Wiederkäuern zu sein! Und durfte man, nach dem Strauße Service's zu urtheilen, wohl hoffen, daß diese sich den erwünschten „häuslichen Pflichten“ fügen lernen würden?

Der Nandu nämlich hatte von seinem wilden Charakter noch ganz und gar nichts verloren. Er ließ sich Niemand nahe kommen, ohne sich mit dem Schnabel und den Beinen zu vertheidigen, suchte die Fesseln zu brechen, mit denen er angebunden war, und wenn ihm das gelang, wäre er gewiß sofort unter den Bäumen der Traps-woods verschwunden.

Service ließ deshalb aber den Muth nicht sinken. Er hatte seinen Nandu natürlich ebenso „Brausewind“ getauft, wie es der Meister Jack im Schweizer Robinson bezüglich seines Straußes gethan. Doch obwohl er seine ganze Eigenliebe daransetzte, das widerspänstige Thier zu zähmen, blieb gute oder schlechte Behandlung desselben gleichmäßig erfolglos.

„Und dennoch,“ sagte er eines Tages mit Bezug auf den von ihm immer wieder durchlesenen Roman von Wyß, „ist Jack dahin gelangt, seinen Strauß zum schnellfüßigen Reitthier auszubilden.“

„Ganz recht,“ antwortete Gordon. „Doch zwischen Deinem Helden und Dir, Service, ist derselbe Unterschied wie zwischen seinem Strauß und dem Deinigen.“

„Und welcher denn, Gordon?“

„Ganz einfach der, der die Einbildung von der Wirklichkeit unterscheidet.“

„Thut nichts!“ erwiderte Service. „Ich werde mit meinem Strauß schon noch fertig . . . oder er soll mich kennen lernen!“

„Nun, auf mein Wort,“ entgegnete Gordon lachend, „ich würde weniger erstaunt sein, ihn in reinem Englisch antworten zu hören, als ihn Dir gehorchen zu sehen!“

Trotz der Spötteleien seiner Kameraden war Service entschlossen, auf seinem Nandu auszureiten, sobald die Witterung das gestattete. In treuer Nachahmung seines Vorbildes verfertigte er ihm schon aus Segelleinwand eine Art Reitzeug nebst einer Kappe mit beweglichen Scheuledern. Jack hatte sein Thier nämlich dadurch gelenkt, daß er mit dem einen oder dem andern Scheuleder nach Bedarf das rechte oder das linke Auge desselben bedeckte. Warum sollte nun, was jenem Knaben gelungen war, seinem Nachahmer unerreichbar sein? Service flocht auch ein Halsband aus Trossen, das er an dem Hals des, darüber gewiß nicht besonders erfreuten Stelzvogels befestigte. Was aber die über den Kopf zu ziehende Kappe anging, so erwiesen sich alle dahin zielenden Versuche vorläufig erfolglos.

So verliefen die Tage unter allerlei Arbeiten, welche French-den schließlich recht wohnlich machten, und mit denselben füllte man am besten die Stunden aus, die nicht im Freien ausgenützt werden konnten, ohne diejenigen zu beschränken, welche den geistigen Arbeiten gewidmet waren.

Die Tagundnachtgleichen-Periode ging zu Ende. Die Sonne gewann schon an Kraft und der Himmel heiterte sich mehrfach auf. Es war jetzt Mitte October. Die Bodenwärme trieb wieder den Saft in die frisch ergrünenden Bäume und Sträucher.

Nun konnte man auch French-den auf ganze Tage verlassen. Die warmen Kleidungsstücke, grobtuchenen Hosen, die Flanell- und die gestrickten Jacken wurden tüchtig ausgeklopft, ausgebessert, zusammengeschlagen und nach vorheriger Etiquettirung durch Gordon sorgsam in die Koffer verpackt. Die in der leichten Kleidung sich behaglicher fühlenden Kolonisten hatten die Rückkehr der schönen Jahreszeit freudig begrüßt. Dazu kam auch die nie ersterbende Hoffnung, irgend eine Entdeckung zu machen, welche eine Wendung ihrer Lage herbeiführen könnte. Während des Sommers war es ja möglich, daß ein Schiff diese Gegenden besuchte, das beim Vorübersegeln an der Insel Chairman ans Land ging, wenn es die auf dem Gipfel des Auckland-Hill wehende Flagge bemerkte.

Während der zweiten Octoberhälfte wurden nun mehrer Ausflüge im zweimeiligen Umkreise von French-den ausgeführt, an denen nur die Jäger theilnahmen. Den gewöhnlichen Bedarf an Nahrung lieferten sie allemal, obwohl auf Empfehlung Gordon's Pulver und Blei möglichst geschont wurden. Wilcox stellte große Sprenkel auf, in welchen er einige Paar Tinamus und Trappen, und zuweilen auch einzelne Maras-Hasen fing, die den Meerschweinchen sehr ähnlich sind. Mehrmals am Tage besichtigte man diese Fanggeräthschaften, denn Schakals und Paperos waren nicht faul, den Jägern zuvorzukommen und die Beute zu rauben. Es war wirklich sehr ärgerlich, für dieses Gesindel zu arbeiten, dem übrigens bei jeder passenden Gelegenheit nachgestellt wurde; auch gelang es, verschiedene schädliche Thiere sowohl in den wiederhergestellten alten, wie in mehreren, am Saume des Waldes ausgehobenen neuen Fallgruben abzufangen. Was eigentliche wilde Raubthiere betraf, so fand man wohl da und dort Fährten derselben, kam aber nicht in die Nothwendigkeit, einen Ueberfall derselben, gegen den Alle stets sorglich auf der Hut waren, abzuwehren.

Doniphan erlegte auch einige Pecaris und Guaculis – das sind etwa eine Art Eber und Hirsch von geringer Größe – deren Fleisch sehr schmackhaft ist. Bezüglich der Nandus bedauerte Niemand, keine weiteren einfangen zu können, da der geringe Erfolg, den Service mit der Zähmung des seinigen hatte, zu keiner Wiederholung dieses Versuchs ermunterte.

Das zeigte sich recht deutlich, als der starrköpfige Knabe am Morgen des 26. seinen Strauß, den er nicht ohne Mühe gesattelt und gezäumt hatte, besteigen wollte.

Auf der Sport-terrace hatten sich Alle versammelt, um diesem interessanten Experimente beizuwohnen. Die Kleinen betrachteten ihren Kameraden mit einem Gefühl von Neid, dem sich freilich etwas Aengstlichkeit beimischte. Im entscheidenden Augenblick zögerten sie denn auch, sich einen Platz hinter Service zu erbitten. Die Großen zuckten nur die Achseln. Gordon hatte sich auch bemüht, Service von einem Versuche abzuhalten, der ihm immerhin etwas gefährlich erschien; dieser bestand aber auf seinem Willen, und so beschloß man, ihn gewähren zu lassen.

Während Garnett und Baxter das Thier hielten, dessen Augen durch die Scheuleder der Kappe verschlossen waren, gelang es Service nach mehreren vergeblichen Versuchen, sich auf dessen Rücken zu schwingen. Dann rief er mit halb zuversichtlicher Stimme:

„Loslassen!“

Der des Gebrauchs seiner Augen beraubte Nandu blieb zunächst, zurückgehalten durch den Knaben, der ihn fest zwischen den Schenkeln drückte, ganz still stehen; sobald aber die Scheuleder durch Anziehung der Leinen, welche gleichzeitig als Zügel dienten, zurückgezogen waren, machte er einen gewaltigen Sprung und lief in der Richtung des Waldes davon.

Service war nicht länger Herr seines wilden Reitthieres, das mit der Schnelligkeit eines Pfeiles dahinraste. Vergeblich bemühte er sich, ihn durch Blendung auf's Neue zum Stehen zu bringen. Durch eine heftige Bewegung des Kopfes schüttelte der Nandu die Kappe so weit ab, daß sie ihm über den Hals hinabrutschte, an den sich Service mit beiden Armen anklammerte. Dann warf er durch einen gewaltigen Stoß den unsicheren Reiter aus dem Sattel, und dieser fiel gerade in dem Augenblick herunter, als das Thier unter den Bäumen der Traps-woods verschwinden wollte.

Die Genossen Service's liefen herbei; als sie ihn erreichten, war der Strauß schon außer Sehweite.

Glücklicher Weise hatte Service, der auf dichtes Gras herabgerollt war, keinen Schaden genommen.

„Das dumme Thier!... das dumme Thier!“ rief er erbost. „Ach, wenn ich es wieder erwische!...“

„Du wirst es aber nicht erwischen,“ erwiderte Doniphan, der seinen Kameraden gründlich auslachte.

„Entschieden war Dein Freund Jack ein besserer Stallmeister als Du,“ sagte Webb.

„Mein Nandu war nur noch nicht genügend gezähmt,“ gab Service zur Antwort.

„Und konnte es auch gar nicht sein,“ bemerkte Gordon; „tröste Dich, Service, Du hättest mit diesem Thiere doch nichts anfangen können, und den Roman von Wyß muß man auch nicht in allen Stücken ernst nehmen.“

So endete das Abenteuer, und die Kleinen brauchten sich nicht zu beklagen, nicht auf einem Strauße geritten zu sein.

Mit den ersten Tagen des Novembers schien das Wetter günstig genug für einen länger andauernden Ausflug, bei dem das westliche Ufer des Sees bis an dessen Nordrand besichtigt werden sollte. Der Himmel war klar, die Wärme ganz erträglich und man durfte es ohne Scheu wagen, auch einige Nächte unter freiem Himmel zuzubringen. So wurden denn die nöthigen Vorbereitungen getroffen...

Die Jäger der Colonie sollten an dieser Expedition Theil nehmen, der sich auch Gordon anschloß. Diejenigen seiner Gefährten, welche in French-den zurückblieben, sollten daselbst von Briant und Garnett überwacht werden. Später, vor dem Ende der schönen Jahreszeit, dachte Briant selbst einen anderen Ausflug zu unternehmen, der den Zweck hatte, den unteren Theil des Sees zu besuchen, wobei die Teilnehmer entweder an dessen Ufern mit der Jolle hinfuhren oder geradenwegs über denselben hinwegsegelten, da er in der Höhe von French-den nur fünf bis sechs Meilen maß.

Nachdem Alles in dieser Weise geordnet, brachen Gordon, Doniphan, Baxter, Wilcox, Cross und Service, die von ihren Kameraden herzlichen Abschied nahmen, am Morgen des 5. Novembers auf.

In French-den sollte an der gewohnten Lebensweise nichts geändert werden. Außer den, der Arbeit gewidmeten Stunden beschäftigten sich Iverson, Jenkins, Dole und Costar immer mit dem Fischfange im See oder im Flusse – was ihre liebste Erholung bildete. Wenn Moko die jungen Forscher nicht auf ihrem

Wege begleitete, so darf man daraus nicht schließen, daß bei ihnen Schmalhans Kellermeister gewesen wäre. Service war ja da, der den Schiffsjungen häufig genug unterstützt hatte. Gerade diese Eigenschaft hatte es wünschenswerth erscheinen lassen, ihn bei jenem Ausfluge mitzunehmen. Wer weiß, ob er nicht auch eine leise Hoffnung hegte, seinen Strauß wieder zu entdecken.

Gordon, Doniphan und Wilcox waren mit Gewehren bewaffnet; außerdem hatten Alle einen Revolver im Gürtel; Jagdmesser und zwei Aexte vollendeten ihre Ausrüstung. So weit es anging, sollten sie Pulver und Blei nur zu ihrer Vertheidigung gebrauchen, wenn sie angegriffen würden, oder um sich Wild zu verschaffen, wenn das auf eine minder kostspielige Weise nicht gelang. Zu diesem Zweck waren der Lasso und die Bolas nach vorheriger Ausbesserung von Baxter mitgenommen worden, und Letzterer hatte sich auch schon längere Zeit in deren Gebrauche geübt. Baxter, ein etwas lauter Knabe, war doch von Natur sehr geschickt und hatte es in der Handhabung jener Fanggeräthe wirklich ziemlich weit gebracht. Bisher hatte er damit freilich immer nur nach stillstehenden Gegenständen gezielt, was noch nicht den Schluß erlaubte, daß er auch schnell entfliehenden Thieren gegenüber Erfolg haben werde.

Doch das wird sich im Weiteren zeigen.

Gordon hatte auch den Gedanken gehabt, das bei seinem geringen Gewicht von zwölf Pfund leicht tragbare Halkett-boat aus Kautschuk mitzuführen, das sich ja in Form eines Reisesacks zusammenfalten ließ. Die Karte zeigte nämlich zwei Zuflüsse des Sees, über welche er mit dem Halkett-boat zu gelangen gedachte, wenn sie dieselben nicht durchwaten konnten.

Nach der Karte Baudoin's, von der Gordon nur eine Copie mit hatte, um diese zu benützen oder richtig zu stellen, wenn es nothwendig erscheine, mußte sich das Westufer des Family-lake unter Berücksichtigung seiner Einbiegungen gegen achtzehn Meilen weit hinziehen. Der Ausflug erforderte demnach, Hin- und Rückweg zusammen, mindestens drei Tage, wenn sie keine unerwarteten Verzögerungen erlitten.

Phann voraus laufend, ließen Gordon und seine Begleiter die Traps-Woods zur Linken liegen und marschirten schnellen Schritts auf dem sandigen Boden des Uferlandes hin.

Nach Zurücklegung von zwei Meilen hatten sie die Grenze überschritten, welche seit der Einrichtung von French-den bei den bisherigen Ausflügen je erreicht worden war.

Hier wucherte eine Art sehr hohes Stengelgras, „Cortaderen" genannt, das in Büschen zusammensteht und unter dem auch die Großen bis zum Kopfe verschwanden.

Das Vorwärtskommen wurde hierdurch natürlich etwas verzögert. Doch hatten sie das nicht zu bedauern, da Phann hier vor einem halben Dutzend Gruben „stand", welche den Erdboden durchlöcherten.

Offenbar hatte Phann hier irgend ein Thier aufgespürt, das man in seinem Lager leicht tödten konnte. Doniphan brachte auch schon das Gewehr in Anschlag, als Gordon ihn aufhielt.

„Spare Dein Pulver, Doniphan," sagte er, „ich bitte Dich, spare das Pulver!"

„Wer weiß denn, Gordon, ob unser Frühstück nicht da unten steckt?" antwortete der junge Jäger.

„Und unser Mittagessen obendrein? . . ." setzte Service hinzu, der sich über eine solche Aushöhlung beugte.

„Wenn das der Fall ist," meinte Wilcox, „so werden wir sie schon daraus zu erlangen wissen, ohne ein Schrotkörnchen zu verschwenden."

„Und wie denn?" fragte Baxter.

„Wir räuchern die Höhle einfach aus, wie man es mit einem Fuchs- oder Iltisbau machen würde."

Zwischen den Cortaderen-Büschen war der Erdboden mit dürrem Gras bedeckt, das Wilcox sehr bald am Eingange jener Baue angezündet hatte. Eine Minute später wurden schon ein Dutzend halb erstickter Nagethiere sichtbar, welche vergeblich zu entkommen suchten. Es waren Tucutuco-Kaninchen, von denen Service und Wilcox mehrere Paare mit der Axt erschlugen, während Phann drei andere mit den Zähnen abthat.

„Ei, das wird einen vortrefflichen Braten geben!" sagte Gordon.

„Und ich bereite denselben," rief Service, der große Eile zu haben schien, seinem Amte als Küchenmeister Ehre zu machen. „Wenn Ihr wollt, auf der Stelle . . ."

„Nein, erst bei unserer ersten Rast," erklärte Gordon.

Es bedurfte einer vollen halben Stunde, um aus diesem Miniatur-Wald von Cortaderen herauszukommen. Jenseits derselben wurde wieder der Strand mit langen Dünenlinien darauf sichtbar, deren außerordentlich feiner Sand bei jedem Windhauch aufwirbelte.

An diesem Punkte lag die Rückseite des Auckland-hill schon mehr als zwei Meilen hinter ihnen im Westen. Das erklärte sich durch den schrägen Verlauf des Steilufers von French-den bis zur Sloughi-Bai. Dieser ganze Theil der Insel war von dem dichten Wald bedeckt, durch den Briant und seine Kameraden bei Gelegenheit ihres ersten Ausflugs nach dem See gekommen waren, und den der von ihnen Dike-creek genannte Bach bewässerte.

Wie die Karte es anzeigte, verlief dieser Creek nach dem See, und gerade an der Mündung desselben Baches war es, wo die Knaben um eilf Uhr Vormittags nach Zurücklegung von sechs Meilen von French-den aus anlangten.

An dieser Stelle und unter dem schirmartigen Gezweig einer Fichte machte man Halt. Zwischen zwei großen Steinen wurde ein großes Feuer angezündet und kurz darauf brieten zwei von Service gehäutete und ausgenommene Tucutucos über der lodernden Flamme, und wir brauchen wohl kaum zu versichern, daß der junge Koch, während Phann vor dem Herde liegend, den erfrischenden Geruch einsog, sorgfältig darauf achtete, daß sein Braten gehörig gewendet und wieder umgewendet wurde.

Man frühstückte mit dem größten Appetit, ohne sich über den ersten culinarischen Versuch Service's besonders zu beklagen zu haben. Die Tucutucos sättigten Alle soweit, daß sie die in Säcken mitgenommenen Mundvorräthe nicht in Anspruch zu nehmen brauchten, mit einziger Ausnahme des Schiffszwiebacks, der hier die Stelle des Brotes vertrat. Und auch hiermit ging man sehr sparsam um, da es an Fleisch ja nicht fehlte – übrigens ein köstliches Fleisch mit dem Beigeschmack der aromatischen Pflanzen, von denen sich jene Nagethiere ernähren.

Nachher ging es über den Creek, und da man diesen durchwaten konnte, brauchte man das Kautschukboot nicht zu Hilfe zu nehmen, was immer einigen Zeitverlust bedeutet hätte.

Da das Uferland des Sees allmählich sumpfiger wurde, mußte man nach dem Saume des Waldes zurückgehen, doch mit der Absicht, sich sofort wieder nach Osten zu wenden, wenn der Boden das gestatten würde. Ueberall traf man die nämlichen Arten, dieselben Bäume von prächtigem Wuchs, wie Buchen, Birken, immergrüne Eichen und Fichten verschiedener Abarten.

Eine Anzahl reizender Vögel hüpften von Zweig zu Zweig, wie schwarze Spechte mit rothem Schopf, Fliegenschnäpper mit weißer Haube, Zaunkönige von der Sippe der Scytalopen, neben Tausenden von Baumhähern, welche unter dem Laubwerk kicherten, während Bachfinken, Lerchen und Amseln nach Herzenslust sangen. Höher in der Luft kreisten Condors, Urulus und einzelne Paare jener höchst gefräßigen Caracaras, welche die Gebiete von Südamerika mit Vorliebe besuchen.

In Erinnerung seines Robinson Crusoe bedauerte Service es gewiß, daß die Familie der Papageien in der Ornithologie der Insel nicht vertreten war. Hatte er auch einen Strauß nicht zu zähmen vermocht, so würde sich ein solcher geschwätziger Vogel doch vielleicht minder widerspänstig gezeigt haben. Er bekam aber keinen einzigen vor Augen.

Wild gab es übrigens im Ueberfluß, und zwar Maras, Pichis und vorzüglich Grouses, welche etwa Auerhähnen zu vergleichen wären. Gordon konnte Doniphan das Vergnügen nicht verwehren, ein Bisamschwein von mittlerer Größe zu erlegen, welches das Frühstück, wenn nicht auch das Mittagsbrot des folgenden Tages liefern sollte.

Uebrigens wurde es nicht nöthig, tiefer unter die Bäume einzudringen, was das Fortkommen entschieden erschwert hätte. Es genügte am Saume derselben hinzuziehen, und das geschah denn auch bis gegen fünf Uhr Abends, da versperrte der zweite gegen vierzig Fuß breite Wasserlauf den weiteren Weg.

Es war einer der Ausflüsse des Sees, der, nachdem er sich um den Auckland-hill gewunden, jenseits der Sloughi-Bai in den Stillen Ocean mündete.

Gordon beschloß hier Rast zu machen. Zwölf Meilen zu Fuße, das war genug für einen Tag. Inzwischen erschien es unumgänglich, dem Wasserlauf einen Namen zu geben, und da man an seinem Ufer Halt machte, wurde er Stop-river (Fluß der Rast) genannt.

Das Lager wurde unter den ersten Bäumen des Ufers aufgeschlagen. Die Grouses bewahrte man für den folgenden Tag auf, und so bildeten die Tucutucos das Hauptgericht, bezüglich dessen Service sich auch diesesmal seiner Pflichten recht anerkennenswerth entledigte. Uebrigens besiegte das Verlangen zu schlafen jetzt das Verlangen zu essen, und wenn die Münder sich öffneten, so schlossen sich die Augen. Auch ein großes Feuer wurde angezündet, vor dem Jeder sich ausstreckte, nachdem er sich in seine Decke gehüllt hatte. Der helle

Feuerschein, wegen dessen Unterhaltung Wilcox und Doniphan abwechselnd wachten, mußte hinreichen, wilde Thiere in gebührender Entfernung zu halten.

Eine Störung kam nicht vor, und mit Tagesanbruch waren Alle bereit, weiter zu ziehen.

Inzwischen genügte es nicht, dem Flusse einen Namen gegeben zu haben, man mußte ihn auch überschreiten, und da er nicht zu durchwaten war, mußte das Halkett-boat zu Hilfe genommen werden. Diese gebrechliche Nußschale konnte leider nur eine einzige Person auf einmal aufnehmen; so befestigten sie also eine Leine an dessen Hintertheil und zogen es, wenn Einer übergefahren war, allemal zurück. Die siebenmalige Wiederholung dieses Verfahrens erforderte freilich eine gute Stunde Zeit. Das hatte jedoch nicht viel zu bedeuten, wenn nur der Proviant und die Munition trocken hinüberkamen.

Phann, der sich nicht scheute, die Pfoten naß zu machen, sprang einfach ins Wasser und schwamm in kurzer Zeit von einem Ufer zum anderen. Da der Erdboden nicht mehr sumpfig war, schlug Gordon eine schräge Richtung nach dem See ein, der vor zehn Uhr erreicht wurde. Nach dem Frühstück, das aus gerösteten Fleischschnitten des Bisamschweines bestand, ging es denn auch nach Norden zu weiter.

Nichts verrieth bisher, daß das Ende des Sees schon nahe sei, da der Horizont im Osten noch immer eine ununterbrochene Kreislinie von Himmel und Wasser bildete. Da rief Doniphan gegen Mittag, als er durch das Fernrohr blickte:

„Dort ist das andere Ufer!“

Alle sahen nach der bezeichneten Seite hin, wo einzelne Baumkronen sich über die Wasserfläche zu zeigen begannen.

„Halten wir uns hier nicht auf,“ antwortete Gordon, „sondern versuchen wir, vor dem Dunkelwerden dort anzukommen.“

Eine dürre, von langen Dünenwellen unterbrochene Ebene, welche nur da und dort einzelne Binsen- oder Rohrbüschel trug, breitete sich hier bis über Sehweite nach Norden zu aus. In ihrem nördlichen Theile schien die Insel Chairman überhaupt nur weite sandige Flächen einzuschließen, welche sich von den üppig grünen Wäldern des südlicheren Theils wesentlich unterschieden und denen Gordon mit vollem Rechte den Namen Sandy-desert (Sandwüste) beilegte.

Gegen drei Uhr wurde das entgegengesetzte Ufer, das nach Nordosten zu einen wenigstens zwei Meilen langen Bogen bildete, ganz deutlich sichtbar.

Diese Gegend schien von jedem lebenden Wesen verlassen, außer verschiedenen Seevögeln und Silbertauchern, welche auf dem Zug nach den Uferfelsen vorüberflogen.

Wäre der „Sloughi" seiner Zeit in dieser Gegend gestrandet, so hätten die jungen Schiffbrüchigen beim Anblick eines so unfruchtbaren Landes gewiß glauben müssen, daß sie hier von allen Hilfsmitteln entblößt wären. Vergebens hätten sie auch inmitten dieser Wüstenei einen Ersatz für ihre bequeme Wohnung in French-den gesucht, und wenn ihnen der Schooner kein Obdach mehr bot, so hätten sie nicht gewußt, wo sie eine Zuflucht finden sollten.

Erschien es nun rathsam, in dieser Richtung noch weiter vorzudringen und den offenbar völlig unbewohnbaren Theil der Insel näher zu besichtigen? War es nicht besser, bis zu einer zweiten Expedition die Untersuchung des rechten Ufers zu verschieben, auf dem andere Wälder ihnen vielleicht neue Schätze boten? Lag die Insel übrigens in nicht zu großer Entfernung vom Festlande Amerikas, so war dieses in der Richtung nach Osten hin zu suchen.

Auf Doniphan's Vorschlag hin beschloß man doch noch, bis zum Ende des Sees weiter zu wandern; dasselbe konnte nicht mehr weit entfernt sein, da die zweifache Einbiegung seiner Ufer mehr und mehr zu Tage trat.

Das wurde also noch ausgeführt, und mit Anbruch der Nacht machte man Halt im Grunde einer kleinen Bucht, welche in den nördlichen Winkel des Family-lake einschnitt.

Hier ragte kein Baum auf und fand man keine Anhäufung von Gräsern, Moos oder trockenen Flechten. Aus Mangel an Brennmaterial mußten sie sich auch begnügen, von dem in ihren Säcken befindlichen Mundvorrath zu zehren. Und bei dem Fehlen jeden Obdachs streckten sie sich auf den mit den ausgebreiteten Decken belegten Sand nieder.

Während dieser ersten Nacht sollte nichts das Stillschweigen über Sandy-desert unterbrechen.

XV.

Der Heimweg. – Ausflug nach Westen. – Trulca und Algarrobe. – Der Theebaum. – Der Dike-creek. – Weinstöcke. – Eine unruhige Nacht. – Guanakos. – Baxter's Gewandtheit im Werfen des Lasso. – Rückkehr nach French-den.

———

Gegen zweihundert Schritte von der Bucht erhob sich eine gegen fünfzig Fuß hohe Düne – ein ganz erwünschter Aussichtspunkt, von dem Gordon und seine Kameraden einen weiten Umblick haben mußten.

Sogleich nach Sonnenaufgang beeilten sie sich, diese Düne bis zum Gipfel zu erklimmen.

Hier angelangt, wurde das Fernrohr sofort nach Norden zu gerichtet.

Wenn die öde Wüste sich bis zum Ufer hin fortsetzte, wie es die Karte erkennen ließ, so mußte es unmöglich sein, deren Ende zu erkennen, denn der Horizont des Meeres lag dann über zwölf Meilen nach Norden und über sieben Meilen nach Osten zu.

Es erschien also unnöthig, noch weiter nach dem nördlichen Theil der Insel Chairman vorzudringen.

„Nun," fragte Cross, „was beginnen wir denn jetzt?"

„Wir treten den Rückweg an," erwiderte Gordon.

„Doch nicht vor Einnahme des ersten Frühstücks!" beeilte sich Service zu bemerken.

„So decke nur den Tisch," sagte Webb.

„Wenn wir denn zurückkehren müssen," ließ sich Doniphan da vernehmen, „könnten wir nicht einen anderen Weg einschlagen, um nach French-den zu gelangen?"

„Das werden wir versuchen," antwortete Gordon.

„Mir scheint unsere Nachforschung sogar," setzte Doniphan hinzu, „nur dann vollständig zu sein, wenn wir auch noch um das rechte Ufer des Family-lake wandern."

„Das dürfte doch etwas weit sein," bemerkte Gordon. „Der Karte nach hätten wir dazu dreißig bis vierzig Meilen zurückzulegen, was vier bis fünf Tage erforderte, immer vorausgesetzt, daß wir auf dem Wege kein größeres Hinderniß antreffen. Da unten in French-den würden sie sich beunruhigen, und ich denke, es ist besser, das unsern Kameraden zu ersparen."

„Früher oder später," fuhr Doniphan fort, „wird es aber noch nöthig werden, diesen Theil der Insel zu besichtigen."

„Gewiß," bestätigte Gordon, „und ich denke auch einen Ausflug zu diesem Zwecke anzuordnen."

„Im Allgemeinen hat Doniphan doch Recht," sagte Cross. „Es wird vortheilhaft sein, nicht denselben Weg zur Heimkehr zu wählen . . ."

„Natürlich," fiel Gordon ein, „und ich schlage vor, dem Seeufer bis zum Stop-river zu folgen und dann direct nach der hohen Uferwand zu marschiren, an deren Fuße wir hinziehen können."

„Doch weshalb erst nach dem Ufer zurückkehren, an dem wir schon hingegangen sind?" fragte Wilcox.

„Ja freilich, Gordon," setzte Doniphan hinzu. „Warum sollten wir nicht die kürzeste Strecke quer durch die Sandebene vorziehen, um nach den ersten Bäumen der Traps-woods zu kommen, welche ja nur drei bis vier Meilen südwestlich von hier liegen?"

„Weil wir doch immer gezwungen sind, über den Stop-river zu setzen," erklärte Gordon. „Da, wo wir denselben überschritten, wissen wir, daß wir darüber hinwegkommen, während wir weiter unten in Verlegenheit kämen, wenn er da vielleicht eine zu starke Strömung hätte. In den Wald dürfen wir also nicht eher eindringen, als bis wir den Fuß auf das linke Ufer des Stop-river gesetzt haben; das scheint mir unerläßlich."

„Immer klug und weise!" rief Doniphan mit einem Anklang von Ironie.

„Das kann man niemals genug sein!" antwortete Gordon.

Alle ließen sich nun die Böschung der Düne hinabgleiten, begaben sich dann nach dem Halteplatze, verzehrten ein Stück Schiffszwieback und kalten Wildbraten, rollten ihre Decken zusammen, hingen sich die Waffen über die Schultern und schlugen schnellen Schrittes den gestern eingehaltenen Weg wieder ein.

Der Himmel war prächtig, eine leichte Brise kräuselte kaum das Gewässer des Sees, so daß ein schöner Tag zu erwarten war. Gordon wünschte nichts mehr, als daß die heutige Witterung noch sechsunddreißig Stunden anhalten möchte, da er French-den vor dem Abend des nächsten Tages wieder zu erreichen hoffte.

Von sechs Uhr Morgens bis gegen elf Uhr legte man ohne Schwierigkeiten die neun Meilen zurück, welche das Ende des Sees vom Stop-river trennten. Unterwegs ereignete sich nichts Bemerkenswertes, außer daß Doniphan noch in der Nachbarschaft des Rio zwei schön behaubte Trappen mit schwarzem Gefieder erlegte, welch' letzteres oben mit fuchsrothen und mit weißen Federn durchsetzt war. Das brachte ihn ebenso in gute Laune wie Service, der stets gern bei der Hand war, jedes beliebige Stück Federwild zu rupfen, auszunehmen und zu braten.

Das geschah denn auch eine Stunde später, als seine Kameraden und er den Wasserlauf mittels des Halkett-boat in derselben Weise wie früher überschritten hatten.

„Da sind wir nun unter dem Gehölz," sagte Gordon, „und ich hoffe, Baxter wird Gelegenheit finden, seinen Lasso oder seine Bolas zu gebrauchen."

„Thatsache ist, daß sie bis jetzt gerade noch keine Wunder gethan haben," antwortete Doniphan, der eine nur sehr geringe Achtung für jedes Hilfsmittel der Jagd mit Ausnahme der Flinte und der Büchse hegte.

„Und was hätten sie gegen Vögel auszurichten vermocht?" fragte Baxter.

„Vögel oder Vierfüßler, Baxter, ich habe nicht viel Vertrauen dazu."

„Ich auch nicht," ließ Cross sich vernehmen, der stets zur Unterstützung seines Vetters bereit war.

„Wartet wenigstens, bis Baxter Gelegenheit gehabt hat, sich ihrer zu bedienen, ehe ihr darüber urtheilt," ermahnte Gordon. „Ich bin überzeugt, daß er seine Sache schon gut machen wird. Wenn uns die Munition eines Tages fehlt, werden doch Lasso und Bolas niemals fehlen!"

„Dagegen fehlen sie das Wild!" entgegnete der unverbesserliche Knabe.

„Das werden wir ja sehen," erwiderte Gordon; „inzwischen wollen wir aber frühstücken."

Die Vorbereitungen erforderten jedoch einige Zeit, da Service seine Trappen ordentlich durchbraten lassen wollte. Wenn dieser Vogel den Hunger der jungen

Leute zu stillen vermochte, kam es daher, daß er von ziemlich bedeutender Größe war. In der That gehören diese Trappen, die bei einem Gewicht von dreißig Pfund fast drei Fuß vom Schnabel bis zum Schwanz messen zu den größten Mitgliedern der Familie der Gallinaceen (Hühnervögel). Freilich wurde dieser hier bis zum letzten Stück aufgezehrt, selbst bis zum letzten Knochen, denn Phann, der das Gerippe desselben bekam, ließ nicht mehr als seine Herren davon übrig.

Nach vollendetem Frühstück drangen die Knaben nun in den bis jetzt unbekannten Theil der Traps-woods ein, welchen der Stop-river durchströmte, ehe er sich in den Stillen Ocean ergoß. Die Karte ließ erkennen, daß sein Lauf sich nach Norden zu wendete und daß seine Mündung jenseits des Vorgebirges False-sea-point lag. Gordon beschloß nun, das Ufer des Stop-river zu verlassen, da er beim weiteren Verfolgen desselben nach einer von French-den entgegengesetzten Richtung geführt worden wäre. Ihm lag vor Allem daran, auf kürzestem Wege nach den Ausläufern des Auckland-hill zu gelangen, um an deren Fuße nach Süden hinabzuziehen.

Nachdem er sich mittels des Compasses orientirt, wandte sich Gordon geraden Wegs nach Westen. Die im südlichen Theile der Traps-woods etwas dünn stehenden Bäume boten einen ziemlich freien Pfad, der von Gras und Gebüsch weniger bedeckt war.

Zwischen den Birken und den Buchen öffneten sich da und dort kleine Lichtungen, wo die Sonne ungehinderten Zutritt hatte. Hier vermischten wilde Blumen ihre leuchtenden Farben mit dem Grün der Gesträuche und des Grasteppichs. An einigen Stellen schaukelte das prächtige Kreuzkraut auf zwei bis drei Fuß hohen Stengeln. Sie pflückten auch einige dieser Blätter, mit denen Service, Wilcox und Webb ihre Westen schmückten.

Da machte Gordon, dessen Kenntnisse in der Botanik bei so mancher Gelegenheit sich für die kleine Colonie nützlich erwiesen, eine recht werthvolle Entdeckung. Seine Aufmerksamkeit wurde durch einen dichtverzweigten Busch mit wenig entwickelten Blättern erregt, dessen mit Dornen besetzte Zweige eine röthliche Frucht von der Größe einer Erbse trugen.

„Das sind Trulcabeeren, wenn ich nicht irre,“ rief er, „eine Frucht, welche die Indianer vielfach verwenden.“

„Wenn sie eßbar ist,“ antwortete Service, „so lassen wir sie uns schmecken, da sie nichts kostet!“

Und ehe Gordon ihn daran zu hindern vermochte, zerdrückte Service schon einige Beeren zwischen den Zähnen.

Doch wie verzog er da das Gesicht und wie lachten darüber seine Kameraden auf, während er den reichlichen Speichel auswarf, den die Säure der Frucht durch Reizung seiner Zungenpapillen hervorgerufen hatte.

„Und Du, Du sagst auch noch, daß man das essen könne, Gordon!“ rief Service.

„Ich habe keineswegs gesagt, daß diese Beeren im Naturzustande eßbar seien,“ verwahrte sich Gordon. „Wenn die Indianer diese Früchte verwenden, so erzeugen sie aus denselben durch Gährung eine Art Liqueur. Ich meine auch, daß ein solcher Liqueur uns recht wünschenswerthen Ersatz bieten würde, wenn unser Brandy einmal zu Ende gegangen ist, freilich unter der Bedingung sehr mäßigen Gebrauchs, da er stark nach dem Kopfe steigt. Wir wollen einen Sack voll solcher Trulcabeeren mitnehmen und werden in French-den einen Versuch mit denselben anstellen.“

Inmitten der Tausende sie umgebenden Stacheln waren die Früchte nicht gerade leicht zu pflücken; schlug man aber mäßig kräftig an die betreffenden Zweige, wie Baxter und Webb es bald lernten, so fielen eine große Menge Beeren davon ab. Mit diesen wurde einer der Reisesäcke gefüllt, und dann ging der kleine Zug weiter.

Auf dem ferneren Wege wurden auch einige Schoten eines anderen, den benachbarten Ländern Südamerikas eigenthümlichen Strauches gepflückt. Es waren das Schoten der Algarrobe, deren Früchte durch Gährung ebenfalls einen sehr starken Liqueur liefern. Diesmal hielt Service aber den Mund davon weg, und er that sehr klug daran. Wenn die Algarrobe anfänglich auch ziemlich süß schmeckt, so erzeugt sie hinterher doch eine fast schmerzhafte Trockenheit des Mundes und nur nach längerer Gewöhnung ist man im Stande, deren Körner ungestraft zu kauen.

Im Laufe des Nachmittags gelang noch, kaum eine Viertelmeile von dem Fuße des Auckland-hill, eine andere nicht minder wichtige Entdeckung. Der Wald zeigte hier ein verändertes Aussehen. Mit der den Lichtungen reichlicher zuströmenden Luft und der gleichzeitig höheren Wärme, erreichte die Pflanzenwelt eine vorzügliche Entwicklung. Sechzig bis achtzig Fuß weit streckten die Bäume ihr Geäst hinaus, unter dem eine ganze Welt geschwätziger Vögel lärmte. Zu den schönsten Baumarten gehörten hier die antarktische Buche, welche das zarte Grün ihres Laubwerkes das ganze Jahr hindurch bewahrt. Daneben wuchsen, wenn auch minder hoch, doch sehr schön anzusehen, gruppenweise verschiedene jener „Winters", deren Rinde den Zimmet zu ersetzen vermag, für den Küchenmeister von French-den gewiß eine willkommene Würze.

Unter den Vegetabilien erkannte Gordon ferner die „Pernettia" oder den Theebaum aus der Familie der Vaccineen, der auch noch unter höheren Breiten vorkommt und dessen aromatische Blätter als Aufguß ein sehr wohlthuendes Getränk liefern.

„Das könnte unsere Theevorräthe ergänzen," sagte Gordon. „Nehmen wir vorläufig von diesen Blättern ein paar Hände voll mit; später versorgen wir uns damit für den ganzen Winter."

Etwa um vier Uhr war es, als der Auckland-hill fast an seinem nördlichen Ende erreicht wurde. Obwohl der Hügelzug hier etwas niedriger erschien als in der Nähe von French-den, wäre es doch unmöglich gewesen, dessen lothrecht aufstrebende Wand zu erklimmen. Das verschlug jedoch nichts, da es nur darauf ankam, derselben rückwärts bis zum Rio Sealand zu folgen.

Zwei Meilen weiter hin, hörte man das Murmeln einer Strömung, welche nachher eine enge Schlucht des Steilufers schäumend durchbrach, und die man ein wenig stromaufwärts bequem durchwaten konnte.

„Das muß der Rio sein, den wir bei unserem ersten Zuge nach dem See antrafen," bemerkte Doniphan.

„Also wohl derselbe, über den der kleine Weg aus flachen Steinen gelegt ist?" fragte Gordon.

„Ganz wohl," antwortete Doniphan; „eben deshalb haben wir ihn Dike-creek getauft."

„Nun gut; rasten wir einmal an seinem rechten Ufer," fuhr Gordon fort. „Es ist schon fünf Uhr, und da wir noch eine Nacht unter freiem Himmel zubringen müssen, so kann es auch neben diesem Creek und unter dem Schutze der hohen Bäume hier geschehen. Morgen Abend hoffe ich, werden wir Alle, wenn uns nichts Besonderes aufhält, auf unseren Lagerstätten in French-den schlafen können."

Service beschäftigte sich nun mit dem Abendbrote, für welches er die zweite Trappe aufgehoben hatte. Es gab also Geflügelbraten, immer wieder Braten, doch wär' es unrecht gewesen, Service, der seine Speisekarte unmöglich abändern konnte, daraus einen Vorwurf zu machen.

Inzwischen waren Gordon und Baxter etwas tiefer in den Wald hineingegangen, der Eine nach neuen Gebüschen und Nutzpflanzen, der Andere mit der Absicht, Lasso und Bolas zur Anwendung zu bringen – geschah es auch nur, um Doniphan's Spötteleien ein Ende zu machen.

Beide mochten gegen hundert Schritte durch das Dickicht zurückgelegt haben, als Gordon, der Baxter zu sich heranwinkte, diesem ein Rudel von Thieren zeigte, welche im hohen Grase ihr Spiel trieben.

„Wie? . . . Ziegen?“ fragte Baxter leise.

„Oder wenigstens Thiere, welche einigermaßen Ziegen ähneln,“ antwortete Gordon. „Versuchen wir eines oder das andere zu fangen . . .“

„Lebend zu fangen? . . .“

„Ja, Baxter; es ist ein Glück, daß Doniphan nicht bei uns ist, er hätte schon eines mit der Flinte erlegt und die anderen in die Flucht getrieben. Schleichen wir uns sorgsam gedeckt näher heran.“

Die graziösen Thiere – es mochten ihrer ein halbes Dutzend sein – hatten noch keine Witterung bekommen. Wie eine Vorahnung der Gefahr schnüffelte jedoch eine dieser Ziegen, wahrscheinlich ein Mutterthier, in der Luft umher und hielt sich auf der Lauer, bereit mit der kleinen Heerde zu flüchten.

Plötzlich sauste etwas pfeifend durch die Luft. Die Bolas flogen aus den Händen Baxter's, der sich nur einige zwanzig Schritte von den Thieren befand. Geschickt und kraftvoll geschleudert, schlangen sie sich um eine der Ziegen, während die anderen eiligst im dichteren Gehölz verschwanden.

Gordon und Baxter sprangen auf die Ziege zu, welche sich vergeblich den Bolas zu entwinden suchte. Sie wurde ergriffen, ihr jedes Entfliehen unmöglich gemacht, und dabei wurden auch noch zwei junge Thiere gefangen, welche der Instinct bei ihrer Mutter zurückgehalten hatte.

„Hurrah!“ rief Baxter, der seiner Freude lauten Ausdruck geben mußte. „Hurrah! . . . Sind denn das auch wirklich Ziegen? . . .“

„Nein,“ antwortete Gordon, „ich halte sie vielmehr für peruanische (sog. Vigogne-)Schafe.“

„Und geben diese Thiere Milch?“

„Natürlich, ganz wie Ziegen.“

„Nun gut, dann mögen es auch Schafe sein!“

Gordon täuschte sich nicht. In der That ähneln die Vigogne-Schafe den Ziegen, doch sind ihre Pfoten oder Klauen länger, das Vließ aber kurz und fein wie Seide, der Kopf klein und mit Hörnern versehen. Diese Thiere bewohnen hauptsächlich die Pampas von Amerika und selbst die Nachbargebiete der Magellanstraße.

Man begreift leicht, welcher Empfang Gordon und Baxter zutheil wurde, als sie, der Eine das Vigogne-Schaf an der Leine der Bolas nach sich ziehend, der Andere mit den beiden Lämmern desselben unter den Armen, nach dem Halteplatz zurückkamen. Da die Mutter die jungen Thiere noch ernährte, durfte man hoffen, diese ohne besondere Mühe aufziehen zu können. Vielleicht besaß man hiermit den Kern einer zukünftigen Heerde, welche der kleinen Colonie sehr nützlich zu werden versprach. Natürlich bedauerte Doniphan die ihm entgangene Gelegenheit, einen guten Schuß abzugeben; da es aber darauf ankam, diese Thiere lebend einzufangen, nicht sie zu tödten, mußte er zugeben, daß die Bolas dazu besser geeignet waren, als die Feuerwaffe.

Alle verzehrten vergnügt ihr Mittag- oder vielmehr ihr Abendbrod. Das an einem Baume festgebundene Vigogne-Schaf ließ sich nicht abhalten zu weiden und die kleinen Thiere sprangen munter um dasselbe herum.

Die Nacht verlief jedoch nicht so friedlich wie die in den Ebenen der Sandy-desert. Dieser Theil des Waldes erhielt den Besuch von gefährlicheren Thieren als Schakals, welche leicht zu erkennen sind, weil ihr Geschrei gleichzeitig wie ein Heulen und ein Bellen klingt. Gegen drei Uhr Morgens kam es denn auch zu einer Alarmirung, diesmal aber durch ein bedrohliches Gebrüll, das sich in der Nachbarschaft vernehmen ließ.

Doniphan, der beim Feuer mit dem Gewehre nahe zur Hand Wache hielt, glaubte zuerst, seine Kameraden davon nicht unterrichten zu sollen. Das Gebrüll wurde indeß nach und nach so laut, daß Gordon und die Anderen davon allein aufwachten.

„Was gibt es denn?“ fragte Wilcox.

„Es muß wohl eine Rotte größerer Raubthiere sein, welche in der Umgebung umherschweifen,“ antwortete Doniphan.

„Das sind wahrscheinlich Jaguars oder Cuguars!“ meinte Gordon.

„Die Einen sind gerade so viel werth, wie die Anderen!“

„O, keineswegs, Doniphan, der Cuguar ist entschieden minder zu fürchten als der Jaguar. In größerer Zahl sind aber auch letztere ein gefährliches Raubgesindel.“

„Wir sind darauf vorbereitet, sie warm zu empfangen!“ versicherte Doniphan.

Er stellte sich zur Abwehr bereit, während seine Kameraden ihre Revolver zur Hand nahmen.

„Schießt nur, wenn Ihr sicher seid zu treffen!“ mahnte Gordon. „Uebrigens denk' ich, das lodernde Feuer wird die Thiere selbst abhalten, zu nahe heranzukommen.“

„Sie sind schon nicht mehr fern!“ rief Cross.

In der That mußte die Bande nahe dem Lagerplatze sein, wenigstens nach der Wuth Phanns zu urtheilen, den Gordon nur mit Mühe zurückhalten konnte. Es war jedoch unmöglich, durch die tiefe Finsterniß des Waldes irgend eine Gestalt zu erkennen.

Offenbar waren jene Raubthiere gewöhnt, in der Nacht ihren Durst an dieser Stelle zu löschen, und da sie dieselbe besetzt fanden, bezeugten sie ihren Unmuth durch ein entsetzliches Gebrüll. Doch würden sie sich darauf beschränken, oder sollten die Knaben in die Lage kommen, sich eines Angriffes zu erwehren, der ja die schlimmsten Folgen haben konnte? . . .

Plötzlich erschienen, kaum zwanzig Schritte entfernt, leuchtende und sich bewegende Punkte im Schatten. Fast gleichzeitig krachte ein Schuß.

Doniphan hatte denselben abgegeben. Noch furchtbareres Geheul gab darauf Antwort. Den Revolver gespannt, hielten er und seine Kameraden sich bereit Feuer zu geben, wenn die Raubthiere sich auf den Lagerplatz stürzen sollten.

Ein flammendes Holzstück ergreifend, drang Baxter muthig nach der Seite vor, wo die wie Feuerfunken leuchtenden Augen sichtbar geworden waren.

Im nächsten Augenblicke hatten die Raubthiere, von denen die Kugel Doniphan's eines getroffen haben mußte, sich zurückgezogen und waren in den Tiefen der Traps-woods verschwunden.

„Sie haben Fersengeld gezahlt!“ rief Cross.

„Glückliche Reise!“ setzte Service hinzu.

„Sollten sie nicht wiederkommen können? . . .“ fragte Cross.

„Wahrscheinlich ist das nicht,“ antwortete Gordon, „doch wollen wir bis zum Hellwerden scharf aufpassen.“

Sie legten nun frisches Holz auf das Feuer, dessen Schein bis zu den ersten Frührothstrahlen lebhaft erhalten blieb. Dann wurde das Lager aufgehoben, und die Knaben drangen unter das Dickicht ein, um zu sehen, ob nicht eines von den Thieren durch den Schuß niedergestreckt worden sei.

Zwanzig Schritte weiterhin zeigte sich ein großer Blutfleck an der Erde. Das getroffene Thier hatte noch zu entfliehen vermocht, doch wäre es gewiß leicht aufzufinden gewesen, wenn man Phann dessen Fährte hätte nachspüren lassen; Gordon hielt es aber für nutzlos, noch tiefer in den Wald einzudringen.

Die Frage, ob man es hier mit Jaguars, Cuguars oder mit noch anderen, nicht minder gefährlichen Raubthieren zu thun gehabt habe, blieb also ungelöst; die Hauptsache war ja, daß es Gordon und seinen Kameraden gelang, heil und gesund davongekommen zu sein.

Um sechs Uhr Morgens brach man schon wieder auf, denn es war keine Zeit zu verlieren, wenn die neun Meilen, welche diese Stelle des Dike-creek von French-den trennten, im Laufe des Tages zurückgelegt werden sollten.

Service und Webb hatten die beiden Lämmer in die Arme genommen, und so ließ sich deren Mutter nicht bitten, dem sie an einer Leine führenden Baxter zu folgen.

Der Weg längs des Auckland-hill bot wenig Abwechslung. Zur Linken hin erstreckte sich der Vorhang von Bäumen, welche bald undurchdringliche Dickichte bildeten, bald nur gruppenweise an den Rändern der Waldblößen standen. Zur Rechten erhob sich die senkrecht abfallende, durch Geschiebe anderer Gesteinsarten gestreifte Kalksteinwand, deren Höhe nach Süden hin langsam zunahm.

Gegen elf Uhr wurde der erste Halt gemacht, um zu frühstücken, diesmal aber zehrte man der Zeitersparniß wegen gleich von dem Mundvorrath aus den Reisesäcken und brach dann schnell wieder auf.

Rasch ging es des Weges dahin; es schien nichts die Wanderer aufhalten zu sollen, als plötzlich, etwa um drei Uhr Nachmittags, noch einmal ein Flintenschuß unter den Bäumen krachte.

Doniphan, Webb und Cross, mit denen auch Phann dahintrabte, waren ihren Kameraden eben vielleicht um hundert Schritte voraus, so daß diese sie nicht sehen konnten, als sie laut riefen:

„Achtung! . . . Aufpassen!“

Sollten diese Zurufe Gordon, Wilcox, Baxter und Service auffordern, auf ihrer Hut zu sein?

Plötzlich brach ein ziemlich großes Thier durch das Gestrüpp. Baxter, der den Lasso schon bereit gehalten hatte, schleuderte die lange Leine, nachdem er sie mehrmals über dem Kopfe geschwungen, nach demselben.

Das geschah so rechtzeitig, daß der Laufknoten des langen Lederstreifens über den Hals des Thieres fiel, welches sich vergeblich daraus zu entwinden suchte. Da dasselbe sehr kräftig war, hätte es Baxter gewiß mit sich fortgezogen, wenn Gordon, Wilcox und Service nicht noch das freie Ende des Lasso erfaßten und es um den Stamm eines Baumes schlangen.

Fast gleichzeitig kamen Webb und Cross zwischen dem Gestrüpp hervor, und auf dem Fuße folgte ihnen Doniphan, der in recht mißmuthiger Laune laut rief:

„Verwünschtes Thier! . . . Wie konnte ich es nur fehlen!“

„Baxter hat es aber nicht gefehlt,“ antwortete Service, „wir haben es und zwar lebend!“

„Was nützt das? Wir müssen das Thier doch tödten,“ erwiderte Doniphan.

„Es tödten,“ fiel Gordon ein, „es tödten, wo es uns so passend in die Hände läuft, um als Zugthier zu dienen?“

„Das da? . . .“ rief Service.

„Es ist ein Guanako (eine Art Lama),“ erklärte Gordon, „und die Guanakos spielen in den Stallungen Südamerikas eine recht wichtige Rolle.“

So nützlich sich dieses Guanako aber auch zu erweisen versprach, wurmte es Doniphan doch, es nicht zu Boden gestreckt zu haben. Freilich hütete er sich, das auszusprechen, sondern betrachtete mit Aufmerksamkeit den schönen Vertreter der Fauna der Insel Chairman.

Obwohl das Guanako in der Naturbeschreibung der Familie der Kameele zugezählt wird, gleicht es doch keineswegs diesem in Nordafrika so verbreiteten Thiere. Das hier gefangene Exemplar mit schlankem Halse, feinem Kopfe und langen, verhältnißmäßig dünnen Beinen – den Kennzeichen eines besonders flüchtigen Thieres – sowie mit seinem braunrothen, weißgefleckten Felle, hätte den schönsten Pferden der amerikanischen Rasse nichts nachgegeben. Auf jeden Fall konnte es zum Schnellfahren benützt werden, wenn es gelang, dasselbe zu zähmen und abzurichten, was in den Haciendas der argentinischen Pampas keine besonderen Schwierigkeiten zu machen scheint.

Das Thier zeigte sich übrigens ziemlich furchtsam und versuchte es gar nicht, sich zu sträuben. Sobald Baxter den seinen Hals einschnürenden Laufknoten gelöst, ließ es sich am Lasso so leicht wie an einem Halftergurte führen.

Ganz entschieden verlief dieser Ausflug nach Norden zum großen Vortheil der Colonie. Das Guanako, das peruanische Schaf mit seinen Lämmern, die Trulcas wie die Algarroben, das sicherte Gordon gewiß einen guten Empfang, vorzüglich aber auch Baxter, dem es ohne den abstoßenden Hochmuth Doniphan's, gar nicht einfiel, sich wegen seiner Erfolge vor Stolz aufzublähen.

Gordon schätzte sich jedenfalls sehr glücklich, zu sehen, daß die Bolas und der Lasso recht greifbare Dienste zu leisten versprachen. Gewiß war Doniphan ein geschickter Schütze, auf dessen sichere Hand man im gegebenen Fall rechnen durfte; seine Geschicklichkeit kostete aber allemal eine Ladung Pulver und Blei. Gordon nahm sich deshalb vor, alle seine Gefährten aufzufordern, sich mit dem Gebrauche jener Fanggeräthe vertraut zu machen, welche die Indianer so häufig mit großem Vortheil anzuwenden verstehen.

Der Karte nach waren jetzt noch vier Meilen bis nach French-den zu überwinden, und man beeilte sich, um daselbst vor Anbruch der Nacht einzutreffen.

Service spürte zwar schon eine gewaltige Lust, sich auf das Guanako zu schwingen und seinen feierlichen Einzug auf dem Rücken dieses „flotten Renners“ zu halten, Gordon wollte das aber nicht gestatten. Es war wohl auch vernünftiger, damit zu warten, bis das Thier abgerichtet war, einen Reiter zu tragen.

„Ich denke nicht, daß es sich dagegen allzu ernstlich auflehnt,“ sagte er. „In dem wenig wahrscheinlichen Falle jedoch, daß es sich wirklich nicht reiten ließe, wird es sich mindestens gewöhnen müssen, unseren Wagen zu ziehen. Geduld also, Service, und vergiß den Denkzettel nicht, den Du von Deinem Strauße bekommen hast.“

Gegen sechs Uhr gelangte die kleine Gesellschaft in Sicht von French-den an.

Der kleine Costar, der auf der Sport-terrace spielte, meldete die Annäherung Gordon's. Sofort liefen Briant und die Uebrigen herzu, und freudige Hurrahs begrüßten die Rückkehr der mehrere Tage abwesend gewesenen Wanderer.

Ende des ersten Bandes.

Zweiter Band

I.

Briant besorgt wegen Jacques. – Errichtung der Einhegung und des Viehhofes – Ahornzucker. – Vernichtung der Füchse. – Neuer Ausflug nach der Sloughi-Bai. – Der bespannte Wagen. – Der Robbenschlag. – Das Weihnachtsfest. – Ein Hurrah für Briant.

———

In French-den war während Gordon's Fernsein alles nach Wunsch verlaufen. Das Haupt der kleinen Colonie konnte Briant, dem die Kleinen eine herzliche Zuneigung entgegenbrachten, nur das beste Lob ertheilen. Ohne seinen hochfahrenden und eifersüchtigen Charakter hätte gewiß auch Doniphan die vorzüglichen Eigenschaften seines Kameraden ihrem wahren Werthe nach anerkennen müssen; das that er indeß niemals, und infolge des Uebergewichtes, das er gegen Wilcox, Webb und Cross besaß, unterstützten ihn diese stets gerne, wenn es galt, dem jungen Franzosen, der sich nach Auftreten und Charakter nun einmal von seinen angelsächsischen Genossen unterschied, Widerpart zu halten.

Briant legte darauf übrigens kein Gewicht. Er that, was er für seine Pflicht hielt, ohne sich darum zu bekümmern, was deshalb Andere von ihm dächten. Die größte Sorge bereitete ihm nur das ganz unerklärliche Verhalten seines Bruders.

Trotz der Fragen, mit dem Briant ihm zusetzte, hatte er von Jacques immer nur die Antwort erhalten:

„Nein . . . Bruder . . . mir fehlt nichts!“

„Du willst nur nicht sprechen, Jacques!“ sagte er darauf. „Du thust aber Unrecht; es würde für Dich selbst wie für mich eine Erleichterung sein . . . Ich merke recht wohl, daß Du immer trauriger, immer düsterer, verschlossener wirst . . . Lass' Dir zureden; sieh, ich bin Dein älterer Bruder, ich habe ein Recht darauf, die Ursache Deines Kummers zu erfahren! . . . Was hast Du Dir vorzuwerfen? . . .“

„Ach, Briant . . .“ hatte Jacques endlich geantwortet, als könnte er seine geheimen Gewissensbisse nicht länger überwinden „. . . was ich gethan habe? . . . Du, Du vielleicht würdest mir's verzeihen, aber die Anderen . . .“

„Die Anderen? . . . die Anderen? . . .“ rief da Briant. „Was willst Du damit sagen, Jacques?“

Die Augen des Kindes hatten sich mit Thränen gefüllt; doch trotz des Drängens seines Bruders stieß er schluchzend nur noch die Worte hervor:

„Später sollst Du es erfahren . . . später!“

Briant's Besorgniß konnte auf eine solche Antwort begreiflicherweise nur zunehmen. Was mochte denn Jacques von früher her so sehr bedrücken? Das wollte er um jeden Preis wissen. Sobald Gordon zurückkam, sprach er diesem von dem halben Geständnisse seines Bruders mit der Bitte, seinen Einfluß bei diesem geltend zu machen.

„Wozu sollte das nützen?“ antwortete ihm Gordon. „Besser scheint mir, wir lassen Jacques nach eigener Eingebung handeln. Und was er begangen hat? . . . Gewiß eine Kleinigkeit, deren Bedeutung er übertreibt . . . Warten wir ruhig, bis er sich freiwillig näher erklärt.“

Vom nächsten Tage, dem 9. November, an gingen die jungen Colonisten wieder an die Arbeit, woran es nicht mangelte. Zunächst verlangten die Ansprüche Moko's, dessen Vorräthe bedenkliche Lücken zeigten, baldige Berücksichtigung, obwohl die Dohnen und Schlingen in der Umgebung von French-den dann und wann Ausbeute geliefert hatten. In der Hauptsache fehlte es an größerem eßbaren Wilde. Das machte es denn nöthig, Fallen von solcher Stärke herzustellen, daß peruanische Schafe, Bisamschweine und Guaculis sich darin fangen konnten, ohne einen Schuß Pulver und Blei zu kosten.

Den Arbeiten dieser Art widmeten die Großen den ganzen Monat November, d. h. den Monat Mai der nördlichen Halbkugel.

Seit ihrer Hierherführung waren das Guanako, das Vigogne- (peruanische) Schaf und dessen beide Lämmer unter den nächsten Bäumen von French-den untergebracht worden, wo ihnen lange Stricke erlaubten, sich über einen gewissen Kreis hin frei zu bewegen. Das mochte wohl während der langen Tage so hingehen, vor Eintritt der Winterszeit mußte aber für ein verläßliches Obdach gesorgt werden. Gordon beschloß also, dicht am Auckland-Hill, an der Seite des Sees und ein wenig jenseits der Thüre der Halle, einen Stall und eine Einfriedigung herstellen zu lassen.

Alle gingen ans Werk, und unter der Leitung Baxter's entstand bald ein vollständiger Zimmerplatz. Es war eine Freude, die eifrigen Knaben mehr oder minder geschickt die Werkzeuge handhaben zu sehen, welche sie in dem Kasten des Tischlers vom Schooner gefunden hatten. Hier mühten sich die Einen mit der Säge, dort die Anderen mit Axt oder mit Hohlmeißel ab. Die Sache einmal falsch angefaßt zu haben, das konnte sie nicht abschrecken. Tief unten abgeschnittene und sorgsam entästete Bäume lieferten den Bedarf an dicken Pfählen, welche zur Abschließung eines Raumes nöthig waren, der genügenden Platz bot, um ein Dutzend verschiedener Thiere bequem aufzunehmen. Diese fest in den Boden gerammten und durch Querhölzer verbundenen Stämme leisteten gewiß allen wilden Thieren Widerstand, wenn solche dieselben stürmen oder überspringen wollten, der Stall oder Schuppen wurde aus Theilen der Schanzkleidung des „Sloughi" errichtet, was den jungen Zimmerleuten die unter den vorliegenden Umständen sicherlich sehr mühsame Arbeit ersparte, die Baumstämme zu Planken zu zerschneiden. Das Dach desselben wurde sodann mit dichten, getheerten Pfortsegeln abgedeckt, um gegen Wind und Wetter Schutz zu gewähren. Ein gutes, dickes Streulager, das häufig erneuert werden sollte, frisches Futter, als Gras, Moose und Laub, wovon große Vorräthe herbeigeschafft werden sollten, mehr bedurfte es ja nicht, um die Hausthiere in gutem Zustande zu erhalten. Garnett und Service, welche eigens die Besorgung der Einfriedigung und der Bewohner derselben übernommen hatten, sahen ihre Mühe bald dadurch belohnt, daß das Guanako und das Vigogne-Schaf von Tag zu Tag zutraulicher und zahmer wurden.

Die Einfriedigung erhielt noch obendrein bald neue Gäste. Zuerst hatte sich in einer der Fallgruben im Walde noch ein zweites Guanako fangen lassen, und dann folgten noch ein Paar Vigogne-Schafe, männlichen und weiblichen Geschlechtes, deren sich Baxter mit Hilfe Wilcox' bemächtigte, welcher auch selbst im Werfen der Bolas eine vorzügliche Geschicklichkeit erlangt hatte. Selbst einen Nandu stellte Phann im vollen Laufe; man überzeugte sich jedoch, daß mit diesem ebensowenig anzufangen war, wie mit dem ersten. Trotz guten Willens vermochte Service, der sich's nun einmal in den Kopf gesetzt hatte, nicht, dem Stelzvogel etwas Verstand beizubringen.

Es versteht sich von selbst, daß das Guanako und die Vigogne-Schafe bis zur Vollendung des Stalles jeden Abend im Store-room in Sicherheit gebracht wurden. Das Geschrei von Schakals, das Kläffen von Füchsen und das Geheul von Raubthieren ertönte oft zu nahe bei French-den, als daß es klug gewesen wäre, jene Thiere im Freien zu lassen.

Während sich Garnett und Service nun ausschließlicher der Pflege des kleinen Thierbestandes widmeten, unterließen es Wilcox und einige seiner Kameraden nicht, die Schlingen und Dohnen in Stand zu erhalten, welche täglich nachgesehen wurden. Außerdem gab es auch noch Arbeit für die beiden Kleinsten, Iverson und Jenkins. Die Trappen, Fasanen, Perlhühner und Tinamus bedurften eines besonderen Hühnerhofes, den Gordon in der einen Ecke der Einhegung herstellen ließ, und den beiden Kindern fiel es zu, denselben zu besorgen, was sie auch mit großem Eifer ausführten.

Moko hatte, wie man sieht, jetzt nicht nur Milch von den Vigogne-Schafen, sondern auch Eier vom Federvieh zur Verfügung. Gewiß hätte er nun häufiger eine süße Zwischenspeise zubereitet, wenn Gordon nicht so sehr darauf hielt, den Zucker zu schonen. Nur an Sonn- und Festtagen sah man deshalb auf der Tafel eine Extraschüssel erscheinen, an der sich Dole und Costar weidlich gütlich thaten.

Doch wenn es unmöglich war, Zucker zu erzeugen, konnte man nicht vielleicht ein Ersatzmittel desselben finden? Seine Robinsons immer bei der Hand, behauptete Service hartnäckig, man müsse danach nur ordentlich suchen. Gordon that das auch und entdeckte am Ende unter den Dickichten der Traps-woods eine Gruppe Bäume, welche sich drei Monate später, in den ersten Herbsttagen, mit prächtigem, purpurrothem Laube schmücken sollten.

„Das sind Ahornbäume," rief er, „zuckerliefernde Bäume!"

„Wie, Bäume aus Zucker?" fragte Costar, dem schon das Wasser im Munde zusammenlief.

„Nein, kleines Leckermaul," antwortete Gordon. „Ich sagte nur: zuckerliefernde Bäume. Zieh' nur die Zunge wieder ein!"

Das war eine der wichtigsten Entdeckungen, welche die jungen Colonisten seit ihrer Niederlassung in French-den gemacht hatten. Durch einen Einschnitt in den Stamm dieser Ahornbäume erhielt Gordon einen ziemlich concentrirten Saft, der durch weitere Verdunstung einen zuckerreichen Körper lieferte. Obwohl dem rein süßen Erzeugnisse aus dem Zuckerrohre und der Runkelrübe nicht ebenbürtig, erwies sich dieser Stoff für die Bedürfnisse der Küche doch nicht minder schätzbar und jedenfalls besser als die ähnlichen Erzeugnisse, welche man zur Frühlingszeit aus dem Birkensafte gewinnt.

Besaß man nun Zucker, so mußte man auch bald Liqueur haben. Nach Gordon's Anweisung versuchte Moko die Trulca- und Algarrobekörner in Gährung zu versetzen. Nachdem sie zuerst in einer Kufe mittels einer großen hölzernen Keule zerstampft waren, lieferten diese Körner eine alkoholhaltige Flüssigkeit, welche, beim Mangel eigentlichen Ahornzuckers, genügte, die warmen Getränke abzusüßen. Was die von dem Theebaume gepflückten Blätter betraf, so zeigte es sich, daß diese fast der duftigen chinesischen Pflanze gleichkamen. Bei jedem Ausfluge in den Wald versäumten die Knaben auch niemals, davon mehr als ausreichende Vorräthe mit heimzunehmen.

Kurz, die Insel Chairman bot ihren Bewohnern, wenn auch nichts Ueberflüssiges, jedenfalls das Notwendigste. Es fehlte höchstens – und das war ja bedauerlich – an frischem Gemüse. Man mußte sich also mit dem conservirten Gemüse zufrieden geben, von dem einige hundert Büchsen vorhanden waren, welche Gordon trotzdem möglichst schonte. Briant hatte zwar versucht, die in wilden Zustand zurück gefallenen Ignamen anzubauen, von denen der französische Schiffbrüchige einige Knollen am Fuße der Uferhöhe gesteckt hatte, doch das erwies sich vergeblich. Zum Glücke wucherte, wie sich der Leser erinnern wird, der Sellerie sehr üppig neben den Ufern des Family-lake, und da man mit diesem nicht haushälterisch umzugehen brauchte, ersetzte er recht gut das frische Gemüse.

Selbstverständlich waren die Luftnetze, welche man während des Winters am linken Ufer des Rio ausgespannt hatte, mit Wiedereintritt der schöneren Jahreszeit zu Jagdnetzen umgewandelt worden. Man fing darin außer niederem Geflügel, kleinen Rebhühnern, auch einige Exemplare von Gänsearten, welche unzweifelhaft von den seewärts gelegenen Ländern herkamen.

Doniphan seinerseits hätte gerne einmal die weiten Gebiete der South-moors an der anderen Seite des Rio Sealand untersucht. Es wäre aber gefährlich gewesen, sich in diese Sümpfe zu wagen, welche die Gewässer des Sees zum großen Theile, vermischt mit Seewasser von der Fluth her, bedeckten.

Wilcox und Webb fingen gleichzeitig eine große Anzahl Agutis (Meerschweinchenart), welche etwa so groß wie Hasen sind und deren weißliches, etwas trockenes Fleisch zwischen dem des Kaninchen und des wilden Schweines die Mitte hält. Gewiß wäre es schwierig gewesen, sich dieser flüchtigen Nagethiere, selbst mit Hilfe Phanns, im Laufe zu bemächtigen. Befinden sie sich dagegen in ihrem Bau, so genügt es, nur leise zu pfeifen, und wenn sie an den Eingang desselben kommen, sie wegzufangen. Zu wiederholten Malen brachten die jungen Jäger auch Stinkthiere und Vielfraße, sowie sogenannte peruanische Stinkthiere mit heim, welche mit ihrem schönen schwarzen, weißgestreiften Felle ungefähr den Mardern gleichen, aber einen wahrhaft abscheulichen Geruch um sich verbreiten.

„Wie können sie nur einen solchen Gestank aushalten?“ fragte eines Tages Iverson.

„Hm, das ist Sache der Gewohnheit,“ meinte Service.

Wenn der Rio seine Ausbeute an Galaxias lieferte, so fischte man aus dem mit größeren Arten bevölkerten Family-lake unter Anderem schön aussehende Forellen, welche aber trotz des Abkochens ihren etwas brakigen Geschmack nicht verloren. Daneben hatte man alle Tage Gelegenheit, zwischen den Tangen und Algen der Sloughi-Bai Stockfische zu fangen, welche hier zu ungezählten Tausenden vorkamen. Und wenn dann die Zeit herangekommen sein würde, wo die Lachse wieder in den Rio Sealand aufzusteigen begannen, wollte Moko sich mit diesen prächtigen Fischen versorgen, welche, im Salz aufbewahrt, für den Winter eine vortreffliche Nahrung zu bieten versprachen.

In dieser Zeit war es auch, wo Baxter auf Anrathen Gordon's sich damit beschäftigte, aus elastischen Eschenzweigen Bögen und aus Rohr Pfeile anzufertigen, deren Spitze mit einem Nagel versehen wurde, um Wilcox und Cross – nach Doniphan die geschicktesten Jäger – in die Lage zu versetzen, von Zeit zu Zeit etwas eßbares Wild zu erlegen.

Wenn sich Gordon auch gewöhnlich dem Gebrauche von Munition widersetzte, so kam doch einmal eine Gelegenheit, wo er von seiner strengen Sparsamkeit Abstand nehmen mußte.

Eines Tages – es war am 7. December – nahm ihn nämlich Doniphan an die Seite und sagte:

„Gordon, wir werden hier von Schakals und Füchsen belagert. Während der Nacht kommen sie in großen Heerden, zerstören unsere Schlingen und rauben das darin etwa gefangene Wild . . . Dem müssen wir ein- für allemal ein Ende machen.“

„Könnten wir nicht Fallen aufstellen?“ antwortete Gordon, der wohl einsah, wo sein Kamerad hinauswollte.

„Fallen? . . .“ erwiderte Doniphan, der vor diesen volksthümlichen Jagdgeräthen noch immer die frühere Mißachtung bewahrte. „Fallen? . . . Das möchte noch angehen, wenn es sich nur um Schakals handelte, welche dumm genug sind, sich zuweilen in solchen fangen zu lassen. Mit Füchsen liegt die Sache aber anders. Diese Bestien sind zu schlau und halten trotz aller Vorsichtsmaßregeln unseres Wilcox die Nase davon fern. In der einen oder der anderen Nacht wird unsere Anpflanzung verwüstet werden und vom Geflügel im Hühnerhofe nichts mehr übrig sein! . . .“

„Nun, wenn es nicht anders geht,“ antwortete Gordon, „so bewillige ich einige Dutzend Patronen; doch achte jedenfalls darauf, nur wirksame Schüsse abzugeben!“

„Gut, Gordon, darauf darfst Du Dich verlassen! In der nächsten Nacht werden wir uns den Thieren in den Weg legen und ein solches Blutvergießen unter ihnen anrichten, daß sie sich lange Zeit nicht mehr werden sehen lassen.“

Die Vernichtung der Füchse schien wirklich dringlich, denn diejenigen aus dem Süden Amerikas sind, wie es scheint, noch listiger als ihre Stammverwandten in Europa. In der Umgebung der Haciendas richten sie fortwährend empfindliche Verwüstungen an und verfahren dabei so schlau, selbst die Lederriemen erst abzubeißen, mit denen Pferde oder andere Thiere auf den Weideplätzen angebunden sind.

Mit Einbruch der Nacht nahmen Doniphan, Briant, Baxter, Wilcox, Webb, Cross und Service Stellung in der Nähe eines „Covert“ – der im Vereinigten Königreiche gebräuchliche Name für ausgedehntere, mit Gesträuch und Gebüsch bedeckte Bodenflächen. Der betreffende Covert lag nahe den Traps-woods an der Seite des Sees.

Phann hatten die jungen Jäger absichtlich nicht mitgenommen, da er sie mehr geschädigt hätte, wenn er die Füchse aufmerksam machte. Um Aufspürung einer Fährte handelte es sich hier aber nicht. Selbst wenn er von schnellerem Laufe erhitzt ist, läßt der Fuchs nichts von seinem eigenthümlichen Geruche zurück, oder seine Ausdünstungen sind wenigstens so leichter Art, daß auch die besten Hunde diese nicht erkennen können.

Es war um elf Uhr, als Doniphan und seine Kameraden sich zwischen dem Dickichte wilder Brombeergesträuche, welche den Covert umgaben, auf die Lauer legten.

Die Nacht war sehr dunkel.

Ein tiefes Schweigen, das nicht einmal der leiseste Windhauch störte, gestattete, das Herannahen der Füchse auf dem trockenen Grase zu hören.

Kurz nach Mitternacht meldete Doniphan die Annäherung einer Bande dieser Thiere, welche über den Covert trabten, um im See ihren Durst zu löschen.

Die Jäger warteten mit einiger Ungeduld, bis deren gegen zwanzig zusammen waren, was einige Zeit in Anspruch nahm, da jene nur mit größter Vorsicht weiter gingen, als hätten sie schon irgend eine Gefahr gewittert. Plötzlich donnerten auf Doniphan's Signal mehrere Flintenschüsse durch die Nacht. Alle trafen ihr Ziel. Fünf bis sechs Füchse wälzten sich auf der Erde, während die meisten der anderen, welche in der Verwirrung nach rechts und nach links auszuweichen suchten, tödtlich verletzt waren.

Bei Tagesanbruch fand man gegen zehn dieser Thiere im hohen Grase des Covert liegen. Und da sich dieses Gemetzel während der folgenden drei Nächte wiederholte, sah sich die kleine Colonie bald von den gefährlichen Besuchern befreit, welche die Insassen der Einfriedigung in große Gefahr brachten. Uebrigens lieferten diese nächtlichen Jagden auch noch gegen fünfzig silbergraue Felle, welche, entweder als Teppiche oder als Kleidungsstücke verwendet, in French-den manche Annehmlichkeiten und Vortheile gewährten.

Am 15. December fand die große Expedition nach der Sloughi-Bai statt. Da das Wetter sehr schön war, erklärte Gordon, daß die ganze Gesellschaft daran Theil nehmen solle, was von den Kleinsten mit hellem Freudengeschrei aufgenommen wurde.

Höchst wahrscheinlich konnte die Gesellschaft, wenn sie frühzeitig aufbrach, noch vor der Nacht wieder zurückgekehrt sein. Sollte indeß eine Verzögerung eintreten, so wollten sie einfach unter den Bäumen übernachten.

Diese Expedition verfolgte als Hauptzweck eine Jagd auf Robben, welche in der wärmeren Jahreszeit das Uferland der Wrack-coast in ungeheurer Menge besuchten. Es fing nämlich das während der Abende und Nächte des langen Winters vielgebrauchte Leuchtmaterial wirklich an, zu fehlen. Von dem Vorrathe an Kerzen, die der französische Schiffbrüchige hergestellt hatte, waren kaum noch zwei bis drei Dutzend übrig. Das Oel aber, welches sich in den Fässern auf dem „Sloughi“ vorgefunden und das zur Speisung der Laternen diente, war auch schon zum größten Theile verbraucht, was den vorsorglichen Gordon nicht wenig beunruhigte.

Gewiß hatte Moko eine nicht unbeträchtliche Menge des Fettes aufgesammelt, welches das Wild, Nagethiere, Wiederkäuer und Geflügel etc., lieferte; doch lag es nur zu sehr auf der Hand, daß dasselbe durch den Tagesbedarf schnell genug erschöpft würde. War es nun gar nicht möglich, dasselbe durch einen Körper zu ersetzen, den die Natur ganz oder doch fast fertig zum Gebrauche vorbereitet hatte? Konnte sich die kleine Colonie nicht wegen Mangels an pflanzlichen Oelen einen sozusagen unerschöpflichen Stock an thierischen Oelen verschaffen?

Ja, gewiß; wenn es den Jägern nur gelang, eine Anzahl jener Robben, jener Pelz-Otarien zu erlegen, die sich während der warmen Jahreszeit auf den Klippen der Sloughi-Bai einfanden. Man mußte sich aber beeilen, denn diese Amphibien zögerten gewiß nicht länger, sich nach den südlichen Gebieten des antarktischen Meeres zurückzuziehen.

Die geplante Expedition war also von hoher Wichtigkeit, und die Vorbereitungen dazu wurden auch so getroffen, daß sie gute Erfolge versprach.

Seit einiger Zeit schon hatten Service und Garnett es sich angelegen sein lassen, die beiden Guanakos zu Zugthieren abzurichten. Baxter hatte für dieselben Halfter von trockenem Grase und mit Leinwand überzogen angefertigt, und wenn man jene bis jetzt auch noch nicht ritt, so war es doch vielleicht möglich, sie vor den Wagen zu spannen, gewiß ein Vorzug gegenüber der Notwendigkeit, sich sonst selbst vorzuspannen.

So wurde der Wagen also mit Schießbedarf, Mundvorrath und verschiedenen Geräthen beladen, darunter eine große Mulde und ein halbes Dutzend leere Fässer, welche mit Robbenöl gefüllt werden sollten. Es empfahl sich ja, die Thiere an Ort und Stelle auszuweiden, statt sie erst nach French-den zu schaffen, wo die Luft von ihnen mit ungesunden Dünsten geschwängert worden wäre.

Der Aufbruch erfolgte mit Aufgang der Sonne, und während der ersten beiden Stunden kam man ohne Schwierigkeit vorwärts. Wenn der Wagen nicht allzuschnell dahinrollte, so lag das an dem ziemlich unebenen Boden des rechten Ufers am Rio Sealand, welches für Zugthiere, also hier für die Guanakos, nicht besonders geeignet war. Eigentlich beschwerlich wurde die Sache jedoch erst, als die kleine Gesellschaft um das Schlammloch der Bog-woods und zwischen den Bäumen des Waldes hinwanderte. Die kleinen Beine Costar's und Dole's wußten davon ein Liedchen zu singen. Gordon mußte ihnen auch auf Ansuchen Briant's gestatten, auf dem Wagen Platz zu nehmen, um ausruhen zu können, ohne zurückzubleiben.

Gegen acht Uhr, als das Gespann längs der Grenze des Schlammloches nur mühsam vorwärts kam, lockten die Rufe Webb's und Cross', welche etwas vorausgingen, erst Doniphan und dann auch die Anderen herbei.

Inmitten des Morastes der Bog-woods und in der Entfernung von etwa hundert Schritten wälzte sich schwerfällig ein ungeheures Thier umher, das die jungen Jäger sofort erkannten. Es war ein feister, röthlich gefärbter Hippopotamus, der, zum Glücke für ihn selbst, unter dem dichten Laubwerke des Sumpfes verschwand, ehe es möglich gewesen wäre, auf denselben zu schießen. Doch wozu hätte auch ein solch' völlig nutzloser Flintenschuß dienen können?

„Was ist denn das, das große Thier da?“ fragte Dole, der schon durch das Erblicken desselben ganz ängstlich geworden war.

„Das ist ein Hippopotamus,“ belehrte ihn Gordon.

„Hippopotamus? . . . Was für ein drolliger Name!“

„Nun, in unserer Sprache würde es ›Flußpferd‹ lauten,“ erklärte Briant.

„Das sieht ja einem Pferde aber gar nicht ähnlich,“ bemerkte Costar ganz richtig.

„Nein,“ rief Service, „meiner Ansicht nach hätte man den Dickhäuter lieber Porkopotamus (Flußschwein) nennen sollen.“

Diese Aeußerung erschien sehr treffend und erregte ein lautes Gelächter der Kleinen.

Es war ein wenig über zehn Uhr Vormittags als Gordon das Vorland der Sloughi-Bai betrat. Hier machte man neben dem Rio Halt, an derselben Stelle, wo sich nach Zerlegung der Yacht der erste Lagerplatz befunden hatte. Etwa hundert Robben spielten hier auf den Klippen oder wärmten sich im Sonnenschein, andere tummelten sich sogar auf dem Sande selbst, also außerhalb des Klippengürtels umher.

Diese Amphibien mußten mit der Anwesenheit von Menschen nur wenig vertraut sein. Vielleicht hatten sie noch nie ein menschliches Wesen gesehen, da der französische Schiffbrüchige doch mindestens schon seit zwanzig Jahren todt war. Daher kam es wohl, daß die ältesten Thiere der großen Schaar nicht auf drohende Gefahren aufpaßten, welche Vorsichtsmaßregel sonst bei allen, welche in den arktischen oder antarktischen Gebieten erlegt werden, ganz gewöhnlich ist. Immerhin mußte man sich hüten, sie vorzeitig zu erschrecken, denn sie würden dann schnell genug den Platz verlassen haben.

Zuerst aber hatten die jungen Kolonisten, als die Sloughi-Bai wieder vor ihnen auftauchte, die Blicke hinausgerichtet nach dem Horizonte, der sich zwischen dem American-cap und dem False-sea-point so weit vor ihnen ausdehnte.

Das Meer war völlig verlassen; noch einmal erkannte man, daß diese Gegend ganz abseits von den besuchten Seewegen liegen mußte.

Dennoch konnte es wohl vorkommen, daß ein Schiff in Sicht der Insel vorübersegelte. Für diesen Fall wäre ein Beobachtungsposten auf dem Gipfel des Auckland-hill oder selbst oben auf der Höhe des False-sea-point, wohin eine Signalkanone vom Schooner gebracht werden konnte, entschieden vortheilhafter gewesen als der Mast, um die Aufmerksamkeit von Leuten in größerer Ferne zu erregen. Damit hätte man aber die Verpflichtung übernommen, Tag und Nacht an dieser Stelle auf der Wacht und folglich weit von French-den zu bleiben. Gordon erklärte eine solche Maßregel deshalb für unpraktisch. Selbst Briant, den die Frage der Heimkehr täglich beschäftigte, mußte ihm zustimmen. Zu beklagen war jedenfalls, daß French-den nicht an dieser Seite des Auckland-hill mit der Aussicht nach der Sloughi-Bai lag.

Nach einem kurzen Frühstücke, als die Mittagssonne die Robben einlud, sich auf dem Strande zu wärmen, bereiteten sich Gordon, Briant, Doniphan, Cross, Baxter, Webb, Wilcox, Garnett und Service vor, die Jagd zu beginnen. Während dieser Zeit sollten Iverson, Jenkins, Jacques, Dole und Costar am Lagerplatze unter der Aufsicht Moko's zurückbleiben – ebenso wie Phann, den man nicht inmitten dieser Heerde Amphibien umherspringen lassen durfte. Sie hatten übrigens auch die beiden Guanakos zu bewachen, welche unter den ersten Bäumen des Waldes grasten.

Alle Waffen der kleinen Colonie an Gewehren und Revolvern waren nebst reichlichem Schießbedarf mit hierher gebracht worden. In letzterer Hinsicht hatte auch Gordon nicht gegeizt, da es sich um ein ganz allgemeines Interesse handelte.

Zunächst bot sich den Jägern nun die Aufgabe, den Robben den Rückzug von der Küste ins Meer abzuschneiden. Doniphan, den seine Kameraden gern die Führung bei diesem Vorhaben überließen, veranlaßte sie, den Rio bis zu seiner

Mündung hinabzugehen, wobei sie von dem Ufer verdeckt blieben. Von da aus mußte es leicht sein, längs des inneren Klippenrandes hinzueilen, um das Vorland zu umzingeln.

Dieser Plan wurde mit voller Klugheit ausgeführt. Einen Abstand von je zwanzig bis dreißig Schritten zwischen sich lassend, hatten die jungen Jäger bald einen Halbkreis zwischen dem Strand und dem Meere gebildet.

Auf ein von Doniphan gegebenes Zeichen erhoben sich dann Alle auf einmal, die Gewehre knatterten zu gleicher Zeit, und auf jeden Schuß fiel auch ein Opfer.

Diejenigen von den Robben, welche nicht getroffen worden waren, richteten sich, mit dem Schwanze und den Flossenfüßen fechtend, empor, und beeilten sich, von dem Krachen der Schüsse erschreckt, hüpfend das Meer zu gewinnen.

Man verfolgte dieselben noch mit Revolverschüssen. Doniphan, hier ganz in seinem Fahrwasser, that wahre Wunder, während seine Kameraden es ihm nach besten Kräften nachzuthun versuchten.

Das Gemetzel dauerte nur wenige Minuten, obwohl die Amphibien bis zum äußersten Klippenrande verfolgt worden waren. Noch weiter draußen verschwanden die Ueberlebenden und ließen einige zwanzig Getödtete und Schwerverletzte auf dem Vorlande zurück.

Die Expedition war bis hierher vollkommen geglückt, und die Jäger richteten sich nun, nach dem Lager zurückgekehrt, unter den Bäumen ein, um hier sechsunddreißig Stunden verbringen zu können.

Der Nachmittag wurde jetzt einer Arbeit gewidmet, die freilich etwas widerlich war. Gordon nahm an derselben selbst Theil, und da dieselbe nun einmal nicht zu umgehen war, so gingen auch alle Anderen entschlossen ans Werk. Zuerst mußten die zwischen den Klippen getödteten Robben nach dem Strande geschafft werden. Obwohl diese Thiere nur eine mittlere Größe zeigten, war die Aufgabe doch keineswegs leicht.

Während dieser Zeit hatte Moko das große metallene Gefäß über einen zwischen zwei Steinen errichteten Herd eingesetzt. Die in fünf bis sechs Pfund schwere Stücke geschnittenen Robben kamen darauf in diesen Kessel, der vorher mit Süßwasser, geschöpft aus dem Rio zur Ebbezeit, halb angefüllt war. Ganz kurze Zeit genügte, um durch das Sieden derselben ein ziemlich klares, auf der Oberfläche schwimmendes Oel abzuscheiden, mit dem die Tonnen nach und nach gefüllt wurden.

Diese Arbeit machte durch ihren widerlichen Geruch die betreffende Stelle zum Aufenthalt ganz untauglich. Jeder verstopfte sich die Nase, doch nicht die Ohren, welche es vermittelten, die Scherzreden zu hören, welche bei dieser unangenehmen Thätigkeit fielen. Selbst der delicate „Lord Doniphan" fehlte nicht bei der Arbeit, die auch am nächsten Tage wieder aufgenommen wurde.

Gegen Ende dieses zweiten Tages hatte Moko mehrere hundert Gallonen Oel abgeschöpft, womit man sich gerne begnügen konnte, da die Beleuchtung von French-den für die Dauer des nächsten Winters gesichert schien. Uebrigens waren die Robben weder nach den Klippen noch nach dem Strande zurückgekehrt, und sie besuchten das Ufer der Sloughi-Bai wahrscheinlich nicht eher wieder, als bis sie mit der Zeit den gehabten großen Schreck vergessen hatten.

Am folgenden Morgen wurde das Lager mit dem Morgenrothe aufgehoben – wir dürfen wohl verrathen, zur allgemeinen Befriedigung aufgehoben. Am Vorabende war der Wagen noch mit den Fässern, Werkzeugen und Geräthen beladen worden. Da er auf dem Rückwege schwerer als auf dem Hinwege sein mußte, konnten die Guanakos ihn nicht so schnell fortziehen, vorzüglich auch weil der Erdboden nach dem Family-lake zu merkbar anstieg.

Zur Zeit des Aufbruches war die Luft von dem betäubenden Geschrei Tausender von Raubvögeln erfüllt, von dem von Bussards oder Falken, welche, vom Innern der Insel hinzugeflogen, sich um die Reste der Robben zankten, von denen gewiß bald keine Spur mehr übrig sein sollte.

Nach einem letzten Gruß, gerichtet an die Flagge des Vereinigten Königreichs, welche auf dem Gipfel des Auckland-hill wehte, und nach einem letzten Blick nach dem Horizonte des Stillen Weltmeeres, setzte sich die kleine Truppe in Bewegung, indem sie dem rechten Ufer des Rio Sealand folgte.

Die Rückkehr verlief ohne jede Störung. Trotz der Schwierigkeiten des Weges thaten die Guanakos ihre Schuldigkeit so vortrefflich und halfen ihnen die Großen so zur passenden Zeit, wenn eine gar zu schlechte Stelle zu passiren war, daß Alle vor sechs Uhr Abends in French-den wieder eintrafen.

Der nächste und die folgenden Tage wurden den gewohnten Arbeiten gewidmet. Mit dem Robbenöl machte man einen Versuch in den Laternen und überzeugte sich, daß das Licht, welches dasselbe trotz nur mittelmäßiger Qualität gab, zur Beleuchtung der Halle und des Store-room hinreichen würde.

Somit war nicht mehr zu fürchten, daß sie während der langen Wintermonate vielleicht gar im Finstern sitzen müßten.

Inzwischen näherte sich die von den Angelsachsen so freudenvoll gefeierte Christmas, der Weihnachtstag. Gordon wünschte, daß derselbe auch hier mit gebührender Feierlichkeit begangen werde. Das erschien wie eine der verlorenen Heimat gewidmete Erinnerung, wie ein Gruß des Herzens an die entfernten Angehörigen! O, wenn alle diese Kinder sich hätten vernehmbar machen können, wie würden sie da gerufen haben: „Wir sind hier . . . alle! Und lebend, frisch und gesund! . . . Ihr werdet uns wieder sehen! . . . Gott wird uns zu Euch noch zurückführen! . . .“ Ja, sie konnten noch eine Hoffnung bewahren, die ihren Eltern weit da draußen abgehen mußte, die Hoffnung, sie eines Tages wiederzusehen.

Gordon verkündigte also, daß der 25. und 26. December in French-den gefeiert werde und jede Arbeit während dieser beiden Tage ruhen sollte. Die erste Christmas war hier auf der Insel Chairman dieselbe wie in verschiedenen Ländern Europas der Neujahrstag.

Mit welchem Jubel diese Ankündigung aufgenommen wurde, kann man sich leicht vorstellen. Selbstverständlich mußte es nun zum 25. December auch einen Festschmaus geben, für den Moko Wunder zu verrichten versprach. Service und er hatten auch fortwährend heimlich über diesen Gegenstand miteinander zu verhandeln, während Dole und Costar, denen das Wasser schon im Voraus im Munde zusammenlief, das wohlbewahrte Geheimniß zu durchschauen sich bemühten. Die Speisekammer war übrigens vollkommen ausgerüstet, um alles zu liefern, was zu einer Festtafel nothwendig erschien.

Der große Tag kam heran. Auswendig, über der Thür der Halle, hatten Baxter und Wilcox in künstlerischer Anordnung alle Wimpel, Stander und Flaggen des „Sloughi“ angebracht, was French-den ein besonders festliches Aussehen verlieh.

Am frühen Morgen rief ein Kanonenschuß das lustige Echo des Auckland-hill wach. Es war eines der kleinen Signalgeschütze, das Doniphan durch die Wandöffnung der Halle vorgeschoben und das er zu Ehren der Christmas hinausdonnern ließ.

Sogleich brachten die Kleinen den Großen ihre Neujahrswünsche dar, welche von diesen väterlich erwidert wurden. An das Oberhaupt der Insel Chairman richtete Cross sogar eine wirkliche Anrede, welcher Aufgabe er sich nicht ohne Erfolg entledigte.

Jedermann hatte für diese feierliche Gelegenheit die beste Kleidung angezogen. Das Wetter war herrlich und vor wie nach dem Frühstück machte die ganze Gesellschaft einen Spaziergang längs des Sees oder veranstaltete auf der Sport-terrace Spiele, an denen Alle Theil nehmen sollten. Vom Bord der Yacht waren Alle in England so beliebten Spielgeräthschaften mit hergeschafft worden, wie Kegel, Bälle, Schlägel und Ballnetze – für den „Golf", der darin besteht, Kautschukbälle in verschiedene weit von einander entfernte Erdlöcher zu treiben; – für den „Foot-Ball", bei dem ein großer Lederball mit dem Fuße fortzustoßen ist; für die „Bowls", das sind unregelmäßig geformte Holzkugeln, welche mit der Hand geworfen werden, und bei denen es darauf ankommt, die durch ihre ovale Form entstehende Abweichung in der Richtung möglichst zu vermindern, und endlich für die „Fives", ein Spiel, das an das Ballwerfen an eine Mauer erinnert.

Der Tag verlief leider sehr schnell. Die Kleinen überließen sich ganz der ausgelassensten Freude, doch ging alles nach Wunsch ab, ohne daß es zu Zank und Streit gekommen wäre. Freilich war Briant fast ausschließlich in Anspruch genommen, Dole, Costar, Iverson und Jenkins zu unterhalten, ohne daß es ihm gelang, seinen Bruder Jacques zur Theilnahme bei deren Belustigungen zu veranlassen, während Doniphan und dessen gewöhnliche Parteigänger Webb, Cross und Wilcox trotz der Einwendungen des klugen Gordon eine Gesellschaft für sich bildeten. Als endlich durch einen zweiten Kanonenschuß die Eßstunde angekündigt wurde, liefen die jungen Tischgenossen eiligst herzu, ihre Plätze an der, im Eßzimmer des Store-room bereitstehenden Tafel anzunehmen.

Auf dem großen, mit blendend weißem Tischtuche bedeckten Tische nahm ein in einen großen Kübel gepflanzter und mit Grün und Blumen geschmückter Christbaum den Mittelpunkt ein. An demselben hingen kleine Fähnchen mit den vereinigten Farben Englands, Amerikas und Frankreichs.

Moko hatte sich bei der Herstellung der Festtagsmahlzeit wirklich selbst übertroffen und zeigte sich nicht wenig stolz auf die Lobsprüche, die ihm, sowie seinem liebenswürdigen Gehilfen Service, zu Theil wurden. Ein gedämpfter Aguti, ein Ragout von Tinamus, ein gebratener, mit aromatischen Kräutern gewürzter Hase, eine junge Trappe mit erhobenen Flügeln und den Schnabel in die Luft haltend, wie ein schöner Fasan, drei Büchsen conservirtes Gemüse, ein Pudding – und was für ein Pudding! In Form einer Pyramide mit den gebräuchlichen kleinen Rosinen und Algarrobebeeren, der seit länger als einer Woche schon in einem Bade von Brandy lag, dann einige Gläser Weißwein,

Sherry, Liqueure, Thee und zum Dessert noch Kaffee – das mußte wohl hinreichen, den Christmastag auf der Insel Chairman gebührend zu feiern.

Briant brachte dann einen herzlichen Toast auf Gordon aus, den dieser erwiderte, indem er auf das Wohlsein der kleinen Kolonie und auf die Erinnerung an die abwesenden Familien trank.

Endlich – ein wirklich rührender Anblick – erhob sich Costar und dankte im Namen der Jüngsten Briant für die Aufopferung, von der er gerade ihnen so oft die schönsten Beweise gegeben habe.

Briant konnte seiner tiefen Bewegung kaum Ausdruck geben, als schon laute Hurrahs zu seiner Ehre ertönten – Hurrahs, welche in Doniphan's Herzen freilich keinen Widerhall fanden.

II.

Vorbereitungen für den nächsten Winter. – Ein Vorschlag Briant's. – Abfahrt Briant's, Jacques' und Moko's. – Ueber den Family-lake. – Der East river. – Ein kleiner Hafen an der Mündung. – Das Meer im Osten. – Jacques und Briant. – Heimkehr nach French-den.

———

Acht Tage später begann das neue Jahr 1861 und für diesen Theil der südlichen Halbkugel trat dasselbe im vollen Hochsommer ein.

Es waren nun fast zehn Monate verstrichen, seit die jungen Schiffbrüchigen des „Sloughi“ auf ihre Insel, achtzehnhundert Meilen weit von Neuseeland, verschlagen wurden.

Im Laufe dieses Zeitraumes hatte sich ihre Lage sichtlich gebessert. Es gewann den Anschein, als könnten sie sich versichert halten, allen Bedürfnissen des materiellen Lebens für die Zukunft entsprechen zu können, doch immer weilten sie allein auf unbekanntem Lande! Würde die Hilfe von außen – die einzige, welche sie erhoffen konnten – endlich kommen und auch kommen, ehe die schöne Jahreszeit wieder zu Ende ging, oder sollte die Colonie verurtheilt sein, noch einmal die große Strenge eines antarktischen Winters durchzukosten? Bisher waren sie ja von keiner Krankheit heimgesucht worden. Alle, Große und Kleine, befanden sich den Umständen angemessen vortrefflich. Dank der weisen Vorsicht Gordon's, der sorgsam darüber wachte, – was zuweilen einigen Widerspruch gegen seine Strenge wachrief – war keine Unklugheit, kein Exceß irgend welcher Art begangen worden. Doch mußte man nicht auch mit den Launen und Neigungen rechnen, von welchen Kinder dieses Alters, vorzüglich die jüngsten, ja niemals ganz frei sind? Kurz, wenn die Gegenwart recht annehmbar erschien, konnte man wegen der Zukunft doch nicht immer so beruhigt sein. Um jeden Preis wollte Briant, der sich Tag für Tag mit diesem Gedanken trug, die Insel Chairman verlassen. Wie hätte man aber mit dem einzigen Fahrzeug, das man besaß, mit der gebrechlichen Jolle, eine Fahrt wagen können, welche vielleicht recht lang werden konnte, wenn die Insel nicht einer der Gruppen im Stillen Weltmeere angehörte, oder wenn das benachbarte Festland einige hundert Meilen entfernt lag? Selbst wenn zwei oder drei der kühnsten Knaben sich geopfert hätten, ein Land im Osten aufzusuchen, wie wenig Aussicht hatten dieselben doch, ein solches zu erreichen! Nein, sicherlich, das überstieg ihre Kräfte, und Briant wußte also selbst nicht, was er zur Rettung Aller ersinnen konnte.

Es blieb eben nichts übrig, als zu warten, immer zu warten, und inzwischen thätig zu sein, um die Wohnlichkeit von French-den noch weiter zu erhöhen. Wenn die jungen Colonisten, angesichts der dringlichen Aufgaben für den nächsten Winter, diesen Sommer nicht dazu kamen, so wollten sie wenigstens im folgenden Sommer ihre Insel überall genauer in Augenschein nehmen.

Jeder ging entschlossen ans Werk. Die Erfahrung hatte ihnen schon gelehrt, was die Winterstrenge unter diesen Breiten zu bedeuten habe. Wochen, ja, ganze Monate lang, zwang sie die Witterung, sich in der Halle aufzuhalten, und es war nur eine Maßregel der Klugheit, sich gegen Hunger und Kälte zu versorgen und zu schützen – gegen diese beiden Feinde, welche am meisten zu fürchten waren.

Die Kälte in French-den zu besiegen, dazu bedurfte es ja nur hinreichenden Heizmaterials, und der, wenn auch noch so kurze Herbst sollte gewiß nicht vergehen, ohne daß Gordon genügende Holzvorräthe ansammeln ließe, um die Oefen Tag und Nacht zu speisen. Doch hatte man nicht auch an die Hausthiere zu denken, welche sich in der Einfriedigung und im Hühnerhofe befanden? Sie im Store-room unterzubringen, das wäre ebenso belästigend wie vom hygienischen Standpunkt betrachtet, unvorsichtig gewesen. Es machte sich also notwendig den Stall innerhalb der Einhegung mehr auszubauen, um Schutz gegen die niedrige Temperatur zu gewähren, und ihn durch Aufstellung eines Ofens schlimmsten Falls zu heizen, um die Luft im Innern auf erträglichem

Grade zu erhalten. Damit beschäftigten sich Briant, Baxter, Service und Moko während der ersten Wochen des neuen Jahres.

Was die nicht minder wichtige Frage der Ernährung während der ganzen Winterperiode anging, so übernahmen es Doniphan und seine Jagdgenossen, diese zu lösen. Jeden Tag besichtigten sie die Fallen, Schlingen und Dohnen. Was nicht zum augenblicklichen Bedarfe verwendet wurde, das vergrößerte die Vorräthe der Speisekammer als gesalzenes oder geräuchertes Fleisch, welches Moko mit gewohnter Sorgfalt herstellte. So sicherte man sich die nöthige Nahrung, wenn der Winter auch noch so lange anhalten sollte.

Ein Ausflug blieb aber immer noch zu unternehmen, und zwar mit dem Zwecke, nicht alle noch unbekannten Gebiete der Insel Chairman zu erforschen, sondern nur den im Osten des Family-lake gelegenen Theil derselben kennen zu lernen.

Man wollte dabei erfahren, ob derselbe Wälder, Sümpfe oder Dünen enthalte und ob er vielleicht gar neue, nützlich zu verwendende Hilfsmittel böte.

Eines Tages sprach Briant über dieses Thema mit Gordon und beleuchtete dasselbe auch noch von anderem Gesichtspunkte.

„Obwohl die Karte des schiffbrüchigen Baudoin mit einer gewissen Sorgfalt hergestellt ist, von der wir uns mehrfach überzeugen konnten," begann er seine Worte, „so erscheint es mir doch wichtig, den Stillen Ocean im Osten einmal selbst in Augenschein zu nehmen. Uns stehen vortreffliche Fernrohre zur Verfügung, welche mein Landsmann nicht besaß, und wer weiß, ob wir nicht Land entdecken, wo er kein solches sehen konnte. Seiner Karte nach liegt die Insel Chairman in dieser Meeresgegend ganz vereinzelt, und vielleicht ist das doch nicht richtig."

„Du verfolgst immer Deine Idee," antwortete Gordon, „und kannst es nicht erwarten, von hier wegzukommen."

„Ganz recht, Gordon, und ich meine, im Grunde denkst Du ganz dasselbe. Müssen denn nicht alle unsere Anstrengungen darauf gerichtet bleiben, sobald als möglich nach der Heimat zurückzukehren?"

„Zugegeben," bestätigte Gordon, „und da Dir so viel daran liegt, werden wir einen Ausflug veranstalten . . ."

„Einen Ausflug, an dem sich gleich Alle betheiligen?" fragte Briant.

„Nein,“ erwiderte Gordon. „Mir scheint, daß sechs bis sieben unserer Genossen . . .“

„Auch das wären zu viele, Gordon! Bei so großer Anzahl bliebe uns nichts anderes übrig, als im Norden oder im Süden um den See zu ziehen, und ist es so sicher, daß das nicht viel Zeit erfordern und nicht recht große Beschwerden mit sich führen könnte?“

„Welchen Vorschlag hast Du dann, Briant?“

„Ich empfehle, den See mit der Jolle zu überschreiten und von French-den aus sogleich nach dem gegenüber liegenden Ufer zu segeln; dabei könnten freilich nur zwei bis drei Teilnehmer zugelassen werden.“

„Wer soll aber die Jolle führen?“

„Moko,“ antwortete Briant. „Er kennt die Handhabung eines Bootes und ich verstehe mich auch etwas darauf. Bei günstigem Winde werden wir mit dem Segel, bei ungünstigem mit zwei Rudern leicht die fünf bis sechs Meilen zurücklegen, welche der See in der Richtung des Wasserlaufes mißt, der nach der Karte die östlichen Wälder durchbricht; auf jenem können wir wahrscheinlich bis zu seiner Ausmündung gelangen.“

„Einverstanden, Briant,“ sagte Gordon, „ich billige Deinen Gedanken. Wer würde dann Moko begleiten?“

„Ich selbst, Gordon, da ich am letzten Zuge nach dem Norden des Sees nicht betheiligt war. Jetzt ist an mir die Reihe, mich nützlich zu erweisen . . . und ich beanspruche . . .“

„Nützlich!“ fiel ihm Gordon ins Wort. „Hast Du uns nicht schon unzählige Dienste geleistet, mein lieber Briant? Hast Du Dich nicht mehr wie alle Anderen aufgeopfert? Sind wir im Gegentheile nicht Dir den wärmsten Dank schuldig?“

„O, nicht doch, Gordon! Wir haben Alle nur unsere Pflicht gethan. Nun, ist die Sache abgemacht?“

„Vollkommen, Briant. Wen würdest Du als dritten Reisebegleiter vorschlagen? Ich würde Dir nicht rathen, Doniphan zu wählen, denn Ihr vertragt Euch nicht gut mit einander.“

„O, ich würde ihn ganz gerne als solchen sehen,“ antwortete Briant. „Doniphan hat kein schlechtes Herz, er ist muthig, gewandt, und ohne seinen eifersüchtigen Charakter wär' er der beste Kamerad. Ich denke, er wird sich schon noch ändern, wenn er einsieht, daß ich mich weder vor noch über ihn zu stellen strebe, und wir werden, das weiß ich bestimmt, einst noch die besten Freunde von der Welt. Dennoch hatt' ich an einen anderen Reisegefährten gedacht."

„An wen denn?"

„An meinen Bruder Jacques," erklärte Briant. „Sein Verhalten beunruhigt mich mehr und mehr. Offenbar hat er sich etwas Schweres vorzuwerfen, was er nicht aussprechen will. Vielleicht, wenn er sich bei diesem Ausfluge mit mir allein weiß . . ."

„Du hast Recht, Briant. Nimm Jacques nur mit und beginne gleich heute die Vorbereitungen zur Abfahrt."

„Das wird nicht lange dauern," versicherte Briant, „denn unsere Abwesenheit soll höchstens zwei bis drei Tage währen."

An demselben Tage verkündete Gordon den geplanten Ausflug. Doniphan zeigte sich etwas ärgerlich, davon ausgeschlossen zu bleiben, doch als er sich bei Gordon deshalb beklagte, verständigte ihn dieser dahin, daß dieser Zug bei den Bedingungen, unter denen er ausgeführt werden sollte, nur zwei bis drei Personen erfordere, daß die Anregung dazu von Briant ausgegangen und dessen Ausführung also auch diesem zu überlassen sei u. s. w.

„Die Sache wird demnach nur um seinetwillen unternommen, nicht wahr, Gordon?"

„Du bist ungerecht, Doniphan, ungerecht gegen Briant, ebenso wie gegen mich."

Doniphan widersprach nicht weiter, sondern schloß sich seinen Freunden Wilcox, Cross und Webb wieder an, vor denen er seiner schlechten Laune nach Belieben freien Lauf lassen konnte.

Als der Schiffsjunge erfuhr, daß er so bald sein Amt als Küchenmeister mit dem des Jollenführers vertauschen sollte, verhehlte er keineswegs seine Befriedigung. Der Gedanke, mit Briant zu fahren, verdoppelte ihm nur das Vergnügen. Was seine Ersetzung am Kochofen des Store-room betraf, so konnte dabei nur Service in Frage kommen, und dieser freute sich schon bei dem Gedanken, einmal nach Herzenslust braten und schmoren zu können, ohne irgend einen Anderen an der Seite zu haben. Was Jacques angeht, so schien es diesem angenehm, seinen Bruder begleiten und French-den für einige Tage verlassen zu können.

Die Jolle wurde also sofort segelklar gemacht. Sie führte ein kleines lateinisches Segel, das Moko mit einer Stange versah und um den Mast wickelte. Zwei Gewehre, drei Revolver, Munition in ausreichender Menge, drei Reisedecken, Mundvorrath an Speisen und Getränken, Wachshauben für etwaiges Regenwetter, zwei Ruder nebst einem zweiten Paare als Ersatz – das war Alles, was zu einem nur kurzdauernden Ausflug erforderlich schien – die Copie der Karte des Schiffbrüchigen nicht zu vergessen, in welche je nach den zu machenden Entdeckungen neue Namen eingeschrieben werden sollten.

Am 4. Februar, gegen acht Uhr Morgens, schifften sich, nach herzlicher Verabschiedung von ihren Kameraden, Briant, Jacques und Moko am Damme des Rio Sealand ein. Bei schöner Witterung wehte eine leichte Südwestbrise. Das Segel wurde entfaltet, und Moko, der im Hintertheile Platz nahm, ergriff das Steuer, während Briant die Schote des Segels hielt. Obwohl die Seeoberfläche kaum von dem zuweilen ganz aussetzenden Windhauche leicht gekräuselt wurde, so machte sich die Wirkung des Windes auf die Jolle doch bemerkbarer, als diese ein größeres Stück vom Ufer hinausgekommen war. Ihre Schnelligkeit nahm damit zu. Eine halbe Stunde später erkannte Gordon, welcher von der Sport-terrace aus das Boot mit den Blicken verfolgte, nur noch einen dunklen Punkt, der auch bald verschwinden mußte.

Moko befand sich am Achter, Briant in der Mitte und Jacques saß im Vordertheile am Fuße des Mastes. Während einer Stunde blieb ihnen der hohe Kamm des Auckland-Hill in Sicht, dann versank auch dieser unter dem Horizonte. Das entgegengesetzte Seeufer stieg aber noch nicht empor, obgleich es nicht entfernt sein konnte. Leider zeigte der Wind, wie das öfter beobachtet wird, wenn die Sonne sich ihrem höchsten Stande nähert, Neigung abzuflauen, und gegen Mittag machten sich nur noch einzelne launenhafte, schwache Stöße desselben fühlbar.

„Es ist unangenehm,“ sagte Briant, „daß die Brise nicht den ganzen Tag über ausgehalten hat.“

„Doch noch unangenehmer wär' es gewesen, Herr Briant,“ antwortete Moko, „wenn sie uns gar entgegen geweht hätte.“

„Du bist der reine Philosoph, Moko!“

„Ich weiß nicht, was Sie darunter verstehen,“ antwortete der Schiffsjunge. „Was mich angeht, so bin ich einmal gewöhnt, über nichts unwillig zu werden.“

„Ganz recht, das meint man eben mit Philosophie.“

„Lassen wir das dahingestellt und greifen wir vorläufig zu den Rudern, Herr Briant. Es ist wünschenswerth, das andere Ufer vor der Nacht zu erreichen; doch wenn uns das nicht gelänge, müßten wir uns auch zufrieden geben.“

„Wie Du willst, Moko. Ich werde das eine Ruder nehmen, Du nimmst das andere und Jacques mag das Steuer führen.“

„Ganz recht,“ erwiderte der Negerknabe; „und wenn Herr Jacques gut steuert, werden wir schon flink vorwärts kommen.“

„Du wirst mir sagen, wie ich steuern soll, Moko,“ antwortete Jacques, „und ich werde mein Bestes thun, Deinen Angaben nachzukommen.“

Moko zog das Segel ein, welches bei dem ganz eingeschlafenen Winde in losen Falten herabhing. Die jungen Bootsinsassen beeilten sich, ein wenig zu essen. Nachher setzte sich der Schiffsjunge in das Vordertheil, Jacques ließ sich ganz hinten nieder und Briant blieb, wie früher, in der Mitte. Die kräftig angetriebene Jolle glitt in schräger Richtung, laut Compaß nach Nordosten zu, schnell dahin.

Das Boot schwamm jetzt inmitten der ausgedehnten Wasserfläche, als befände es sich auf offener See, da das Wasser ringsum von der Linie des Himmels umschlossen wurde. Jacques blickte forschend in der Richtung nach Osten hin, um zu erkennen, ob die French-den gegenüberliegende Küste noch immer nicht auftauchen wolle.

Gegen drei Uhr konnte der Schiffsjunge, der durch das Fernrohr hinausgesehen hatte, melden, daß er Spuren von Land erkenne, und bald darauf bestätigte Briant, daß Moko sich nicht getäuscht habe. Um vier Uhr zeigten sich schon Baumkronen über einem ziemlich niedrigen Ufer, wodurch es erklärlich wurde, daß Briant dasselbe von der False-Sea-Point nicht hatte wahrnehmen können. Die Insel Chairman trug also keine anderen Anhöhen als die zwischen der Sloughi-Bai und dem Famlily-lake verlaufende Kette des Auckland-hill.

Noch zweieinhalb bis drei Meilen, und das östliche Ufer mußte erreicht sein. Briant und Moko handhabten ihre Ruder kräftig, doch nicht ohne Anstrengung, denn es herrschte eben eine starke Hitze. Die Oberfläche des Sees glich einem Spiegel. Meist gestattete sein klares Gewässer in zwölf bis fünfzehn Fuß Tiefe den mit Wasserpflanzen stellenweise bedeckten Grund zu erkennen, über den unzählige Fische hinweghuschten.

Gegen sechs Uhr Abends endlich stieß die Jolle bei einem mäßig hervortretenden Ufer ans Land, über welchem sich das Gezweige immergrüner Eichen und knorriger Föhren ausbreitete. Das Ufer eignete sich an dieser Stelle indeß so wenig zum Aussteigen, daß man dasselbe etwa eine halbe Meile weiter nach Norden verfolgte.

„Da ist der auf der Karte angegebene Rio!“ rief dann Briant.

Er wies dabei auf einen Einschnitt des Landes, durch welchen der Rio seinen Abfluß hatte.

„Ich denke, wir können es uns ersparen, ihm einen besonderen Namen zu geben,“ antwortete der Schiffsjunge.

„Du hast Recht, Moko. Nennen wir ihn einfach East-river, da er nach Osten zu verläuft.“

„Sehr richtig,“ sagte Moko, „und nun brauchen wir wohl blos die Strömung des East-river zu benützen, um nach dessen Mündung zu gelangen.“

„Das werden wir morgen vornehmen, Moko, denn es scheint mir rathsamer, die Nacht hier zu verweilen. Mit Tagesanbruch lassen wir dann die Jolle hinunter treiben, wobei wir gleich die Gegend an beiden Ufern besichtigen können.“

„Steigen wir denn aus? . . .“ fragte Jacques.

„Natürlich,“ antwortete Briant, „und wir lagern uns unter dem Schutze der Bäume.“

Briant, Jacques und Moko sprangen ans Ufer, das den Hintergrund einer kleinen Einbuchtung bildete. Nachdem die Jolle an einem Baumstumpfe sorgsam festgelegt war, wurden die Waffen und Mundvorräthe aus derselben geholt, auch ein tüchtiges Feuer aus dürrem Holze am Fuße einer Eiche entzündet. Man verzehrte noch etwas Schiffszwieback nebst kaltem Fleische, breitete dann die Decken auf der Erde aus, und mehr bedurfte es für die jungen Leutchen nicht, bald friedlich und fest einzuschlummern. Für jeden Nothfall waren übrigens die Waffen geladen worden; wenn sich während des herabsinkenden Abends auch dann und wann ein Geheul vernehmen ließ, so ging die Nacht doch ohne Störung vorüber.

„Nun auf und vorwärts!“ rief Briant, der gegen sechs Uhr Morgens zuerst erwachte.

Nach wenigen Minuten hatten alle Drei in der Jolle Platz genommen und überließen sich nun der Strömung des Rio.

Diese war – eine halbe Stunde nach Eintritt der Ebbe – so stark, daß man die Ruder gar nicht einzulegen brauchte. Briant und Jacques hatten sich also im Vordertheile der Jolle niedergesetzt, während der am Achter sitzende Moko sich eines Ruders als Bootsriemens bediente, um das leichte Fahrzeug in gewünschter Richtung zu erhalten.

„Es ist anzunehmen," sagte er, „daß eine Ebbeperiode hinreicht, uns bis zum Meere hinaus zu tragen, wenn der East-river nicht mehr als fünf bis sechs Meilen mißt, denn seine Strömung übertrifft die des Rio Sealand an Schnelligkeit."

„Das wäre zu wünschen," meinte Briant. „Für den Rückweg werden wir doch wohl zwei bis drei Fluthperioden nöthig haben ..."

„Freilich, Herr Briant, und wenn Sie es wünschen, fahren wir sofort zurück ..."

„Gewiß, Moko," antwortete Briant, „sobald wir uns überzeugt haben, ob östlich der Insel Chairman Land zu entdecken ist oder nicht."

Inzwischen glitt die Jolle mit einer von Moko auf eine Meile in der Stunde geschätzten Geschwindigkeit dahin. Uebrigens hielt der East-river eine fast geradlinige und, wie der Compaß erkennen ließ, ostnordöstliche Richtung ein. Sein Bett war tiefer eingeschnitten als das des Rio Sealand, und auch minder breit – höchstens dreißig Fuß – was die Schnelligkeit seiner Strömung erklärte. Was Briant beunruhigte, war nur der Gedanke, daß diese gar in Stromschnellen oder Strudel übergehen und dann nicht bis zur Küste benutzbar sein könnte. Weitere Entschlüsse zu fassen, war es doch Zeit genug, wenn sich erst wirklich ein Hinderniß zeigte.

Man befand sich hier im Walde, inmitten der üppigsten Vegetation. Außer denselben Baumarten, wie in den Traps-woods, erhoben sich hier noch vorwiegend Stein- und Korkeichen, Fichten und Kiefern.

Unter anderen erkannte Briant, obwohl er in der Botanik lange nicht so bewandert war wie Gordon, einen gewissen Baum, dem man auf Neuseeland in zahlreichen Exemplaren begegnet. Dieser Baum, der seine Krone erst gegen sechzig Fuß über der Erde schirmartig ausbreitet, trug konische, drei bis vier Zoll lange Früchte, die nach unten zugespitzt und mit einer Art glänzender Schuppen bedeckt waren.

„Das muß die Zirbelkiefer (Pinie) sein!" rief Briant.

„Wenn Sie sich nicht täuschen, Herr Briant," antwortete Moko, „so wollen wir einen Augenblick anhalten. Das lohnt sich der Mühe."

Ein Ruderschlag trieb die Jolle nach dem linken Ufer. Briant und Jacques sprangen ans Land. Wenige Minuten später brachten sie eine große Menge jener Zirbelnüsse, die jede eine eiförmige Mandel enthält, welche von einem feinen Häutchen umhüllt ist und wie eine Haselnuß duftet. Ein kostbarer Fund für die Feinschmecker der kleinen Colonie, aber auch, wie Gordon diesen nach Briant's Rückkehr auseinandersetzte, deshalb, weil diese Früchte vortreffliches Oel liefern.

Es erschien auch von Wichtigkeit, zu erfahren, ob dieser Wald ebenso wildreich sei wie die Wälder im Westen des Family-lake. Das mußte wohl der Fall sein, denn Briant sah durch das Dickicht eine erschreckte Heerde von Nandus und Vigogne-Schafen flüchten, und sogar einzelne Guanakos, welche in rasender Eile davonstürmten. Bezüglich des Geflügels hätte Doniphan hier manchen guten Schuß abgeben können. Briant dagegen enthielt sich der Vergeudung seiner Munition, da die Jolle ausreichenden Vorrath an Lebensmitteln trug.

Gegen elf Uhr wurde es deutlich, daß der dichte Wald sich allmählich lichtete. Schon lüfteten einzelne Blößen den Erdboden unter den Bäumen. Gleichzeitig erschien die Brise etwas von Salzdünsten geschwängert, was auf die Nähe des Meeres hinwies.

Einige Minuten später schimmerte dann ganz plötzlich hinter einer Gruppe prächtiger Steineichen die bläuliche Linie des Horizontes auf.

Die Strömung führte die Jolle, wenn auch jetzt minder schnell, immer noch mit sich fort. Bald mußte sich nun aber die Fluth in dem jetzt vierzig bis fünfzig Fuß breiten Bette des East-river bemerkbar machen.

Nahe den Felsen, welche sich an der Küste erhoben, angelangt, lenkte Moko die Jolle nach dem linken Ufer. Dann trug er den kleinen Dregganker ans Land, wo er ihn tief in den Sand einsenkte, und Briant schiffte sich nun nebst seinem Bruder ebenfalls aus.

Welch' verschiedenes Bild gegen jenes, das die Westküste der Insel Chairman darbot! Hier öffnete sich wohl, und auch genau in der Höhe der Sloughi-Bai, eine weite Bucht, doch statt des breiten, sandigen Vorlandes mit dem Klippengürtel an der einen und dem im Hintergrunde sich erhebenden Steilufer an der anderen

Seite der Wrack-coast, zeigte sich hier eine Anhäufung von Felsen, in welchen Briant, wie er sich bald überzeugte, zwanzig Aushöhlungen statt einer hätte finden können.

Diese Küste erschien demnach bequem bewohnbar, und wenn der Schooner an dieser Stelle gescheitert und er nach der Strandung noch einmal flott geworden wäre, so hätte er in der Mündung des East-river, gleichsam in einem natürlichen Hafen, Schutz suchen können, in dem es selbst bei tiefster Ebbe nicht an Wasser fehlte.

Zuerst hatte Briant seine Blicke seewärts, nach dem äußersten Horizonte dieser ausgedehnten Bucht, schweifen lassen. Da sich diese zwischen zwei sandigen Ausläufern über ein Bogenstück von etwa fünfzehn Meilen Länge erstreckte, hätte sie wohl den Namen eines Golfes verdient.

In diesem Augenblicke erschien die Bai verlassen – wahrscheinlich wie immer. Kein Schiff war in Sicht, nicht einmal an ihrem äußersten Rande, der sich scharf vom Hintergrunde des Himmels abhob. Von einem Lande oder einer Insel war ebenso wenig zu sehen. Moko, der mehr gewöhnt war, die verschwindenden Linien weit entfernter Höhen, welche so leicht mit den Dünsten aus dem Meere zusammenfließen, zu erkennen, vermochte auch durch das Fernrohr nichts wahrzunehmen. Die Insel Chairman schien nach Osten zu ebenso vereinsamt wie nach Westen hin zu liegen. Deshalb zeigte auch die Karte des schiffbrüchigen Franzosen nach dieser Richtung keinerlei Land an.

Es wäre übertrieben, zu sagen, daß Briant jetzt hätte den Muth sinken lassen. Nein, er hatte das ja erwartet. Dennoch fand er es angemessen, dieser Ausweitung der Küste den Namen Deception-bay (Bai der Enttäuschung) beizulegen.

„Nun,“ sagte er, „von dieser Küste aus würden wir den Rückweg doch nicht einschlagen.“

„O, Herr Briant, man kommt überall vorwärts, ob's nun auf dem einen oder dem anderen Wege ist. Inzwischen, denke ich, thun wir gut, ein wenig zu frühstücken . . .“

„Ganz recht,“ antwortete Briant, „aber nur schnell. Um welche Stunde könnte die Jolle wieder den East-river hinaufsegeln?“

„Wenn wir die Fluth benutzen wollen, müßten wir sofort einsteigen.“

„Das geht nicht an, Moko. Ich möchte den Horizont erst noch unter günstigeren Bedingungen und von der Höhe eines den Strand überragenden Felsens aus besichtigen.“

„Dann, Herr Briant, müßten wir die nächste Fluth abwarten, welche in den East-river nicht vor zehn Uhr Abends eintreten dürfte.“

„Und würdest Du fürchten, während der Nacht zu fahren?“ fragte Briant.

„Keineswegs; das ist ganz ohne Gefahr, denn wir haben gerade Vollmond, und überdies verläuft das Bett des Rio so direct, daß es genügen wird, während der Dauer der Fluth mit einem Ruder zu steuern. Kehrt sich dann die Strömung um, so versuchen wir, mit den Rudern weiter zu kommen, und wenn diese zu stark würde, halten wir einfach bis zum nächsten Tage an.“

„Gut, Moko, ich stimme mit Dir überein, doch da wir nun zwölf Stunden vor uns haben, wollen wir sie benutzen, unsere Nachforschungen zu vervollständigen.“

Nach dem Frühstück und bis zur Zeit des Mittagessens wurde die ganze Zeit darauf verwendet, diesen Theil der Küste zu besichtigen, der von dichtem, selbst bis an den Fuß der Felsen herantretendem Baumwuchs bedeckt war. An eßbarem Wild schien es hier den gleichen Ueberfluß zu geben, wie in den Umgebungen von French-den, und Briant gestattete sich, für die Abendmahlzeit einige Tinamus zu erlegen.

Was das Bild dieser Uferstelle charakterisirte, das war die Anhäufung mächtiger Granitblöcke. Hier herrschte ein wirklich großartiges Chaos durcheinander gewürfelter gewaltiger Felsen – eine Art Feld von Karnak, das keines Menschen Hand in dieser Weise hätte schaffen können. Vielfach fanden sich auch jene tiefen Aushöhlungen, welche man in gewissen keltischen Ländern „Rauchfänge“ nennt, und es wäre sehr leicht gewesen, sich zwischen den Wänden derselben häuslich einzurichten. Der kleinen Colonie hätte es hier weder an Hallen noch an Store-rooms gemangelt. Nur im Umkreise einer halben Meile fand Briant mindestens ein Dutzend dieser recht bequemen Aushöhlungen.

Briant legte sich dabei natürlich auch die Frage vor, warum der schiffbrüchige Franzose nicht auf diesem Theile der Insel Obdach gesucht haben möge. Daß er denselben besucht, erschien ganz zweifellos, da sich die Hauptlinien der Küste auf seiner Karte richtig eingezeichnet fanden. Wenn man trotzdem keine Spuren von seiner früheren Anwesenheit hier entdeckte, lag das gewiß daran, daß François Baudoin seine Wohnung in French-den schon aufgeschlagen hatte, ehe er seine Nachforschungen bis zu den östlichen Gebieten ausdehnte, und da er sich dort gegen die scharfen Seewinde geschützter wähnte, es vorgezogen hatte, daselbst zu bleiben. Diese Erklärung schien so natürlich, daß auch Briant sie annehmen mußte.

Gegen zwei Uhr, als die Sonne den höchsten Stand überschritten, schien der Augenblick günstiger, das Meer seewärts der Insel genauer zu besichtigen. Briant, Jacques und Moko versuchten also einen Felsblock, in Gestalt eines ungeheuren Bären, zu erklimmen. Diese Steinmasse erhob sich etwa hundert Fuß über den kleinen Hafen, und nicht ohne Schwierigkeit gelangten sie auf den Gipfel derselben.

Hier beherrschte der Blick, wenn man ihn nach rückwärts wendete, den Wald, der sich nach Westen hin bis zum Family-lake ausdehnte, während die Oberfläche des letzteren durch einen weiten grünen Vorhang verdeckt blieb. Im Süden erschien das Land von gelblichen Dünen durchzogen, zwischen denen einzelne düstere Fichtenhaine, wie in den traurigen Einöden der Nordpolarländer, aufstrebten. Im Norden lief die Grenzlinie der Bucht in eine sandige Landspitze aus, welcher sich, noch weiter hinaus, eine ungeheure Sandebene anschloß. Kurz, die Insel Chairman erschien wirklich fruchtbar nur in ihren mittleren Theilen, wo das Süßwasser des Sees, das durch verschiedene Rios an seinen beiden Längsufern abfloß, ihrem Pflanzenbestande Nahrung zuführte.

Briant richtete sein Fernrohr nun nach dem östlichen Horizonte, der sich in großer Reinheit vom Himmel abhob. Jedes, in einem Umkreise von sieben bis acht Meilen gelegene Land, wäre gewiß im Objectivglase des Instruments sichtbar gewesen.

Doch nichts in dieser Richtung!... Nichts als das endlose Meer, das der Himmel in ununterbrochener Linie begrenzte!

Während einer vollen Stunde beobachteten Briant, Jacques und Moko ohne Unterlaß, und sie wollten schon wieder nach dem Strande hinabklettern, als Moko Briant aufhielt.

„Was ist denn das da draußen?“ fragte er, die Hand nach Nordosten zu ausstreckend.

Briant richtete das Fernrohr nach dem bezeichneten Punkte.

In der That glänzte dort, nur wenig über dem Horizonte, ein weißlicher Fleck, den das Auge hätte mit einem Wölkchen verwechseln können, wenn der Himmel gerade jetzt nicht so außerordentlich rein erschienen wäre. Nachdem Briant denselben lange im Gesichtsfelde seines Fernrohrs gehalten, konnte er versichern, daß der Fleck unbeweglich auf einer Stelle blieb und auch seine Gestalt sich in keiner Weise veränderte.

„Ich weiß nicht, was das sein könnte, wenn es nicht ein Berg ist! Doch auch ein Berg könnte nicht so aussehen!“

Da die Sonne bald darauf mehr und mehr im Westen versank, war der Fleck bald verschwunden. Befand sich nun dort ein höheres Land, oder rührte dieser weiße Schein nur von einer Wiederspiegelung des Lichts auf dem Wasser her? Die letzte Annahme war es, der Jacques und Moko sich zuneigten, während Briant bezüglich derselben einige Zweifel bewahren zu sollen glaubte.

Nach vollendeter Umschau begaben sich Alle wieder nach der Mündung des East-river, in dessen kleinem Hafen die Jolle angebunden lag. Jacques sammelte unter den Bäumen dürres Holz und zündete ein Feuer an, Moko aber beschäftigte sich mit der Zubereitung der Tinamus.

Gegen sieben Uhr und nachdem sie mit dem größten Appetit gegessen, gingen Jacques und Briant noch ein Stück auf dem Strande spazieren, da sie die Stunde der wiederkehrenden Fluth abwarten mußten.

Moko seinerseits stieg das linke Ufer hinauf, wo Zirbelfichten standen, von denen er noch einige Früchte pflücken wollte.

Als er nach der Mündung des East-river zurückkam, begann schon die Nacht herabzusinken. Wenn das Meer weiter draußen noch im Widerschein der letzten Sonnenstrahlen, welche über die Insel hinglitten, erglänzte, so lagerte doch schon ein Halbdunkel auf dem Uferlande.

In dem Augenblick, wo Moko die Jolle erreichte, waren Briant und sein Bruder noch nicht zurück. Da sie sich jedoch nicht weit entfernt haben konnten, empfand er darüber keinerlei Unruhe.

Da verwunderte sich Moko aber nicht wenig, ein Schluchzen und gleichzeitig eine laut tönende Stimme zu vernehmen. Er täuschte sich nicht, das war Briant's Stimme.

Sollten die beiden Brüder von irgend welcher Gefahr bedroht sein? Der Schiffsjunge zögerte nicht, nach dem Strande hinabzueilen, nachdem er um die letzten Felsen, welche den kleinen Hafen abschlossen, gelaufen war.

Plötzlich gewahrte er etwas, was ihn sofort aufhielt.

Jacques lag vor Briant auf den Knien! ... Er schien diesen anzuflehen, ihn um Gnade zu bitten ... daher das Schluchzen, welches zu Moko's Ohren gedrungen war.

Der Schiffsjunge hatte sich aus Zartgefühl zurückziehen wollen ... Es war zu spät ... Er hatte schon Alles gehört, Alles verstanden! Er wußte jetzt, was Jacques begangen und weshalb er sich seinem Bruder gegenüber zu entschuldigen suchte.

Dieser aber rief eben:

„Unglückseliger! ... Wie, Du bist es also gewesen? ... Du, der das gethan hat? ... Du bist die Ursache ...“

„Verzeihung ... Bruder ... Verzeihung!“

„Das ist es also, warum Du Dich von Deinen Genossen fern hieltest ... Weshalb Du Furcht vor ihnen hattest! ... O, möchten sie es nimmer erfahren! ... Nein, kein Wort! Nicht ein Wort und ... Niemand!“

Moko hätte viel darum gegeben, nicht wider seinen Willen in dieses Geheimniß eingeweiht worden zu sein.

Jetzt wär's ihm aber zu schwer angekommen, sich Briant gegenüber unwissend zu stellen. Als er sich wenig Minuten später allein mit diesem bei der Jolle befand, sagte er deshalb:

„Herr Briant, ich habe Alles mit angehört ...“

„Wie, Du weißt, daß Jacques? ...“

„Ja, Herr Briant ... Er muß Verzeihung haben ...“

„Würden auch die Anderen ihm verzeihen?“

„Vielleicht doch,“ antwortete Moko. „In jedem Fall ist es besser, sie erfahren überhaupt nichts davon, und Sie dürfen darauf rechnen, daß ich schweigen kann ...“

„Ach, mein armer Moko!“ sagte Briant, die Hand des Schiffsjungen drückend.

Während zwei vollen Stunden und bis zur Zeit der Abfahrt richtete Briant kein einziges Wort an Jacques. Dieser übrigens blieb am Ufer eines Felsens sitzen und fühlte sich gewiß noch mehr niedergeschlagen, seit er dem Drängen seines Bruders nachgegeben und Alles gestanden hatte.

Gegen zehn Uhr machte die Fluth sich bemerkbar. Briant, Jacques und Moko nahmen in der Jolle Platz. Sobald diese vom Land gelöst war, führte der Strom sie rasch dahin; der Mond, der sich bald nach Sonnenuntergang erhoben hatte, beleuchtete hinlänglich den Lauf des East-river, um bis einhalbein Uhr ohne Beschwerde auf diesem vordringen zu können. Dann trat schon wieder Ebbe ein, welche die Ruder zur Hand zu nehmen zwang, und während einer Stunde kam die Jolle kaum eine Meile stromaufwärts weiter.

Briant schlug also vor, sich bis Tagesanbruch festzulegen, um das Wiederansteigen der Fluth abzuwarten, was auch geschah. Um sechs Uhr Morgens machte man sich wieder auf den Weg und es kam die neunte Stunde heran, ehe die Jolle wieder auf dem Gewässer des Family-lake schaukelte.

Moko hißte jetzt wieder die Segel, und unter leichter Brise, welche von der Seite her wehte, steuerte er auf French-den zu.

Gegen sechs Uhr Abends und nach glücklicher Ueberfahrt, während der Briant und Jacques ihr Stillschweigen kaum gebrochen hatten, wurde die Jolle von Garnett, der am Seeufer angelte, gemeldet. Kurze Zeit darauf landete sie am Damme, und Gordon begrüßte mit Wärme die Rückkehr seiner Kameraden.

III.

Der Salzsumpf. – Die Stelzen. – Besuch der South-moors. – In Voraussicht des Winters. – Verschiedene Spiele. – Zwischen Doniphan und Briant. – Das Dazwischentreten Gordon's. – Beunruhigungen wegen der Zukunft. – Wahl am 10. Juni.

———

Nach dieser von Moko beobachteten Scene zwischen ihm und seinem Bruder hatte es Briant für gut gehalten, darüber Stillschweigen zu bewahren … selbst gegen Gordon. Was den Bericht über seinen Ausflug betraf, so erstattete er diesen seinen in der Halle versammelten Kameraden. Er schilderte die Ostküste der Insel Chairman auf dem ganzen Theile, der die Deception-Bai umschloß, den

Verlauf des East-river durch die dem See benachbarten Wälder mit ihrem Reichthum an immergrünen Bäumen. Er erklärte, daß eine Niederlassung an diesem Ufer weit leichter ausführbar gewesen sei, als auf dem westlichen, fügte jedoch hinzu, daß es deshalb keineswegs gerathen erscheine, French-den aufzugeben. Was diesen Theil des Stillen Weltmeeres anging, so war hier nirgends ein Land in Sicht. Briant erwähnte jedoch jenes weißlichen Fleckes, den er weit draußen im Meere wahrgenommen und dessen Auftauchen über dem Horizonte er sich nicht erklären konnte. Höchst wahrscheinlich war derselbe nichts als ein Dunstgebilde, doch schien es angezeigt, sich darüber Gewißheit zu verschaffen, wenn man einmal nach der Deception-Bai zog. Kurz – und darin schien kein Zweifel mehr möglich – die Insel Chairman lag gewiß nicht in der Nachbarschaft eines anderen Landes, und jedenfalls trennten sie Hunderte von Meilen von dem nächsten Festlande oder Archipel.

Jetzt galt es also den Kampf um's Dasein muthig wieder aufzunehmen, in Erwartung, daß die Rettung nur noch von außen herkomme, da nicht vorauszusetzen war, daß die jungen Kolonisten sie jemals selbst in der Hand haben würden. Jeder ging wieder an die Arbeit. Alle Maßregeln wurden getroffen, sich gegen die Tücken des nächsten Winters zu sichern. Briant widmete sich dieser Aufgabe sogar mit größerem Eifer als er es bisher gethan hatte. Immerhin fiel es auf, daß auch er jetzt weniger mittheilsam geworden war und gleich seinem Bruder mehr dazu geneigt schien, sich abseits zu halten. Gordon, der diese Veränderung seines Charakters bemerkte, beobachtete auch, daß Briant keine Gelegenheit vorübergehen ließ, Jacques immer in den Vordergrund zu schieben, wenn es irgendwo galt, einen besonderen Muth zu entwickeln oder einer Gefahr die Stirne zu bieten – wozu Jacques übrigens stets mit Vorliebe bereit war. Da Briant sich jedoch nicht so aussprach, daß Gordon darüber hätte eine Frage an ihn richten können, so enthielt sich dieser, in ihn zu dringen, obwohl er den Glauben hegte, daß es zwischen den beiden Brüdern gewiß zu einer Auseinandersetzung gekommen sein müsse.

Der Monat Februar verlief unter den gewöhnlichen Arbeiten. Als Wilcox die Rückkehr der Lachse nach dem Süßwasser des Family-lake gemeldet hatte, fing man eine große Anzahl derselben mittels quer durch den Rio Sealand von einem Ufer zum anderen gespannter Netze. Die Nothwendigkeit, diese längere Zeit aufzubewahren, erforderte eine ziemlich große Menge Salz. Dies veranlaßte denn mehrere Fahrten nach der Sloughi-Bai, wo Baxter und Briant einen kleinen Salzsumpf hergestellt hatten, das heißt ein viereckiges Stück Boden zwischen niedrigen Sanddämmen, in welchem nach dessen Anfüllung mit Meerwasser das Salz auskrystallisirte, wenn das Wasser durch die Sonnenstrahlen verdunstet war.

Während der ersten Hälfte des März konnten drei oder vier der jungen Colonisten einen Theil der sumpfigen Gebiete der South-moors untersuchen, der bis an das linke Ufer des Rio Sealand heranreichte. Der betreffende Vorschlag war von Doniphan ausgegangen, und Baxter fertigte auf seinen Rath dazu verschiedene Paare Stelzen, wozu er leichte Stangen verwendete. Da das Sumpfland an manchen Stellen mit einer seichten Wasserschicht bedeckt war, konnte man mittels der Stelzen durch dieselben trockenen Fußes bis nach den höher gelegenen, nicht sumpfigen Stellen gelangen.

Am 17. April des Morgens betraten Doniphan, Webb und Wilcox, nachdem sie den Rio in der Jolle überschritten, das linke Ufer. Die Gewehre trugen sie am Riemen. Doniphan hatte auch die lange Entenflinte aus dem Zeughause von French-den mitgenommen, von deren Benutzung er sich hier besonders schönen Erfolg versprach.

Sowie die drei Jäger den Fuß auf's Land gesetzt, bestiegen sie ihre Stelzen, um die auch bei Hochwasser über dieses emporragenden Stellen des Sumpfgebietes zu erreichen.

Phann begleitete sie. Er brauchte freilich keine Stelzen und scheute sich nicht, die Pfoten naß zu machen, wenn er lustig durch die Wassertümpel dahinsprang.

Nachdem sie etwa eine Meile in der Richtung nach Südwesten zurückgelegt, erreichten Doniphan, Wilcox und Webb den trockenen Moorboden. Hier legten sie die Stelzen ab, um etwaiges Wasserwild leichter verfolgen zu können.

Von den weit ausgedehnten South-moors konnte der Blick das Ende nicht erreichen, außer nach Osten zu, wo die blaue Linie des Meeres sich am Horizonte hin erstreckte.

Wie zufällig fand sich hier verschiedenes Wasserwild – Becassinen, langgeschwänzte und gewöhnliche Enten, Wasservögel, Regenpfeifer, Kriechenten und gleich tausendweise jene Trauerenten, welche mehr ihres Flaumes als ihres Fleisches wegen geschätzt werden, obgleich auch letzteres bei passender Zubereitung eine recht annehmbare Speise abgiebt. Doniphan und seine Kameraden hätten hier Hunderte von den zahllosen Wasservögeln schießen können, ohne ein Schrotkorn zu vergeuden. Sie waren aber vernünftig und begnügten sich mit einigen Dutzend Stücken Geflügel, das Phann gelegentlich aus den breiten Lachen herbeiholte.

Doniphan fühlte sich jedoch lebhaft versucht, noch einige Thiere zu erlegen, welche trotz der culinarischen Talente des Schiffsjungen auf der Tafel des Storeroom nicht figuriren konnten. Es waren das Thinocoren, zur Familie der Strandläufer gehörig, und mit prächtigem Kopfschmucke von weißen Federn versehene Reiher. Wenn der junge Jäger dennoch davon Abstand nahm – er hätte sein Pulver auch völlig nutzlos verpafft – so war das doch nicht der Fall, als er eine Schaar Flamingos mit feuerrothen Flügeln erblickte, welche schwachsalziges Wasser mit Vorliebe aufsuchen und deren Fleisch dem des Rebhuhns gleichkommt. Diese in geordneten Reihen dastehenden Vögel waren aber von einzelnen Wachhabenden behütet, welche bei Annäherung einer Gefahr trompetenähnliche Laute ausstießen. Beim Anblicke dieser wunderschönen Vertreter der Ornithologie der Insel, ließ Doniphan sich von seiner natürlichen Neigung hinreißen. Zum Ueberflusse erwiesen sich Wilcox und Webb nicht klüger als er, und Alle liefen nach der betreffenden Seite zu – doch völlig vergebens. Sie wußten nicht, daß sie, wenn sie sich ungesehen genähert hätten, in der Lage gewesen wären, die Flamingos ganz nach Belieben abzuschießen, denn das Knallen von Gewehren wirkt auf diese nur gleichsam lähmend, treibt sie aber nicht zur Flucht.

Vergeblich bemühten sich also Doniphan, Webb und Wilcox, die schönen Plattfüßler zu erreichen, welche von der Schnabelspitze bis zum Schwanze gut vier Fuß messen.

Durch ihre Wachen aufmerksam gemacht, verschwand die ganze Gesellschaft nach Süden zu, ohne daß es möglich gewesen wäre, sie selbst mit Hilfe der weittragenden Entenflinte zu treffen.

Nichtsdestoweniger kehrten die Jäger mit einer so reichlichen Ausbeute an Wild zurück, daß sie ihren Ausflug durch die South-moors nicht zu beklagen hatten.

Bei den überschwemmten Stellen wieder angekommen, bedienten sie sich auf's Neue der Stelzen, auf denen sie bequem nach dem Ufer des Rio hinschritten, und nahmen sich vor, einen solchen Ausflug dann zu wiederholen, wenn die Kälte dessen Ausführung noch erfolgreicher werden zu lassen versprach.

Ueberdies durfte Gordon nicht bis zum Eintritte des Winters warten, um French-den in den Stand zu setzen, dem Ungemache desselben zu widerstehen. Es galt vielmehr, einen reichlichen Vorrath an Brennmaterial herbeizuschaffen, um damit auch – außer den Wohnräumen – die Viehställe wenigstens etwas zu heizen. So wurden denn zahlreiche Fahrten nach den Bog-woods unternommen; vierzehn Tage lang ging der mit den zwei Guanakos bespannte Wagen mehrmals täglich von French-den nach dem Walde hin und her. Jetzt aber hatte man, selbst wenn der Winter sechs Monate und noch länger anhielt, bei dem beträchtlichen Stocke an Holz und dem Vorrathe an Robbenöl weder Kälte noch Dunkelheit zu fürchten.

Diese Arbeiten hinderten übrigens keineswegs die Einhaltung des Programms, nach welchem die geistige Ausbildung dieser kleinen Welt geordnet war, und abwechselnd ertheilten die größeren Knaben den Kleinen Unterricht. Während der zweimal wöchentlich stattfindenden Versammlungen fuhr Doniphan fort, mit seiner Ueberlegenheit etwas stark zu prahlen, was natürlich nicht dazu angethan war, ihm viele Freunde zu erwerben, und, seine gewöhnlichen Kameraden ausgenommen, war er von den Anderen nicht besonders gerne gesehen. Dennoch rechnete er darauf, vor Ablauf von zwei Monaten, wenn Gordon's „Amtsperiode“ zu Ende ging, diesem als Oberhaupt der Colonie zu folgen. Seine Eigenliebe überredete ihn, daß ihm diese Stellung von rechtswegen zukomme und daß es eine wirkliche Ungerechtigkeit sei, daß er dazu nicht schon beim ersten Wahlgange ernannt wurde. Wilcox, Cross und Webb bestärkten ihn leider noch in diesen Ideen, suchten für die bevorstehende Wahl „Stimmung zu machen“ und schienen an ihrem Erfolge gar nicht zu zweifeln.

Dennoch hatte Doniphan nicht die Majorität unter seinen Kameraden. Die jüngsten derselben glaubten sich wenigstens nicht für ihn – freilich auch nicht für Gordon erklären zu wollen.

Gordon durchschaute recht wohl, was in der Luft lag, bemühte sich aber, obwohl er ja wieder wählbar war, keineswegs um Beibehaltung seiner Stellung. Er fühlte es heraus, daß die Strenge, welche er während „seines Präsidentschaftsjahres“ gezeigt, ihm die Mehrzahl der Stimmen kaum zuwenden werde. Sein etwas hartes Auftreten, sowie sein vielleicht gar zu sehr auf's Praktische gerichteter Sinn hatte öfter Mißfallen erregt, und gerade hievon erhoffte Doniphan viel zu seinem Vortheile. Am Wahltage mußte es voraussichtlich zu einem interessant zu beobachtenden Kampfe kommen.

Was die Kleinen Gordon am meisten zum Vorwurfe machten, war seine, wohl manchmal etwas zu weit gehende Sparsamkeit bezüglich süßer Speisen. Außerdem zankte er auch auf sie, wenn sie ihre Kleidung nicht genug in Acht nahmen, nach French-den mit einem Schmutzflecke oder mit einem Risse heimkamen, und vorzüglich, wenn sie ein Loch in den Schuhen hatten, was immer schwierige Reparaturen erforderte, wie die Frage des Schuhwerkes ja immer eine sehr ernste gewesen war.

Und wie viel Vorwürfe gab es wegen verlorener Knöpfe – wie oft mußten sie deshalb Strafe erleiden! Die Frage der Westen- oder Beinkleiderknöpfe kam überhaupt fast niemals von der Tagesordnung, und Gordon verlangte zuletzt, daß Jeder des Abends noch den Besitz der vorschriftsmäßigen Menge nachwies, während ihm, wenn er das nicht konnte, Entziehung der Nachspeise oder Hausarrest zuerkannt wurde. Bei solchen Gelegenheiten trat Briant öfters zu Gunsten Jenkins' oder Dole's ein, und das verschaffte ihm eine große Popularität. Ferner wußten die Kleinen recht wohl, daß die beiden Verwalter der Küche, Service und Moko, stets zu Briant hielten, und wenn letzterer jemals Oberhaupt der Insel Chairman würde, sahen sie eine verlockende Zukunft vor sich aufdämmern, wo es an Leckerbissen jeder Art nicht fehlen würde.

An welchen Kleinigkeiten hängen doch die Dinge dieser Welt! War diese Colonie von Knaben nicht das richtige Spiegelbild der menschlichen Gesellschaft und zeigten diese Kinder nicht von klein an die Neigung, „Männer zu spielen?“

Briant selbst interessirte sich für diese Angelegenheit am wenigsten. Er arbeitete ohne Unterlaß und sparte auch seinem Bruder keine Mühe. Beide waren stets die Ersten und die Letzten, wo es galt, die Hand anzulegen, so, als hätten gerade sie ganz besondere Verpflichtungen zu erfüllen.

Indessen wurde die Tageszeit nicht einzig und allein dem allgemeinen Unterrichte gewidmet. Das Programm wies auch einige Stunden der Erholung zu. Es ist ja eine Bedingung guter Gesundheit, den Körper durch gymnastische Uebungen zu stählen. Große und Kleine nahmen daran Theil. Man kletterte auf die Bäume nach den ersten Aesten mittels eines an diesen oder um den Stamm befestigten Seiles; sprang mit Stangen über weite Zwischenräume oder badete im See, wobei Diejenigen, welche noch nicht schwimmen konnten, das bald erlernten. Man veranstaltete Wettläufe mit Preisen für die Sieger und übte sich ebenso in der Handhabung der Bolas und des Lasso.

Daneben wurden auch einige bei den jungen Engländern besonders beliebte Spiele getrieben, und außer den schon früher angeführten zum Beispiele das Croquet, die „Rounders", bei dem der Ball mittels langer Stöcke nach Holzpflöcken getrieben wird, welche in den Winkeln ihres regelmäßigen Fünfeckes eingeschlagen sind, und auch die „Quoits", ein Spiel, welches ganz besondere Kraft der Arme und Sicherheit des Auges voraussetzt. Letztgenanntes Spiel müssen wir hier etwas eingehender beschreiben, weil es eines Tages eine recht bedauerliche Scene zwischen Briant und Doniphan herbeiführte.

Es war am 25. April Nachmittags. In zwei Parteien zu je vier Mann getheilt, spielten Doniphan, Webb, Wilcox und Cross einerseits und Briant, Baxter, Garnett und Service andererseits eine Partie Quoits auf dem Rasen der Sport-terrace.

Auf der ebenen Fläche waren zwei eiserne Pflöcke, zwei „Hobs", in einer Entfernung von fünfzig Fuß von einander eingeschlagen worden. Jeder der Teilnehmer hatte zwei Quoits, das ist eine Art metallener Wurfscheiben mit einem Loche in der Mitte und mit dünn zulaufendem Rande.

Bei dem betreffenden Spiele hat nun jeder Teilnehmer seine Quoits zu werfen und sich zu bemühen, diese erst über einen Pflock und dann über den anderen hineinfallen zu lassen. Gelingt ihm das bei einem der Hobs, so zählt er zwei Punkte, vier aber, wenn er seine Scheibe auch richtig über den zweiten Hob so wirft, daß dieser durch die Oeffnung der Scheibe dringt. Kommen die Quoits nur ganz nahe dem Hob zu liegen, so zählt das nur zwei Punkte für die zwei nächsten, und nur einen Punkt, wenn nur ein einziger Quoit so nahe an jenen zu liegen kommt.

Die Knaben entwickelten an genanntem Tage einen ganz besonderen Eifer, und da Doniphan der gegnerischen Partei Briant's angehörte, war die Selbstliebe beider auf eine recht harte Probe gestellt.

Zwei Partien waren schon gespielt. Briant, Baxter, Service und Garnett hatten die erste gewonnen, da sie sieben Punkte markiren konnten, während ihre Gegner die zweite Partie nur mit sechs Punkten gewonnen hatten.

Sie waren jetzt eben dabei, die „Meisterpartie" zu spielen. Beide Parteien waren jede zu fünf Punkten gelangt und hatten nur noch zwei Quoits zu werfen.

„Du bist an der Reihe, Doniphan," sagte Webb; „nun ziele aber genau! Wir haben den letzten Quoit und es handelt sich darum, zu gewinnen!"

„Sei nur ganz ruhig!“ antwortete Doniphan.

Er nahm Stellung, den einen Fuß dicht vor dem anderen, in der rechten Hand die Scheibe haltend und den Körper leicht nach links geneigt, um desto sicherer werfen zu können.

Man erkannte, daß der eitle Knabe mit Leib und Seele, wie man zu sagen pflegt, bei der Sache war, an den zusammengebissenen Zähnen, den etwas bleichen Wangen und an dem lebhaften, unter den Augenbrauen hervorglänzenden Blicke.

Nachdem er unter gleichmäßigem Schwingen der Scheibe sorgsam gezielt, warf er diese kräftig in wagrechter Richtung fort nach dem fünfzig Fuß entfernten Ziele.

Die Scheibe erreichte den Hob nur mit ihrem äußeren Rande und fiel, statt über den Pflock niederzusinken, neben diesem zur Erde, womit also nur ein sechster Punkt errungen war.

Doniphan konnte seinen Unmuth nicht ganz unterdrücken und stampfte mit dem Fuße auf die Erde.

„Das ist ärgerlich,“ sagte Cross, „doch deshalb haben wir noch lange nicht verloren, Doniphan!“

„Nein, gewiß nicht,“ setzte Wilcox hinzu. „Dein Quoit liegt genau am Fuße des Hob, und wenn Briant den seinigen nicht genau darüber wirft, möcht' ich doch sehen, ob er den seinigen besser placiren könnte.“

Wenn die Scheibe, welche Briant werfen sollte – und er war jetzt an der Reihe – nicht richtig über den Hob hineinfiel, so mußte das Spiel für seine Partei verloren sein, denn es schien fast unmöglich, sie noch näher an jenen zu werfen, als Doniphan es gethan hatte.

„Ziele gut! . . . Ziele gut!“ rief Service.

Briant antwortete nicht, da es ihm gar nicht einfiel, Doniphan zu verletzen. Er wollte nur Eines: die Partie mehr für seine Kameraden als für sich gewinnen.

Er stellte sich also vorschriftsmäßig auf und schleuderte seine Scheibe mit solcher Sicherheit, daß diese über den Hob hineinfiel.

„Sieben Punkte! rief Service triumphirend. Die Partie gewonnen . . . gewonnen!“

Doniphan kam schnell herzugelaufen.

„Nein, die Partie ist nicht gewonnen!“ rief er.

„Und warum nicht?“ fragte Baxter.

„Weil Briant betrogen hat!“

„Betrogen!“ versetzte Briant, dessen Gesicht bei dieser Beschuldigung erbleichte.

„Ja . . . betrogen!“ wiederholte Doniphan. „Briant hatte seinen Fuß nicht auf der Linie, wo derselbe stehen soll!“

„Das ist nicht wahr!“ widersprach Service.

„Das ist falsch!“ erklärte Briant. „Selbst angenommen, daß es wahr wäre, so käme das immer nur auf einen Irrthum meinerseits hinaus, und ich werde nie dulden, daß mich Doniphan deshalb des Betruges anklagt!“

„Wirklich? . . . Du würdest das nicht dulden?“ sagte Doniphan, die Achseln zuckend.

„Nein,“ erwiderte Briant, der seiner schon nicht mehr ganz Herr war. „Zunächst kann ich übrigens nachweisen, daß meine Füße genau auf der Linie gestanden haben . . .“

„Ja! . . . Gewiß! . . .“ bestätigten Baxter und Service.

„Nein! . . . Nein!“ entgegneten Webb und Cross.

„Da seht nach dem Eindrucke meiner Schuhe im Sande!“ fuhr Briant fort; „und da Doniphan sich nicht hat nur täuschen können, so muß ich ihm ins Gesicht sagen, daß er gelogen hat!“

„Gelogen!“ fuhr Doniphan auf, während er sich langsam seinem Kameraden näherte.

Webb und Cross hatten hinter ihm Stellung genommen, um ihn zu unterstützen, während Service und Baxter sich Briant zu helfen bereit hielten, wenn die beiden Gegner handgemein werden sollten.

Doniphan hatte die Haltung eines Boxers angenommen, die Jacke abgelegt, die Aermel bis zum Ellenbogen aufgestreift und das Taschentuch schon um die Hand gewunden.

Briant, der sein kaltes Blut noch immer bewahrte, blieb bewegungslos stehen, als widerte es ihn an, sich mit einem seiner Kameraden zu schlagen und der kleinen Colonie damit ein schlechtes Beispiel zu geben.

„Du hast Unrecht gethan, mich zu beleidigen, Doniphan," sagte er, „und jetzt thust Du ebenso Unrecht, mich herauszufordern! . . ."

„Wahrhaftig," antwortete Doniphan mit möglichst verächtlichem Tone, „man thut stets Unrecht, Diejenigen herauszufordern, welche auf Herausforderungen nicht zu antworten verstehen."

„Wenn ich darauf nicht antworte," erklärte Briant, „so geschieht das, weil ich es nicht für passend hielt."

„Wenn Du nicht antwortest," erwiderte Doniphan, „geschieht das nur, weil Du Furcht hast!"

„Furcht! . . . Ich! . . ."

„Weil Du ein Feigling bist!"

Briant trat mit erhobenen Armen entschlossen auf Doniphan zu, die beiden Gegner standen sich jetzt kampfbereit Auge in Auge gegenüber.

Bei den Engländern und selbst in den englischen Pensionen bildet das Boxen sozusagen einen Theil der Erziehung. Man will übrigens beobachtet haben, daß die in dieser Uebung gewandten jungen Leute Anderen gegenüber mit mehr Sanftmuth und Geduld auftreten und nicht bei jeder Gelegenheit einen Streit vom Zaune brechen.

Briant, der in seiner Eigenschaft als Franzose niemals Geschmack an diesem Austausche von Faustschlägen gefunden hatte, welche allein das Gesicht des Gegners zum Ziele haben, war hierin seinem Widersacher entschieden unterlegen. Denn letzterer galt mit Recht als vorzüglicher Faustkämpfer, wenn auch Beide sonst von gleichem Alter, sowie von gleicher Größe waren und sich an Körperkraft nichts nachgeben mochten.

Der Kampf sollte eben entbrennen und der erste Ansturm unternommen werden, als Gordon, dem Dole von dem Vorfalle Mittheilung gemacht, sich beeilte, zwischen die rauflustigen Knaben zu treten.

„Briant! . . . Doniphan! . . ." rief er.

„Er hat mich einen Lügner geschimpft! . . ." sagte Doniphan.

„Nachdem er mich des Betruges beschuldigt und einen Feigling genannt hat!" antwortete Briant.

Jetzt hatten sich Alle um Gordon versammelt, während die beiden Gegner, Briant mit gekreuzten Armen und Doniphan in der Haltung eines Boxers, einige Schritte zurückgetreten waren.

„Doniphan," begann da Gordon mit ernster Stimme, „ich kenne Briant! . . . Er hat gewiß keinen Streit gesucht . . . Du hast sicher das erste Unrecht begangen!"

„Wahrhaftig, Gordon," erwiderte Doniphan, „daran erkenn' ich Dich wieder! . . . Immer bist Du bereit, gegen mich Partei zu nehmen."

„Ja . . . Doch nur, wenn Du es verdienst!" erklärte Gordon.

„Einerlei!" rief Doniphan. „Ob das Unrecht nun von mir oder von Briant ausgegangen ist, er bleibt doch ein Feigling, wenn er einen Faustkampf mit mir ausschlägt!"

„Und Du, Doniphan, bist ein bösartiger Bursche, der seinen Kameraden ein sehr schlechtes Beispiel gibt. Wie, in der traurigen Lage, in der wir uns befinden, sucht Einer von uns noch den Samen der Uneinigkeit auszustreuen? Das geht nicht, er muß sich zum Heile Aller zu zügeln wissen!"

„Briant, sprich Gordon Deinen Dank aus!" rief Doniphan. „Doch nun, Achtung!"

„Nein, nimmermehr!" versetzte Gordon. „Ich, als Euer Oberhaupt, verbiete hiermit jeden gewalttätigen Auftritt zwischen Euch! Du, Briant, geh' nach French-den zurück, und Du, Doniphan, lasse Deinen Zorn verrauchen, wo Du willst, aber komme nicht eher wieder zum Vorscheine, als bis Du eingesehen hast, daß ich nichts weiter als meine Pflicht that, Dir Unrecht zu geben!"

„Ja! . . . Ganz richtig! . . ." riefen die Anderen mit Ausnahme von Webb, Wilcox und Cross. „Hurrah für Gordon! Hurrah für Briant!"

Gegenüber dieser überwältigenden Einmüthigkeit blieb ja nichts anderes übrig, als zu gehorchen. Briant begab sich nach der Halle, und spät am Abend, als Doniphan zur Schlafenszeit wieder kam, verrieth er keine Neigung, dem Vorfalle weitere Folgen zu geben. Dennoch bemerkte man, daß noch ein dumpfer Groll in ihm schlummerte, daß seine Feindschaft gegen Briant nur gewachsen war und daß er niemals die Lection vergessen werde, welche ihm

Gordon hatte zu Theil werden lassen. Uebrigens verwarf er auch jeden Versuch der Aussöhnung, den dieser machen wollte.

Diese traurigen Zwistigkeiten, welche die Ruhe der kleinen Colonie bedrohten, waren gewiß höchst bedauerlich. Doniphan hatte Wilcox, Cross und Webb auf der Seite, die seinem Einflusse völlig unterlagen und ihm in allen Stücken Recht gaben, ein Verhältniß, das leider eine zukünftige Trennung befürchten ließ.

Seit jenem Tage war jedoch von nichts dergleichen die Rede. Niemand machte eine Anspielung auf das, was zwischen den beiden Rivalen vorgefallen war, und die gewöhnlichen Arbeiten angesichts des herannahenden Winters nahmen ihren ungestörten Fortgang. Dieser (der Winter) ließ nicht lange auf sich warten. Während der ersten Wochen des Mai wurde die Kälte schon so fühlbar, daß Gordon die Oefen der Halle heizen und Tag und Nacht über in Brand halten ließ. Bald machte es sich auch nöthig, die Ställe in der Einhegung etwas zu erwärmen – eine Aufgabe, welche Service und Garnett zufiel.

Zu jener Zeit begannen auch einige Vögel schaarenweise davon zu ziehen. Nach welchen Gegenden wandten sie sich wohl hin? Offenbar nach mehr nördlich gelegenen Theilen des Stillen Weltmeeres oder nach dem amerikanischen Festlande, wo sie ein weniger rauhes Klima als auf der Insel Chairman fanden.

Unter diesen Vögeln waren in erster Linie Schwalben, diese reizenden Zugvögel, welche schnell die größten Entfernungen zurückzulegen im Stande sind. Da Briant's Dichten und Trachten unausgesetzt darauf gerichtet war, Mittel zur Rückkehr in die Heimat ausfindig zu machen, kam er auf den Gedanken, den Fortgang dieser Vögel zu benutzen, um von der heutigen Lage der Schiffbrüchigen des „Sloughi“ Meldung zu machen. Es hatte keine Schwierigkeit, einige Dutzend jener Schwalben, von der Art der Rauchschwalben, einzufangen, denn diese nisteten in der Nähe und fast noch im Inneren des Store-room selbst. Man befestigte ihnen dann am Halse ein kleines Leinwandsäckchen mit einem Zettelchen darin, der ungefähr den Theil des Stillen Oceans angab, in welchem die Insel Chairman zu suchen sei, und der die Bitte enthielt, davon Nachricht nach Auckland, der Hauptstadt von Neuseeland, zu geben.

Dann wurden die Schwalben freigelassen, und nicht ohne tief innerliche Erregung riefen die jungen Colonisten ihnen ein „Auf Wiedersehen“ nach, als sie in der Richtung nach Nordosten verschwanden.

So gering die Aussicht auf günstigen Erfolg auch sein mochte, welche diese Maßregel versprach, that Briant gewiß recht daran, sie nicht zu vernachlässigen.

Vom 25. Mai ab fiel der erste Schnee, demnach einige Tage früher, als im vorigen Jahre. Und nach diesem vorzeitigen Eintritt des Winters konnte man wenigstens fürchten, daß derselbe ein sehr harter werden würde. Zum Glück war für Erwärmung, Beleuchtung und für die Nahrung in French-den auf längere Zeit hinaus gesorgt, ohne bezüglich der letzteren die Beute aus den South-moors zu rechnen, von denen aus mancherlei Thiere nach dem Ufer des Rio Sealand kamen und hier leicht erlegt oder gefangen wurden.

Schon seit mehreren Wochen waren warme Kleidungsstücke vertheilt worden, und Gordon wachte außerdem streng darüber, daß alle hygienischen Maßregeln auf's Genaueste befolgt würden.

Während dieser langen Zeitperiode hallte French-den auch von einer geheimen Bewegung wider, welche die jugendlichen Köpfe mehr und mehr erhitzte. Das Jahr, für welches Gordon zum Oberhaupte der Insel Chairman ernannt worden war, ging nämlich mit dem 10. Juni zu Ende.

Dieser Umstand veranlaßte mehrfache vertrauliche Besprechungen, heimliche Zusammenkünfte, ja, man könnte sagen Intriguen, welche die ganze kleine Welt lebhaft erregten. Gordon verhielt sich dagegen, wie wir wissen, theilnahmlos, was aber Briant angeht, so kam es diesem als gebornen Franzosen gar nicht in den Sinn, die Leitung einer Colonie von Knaben zu übernehmen, von denen die größte Anzahl Engländer waren.

Im Grunde war derjenige, welcher sich, ohne es äußerlich zu zeigen, angesichts jener Wahl am meisten besorgt zeigte, niemand Anderes als Doniphan. Mit seiner wirklich hervorragenden Intelligenz und seinem von Niemand angezweifelten Muthe hätte er die besten Aussichten gehabt, wenn diese nicht durch seinen hochmüthigen Charakter, durch Herrschsucht und seine neidische Natur verdunkelt worden wären.

Ob er es nun für unzweifelhaft hielt, der Nachfolger Gordon's zu werden, oder ob er nur zu stolz und eitel war, sich um die Stimmen der Anderen zu bewerben, jedenfalls gab er sich den Anschein vornehmer Zurückhaltung. Was er übrigens nicht offen that, das thaten für ihn seine speciellen Freunde. Wilcox, Webb und Cross bearbeiteten unter der Hand ihre Kameraden, ihre Stimmen für Doniphan abzugeben – vorzüglich die Kleinen, deren Unterstützung ja jetzt nicht zu verachten war. Da nun kein anderer Name genannt wurde, konnte Doniphan seine Erwählung mit einigem Rechte für gesichert betrachten.

Der 10. Juni kam heran.

Im Laufe des Nachmittags sollte die Wahlhandlung stattfinden. Jeder hatte dabei auf einen Zettel den Namen desjenigen zu schreiben, für den er sich als Oberhaupt entschied. Die Majorität sollte dann den Ausschlag geben. Da die Colonie vierzehn Mitglieder zählte – Moko als Neger konnte kein Wahlrecht beanspruchen und that das auch selbst nicht – so mußte schon eine Stimme über sieben, die sich auf denselben Namen vereinigten, die Wahl des neuen Oberhauptes entscheiden.

Die Wahlverhandlung begann um zwei Uhr unter dem Vorsitze Gordon's und verlief mit jenem Ernste, den die angelsächsische Race allen Vorgängen dieser Art entgegenbringt.

Als die Stimmzettel eröffnet wurden, ergaben sie folgendes Resultat:

Briant	acht Stimmen
Doniphan	drei Stimmen
Gordon	eine Stimme.

Weder Gordon noch Doniphan hatten in eigener Person an der Wahl theilnehmen wollen; Briant hatte seine Stimme für Gordon abgegeben.

Bei der Verkündigung dieses Ereignisses konnte Doniphan weder seine Enttäuschung verbergen, noch die tiefgehende Erregung, die er dabei empfand.

Sehr erstaunt, die Mehrheit der Stimmen auf sich vereinigt zu sehen, war Briant zuerst nahe daran, die ihm zugedachte Ehre abzulehnen. Da mochte ihm noch ein anderer Gedanke kommen, denn nach einem flüchtigen Blick auf seinen Bruder Jacques sagte er:

„Meinen Dank, liebe Freunde, ich nehme die Wahl an!“

Von diesem Tage ab war also Briant für den Zeitraum eines Jahres das Oberhaupt der jungen Colonisten auf der Insel Chairman.

IV.

Der Signalmast. – Strenge Kälte. – Der Flamingo. – Die Weide. – Jacques' Geschicklichkeit. – Doniphan's und Cross' Ungehorsam. – Der Nebel. – Jacques im Nebel. – Kanonenschüsse von French-den aus. – Die schwarzen Punkte. – Die Haltung Doniphan's.

———

Wenn sie ihre Stimme auf Briant vereinigten, so hatten dessen Kameraden damit seinem dienstwilligen Charakter, seinem Muthe, von dem er bei jeder, das Heil der Colonie betreffenden Gelegenheit Proben ablegte, und seiner unermüdlichen Ergebenheit für das allgemeine Interesse Gerechtigkeit widerfahren lassen wollen. Seit jenem Tage, wo er sozusagen das Commando des Schooners während der unfreiwilligen Fahrt von Neuseeland bis zur Insel Chairman übernommen hatte, war er niemals vor einer Gefahr oder einer Anstrengung zurückgewichen. Trotz seiner Zugehörigkeit zu einer fremden Nationalität liebten ihn Alle, Große und Kleine, und vorzüglich die Letzteren, mit denen er sich stets so eifrig beschäftigte, und die denn auch einmüthig für ihn gestimmt hatten. Nur Doniphan, Cross, Wilcox und Webb wollten die guten Eigenschaften Briant's nun einmal nicht anerkennen, obgleich sie recht wohl wußten, daß sie damit gegen den verdienstvollsten ihrer Kameraden ungerecht seien.

Gordon sah zwar voraus, daß dieser Ausfall der Wahlen die schon vorhandene Uneinigkeit nur vermehren und Doniphan nebst seinen Parteigängern vielleicht zu irgend einem beklagenswerthen Entschlusse verleiten würde, er beeilte sich aber doch, Briant seinen Glückwunsch darzubringen. Einerseits war er viel zu billig denkend, um die stattgefundene Wahl nicht anzuerkennen, und andererseits mußte es ihm selbst unangenehm sein, in der Zukunft nur das Rechnungswerk in French-den zu besorgen zu haben.

Von diesem Tage ab wurde es jedoch sichtbar, daß Doniphan und seine drei Kameraden entschlossen waren, diesen Zustand der Dinge nicht zu ertragen, obwohl Briant sich gelobt hatte, ihnen keine Gelegenheit zu irgend welchen Ausschreitungen zu geben.

Was Jacques anging, so hatte dieser nicht ohne eine gewisse Verwunderung seinen Bruder den Ausfall der Wahl ohne Widerspruch hinnehmen sehen.

„Du willst also? . . .“ sagte er ohne seinen Gedanken ganz auszusprechen, den Briant vollendete, indem er ihm mit verhaltener Stimme antwortete:

„Ja, ich will in der Lage sein, noch mehr thun zu können, als uns bisher gestattet war, um Deinen Fehler gut zu machen.“

„Ich danke Dir, Bruder,“ erwiderte Jacques, „und jedenfalls schone meiner nicht!“

Am nächsten Morgen begann wieder der gewöhnliche Verlauf dieses Lebens, das die langen Tage des Winters so eintönig machen sollten.

Vorher aber und ehe die strenge Kälte jeden Ausflug nach der Sloughi-Bai verhindern sollte, ergriff Briant eine Maßregel, die ihre Nützlichkeit bald zeigen sollte.

Wie bekannt war auf einem hohen Punkte auf dem Kamm des Auckland-hill ein Signalmast errichtet worden. Von der an der Spitze dieses Mastes flatternden Flagge, welche während einiger Wochen durch starke Seewinde zerfetzt worden war, fanden sich nur noch einige Reste vor. Es erschien also von Wichtigkeit, diese durch ein anderes Zeichen zu ersetzen, das auch die winterlichen Stürme auszuhalten im Stande wäre. Auf Briant's Rath befestigte Baxter eine Art Ballon, hergestellt aus biegsamen Rohrzweigen, wie solche am Ufer des Sumpfes in großer Menge wucherten, der schon deshalb haltbar sein mußte, weil der Wind durch das Geflecht hindurchdringen konnte. Nach Vollendung dieser Arbeit wurde ein letzter Zug nach der Bai unternommen, und zwar am 17. Juni, und Briant ersetzte nun die Flagge des Vereinigten Königreichs durch das neue Zeichen, das auf einen Umkreis von mehreren Meilen sichtbar war.

Inzwischen war der Zeitpunkt nicht mehr fern, wo Briant und seine „Unterthanen“ sich in French-den eingeschlossen sehen mußten. Das Barometer stieg langsam, aber ununterbrochen weiter, was auf die Andauer strenger Kälte hindeutete.

Briant ließ die Jolle an's Land ziehen und im Winkel der Anhöhe unterbringen. Hier wurde dieselbe mit einem dichten Pfortsegel bedeckt, um ein Auseinanderweichen der Fugen in Folge der Austrocknung zu verhindern. Ferner stellten Baxter und Wilcox wieder Schlingen in der Nähe der Einfriedigung und hoben auch neue Fallgruben am Saume der Traps-woods aus. Endlich wurden die Luftnetze längs des linken Ufers des Rio Sealand aufgespannt, um in ihren Maschen das Wasserwild zurückzuhalten, welches von heftigen Südwinden nach dem Innern der Insel verschlagen wurde.

Inzwischen machten Doniphan und zwei oder drei seiner Gefährten mit Hilfe ihrer Stelzen einige Ausflüge nach den South-moors, von denen sie niemals als „Schneider“ heimkehrten, obwohl sie nur wenige Schüsse abgaben, da sich Briant bezüglich der Munition ebenso sparsam erwies, wie früher Gordon.

Während der ersten Julitage kam der Fluß nun zum Stehen. Einige Eisschollen, welche sich auf dem Family-lake bildeten, trieben erst mit der Strömung hinab. Bald häuften sich dieselben jedoch ein wenig stromabwärts von French-den an und erzeugten eine Eisstopfung, wonach auch die übrige Oberfläche des Flusses sich schnell mit einer festen Schicht bedeckte. Bei Fortdauer der Kälte, welche schon zwölf Grad unter dem Nullpunkte des hunderttheiligen Thermometers erreichte, mußte auch der See selbst in seiner ganzen Ausdehnung bald fest werden. Nach einer Reihe stark stürmischer Böen, welche diesen Vorgang noch etwas verzögerten, sprang der Wind nach Südwesten um, der Himmel klärte sich auf und die Temperatur erniedrigte sich bis auf zwanzig Grad unter dem Gefrierpunkt.

Das Programm für das Leben während des Winters wurde nun unter denselben Bedingungen wieder aufgenommen, wie es im vergangenen Jahre entworfen worden war. Briant hielt, wie man sagt, den Daumen darauf, ohne sich zu einem Mißbrauch seiner Autorität verleiten zu lassen. Alle gehorchten ihm übrigens gern, und Gordon erleichterte ihm seine Stellung wenigstens dadurch, daß er selbst das beste Beispiel von Gehorsam gab. Doniphan und seine Parteigänger ließen sich obendrein niemals eine Insubordination zu Schulden kommen. Sie beschäftigten sich mit der ihnen obliegenden Besorgung der Fallen, Schlingen, Dohnen und Luftnetze, hielten aber außerdem stets zusammen, sprachen nur mit gedämpfter Stimme und mischten sich so gut wie nie, selbst nicht bei Tische oder in den abendlichen Mußestunden, in das allgemeine Gespräch.

Ob sie einen Anschlag vorbereiteten, wußte man nicht, jedenfalls verhielten sie sich so, daß Briant keinen Grund hatte, ihnen einen Vorwurf zu machen oder sich sonstwie einzumischen. Er bemühte sich gerecht zu sein gegen Alle und nahm besonders peinliche und anstrengende Arbeiten oft auf sich, sowie er auch seinen Bruder nicht schonte, der mit ihm nach Kräften wetteiferte. Gordon glaubte sogar zu bemerken, daß Jacques' Charakter sich allmählig ändere, und

Moko sah mit Vergnügen, daß der junge Knabe seit der gehabten Auseinandersetzung mit Briant sich den Vorschlägen seiner Kameraden zugänglicher zeigte und an deren Spielen mehr Theil nahm.

Die langen Stunden, welche der Frost in der Halle zuzubringen zwang, wurden mit geistigen Arbeiten ausgefüllt. Jenkins, Iverson, Dole und Costar machten die erfreulichsten Fortschritte, und während die Großen sie unterrichteten, lernten diese dabei auch selbst. An den langen Abenden las man abwechselnd mit lauter Stimme Reiseschilderungen, denen freilich Service die Lectüre seiner Robinsons vorgezogen hätte. Zuweilen ließ auch Garnett's Ziehharmonika ihre herzzerreißenden Harmonien ertönen, welche der unglückselige Musiknarr mit bedauerlicher Hartnäckigkeit zum Besten gab. Andere sangen aus vollem Herzen verschiedene Kinderlieder, und nach Schluß des ergötzlichen Concerts suchten Alle ihre Lagerstätten auf.

Briant hörte inzwischen niemals auf, über die Möglichkeit einer Rückkehr nach Neuseeland nachzugrübeln. Das war's, was ihm jederzeit am Herzen lag, und darin unterschied er sich von Gordon, welcher nur daran dachte, die Einrichtung der Colonie auf der Insel Chairman zu vervollständigen. Die Präsidentschaft Briant's mußte sich also vorzüglich durch die Anstrengungen auszeichnen, die in der Absicht heimzukehren gemacht wurden. Er dachte zunächst immer an den weißlichen, von ihm seitwärts der Deception-Bai wahrgenommenen Fleck und fragte sich, ob dieser wohl einem in der Nachbarschaft der Insel gelegenen Lande angehöre. In diesem Falle schien es ihm nicht unmöglich zu sein, ein Fahrzeug zu erbauen, mit dem man wenigstens jenes Land erreichen könnte; sprach er darüber aber mit Baxter, so zuckte dieser nur die Achseln, um anzudeuten, daß eine solche Arbeit ihre Kräfte weit übersteige.

„Ach, warum sind wir nur Kinder!“ klagte dann Briant; „ja, Kinder, wo wir doch Männer sein müßten!“

Das war und blieb sein größter Kummer!

Während der Winternächte kam es, obwohl die Sicherheit von French-den selbst ungefährdet schien, zu einzelnen Störungen. Wiederholt ließ Phann ein langes Bellen vernehmen, wenn Banden von Raubthieren – meist von Schakalen – die Einfriedigung umschwärmten. Dann eilten Doniphan und die Andern durch die Thür der Halle hinaus und indem sie Feuerbrände nach den unheimlichen Gesellen schleuderten, gelang es ihnen meist leicht, diese zu vertreiben.

Zwei- oder dreimal zeigten sich auch Jaguare und Cuguare in kleineren Gesellschaften in der Umgebung, ohne so nahe wie die Schakale heranzukommen. Diese empfing man mit Flintenschüssen, obgleich bei der Entfernung, aus der man auf sie feuerte, an eine tödtliche Verwundung derselben kaum zu denken war. Kurz, es machte zuweilen doch einige Mühe, den eingefriedeten Viehhof zu schützen.

Am 24. Juli fand Moko auch einmal Gelegenheit, sich auf's neue als vortrefflicher Kochkünstler zu erweisen, indem er ein Stück Wildpret zubereitete, an dem sich Alle, die Einen als Leckermäuler, die Anderen als Feinschmecker, weidlich ergötzten.

Wilcox und Baxter, der dem ersteren gern seine Unterstützung lieh, hatten sich nicht begnügt, Fangapparate für kleinere Thiere, wie Geflügel und Nagethiere, herzustellen. Durch geeignete Zurichtung straff-elastischen Reisigs, wie solches zwischen den Baumstämmen der Traps-woods wuchs, gelang es ihnen, wirkliche Schlingen mit Laufknoten auch für größeres Wild zu verfertigen. Aehnliche Fallen werden häufig in den Wäldern auf den Fährten der Rehe errichtet und sie liefern nicht selten recht gute Ausbeute.

In den Traps-woods war es freilich kein Rehbock, sondern ein prächtiger Flamingo, der sich in der Nacht zum 24. Juli in einem solchen Laufknoten gefangen und aus dem er sich trotz aller Anstrengung nicht wieder hatte frei machen können. Am Morgen, als Wilcox die Fallen und Schlingen nachsah, war er schon von der seinen Hals einschnürenden Schlinge erwürgt. Dieser sorgsam gerupfte, sauber ausgenommene und mit einer Fülle aus aromatischen Kräutern schön nußbraun gebratene Flamingo wurde allgemein für ausgezeichnet erklärt. Sowohl von dem Bruststück wie von den Keulen erhielt Jeder reichlich zugetheilt, und obendrein noch ein kleines Stück von der Zunge, die wohl zu den leckersten Gerichten gehört, welche es unter dem blauen Himmelszelte gibt.

Die erste Hälfte des Monats August brachte vier sehr strenge Frosttage. Nicht ohne ängstliche Besorgniß sah Briant das Thermometer bis auf dreißig Centigrade unter Null herabsinken. Die Reinheit der Luft war dabei ganz unvergleichlich und wie es bei solchen starken Erniedrigungen der Temperatur häufig vorkommt, bewegte kein Windhauch die Atmosphäre.

Während dieser Zeit konnte Niemand French-den verlassen, ohne sofort bis auf die Knochen durchkältet zu werden, und den Kleinen wurde deshalb strengstens verboten, sich, und wäre es nur auf Augenblicke, der freien Luft auszusetzen. Selbst die Großen wagten das nur, wenn die Noth es erheischte, vor Allem also, um die Oefen in den Vieh- und Geflügelstallungen in Brand zu erhalten.

Zum Glück währte diese bittere Kälte nicht zu lange. Gegen den 6. August schlug der Wind mehr nach Westen um. Die Sloughi-Bai und das Ufergelände der Wrack-coast wurden jetzt von entsetzlichen Stürmen heimgesucht, welche, nachdem sie die Abhänge des Auckland-hill mit voller Wuth gepeitscht, über den Höhenzug mit einer Heftigkeit ohne Gleichen hinwegrasten. French-den hatte von ihnen jedoch nichts zu leiden. Es hätte mindestens eines Erdbebens bedurft, um dessen feste Wandungen zu erschüttern. Die unwiderstehlichsten Orkane, welche hochbordige Schiffe an die Küsten werfen und selbst steinerne Gebäude umstürzen, konnten der felsigen Uferhöhe, die sich nach dem Inselinneren fortsetzte, nichts anhaben. Bäume wurden allerdings in großer Menge geknickt, doch damit sparten die jungen Holzfäller nur manche schwere Arbeit, wenn die Erneuerung des Brennmaterialvorrathes in Frage kam.

Diese Stürme hatten die wohlthätige Folge, den Zustand der Atmosphäre insoferne zu verändern, als sie das Aufhören der allzu strengen Kälte herbeiführten. Von derselben Zeit an erhob sich die Temperatur stetig, und nach Vorübergang der gewaltigen Luftstörungen hielt sie sich im Mittel auf sieben bis acht Grad unter dem Gefrierpunkte.

Die zweite Hälfte des August gestaltete sich recht erträglich. Briant konnte die Arbeiten draußen wieder aufnehmen lassen – natürlich mit Ausnahme des Fischfanges, denn noch deckte eine mächtige Eiskruste die Gewässer des Rio wie des Sees. Nun wurden fleißig die Fallgruben, Schlingen und Luftnetze untersucht, welche letztere stets reichliche Beute an Sumpfvögeln lieferten, so daß die Speisekammer immer mit frischem Wild versorgt wurde.

Außerdem barg auch die Einfriedung jetzt verschiedene neue Bewohner, sowohl junge Brut der Trappen und der Perlhühner, als auch fünf Lämmer, welche das Vicogne-Schaf geworfen und denen es an sorgfältiger Pflege seitens Service's und Garnett's nicht mangelte.

Unter diesen Verhältnissen kam Briant, da der Zustand des Eises das noch gestattete, auf den Gedanken, seinen Kameraden eine große Schlittschuhpartie vorzuschlagen. Mit einem länglichen Holzklötzchen und einer eisernen Klinge gelang es Baxter, mehrere Paare Schlittschuhe herzustellen. Die Knaben hatten übrigens alle mehr oder weniger Uebung in dieser Kunst, die zur Zeit des tiefen Winters in Neuseeland mit Vorliebe getrieben wird, und sie freuten sich herzlich auf die Gelegenheit, ihre Talente auf der Eisfläche des Family-lake zu erproben.

Am 25. August gegen elf Uhr Vormittags verließen also Briant, Gordon, Doniphan, Webb, Cross, Wilcox, Baxter, Service, Jenkins und Jacques, während sie Iverson, Dole und Costar der Ueberwachung durch Moko und Phann anvertrauten, die Wohnung, um eine Stelle aufzusuchen, wo sich ein ausgedehntes, glattes Eisfeld zum Schlittschuhlaufen eignen würde.

Briant hatte ein Nebelhorn vom Schooner mit sich genommen, um seine kleine Truppe zusammenzurufen, wenn sich Einer oder der Andere auf dem See gar zu weit entfernte. Alle hatten vor dem Aufbruche gefrühstückt und hofften vor dem Mittagsbrode zurück zu sein.

Sie mußten dem Ufer gegen drei Meilen weit nachgehen, ehe sich eine passende Eisbahn fand, da den Family-lake in der näheren Umgebung von French-den unregelmäßig zusammengefrorene Schollen bedeckten. Gegenüber den Traps-woods machten die jungen Leutchen Halt vor einer verlockend ebenen Eisfläche, welche sich nach Osten hin über Sehweite hin ausdehnte. Es wäre ein prächtiger Exercierplatz für eine Armee von Schlittschuhläufern gewesen.

Selbstverständlich hatten Doniphan und Cross ihre Gewehre mitgenommen, um bei sich bietender Gelegenheit etwas Wild zu erlegen. Briant und Gordon, welche an diesem Sporte einmal keinen Gefallen fanden, waren nur in der Absicht, Unklugheiten vorzubeugen, mit hierher gegangen.

Ohne Widerrede zeigten sich als die gewandtesten Läufer der kleinen Colonie Doniphan, Cross und vorzüglich Jacques, der den Anderen ebenso in der Schnelligkeit der Fortbewegung, wie in der Sicherheit, mit der er die verwickeltsten Bögen beschrieb, weit voranstand.

Bevor er das Zeichen zum Aufbruche gab, hatte Briant seine Kameraden um sich versammelt und sie folgendermaßen angeredet:

„Ich brauche Euch wohl nicht zu empfehlen, vernünftig zu sein und jede Eigenliebe bei Seite zu setzen. Ist auch nicht zu befürchten, daß das Eis brechen könnte, so kann man doch immer Arme oder Beine brechen. Entfernt Euch nicht über Gesichtsweite hinaus! Sollte sich Jemand aus Versehen doch zu weit hinaus verführen lassen, so vergeßt nicht, daß wir, Gordon und ich, Euch hier an dieser Stelle erwarten, und wenn ich ein Signal mit dem Horne gebe, hat Jeder die Pflicht, sich bei uns einzufinden."

Nach Anhörung dieser Ermahnungen schweiften die Schlittschuhläufer auf den See hinaus, und Briant fühlte sich beruhigt, als er sie eine recht anerkennenswerthe Geschicklichkeit entfalten sah. Kamen zuerst auch einige Stürze vor, so erweckten diese doch nur ein allgemeines Gelächter.

In der That verrichtete Jacques wahre Wunder, indem er vorwärts, rückwärts, auf einem und auf zwei Füßen, aufgerichtet und zusammengekauert Bögen und Ellipsen mit tadelloser Genauigkeit beschrieb. Briant gewährte es daneben eine besondere Befriedigung, seinen Bruder an dem heiteren Spiele der Anderen theilnehmen zu sehen.

Möglicherweise empfand Doniphan, der allen körperlichen Uebungen so leidenschaftlich ergebene Sportsman, etwas wie Neid bei den Erfolgen Jacques', dem Alle herzlich zujubelten, wenigstens entfernte er sich, trotz der Warnungen Briant's, bald weiter vom Ufer und gab auch Cross wiederholt ein Zeichen, ihm nachzufolgen.

„He, Cross," rief er dann, „da draußen seh' ich ein Volk Enten ... dort ... dort, nach Osten zu. Kannst Du es erkennen?"

„Ja wohl, Doniphan."

„Du hast Deine Flinte ... ich die meinige ... vorwärts, wir jagen sie!"

„Briant hat aber untersagt ..."

„Ach, lass' mich zufrieden mit Deinem Briant! ... Vorwärts! ... Schnell vorwärts! ..."

Fast im Handumdrehen hatten Doniphan und Cross eine halbe Meile hinter sich gebracht in Verfolgung der Schaar von Vögeln, welche über dem Family-lake kreisten.

„Wohin wollen sie?" fragte Briant.

„Sie werden da draußen Wild gesehen haben," antwortete Gordon, „und ihre Neigung zur Jagd ..."

„Oder vielmehr ihre Neigung zum Ungehorsam," erwiderte Briant. „Das ist wieder der Doniphan ..."

„Glaubst Du, Briant, daß für sie etwas zu fürchten wäre?"

„Wer weiß das, Gordon? ... Eine Unklugheit bleibt es immer, sich von hier so weit fort zu wagen. Sieh' nur, wie entfernt sie schon sind!"

In schnellem Laufe davoneilend, erschienen Doniphan und Cross jetzt wirklich nur noch wie zwei Punkte am Horizonte des Sees.

Wenn sie auch, da noch mehrere Stunden Tageslicht bleiben mußten, Zeit genug hatten, zurückzukehren, begingen sie doch eine Unklugheit. Zu dieser Jahreszeit war nämlich immer ein plötzlicher Wechsel im Zustande der Atmosphäre zu befürchten. Ein Umschlag der Windrichtung hätte schon genügt, stärkere Böen oder andererseits Nebelbildungen hervorzurufen.

Man kann sich die Besorgnisse Briant's also leicht vergegenwärtigen, als der Horizont gegen zwei Uhr sich schnell unter einer aufziehenden Nebelwand verbarg.

Auch jetzt waren Cross und Doniphan noch nicht wieder sichtbar geworden, und die über der weiten Seefläche sich anhäufenden Dunstmassen verhüllten schon gänzlich dessen westliches Ufer.

„Da haben wir, was ich fürchtete!" rief Briant. „Wie werden sie den Weg nun finden können?"

„Durch ein Zeichen mit dem Horne! ... Gieb ihnen ein Hornsignal!" antwortete Gordon rasch.

Dreimal ertönte das Horn und weithin verbreiteten sich dessen scharfe Tonwellen. Vielleicht gab ein Flintenschuß darauf Antwort – das einzige Mittel, welches Doniphan und Cross besaßen, um die Stelle, an der sie sich befanden, anzudeuten.

Briant und Gordon lauschten ... Kein Knall drang zu ihren Ohren.

Inzwischen hatte der Nebel schon recht merklich ebenso an Dichtheit, wie an Ausdehnung zugenommen, und jetzt wälzte er sich kaum noch eine Viertelmeile vom Ufer heran. Da er gleichzeitig auch nach den höheren Luftschichten aufstieg, mußte der See unter ihm binnen wenigen Minuten völlig verschwunden sein.

Briant rief nun diejenigen seiner Kameraden, welche sich in Sehweite gehalten hatten, zusammen. Einige Minuten später waren Alle am Ufer angekommen.

„Was nun? . . ." fragte Gordon.

„Wir werden Alles versuchen müssen, Cross und Doniphan wieder aufzufinden, ehe sie sich noch völlig im Nebel verirrt haben. Einer von uns muß sich in der von ihnen eingeschlagenen Richtung hinauswagen und seine Gegenwart durch wiederholte laute Hornsignale kundzugeben suchen."

„Ich will sofort hinausfahren!" meldete sich Baxter.

„Wir auch!" riefen zwei oder drei Andere.

„Nein! . . . Ich werde selbst gehen!" erklärte Briant.

„Du nicht, sondern ich, Bruder!" widersprach ihm Jacques. „Auf meinen Schlittschuhen soll es nicht lange dauern, bis ich Doniphan und Cross eingeholt habe . . ."

„Nun gut . . ." antwortete Briant. „Geh' hinaus, Jacques, und achte wohl darauf, ob Du keine Flintenschüsse hörst . . . Doch halt, nimm hier auch das Horn mit, um ihnen Deinen jeweiligen Standpunkt erkennbar zu machen!"

„Gewiß, Briant!"

Einen Augenblick später war Jacques schon inmitten des immer undurchsichtiger werdenden Nebels verschwunden.

Briant, Gordon und die Uebrigen strengten sich an, die von Jacques gegebenen Hornsignale zu vernehmen, doch auch diese erstarben bald in Folge der zu großen Entfernung.

So verlief eine halbe Stunde ohne ein Merkzeichen von den Abwesenden, weder von Cross oder Doniphan, welche sich auf dem See gewiß nicht mehr zurechtfinden konnten, noch von Jacques, der zu ihrer Aufsuchung hinausgefahren war.

Was sollte aber aus allen Dreien werden, wenn die Nacht herabsank, ehe sie zurückgekehrt waren?

„Wenn wir nur Feuerwaffen hier hätten," rief Service, „vielleicht wär' es möglich . . ."

„Schußwaffen?" antwortete Briant. „Die gibt's ja noch in French-den! . . . Auf, es ist keine Minute zu verlieren!"

Das war gewiß das beste Auskunftsmittel, denn es schien von hoher Wichtigkeit, ebenso wie Cross und Doniphan, auch Jacques selbst die Richtung zu bezeichnen, welcher sie zu folgen hatten, um auf das Ufer des Family-lake zu treffen. Am besten war es also, schleunigst nach French-den zurückzukehren, wo durch von Zeit zu Zeit wiederholte Schüsse Signale abgegeben werden konnten.

In weniger als einer halben Stunde hatten Briant, Gordon und alle Anderen die drei Meilen zurückgelegt, welche sie von der Sport-terrace trennten.

Bei dieser Gelegenheit konnte von Schonung des Pulvers nicht die Rede sein. Wilcox und Baxter luden zwei Gewehre, welche in der Richtung nach Osten abgefeuert wurden.

Keine Antwort; weder ein Schuß, noch der Ton eines Hornes.

Es war schon um dreieinhalb Uhr. Der Nebel zeigte eher noch Neigung, sich zu verdichten, je weiter die Sonne nach der Kette des Auckland-hill zu niedersank. Durch die schweren Dunstmassen war es ganz unmöglich, auf dem See etwas zu erkennen.

„Holt die Kanone!“ rief Briant.

Das eine der kleinen Signalgeschütze vom „Sloughi“ – dasselbe, dessen Rohr gewöhnlich durch die Wandöffnung neben der Thüre der Halle lugte – wurde nach der Sport-terrace geschleppt und nach Nordosten gerichtet.

Man lud dasselbe mit einer sogenannten Platzpatrone, und Baxter wollte schon die Leine des Schlaghahnes anziehen, als Moko noch den Vorschlag machte, einen Pfropfen von eingefettetem Grase vor die Kartusche festzustampfen. Er glaubte zu wissen, daß hierdurch der Knall verstärkt würde, und er täuschte sich auch nicht.

Der Schuß donnerte hinaus – nicht ohne daß Dole und Costar sich dabei die Ohren fest zuhielten.

Bei der so vollkommen ruhigen Atmosphäre war gar nicht anzunehmen, daß der Knall nicht bis zur Entfernung von mehreren Meilen gehört werden müßte.

Man lauschte ... Nichts!

Noch während einer ganzen Stunde wurde das kleine Geschütz von zehn zu zehn Minuten in gleicher Weise abgefeuert. Daß Doniphan, Cross und Jacques die Bedeutung dieser wiederholten Schüsse mißverstehen sollten, welche bestimmt waren, ihnen die Lage von French-den anzudeuten, war gar nicht glaublich. Die Entladungen mußten auch auf der ganzen Oberfläche des Family-lake vernehmbar sein, denn gerade nebelige Luft ist für weite Fortpflanzung des Schalles besonders geeignet und diese Eigenschaft nimmt mit der Verdichtung derselben nur noch mehr zu.

Endlich, kurz vor fünf Uhr, wurden zwei oder drei noch sehr entfernte Flintenschüsse deutlich in der Richtung von Nordosten her auf der Sport-terrace vernommen.

„Das sind sie?“ rief Service.

Sofort antwortete Baxter noch ein letztes Mal auf das Signal Doniphan's.

Einige Minuten später wurden zwei Schattengestalten durch den Nebel sichtbar, der über dem Ufer etwas weniger dicht als über dem See lagerte. Bald antworteten freudige Hurrahs auf die gleichen Rufe von der Sport-terrace.

Doniphan und Cross kamen endlich an.

Jacques war nicht mit ihnen.

Nun denke man sich die tödtliche Angst Briant's! Sein Bruder hatte die beiden Jäger nicht finden können, die nicht einmal seine Hornsignale hörten. Cross und Doniphan, welche sich zurecht zu finden bemühten, hatten sich zu derselben Zeit schon nach dem Süden des Sees gewendet, als Jacques nach Osten hinausflog, um sie zu entdecken. Ohne die von French-den aus abgegebenen Kanonenschüsse hätten sie den richtigen Weg freilich nicht wiederfinden können.

Die Gedanken nur auf seinen im Nebel verirrten Bruder gerichtet, fiel es Briant gar nicht ein, Doniphan Vorwürfe zu machen, dessen Ungehorsam so ernste Folgen zu haben drohte. War Jacques gezwungen, auf dem See die ganze Nacht bei einer Temperatur zu verbringen, welche vielleicht bis auf fünfzehn Grad unter Null herabging, wie hätte er eine solche strenge Kälte aushalten können!

„Ich hätte an seiner Statt gehen sollen . . . ich!“ wiederholte Briant, dem Gordon und Baxter vergeblich einige Hoffnung einzuflößen versuchten.

Noch einige Kanonenschüsse wurden abgegeben. Hatte Jacques sich French-den genähert, so mußte er sie gehört haben, und hätte es dann gewiß nicht unterlassen, seine Anwesenheit durch einige Signale mit dem Horne zu erkennen zu geben.

Als sich die letzten rollenden Töne aber in der Ferne verloren, blieben die Schüsse ohne jede Antwort.

Schon brach nun die Nacht herein und die Dunkelheit mußte bald die ganze Insel einhüllen.

Da trat aber eine günstige Aenderung der Verhältnisse ein – der Nebel schien geneigt, sich zu zerstreuen. Eine leichte Brise, welche von Westen her wehte, wie das fast jeden Abend nach windstillen Tagen der Fall war, trieb die Dunstmassen nach Osten zurück und legte damit die Oberfläche des Family-lake wieder frei. Bald konnte die einzige Schwierigkeit, French-den aufzufinden, nur noch im nächtlichen Dunkel liegen.

Unter diesen Umständen gab es nur noch ein Hilfsmittel, nämlich die Anzündung eines großen Feuers am Ufer, welches als Signal dienen konnte. Schon häuften Wilcox, Baxter und Service auch trockenes Holz in der Mitte der Sport-terrace auf, als Gordon sie aufhielt.

„Wartet ein wenig!“ sagte er.

Das Fernrohr vor den Augen, blickte Gordon aufmerksam in der Richtung nach Nordosten hinaus.

„Mir scheint, ich sehe da einen Punkt . . .“ sagte er, „einen Punkt, der sich auch bewegt . . .“

Jetzt ergriff Briant das Glas und lugte auch selbst hinaus.

„Gott sei gelobt! . . . Er ist es! . . .“ rief er. „Das ist Jacques! . . . Ich erkenne ihn! . . .“

Da stießen Alle aus vollem Halse laute Rufe aus, als könnten sie sich bis auf eine Entfernung, welche mindestens noch eine Meile betragen mochte, vernehmbar machen.

Jedenfalls verminderte sich diese Entfernung sichtlich. Die Schlittschuhe an den Füßen, glitt Jacques mit der Schnelligkeit eines Pfeiles über die Eisdecke des Sees hin und auf French-den zu. Nur noch wenige Minuten und er mußte daselbst angelangt sein.

„Es sieht aus, als wenn er nicht allein käme!“ rief da Baxter mit dem Ausdrucke von Verwunderung.

Wirklich ließ eine genauere Beobachtung zwei weitere Punkte erkennen, welche sich einige Schritte hinter Jacques mit diesem fortbewegten.

„Was ist denn das? . . .“ fragte Gordon.

„Sollten es Menschen sein? . . .“ meinte Baxter.

„Nein! . . . Ich würde es eher für Thiere ansehen! . . .“ sagte Wilcox.

„Vielleicht sind es gar Raubthiere! . . .“ rief Doniphan.

Er täuschte sich nicht und ohne Zögern eilte er, das Gewehr in der Hand, Jacques entgegen.

Binnen wenigen Augenblicken hatte Doniphan den jüngeren Knaben erreicht und zwei Schüsse auf die Raubthiere abgegeben, welche verdutzt Kehrt machten und bald aus dem Gesichte entschwanden.

Es waren zwei Bären, deren Vorkommen man unter der Fauna der Insel Chairman nicht vermuthet hatte. Doch, da diese furchtbaren Raubgesellen sich auf der Insel zeigten, wie war es gekommen, daß die Jäger bisher noch keine Spur von ihnen entdeckt hatten? Sollte man annehmen, daß sie dieselbe für gewöhnlich nicht bewohnten und daß sie nur zur jetzigen Winterszeit, indem sie entweder über das zugefrorene Meer herkamen oder von davontreibenden Eisschollen getragen wurden, in diese Gegend verschlagen waren? Wies das nicht auf ein Festland in der Nähe der Insel hin? . . . Dieser Gedanke schien des Erwägens werth.

Doch, wie dem auch sein mochte, jedenfalls war Jacques gerettet und sein Bruder drückte ihn herzlich in die Arme.

Glückwünsche, Umarmungen und warme Händedrücke fehlten dem muthigen Knaben überhaupt nicht. Nach vergeblichen Versuchen, seine Kameraden durch Hornsignale anzurufen, hatte auch er sich in dem überaus dichten Nebel so verirrt, daß er sich nicht mehr zurechtfinden konnte, als er das erste Krachen des Geschützes vernahm.

„Das kann nur die Kanone von French-den sein!“ hatte er sich gesagt, während er die Richtung, woher der Schall kam, zu erkennen suchte.

Er befand sich da mehrere Meilen vom Ufer im Nordosten des Sees. Sofort eilte er in der ihm angedeuteten Richtung in größter Schnelligkeit auf den Schlittschuhen dahin.

Plötzlich, als der Nebel sich etwas lockerte, bemerkte er zwei große Bären, die auf ihn zutrabten. Trotz der drohenden Gefahr verließ ihn seine Kaltblütigkeit jedoch keinen Augenblick, und Dank der Schnelligkeit seines Laufes konnte er die Thiere von sich fernhalten. Beim ersten unglücklichen Sturze wäre er dagegen verloren gewesen.

Da nahm er Briant bei Seite und sagte zu ihm, während Alle nach French-den zurückkehrten:

„Ich danke Dir, Bruder, danke Dir von Herzen, daß Du mir gestattet hast . . .“

Briant drückte ihm, ohne zu antworten, warm die Hand.

Als dann Doniphan die Thürschwelle der Halle überschritt, sagte er zu diesem:

„Ich hatte Dir verboten, Dich zu entfernen, und Du siehst, daß Deine Unfolgsamkeit beinahe schweres Unglück herbeigeführt hätte. Doch, obwohl Du entschieden ein Unrecht begangen, Doniphan, bin ich Dir noch Dank schuldig, daß Du Jacques so bereitwillig zu Hilfe geeilt bist.“

„Ich habe nicht mehr als meine Pflicht gethan,“ antwortete Doniphan kühl.

Und er nahm nicht einmal die Hand, die ihm sein Kamerad freundlich entgegenstreckte.

V.

Eine Rast an der Südspitze des Sees. – Doniphan, Webb und Wilcox. – Trennung. – Die Gegend der Downs-lands. – Der East-river. – Längs des linken Ufers hinab. – Ankunft bei der Mündung.

———

Sechs Wochen nach jenen Vorfällen und gegen fünf Uhr Abends machten vier der jungen Colonisten an der südlichen Spitze des Family-lake Halt.

Es war am 10. October. Der Einfluß der schönen Jahreszeit trat schon überall zu Tage. Unter den mit frischem Grün angehauchten Bäumen hatte der Erdboden schon wieder Frühlingsschmuck angelegt. Eine schwache Brise kräuselte leicht die Oberfläche des Sees, über den noch die letzten Sonnenstrahlen hinglitten, welche durch die weite Ebene der South-moors und über deren schmalen Sandvorlande glitzerten. Zahlreiche Vögel zogen in geschwätzigen Schaaren entweder nach ihren nächtlichen Ruheplätzen im Schatten der Bäume oder nach den Aushöhlungen und Löchern des Steilufers vorüber. Verschiedene Gruppen immergrüner Bäume, wie Fichten, Steineichen und in geringer Entfernung ein etwa vier Acker großer Tannenwald unterbrachen allein die eintönige Unfruchtbarkeit dieses Theiles der Insel Chairman. Der waldige Rahmen des Sees schien hier unterbrochen, und um die dichten Baumanhäufungen zu erreichen, hätte man mehrere Meilen auf einem der beiden Ufer des Sees hinwandern müssen.

Eben jetzt verbreitete ein lustiges, am Fuße einer Seeföhre angezündetes Feuer seinen wohlriechenden Rauch, den der Wind über den Sumpf hintrug. Ein paar Enten brieten über einem zwischen zwei Steinen hergerichteten Herde. Nach dem Abendessen hatten die vier Knaben sich nur noch in ihre Decken zu hüllen, und während einer von ihnen die Wache übernahm, schliefen die anderen drei ruhig bis zum anbrechenden Tage.

Diese Vier waren Doniphan, Cross, Webb und Wilcox, und wir tragen hier nach, unter welchen Umständen sie den Entschluß gefaßt hatten, sich von ihren Kameraden zu trennen.

Während der ersten Wochen des zweiten Winters, den die jungen Colonisten in French-den verlebten, waren die Beziehungen zwischen Doniphan und Briant immer gespannter geworden. Der Leser hat nicht vergessen, mit welchem Grolle Doniphan den Ausfall der Wahlen zu Gunsten seines Rivalen angesehen hatte. Dadurch noch eifersüchtiger, noch reizbarer geworden, zwang er sich nur mit Widerwillen zur Anerkennung der Befehle des neuen Oberhauptes der Insel Chairman. Wenn er diesem keinen offenen Widerstand leistete, so geschah das nur unter dem bedrückenden Bewußtsein, daß die Mehrzahl doch nicht auf seiner Seite stand. Bei verschiedenen Gelegenheiten legte er jedoch so viel bösen Willen an den Tag, daß Briant ihm sehr gerechtfertigte Vorwürfe nicht ersparen konnte. Seit den Vorfällen beim Schlittschuhlaufen, wobei sein Ungehorsam völlig zu Tage lag, ob er sich damals nur von seiner Jagdliebhaberei hatte hinreißen lassen oder einfach seinen Kopf aufsetzen wollte, waren seine Gelüste zur Auflehnung nur gewachsen und führten endlich den Augenblick herbei, wo Briant mit Strafen vorzugehen sich genöthigt sehen mußte.

Bisher hatte Gordon, den dieser Stand der Sachen nicht wenig beunruhigte, von Briant das Versprechen möglichster Zurückhaltung verlangt. Dieser fühlte nun aber doch, daß seine Geduld zu Ende war, und daß es im allgemeinen Interesse und zur Aufrechthaltung guter Ordnung unerläßlich geworden sei, scharfe Saiten aufzuziehen. Vergebens hatte Gordon versucht, Doniphan freundlich ins Gewissen zu reden. Wenn er auf diesen früher etwas Einfluß gehabt, so mußte er sich überzeugen, daß derselbe jetzt völlig verschwunden war. Doniphan verzieh ihm niemals, in den meisten Fällen die Partie seines Gegners vertreten zu haben. Das Dazwischentreten Gordon's führte also zu keinem Resultate, und nur mit schwerem Kummer sah dieser sehr nahe bevorstehenden weiteren Verwicklungen entgegen.

Aus diesem Zustande der Dinge ergab sich schon, daß das zum ruhigen Weiterleben der Insassen von French-den so nöthige gute Einvernehmen oft gestört war. Jedermann fühlte das wie einen Alp auf sich lasten, der das Beisammensein recht peinlich machte.

Außer zu den Stunden der Mahlzeiten hielten sich Doniphan und seine Parteigänger Cross, Webb, Wilcox, welche der Herrschaft des Ersteren mehr und mehr unterlagen, stets von den Anderen abgesondert. Verhinderte das schlechte Wetter sie, auf die Jagd zu gehen, so saßen sie in einer Ecke der Halle beisammen und besprachen sich da mit gedämpfter Stimme.

„Ohne Zweifel," begann da eines Tages Briant zu Gordon, „verabreden sie da irgend einen Streich."

„Doch nicht etwa gegen Dich, Briant?" antwortete Gordon. „Den Versuch, Dir Deine Stellung streitig zu machen, würde Doniphan nicht wagen ... Wir ständen ja Alle auf Deiner Seite, und das weiß er auch gut genug."

„Vielleicht denken Wilcox, Cross, Webb und er daran, sich von uns zu trennen ..."

„Das wäre eher zu befürchten, Briant, und meiner Ansicht nach hätten wir kaum ein Recht, sie daran zu hindern."

„Glaubst Du nicht, Gordon, daß sie sich an anderer Stelle niederlassen wollen? ..."

„Daran denken sie vielleicht gar nicht, Briant."

„Doch, sie denken daran. Ich habe Wilcox eine Copie der Karte des schiffbrüchigen Baudoin nehmen sehen, und das geschah offenbar in der Absicht, sie mitzunehmen ..."

„Das hätte Wilcox gethan? ..."

„Gewiß, Gordon, und wahrhaftig, um derartigen Unannehmlichkeiten ein- für allemal die Spitze abzubrechen, erscheint es mir rathsam, lieber zu Gunsten eines Anderen, vielleicht zu Deinen oder selbst zu Doniphan's Gunsten abzudanken. Das würde jeder Rivalität sofort ein Ende machen!"

„Nein, Briant," entgegnete Gordon bestimmt, „nein! ... Damit verletztest Du Deine Pflichten gegen Die, welche Dich gewählt haben ... und ebenso gegen Dich selbst!"

Unter diesen bedauerlichen Mißhelligkeiten verstrich langsam der Winter.

Mit den ersten Tagen des October und als die Kälte vollständig aufgehört, hatten sich See und Rio wieder vollständig vom Eise befreit. Da – am Abende des 9. October – trat Doniphan offen mit seinem Entschlusse, French-den mit Wilcox, Cross und Webb zu verlassen, hervor.

„Ihr wollt uns verlassen?" ..." sagte Gordon.

„Euch verlassen? ... Nein, Gordon," antwortete Doniphan. „Wir, das heißt Cross, Wilcox, Webb und ich, haben uns nur vorgenommen, einen anderen Punkt der Insel als Wohnstätte zu erwählen."

„Und warum, Doniphan?" forschte Baxter.

„Ganz einfach, weil wir nach eigenem Belieben zu leben wünschen und – ich gestehe es ganz offen – es uns nicht paßt, von Briant Befehle entgegen zu nehmen."

„Ich möchte wohl wissen, was Du mir vorzuwerfen hättest, Doniphan?" fragte Briant.

„Nichts, als daß Du unser Oberhaupt bist," erklärte Doniphan. „Vorher haben wir schon einen Amerikaner als Vorstand der Colonie gehabt ... jetzt commandirt uns ein Franzose. Es fehlt wahrlich nur noch, daß nachher Moko erwählt wird ..."

„Du sprichst doch nicht im Ernste, Doniphan?" fragte Gordon.

„Ernst ist darin jedenfalls," antwortete Doniphan hochmüthigen Tones, „daß, wenn es unseren Kameraden gleichgiltig ist, jeden beliebigen Anderen als einen Engländer als Oberhaupt zu haben, das doch weder mir noch meinen Kameraden zusagt."

„Wie Ihr wollt," versetzte Briant. „Wilcox, Webb, Cross und Du, Doniphan, Ihr seid frei und könnt den Euch zukommenden Theil aller Gegenstände mit fortnehmen."

„Daran haben wir nie gezweifelt, Briant, und morgen schon verlassen wir French-den.“

„Möget Ihr Eueren Entschluß nimmermehr zu bereuen haben!“ setzte Gordon noch hinzu, da er einsah, daß in diesem Falle jedes Zureden vergeblich sein würde.

Das Project, das sie auszuführen beschlossen hatten war nämlich folgendes:

Einige Wochen vorher, als Briant den Bericht über seinen Ausflug nach dem östlichen Theile der Insel Chairman erstattete, hatte er auch behauptet, daß die kleine Colonie dort recht gut Unterkommen finden könnte. Die Felsenmassen der Küste daselbst enthielten zahlreiche Grotten und Höhlen; die Wälder im Osten des Family-lake reichten bis an das Vorland heran. Der East-river lieferte trinkbares Wasser im Ueberflusse, von Haar- und Federwild wimmelte es an dessen Ufern – kurz, es mußte sich dort ebenso bequem leben, als wie in French-den, und auf jeden Fall weit besser als an der Sloughi-Bai. Ueberdies betrug die Entfernung von French-den und der Küste in gerader Linie nur zwölf Meilen, sechs für die Fahrt über den See und sechs für den Weg am East-river herunter gerechnet. Im Falle dringender Noth blieb es also stets leicht, mit French-den in Verbindung zu treten.

Nach eingehender Darlegung dieser Vorzüge hatte Doniphan endlich Wilcox, Cross und Webb dazu vermocht, sich mit ihm am anderen Ufer der Insel häuslich niederzulassen.

Doniphan schlug dabei aber nicht vor, sich nach der Deception-Bai zu Wasser zu begeben, er wollte vielmehr am Ufer des Family-lake bis zu dessen südlicher Spitze hinabziehen – diese umwandern und dann dem entgegengesetzten Ufer nordwärts folgen, um so zum East-river zu gelangen; hierauf sollte das Bett des Flusses als Wegweiser nach dessen Mündung dienen – das war der Weg, wie ihn Doniphan einzuschlagen gedachte. Gewiß war das eine ziemlich weite Wanderung – gegen fünfzehn bis sechzehn Meilen – doch er und seine Kameraden zogen ja als Jäger dahin aus. Auf diese Weise vermied es Doniphan, die Jolle in Anspruch zu nehmen, deren Führung auch eine geübtere Hand als die seinige verlangt hätte. Das Halkett-boat, welches er mitzunehmen gedachte, sollte ihnen dazu dienen, den East-river und nötigenfalls andere Wasserläufe zu überschreiten, wenn sich solche im Osten der Insel vorfanden.

Uebrigens sollte dieser erste Zug nur den Zweck haben, das Ufergebiet der Deception-Bai näher zu untersuchen und daselbst eine Stelle ausfindig zu machen, wo Doniphan und seine drei Freunde sich endgiltig niederlassen könnten. Da sie sich mit Gepäck nicht hatten überlasten wollen, beschlossen sie, nur zwei Flinten, vier Revolver, zwei Aexte, hinreichenden Schießbedarf, Grundangeln, Reisedecken, einen Taschencompaß, das leichte Kautschukboot und wenige Conserven mitzunehmen, überzeugt, daß Jagd und Fischfang ihre Bedürfnisse genügend befriedigen würden. Diese Wanderung sollte ihrer Berechnung nach auch nicht länger als sechs bis sieben Tage dauern. Nach getroffener Auswahl einer Wohnung gedachten sie nach French-den zurückzukehren und daselbst ihren Antheil an allen den Gegenständen zu holen, auf welche sie von dem, was vom „Sloughi“ übrig war, rechtmäßigen Anspruch hatten. Damit wollten sie dann den Wagen beladen. Sollte es Gordon oder den Anderen gefallen, sie einmal zu besuchen, so würden sie ihnen den besten Empfang bereiten, sich dagegen unbedingt weigern, das gemeinschaftliche Leben unter den jetzigen Bedingungen fortzusetzen, und in dieser Hinsicht konnte nichts sie vermögen, ihren Beschluß rückgängig zu machen.

Am folgenden Morgen mit Sonnenaufgang nahmen Doniphan, Cross, Webb und Wilcox von ihren Kameraden Abschied, die sich wegen dieser Trennung recht betrübt zeigten. Vielleicht waren sie auch selbst mehr ergriffen, als sie es zeigten, obwohl der Entschluß, ihr Vorhaben auszuführen, bei ihnen feststand, wobei freilich der Stolz einen nicht geringen Antheil haben mochte. Nachdem sie den Rio Sealand in der Jolle, welche Moko nach dem kleinen Damme wieder zurückruderte, überschritten, entfernten sie sich ohne große Eilfertigkeit, indem sie gleichzeitig den unteren Theil des Family-lake in Augenschein nahmen, der sich nach seiner Spitze zu merklich verengerte, und die ungeheuere Ebene der South-moors besichtigten, deren Ende man weder nach Süden noch nach Westen zu erkennen konnte.

Unterwegs und am Rande des Sumpfes selbst wurden einige Vögel getödtet. Da Doniphan begriff, daß er seine Munition schonen müsse, begnügte er sich mit dem für die tägliche Ernährung nothwendigen Wilde.

Das Wetter war bedeckt, ohne gerade mit Regen zu drohen, und der Wind schien sich dauernd aus Nordwest zu halten. Während dieses Tages legten die vier Knaben nur fünf bis sechs Meilen zurück, und als sie gegen fünf Uhr Abends an das Ende des Sees kamen, machten sie Halt, um hier die Nacht zu verbringen.

Das waren die Ereignisse, welche sich seit den letzten Tagen des August bis zum 10. Oktober in French-den zugetragen hatten.

Doniphan, Cross, Wilcox und Webb waren jetzt also fern von ihren Kameraden, von denen sie gewiß keinerlei Rücksicht hätte trennen sollen. Ob sie sich wohl schon vereinsamt fühlten?... Ja, vielleicht. Entschlossen aber, ihren Plan zu Ende zu führen, dachten sie einzig daran, sich an irgend einer anderen Stelle der Insel Chairman eine neue Existenz zu gründen.

Am folgenden Morgen und nach einer ziemlich kalten Nacht, welche nur ein bis Tagesanbruch unterhaltenes Feuer erträglicher machte, bereiteten sich Alle, weiter zu ziehen. Das Südende des Sees bildete da, wo beide Ufer zusammenfließen, einen ziemlich spitzen Winkel. Das rechte Ufer verlief übrigens in fast genau gerader Linie nach Norden. Nach Osten zu erschien das Gebiet noch sumpfig, obwohl das Wasser dessen sich einige Fuß über den See erhebenden, mit Gras bestandenen Boden nicht mehr bedeckte und ihn sogar einzeln mit Buschwerk geschmückte und von mageren Bäumen beschattete Erhöhungen mehrfach unterbrachen. Da diese Gegend weiterhin hauptsächlich aus Dünen zu bestehen schien, gab Doniphan ihr den Namen „Downs-lands" (Dünenland). Nicht willens, durch bisher unbekannte Gebiete zu ziehen, beschloß er, dem Ufer bis zum East-river und dann diesem bis zu dem von Briant schon besuchten Theile der Küste nachzugehen. Für später blieb es vorbehalten, die Gegend der „Downs-lands" bis zum Strande selbst näher zu untersuchen.

Ehe sie weiter zogen, besprachen seine Begleiter und er den einzuschlagenden Weg.

„Wenn die Entfernungen auf der Karte richtig angegeben sind," sagte Doniphan, „so müssen wir sieben Meilen von hier auf den East-river treffen und könnten diesen ohne zu große Anstrengung im Laufe des Abends erreichen."

„Warum aber schlagen wir nicht gleich eine Richtung nach Nordosten ein, um den Umweg nach der Mündung des Flusses abzuschneiden?" bemerkte Wilcox.

„Ja, das würde uns gut ein Drittel des Weges ersparen," setzte Webb hinzu.

„Ganz gewiß," antwortete Doniphan; „doch wozu sollten wir uns in dieses uns gänzlich unbekannte Sumpfgebiet und vielleicht gar auf die Gefahr hin, doch wieder umkehren zu müssen, erst hineinwagen? Folgen wir dagegen dem Seeufer, so haben wir gegründete Hoffnung, unbehindert vorwärts dringen zu können."

„Und überdieß," ließ Cross sich vernehmen, „haben wir doch selbst ein Interesse daran, den East-river genauer kennen zu lernen."

„Sicherlich," bestätigte Doniphan, „denn dieser Fluß bildet die Verbindung zwischen der Küste und dem Family-lake. – Ziehen wir längs desselben hinab, so bietet sich obendrein Gelegenheit, auch einen Theil des benachbarten Waldes, den er durchströmt, zu besichtigen."

Nach diesen Worten setzte man sich, und zwar ziemlich schnellen Schrittes, wieder in Bewegung. Eine Art schmaler Pfad überragte um drei bis vier Fuß einerseits die Fläche des Sees, andererseits die weite, sich zur rechten Hand ausdehnende Dünen-Ebene. Da der Erdboden merkbar aufstieg, durfte man annehmen, daß das Aussehen der Gegend wenige Meilen weiterhin sich wesentlich verändern werde.

Wirklich langten Doniphan und seine Gefährten gegen elf Uhr an einer kleinen, von mächtigen Bäumen beschatteten Einbuchtung an, wo sie etwas zu frühstücken beschlossen. Von diesem Punkte aus erhob sich, so weit der Blick reichte, eine verworrene Masse von Grün, welche den Horizont verdeckte.

Ein im Laufe des Vormittags von Wilcox erlegtes Aguti lieferte die Mahlzeit, mit deren Zurichtung Cross, der Stellvertreter Moko's als Küchenmeister, sich wohl oder übel abfand. Nachdem sie sich gerade Zeit genommen, auf glühenden Kohlen einige Fleischschnitte zu braten, sie zu verzehren und gleichzeitig mit dem Hunger auch ihren Durst zu löschen, drangen Doniphan und seine Begleiter auf dem Ufer des Family-lake weiter vor.

Der Wald, an dessen Saume der See sich hindehnte, bestand auch hier aus denselben Baumarten, wie die Traps-woods der westlichen Seite, doch fanden sich hier mehr Bäume mit nichtabfallendem Laube. Man traf mehr Seeföhren, Tannen und Steineichen als Buchen und Birken – alle aber von schönem Wuchs und ansehnlicher Größe.

Doniphan konnte sich auch zur größten Befriedigung überzeugen, daß der Bestand an Thieren auf diesem Theil der Insel nicht minder artenreich war. Guanakos und Vigogne-Schafe zeigten sich zu wiederholten Malen, ebenso wie eine Heerde Nandus, welche, nachdem sie im See ihren Durst gelöscht, rasch entflohen. Maros-Hasen, Tucutucos, Bisamschweine und Federwild gab es in großer Menge.

Gegen sechs Uhr Abends wurde Halt gemacht. An der betreffenden Stelle war das Ufer von dem Wasserlauf durchschnitten, der einen Abfluß des Sees bildete, das mußte der East-river sein und war es auch wirklich; Doniphan erkannte es um so leichter, als er unter einer Baumgruppe im Hintergrunde einer beschränkten Bucht noch frische Spuren eines Lagers, nämlich die Asche eines Feuers, entdeckte.

Hier waren Briant, Jacques und Moko bei Gelegenheit ihres Ausfluges nach der Deception-Bai gelandet und hatten sie auch die erste Nacht verbracht.

Doniphan und seine Freunde konnten nichts Besseres thun, als die erloschenen Kohlen wieder zu entzünden und nach eingenommenem Abendbrod sich unter denselben Bäumen auszustrecken, welche vorher schon einmal ihren Kameraden Schutz gewährt hatten.

Vor acht Monaten, als Briant an dieser Stelle gerastet, hatte er freilich nicht geahnt, daß vier seiner Genossen hierher in der Absicht kommen würden, getrennt von den Uebrigen auf diesem Theil der Insel Chairman zu leben.

Vielleicht empfanden Cross, Wilcox und Webb, als sie sich nun hier und weit weg von der bequemen Wohnung in French-den sahen, in welcher zu bleiben ja nur von ihnen abgehangen hätte, schon etwas Bedauern über ihren Handstreich. Ihr Geschick war aber jetzt an das Doniphan's geknüpft, und Doniphan besaß viel zu viel Eitelkeit, ein begangenes Unrecht einzusehen, zu viel Starrsinn, auf seine Pläne zu verzichten, und zu viel Eifersucht, sich vor seinem Rivalen zu beugen.

Als der Tag wieder anbrach, schlug Doniphan vor, den East-river zu überschreiten.

„Das wird sowie so nothwendig sein," sagte er, „und der Tag reicht, uns bis an die Mündung zu bringen, welche nur zwischen fünf bis sechs Meilen von hier entfernt ist."

„Auch hat Moko," bemerkte Cross, „damals auf dem linken Ufer die Zirbelnüsse eingesammelt, von denen wir unterwegs einigen Vorrath mitnehmen könnten."

Das Halkett-boat wurde auseinandergefaltet und sobald es zu Wasser gebracht war, begab sich Doniphan darin nach dem anderen Ufer, indem er dessen Leine nachschleppte. Mit wenigen Ruderschlägen hatte er die dreißig bis vierzig Fuß zurückgelegt, welche der Fluß in der Breite maß. Dann zogen die Anderen die Leine an, deren Ende sie festgehalten hatten, und durch Wiederholung dieses Verfahrens fuhren Wilcox, Webb und Cross Einer nach dem Anderen zum entgegengesetzten Ufer hinüber.

Sofort legte Wilcox das Halkett-boat wieder zusammen, bis es die Gestalt eines Reisesackes hatte, warf es sich auf den Rücken, und weiter zogen sie des Weges. Ohne Zweifel wäre es weniger ermüdend gewesen, sich in der Jolle der Strömung des East-river zu überlassen, wie Briant, Jacques und Moko es gethan hatten; da das Kautschukboot aber nur eine Person auf einmal tragen konnte, mußten sie auf diese Art des Fortkommens von Anfang an verzichten.

Der Tag wurde sehr anstrengend. Die Dichtheit des Waldes, dessen Boden, aus dem zwischen üppigem Grase da und dort von den Stämmen abgebrochene Aeste lagen, mehrere Moräste, welche nicht unbeträchtliche Umwege veranlaßten, alles das verzögerte die Ankunft an der Küste. Unterwegs konnte Doniphan feststellen, daß der französische Schiffbrüchige von seinem Besuche dieses Theils der Insel nicht solche Spuren zurückgelassen habe, wie in den Baumdickichten der Traps-woods. Und doch war es unzweifelhaft, daß er auch diesen erforscht haben müsse, da seine Karte den Verlauf des East-river bis zur Ausmündung in der Deception-Bai ganz richtig wiedergab.

Kurz vor Mittag wurde, genau an der Stelle, wo die Zirbelfichten standen, zum Frühstücken Halt gemacht. Cross pflückte eine gewisse Menge jener Früchte, welche Alle mit Vergnügen verzehrten. Noch zwei Meilen weiterhin mußten sie sich theils durch das dichte Buschwerk zwängen und theils sich mit der Axt selbst einen Weg bahnen, um dem Wasserlaufe folgen zu können.

Durch diese Verzögerung veranlaßt, wurde die Grenze des Waldes erst gegen sieben Uhr Abends erreicht, und bei der hereinbrechenden Dunkelheit konnte Doniphan so gut wie nichts von der Gestaltung des Uferlandes erkennen. Vor sich sah er nur eine schaumbegrenzte Linie und vernahm das lange, ernste Rauschen des Meeres, das über den Strand heranrollte.

Es wurde nun beschlossen, gleich an der Stelle, wo sie sich befanden, unter freiem Himmel zu übernachten. Für die nächste Nacht bot ja die Küste unzweifelhaft ein besseres Obdach in den Höhlungen unfern der Mündung des Rio.

Nach Einrichtung des Lagerplatzes verzehrten sie ihr Mittag- oder vielmehr, in Anbetracht der weit vorgerückten Stunde, ihr Abendbrod, das aus gebratenem Agutifleisch nebst den unter den Bäumen aufgelesenen Zirbelnüssen bestand.

Aus Vorsicht war beschlossen worden, das Feuer bis Tagesanbruch zu unterhalten, und während der ersten Stunden fiel Doniphan die Besorgung desselben zu.

Unter dem schirmförmigen Gezweig einer Fichte ausgestreckt, schliefen Wilcox, Cross und Webb nach der heutigen ziemlich anstrengenden Wanderung fast auf der Stelle ein.

Doniphan hatte viele Mühe, gegen den Schlummer anzukämpfen. Anfangs widerstand er zwar demselben, als aber die Stunde herankam, wo er von einem seiner Begleiter abgelöst werden sollte, lagen diese Alle in so festem Schlafe, daß er sich nicht entschließen konnte, einen derselben zu wecken.

Uebrigens war der Wald in der Umgebung des Lagerplatzes so ruhig, daß für ihre Sicherheit hier ebensowenig wie in French-den zu fürchten schien.

Nachdem er also noch reichlich Holz auf's Feuer geworfen, streckte sich auch Doniphan am Fuße des Baumes aus. Hier fielen ihm sofort die Augen zu und öffneten sich auch nicht eher wieder, als bis die Sonne über den weiten Horizont des Meeres emporstieg, der sich mit dem unteren Rande des Himmels berührte.

VI.

Besichtigung der Deception-Bai. – Bear-rock-harbour. – Plan bezüglich der Rückkehr nach French-den. – Untersuchung des Nordens der Insel. – Der North-creek. – Beechs-forest. – Schwerer Sturm. – Eine Nacht mit Hallucinationen. – Beim Grauen des Tages.

———

Die erste Sorge Doniphan's, Wilcox', Webb's und Cross' war es nun, am Ufer des Flusses vollends bis zu dessen Ausmündung hinabzugehen. Von hier aus ließen sie die Blicke forschend über das Meer schweifen, das sie zum ersten Male vor sich sahen und welches nicht minder verlassen schien, wie das an der entgegengesetzten Inselseite.

„Und dennoch," bemerkte Doniphan, „wenn die Insel Chairman, wie wir anzunehmen alle Ursache haben, nicht fern vom Festlande Amerikas liegt, so müssen die Schiffe, welche aus der Magellan-Straße kommen und nach den Häfen von Chili und Peru hinaufsegeln, im Osten derselben vorüberkommen. Ein Grund mehr, uns an der Küste der Deception-Bai anzusiedeln, und wenn Briant ihr auch einen so wenig versprechenden Namen gegeben, so hoffe ich doch, daß sie diesen in nicht zu langer Zeit Lügen straft."

Vielleicht suchte Doniphan, als er diese Bemerkung machte, schon nach einer Entschuldigung oder doch nach einem annehmbaren Vorwand zu einem Bruche mit den Kameraden in French-den. Alles wohl erwogen, durfte man allerdings annehmen, daß Schiffe mit der Bestimmung nach südamerikanischen Häfen auf diesem Theile des Stillen Oceans, im Osten der Insel Chairman, vorübersegeln mußten.

Nachdem Doniphan den Horizont mittels Fernrohres beobachtet, wollte er die Mündung des East-river untersuchen. Ganz wie Briant bestätigten seine Genossen und er, daß die Natur hier einen kleinen, gegen Wind und Seegang vorzüglich geschützten Hafen geschaffen habe. Wäre der Schooner an dieser Stelle der Insel Chairman angetrieben, so wäre es vielleicht möglich gewesen, die Strandung zu vermeiden und ihn im seetüchtigen Zustand zur Heimführung der jungen Colonisten zu erhalten.

Hinter den diesen Hafen bildenden Felsen erhoben sich schon die ersten Bäume des Waldes, der sich nicht allein bis zum Family-lake, sondern auch nach Norden hinaus erstreckte, wo das Auge nichts wie eine grüne Masse erblickte. Was die an den Granitmassen des Ufers befindlichen Aushöhlungen betraf, so hatte Briant keineswegs übertrieben. Doniphan kam nur wegen der Auswahl in Verlegenheit. Jedenfalls schien es rathsam, sich nicht vom Ufer des East-river unnöthig zu entfernen, und so hatte er bald einen mit feinem Sand ausgekleideten, mit Ecken und Nischen versehenen „Rauchfang“ entdeckt, der mindestens eben so viel Bequemlichkeit bieten mußte, wie French-den. Die betreffende Höhle hätte sogar für die ganze Colonie ausgereicht, denn sie enthielt eine ganze Reihe anstoßender Hohlräume, aus denen man verschiedenen Zwecken dienende Zimmer machen konnte, statt sich dort mit der Halle und dem Store-room begnügen zu müssen.

Dieser Tag wurde zur Untersuchung der Küste auf eine Strecke von zwei Meilen verwendet. Dabei schossen Doniphan und Cross einige Tinamus, während Wilcox und Webb einige hundert Schritte landeinwärts der Mündung des East-river verschiedene Grundangeln legten. Dadurch wurden ein halb Dutzend Fische von denselben Arten, welche im Rio Sealand vorkamen, gefangen – unter anderen zwei Barsche von ansehnlicher Größe. Von Schalthieren wimmelte es ebenfalls in den zahllosen Wasserlöchern zwischen den Klippen, welche im Nordosten den Hafen gegen den schweren Seegang schützten. Miesmuscheln und Patenen gab es hier in großer Menge und schöner Qualität. Diese Mollusken hatte man also hier ebenso an der Hand, wie die

Seefische, welche unter dem grünen Tang, der am Fuße der Klippenbank angeschwemmt war, nach Nahrung gingen, so daß man nicht nöthig hatte, diese in vier oder fünf Meilen Entfernung zu suchen.

Der Leser hat wohl nicht vergessen, daß Briant bei seiner Untersuchung der Mündung des Rio einen hohen Felsblock in Gestalt eines gewaltigen Bären erstiegen hatte. Doniphan fiel diese eigenthümliche Form ebenso auf. Als Zeichen der Besitznahme gab er deshalb dem kleinen, von jenem Felsen überragten Hafen den Namen Bear-rock-harbour (d. i. Hafen des Bärenfelsens), und dieser Name findet sich noch jetzt auf der Insel Chairman.

Während des Nachmittags erklomm Doniphan und Wilcox den Bear-rock, um eine weite Aussicht über die Bai zu erlangen. Doch weder ein Schiff noch ein Land war im Osten der Insel wahrzunehmen. Der weißliche Fleck im Nordosten, der seiner Zeit Briant's Aufmerksamkeit erregte, war jetzt nicht erkennbar, ob nun die Sonne schon zu tief am gegenüberliegenden Horizonte stand, oder jener überhaupt nicht vorhanden und Briant nur das Opfer einer Gesichtstäuschung geworden war.

Am Abend verzehrten Doniphan und seine Genossen ihre Mahlzeit unter einer Gruppe prächtiger Nesselbäume, deren niedrigste Zweige sich über den Wasserlauf hin erstreckten. Nachher erörterten sie die Frage, ob es nun am besten sei, sofort nach French-den zurückzukehren, um die zu einer dauernden Niederlassung in der Höhle des Bear-rock nothwendigen Gegenstände zu holen.

„Ich meine, wir dürfen damit nicht zögern," sagte Webb, „denn die Zurücklegung des Weges um den Süden des Family-lake erfordert schon allein einige Tage."

„Doch, wenn wir wieder hierher zurückkehren," bemerkte Wilcox, „empfiehlt es sich wohl, über den See zu fahren, um gleich auf dem East-river bis zu dessen Mündung zu gelangen. Das hat Briant schon einmal mit der Jolle ausgeführt, und ich sehe nicht ein, warum wir nicht dasselbe thun könnten."

„Damit würde freilich Zeit gewonnen und uns eine große Anstrengung erspart," setzte Webb hinzu.

„Was denkst Du davon, Doniphan?" fragte Cross.

Doniphan überlegte eben diesen Vorschlag, der ihnen entschiedene Vortheile versprach.

„Du hast Recht, Wilcox," antwortete er; „wenn wir uns auf der Jolle einschiffen, welche Moko führen könnte . . ."

„Vorausgesetzt, daß Moko dem zustimmt," warf Webb mit etwas zweifelndem Tone ein.

„Warum sollte er das nicht?" erwiderte Doniphan. „Steht mir nicht ganz ebenso wie Briant das Recht zu, ihm Befehle zu ertheilen? Uebrigens würde es sich nur darum handeln, uns über den See zu lootsen . . ."

„Natürlich muß er sich fügen!" rief Cross. „Wären wir gezwungen, unser gesammtes Material über Land hierher zu schaffen, so kämen wir damit nie zu Ende. Es ist auch zu bedenken, daß selbst der Wagen nicht überall durch den Wald fortkäme. Wir benützen also die Jolle . . ."

„Doch wenn man uns die Jolle verweigert?" warf Webb wieder ein.

„Uns verweigern!" versetzte Doniphan. „Wer sollte sie uns denn verweigern?"

„Nun, Briant! . . . Ist er nicht das jetzige Oberhaupt der Colonie?"

„Briant . . . verweigern!" wiederholte Doniphan. „Gehört die Jolle ihm etwa mehr als uns? . . . Wenn sich Briant erlaubte, sie uns vorzuenthalten . . ."

Doniphan vollendete seine Worte nicht; es war aber herauszufühlen, daß sich der Herrschsüchtige in diesem Punkte so wenig wie in irgend einem anderen der Willensäußerung seines Rivalen zu unterwerfen denke.

Uebrigens war es, wie Wilcox bemerkte, unnütz, hierüber viele Worte zu verlieren. Seiner Meinung nach würde Briant es ihnen in jeder Weise erleichtern, sich im Bear-rock anzusiedeln, und darüber brauche man sich nicht den Kopf zu zerbrechen. Es blieb nur noch zu entscheiden, ob man sofort nach French-den zurückkehren solle.

„Das scheint mir unumgänglich," sagte Cross.

„Also schon morgen? . . ." fragte Webb.

„Nein," antwortete Doniphan. „Vor unserer Rückkehr möchte ich noch einmal jenseits der Bai hinaufgehen, um den nördlichen Theil der Insel kennen zu lernen. Binnen achtundvierzig Stunden können wir bis zur äußersten Nordspitze gelangen und im Bear-rock zurück sein. Wer weiß, ob es dort nicht noch ein Land gibt, das der französische Schiffbrüchige nicht wahrnehmen und folglich auf seine Karte nicht einzeichnen konnte. Es scheint mir unklug, sich hier dauernd einzurichten, ehe wir wissen, woran wir sind.“

Dieser Einwurf erschien so gerechtfertigt, daß Alle zustimmten, jenen Ausflug, wenn er ihre jetzige Abwesenheit auch um zwei bis drei Tage verlängerte, unverzüglich anzutreten.

Am nächsten Morgen, dem des 14. October, brachen Doniphan und seine drei Freunde mit dem Frühroth auf und schlugen, ohne die Küste zu verlassen, die Richtung nach Norden ein.

Auf eine Strecke von etwa drei Meilen erhoben sich noch die Felsmassen zwischen Wald und Meer, wobei an ihrem Fuße nur ein höchstens hundert Schritte breites, sandiges Vorland liegen blieb.

Es war gegen Mittag, als die Knaben, nachdem sie den letzten Felsblock hinter sich hatten, zum Frühstücken Halt machten.

An dieser Stelle ergoß sich ein zweiter Rio ins Meer; aus seiner Richtung von Südosten nach Nordwesten ließ sich aber schließen, daß derselbe nicht aus dem See herkommen werde. Das Wasser, welches er in einem engen Landeinschnitte abgab, mochte ihm vielmehr auf seinem Laufe durch den oberen Theil der Insel zuströmen. Doniphan taufte ihn „North-creek“ (d. i. der nördliche Bach) und in der That verdiente er auch nicht den Namen eines Flusses.

Wenige Ruderschläge genügten, das Halkett-boat über ihn weg zu treiben, und die jungen Leute brauchten nun blos längs des Waldes hinzuziehen, dessen Grenze sein linkes Ufer bildete.

Unterwegs gaben Doniphan und Cross zwei Schüsse ab, und zwar unter folgenden Umständen:

Es war gegen drei Uhr geworden. In Verfolgung des North-creek sah sich Doniphan mehr als wünschenswerth nach Nordwesten hin geführt, da die kleine Gesellschaft doch die Nordspitze besuchen wollte. Er wandte sich deshalb eben mehr nach rechts hin, als Cross, ihn aufhaltend, plötzlich rief:

„Sieh, Doniphan, sieh doch!“

Er zeigte dabei nach einer braunröthlichen Masse, welche sich unter dem Gewölbe der Baumkronen lebhaft zwischen dem Schilf und Röhricht des Creek bewegte.

Doniphan gab Webb und Wilcox ein Zeichen, sich ruhig zu verhalten. Dann glitt er, begleitet von Cross und das Gewehr zum Anschlag fertig, geräuschlos nach der sich bewegenden Masse hin.

Es war das ein mächtiges Thier, das einem Rhinoceros geglichen hätte, wenn sein Kopf mit einem Horne ausgestattet und die Unterlippe übermäßig verlängert gewesen wäre.

Da donnerte ein Flintenschuß durch den Wald, dem sofort ein zweiter Krach folgte. Doniphan und Cross hatten nahezu zu gleicher Zeit Feuer gegeben.

Bei einer Entfernung von hundertfünfzig Fuß konnten ihre Kugeln der dicken Haut jenes Thieres freilich nichts anhaben, und wirklich drängte sich dieses durch das Rohr, kletterte rasch am Uferrande empor und verschwand in dichtem Walde.

Doniphan hatte Zeit genug gehabt, es zu erkennen. Es war ein übrigens ganz ungefährliches Säugethier, ein „Anta“ mit rothbraunem Felle, oder mit anderen Worten, einer jener ungeheuren Tapire, welche man gewöhnlich in der Nachbarschaft der Flüsse Südamerikas antrifft. Da man mit diesem Thiere (dessen Fleisch übrigens eßbar ist) jetzt doch nichts hätte anfangen können, so war sein Entkommen gewiß nicht zu bedauern, soweit nicht die verletzte Jägereitelkeit in Frage kam.

Nach dieser Seite der Insel Chairman hin bedeckte diese noch immer, so weit das Auge reichte, das dichteste Grün. Die Pflanzenwelt zeigte die üppigste Entwicklung, und da hier Buchen zu Tausenden wuchsen, schlug Doniphan für diese Gegend den Namen „Beechs-forest“ (d. i. Buchenwaldung) vor, der nun mit den vorher angenommenen Bezeichnungen Bear-rock und North-creek in der Karte eingetragen wurde.

Als der Abend herankam, waren neun Meilen zurückgelegt. Noch einmal so viel, und die jugendlichen Wanderer mußten den Norden der Insel erreicht haben. Das sollte dem nächsten Tage vorbehalten bleiben.

Mit Sonnenaufgang wurde der Marsch fortgesetzt. Man hatte einigen Grund sich zu beeilen, da ein Witterungsumschlag drohte. Der Wind, der nach Westen umging, zeigte Neigung aufzufrischen. Schon trieben von der See her Wolken heran, freilich noch in so hohen Zonen, daß eine Auflösung derselben in Regen vorläufig nicht zu befürchten schien. Dem Winde allein zu trotzen, selbst wenn er zum Sturme anwuchs, das konnte die entschlossenen Knaben nicht erschrecken. Sturmböen aber mit deren gewöhnlicher Begleitung von tüchtigem Platzregen hätten sie mehr in Verlegenheit gebracht und vielleicht gar gezwungen, den ganzen Zug aufzugeben, um im Bear-rock schleunigst Schutz zu suchen.

Sie beeilten also ihre Schritte nach Kräften, obwohl sie gegen den sehr heftigen Wind, der sie von der Seite packte, anzukämpfen hatten. Der Tag brachte viele Beschwerden mit sich und die Nacht drohte obendrein schlecht zu werden. In der That war es ein richtiges Unwetter, das gegen die Insel heranzog, und um fünf Uhr Abends ließ sich schon schweres Donnerrollen inmitten bläulich aufleuchtender Blitze vernehmen.

Doniphan und seine Kameraden wichen deshalb nicht zurück; der Gedanke, sich dem Ziele zu nähern, hielt ihren Muth aufrecht. Uebrigens setzte sich in dieser Richtung das dicke Gehölz des Beechs-forest noch weiter fort, und schlimmsten Falls müßten sie unter den Bäumen desselben immer Schutz finden. Der Sturm entfesselte sich mit solcher Gewalt, daß er jeden Regenfall vorläufig verhinderte, und außerdem konnte die Nordküste nicht mehr weit entfernt sein.

Wirklich wurde gegen acht Uhr das dumpfe Brausen der Brandung hörbar, ein Beweis, daß auch hier ein Klippengürtel die Insel Chairman umschließen mußte.

Inzwischen wurde der schon von dichten Dunstmassen verschleierte Himmel immer dunkler. Um einen Blick auf das hohe Meer hinaus werfen zu können, während noch der letzte Tagesschein den Weltraum erhellte, mußten sie ihre Schritte möglichst beeilen. Jenseits der Baumgrenze dehnte sich der etwa eine Viertelmeile breite Strand aus, über den die weißschaumigen Wogen, nachdem sie sich an den Klippen im Norden gebrochen, weit hereinrollten.

Trotz ihrer Erschöpfung gewannen Doniphan, Webb, Cross und Wilcox doch noch die Kraft, im Laufschritt voranzueilen. Sie wollten, so lange es noch etwas Tag, diesen Theil des Stillen Oceans wenigstens flüchtig überblickt haben, um sich zu überzeugen, ob es ein Meer ohne Grenzen oder nur ein engerer Canal war, der diese Küste von einem Festlande oder einer Insel trennte.

Plötzlich blieb Wilcox, der den Andern ein wenig voraus war, stehen. Mit der Hand wies er nach einer schwärzlichen Masse, welche sich an einem Riffe nahe dem Strande undeutlich zeigte. Auf den ersten Blick ließ sich kaum unterscheiden, ob es sich hier um ein Seethier, um einen jener gewaltigen Cetaceer, einen jungen oder halbausgewachsenen Walfisch, oder um ein größeres Boot handelte, das, nachdem es über den Klippengürtel hinweggerissen, hier bis nahe an den Strand geworfen worden war.

Ja, es war ein, auf der Steuerbordseite liegendes Boot und unfern davon, dicht an der von der Fluth angeschwemmten Linie von Varec, wies Wilcox auf zwei, zu beiden Seiten desselben liegende Körper hin.

Doniphan, Webb und Cross hatten zunächst im Laufe angehalten; dann aber eilten sie, ohne weitere Ueberlegung, quer über den Strand hin und gelangten zu den beiden, auf dem nassen Sande ausgestreckten Körpern – vielleicht zwei Leichen.

Der Anblick erfüllte sie mit Entsetzen, und ohne auch nur auf den Gedanken zu kommen, daß doch wohl noch etwas Leben in den Körpern sein könne und diese der schleunigsten Hilfe bedürfen möchten, liefen sie sofort wieder zurück, um unter den Bäumen Schutz zu suchen.

Die Nacht war schon dunkel oder wurde doch nur durch einen gelegentlich aufleuchtenden Blitzschein erhellt, und mitten in der tiefen Finsterniß heulte der gräßliche Sturm um die Wette mit dem Donnern und Rauschen des empörten Meeres.

Und welcher Sturm! Auf allen Seiten knackten und krachten die alten Bäume, so daß es für die, welche darunter Deckung suchten, wirklich gefahrdrohend wurde; es wäre jedoch unmöglich gewesen, auf dem Strande zu lagern, wo der vom Winde aufgewirbelte Sand gleich Schlossenkörnern umherflog.

Die ganze Nacht über verweilten Doniphan, Wilcox, Webb und Cross an derselben Stelle, ohne nur für eine Minute die Augen schließen zu können. Dazu litten sie recht empfindlich von der Kälte, denn sie hatten auch kein Feuer anzuzünden gewagt, das sich gar zu leicht weiter verbreitet und dann die verstreut liegenden dürren Zweige in Brand gesetzt hätte.

Uebrigens hielt die Aufregung allein die Knaben wach. Woher kam dieses Boot?... Welcher Nation gehörten die Schiffbrüchigen an?... Lagen doch andere Landmassen in der Nachbarschaft, da ein Boot hatte nach ihrer Insel gelangen können ... wenn jenes nämlich nicht von einem Schiffe herrührte, das bei dem wüthenden Sturme in diesem Theile des Oceans untergegangen war.

Alle solche Vermuthungen erschienen ja zulässig und während der seltenen ruhigeren Augenblicke flüsterten Doniphan und Wilcox, die sich dicht zusammenhielten, sie mit schwacher Stimme einander zu.

Gleichzeitig aber, von Sinnestäuschungen befangen, glaubten sie aus der Ferne Ausrufe zu vernehmen, sobald der rasende Wind sich ein wenig legte, und aufmerksam danach lauschend, fragten sie sich, ob nicht vielleicht noch andere Schiffbrüchige auf dem Strande umherirrten.

Nein, sie waren die Beute leicht erklärlicher Illusionen. Kein verzweifelter Hilferuf ertönte inmitten des tobenden Sturmes. Jetzt sagten sie sich, daß sie unrecht gethan, der ersten Empfindung von Schrecken gleich nachgegeben zu haben ... Nun wollten sie nach der Brandung hineilen, selbst auf die Gefahr, von der Gewalt des Windes zu Boden geworfen zu werden ... Doch, wie hätten sie in pechschwarzer Nacht, quer über ein ganz offenes Vorland hin, das schon zerstäubte Wassermassen von der ansteigenden Fluth bedeckten, den Ort wieder auffinden können, wo jenes Boot gestrandet war, und die Stelle, an der die beiden Körper im Sande lagen?

Uebrigens fehlte es ihnen hierzu gleichmäßig an geistiger wie an körperlicher Kraft. Seit so langer Zeit des Angewiesenseins auf sich selbst fühlten sie, nachdem sie sich vielleicht für Männer gehalten, jetzt plötzlich, daß sie doch nur Kinder waren, als sie sich den ersten menschlichen Wesen gegenüber sahen, die ihnen nach dem Schiffbruche des „Sloughi“ begegnet und die das Meer als Leichen auf ihre Insel geworfen hatte.

Endlich gewann die Kaltblütigkeit doch wieder die Oberhand und sie begriffen, was die Pflicht ihnen zu thun auferlege.

Am nächsten Tage wollten sie, sobald es einigermaßen hell wurde, nach dem Strandriffe zurückkehren, eine Grube im Sande ausheben und, nach einem Gebete für die ewige Seelenruhe derselben, die beiden Schiffbrüchigen begraben.

Wie endlos erschien ihnen aber diese Nacht! ... So, als sollte das Morgenroth nimmermehr die Schrecken derselben zerstreuen.

Und wenn sie sich nur durch einen Blick auf die Uhr über die verflossene Zeit hätten Rechenschaft geben können! Es war aber ganz unmöglich, auch nur ein Streichhölzchen, selbst unter dem Schutze ihrer Decken, anzuzünden. Cross versuchte es zwar, mußte aber darauf verzichten.

Da kam Wilcox auf eine andere Idee, annähernd zu erfahren, welche Zeit es sei. Für einen vierundzwanzigstündigen Gang seiner Uhr mußte er den Schlüssel derselben zwölfmal, also einmal für je zwei Stunden, umdrehen. Da er sie nun am letzten Abende um acht Uhr aufgezogen hatte, genügte es, die jetzt möglichen Schlüsselumdrehungen zu zählen und danach die seit jener Zeit verflossenen Stunden zu berechnen. Das geschah denn, und da er nur vier Umdrehungen ausführen konnte, schloß er daraus, daß es gegen vier Uhr Morgens sein und nun doch bald Tag werden müsse.

In der That erhellte bald darauf ein schwacher Schein die Ostseite des Himmels. Der Sturm hatte noch immer nicht nachgelassen, und da die Wolken jetzt weit tiefer über dem Meere dahinjagten, war schon Regen zu erwarten, ehe Doniphan und seine Genossen den Hafen von Bear-rock erreichen konnten.

Vor allem Andern hatten sie jedoch den verunglückten Schiffbrüchigen den letzten Liebesdienst zu erweisen, und sobald das Morgenroth die über dem Meere lagernden Dunstmassen durchdrang, schleppten sie sich, mit Mühe gegen den Druck der Windstöße ankämpfend, über den Strand hin. Wiederholt mußten sie sich dabei gegenseitig unterstützen, um nicht umgeworfen zu werden.

Das Boot war neben einer schwachen Sandanhäufung fest sitzen geblieben. Aus der Form der Anschwemmungen durch das Meer erkannte man, daß die durch den Wind gesteigerte Fluth über dasselbe hinweggerauscht sein müsse.

Die beiden Körper lagen nicht mehr hier ...

Doniphan und Wilcox gingen auf dem Strande einige zwanzig Schritte weiter hinaus ...

Nichts ... nicht einmal Fußtapfen, welche die Ebbeströmung jedenfalls verwaschen hatte.

„Die Unglücklichen," rief Wilcox, „haben also gelebt, da sie sich zu erheben vermochten! ..."

„Wo sind sie aber? ..." fragte Cross.

„Wo sie sind? ..." antwortete Doniphan, nach dem hochwogenden Meere hinaus zeigend. „Da, wohin die abfallende Ebbe sie getragen hat!"

Doniphan kletterte hierauf bis nach dem äußeren Klippenrande und musterte die ganze vorliegende Meeresfläche mit dem Fernrohre.

Kein Leichnam schwamm da draußen!

Die Körper der Verunglückten waren weit ins hohe Meer hinaus geschwemmt worden.

Doniphan kam zu Wilcox, Cross und Webb zurück, welche nahe bei dem Boote geblieben waren.

Vielleicht fand sich hier ein Ueberlebender von diesem Unglücksfalle.

Das Boot erwies sich leer.

Es war die am Vordertheile überdeckte Schaluppe eines Kauffahrers, deren Kiel gegen dreißig Fuß messen mochte. Jetzt war sie nicht mehr brauchbar, da die Beplankung der Steuerbordseite durch die Stöße bei der Strandung in der Schwimmlinie durchgebrochen war. Der an seiner Einsenkung abgebrochene Stumpf des Mastes, einzelne Segelfetzen, welche an den Takelhaken des Dahlbords hingen, und einige Enden von Stricken, das war Alles, was sich von seiner Ausrüstung noch vorfand. Von Lebensmitteln, Werkzeugen und Waffen lag nichts weder in den Seitenkästen noch unter dem kleinen Vordercastell.

Am Hintertheile zeigten nur zwei Namen an, zu welchem Schiffe und welchem Heimatshafen es gehört hatte:

„Severn – San Francisco."

San Francisco! Einer der Häfen an der Küste Californiens! ... Das Schiff war also von amerikanischer Nationalität.

Den Horizont desjenigen Theiles der Inselküste aber, auf welche die Schiffbrüchigen des „Severn" vom Sturme verschlagen worden waren, umrahmte das grenzenlose Weltmeer.

VII.

Eine Idee Briant's. – Jubel der Kleinen. – Herstellung eines Drachens. – Ein unterbrochener Versuch. – Kate. – Die Ueberlebenden des „Severn". – Doniphan und seine Kameraden von Gefahren bedroht. – Briant's Ergebenheit. – Alle wieder vereinigt.

———

Der freundliche Leser weiß, unter welchen Umständen Doniphan, Webb, Cross und Wilcox French-den verlassen hatten. Seit ihrem Fortgange gestaltete sich das Leben der jungen Colonisten recht traurig. Mit welch' tiefem Kummer hatten Alle diese Trennung gesehen, welche in Zukunft die schwerstwiegenden Folgen haben konnte! Gewiß hatte sich Briant deshalb keinen Vorwurf zu machen und doch war er davon mehr ergriffen als die Anderen, weil diese Absonderung seiner Person wegen erfolgt war.

Vergebens suchte Gordon ihn zu trösten.

„Sie werden schon wiederkommen, Briant," sagte er, „und vielleicht eher, als sie selbst es denken. So starrsinnig Doniphan auch sein mag, die Verhältnisse sind doch stärker als er. Ich möchte gleich eine Wette darauf eingehen, daß sie noch vor Eintritt der rauhen Jahreszeit bei uns in French-den wieder eingetroffen sind."

Briant schüttelte den Kopf, ohne sich weiter auszusprechen. Ja, es war ja möglich, daß die Abwesenden durch den Zwang der Verhältnisse zurückgeführt werden konnten, doch dann mußten diese Verhältnisse wohl schon recht drückende geworden sein.

„Vor Wiedereintritt der rauhen Jahreszeit!" hatte Gordon gesagt. Sollten die jungen Colonisten demnach gezwungen sein, einen dritten Winter auf der Insel Chairman zuzubringen? Sollte ihnen auch bis dahin noch keine Hilfe werden? Wurden die umliegenden Theile des Stillen Weltmeeres wirklich auch nicht während des Sommers wenigstens von einzelnen Handelsschiffen besucht, und sollte das auf dem Gipfel des Auckland-hill errichtete Ballonsignal nicht endlich einmal bemerkt werden?

Dieser nur gegen zweihundert Fuß über der mittleren Höhe der Insel angebrachte Ballon konnte freilich nur in ziemlich beschränktem Umkreise wahrgenommen werden. Nachdem er mit Baxter vergeblich versucht, die Aufrisse zu einem neuen Fahrzeuge zu entwerfen, welches im Stande gewesen wäre, das offene Meer zu halten, mußte sich Briant schon um ein Mittel bemühen, irgend ein Signal in bedeutenderer Höhe anzubringen. Er sprach ziemlich häufig davon, und eines Tages äußerte er gegen Baxter, daß er an die Verwendbarkeit eines Drachens (das bekannte, gegen Sommersende und Herbstanfang beliebte Spielzeug der Kinder) zu diesem Zwecke glaube.

„Es fehlt uns dazu weder an Leinwand noch an Hanfschnur," setzte er hinzu, „und wenn wir diesem Flugapparate eine hinreichende Größe geben, muß er in sehr hoher Zone – vielleicht tausend Fuß hoch – schweben können."

„Mit Ausnahme der Tage, wo sich überhaupt kein Lüftchen regt," wandte Baxter ein.

„Solche Tage sind sehr selten,“ antwortete Briant, „und bei gänzlicher Luftruhe steht es uns ja frei, den Drachen zur Erde herabzuziehen. Abgesehen von diesem Falle aber würde derselbe, nachdem er mit dem Ende der Schnur einmal am Erdboden befestigt war, von selbst der wechselnden Windrichtung folgen, und wir hätten uns gar nicht weiter um ihn zu bekümmern.“

„Einen Versuch ist die Sache werth,“ meinte Baxter.

„Wenn der Drache übrigens,“ fuhr Briant fort, „tagsüber auf große Entfernung – vielleicht auf sechzig Meilen – hin sichtbar wäre, so würde er es auch in der Nacht sein können, wenn wir am Schwanze oder am Rumpfe desselben eine unserer Signallaternen anbrächten.“

Alles in Allem erschien diese neue Idee Briant's nicht unpraktisch. Was ihre Ausführung anging, so konnte sie diese Knaben nicht in Verlegenheit bringen, welche schon viele Male hatten derartige Drachen in Neuseeland aufsteigen lassen.

Als das Vorhaben Briant's mehr bekannt wurde, erregte es auch eine allgemeine Freude. Die Kleinen vorzüglich, wie Jenkins, Iverson, Dole und Costar, faßten die Sache von der unterhaltenden Seite auf und jubelten schon bei dem Gedanken an einen Drachen, der an Größe alle, die sie bisher gesehen, weit übertreffen sollte. Welche Lust, dann an dessen Schnur zu ziehen, wenn er stolz hoch oben in den Lüften schwebte!

„Dem werden wir aber einen gewaltig langen Schwanz anhängen,“ sagte der Eine.

„Und ein Paar ganz große Ohren,“ bemerkte der Andere.

„Auch einen prächtigen Hanswurst muß er obenauf bekommen, der dann lustig mit den Beinen zappelt.“

„Und wir schicken ihm auch kleine Postillone nach!“

Es war ein reiner Jubel. In der That lag aber doch dem Vorhaben, in welchem diese Kinder nur eine erwünschte Zerstreuung erblickten, ein recht ernster Gedanke zu Grunde, und gewiß war die Hoffnung erlaubt, daß dasselbe günstige Folgen habe.

Schon am zweitnächsten Tage, nachdem Doniphan und seine drei Begleiter French-den verlassen hatten, gingen Briant und Baxter also ans Werk.

„Ei, sapperlot!“ rief Service; „die werden einmal große Augen machen, wenn sie den großen Burschen in der Luft schweben sehen! Wie ewig schade, daß meine Robinsons auch niemals auf den herrlichen Gedanken gekommen sind, so einen Drachen aufsteigen zu lassen!“

„Wird man denselben von allen Punkten unserer Insel aus wahrnehmen können?“ fragte Garnett.

„Nicht allein von unserer Insel aus,“ antwortete Briant, „sondern auch in großem Umfange von dem umgebenden Meere.“

„Kann man ihn auch von Auckland aus sehen? . . .“ rief Dole.

„Das leider nicht,“ antwortete Briant, über jenen Gedanken lächelnd. „Wenn aber Doniphan und die Anderen ihn erblicken, so veranlaßt sie das vielleicht, doch wieder hierher zu uns zurückzukehren!“

Man sieht, der wackere Knabe dachte auch jetzt nur an die Abwesenden und wünschte nur Eines: . . . daß diese verderbliche Trennung baldigst ihr Ende finden möchte.

Dieser und die folgenden Tage wurden nun in der Hauptsache der Herstellung des Drachens gewidmet, dem Baxter eine achteckige Form zu geben vorschlug. Das sehr leichte und doch sehr widerstandsfähige Gerippe des Apparates wurde aus einer Art ganz zähen Rohres hergestellt, das an den Ufern des Family-lake in großer Menge vorkam. Die Stengel desselben waren dabei auch stark genug, um selbst einen ziemlich steifen Wind bequem auszuhalten. Auf dieses Rohrgestell ließ Briant nun leichte, mit Kautschuk getränkte Segel spannen, welche zur Bedeckung der Oberlichtfenster des Schooners gedient hatten. Diese Segel waren so undurchlässig, daß nicht einmal der Wind durch das Gewebe derselben zu dringen vermochte. Als Schnur sollte eine gegen zweitausend Fuß lange, ganz dünne, aber scharfgedrehte Leine verwendet werden, welche sonst verwendet wurde, um das Log nachzuschleppen, und die wohl geeignet schien, auch eine sehr starke Anspannung auszuhalten.

Es versteht sich ganz von selbst, daß der Apparat mit einem prächtigen Schwanze geschmückt werden sollte, der ja an sich nothwendig ist, um einen solchen Apparat im Gleichgewichte oder wenigstens stillstehend zu erhalten, wenn er schräg nach vorne gerichtet in den Lüften schwebt. Er war übrigens so fest gebaut, daß er ohne zu große Gefahr jeden beliebigen von den jungen Kolonisten hätte mit emporheben können. Doch davon war ja nicht die Rede; es handelte sich vielmehr nur darum, daß er fest genug war, auch einer ziemlich frischen Brise zu widerstehen, und groß genug, um auf eine solche Höhe emporzusteigen, in der er von einem fünfzig- bis sechzigmeiligen Umkreise aus gesehen werden konnte.

Natürlich war es nicht beabsichtigt, den Drachen mit der Hand zu halten. Unter dem Drucke des Windes hätte er das gesammte Personal der Colonie, und vielleicht schneller als es erwünscht sein mochte, mit fortgezogen. Die Schnur sollte deshalb über eines der sogenannten Bratspille des Schooners gewickelt werden. Dieser kleine horizontale Wellbaum wurde also nach der Mitte der Sport-terrace geschafft und sein Gestell fest im Boden eingerammt, um dem Zuge jenes „Riesen der Lüfte“ widerstehen zu können – wie die Kleinen den Drachen einstimmig getauft hatten.

Nachdem diese Arbeit am 15. des Abends glücklich beendigt war, bestimmte Briant für den nächstfolgenden Nachmittag den feierlichen Aufstieg, dem alle seine Kameraden beiwohnen sollten.

Am folgenden Tage erwies es sich jedoch unmöglich, dieses Experiment auszuführen, da ein so heftiger Sturm losgebrochen war, daß er den Apparat sofort in Stücke zerrissen hätte, wenn er, an der Schnur gehalten, in die Luft aufgelassen worden wäre.

Es war das derselbe Sturm, der Doniphan und dessen Begleiter im nördlichen Theile der Insel überfallen hatte und der gleichzeitig jene Schaluppe und die amerikanischen Schiffbrüchigen auf die nach Norden zu gelegenen Klippen schleuderte, welche in Folge dessen den Namen „Severn-shores“ (d. i. Severn-Riffe) erhielten.

Am übernächsten Tage, dem 16. October, wehte doch, wenn auch etwas mehr Ruhe eingetreten war, noch eine so steife Brise, daß Briant seinen Steigapparat noch nicht erproben wollte. Da die Witterung sich jedoch, Dank der Richtung des Windes, welcher weit schwächer wurde, bedeutend besserte, sollte das Experiment am folgenden Tage ausgeführt werden.

Es war am 17. October – ein Datum, dem eine hervorragende Stelle in den Annalen der Insel Chairman bestimmt sein sollte.

Obwohl dieser Tag ein Freitag war, glaubte Briant dennoch nicht – aus Aberglauben – noch weitere vierundzwanzig Stunden warten zu sollen. Uebrigens hatte sich die Witterung günstig verändert und es wehte jetzt eine leichte, gleichmäßige Brise, ganz geeignet, einen Drachen in der Luft zu erhalten. In Folge der Neigung, welche seine sogenannte Wage sicherte, mußte er sich zu großer Höhe erheben, und am Abend wollte man ihn dann herunterziehen und eine Signallaterne an ihm befestigen, welche die ganze Nacht sichtbar bleiben würde.

Der Vormittag wurde den letzten Vorbereitungen gewidmet, welche nach dem Frühstücke mehr als eine Stunde in Anspruch nahmen. Dann begaben sich Alle nach der Sport-terrace zurück.

„Welch' vortreffliche Idee hat Briant gehabt, diesen Flugapparat zu bauen!" wiederholten Iverson und die Anderen, in die Hände klatschend.

Es war jetzt eineinhalb Uhr. Der mit ausgestrecktem Schwanze auf der Erde liegende Drache sollte schon dem Drucke der Brise preisgegeben werden, und man erwartete nur das letzte Zeichen Briant's, als dieser die Ausführung des Vorhabens selbst unterbrach.

In diesem Augenblicke wurde seine Aufmerksamkeit nämlich durch Phann abgeleitet, der plötzlich nach der Seite des Waldes hinsprang und ein so klägliches, so seltsames Gebell ertönen ließ, daß man sich mit Recht darüber verwunderte.

„Was mag Phann nur haben?" fragte Briant.

„Hätte er vielleicht ein Thier unter den Bäumen aufgespürt?" antwortete Gordon.

„Nein, das würde er ganz anders anschlagen."

„Wir wollen doch nachsehen! . . ." rief Service.

„Doch nicht unbewaffnet!" setzte Briant hinzu.

Service und Jacques liefen nach French-den zurück, von wo sie bald Jeder mit einem geladenen Gewehre zurückkamen.

„So kommt!" sagte Briant.

Alle Drei begaben sich nun, begleitet von Gordon, nach dem Saume der Traps-woods. Phann war ihnen dahin schon voraus, und wenn man ihn nicht mehr sah, so hörte man ihn doch immer.

Briant und seine Kameraden hatten kaum fünfzig Schritte zurückgelegt, als sie den Hund vor einem Baume stehen sahen, an dessen Fuße eine menschliche Gestalt lag.

Unbeweglich wie eine Todte lag eine Frau da ausgestreckt, deren Kleidungsstücke – ein Rock aus dickem Stoffe, ein ähnliches Leibchen und ein braunwollenes, um die Taille gebundenes Tuch – noch in ganz gutem Zustande zu sein schienen. Ihr Gesicht ließ die Spuren entsetzlicher Leiden erkennen, obwohl sie von kräftiger Constitution und höchstens vierzig bis fünfundvierzig Jahre alt war. Erschöpft von Strapazen, vielleicht auch vom Hunger, hatte sie das Bewußtsein verloren, doch bewegten noch schwache Athemzüge ihre Lippen.

Die Erregung der jungen Colonisten angesichts des ersten menschlichen Wesens, das sie seit ihrer Anwesenheit auf der Insel Chairman getroffen, wird man sich leicht vorstellen können.

„Sie athmet! ... Sie athmet noch!“ rief Gordon. „Ohne Zweifel ist es nur der Hunger, der Durst ...“

Jacques flog bei diesen Worten schon nach French-den, von wo er etwas Schiffszwieback und eine Flasche mit Brandy herbeibrachte.

Ueber die Frau niedergebeugt, öffnete Briant deren festgeschlossene Lippen, und es gelang ihm, ihr einige Tropfen des belebenden Getränkes einzuflößen.

Die Frau machte eine leichte Bewegung und erhob dann die Augenlider. Ihr Blick wurde freier, als sie die im Umkreise versammelten Kinder sah ... Dann führte sie das ihr von Jacques dargebotene Stück Zwieback begierig nach dem Munde.

Man erkannte, daß die Unglückliche mehr aus Nahrungsmangel als aus Ermüdung dem Tode nahe gewesen war.

Doch, wer war diese Frau? Würde es möglich sein, mit ihr einige Worte zu wechseln, sich mit ihr zu verständigen?

Briant sollte sofort hierüber klar werden.

Die Unbekannte hatte sich aufgerichtet und sprach eben in reinem Englisch die Worte aus:

„Ich danke Euch ... liebe Kinder ... ich danke!“

Eine halbe Stunde später hatten Briant und Baxter sie in der Halle niedergelegt, dort unterstützten Gordon und Briant sie noch, ihr alle Pflege, welche ihr trauriger Zustand erforderte, angedeihen zu lassen.

Sobald sie sich etwas erholt, beeilte sie sich, ihre Geschichte zu erzählen.

Wir lassen hier die Worte der Fremden folgen, aus denen zu ersehen ist, daß sie die jungen Colonisten lebhaft interessiren mußten.

Sie war von amerikanischer Herkunft und hatte lange Zeit in den Gebieten des Far-West der Vereinigten Staaten gelebt. Sie nannte sich Katherine Ready oder einfach Kate. Seit zwanzig Jahren schon stand sie als Aufwärterin in Diensten der Familie William R. Penfield, die in Albany, der Hauptstadt des Staates New-York, wohnte.

Vor nur einem Monate waren Mr. und Mrs. Penfield, um sich nach Chili zu begeben, wo deren Eltern wohnten, nach San Francisco, dem Haupthafen Californiens, gekommen, um auf dem Kauffahrteischiffe der „Severn", geführt vom Capitän John F. Turner, an Bord zu gehen. Dieses Schiff war nach Valparaiso bestimmt. Mr. und Mrs. Penfield nahmen auf demselben mit Kate, die sozusagen zur Familie gehörte, Ueberfahrt.

Der „Severn" war ein tüchtiges Fahrzeug und hätte ohne Zweifel eine ganz glückliche Fahrt gemacht, wenn nicht die seine Besatzung bildenden, erst neuerdings angeworbenen acht Mann Schurken der schlimmsten Art gewesen wären. Neun Tage nach der Abfahrt erregte einer derselben, Walston, unterstützt von seinen Spießgesellen Brandt, Rock, Henley, Cork, Forbes, Cope und Pike eine Meuterei, bei der der Capitän Turner nebst dem Obersteuermanne und gleichzeitig Herr und Frau Penfield getödtet wurden.

Die Absicht der Meuterer war dahin gegangen, das Schiff, nachdem sie es in ihre Gewalt bekommen, zum Sclavenhandel zu verwenden, der damals noch in einigen Ländern Südamerikas in Blüthe stand.

Nur zwei Personen an Bord waren verschont geblieben, Kate, zu deren Gunsten sich der Matrose Forbes – ein weniger grausamer Geselle als die Uebrigen – verwendet hatte, und noch ein Steuermann des „Severn", ein Mann von dreißig Jahren, Namens Evans, den sie wegen der Führung des Schiffes nicht entbehren konnten.

Jene schrecklichen Scenen hatten sich vom 7. zum 8. October abgespielt, als der „Severn“ sich gegen zweihundert Meilen von der chilenischen Küste entfernt befand.

Unter Androhung des Todes wurde Evans nun gezwungen, einen Curs zur Umschiffung des Cap Horn einzuhalten, von wo aus das Schiff nach der Westküste Afrikas segeln sollte.

Einige Tage später entstand jedoch aus irgend einem niemals bekannt gewordenen Grunde eine Feuersbrunst an Bord. In kürzester Zeit gewann dieselbe eine solche Ausbreitung, daß Walston und seine Genossen den „Severn“ vergeblich vor gänzlicher Zerstörung zu bewahren sich bemühten. Einer derselben, Henley, fand sogar dabei den Tod, indem er sich, um dem Feuer zu entgehen, ins Meer stürzte. Alle mußten das Schiff verlassen, in größter Eile einigen Proviant, etwas Munition nebst Waffen in die große Schaluppe werfen und sich schleunigst entfernen, weil der „Severn“ zuletzt in die Tiefe versank.

Die Lage der Schiffbrüchigen war eine äußerst kritische, da sie noch zweihundert Meilen von dem nächsten Lande trennten. Es wäre nur gerecht gewesen, wenn die Schaluppe mit den Verbrechern, die sie trug, gleichfalls den Untergang fand, wären nicht Kate und der Steuermann Evans mit diesen an Bord derselben gewesen.

Am zweitfolgenden Tage erhob sich ein wüthender Sturm – was die Lage der Leute noch mehr verschlimmerte. Da der Wind jedoch von der hohen See her wehte, wurde das Boot – mit gebrochenem Maste und zerrissenem Segel – nach der Insel Chairman zu getrieben. Wir wissen schon, wie es in der Nacht vom 15. zum 16., nachdem es durch den Klippensaum geschleudert, zuletzt mit theilweise zerbrochenen Rippen und geborstener Beplankung auf dem Vorlande scheiterte.

Erschöpft von dem langen Kampfe gegen den Sturm, konnten Walston und seine Genossen, deren Proviant auch fast zu Ende gegangen war, gegen die Kälte und die Abspannung sich nicht mehr schützen. Sie waren auch fast leblos, als die Schaluppe in die Klippen gerieth. Durch eine ungeheuere Welle wurden noch fünf derselben kurz vor der Strandung über Bord geschleudert und die beiden Letzten wenige Augenblicke später auf den Sand geworfen, während Kate über die andere Seite des Bootes hinausfiel.

Lange Zeit blieben die beiden Männer, ebenso wie Kate zuerst auch, ohne Bewußtsein. Nachdem Letztere bald wieder zu sich gekommen, bestrebte sie sich, unbeweglich liegen zu bleiben, obwohl sie annehmen konnte, daß Walston und die Uebrigen umgekommen seien. Sie wollte den Tag abwarten, um erst dann in diesem unbekannten Lande Hilfe zu suchen, als sie gegen drei Uhr Morgens im Sande neben der Schaluppe Schritte knirschen hörte.

Es waren Walston, Brandt und Rock, die sich nach der Strandung des Bootes nicht ohne Mühe hatten aus den Wellen retten können. Nachdem sie durch die Klippen mehr geklettert als gegangen und nach der Stelle kamen, wo ihre beiden Genossen Forbes und Pike lagen, beeilten sie sich, diese mit allen Mitteln ins Leben zurückzurufen. Dann verhandelten sie hin und her, was nun zu beginnen sei, während der Steuermann Evans einige hundert Schritte weiterhin, bewacht von Cope und Rock, sie erwartete.

Kate hörte dabei deutlich, wie unter ihnen folgende Worte gewechselt wurden:

„Wo sind wir?“ fragte Rock.

„Ich weiß es nicht,“ antwortete Walston. „Doch das thut nichts; bleiben wir nicht hier, sondern wenden wir uns nach Osten hin. Wenn es wieder Tag wird, werden wir ja sehen, wie wir uns aus der Schlinge ziehen.“

„Und unsere Waffen?“ sagte Forbes.

„Die sind hier sammt der unbeschädigten Munition,“ erwiderte Walston.

Damit entnahm er dem Kasten der Schaluppe fünf Gewehre und mehrere Päckchen mit Patronen.

„Das ist freilich wenig,“ meinte Rock, „um sich in diesen von Wilden bewohnten Ländern seiner Haut zu wehren.“

„Wo ist Evans? . . .“ fragte da Brandt.

„Evans steht dort und wird von Cope und Rock überwacht. Er muß uns wohl oder übel begleiten, und wenn er sich dessen weigert, werd' ich ihm schon Vernunft beizubringen wissen.“

„Was ist denn aus der Kate geworden?“ fragte Rock. „Sollt' es ihr gelungen sein, sich zu retten?“

„Kate? . . .“ antwortete Walston, „o, von der ist nichts zu fürchten. Ich habe sie über Bord gehen sehen, noch ehe die Schaluppe richtig auf Grund gerieth, und sie liegt also jedenfalls da unten.“

„Das nimmt uns einen Stein vom Herzen! . . .“ ließ Rock sich vernehmen. „Sie wußte von uns doch ein Bischen zu viel!“

„Aber lange wäre das auch nicht der Fall gewesen!“ setzte Walston hinzu, und über den Sinn seiner Worte hätte sich Niemand täuschen können.

Kate, die Alles mit angehört, war entschlossen, zu entfliehen, sobald die Matrosen vom „Severn“ weggegangen wären.

Schon nach wenigen Minuten trugen Walston und seine Spießgesellen, während sie Forbes und Pike, deren Beine sich noch nicht recht halten wollten, unterstützten, ihre Waffen und Munition, ferner was vom Proviant in den Kästen der Schaluppe übrig geblieben war, nämlich fünf bis sechs Pfund gepöckeltes Fleisch, etwas Tabak und zwei oder drei Kürbisflaschen mit Gin, von der Unglücksstätte weg. Sie entfernten sich, als der Sturm mit größter Heftigkeit wüthete.

Sobald sie hinreichend entfernt waren, erhob sich Kate. Es war auch Zeit, denn die anschwellende Fluth erreichte schon den Strand, und bald wäre sie von den Wellen mit fortgespült worden.

Das Vorhergehende erklärt, warum Doniphan, Wilcox, Webb und Cross, als sie wieder erschienen, um den Schiffbrüchigen die letzte Ehre zu erweisen, die Stelle leer fanden. Schon waren Walston und seine Bande nach Osten hingewandert, während Kate, die entgegengesetzte Richtung einhaltend, sich, ohne es zu wissen, der Nordspitze des Family-lake näherte.

Hier kam sie im Laufe des Nachmittags des 16., erschöpft von Hunger und Anstrengung, an. Einige wilde Beeren, das war Alles, womit sie sich stärken konnte.

Sie folgte dann dem linken Ufer, ging die ganze Nacht, ebenso den Vormittag des 17., immer weiter und sank endlich an der Stelle zusammen, wo Briant sie halb todt gefunden hatte.

Das waren die gewiß sehr ernst zu nehmenden Vorfälle, welche Kate schilderte.

Auf der Insel Chairman, wo die jungen Colonisten bisher in völliger Sicherheit gewohnt hatten, waren sieben, der schlimmsten Verbrechen fähige Männer ans Land gekommen. Würden diese zaudern, French-den, wenn sie es entdeckten, anzugreifen? Gewiß nicht; sie hatten ein zu großes Interesse, sich der hiesigen Vorräthe zu bemächtigen, den Proviant wegzuführen, die Waffen und vor Allem die Werkzeuge zu rauben, ohne welche es ihnen unmöglich sein mußte, die Schaluppe des „Severn“ wieder in seetüchtigen Zustand zu setzen. Und welchen Widerstand vermochten dann Briant und seine Kameraden, von denen die Größten fünfzehn, die Kleinsten kaum zehn Jahre zählten, ihnen wohl zu leisten? Waren das nicht erschreckende Aussichten? Wenn jener Walston auf der Insel blieb, war es ganz unzweifelhaft, daß man einen gewaltsamen Angriff seitens desselben zu erwarten hatte.

Mit welchem Empfinden Alle den Bericht Kate's anhörten, kann man sich wohl leicht vorstellen.

Briant's Gedanken beschäftigten sich dabei zuerst aber damit, daß Doniphan, Wilcox, Webb und Cross jetzt zuerst bedroht sein mußten. Wie sollten diese überhaupt auf ihrer Hut sein, da sie von der Anwesenheit der Schiffbrüchigen des „Severn“ auf der Insel Chairman ja nichts wußten, von den Verbrechern, welche gerade dort sein mußten, wo die vier Kameraden sich für später eine Wohnung suchten. Genügte von ihrer Seite nicht ein einziger Flintenschuß, um Walston ihre Gegenwart zu verrathen? Und dann fielen wahrscheinlich alle Vier unter den Händen jener Schurken, von denen gewiß kein Mitleid zu erwarten war.

„Wir müssen ihnen zu Hilfe eilen,“ sagte Briant, „und schon vor morgen müssen sie unterrichtet . . .“

„Und nach French-den zurückgeführt sein,“ setzte Gordon hinzu. „Mehr als je gilt es jetzt, vereinigt zu bleiben, um kräftige Maßregeln gegen einen Angriff jener Uebelthäter zu ergreifen.“

„Ja,“ erklärte Briant, „und da es nothwendig ist, daß unsere Kameraden zurückkommen, so werden sie auch nicht widerstreben . . . Ich werde sie holen . . .“

„Du, Briant?“

„Ich, Gordon.“

„Und wie?“

„Ich werde mich mit Moko auf der Jolle einschiffen. Binnen wenigen Stunden können wir über den See und den East-river hinunter gesegelt sein, wie wir es schon gethan haben. Es spricht ja Alles dafür, daß Doniphan an der Mündung anzutreffen sein wird.“

„Wann denkst Du abzufahren?“

„Noch diesen Abend,“ antwortete Briant, „wenn die Dunkelheit uns gestattet, unbemerkt den See zu überschreiten.“

„Soll ich Dich begleiten, Bruder? . . .“ fragte Jacques.

„Nein,“ antwortete Briant; „es ist unbedingt nöthig, daß wir Alle in der Jolle zurückkehren können, und es wird schon Mühe haben, darin für Sechs Platz zu finden.“

„Es ist also abgemacht?“ fragte Gordon.

„Abgemacht!“ erklärte Briant.

In Wahrheit war das wohl der beste Ausweg, nicht allein im Interesse Doniphan's, Wilcox', Cross' und Webb's, sondern auch im Interesse der kleinen Colonie. Vier Knaben mehr und nicht die vier minder kräftigsten – diese Unterstützung war im Falle eines Angriffes nicht zu verachten. Andererseits war keine Stunde zu verlieren, wenn man Alle vor Ablauf von vierundzwanzig Stunden in French-den vereinigt sehen wollte.

Wie man leicht denken kann, konnte vom Aufsteigen des Drachens nun nicht mehr die Rede sein. Das wäre die größte Unklugheit gewesen, denn damit hätte man nicht draußen auf offener See vorübersegelnden Schiffen, sondern Walston und seinen Spießgesellen die Anwesenheit der jugendlichen Colonisten verrathen. Aus demselben Grunde ließ Briant auch den Signalmast, der sich auf dem Gipfel des Auckland-hill erhob, niederlegen.

Bis zum Abend blieben Alle in der Halle eingeschlossen. Kate hatte die Erzählung ihrer Abenteuer angehört. Die vortreffliche Frau dachte schon gar nicht mehr an sich, sondern nur an die jungen Leute. Mußten sie auf der Insel Chairman zusammenbleiben, so wollte sie ihnen eine treu ergebene Dienerin sein, wollte sie pflegen und lieben gleich einer Mutter. Schon gab sie den Kleinsten den Schmeichelnamen „Papooses“, mit dem man die englischen Babys in den Gebieten des Far-West bezeichnet.

Schon hatte Service, in Erinnerung an seinen Lieblingsroman, vorgeschlagen, sie „Freitagine“ zu nennen, wie es Crusoe mit seinem Gefährten unvergänglichen Andenkens gethan, weil es gerade an einem Freitag gewesen war, wo Kate nach der Insel Chairman kam.

Dann fügte er noch hinzu:

„Jene Uebelthäter ... Nun, die entsprechen ganz den Wilden der Robinsone! In diesen kommt allemal eine Zeit, wo sich Wilde einstellen, und immer auch ein Zeitpunkt, wo man sich der Burschen entledigt."

Um acht Uhr waren die Vorbereitungen zur Abfahrt beendigt. Moko, dessen Ergebenheit ihn vor keiner Gefahr zurückschrecken ließ, freute sich, Briant bei diesem Zuge begleiten zu dürfen.

Beide schifften sich also ein und nahmen etwas Munition und von Waffen Jeder einen Revolver und ein langes Jagdmesser mit. Nachdem sie ihren Kameraden, welche sie nicht ohne ein recht bedrücktes Gefühl sich entfernen sahen, Lebewohl gesagt, waren sie bald inmitten der Schatten des Family-lake verschwunden. Mit Sonnenuntergang hatte sich eine mäßige Brise erhoben, welche von Norden her wehte, und wenn diese anhielt, mußte sie ebenso die Hin- wie die Rückfahrt der Jolle erleichtern.

Jedenfalls blieb die Brise günstig für die Ueberfahrt von Westen nach Osten. Die Nacht war sehr dunkel – ein glücklicher Umstand für Briant, der ja unbemerkt bleiben wollte. Mittels des Compasses seinen Weg suchend, konnte er darauf rechnen, nach dem entgegengesetzten Ufer zu gelangen, dem sie dann nur noch auf- oder abwärts ein Stück zu folgen hatten, je nachdem das leichte Boot ober- oder unterhalb des Wasserlaufs ans Land stoßen würde. Briant's und Moko's Aufmerksamkeit war nur nach jener Gegend hin gerichtet, wo sie immer ein Feuer wahrzunehmen fürchteten – was aller Wahrscheinlichkeit nach auf die Anwesenheit Walston's und seiner Begleiter hindeuten mußte, da Doniphan sich doch wohl auf dem Küstengebiete, an der Mündung des East-river, aufhielt.

Sechs Meilen wurden in zwei Stunden zurückgelegt. Die Jolle segelte vortrefflich, obwohl die Brise ziemlich stark auffrischte, und landete nahezu an derselben Stelle, wie bei der ersten Fahrt hierher, hatte also noch etwa eine halbe Meile dem Uferlande zu folgen, um die enge Einbuchtung zu erreichen, von welcher aus das Gewässer des Sees durch den Rio ablief. Das erforderte eine gewisse Zeit, denn da der Wind jetzt von vorn her wehte, mußte diese Strecke unter Anwendung der Ruder zurückgelegt werden. Unter den Baumkronen, welche sich zum Theil über den Wasserspiegel hinabneigten, erschien Alles ruhig. Weder Gebell noch Geheul war aus der Tiefe des Waldes hörbar und kein Feuer verbreitete seinen Schein unter den dunkelgrünen Massen.

Gegen zehneinhalb Uhr ergriff jedoch der im Hintergrunde der Jolle sitzende Briant plötzlich den Arm Moko's. Wenige hundert Schritte vom rechten Ufer des

East-river schimmerte ein halb erloschenes Feuer durch die Finsterniß. Wer mochte dort lagern?... Walston oder Doniphan?... Diese Frage mußte entschieden sein, ehe sie sich weiter auf den Rio hineinwagen konnten.

„Setze mich aus, Moko," sagte Briant.

„Sie wünschen nicht, daß ich Sie begleite, Herr Briant?" antwortete der Schiffsjunge gedämpften Tones.

„Nein, es ist besser, ich bin allein! Ich laufe dabei weniger Gefahr, beim Anschleichen bemerkt zu werden."

Die Jolle legte sich ans Ufer und Briant sprang ans Land, nachdem er Moko empfohlen, hier zu warten. In der Hand hatte er das Jagdmesser und im Gürtel einen Revolver, von dem er nur im Falle der höchsten Noth Gebrauch machen wollte, um kein Geräusch zu verursachen.

Nachdem er das etwas ansteigende Ufergelände erklommen, schlich der muthige Knabe unter den Bäumen hin.

Plötzlich blieb er stehen. In der Entfernung von etwa zwanzig Schritten schien es ihm bei dem Halblicht, welches das Feuer noch verbreitete, als bemerkte er einen Schatten, der ebenso durch das Unterholz hinschlich, wie er es eben gethan.

In diesem Augenblicke ertönte ein entsetzliches Gebrüll – dann kam irgend etwas vorgesprungen.

Es war ein großer Jaguar. Sofort erklangen laute Rufe:

„Hierher!... Zu Hilfe!"

Briant erkannte die Stimme Doniphan's. Dieser war es wirklich. Seine Kameraden waren in dem nahe dem Ufer des Rio errichteten Lager zurückgeblieben.

Von dem Jaguar über den Haufen geworfen, wehrte sich Doniphan aus Leibeskräften, ohne doch von seinen Waffen Gebrauch machen zu können.

Durch seine Rufe erwacht, lief jetzt Wilcox mit dem Gewehre in Anschlag und bereit Feuer zu geben, hinzu...

„Schieße nicht!... Schieße nicht!..." rief Briant.

Und noch ehe Wilcox ihn hatte ordentlich erkennen können, stürzte sich Briant auf die Bestie, die sich jetzt gegen ihn wendete, während Doniphan mit Mühe wieder aufstand.

Zum Glück konnte Briant noch zur Seite springen, nachdem er dem Jaguar mit seinem Messer eine tiefe Wunde beigebracht.

Das Alles ging so schnell von Statten, daß weder Wilcox noch Doniphan das Geringste dabei thun konnten. Zu Tode getroffen, sank das Thier zusammen, als jetzt auch Webb und Cross Doniphan zu Hilfe geeilt kamen.

Der Sieg war Briant aber immerhin theuer zu stehen gekommen, denn von einem Tatzenschlag zerrissen, blutete seine Schulter ziemlich heftig.

„Wie kommst Du hierher?“ fragte Wilcox.

„Das werdet Ihr später erfahren,“ antwortete Briant. „Kommt nur! . . . Kommt!“

„Nicht eher, als bis ich Dir meinen Dank ausgesprochen habe, Briant!“ sagte Doniphan. „Du hast mir das Leben gerettet . . .“

„Ich habe nur gethan, was Du an meiner Stelle auch gethan hättest,“ erwiderte Briant. „Sprechen wir davon jetzt nicht, folgt mir nur! . . .“

Obwohl die Verletzung Briant's keine eigentlich gefährliche war, mußte man sie doch mit einem Taschentuche verbinden, und während Wilcox das so gut wie möglich besorgte, konnte der brave Knabe seine Kameraden über alles Vorgefallene unterrichten.

Die Männer also, welche Doniphan als Leichen von den Wellen weggerissen glaubte, waren noch am Leben und irrten jetzt auf der Insel umher. Es waren mit Blut besudelte Verbrecher! Eine Frau hatte mit ihnen in der Schaluppe des „Severn“ Schiffbruch erlitten, und diese Frau befand sich in French-den. Jetzt gab es keine Sicherheit mehr auf der Insel Chairman . . . Deshalb also, aus Furcht, daß der Knall vernommen werden konnte, hatte Briant Wilcox zugerufen, nicht auf den Jaguar Feuer zu geben, deshalb hatte Briant nur das Jagdmesser benutzt, um das gefährliche Raubthier abzuthun.

„Ach, Briant, Du bist doch besser als ich!“ rief Doniphan tief erregt und mit einer überquellenden Dankbarkeit, welcher selbst sein sonst so hochmüthiger Charakter unterlag.

„Nein, Doniphan, nein, Kamerad," antwortete Briant; „doch da ich einmal Deine Hand in der meinen halte, so werd' ich sie nicht eher wieder loslassen, als bis Du einwilligst, wieder mit da hinunter zu kommen . . ."

„Ja, Briant, gern," versicherte Doniphan. „Rechne auf mich! In Zukunft werd' ich der Erste sein, Dir zu gehorchen! . . . Morgen . . . mit Tagesanbruch . . . ziehen wir davon . . ."

„Nein, sogleich," drängte Briant, „damit wir noch ungesehen ankommen können!"

„Aber wie denn?" fragte Cross.

„Moko ist mit hier, er erwartet uns mit der Jolle. Wir wollten eben in den East-river einfahren, als ich den schwachen Schein eines Feuers bemerkte, das glücklicher Weise von Euch herrührte."

„Und Du kamst gerade zur rechten Zeit, um mich zu retten!" wiederholte Doniphan.

„Und auch Dich nach French-den heimzuführen!"

Mit wenigen kurzen Worten erfolgte nun auch eine Erklärung darüber, warum Doniphan, Wilcox, Webb und Cross an dieser Stelle und nicht an der Mündung des East-river gelagert hatten.

Nachdem sie die Küste der Severn-shores verlassen, waren Alle nach dem Hafen des Bear-rock noch am Abend des 16. zurückgekehrt. Am nächsten Morgen wandten sie sich, ihrer Abmachung entsprechend, am linken Ufer des East-river bis zum See hinauf, wo sie Rast machten, um am folgenden Tage nach French-den zu gelangen.

Vor dem ersten Tagesgrauen hatten jetzt Briant und seine Kameraden in der Jolle Platz genommen, und da diese für Sechs ziemlich klein war, mußte bei der Führung derselben alle mögliche Vorsicht angewendet werden.

Der Wind war jedoch günstig und Moko leitete das Boot mit solcher Geschicklichkeit, daß die Ueberfahrt ohne Unfall von Statten ging.

Mit welcher Freude empfingen Gordon und die Anderen aber die Ankommenden, als diese gegen vier Uhr Morgens am Damme des Rio Sealand landeten!

Wenn ihnen jetzt schlimme Gefahren drohten, so waren wenigstens Alle wieder in French-den vereinigt.

VIII.

Die dermalige Lage. – Vorsichtsmaßregeln. – Verändertes Verhalten. – Der Kuhbaum. – Was zu wissen nöthig war. – Ein Vorschlag Kate's. – Briant von einer Idee eingenommen. – Sein Plan. – Unterredung. – Für Morgen.

———

Die Colonie war also wieder vollzählig – ja sogar um ein Mitglied gewachsen, die gute Kate, welche in Folge eines schrecklichen Trauerspiels auf dem Meere an den Strand der Insel Chairman verschlagen worden war. Von jetzt an sollte auch wieder Einigkeit in French-den herrschen – eine Einigkeit, welche in Zukunft nichts mehr stören sollte. Wenn Doniphan noch einiges Bedauern darüber empfand, nicht das Oberhaupt der kleinen Colonie zu sein, so war er doch zu derselben ganz zurückgekehrt. Ja, die Trennung von zwei bis drei Tagen hatte ihre Früchte getragen. Mehr als einmal schon hatte er, ohne seinen Kameraden etwas davon zu sagen und ohne sein Unrecht eingestehen zu wollen, daß in ihm die Eigenliebe stärker sprach als das wirkliche Interesse, doch eingesehen, zu welcher Thorheit ihn seine Starrsinnigkeit verleitet hatte. Andererseits konnten auch Wilcox, Cross und Webb sich dieser Empfindung nicht entziehen. Nach der Opferwilligkeit, welche Briant jetzt gezeigt hatte, gab Doniphan jedoch seinen besseren Gefühlen nach, welche er auch niemals wieder verlöschen lassen wollte.

Uebrigens drohten French-den, das dem Angriffe von sieben kräftigen und bewaffneten Uebelthätern ausgesetzt war, recht ernstliche Gefahren. Ohne Zweifel lag es zwar in Walston's Interesse, die Insel Chairman so schnell als möglich wieder zu verlassen, hätte er dagegen das Vorhandensein einer kleinen, mit Allem, was ihm fehlte, reichlich ausgestatteten Colonie gemuthmaßt, so würde er vor einem Angriffe gewiß nicht zurückgeschreckt sein, bei dem die Aussicht auf Erfolg ja ganz auf seiner Seite war. Die jungen Colonisten mußten sich also wohl oder übel sehr beschränkenden Vorsichtsmaßregeln fügen, durften sich nicht mehr vom Rio Sealand entfernen und sich nicht ferner in die Umgebung des Family-lake hinauswagen, so lange Walston und seine Bande die Insel nicht verlassen hatten.

Zunächst erschien es von Wichtigkeit zu erfahren, ob Doniphan, Cross, Webb und Wilcox bei ihrer Rückkehr von den Severn-shores nach dem Bear-rock nichts bemerkt hätten, was sie auf die Vermuthung der Anwesenheit der Matrosen des „Severn“ geleitet hätte.

„Nichts,“ antwortete Doniphan auf eine dahinzielende Frage; „freilich haben wir, um nach der Mündung des East-river zurückzugelangen, nicht denselben Weg wie bei unserer Wanderung nach Norden hin eingeschlagen.“

„Danach erscheint es so gut wie gewiß, daß Walstone in der Richtung nach Osten gezogen ist,“ bemerkte Gordon.

„Wohl möglich,“ stimmte ihm Doniphan zu; „doch er hat an der Küste hinwandern müssen, während wir geraden Weges durch den Beechs-forest gekommen sind. Nehmt die Karte zur Hand, und Ihr werdet sehen, daß die Insel oberhalb der Deception-Bai einen so starken Bogen macht. Dort liegt ein ausgedehntes Gebiet, in dem die Verbrecher haben Obdach suchen können, ohne sich zu weit von der Stelle, wo ihre Schaluppe gestrandet war, zu entfernen. Doch da fällt mir ein, vielleicht wüßte Kate uns annähernd zu sagen, in welcher Gegend die Insel Chairman überhaupt liegt.“

Auf eine hierüber von Gordon an sie gestellte Frage hatte Kate keine Antwort geben können. Nach dem Brande des „Severn“ und nachdem der Steuermann Evans die Schaluppenführung übernommen, war er bestrebt gewesen, das Festland Amerikas, von dem die Insel also nicht gar zu weit entfernt sein konnte, anzulaufen. Uebrigens hatte er niemals den Namen der Insel verlauten lassen, nach welcher der Sturm ihn verschlagen. Da jedoch die zahlreichen Inselgruppen der Küste in einer verhältnißmäßig geringen Entfernung von einander liegen, hatte es einige Wahrscheinlichkeit für sich, daß Walston versuchen würde, diese zu erreichen, und daß er deshalb ein Interesse daran hatte, inzwischen auf dem östlichen Ufer zu verbleiben. Gelang es ihm nämlich, sein Boot wieder in seetüchtigen Zustand zu bringen, so konnte es keine zu große Mühe kosten, es nach irgend einem Lande Südamerikas überzuführen.

„Mindestens,“ bemerkte hierzu Briant, „wenn Walston, als er, nach der Mündung des East-river gelangt, nicht Spuren Deines Vorüberkommens, Doniphan, entdeckt und daraufhin beschlossen hat, seine Nachforschungen hier weiter fortzusetzen.“

„Welche Spuren?“ antwortete Doniphan. „Ein Häufchen verglommener Asche?... Und was könnte er daraus schließen? Etwa, daß die Insel bewohnt sei? Nun, in diesem Falle denk' ich, würden die Schurken nur daran denken, sich zu verbergen ...“

„Ganz richtig,“ erwiderte Briant, „außer wenn sie sich zufällig überzeugen könnten, daß die Bevölkerung der Insel auf eine Handvoll Kinder hinauskommt. Thun wir also ja nichts, was sie davon unterrichten könnte, wer wir sind! Das veranlaßt mich auch, Dich zu fragen, Doniphan, ob Du bei Deiner Rückkehr nach der Deception-Bai etwa einzelne Flintenschüsse abgegeben hast?“

„Nein, ganz ausnahmsweise nicht,“ versicherte Doniphan lächelnd, „denn ich verpaffe gern ein wenig Pulver! Seit wir die Küste verließen, waren wir jedoch hinreichend mit eßbarem Wild versehen und kein Knall hat unsere Gegenwart verrathen, kein Krachen eines Schusses hat unsere Anwesenheit kundgeben können. Gestern Nacht hätte zwar Wilcox beinahe auf den Jaguar gefeuert; glücklicher Weise kamst Du aber noch zur rechten Zeit, es zu verhindern, Briant, und – mir das Leben zu retten, indem Du das Deinige auf's Spiel setztest.“

„Ich wiederhole Dir, Doniphan, daß ich nur gethan habe, was Du an meiner Stelle nicht unterlassen hättest. – Und nun in nächster Zukunft keinen Flintenschuß mehr! – Verzichten wir auch auf den Besuch der Traps-woods und leben wir von unseren Vorräthen.“

Selbstverständlich war Briant seit seiner Heimkehr nach French-den jede Pflege zu Theil geworden, welche seine Verwundung, deren Vernarbung übrigens bald vollendet war, erforderte. Er behielt davon nur eine gewisse Behinderung der Beweglichkeit des Armes – doch auch diese verschwand schon nach kurzer Zeit gänzlich.

Inzwischen neigte sich der Monat October seinem Ende zu, ohne daß von Walston in der Umgebung des Rio Sealand etwas zu entdecken gewesen wäre. War er also nach Ausbesserung der Schaluppe wieder abgefahren? Das schien nicht unmöglich, denn, wie Kate sich erinnerte, war er in Besitz einer Axt und konnte sich auch jener starkklingigen Messer bedienen, wie sie die Matrosen stets bei sich führen; an Holz fehlte es in der Nähe der Severn-shores außerdem ja auch nicht.

Bei der Unsicherheit in dieser Beziehung, mußte immer die gewohnte Lebensweise eine Aenderung erfahren und vorzüglich konnten keine weiteren Ausflüge mehr unternommen werden, bis auf den einen, als Doniphan und Baxter auszogen, um den Signalmast niederzulegen, der doch bisher auf dem Gipfel des Auckland-hill sich erhob.

Von diesem Punkte aus betrachtete Doniphan mit dem Fernrohre die grünen Flächen, welche sich nach Osten hin erstreckten. Obwohl sein Blick nicht bis zum jenseitigen Ufer reichte, das ja durch den ganzen Beechs-forest verdeckt wurde, so hätte er es doch wahrnehmen müssen, wenn sich eine Rauchsäule in der Luft erhoben hätte – was dann darauf hinwies, daß Walston und seine Spießgesellen noch auf der Insel verweilten. Nach jener Richtung hin sah Doniphan aber nichts, ebensowenig freilich nach der der Sloughi-Bai, deren Gewässer auch weiter hinaus vollständig verlassen war.

Seit jeder Ausflug nun verboten war und seitdem die Gewehre in Ruhe gelassen werden mußten, hatten sich die Jäger der Colonie genöthigt gesehen, ihre mit Vorliebe gepflegte Thätigkeit einzustellen.

Zum Glück lieferten die in der Nähe von French-den errichteten Fallen und Schlingen eßbares Wild in ausreichender Menge, und außerdem hatten sich die Tinamus und die Trappen im Hühnerhofe so stark vermehrt, daß Service und Garnett sich gezwungen sahen, einen Theil derselben zu opfern. Da man sich ferner einen bedeutenden Vorrath an Blättern des Theebaumes gesichert und große Mengen jenes Ahornsaftes eingesammelt hatte, der sich so leicht in Zucker verwandelt, wurde es nicht nöthig, erst bis zum Dike-creek hinaus zu gehen, um diese Vorräthe zu erneuern. Und selbst wenn der Winter eintrat, bevor die jungen Colonisten ihre Freiheit wieder erlangt hatten, waren sie hinreichend mit Oel für ihre Laternen und mit Fleischspeisen für die Küche versehen. Nur Brennmaterial allein mußte hereingeholt werden, das fand sich aber in den umgestürzten Stämmen der Bog-woods, welche auf kurzem Wege längs des Rio Sealand ohne besondere Gefahr zu erreichen waren.

In jener Zeit trug sogar eine neue Entdeckung zu dem Wohlbefinden in French-den noch weiter bei.

Diese Entdeckung verdankte man nicht Gordon, der übrigens recht umfassende Kenntnisse in der Botanik besaß, sondern Kate war es, welcher das Verdienst für dieselbe zufiel.

Am Rande der Bog-woods stand nämlich eine gewisse Anzahl Bäume, die fünfzig bis sechzig Fuß in der Höhe messen mochten. Wenn diese bisher von der Axt verschont geblieben waren, rührte das daher, daß ihr sehr faseriges Holz die Koch- und Heizöfen der Halle und der Einfriedigung nur sehr unzulänglich erhitzt hätten. Sie trugen längliche, an den Knoten der Zweige wechselständig sitzende Blätter, deren Ende in eine scharfe Spitze auslief.

Gleich das erste Mal – am 25. October – als Kate diese Bäume erblickte, rief sie:

„Ah! . . . Da sind ja Kuhbäume!“

Dole und Costar, welche sie begleiteten, schlugen darüber ein helles Gelächter auf.

„Was, Kuhbäume?“ sagte der Eine.

„Fressen die Kühe diese Bäume?“ fragte der Andere.

„Nein, Ihr kleinen Papooses, nein,“ antwortete Kate, „daß man sie so nennt, kommt daher, weil sie Milch geben, und sogar bessere Milch als Eure Vigogne-Schafe.“

Nach French-den zurückgekehrt, machte Kate Gordon von ihrer Entdeckung Meldung. Gordon rief sofort Service herzu und Beide begaben sich mit Kate noch einmal nach dem Saume der Bog-woods. Nachdem er den Baum aufmerksam betrachtet, meinte Gordon, er müsse zu den „Galactodendrons“ gehören, welche in den Wäldern Nordamerikas in großer Menge vorkommen, und er täuschte sich hierin auch nicht.

Eine kostbare Entdeckung! In der That genügte es, einen Einschnitt in die Rinde dieser Galactodendrons zu machen, um einen milchähnlichen Saft ausfließen zu lassen, der den Geschmack und die ernährenden Eigenschaften der Kuhmilch hat. Außerdem bildet dieser Saft, wenn man ihn gerinnen läßt, eine vorzügliche Art Käse und liefert daneben ein sehr reines Wachs, das dem Bienenwachs vergleichbar und zur Anfertigung von sehr schönen Kerzen verwendbar ist.

„Ei nun,“ rief Service, „wenn das ein Kuhbaum oder vielmehr eine Baumkuh ist, dann müssen wir sie auch melken!“

Ohne eine Ahnung davon zu haben, gebrauchte der übermüthige Knabe hiermit denselben Ausdruck, dessen sich die Indianer stets bedienen, indem diese gewöhnlich sagen: „Ans Werk, wir wollen den Baum melken!“

Gordon machte also einen Schnitt in die Rinde des Galactodendrons und aus diesem floß ein Saft hervor, von dem Kate reichlich zwei Pinten in einem mitgebrachten Gefäße auffing.

Es war das eine schön weiße, appetitlich aussehende Flüssigkeit, welche die nämlichen Bestandtheile wie die Kuhmilch enthält. Dieselbe ist aber noch nahrhafter, konsistenter und von viel angenehmerem Geruche. Das Gefäß wurde in French-den sehr schnell geleert und Costar befleckte sich damit den Mund wie eine junge Katze. Bei dem Gedanken, was er daraus Alles herzustellen vermochte, verhehlte auch Moko seine ganz besondere Befriedigung nicht. Zu sparen brauchte er hiermit auch nicht, denn jene „Heerde“ von Galactodendrons, welche in großer Menge so vorzügliche Pflanzenmilch lieferte, stand ganz in der Nähe.

In der That, und das kann nicht oft genug wiederholt werden, hätte die Insel Chairman auch die Bedürfnisse einer weit größeren Colonie decken können, und jedenfalls war das Leben der Knaben hier auf lange Zeit hinaus völlig gesichert. Außerdem machte das Erscheinen Kate's unter ihnen, die Pflege, welche sie von dieser wohlwollenden Frau erwarten konnten, der sie eine wirklich mütterliche Liebe einflößten, dasselbe nur um so leichter und angenehmer.

Warum mußte nun aber die frühere Sicherheit auf der Insel Chairman so traurig gestört werden! Welch' wichtige Entdeckungen hätten Briant und seine Kameraden ohne Zweifel noch gemacht, wenn sie auch die fast ganz unbekannten östlichen Gebietstheile hätten genauer untersuchen können, ein Vorhaben, auf das sie gegenwärtig natürlich verzichten mußten, und würde es ihnen jemals gestattet sein, ihre Ausflüge wieder aufzunehmen, bei denen sie sich nur gegen die Begegnung mit Raubthieren zu schützen hatten, mit minder gefährlichen Raubthieren, als jene Bestien in Menschengestalt, gegen die sie jetzt Tag und Nacht auf ihrer Hut sein mußten?

Bis zu den ersten Tagen des Novembers wurden indeß keine verdächtigen Spuren in den Umgebungen von French-den aufgefunden. Briant legte sich schon die Frage vor, ob die Matrosen vom „Severn“ wirklich noch auf der Insel wären. Doniphan hatte jedoch mit eigenen Augen gesehen, in welch' traurigem Zustande deren Boot sich befand, daß dessen Mast abgebrochen, sein Segel zerrissen und seine Planken durch die Spitzen der Riffe durchlöchert waren. Freilich, und dem Steuermanne Evans konnte das nicht unbekannt sein, wenn die Insel Chairman in der Nähe eines Festlandes oder einer Inselgruppe lag, so konnte die nothdürftig ausgebesserte Schaluppe wohl benützt werden, um eine verhältnißmäßig kurze Ueberfahrt damit zu wagen. Es war also glaublich, daß Walston Alles daran gesetzt haben könne, die Insel zu verlassen ... Darüber mußte man sich jedoch erst Gewißheit verschaffen, ehe die gewohnte Lebensweise wieder aufgenommen werden konnte.

Mehrmals hatte Briant schon die Absicht gehabt, nach der Gegend im Osten des Family-lake auf Erkundigung auszuziehen. Doniphan, Baxter, Wilcox verlangten nun danach, ihn begleiten zu können. Sich aber der Gefahr auszusetzen, Walston in die Hände zu fallen und diesem damit Aufklärung zu geben, mit wie wenig zu fürchtenden Gegnern er es hier zu thun habe, das hätte leicht die bedauerlichsten Folgen nach sich ziehen können. Deshalb redete es denn Gordon, dessen Rath noch immer williges Gehör fand, Briant aus, sich in die Tiefen des Beechs-forest zu wagen.

Da machte Kate einen Vorschlag, der nichts von diesen Gefahren fürchten ließ.

„Herr Briant," begann sie eines Abends, als die jungen Colonisten alle in der Halle versammelt waren, „wollen Sie mir gestatten, Sie morgen mit Tagesanbruch zu verlassen?"

„Uns verlassen, Kate?" fragte Briant.

„Ja, Sie können nicht immer in dieser Ungewißheit bleiben, und um zu erfahren, ob Walston noch auf der Insel ist, erbiete ich mich nach der Stelle zu gehen, nach welcher wir durch den Sturm verschlagen wurden. Ist die Schaluppe noch daselbst, so hat Walston nicht wegfahren können ... Ist sie nicht mehr zur Stelle, so haben Sie nichts mehr von ihm zu fürchten."

„Was Sie da thun wollen, Kate," erklärte Doniphan, „ist genau dasselbe, was wir, Briant, Baxter, Wilcox und ich, uns schon selbst vorgenommen hatten."

„Zugegeben, Herr Doniphan," erwiderte Kate. „Doch was für Sie sehr gefährlich war, kann es ja für mich nicht sein."

„Doch, Kate," ließ Gordon sich vernehmen, „wenn Sie nun Walston wieder in die Hände fallen ..."

„Nun," antwortete Kate, „dann befinde ich mich nur in derselben Lage wie vorher, als ich entfloh, das ist Alles."

„Und wenn der Elende Sie gar umbringt, was ja gar nicht unwahrscheinlich ist? ..." meinte Briant.

„O, wenn ich ihm das erste Mal entgangen bin," gab Kate zuversichtlich zur Antwort, „warum sollte mir das nicht ein zweites Mal gelingen, zumal wo ich jetzt den Weg nach French-den kenne? Und wenn es sich nun gar fügte, daß ich mit Evans entfliehen könnte, dem ich Alles, was Sie betrifft, gleich mittheilen würde, wie hilfreich, wie nützlich müßte der wackere Master für Sie Alle werden!“

„Wenn Evans die Möglichkeit zur Flucht geboten wäre,“ wandte Doniphan ein, „warum sollte er sie noch nicht benützt haben? . . . Treibt ihn nicht das nämliche Interesse, sich zu retten? . . .“

„Doniphan hat Recht,“ sagte Gordon. „Evans kennt das Geheimniß Walston's und seiner Spießgesellen, die sich gar nicht besinnen würden, ihn zu tödten, wenn sie seiner nicht zur Führung der Schaluppe nach dem Festlande Amerikas bedürften. Wenn er sich ihrer Gesellschaft also noch nicht entzogen hat, kann es nur daran liegen, daß er jeden Augenblick scharf überwacht wird . . .“

„Oder daß er einen Fluchtversuch schon mit dem Leben bezahlt hat!“ setzte Doniphan hinzu. “Und auch Sie, Kate, wenn Sie wieder gefangen würden . . .“

„Glauben Sie mir,“ versicherte Kate, „daß ich alles Mögliche thun werde, mich nicht wieder ergreifen zu lassen.“

„Daran zweifl' ich nicht,“ antwortete Briant, „wir werden aber nie zugeben, daß Sie sich dieser Gefahr aussetzen. Nein, es ist doch besser, ein minder gefährliches Mittel zu ersinnen, um zu erfahren, ob Walston sich noch auf der Insel Chairman befindet.“

Da Kate's Vorschlag entschieden zurückgewiesen worden war, galt es nun blos, ohne Begehung einer Unklugheit, auf der Wacht zu sein. War Walston überhaupt in der Lage, die Insel zu verlassen, so that er das gewiß vor Eintritt der schlechten Jahreszeit, um nach einem Lande zu kommen, wo er und die Seinigen einen Empfang fanden, wie man ihn Schiffbrüchigen, diese mögen kommen, woher sie wollen, gewöhnlich zu Theil werden läßt.

Angenommen übrigens, daß Walston noch hier war, so schien er doch kaum die Absicht zu haben, das Innere weiter zu untersuchen. Wiederholt fuhren Doniphan, Briant und Moko in dunklen Nächten mit der Jolle über den Family-lake hin, beobachteten dabei aber niemals, weder am entgegengesetzten Ufer noch unter den den East-river umgebenden Bäumen den Schein eines verdächtigen Feuers.

Immerhin blieb es sehr peinlich, unter diesen Verhältnissen zu leben, ohne den zwischen dem Rio Sealand, dem See, dem Walde und dem Steilufer gelegenen Raum überschreiten zu dürfen. Briant sann deshalb auch unausgesetzt auf ein Mittel, sich wegen der Anwesenheit Walston's Gewißheit zu verschaffen und gleichzeitig auszukundschaften, wo er etwa sein Lager aufgeschlagen habe. Um das zu erreichen, genügte es vielleicht, sich während der Nacht einmal zu einer gewissen Höhe zu erheben.

Daran dachte auch Briant und dieser Gedanke verwandelte sich in ihm allmählich zur fixen Idee. Leider enthielt die Insel Chairman, abgesehen von dem Steilufer, dessen Kamm eine Höhe von zweihundert Fuß auch nirgends überschritt, keine einzige bedeutendere Bodenerhebung. Viele Male hatten sich Doniphan und zwei oder drei Andere nach dem Gipfel des Auckland-hill begeben, konnten von dieser Stelle aus aber nicht einmal das jenseitige Ufer des Family-lake erblicken, also hätte ihnen auch kein Rauch, kein Feuerschein über dem östlichen Horizonte wahrnehmbar werden können. Es war vielmehr nothwendig, sich um einige hundert Fuß höher zu erheben, um einen Gesichtskreis zu gewinnen, der sich bis zu den ersten Felsen der Deception-Bai hinaus erstreckte.

Da erwachte in Briant eine so kühne – man könnte sagen „tollhäuslerische“ – Idee, daß er sie anfänglich selbst zurückwies. Sie bemächtigte sich seiner nach und nach aber mit solcher Hartnäckigkeit, daß sie endlich in seinem Gehirne tiefe Wurzeln schlug.

Wie wir wissen, war das Vorhaben mit dem Drachen seinerzeit unterbrochen worden. Nach der Auffindung Kate's und nach deren Meldung, daß die Schiffbrüchigen vom „Severn“ noch auf der östlichen Küste weilten, hatte man auf das Project verzichten müssen, einen Apparat in die Luft aufzulassen, der von allen Punkten der Insel sichtbar gewesen wäre.

Doch, wenn dieser Drache nicht mehr als Signal verwendet werden konnte, war es da nicht möglich, ihn zum Zwecke der wegen der Sicherheit der Insel so dringend nöthigen Auskundschaftung zu verwerthen?

Gewiß, und an diesen Gedanken eben klammerte sich Briant. Er erinnerte sich, in einer englischen Zeitschrift gelesen zu haben, daß eine Frau gegen Ende des letzten Jahrhunderts so kühn gewesen sei, an einem eigens für diesen gefährlichen Aufstieg hergestellten Drachen hängend, sich in die Lüfte zu erheben.

Was aber eine Frau ausgeführt hatte, sollte das ein kräftiger Knabe nicht auch wagen können? Daß sein Vorhaben mit einiger Gefahr verknüpft war, kümmerte ihn sehr wenig. Das Risico dabei erschien ihm verschwindend gegenüber den Erfolgen, die er zu erzielen hoffte, und wenn alle von der Vorsicht gebotenen

Maßregeln ergriffen wurden, war ja nicht wenig Aussicht vorhanden, daß der kühne Versuch vollständig glückte. Deshalb wiederholte sich Briant auch immer, obwohl er nicht im Stande war, mathematisch die Steigkraft, welche ein Apparat dieser Art haben mußte, zu berechnen, daß dieser Apparat doch vorhanden war und es schon hinreichen würde, ihm größere Ausdehnung und mehr Festigkeit zu verleihen. Erhob er sich dann mittels desselben in der Nacht einige hundert Fuß hoch in die Luft, so gelang es ihm vielleicht, den Schein eines Lagerfeuers auf der Insel, und zwar allen Voraussetzungen nach in dem Theile derselben zwischen dem Binnensee und der Deception-Bai, zu entdecken.

Es wäre ein Unrecht, über die Idee des wackeren und zu jedem Wagestücke entschlossenen Knaben die Achseln zu zucken. Unter dem Drucke der ihn beherrschenden Vorstellung war er dahin gelangt, sein Vorhaben nicht allein für ausführbar zu halten – nach dieser Seite konnte ja eigentlich kein Zweifel aufkommen – sondern es auch für gefahrloser anzusehen, als es ihm anfangs selbst vorkam.

Jetzt handelte es sich für ihn also nur noch um die Zustimmung seiner Kameraden, und am Abende des 4., nachdem er Gordon, Doniphan, Wilcox, Webb und Baxter um eine vertrauliche Unterredung ersucht, setzte er diese in Kenntniß, daß er den Drachen zu benützen gedenke.

„Benützen? . . .“ fragte Wilcox. „Und wie verstehst Du das? . . . Willst Du ihn jetzt noch aufsteigen lassen?“

„Gewiß,“ antwortete Briant, „weil ich voraussetze, wir hätten ihn doch zu diesem Zwecke angefertigt.“

„Während des hellen Tages?“ erkundigte sich Baxter weiter.

„Nein, Baxter; da würde er der Wahrnehmung Walston's schwerlich entgehen, während der Nacht dagegen . . .“

„Wenn Du dann eine Laterne daran hängst,“ fiel ihm Doniphan ins Wort, „wird er ebenfalls dessen Aufmerksamkeit erregen.“

„So hänge ich eben keine Laterne daran.“

„Wozu soll er dann aber nützen? . . .“ fragte Gordon.

„Zur Aufklärung darüber, ob die Mannschaft vom ›Severn‹ noch auf der Insel ist.“

Briant setzte nun sein Vorhaben nicht ohne die Befürchtung, es nur mit wenig ermuthigendem Kopfschütteln aufgenommen zu sehen, in wenigen Worten näher auseinander.

Seinen Kameraden fiel es gar nicht ein, darüber zu lachen. Sie spürten nicht die geringste Veranlassung dazu, und bis auf Gordon, der sich fragte, ob Briant wirklich im Ernste spreche, schienen die Anderen sehr geneigt, ihm völlig beizustimmen. Die jungen Leute hatten sich jetzt thatsächlich so sehr an Gefahren jeder Art gewöhnt, daß eine unter diesen Verhältnissen unternommene nächtliche Auffahrt ihnen ganz ausführbar erschien. Uebrigens galt es ihnen als selbstverständlich, daß dabei jede denkbare Maßregel zur Sicherstellung des Erfolges getroffen werde.

„Wäre aber," bemerkte Doniphan, „das Gewicht eines Beliebigen von uns nicht zu groß für den Drachen, wie wir diesen hergestellt haben?"

„Gewiß," antwortete Briant. „Natürlich werden wir ihn vergrößern und sein Gestell verstärken müssen."

„Ich möchte überhaupt wissen," sagte Wilcox, „ob der Widerstand eines solchen Drachen je so groß sein könne . . ."

„Das ist wohl nicht zweifelhaft," fiel ihm Baxter ins Wort.

„Und obendrein durch den Versuch schon bewiesen," setzte Briant hinzu.

Er berichtete darauf von der obenerwähnten Frau, welche vor wenigen Jahren eine solche Auffahrt mit Erfolg ausgeführt hatte.

Dann fuhr er fort:

„Alles hängt aber dabei von den Größenverhältnissen des Apparates und von der Stärke des Windes beim Aufsteigen ab."

„Welche Höhe, Briant," fragte Baxter, „glaubst Du mit Rücksicht auf Deinen Zweck erreichen zu müssen?"

„Wenn man sechs- bis siebenhundert Fuß hinaufkäme," antwortete Briant, „so müßte wohl von jedem beliebigen Theile der Insel her ein Feuer wahrzunehmen sein."

„Gut, das ist also auszuführen," rief Service, der dem Gespräche auch mit gelauscht hatte, „und zwar ohne jedes Zögern! Ich für meinen Theil hab' es herzlich satt, an jeder freien Bewegung gehindert zu sein."

„Und wir ebenso, jetzt schon so lange unsere Fallen nicht mehr nachsehen zu können,“ schloß Wilcox sich diesem an.

„Und ich nicht minder, meine Flinte gar nicht mehr abfeuern zu dürfen,“ setzte Doniphan hinzu.

„Auf morgen also!“ sagte Briant.

Als er sich dann mit Gordon allein befand, fragte dieser:

„Sage mir, Briant, ist es wirklich Dein Ernst, ein solch' halsbrecherisches Unternehmen zu wagen? . . .“

„Ich will es mindestens versuchen, Gordon.“

„Es ist aber höchst gefährlich!“

„Vielleicht weniger, als wir uns vorstellen.“

„Und wer von uns wird erbötig sein, bei diesem Versuche sein Leben auf's Spiel zu setzen?“

„Du, Gordon, Du selbst wärst sicherlich der Erste, wenn das Los Dich dazu bestimmte!“

„Soll denn darüber eine Losung entscheiden, Briant? . . .“

„Nein, Gordon; wer von uns sich dieser Aufopferung unterzieht, der soll es aus freiem Entschlusse thun.“

„Deine Wahl ist wohl schon getroffen, Briant? . . .“

„Vielleicht!“

Und Briant drückte warm die Hände Gordon's.

IX.

Erster Versuch. – Vergrößerung des Apparates. – Zweiter Versuch. – Auf den folgenden Tag verschoben. – Ein Vorschlag Briant's. – Jacques' Vorschlag. – Das Geständniß. – Briant's Gedanken. – In der Luft bei dunkler Nacht. – Was sich da zeigt. – Der Wind frischt auf. – Ausgang des Versuches.

———

Am Morgen des 25. Novembers gingen Briant und Baxter ans Werk. Ehe sie dem Apparate aber größere Dimensionen gaben, schien es rathsam, zu wissen, welches Gewicht er in seinem jetzigen Zustande wohl zu tragen vermöge. Das gestattete dann, bei dem Mangel wissenschaftlicher Formeln, durch Versuche die ausreichende Fläche zu bestimmen, welche er erhalten mußte, um – abgesehen von seinem Eigengewichte – eine Last von mindestens hundertzwanzig oder hundertdreißig Pfund mitzunehmen.

Es war nicht nöthig, zu diesem ersten Versuche die Nacht abzuwarten. Augenblicklich wehte der Wind von Südwesten her, und Briant glaubte keine Ursache zu haben, diesen unbenützt zu lassen, wenn der Drache nur in so geringer Höhe festgehalten wurde, daß man ihn vom östlichen Seeufer aus nicht wahrnehmen konnte.

Der Versuch gelang nach Wunsch und lieferte das Ergebniß, daß der Apparat bei mäßigem Winddrucke einen zwanzigpfündigen Sack aufhob. Eine vom „Sloughi“ herrührende Schnellwage hatte gestattet, dieses Gewicht sehr genau zu bestimmen.

Der Drache wurde nun wieder herunter gezogen und auf den Boden der Sport-terrace niedergelegt.

In erster Linie verstärkte nun Baxter dessen Gestalt mit Hilfe von dünnen Stricken, die in einem Mittelknoten so zusammenliefen, wie die Fischbeinstäbe eines Regenschirmes in dem auf dem Stocke gleitenden Ringe. Dann wurde seine Oberfläche durch allseitige Verlängerung des Gestelles und einen weiteren Leinenbezug vergrößert, bei welcher Arbeit sich Kate ganz besonders nützlich erwies. An Nadeln und Nähfaden fehlte es in French-den ja nicht, und die geschickte Aufwärterin verstand sich vortrefflich auf Näharbeiten.

Wären Briant und Baxter in der Mechanik „stärker“ gewesen, so hätten sie bei Herstellung ihres Apparates gewiß die in Betracht kommenden

Grundprincipien, das Gewicht, die ebene Oberfläche, den Mittelpunkt der Schwere, den des Winddruckes – welcher mit dem Mittelpunkte der Gestalt des Apparates zusammenfällt – und endlich den Anheftungspunkt der Schnur genauer beachtet. Aus solchen Berechnungen hätten sie dann den Schluß gezogen, wie groß die Steigkraft des Drachens sein und welche Höhe er dabei erreichen konnte. Außerdem hätten sie auch durch Rechnung die Stärke der Schnur ermitteln können, welche der dann auf sie wirkenden Spannung genügend widerstehen konnte – eine der wichtigsten Bedingungen für die persönliche Sicherheit des Beobachters.

Glücklicherweise paßte die Schnur, welche früher für das Log des Schooners gedient hatte und gegen zweitausend Fuß lang war, hierzu vollkommen. Uebrigens „zieht“ ein Drache, selbst bei frischer Brise, nicht allzustark, wenn nur der Haltepunkt an der „Wage“ richtig gewählt ist. Es galt also, diesen Punkt, von dem die Neigung des Apparates gegen den Wind und hiervon dessen Stabilität abhängt, sorgsam zu bestimmen.

Zu dem jetzt vorliegenden Zwecke bedurfte der Drache keines Schwanzes am unteren Ende, worüber sich Dole und Costar nicht wenig härmten. Ein solcher war jedoch unnöthig; das mit in die Höhe genommene Gewicht mußte schon hinreichen, einen „Kopfsturz“ desselben zu verhindern.

Nach mehrfachen Versuchen fanden Briant und Baxter heraus, daß die Last am unteren Drittel des Gestelles und zwar an einer der Querlatten befestigt werden mußte, welche die Leinwand der Breite nach ausgespannt erhielten. Zwei an dieses Querstück geknüpfte Stricke sollten diese dann etwa zwanzig Fuß weiter unten schwebend erhalten.

Die Halteschnur richtete man in einer Länge von etwa zwölfhundert Fuß vor, was, die Ausbiegung eingerechnet, die Erreichung einer Höhe von sieben- bis achthundert Fuß gestatten mußte.

Um endlich den Gefahren eines Absturzes so viel wie möglich vorzubeugen, wenn etwa die Schnur doch zerreißen oder ein Bruch des Gestells eintreten sollte, wurde beschlossen, den Aufstieg über dem See vorzunehmen. Die horizontale Entfernung, in welcher ein solcher Sturz erfolgen mußte, konnte übrigens in keinem Falle so groß sein, daß ein geübter Schwimmer das westliche Ufer nicht hätte erreichen können.

Nach Vollendung des Apparates zeigte dieser eine Oberfläche von siebenzig Quadratmetern bei achteckiger Gestalt, deren Radius fünfzehn Fuß und von der jede Seitenlinie vier Fuß maß. Mit seinem sehr haltbaren Gestell und der für den Wind undurchlässigen Leinwand mußte er ein Gewicht von hundert bis hundertzwanzig Pfund leicht mitnehmen.

Betreffs der „Gondel", in welcher der Beobachter Platz nehmen sollte, so bestand diese einfach aus einem jener Körbe aus Rohrgeflecht, wie sie auf Schiffen zu mancherlei Zwecken dienen. Dieser war tief genug, um einen Knaben von mittlerer Größe bis an die Achselhöhlen aufzunehmen, und weit genug, um ihm sowohl freie Bewegung zu gestatten, als auch leicht aus demselben herausspringen zu können, wenn das die Noth erforderte.

Wie man sich leicht denken kann, war diese Arbeit nicht in einem und auch nicht in zwei Tagen abgethan. Am Morgen des 5. begonnen, wurde sie erst am Nachmittage des 7. vollendet. Man verlegte also auf diesen Abend einen Probeaufstieg, der die Steigkraft des Apparates und seine Stabilität in der Luft erkennen lassen sollte.

Während der letzten Tage hatte sich die allgemeine Lage in keiner Hinsicht verändert. Wiederholt waren die Einen oder die Andern stundenlang zum Auslugen auf dem Steilufer geblieben. Sie sahen dabei aber nichts Verdächtiges, weder im Norden zwischen French-den und dem Saume der Traps-woods, noch im Süden, jenseits des Rio, oder im Westen, nach der Sloughi-Bai zu; ebenso wenig auch auf dem Family-lake, zu dem Walston vor dem Verlassen der Insel doch hätte leicht genug vordringen können. Kein Knall ließ sich in der Umgebung des Auckland-hill hören; keine Rauchsäule wirbelte am Horizonte auf.

Konnten Briant und seine Kameraden also wohl hoffen, daß jene Uebelthäter die Insel Chairman endgiltig wieder verlassen hätten? Sollte es ihnen endlich vergönnt sein, ihre gewohnte Lebensweise in aller Sicherheit wieder aufzunehmen?

Darüber sollte jenes bald auszuführende Vorhaben jedenfalls Aufklärung verschaffen.

Jetzt blieb nur noch eine „technische Frage" zu lösen übrig: Wie sollte Derjenige, welcher in dem Nachen oder vielmehr der „Küpe" Platz nahm, in die Lage gesetzt werden, ein Signal zu geben, wenn er es für angezeigt hielt, wieder nach der Erde herabgezogen zu werden?

Darüber sprach sich Briant aus, als ihn Doniphan und Gordon deshalb befragten.

„An ein Lichtsignal ist nicht zu denken," erklärte Briant, „denn das könnte von Walston ebenso gut bemerkt werden. Baxter und ich, wir haben Folgendes verabredet. Ein Bindfaden, ebenso lang wie die Schnur des Drachen, soll, nachdem er erst durch eine in der Mitte durchbohrte kleine Bleikugel gezogen ist, mit dem einen Ende am Nachen befestigt werden, während das andere unten auf der Erde in den Händen eines von uns bleibt. Es wird dann genügen, die Kugel am Bindfaden hinabgleiten zu lassen, um das Zeichen zum Herunterziehen des Drachen zu geben.

„Gut ausgeklügelt!" meinte Doniphan.

Nachdem man sich also über Alles verständigt, war nur noch der Probeaufstieg des Apparates allein, nebst einer entsprechenden Last, vorzunehmen. Der Mond konnte vor zwei Uhr Nachts nicht aufgehen, und es wehte überdies eine geeignete von Südwesten kommende Brise. Die Bedingungen erschienen also ganz günstig, um noch denselben Abend zu diesem Versuche vorzuschreiten.

Um neun Uhr war es schon tief dunkel. Einige ziemlich dichte Wolken zogen durch die Luft über einen fast sternenlosen Himmel hin. Der Apparat mochte sich jetzt noch so hoch erheben, so konnte er nicht einmal aus der Nähe von French-den her mehr gesehen werden.

Große und Kleine sollten diesem Versuche beiwohnen, und da es sich dabei nur um einen „Probepfeil", wie man zu sagen pflegt, handelte, so folgten alle den einzelnen Stadien desselben mit mehr eigentlichem Vergnügen als mit innerer Erregung.

Nach der Mitte der Sport-terrace hatte man eine Winde von „Sloughi" geschafft und gut im Erdboden befestigt, um dem starken Zuge des Apparates widerstehen zu können. Die lange, sorgfältig aufgewickelte Schnur wurde ebenso wie der zur Signalgebung bestimmte Bindfaden so vorbereitet, daß sie ganz leicht abrollen konnten. In den Nachen hatte Briant einen Sack mit Erde gesetzt, der genau hundertdreißig Pfund und damit mehr wog als der schwerste seiner Kameraden.

Doniphan, Baxter, Wilcox und Webb stellten sich bei dem, etwa hundert Schritte von der Winde auf der Erde liegenden Drachen auf. Auf Briant's Zuruf sollten sie diesen mittels Schnuren, welche an den Querlatten des Gestells angebracht waren, langsam in die Höhe richten. Sobald der Apparat, entsprechend seiner durch Anordnung der Wage bedingten Neigung, genügend Wind abfing, sollten Briant, Gordon, Service, Garnett und Cross, welche zur Bedienung der Winde bereit standen, ihm je nach seinem Aufsteigen in die Luft mehr Schnur abrollen lassen.

„Achtung!“ rief Briant.

„Wir sind fertig!“ antwortete Doniphan.

„Los!“

Der Apparat erhob sich langsam, erzitterte und knarrte ein wenig unter dem Drucke des Windes und neigte sich dann nach vorwärts gegen diesen.

„Nachlassen! . . . Schnur nachlassen!“ rief Wilcox.

Sofort begann die Welle der Winde sich in Folge der Schnuranspannung zu drehen, während der Drachen sich mit dem belasteten Korbe langsam in die Luft erhob.

Obwohl es eine Unklugheit war, erschallten doch freudige Hurrahs, als der „Riese der Lüfte“ von der Erde emporschwebte. Sofort verschwand er aber auch schon in der Dunkelheit, zum größten Mißvergnügen Iverson's, Jenkins', Dole's und Costar's, die ihn gerne stets im Auge behalten hätten, während er über dem Family-lake schaukelte. Das veranlaßte Kate, ihnen zum Troste zuzurufen:

„Laßt nur nicht die Köpfe hängen, meine Papooses! . . . Ein andermal, wenn das ohne Gefahr geschehen kann, lassen wir ihn bei hellem Tage steigen, Euren Riesen, und dann dürft Ihr ihm auch, wenn Ihr hübsch gefolgt habt, kleine Briefboten nachschicken.“

Trotz seiner augenblicklichen Unsichtbarkeit, fühlte man doch, daß der Drache gleichmäßig zog, ein Beweis, daß in den oberen Schichten ein anhaltender Wind wehte, der nur einen mäßigen Druck ausübte, und ferner, daß auch die Wage an dem Apparat richtig angebracht war.

Briant ließ, um diesen Versuch, den gegebenen Verhältnissen entsprechend, so überzeugend wie möglich zu gestalten, die Schnur bis ans Ende ablaufen, wodurch er deren Spannung beurtheilen konnte, die sich übrigens als nicht übermäßig erwies. Von der Rolle waren zwölfhundert Fuß derselben abgelaufen, und damit mußte sich der Apparat auf sieben- bis achthundert Fuß erheben. Der ganze Vorgang hatte nicht über zehn Minuten beansprucht.

Nach Vollendung desselben wurden die Kurbeln in Bewegung gesetzt, um die Schnur wieder einzuziehen. Dieser zweite Theil der Arbeit dauerte freilich weit länger, und man brauchte nicht weniger als eine Stunde, um die zwölfhundert Fuß lange Schnur wieder aufzuwickeln.

Ganz wie bei einem Luftballon, ist auch bei einem Drachen die endliche Landung immer die schwierigste Aufgabe, wenn dieselbe ohne Stoß erfolgen soll. Die Brise erwies sich jedoch als so beständig, daß auch das in erwünschtester Weise gelang. Bald trat denn auch das Achteck aus Leinwand wieder aus der Dunkelheit hervor und legte sich ganz sanft, fast genau an der Stelle, wo es emporgestiegen war, auf den Erdboden nieder.

Lustige Hurrahs begrüßten seine Rückkehr, wie sie seine Auffahrt begleitet hatten.

Der Drache brauchte jetzt nur mehr auf der Erde festgehalten zu werden, um ihn keinen Wind fangen zu lassen, und Baxter erbot sich nebst Wilcox, denselben bis Tagesanbruch zu überwachen.

Am folgenden Tage, dem 8. November, sollte zur nämlichen Stunde die entscheidende Auffahrt erfolgen.

Jetzt erwarteten Alle nur noch die Aufforderung Briant's, um nach French-den zurückzukehren.

Briant äußerte jedoch nichts und schien vielmehr vollständig in Gedanken versunken.

Woran mochte er wohl denken? Etwa an die Gefahren, welche ein unter so außerordentlichen Verhältnissen unternommener Aufstieg mit sich führen mußte? Oder grübelte er über die schwere Verantwortlichkeit, die er dadurch auf seine Schultern lud, daß er einen seiner Kameraden sich in diesem gebrechlichen Nachen erheben ließ?

„Gehen wir heim," sagte endlich Gordon, „es wird schon spät . . ."

„Einen Augenblick," antwortete da Briant. – „Gordon und Doniphan, wartet doch ein wenig! . . . Ich habe Euch einen Vorschlag zu machen."

„So sprich!" entgegnete Doniphan.

„Wir haben soeben unseren Drachen erprobt," nahm Briant das Wort, „und dieser Versuch ist, da die begleitenden Umstände günstig waren, ganz nach Wunsch ausgefallen, denn der Wind hielt sich recht beständig und war auch weder zu stark noch zu schwach. Wissen wir aber schon, wie das Wetter morgen sein wird, ob der Wind uns morgen gestatten wird, den Apparat wirklich über dem See zu erhalten? Und doch erscheint es mir gut, unser Vorhaben nicht zu verschieben."

Gewiß war das, nachdem der Versuch einmal beschlossen wurde, auch am richtigsten.

Auf jenen Vorschlag hatte indeß Keiner geantwortet. Gegenüber der Aussicht, sich einer so schweren Gefahr auszusetzen, erschien dieses Zögern, selbst von Seiten der Unerschrockensten, ja ganz natürlich.

Als Briant jedoch ohne Umschweife die Frage stellte:

„Wer wird nun mit aufsteigen?" rief eine Stimme sofort:

„Ich!" . . . Jacques hatte sich zuerst gemeldet.

Doch fast gleichzeitig erklang es auch:

„Ich! . . . Ich! . . ." und zwar von Seiten Doniphan's, Baxter's, Wilcox', Cross' und Service's wie aus einem Munde.

Dann entstand ein Stillschweigen, welches sich Briant nicht zu unterbrechen beeilte.

Jacques nahm zuerst wieder das Wort.

„Laß mich es wagen, Bruder!" sagte er. „Mir kommt es zu! . . . Mir! . . . Ich bitte Dich, laß mich mit auffahren!"

„Und warum Dir mehr als mir . . . mehr als jedem Andern?" ließ Doniphan sich vernehmen.

„Ja . . . warum?" fragte Baxter.

„Weil es meine Pflicht ist!" stieß Jacques hervor.

„Deine Pflicht? . . ." wiederholte Gordon.

„Ja . . . gewiß!"

Gordon hatte Briant's Hand ergriffen, wie um diesen nach der Bedeutung der Worte seines jüngern Bruders zu fragen, und er fühlte, daß diese in der seinigen zitterte. Und wäre die Nacht nicht so dunkel gewesen, so hätte er auch die Wangen seines Kameraden erbleichen und dessen Lider sich über die feuchten Augen herabsenken sehen müssen.

„Nun also, Bruder? . . .“ fuhr Jacques in entschlossenem und für ein Kind seines Alters erstaunlichem Tone fort.

„Antworte, Briant!“ sagte Doniphan. „Jacques behauptet ein Recht darauf zu haben, sich für uns in Gefahr zu begeben. Haben wir denn nicht dasselbe Recht? . . . Was hat er gethan, um es für sich zu beanspruchen? . . .“

„Was ich gethan . . .“ antwortete Jacques zaudernd, „was ich gethan habe . . . nun, so will ich's Euch sagen.“

„Jacques!“ rief Briant bestürzt, als wolle er das Geständniß seines Bruders verhindern.

„Nein, nein!“ rief Jacques mit von Erregung unterbrochener Stimme. „Laß mich Alles gestehen! . . . Es lastet zu schwer auf mir! . . . Gordon, Doniphan . . . Ihr Alle, wenn Ihr Euch hier befindet . . . fern von Euren Eltern auf dieser Insel . . . so bin ich . . . ich allein schuld daran! . . . Daß der ›Sloughi‹ auf's hohe Meer trieb . . . kam daher, daß ich aus Unverstand . . . nein, aus Scherz . . . in sinnloser Spielerei . . . die Taue löste, welche ihn am Quai von Auckland festhielten. Ja . . . die reine tolle Laune! . . . Und dann, als ich die Yacht abtreiben sah, hab' ich den Kopf verloren, habe nicht um Hilfe gerufen, als es noch Zeit war. Dann . . . eine Stunde später . . . in dunkler Nacht . . . auf offener See . . . Ach, Verzeihung, meine Freunde, Verzeihung!“ . . .“

Der arme Knabe schluchzte bitterlich, trotz Kate's Bemühungen, die ihn zu beruhigen suchte.

„Gut, Jacques!“ sagte jetzt Briant. „Du hast Deinen Fehler eingestanden und willst jetzt das Leben daran wagen, ihn wieder gut zu machen oder wenigstens teilweise das Uebel auszugleichen . . .“

„Hat er das nicht schon längst ausgeglichen?“ fiel ihm Doniphan, dem Drange seines natürlichen Edelmuthes folgend, ins Wort. „Hat er sich nicht zwanzigmal Gefahren ausgesetzt, um uns einen Dienst zu erweisen? . . . O, Briant, jetzt versteh' ich, warum Du Deinen Bruder immer zuerst in's Treffen schicktest, wenn es ein gefährlicheres Wagestück galt, und ebenso, warum er stets zu jeder Aufopferung bereit war . . . Aus diesem Grunde wagte er sich in den dicken Nebel hinaus, um Cross und mich aufzusuchen . . . mit eigener Lebensgefahr aufzusuchen! . . . Ja, lieber Freund Jacques, wir verzeihen Dir herzlich gern, und Du hast es nicht nöthig, Dir noch besonders Vergebung für Deinen Fehler zu erkaufen!“

Alle umringten Jacques, drückten ihm die Hände, und doch quollen noch immer schmerzliche Seufzer aus dessen Brust. Jetzt wußte man also, warum dieses Kind – sonst der lustigste, aber auch der muthwilligste Zögling der Pension Chairman – hier so traurig geworden war und sich immer abseits zu halten suchte ... Dann hatte man gesehen, wie Jacques, wohl auf Verlangen seines Bruders, aber noch mehr aus eigenem Entschlusse, stets mit seiner Person voraus wollte, wo es sich um Bestehung einer Gefahr handelte ... Und noch immer glaubte er hierin nicht genug gethan zu haben! ... Er verlangte, sich für die Andern aufopfern zu dürfen. Als er die Sprache wieder gefunden, sagte er nur:

„Ihr seht also, mir kommt es zu ... mir ganz allein ... mit hinaufzufahren. Nicht wahr, Briant?"

„Gut, Jacques, schon gut!" wiederholte sein Bruder, der ihn innig in die Arme schloß.

Gegenüber dem Geständnisse, das Jacques eben abgelegt, gegenüber dem von ihm geforderten Rechte versuchten Doniphan und die Andern vergebens Einspruch zu erheben. Es blieb nichts übrig, als ihm zuzugestehen, sich dem Winde, der etwas Neigung zum Auffrischen zeigte, anzuvertrauen.

Jacques drückte seinen Kameraden dankbar die Hand. Schon bereit, in dem von dem Erdsacke befreiten Korbe Platz zu nehmen, wandte er sich noch einmal an Briant zurück. Dieser stand regungslos einige Schritte hinter der Winde.

„Laß mich Dich umarmen, Bruder!" sagte Jacques.

„Ja ... umarme mich!" antwortete Briant, seine Erregung mit Mühe bemeisternd. „Oder vielmehr ... ich will Dich umarmen ... denn ich ... ich werde mit auffahren! ..."

„Du? ..." rief Jacques.

„Du? ... Du? ..." wiederholten Doniphan und Service.

„Ja ... ich! Ob Jacques' Vergehen durch ihn oder durch seinen Bruder wettgemacht wird, ändert doch nichts. Als mir übrigens der Gedanke zu diesem Unternehmen kam, habt Ihr jemals glauben können, ich hätte die Absicht gehabt, es einen Andern ausführen zu lassen? ..."

„Liebster Bruder," bat Jacques, „ich flehe Dich darum an! ..."

„Nein, Jacques!"

„Dann," sagte Doniphan, „überlaß mir die Ausführung.

„Nein, Doniphan," entgegnete Briant mit einem jeden Widerspruch ausschließenden Tone. „Nur ich selbst werde mit aufsteigen. Ich will es!"

„Das wußt' ich von Dir im Voraus, Briant!" sagte Gordon, in dem er die Hand des Kameraden in der seinen preßte.

Bei diesen Worten war Briant schon in den Nachen gestiegen, und als er ordentlich Platz genommen, gab er Befehl, den Drachen aufzurichten.

Der sich unter dem Drucke des Windes neigende Apparat stieg zuerst langsam empor; darauf ließen Baxter, Wilcox, Cross und Service, welche an der Winde standen, mehr Schnur ablaufen, während Garnett, der den Signalbindfaden in der Hand hielt, diesen nachgleiten ließ.

Binnen zehn Secunden war der „Riese der Lüfte" im Halbdunkel verschwunden, aber nicht unter dem lauten Hurrahrufen, wie es seinen ersten Steigeversuch begleitet, sondern jetzt unter tiefem Stillschweigen.

Das unerschrockene Oberhaupt der kleinen Welt, der edelmüthige Briant, war mit ihm verschwunden.

Der Apparat erhob sich inzwischen regelmäßig, doch langsam. Die Gleichmäßigkeit der Brise sicherte ihm ein vollkommenes Gleichgewicht, so daß er kaum von einer Seite zur andern schwankte. Briant empfand also keine jener Oscillationen, die seine Lage sehr gefahrvoll gemacht hätten. Er hielt sich auch selbst unbeweglich und hatte mit beiden Händen die Aufhängeleine der eigenthümlichen Gondel fest gepackt, welche kaum eine leichte Schaukelbewegung machte, doch welche seltsame Empfindungen erfüllten Briant zuerst, als er sich an dieser großen geneigten Leinenfläche im Luftraume schweben sah und der Drache über ihm unter dem Drucke des Windes leise erzitterte. Es kam ihm vor, als sei er von einem phantastischen Raubvogel entführt worden oder als klammere er sich vielmehr an die Flügel einer ungeheueren Fledermaus. Dank der Energie seines Charakters gelang es ihm, die Kaltblütigkeit zu bewahren, welche sein Unternehmen erforderte.

Zehn Minuten, nachdem der Drache den Boden der Sport-terrace verlassen, verrieth ein schwacher Ruck, daß seine Aufwärtsbewegung beendet sei. An's Ende der Schnur gelangt, stieg er aber noch ein wenig auf, dieses Mal freilich nicht ohne einige Stöße. Die in lothrechter Linie erreichte Höhe mochte zwischen sechshundert und siebenhundert Fuß betragen.

Briant, der völlig ruhig war, ergriff zuerst den an der Kugel befestigten Bindfaden und begann nachher seine Beobachtungen. Mit einer Hand sich an den Aufhängeleinen haltend, führte er das Fernrohr mit der anderen Hand vor die Augen.

Unter ihm herrschte tiefe Dunkelheit. See, Wälder und Steilufer bildeten eine verschwommene Masse, von der er keine Einzelheiten unterscheiden konnte.

Der Umkreis der Insel hob sich dagegen noch deutlich genug von dem diese umfluthenden Meere ab, und von seinem derzeitigen Standpunkte aus konnte Briant sie sogar im ganzen Umfange übersehen.

Hätte er diesen Aufstieg am hellen Tage ausgeführt und seine Blicke über den lichtbedeckten Horizont schweifen lassen, so würde er vielleicht entweder andere Inseln oder selbst ein Festland haben entdecken müssen, wenn ein solches innerhalb des Radius von vierzig bis fünfzig Meilen lag – eine Entfernung, welche sein Gesichtskreis gewiß umfaßte.

War jetzt gegen Westen, Norden und Süden der Himmel so bewölkt, daß er nach dieser Seite nichts zu erkennen vermochte, so war das nicht der Fall in der Richtung nach Osten, wo ein kleiner Abschnitt des Firmaments jetzt, von Wolken ganz frei, einzelne Sterne herabflackern ließ.

Gerade nach dieser Seite zog da ein ziemlich heller Schein, der sich an den niedrigen Wolkenschichten noch wiederspiegelte, Briant's Aufmerksamkeit wach.

„Das ist der Schein eines Feuers!“ sagte er sich. „Sollte Walston sein Lager dort aufgeschlagen haben? . . . Nein, dieses Feuer ist viel zu entfernt und befindet sich unzweifelhaft außerhalb unserer Insel! . . . Sollte es ein Vulkan sein, der eben einen Ausbruch hätte, und läge demnach ein Land nach dieser Gegend zu?“

Dabei fiel es Briant wieder ein, daß während seines letzten Zuges nach der Deception-Bai ein weißlicher Fleck im Felde seines Fernrohrs aufgetaucht war.

„Ja,“ murmelte er für sich, „das war in dieser Richtung . . . Und dieser Fleck, sollte das vielleicht der Widerschein eines Gletschers sein? . . . Dort im Osten muß es ein Land, und zwar ziemlich nahe der Insel Chairman, geben!“

Briant hatte sein Fernrohr auf diesen hellen Schein gerichtet, den die Dunkelheit ringsum noch deutlicher hervortreten ließ. Es unterlag keinem Zweifel, daß sich dort ein feuerspeiender Berg in der Nachbarschaft des schon gesehenen Gletschers befand, der entweder einem Festlande oder einer

Inselgruppe angehörte, welche weiter als dreißig Meilen schwerlich entfernt sein konnte.

In diesem Augenblicke bemerkte Briant auch noch einen zweiten Lichtschein; nur weit näher, höchstens fünf bis sechs Meilen weit, und folglich auf der Oberfläche der Insel, flammte ein anderer Feuerschein zwischen den Bäumen im Osten des Family-lake.

„Das ist aber im Walde," sagte er, „und zwar an dessen Saume nach der Seite der Küste hin."

Es schien jedoch, als wäre dieser helle Glanz nur sichtbar geworden, um sofort wieder zu verschwinden, denn es gelang Briant nicht, ihn noch einmal wahrzunehmen.

O, wie schlug ihm da das Herz so stürmisch und wie zitterte seine Hand, daß es ihm ganz unmöglich wurde, das Fernrohr mit genügender Ruhe zu halten!

Eins stand jedoch fest – dort, nicht weit von der Mündung des East-river, loderte ein Lagerfeuer. Briant hatte es bestimmt gesehen, und er erkannte auch bald darauf noch einmal, wie dasselbe durch das Dickicht der Bäume schimmerte.

Walston und seine Bande lagerten also an jenem Punkte, in der Nähe des kleinen Hafens des Bear-rock! Die Mordgesellen vom „Settern" hatten die Insel Chairman nicht verlassen!

Die jungen Colonisten waren ihrem Angriffe nach wie vor ausgesetzt und noch immer gab es in French-den keine Sicherheit wieder!

Welche Enttäuschung bereitete das Briant! Offenbar hatte Walston, bei der Unmöglichkeit seine Schaluppe auszubessern, darauf Verzicht leisten müssen, wieder in See zu gehen, um eines der benachbarten Länder zu erreichen. Und doch gab es deren in der hiesigen Gegend – in dieser Beziehung konnte kein Zweifel mehr aufkommen.

Da Briant seine ihm nöthig erscheinenden Beobachtungen beendet, hielt er es für nutzlos, seinen Aufenthalt in der Luft noch zu verlängern. Er bereitete sich also zum Niedersteigen. Der Wind frischte jetzt merkbar auf. Schon verursachten die stärker gewordenen Oscillationen ein Schwanken des Nachens, welches die Landung bedeutend erschweren mußte.

Nachdem er sich überzeugt, daß der Signalfaden hinreichend angespannt sei, ließ Briant die Kugel hinabgleiten, welche in einigen Secunden in die Hand Garnett's lief.

Sogleich begann die Schnur an der Winde den Apparat nach dem Boden hin abzuziehen.

Während der Drachen sich aber herabsenkte, blickte Briant noch in der Richtung der von ihm wahrgenommenen Lichtscheine hinaus. Er erkannte dabei noch das Feuer von der Eruption und, weit näher am Ufer, das Lagerfeuer.

Man kann sich wohl vorstellen, daß Gordon und die Uebrigen das Signal zum Abstieg mit größter Ungeduld erwartet hatten, denn die zwanzig Minuten, welche Briant oben in der Luft verweilte, erschienen ihnen über die maßen lang.

Inzwischen handhabten Doniphan, Baxter, Wilcox, Service und Webb nach Kräften die Kurbeln der Winde. Auch sie hatten ja bemerkt, daß der Wind an Stärke zunahm und jetzt auch minder regelmäßig wehte. Sie empfanden das an den Stößen, welche die Schnur erlitt und dachten nicht ohne Besorgniß an Briant, der den Gegenstoß derselben ertragen mußte.

Die Winde arbeitete also sehr rasch, um die zwölfhundertfußlange Schnur wieder aufzuwickeln, welche vorher abgerollt worden war. Der Wind frischte noch weiter auf und dreiviertel Stunde nach dem von Briant gegebenen Signal blies er schon mit voller Kraft.

In diesem Augenblick mochte der Apparat noch gegen hundert Fuß über dem See schweben.

Plötzlich erfolgte ein sehr heftiger Ruck. Wilcox, Doniphan, Service, Webb, Baxter, denen jeder Widerhalt fehlte, wurden dabei bald zur Erde gestürzt. Die Schnur des Drachen war gerissen.

Unter den wildesten Schreckensrufen erschallte da wohl zwanzig Mal der Name:

„Briant! . . . Briant!“ . . .

Wenige Minuten später sprang Briant auf den Strand und rief mit lauter Stimme.

„Bruder! . . . Bruder! . . .“ jauchzte ihm Jacques entgegen, der zuerst in seinen Armen lag.

„Walston ist noch da!“

Das waren die ersten Worte Briant's, als seine Kameraden zu ihm herangekommen waren.

Den Augenblick, als die Schnur riß, fühlte Briant nicht einen plötzlichen Sturz, sondern bemerkte, daß er in schräger Richtung und verhältnißmäßig langsam herniedersank, weil der Drache über ihm eine Art Fallschirm bildete. Jetzt hatte er nichts anderes zu thun, als aus dem Nachen frei zu kommen, ehe dieser die Oberfläche des Sees erreichte; kurz vor dem Untertauchen desselben sprang Briant kopfüber hinaus, und da er ein guter Schwimmer war, machte es ihm keine besondere Schwierigkeit, das höchstens noch vier- bis fünfhundert Fuß entfernte Ufer zu gewinnen.

Während dessen war der von seinem Gegengewicht befreite Drache im Nordosten verschwunden und von der steifen Brise gleich einer riesigen „Seetrift“ in die Ferne entführt.

X.

Die Schaluppe des „Severn“. – Costar krank. – Die Rückkehr der Schwalben. – Entmuthigung. – Die Raubvögel. – Das durch eine Kugel getödtete Guanako. – Der Rest in der Pfeife. – Strengere Wacht. – Heftiger Sturm. – Ein Knall. – Ein Aufschrei Kate's.

———

Am folgenden Tage und nach einer Nacht, während der Moko die Wache in French-den übernommen hatte, erwachten die von der gestrigen Aufregung ergriffenen jungen Colonisten erst zu sehr später Stunde. Dann aber sofort sich erhebend, begaben sich Gordon, Doniphan, Briant und Baxter nach dem Store-room, wo Kate mit den gewohnten Arbeiten beschäftigt war.

Hier besprachen sie sich über ihre Lage, welche noch immer eine höchst unsichere blieb.

Jetzt waren, wie Gordon bemerkte, schon vierzehn Tage verflossen, seit Walston und dessen Begleiter sich auf der Insel aufhielten. Wenn die Ausbesserung der Schaluppe also bis jetzt nicht beendet war, so konnte das nur an dem Fehlen der zu einer solchen Arbeit notwendigen Werkzeuge liegen.

„Das muß wohl so sein,“ sagte Doniphan, „denn eigentlich schien mir jenes Boot gar nicht so sehr beschädigt. Wäre unser ›Sloughi‹ durch seine Strandung nicht ärger zugerichtet gewesen, so wäre es uns bestimmt gelungen, ihn wieder in seetüchtigen Zustand zu versetzen.“

Wenn Walston indeß noch nicht abgefahren war, so durfte man deshalb noch nicht annehmen, daß es seine Absicht sei, sich auf der Insel Chairman festzusetzen. Denn dann hätte er unzweifelhaft auch das Innere derselben schon eingehender besichtigt, und French-den konnte dabei von seinem Besuche nicht verschont bleiben.

Dieser Darlegung ließ Briant nun eine kurze Schilderung dessen folgen, was er in der Luft gesehen, und erklärte mit Bestimmtheit, daß nach Osten hin in nicht zu großer Entfernung Land zu finden sein müsse.

„Ihr habt nicht vergessen, daß ich bei Gelegenheit unseres ersten Ausfluges nach der Mündung des East-river einen weißlichen Fleck nicht hoch über dem Horizonte wahrnahm, dessen Natur ich mir damals nicht erklären konnte . . .“

„Wilcox und ich haben freilich nichts Aehnliches entdecken können,“ antwortete Doniphan, „obgleich auch wir uns bemühten, jenen Fleck aufzufinden . . .“

„Moko hat ihn ebenso bestimmt wahrgenommen,“ erwiderte Briant.

„Zugegeben! Es kann ja sein!“ entgegnete Doniphan; „doch was berechtigt Dich zu der Annahme, daß wir uns in der Nähe eines Festlandes oder einer Inselgruppe befinden?“

„So hört mich an,“ sagte Briant. „Gestern Nacht, als ich den Horizont in jener Richtung ins Auge faßte, unterschied ich einen Lichtschein, der unzweifelhaft außerhalb der Insel zu suchen war und der nur von einem in Ausbruch befindlichen Vulcan herrühren konnte. Ich schloß daraus, daß in jener Gegend also ein Land liegen müsse. Die Matrosen auf dem ›Severn‹ müssen das selbstverständlich wissen und sie werden Alles daran setzen, dorthin zu gelangen.“

„Das ist nicht zu bezweifeln,“ antwortete Baxter. „Was würden sie mit ihrem längeren Verweilen hier gewinnen? Offenbar rührt der Umstand, daß wir von ihrer Anwesenheit noch nicht befreit sind, davon her, daß sie ihre Schaluppe noch nicht genügend auszubessern vermochten.“

Was Briant hier seinen Kameraden mittheilte, war von größter Wichtigkeit. Es gab ihnen die Gewißheit, daß die Insel Chairman nicht, wie sie geglaubt hatten, ganz isolirt in diesem Theile des Stillen Oceans gelegen war. Was die Sache aber noch verschlimmerte, war der Umstand, daß Walston sich, nach der Wahrnehmung seines Lagerfeuers, tatsächlich jetzt in der Nähe der Mündung des East-river aufhielt. Nachdem er die Küste der Severn-shores verlassen, war er nun um etwa zwölf Meilen näher hierher gekommen. Er brauchte nur noch den East-river hinauf zu gehen, um in Sicht des Sees zu gelangen, und um dessen Südspitze herumzuziehen, um French-den zu entdecken.

Gegenüber dieser Möglichkeit mußte Briant die strengsten Maßregeln anordnen. Alle Ausflüge wurden von jetzt ab auf das Notwendigste beschränkt und sollten sich nicht einmal mehr auf dem linken Ufer des Rio bis nach den Dickichten der Bog-woods ausdehnen.

Gleichzeitig verbarg Baxter die Umpfählung seines Viehhofes, ebenso wie die beiden Eingänge zur Halle und zum Store-room durch ein Gewirr von Buschwerk und Zweigen. Endlich erging das Verbot, sich in dem Theile zwischen dem See und dem Auckland-hill erblicken zu lassen. Die Notwendigkeit, sich solchen peinlichen Beschränkungen zu fügen, vermehrte begreiflicher Weise noch die ohnehin unerquickliche Lage.

Jener Zeit gab es auch noch andere Gründe zu ernster Besorgniß. Costar wurde von einem Fieber ergriffen, das sein Leben zu bedrohen schien. Gordon mußte dagegen zur Apotheke des Schooners seine Zuflucht nehmen, fürchtete dabei aber immer, einen Irrthum begehen zu können. Glücklicherweise that Kate für den Kranken, was eine Mutter für ihr eigenes Kind nur hätte thun können. Sie pflegte ihn mit jener verständigen Sorgfalt, welche ein natürliches Erbtheil der Frauen zu sein scheint, und wachte Tag und Nacht an seiner Seite. Dank ihrer Aufopferung ließ das Fieber endlich nach und die damit deutlich eintretende Besserung des Zustandes nahm ihren ununterbrochenen Verlauf. Ob sich Costar wirklich in Lebensgefahr befunden, hätte man vielleicht kaum entscheiden können; ohne die ihm zu Theil gewordene Pflege war es aber immerhin denkbar, daß das Fieber den kleinen Kranken hätte aufreiben können.

Wahrlich, wäre Kate nicht dagewesen, so wüßte man nicht, welchen Ausgang die Krankheit nehmen konnte, und wir wiederholen hier gerne, daß die vortreffliche Frau den jüngsten Kindern der Colonie alle mütterliche Zärtlichkeit widmete, die ihr Herz nur bergen mochte, und daß sie gerade diesen gegenüber niemals mit ihren Liebkosungen geizte.

„'S ist eben so meine Natur, Ihr kleinen Papooses!“ sagte sie stets. „Ich muß einmal immer stricken und flicken und hätscheln und tätscheln!“

In der That kennzeichnete dieses Geständniß die brave Frau vollkommen.

Eine der wichtigsten Beschäftigungen Kate's bestand übrigens in der Instandhaltung der Wäsche in French-den. Zu ihrem großen Leidwesen war diese stark abgenützt, was ja nach zwanzigmonatlichem Gebrauch nicht auffallen kann. Doch, wie sollte sie ersetzt werden, wenn sie ganz unbrauchbar geworden war? Und auch das Schuhwerk erwies sich, obwohl es so viel wie möglich geschont wurde und Niemand sich daran stieß, bei passender Witterung barfuß zu gehen, in recht traurigem Zustande. Alles das mußte die vorsorgliche Aufwärterin natürlich mit rechter Sorge erfüllen.

Die ersten vierzehn Tage des Novembers waren durch häufige Platzregen ausgezeichnet. Vom 17. an stieg wieder das Barometer auf „schön Wetter“ und es trat eine jener Zeit entsprechende Wärmeperiode ein. Bäume, Büsche und Sträucher, die ganze Pflanzenwelt war bald nichts weiter als Grün und Blüthen. Auch die gewöhnlichen Bewohner der South-moors kehrten jetzt in großer Anzahl zurück. Welcher Schmerz für Doniphan, jetzt auf die Jagd in den Sümpfen verzichten zu müssen, und für Wilcox, nicht seine Luftnetze ausspannen zu können, aus Furcht, daß diese von den unteren Ufergebieten des Family-lake wahrgenommen werden könnten.

Doch nicht nur eßbares Geflügel schwärmte jetzt auf diesem Theile der Insel umher, sondern auch andere Vögel wurden in den Dohnen in der Nähe von French-den gefangen.

Unter den letzteren fand Wilcox eines Tages auch einen jungen Zugvogel, welchen der Winter nach den unbekannten Ländern weiter im Norden geführt hatte. Es war das eine Schwalbe, welche noch immer das unter ihrem Flügel befestigte Säckchen trug. Enthielt derselbe wohl ein an die jungen Schiffbrüchigen vom „Slonghi“ gerichtetes Billet?... Leider nein!... Der Bote war ohne Antwort zurückgekommen.

Wie schleppend vergingen bei diesen Tagen ohne Beschäftigung jetzt die Stunden in der Halle! Baxter, dem es oblag, das Tagebuch zu führen, hatte darin gar nichts mehr einzutragen, und vor Ablauf von vier Monaten sollte für die jugendlichen Colonisten der Insel Chairman nun schon der dritte Winter beginnen!

Nicht ohne tiefe Betrübniß konnte man jetzt die tiefe Entmuthigung beobachten, welche sich auch der thatkräftigsten Naturen bemächtigte – mit Ausnahme Gordon's, der stets mit den Einzelheiten seiner Verwaltung beschäftigt war. Selbst Briant fühlte sich zuweilen recht niedergedrückt, obwohl er alle Seelenstärke zusammenraffte, das nicht merken zu lassen. Er versuchte dagegen vielmehr dadurch anzukämpfen, daß er seine Kameraden antrieb, ihre Studien fortzusetzen, die festgesetzten Zusammenkünfte abzuhalten und mit lauter Stimme zu lesen. Er rief in ihnen unaufhörlich die Erinnerung an die Heimat und an ihre Eltern wach, die sie gewiß einst wiedersehen würden. Endlich bemühte er sich auch, ihre moralische Kraft zu erhalten, ohne damit viel auszurichten, und es blieb seine größte Sorge, daß diese von der Verzweiflung zuletzt ganz erdrückt werden könne.

Soweit sollte es freilich nicht kommen. Uebrigens zwangen sie sehr ernste Vorkommnisse, bald mit ihrer Person für das allgemeine Interesse einzutreten.

Am 21. November gegen 2 Uhr Nachmittags war Doniphan am Gestade des Family-lake gerade mit Angeln beschäftigt, als seine Aufmerksamkeit davon durch das unharmonische Geschrei von etwa zwanzig Vögeln abgelenkt wurde, welche über dem linken Ufer des Rio kreisten. Wenn das keine Raben waren – denen sie einigermaßen ähnelten – so hätten sie wenigstens verdient, dieser gefräßigen, krächzenden Rasse anzugehören.

Doniphan hätte sich um die lautschwärmende Schaar immerhin nicht gekümmert, wenn ihr Verhalten nicht etwas besonders Auffallendes gezeigt hätte. Die Vögel beschrieben nämlich weite Kreise, deren Umfang sich mit ihrer Annäherung zur Erde immer mehr verminderte; dann stürzten sie plötzlich, zu einer dichten Gruppe vereinigt, nach dem Erdboden nieder.

Hier verdoppelte sich nun ihr Geschrei; Doniphan suchte sie aber vergeblich unter dem hohen Grase, in welchem sie verschwunden waren, zu entdecken.

Da kam ihm der Gedanke, daß an jener Stelle wohl der todte Körper eines Thieres liegen möge. Neugierig zu erfahren, um was es sich handle, kehrte er nach French-den zurück und bat Moko, ihn mit der Jolle nach dem anderen Ufer des Rio Sealand überzuführen.

Beide bestiegen das kleine Boot und zehn Minuten später glitten sie über den Grasteppich des Ufergeländes hinauf. Sofort flatterten die Vögel auf und erhoben jetzt mit lautem Geschrei Widerspruch gegen die ungelegenen Störenfriede, welche sie bei ihrer Mahlzeit unterbrachen.

An der betreffenden Stelle lag der Körper eines jungen Guanako, das erst seit einigen Stunden todt sein konnte, da es noch nicht einmal ganz erkaltet war.

Doniphan und Moko hatten natürlich keine Lust, die Reste der Vogelmahlzeit für die Küche zu benützen und wollten den Thieren schon wieder den Platz räumen, als sich ihnen noch die Frage aufdrängte, wie und wodurch das Guanako hier am Rande des Sumpfes und fern von den östlichen Wäldern zusammengesunken sei, welche seine Genossen sonst niemals verließen.

Doniphan untersuchte das Thier. An der Seite hatte dasselbe eine noch blutende Wunde, welche nicht vom Zahn eines Jaguars oder eines anderen Raubthieres herrührte.

„Dieses Guanako hat offenbar einen Schuß erhalten," bemerkte Doniphan.

„Hier ist dafür der Beweis!" antwortete der Schiffsjunge, der, nachdem er die Wunde mit seinem Messer sondirt, daraus eine Kugel hervorbrachte.

Diese Kugel zeigte weit mehr das Kaliber der auf Schiffen gebräuchlichen Gewehre, als das einer Jagdflinte. Sie konnte also nur von Walston oder von einem Gefährten desselben abgefeuert sein.

Doniphan und Moko begaben sich, den Körper des Guanako den Vögeln überlassend, nach French-den zurück und besprachen sich da mit ihren Kameraden.

Daß das Guanako von einem Matrosen des „Severn" niedergeschossen worden war, dafür lag der Beweis darin, daß weder Doniphan noch sonst ein Anderer seit einem Monate einen Flintenschuß abgegeben hatte. Von Wichtigkeit schien es aber hierbei, zu wissen, zu welcher Zeit und an welchem Orte das Guanako diese Kugel erhalten hatte.

Nach Prüfung aller Muthmaßungen erschien es ausgemacht, daß der Vorgang nicht mehr als fünf bis sechs Stunden zurückzuverlegen sei – die nothwendige Zeit, in welcher das Thier, nachdem es die Downs-lands passirt, bis auf wenige Schritte vom Rio gelangen konnte. Daraus folgte weiter, daß einer der Leute Walston's im Laufe des Morgens in der Nähe der Südspitze des Family-lake gejagt haben mußte, und daß die Bande nach Ueberschreitung des East-river, sich der Gegend von French-den mehr und mehr näherte.

So verschlimmerte sich ihre Lage recht bedeutend, obgleich eine augenblicklich drohende Gefahr nicht vorlag. Den südlichen Theil der Insel erfüllte jene weite Ebene mit Bächen, einzelnen Weihern und Dünenzügen, wo das vorhandene Wild für die tägliche Ernährung der Bande kaum genügen konnte. Es wurde also wahrscheinlich, daß Walston nicht durch die Downslands gezogen sein werde. Uebrigens hatte man keinen verdächtigen Knall gehört, den der Wind hätte bis zur Sport-terrace tragen müssen, und es war zu hoffen, daß die Lage von French-den bisher noch nicht entdeckt sein würde.

Nichtsdestoweniger mußte man jetzt alle von der Klugheit gebotenen Maßregeln mit erneuerter Strenge durchführen. Sollte ein Angriff mit einiger Aussicht auf Erfolg abgeschlagen werden können, so war es unter der Bedingung, daß die jungen Kolonisten sich nicht außerhalb der Halle überrumpeln ließen.

Einige Tage später vergrößerte eine bezeichnende Thatsache noch diese Besorgnisse, und zwang zur Anerkennung der Thatsache, daß die Sicherheit jetzt mehr als jemals in Frage gestellt sei.

Am 24. gegen neun Uhr Vormittags hatten sich Briant und Gordon über den Rio Sealand hinausbegeben, um zu sehen, ob es nicht nützlich sei, quer über den schmalen Fußpfad, der zwischen See und Sumpf verlief, eine Art Brustwehr aufzuschütten. Unter dem Schutze dieser Brustwehr mußten Doniphan und die besten Schützen schnell Aufstellung nehmen können, wenn das Eintreffen Walston's zeitig genug gemeldet wurde.

Beide befanden sich eben höchstens dreihundert Schritte jenseits des Rio, als Briant den Fuß auf einen Gegenstand setzte, den er dabei zertrat. Er war darauf nicht besonders aufmerksam geworden, da er meinte, es werde eine von den unzähligen Muscheln gewesen sein, welche bei der Springfluth, die allemal die South-moors überschwemmte, mit hierher gespült worden sei. Gordon, welcher hinter ihm ging, hielt ihn jedoch an und sagte:

„Warte, Briant, warte doch!"

„Was giebt's denn?"

Gordon bückte sich und hob den zertretenen Gegenstand auf.

„Da sieh!" sagte er.

„Das ist ja keine Muschel," antwortete Briant, „das ist . . ."

„Das ist eine Pfeife!"

In der That hielt Gordon eine schwärzlich gebrannte Thonpfeife in der Hand, deren Rohr dicht am Anfang des Kopfes gebrochen war.

„Da Keiner von uns raucht," sagte Gordon, „muß diese Pfeife verloren worden sein und zwar durch . . ."

„Durch ein Mitglied der Verbrecherbande," vollendete Briant den Satz, „sie müßte denn dem schiffbrüchigen Franzosen, unserem Vorgänger auf der Insel Chairman, zugehört haben."

Nein, der Pfeifenkopf, dessen Bruchflächen ganz frisch waren, hatte niemals im Besitz des wenigstens schon vor zwanzig Jahren verstorbenen François Baudoin gewesen sein können. Er war ganz bestimmt hier erst vor kurzer Zeit zur Erde gefallen und, das darin noch befindliche Restchen Tabak lieferte den unanfechtbaren Beweis, vor wenig Tagen, vielleicht vor wenig Stunden, war demnach einer der Genossen Walston's oder Walston selbst bis nahe ans Ufer des Family-lake vorgedrungen.

Gordon und Briant kehrten sofort nach French-den zurück. Hier konnte Kate, der Briant den Pfeifenkopf zeigte, bestätigen, daß sie denselben in den Händen Walston's gesehen habe.

Es unterlag also keinem Zweifel mehr, daß die Uebelthäter schon bis über die äußerste Spitze des Sees gelangt waren. Vielleicht hatten sie während der Nacht gar das Ufer des Rio Sealand erreicht!

Und wenn Walston French-den entdeckt und ausgespürt hatte, aus wem das Personal der kleinen Kolonie bestand, sollte er dann nicht auf den Gedanken kommen, daß hier Werkzeuge, Instrumente, Schießbedarf, Nahrungsmittel – kurz Alles, was ihm ganz oder beinahe ganz fehlte – vorhanden waren und daß sieben kräftige Männer leicht genug mit fünfzehn Knaben fertig werden konnten, vorzüglich wenn es gelang, diese zu überraschen?

Auf jeden Fall lag es jetzt auf der Hand, daß die Bande näher und näher heranrückte.

Angesichts dieser so drohenden Aussichten drang Briant in Übereinstimmung mit seinen Kameraden auf eine noch weiter zu verschärfende Wachsamkeit. Während des ganzen Tages blieb nun ein Beobachtungsposten auf dem Kamme des Auckland-hill, um jede verdächtige Annäherung sowohl von der Seite des Sees und der Traps-woods, wie von der des Sumpfes her unverzüglich melden zu können. Die Nacht über mußten sich zwei der Großen an dem Eingange der Halle und des Store-room aufhalten, um jedes Geräusch von außen zu erlauschen. Die beiden Thüren wurden übrigens durch Pfähle verstärkt, und mittels großer, im Innern von French-den schon aufgehäufter Steine war es in kürzester Zeit möglich, diese vollständig zu verbarricadiren. Von den beiden schmalen, durch die Wand gebrochenen Fensteröffnungen, welche als Schießscharten für die zwei kleinen Kanonen dienten, vertheidigte die eine den Vorraum nach der Seite des Rio Sealand, die andere nach der Seite des Family-lake. Uebrigens lagen die Gewehre und Revolver geladen zur Hand, um beim ersten Alarm ihre Schuldigkeit zu thun.

Kate billigte natürlich alle diese Maßnahmen. Die vortreffliche Frau hütete sich jedoch stets, ihre leider zu begründeten Befürchtungen merken zu lassen, wenn sie an den so ungewissen Ausgang eines Kampfes mit den Matrosen vom „Severn“ dachte. Sie kannte diese ja ebenso wie ihren Anführer. Wenn dieselben auch unzureichend bewaffnet waren, konnten sie nicht trotz eifrigster Achtsamkeit die kleine Kolonie überrumpeln? Und dann hatten sie ja nur Knaben zu bekämpfen, von denen der älteste noch nicht sechzehn Jahre alt war! Wahrlich, die Verhältnisse waren gar zu ungleich! Ach, warum war der muthige Evans jetzt nicht bei ihnen! Warum hatte er sich Kate bei ihrer Flucht nicht angeschlossen! Vielleicht hätte er die Verteidigung besser leiten und French-den in den Stand setzen können, die Angriffe Walston's zurückzuweisen.

Leider wurde Evans gewiß strengstens bewacht, wenn die Schurken, welche ihn zur Ueberführung der Schaluppe nach einem benachbarten Lande wohl kaum brauchten, sich seiner als eines zu gefährlichen Zeugen nicht schon ganz entledigt hatten.

Solche Gedanken gingen der guten Kate durch den Kopf. Für sich selbst fürchtete sie gewiß nichts, wohl aber für diese Kinder, welche sie, unterstützt von dem gleichergebenen Moko, unausgesetzt im Auge behielt.

Jetzt war der 27. November herangekommen und es herrschte eine fast erstickende Hitze. Schwere Haufenwolken wälzten sich langsam über die Insel und fernes Donnerrollen verkündete ein herannahendes Ungewitter. Das Storm-glaß meldete einen demnächstigen Kampf der Elemente.

Am Abend dieses Tages waren Briant und seine Kameraden zeitiger als sonst nach der Halle zurückgekehrt, doch nicht ohne die, seit einiger Zeit gewöhnliche Vorsicht, die Jolle im Innern des Store-room unterzubringen. Nach sicherer Verschließung der Thüren erwarteten Alle nur noch die Zeit des Schlafengehens, nachdem sie noch ein gemeinschaftliches Gebet verrichtet und im Geiste einen Gruß an ihre entfernten Angehörigen gesendet hatten.

Gegen neuneinhalb Uhr wüthete das Unwetter in vollster Kraft. Die Halle erleuchtete sich von dem Widerschein greller Blitze, der durch die Wandöffnungen eindrang. Unaufhörlich krachte und rollte der Donner und es schien zuweilen, als ob die ganze Masse des Auckland-hill bei dem betäubenden Geprassel erzitterte. Es war das einer jener ohne Sturm und Regen einhergehenden meteorischen Processe, welche umso schwerer sind, weil die fast unbeweglichen Wolken an einer Stelle das in ihnen angesammelte elektrische Fluidum abgeben, zu dessen gänzlicher Entladung öfters eine Nacht nicht einmal ausreicht.

Costar, Dole, Iverson und Jenkins, welche sich auf ihren Lagerstätten ausgestreckt hatten, fuhren aus dem Schlafe auf bei dem entsetzlichen, dem Tone beim Zerreißen von Stoffen ähnlichen Knattern, das auf große Nähe der Entladungen hindeutet. In dieser unerschütterbaren Felsenhöhle war indeß gar nichts zu fürchten, und wenn der Blitzstrahl die Uferhöhe zwanzig- oder auch hundertmal getroffen hätte. Die dicken Steinwände von French-den, welche ebenso undurchdringlich für das elektrische Fluidum wie unangreifbar für den wüthendsten Orcan waren, hätte er nicht durchschlagen können. Briant, Doniphan und Baxter erhoben sich, öffneten ein wenig die Thüre, fuhren aber sofort, geblendet von den Blitzen, zurück, nachdem sie einen flüchtigen Blick nach außen geworfen. Der ganze Himmelsraum war nur ein Feuer und der die zuckenden Blitze widerspiegelnde See schien eine blendende, gluthflüssige Masse einherzuwälzen.

Zwischen zehn und elf Uhr setzten Donner und Blitz nicht einen Augenblick aus; erst kurz vor Mitternacht schien die Gewalt des Unwetters sich zu erschöpfen. Länger und länger werdende Zwischenräume trennten die Donnerschläge, welche mit der Entfernung auch immer schwächer wurden. Dann erhob sich der Wind, trieb die nahe der Erde streichenden Wolken vor sich her, und bald prasselte der Regen stromweise nieder.

Die Kleinen begannen allmählich sich wieder zu beruhigen. Zwei oder drei, bisher von den Decken verhüllte Köpfe wagten sich wieder hervor, obgleich es für Alle hohe Zeit war, endlich zu schlafen. Auch Briant und die Anderen wollten sich, nachdem sie die gewöhnlichen Vorsichtsmaßregeln getroffen, eben niederlegen, als Phann plötzlich Zeichen einer unerklärlichen Aufregung erkennen ließ. Er richtete sich auf den Pfoten in die Höhe, trabte nach der Thüre der Halle und gab ein dumpfes, aber anhaltendes Knurren von sich.

„Sollte Phann etwas aufgespürt haben?" sagte Doniphan, während er den Hund zu beruhigen suchte.

„Wir haben ihn," bemerkte Baxter, „schon unter verschiedenen Umständen ein so auffallendes Verhalten zeigen sehen, und das gescheidte Thier hat sich dabei niemals getäuscht."

„Ehe wir uns niederlegen, müssen wir wissen, was das zu bedeuten hat," setzte Gordon hinzu.

„Gewiß," stimmte Briant ihm bei, „es darf aber Keiner hinausgehen, und wir wollen uns zur Vertheidigung bereit halten."

Jeder ergriff sein Gewehr und seinen Revolver. Dann begab sich Doniphan nach dem Eingange der Halle und Moko nach der des Store-room. Obwohl Beide das Ohr an die Thüre legten, konnten sie doch kein Geräusch von außen vernehmen. Phann zeigte noch immer die nämliche Unruhe und begann bald sogar so wüthend zu bellen, daß selbst Gordon ihn nicht zum Schweigen zu bringen vermochte. Das war gerade jetzt recht unerwünscht. Wie man in ruhigen Augenblicken hätte das Geräusch eines Schrittes aus dem Vorlande wahrnehmen können, so mußte das Gebell Phanns draußen natürlich erst recht gehört werden.

Plötzlich erschallte ein Krachen, das mit einem Donnerschlage gar nicht zu verwechseln war. Es rührte offenbar von einem Flintenschusse her, der höchstens zweihundert Schritte weit von French-den abgefeuert sein konnte.

Alle hielten sich zur Abwehr eines Angriffs fertig. Mit den Gewehren in der Hand, an den beiden Thüren stehend, waren Doniphan, Baxter, Wilcox und Cross bereit, auf Jeden Feuer zu geben, der diese zu stürmen wagen würde. Die Anderen begannen schon, mit den zu diesem Zwecke zur Hand liegenden Steinblöcken, diese zu verbarricadiren, als eine Stimme von außen hörbar wurde.

„Zu Hilfe! . . . Zu Hilfe!“ ertönte es wie bittend.

Da draußen befand sich ein menschliches Wesen, wahrscheinlich in Todesgefahr, und begehrte Unterstützung . . .

„Zu Hilfe!“ wiederholte dieselbe Stimme, jetzt aber schon ganz nahe der einen Thüre. Kate, welche in der Nähe stand, lauschte . . .

„Er ist es!“ rief sie.

„Er? . . .“ fragte Briant.

„Oeffnet . . . öffnet nur schnell!“ . . .“ drängte Kate.

Die Thüre wurde aufgerissen, und von Wasser triefend stürzte ein Mann in die Halle.

Es war Evans, der Steuermann vom „Severn“.

XI.

Kate und der Master. – Der Bericht Evans'. – Nach der Strandung der Schaluppe. – Walston am Hafen des Bear-rock. – Der Drache. – French-den entdeckt. – Evan's Flucht. – Durch den Rio. – Pläne. – Ein Vorschlag Gordon's. – Die Länder im Osten. – Die Insel Chairman-Hannover.

———

Zuerst waren Gordon, Briant und Doniphan bei dieser unerwarteten Erscheinung Evans' unbeweglich stehen geblieben. Dann eilten sie, wie durch eine instinctive Bewegung getrieben, auf den Steuermann, als ihren Retter, zu.

Dieser, ein Mann von fünfundzwanzig bis dreißig Jahren, hatte breite Schultern, kräftigen Körper, lebhafte Augen, eine offene Stirne, intelligente und einnehmende Züge und ein sicheres und entschlossenes Auftreten, während sein Gesicht durch einen verwilderten, buschigen Bart, der seit dem Schiffbruche des „Severn“ nicht geschnitten sein konnte, zur Hälfte versteckt wurde.

Kaum eingetreten, kehrte Evans um und legte das Ohr an die schnell wieder geschlossene Thür, und erst als er von draußen nichts hörte, schritt er der Mitte der Halle zu. Hier erkannte er beim Scheine der an der Wölbung hängenden Laterne die kleine Welt, welche ihn umgab, und murmelte die Worte:

„Ja . . . Kinder! . . . Nichts als Kinder!"

Plötzlich leuchtete sein Auge heller auf, sein Gesicht erglänzte von Freude und er breitete die Arme aus . . .

Kate war an ihn herangetreten.

„Kate! . . ." rief er. „Sie leben also noch, Kate? . . ."

Dazu ergriff er ihre Hände, als wollte er sich überzeugen, daß es nicht die einer Abgeschiedenen wären.

„Ja, ich lebe noch wie Sie, Evans!" antwortete Kate. „Gott hat mich errettet, wie er Sie errettet hat, und er ist's, der Sie diesen Kindern zu Hilfe sendet!"

Der Steuermann zählte mit den Augen die jungen Leute, welche den Tisch der Halle umringten.

„Fünfzehn! . . ." sagte er, „und kaum fünf bis sechs, die im Stande wären, sich einigermaßen zu vertheidigen! . . . Doch sei es darum!"

„Sind wir von einem Angriffe bedroht, Master Evans?" fragte Briant.

„Nein, junger Freund, nein! Wenigstens für den Augenblick nicht," erwiderte Evans.

Selbstverständlich drängte es Alle, die Geschichte des Steuermannes und vorzüglich das kennen zu lernen, was sich seit der Strandung der Schaluppe auf den Severn-shores ereignet hatte. Weder Große noch Kleine hätten eine Minute Schlaf finden können, ohne den für sie so hochwichtigen Bericht angehört zu haben. Zunächst mußte Evans indeß seine ganz durchnäßten Kleider ablegen und etwas Nahrung zu sich nehmen. Daß seine Kleidung von Wasser triefte, kam daher, daß er den Rio Sealand hatte schwimmend überschreiten müssen; und wenn er von Anstrengung und Hunger erschöpft war, daher, daß er seit vollen zwölf Stunden nichts genossen und vom frühen Morgen an keinen Augenblick geruht hatte.

Briant führte den Mann sofort nach dem Store-room, wo Gordon ihm einen guten, passenden Matrosenanzug einhändigte. Nachher versorgte ihn Moko mit kaltem Wildpret, Schiffszwieback, einigen Tassen dampfenden Thees und einem ordentlichen Glase Brandy.

Eine Viertelstunde später begann Evans, an dem Tische der Halle sitzend, den Bericht über die Ereignisse, welche seit der unfreiwilligen Landung der Matrosen vom „Severn“ auf der Insel vorgekommen waren.

„Einige Augenblicke, ehe die Schaluppe auf den Strand geworfen wurde,“ sagte er, „waren sechs Mann, darunter ich selbst, bei den ersten Riffen hinausgeschleudert worden, ein Unfall, bei dem keiner von uns eine schwere Verletzung davontrug. Wir hatten nur Hautabschürfungen, keine eigentliche Verwundung. Sehr schwierig gestaltete es sich aber, aus der Brandung inmitten der Finsterniß und aus dem wüthenden Meere, welches dem Sturme entgegen gerade absank, frei zu kommen.

„Nach langen Anstrengungen erreichten wir, Walston, Brandt, Rock, Book, Cope und ich, jedoch heil und gesund eine Uferstelle, welche die Wogen nicht mehr überflutheten. Zwei Mann – Forbes und Pike – fehlten noch. Ob sie durch eine Sturzsee mit hinausgespült waren oder sich, als die Schaluppe selbst strandete, auch gerettet hatten, konnten wir nicht entscheiden. Und was Kate betraf, so glaubte ich, daß sie von den Wellen mit weggezogen worden sei, und ich fürchtete, sie niemals wiederzusehen.“

Bei diesen Worten suchte Evans gar nicht seine Ergriffenheit, noch die Freude zu verhehlen, die es ihm machte, die muthige Frau, welche mit ihm dem Gemetzel auf dem „Severn“ entgangen war, hier wiedergefunden zu haben. Vorher Beide in der Gewalt jener Mordgesellen, sahen sie sich jetzt von denselben, wenn auch nicht ganz von einem zukünftigen Angriffe derselben befreit.

Dann fuhr Evans fort:

„Als wir an den Strand gelangt waren, konnten wir die Schaluppe nicht sogleich entdecken. Sie mußte gegen sieben Uhr gescheitert sein, und es war fast Mitternacht geworden, ehe wir sie im Sande umgestürzt auffanden. Zuerst schleppten wir uns nämlich längst der Küste hin . . .“

„Längs der Severn-shores,“ fiel Briant ein, „denn so lautet der Name, den ihr einige unserer Kameraden, welche die Schaluppe des ›Severn‹ gesehen, schon gegeben hatten, ehe uns Kate von ihrem Schiffbruche unterrichtete.“

„Schon vorher? . . .“ fragte Evans verwundert.

„Ja wohl, Master Evans,“ fuhr Doniphan fort. „Wir waren am Abende des Schiffbruches gerade nach der Stelle gekommen, wo zwei Ihrer Kameraden im

Sande lagen ... Als wir nach Tagesanbruch wieder dahin gingen, um ihnen die letzte Ehre zu erweisen, waren sie verschwunden."

„Wahrhaftig," nahm Evans wieder das Wort, „jetzt sehe ich, wie alles das zusammenhängt. Forbes und Pike, welche wir ertrunken glaubten – o, wär' es doch der Fall gewesen, so zählten wir jetzt zwei Schurken von sieben weniger! – lagen damals nur in geringer Entfernung von der Schaluppe. Dort wurden sie von Walston und den Uebrigen wieder aufgefunden und durch einen tüchtigen Schluck Gin in's Leben gebracht.

„Zum Glücke für sie – wenn es auch ein Unglück für uns ist – waren die Kisten und Behälter des Bootes bei der Strandung nicht zertrümmert worden. Munition, Waffen, fünf vom Schiffe herrührende Gewehre, und was an Proviant und beim Brande des ›Severn‹ Hals über Kopf eingepackt worden war, Alles wurde aus der Schaluppe geschafft, denn es lag die Befürchtung nahe, daß diese durch die nächste Fluth gänzlich zerstört werden würde. Nachdem das geschehen, verließen wir die Unglücksstätte und wanderten der Küste nach in der Richtung nach Osten.

„Da bemerkte einer der Schurken – Rock, glaub' ich – daß man Kate noch nicht wiedergefunden habe, und Walston antwortete darauf: ›O, die ist von einer Welle weggeschwemmt worden! ... Gut, daß wir sie los sind!‹ Das ließ mich erkennen, daß die Bande, wenn sie sich, wo sie Kate nicht mehr brauchte, beglückwünschte, von dieser befreit zu sein, es bezüglich meiner Person natürlich auch so halten würde. Doch, wo hatten Sie sich versteckt gehalten, Kate?"

„Ich lag auch in der Nähe der Schaluppe, doch auf der Seite nach dem Meere zu," antwortete Kate, „an derselben Stelle, wohin ich bei der Strandung geworfen wurde ... Sehen konnten mich die Anderen so leicht nicht, wohl aber hörte ich die Worte, welche Walston mit den Uebrigen wechselte ... Nachdem sie aber Alle weg waren, Evans, erhob ich mich vorsichtig, und um Walston nicht auf's Neue in die Hände zu fallen, entfloh ich nach der entgegengesetzten Seite. Sechsunddreißig Stunden später wurde ich, halbtodt vor Hunger, von diesen lieben Kindern aufgefunden und nach French-den geführt."

„French-den? ..." wiederholte Evans.

„Das ist der Name, den unsere Wohnung trägt," antwortete Gordon, „und zwar zum Andenken an einen französischen Schiffbrüchigen, der viele Jahre vorher hier gelebt hat."

„French-den? . . . Severn-shores? . . .“ sagte Evans. „Ich sehe, Ihr Knaben habt den verschiedenen Theilen der Insel bestimmte Namen gegeben. Das ist hübsch von Euch.“

„Ja, Master Evans, und auch hübsche Namen,“ meldete sich Service, „unter anderen Family-lake, Downs-lands, South-moors, Rio Sealand, Traps-woods, ferner . . .“

„Schon gut, schon gut! Das werdet Ihr mir noch Alles mittheilen . . . später . . . vielleicht morgen! . . . Inzwischen fahre ich in meiner Geschichte fort . . . Von draußen ist doch nichts zu hören?“

„Gar nichts,“ versicherte Moko, der nahe der Thüre der Halle Wache gehalten hatte.

„Desto besser,“ sagte Evans. „Ich erzähle also weiter.

„Eine Stunde nach dem Verlassen des Bootes hatten wir eine Menge dichtstehender Bäume erreicht, wo wir uns für den Rest der Nacht lagerten. Am nächsten Morgen begaben wir uns nach der Strandungsstelle der Schaluppe und versuchten, deren Planken auszubessern; da wir an Werkzeug aber nur eine einfache Axt besaßen, erwies es sich unmöglich, die eingedrückte Bordwand wiederherzustellen und jene auch nur für eine kurze Ueberfahrt seetüchtig zu machen. Uebrigens erwies sich die Oertlichkeit für eine derartige Arbeit sehr unpassend.

„Wir brachen also wieder auf, um eine minder trostlose Gegend als Lagerplatz zu wählen, wo die Jagd uns den täglichen Nahrungsbedarf zu liefern versprach und wo wir gleichzeitig einen Rio mit Süßwasser fänden, denn unser Vorrath daran war fast ganz erschöpft.

„Nachdem wir gegen zwölf Meilen längs der Küste hinabgezogen waren, erreichten wir einen kleinen Fluß . . .“

„Den East-river!“ sagte Service.

„Meinetwegen den East-river!“ antwortete Evans. „Dort, im Hintergrunde einer geräumigen Bucht . . .“

„Der Deception-Bai!“ bemerkte Jenkins.

„Meinetwegen der Deceptions-Bai,“ sagte Evans lächelnd. „Dort fand sich inmitten der Uferfelsen eine Art natürlicher Hafen . . .“

„Der des Bear-rock!“ ließ sich jetzt Costar vernehmen.

„Du sollst Recht haben, mein Kleiner, also der Bear-rock-Hafen,“ erwiderte Evans mit zustimmendem Kopfnicken. „Nichts schien leichter, als sich an dieser Stelle festzusetzen, und wenn wir die Schaluppe hierher schaffen konnten, welche da oben der erste Sturm völlig zertrümmert hätte, so gelang es vielleicht, sie wieder in brauchbaren Stand zu setzen.

„Wir kehrten also zur Aufsuchung derselben zurück, und nachdem sie so soviel als möglich entlastet war, wurde sie wieder flott gemacht. Obgleich das Wasser darin fast bis an den Bordrand reichte, gelang es uns doch, sie am Strande hinzuschleppen und nach jenem Hafen zu bugsiren, wo sie jetzt in Sicherheit liegt.“

„Die Schaluppe liegt beim Bear-rock? . . .“ fragte Briant.

„Ja, mein Sohn; und ich glaube, es wäre nicht unmöglich, sie zu repariren, wenn wir nur die dazu nöthigen Werkzeuge besäßen . . .“

„Aber diese haben wir ja, Master Evans!“ rief Doniphan lebhaft.

„Ganz recht, und das vermuthete Walston auch schon, als ihm der Zufall lehrte, daß die Insel und von wem sie bewohnt sei.“

„Wie hat er das erfahren können?“ fragte Gordon.

„Sehr einfach, folgendermaßen,“ antwortete Evans. „Jetzt, vor acht Tagen, waren wir, Walston, seine Gefährten und ich – denn mich ließ man niemals allein – zur Auskundschaftung quer durch den Wald gezogen. Nach einer drei- bis vierstündigen Wanderung am Ufer Eures East-river hinauf gelangten wir an einen großen Binnensee, aus dem jener Wasserlauf abfloß. Dort fanden wir, Ihr könnt Euch unsere Verwunderung wohl vorstellen, einen am Strande angeschwommenen, seltsamen Apparat . . . Er bestand aus einem mit Leinwand überzogenen Gerippe von Rohrlatten . . .“

„Unser Drache,“ rief Dole.

„Unser Drache, der in den See gefallen war,“ setzte Briant hinzu, „und den der Wind dahin getrieben haben mag.“

„Ah, das war ein Drache?“ erwiderte Evans. „Meiner Treu, wir konnten's nicht errathen, und das Ding machte uns recht arges Kopfzerbrechen. Auf jeden Fall hatte es sich doch nicht selbst gemacht . . . Es mußte auf der Insel hergestellt worden sein, das unterlag ja keinem Zweifel! . . . Die Insel war also bewohnt? . . .

Aber von wem? . . . Das wollte Walston natürlich gerne wissen. In mir reifte von jenem Tage ab der Beschluß zu entfliehen. Wer die Bewohner dieser Insel auch sein mochten, und selbst wenn es Wilde waren, schlimmer konnten sie auf keinen Fall sein als die Meuterer vom ›Severn‹. Von demselben Augenblick an wurd' ich Tag und Nacht womöglich noch strenger überwacht."

„Doch wie ist French-den entdeckt worden?" fragte Baxter.

„Darauf komm' ich noch," antwortete Evans. „Doch, eh' ich in meinem Berichte fortfahre, sagt mir, junge Freunde, wozu Euch dieser gewaltige Drache gedient hat. Bildete er ein Signal?"

Gordon theilte Evans alles hierauf Bezügliche mit, erklärte ihm den Zweck, daß Briant zum Heile Aller dabei sein Leben aufs Spiel gesetzt und auch, wie ihm der Nachweis, daß Walston noch auf der Insel weilte, damit gelungen sei.

„Sie sind ein tüchtiger junger Mann!" sagte Evans, der Briant's Hand ergriff und sie freundschaftlichst schüttelte.

Dann fuhr er fort:

„Ihr begreift, daß Walston nur noch das Eine am Herzen lag, Klarheit darüber zu erhalten, wer die Bewohner dieser uns zunächst unbekannten Insel sein möchten. Waren es Eingeborene, so konnte man sich vielleicht mit ihnen verständigen, waren es Schiffbrüchige, so besaßen sie möglicherweise die Werkzeuge, die ihm fehlten. In diesem Falle würden sie ihm wohl ihre Unterstützung nicht verweigern, die Schaluppe so weit in Stand zu setzen, daß sie das Meer halten konnte.

„Die Nachforschungen begannen also auf's neue, und ich muß gestehen, mit großer Vorsicht. Man drang nur nach und nach durch die Wälder am rechten Ufer des Sees vor, um dessen Südspitze zu erreichen. Doch kein menschliches Wesen wurde bemerkt, kein Gewehrschuß ließ sich auf diesem Theile der Insel hören."

„Sehr erklärlich," unterbrach ihn Briant, „weil sich schon niemand von uns mehr aus French-den entfernte und es strengstens untersagt war, ein Gewehr abzufeuern."

„Und doch wurdet Ihr zuletzt entdeckt," fuhr Evans fort. „Wie hätte das auch auf die Dauer ausbleiben können? Es war in der Nacht vom dreiundzwanzigsten zum vierundzwanzigsten November, als einer der Genossen Walston's vom südlichen Seeufer her in Sicht von French-den kam. Das Unglück wollte es, daß er dabei zufällig einen Lichtschein bemerkte, der durch die Wand des Steilufers schimmerte – ohne Zweifel der Schein Euerer Laterne, den die einen Augenblick geöffnete Thür hinausdringen ließ. Am folgenden Tage begab sich Walston selbst nach jener Stelle und hielt sich den Abend über im hohen Grase, nur wenige Schritte vom Rio, versteckt . . ."

„Das wußten wir schon," sagte Briant.

„Ihr hättet das gewußt? . . ."

„Ja wohl, denn an der nämlichen Stelle fanden wir, Gordon und ich, die Reste einer kleinen Thonpfeife, welche Kate mit Bestimmtheit für eine Pfeife jenes Walston erklärte."

„Ganz recht!" bestätigte Evans diese Worte. „Walston hatte sie bei dieser Gelegenheit verloren, was ihn bei der Rückkehr recht unangenehm berührte. Von da ab kannte er jedoch das Vorhandensein der kleinen Colonie. Während er sich hinter Gras und Gebüsch verborgen hielt, hatte er die meisten von Euch am rechten Ufer des Flusses ab und zugehen sehen . . . Nur junge Knaben hatte er vor sich, welche sieben Männer leicht überwältigen können mußten. Walston kehrte zurück und berichtete seinen Spießgesellen getreulich, was er beobachtet hatte. Ein Meinungsaustausch zwischen ihm und Brandt, den ich belauschte, belehrte mich, was gegen French-den geplant wurde . . ."

„Diese Scheusale!" rief Kate entrüstet dazwischen. „Sie hätten auch mit diesen Kindern kein Erbarmen gehabt! . . ."

„Nein, Kate," antwortete Evans, „nicht mehr als sie mit dem Kapitän und den Passagieren des ›Severn‹ hatten. Scheusale! . . . Ja, Sie haben das richtige Wort für sie getroffen, und angeführt werden sie von dem Grausamsten unter ihnen, von jenem Walston, der hoffentlich der gerechten Strafe für seine Schandthaten nicht entgeht."

„Endlich, Evans, ist es Ihnen, Gott Lob, doch gelungen zu entfliehen?" sagte die Frau.

„Ja, Kate. Vor etwa zwölf Stunden konnte ich mir die Abwesenheit Walston's und der Uebrigen zunutzemachen, die mich unter Forbes' und Rock's Aufsicht zurückgelassen hatten. Der Augenblick schien mir zu meinem Vorhaben günstig. Nun kam es mir vor Allem darauf an, die beiden Schurken auf falsche Fährte zu leiten oder schlimmsten Falles vor ihnen wenigstens einen merklichen Vorsprung zu gewinnen.

„Etwa um zehn Uhr Morgens war es, als ich mich quer durch den Wald davonmachte ... Fast augenblicklich bemerkten das aber Forbes und Rock und eilten mir zur Verfolgung nach. Sie waren mit Gewehren versehen ... ich, ich hatte nichts als mein Matrosenmesser, um mich zu vertheidigen, und meine Beine, mich wie einen Sturmvogel davonzutragen.

„Diese Jagd dauerte den ganzen Tag lang an. In schräger Richtung durch den Wald stürmend, war ich an das linke Ufer des Sees gekommen. Ich mußte noch dessen Spitze umkreisen, denn aus dem früher angehörten Gespräche wußte ich, daß Ihr in dessen Nähe an den Ufern eines nach Westen strömenden Rio wohntet.

„Wahrhaftig, niemals habe ich so schwer und so lange um mein Leben gekämpft! Fast fünfzehn Meilen im Laufe dieses Tages! Alle Wetter, die Spitzbuben liefen ebenso schnell wie ich, und ihre Kugeln flogen natürlich noch schneller. Mehr als einmal pfiffen sie mir recht eindringlich um die Ohren. Stellt Euch nur die Sachlage vor: Ich kannte ihr Geheimniß; wenn ich ihnen entkam, konnte ich sie zur Anzeige bringen, so mußten sie mich also auf jeden Fall wieder zu erlangen suchen. Wahrlich, hätten sie keine Feuerwaffen besessen, ich hätte, dies Messer in der Hand, die Schufte stehenden Fußes erwartet, und ich oder sie mußten todt auf der Stelle bleiben. Ja, Kate, ich hätte es vorgezogen, umzukommen, als nach dem Lager dieser Raubmörder zurückzukehren.

„Inzwischen nährte ich die Hoffnung, diese verwünschte Treibjagd mit der Nacht ein Ende finden zu sehen ... Nichts von dem! Schon war ich über die Spitze des Sees hinaus und lief an der anderen Seite wieder hinauf, doch immer fühlte ich Forbes und Rock mir noch auf den Fersen. Jetzt brach auch das seit mehreren Stunden drohende Gewitter los. Das erschwerte meine Flucht, denn beim Aufleuchten der Blitze konnten die Schurken mich im Röhricht des Strandes wahrnehmen. Endlich befand ich mich noch gegen hundert Schritte vom Rio ... Gelang es mir, diesen zwischen mich und die Spitzbuben zu bringen, so betrachtete ich mich als gerettet. Niemals hätten sie gewagt, diesen zu überschreiten, da sie wußten, daß sie damit ganz in die Nähe von French-den gekommen wären.

„Ich lief also was ich laufen konnte, um das linke Ufer des Wasserlaufs zu erreichen, als ein letzter Blitz die Umgebung erleuchtete. Sofort krachte auch schon ein Schuß ...“

„Derselbe, den wir auch hörten? ...“ fragte Doniphan.

„Jedenfalls," antwortete Evans. „Eine Kugel streifte meine Schulter.

„... Ich sprang in die Höhe und stürzte mich in den Rio ... Mit wenigen Stößen befand ich mich am andern Ufer und unter dem Schilfe verborgen, während Rock und Forbes, an das jenseitige Ufer gelangt, sagten: ›Glaubst Du ihn getroffen zu haben? – Dafür steh' ich ein! – So liegt er also auf dem Grunde? – Ganz gewiß, und jetzt schon mausetodt! – Den wären wir also glücklich los!‹ – Damit schlugen sie sich wieder rückwärts in den Wald.

„Ja wohl, glücklich los! ... Mich ebenso wie Kate! ... Wartet nur, Ihr Schurken, ich will Euch schon zeigen, ob ich todt bin! ... Einige Minuten später kroch ich aus dem Schilf hervor und wandte mich nach der Ecke des Steilufers. Da hörte ich ein Gebell ... ich rief ... die Thüre von French-den öffnete sich ... Und nun," setzte Evans hinzu, indem er die Hand nach der Seite des Sees hin ausstreckte, „nun, meine jungen Freunde, ist es an uns, mit jenen Elenden aufzuräumen und Eure Insel von ihnen zu befreien!"

Er sprach diese Worte mit solcher Entschlossenheit, daß sich Alle erhoben, als wollten sie ihm schon jetzt zum Kampfe folgen.

Nun erübrigte es noch, auch Evans mitzutheilen, was sich seit zwanzig Monaten zugetragen, ihm zu erzählen, unter welchen Verhältnissen der „Sloughi" Neuseeland verlassen, die lange Fahrt über den Stillen Ocean bis zur Insel und die Auffindung der Ueberreste des französischen Schiffbrüchigen, die Gründung der kleinen Colonie in French-den, die Ausflüge in der warmen Jahreszeit und die Arbeiten während des Winters zu schildern, ebenso daß das Leben hier sich verhältnißmäßig erträglich und vor dem Eintreffen Walston's und seiner Genossen gefahrlos gestaltet habe.

„Und seit zwanzig Monaten hat sich kein Schiff in Sicht der Insel gezeigt?" fragte Evans.

„Wenigstens haben wir draußen auf dem Meere keines bemerkt," antwortete Briant.

„Hattet Ihr irgendwelche Signale errichtet?"

„Ja, einen Mast auf dem höchsten Punkte des Steilufers."

„Und den hat Niemand wahrgenommen?"

„Nein, Master Evans,“ versicherte Doniphan. „Hierzu muß ich freilich bemerken, daß wir denselben seit sechs Wochen niedergelegt haben, um nicht die Aufmerksamkeit Walston's zu erregen.“

„Daran habt Ihr wohl gethan, meine jungen Freunde. Jetzt weiß der Schurke leider immerhin, woran er ist. Wir wollen also Tag und Nacht auf unserer Hut sein.“

„Warum,“ nahm da Gordon das Wort, „warum muß uns nur das Unglück treffen, hier mit einer solchen Verbrecherrotte zu thun zu bekommen, statt mit ehrbaren Leuten, welche zu unterstützen uns eine so herzliche Freude gewesen wäre? Unsere kleine Colonie hätte damit eine wünschenswerthe Verstärkung erfahren. Jetzt droht uns in nächster Zukunft dafür der Kampf, die Pflicht, unser Leben in einem Gefechte zu vertheidigen, dessen Ausgang wir nicht vorhersehen können.“

„Gott, der Euch bis hieher beschützt hat, liebe Kinder,“ sagte Kate, „Gott wird Euch auch später nicht verlassen! Er hat Euch den braven Evans gesendet, und mit ihm ...“

„Evans ... Hurrah für Evans! ...“ riefen die jungen Colonisten, wie aus einem Munde.

„Zählt auf mich, liebe junge Freunde,“ erwiderte der Steuermann, „und, da ich auch auf Euch zähle, so versprech' ich Euch, daß wir uns erfolgreich zu wehren wissen werden.“

„Und doch,“ meinte Gordon, „wenn es möglich wäre, diesen Kampf zu vermeiden, wenn Walston zustimmte, die Insel zu räumen ...“

„Was willst Du damit sagen, Gordon?“ fragte Briant.

„Ich bin der Ansicht, er und seine Begleiter wären schon abgesegelt, wenn sie ihre Schaluppe hätten benutzen können. – Ist es nicht so, Master Evans?“

„Gewiß!“

„Doch, wenn man nun mit ihnen in friedliche Unterhandlung träte, wenn wir ihnen das nothwendige Werkzeug lieferten, vielleicht nähmen sie das an? Ich weiß wohl, wie widerwärtig es erscheint, mit den Mördern vom ›Severn‹ in Beziehung zu treten; doch, wenn es sich darum handelt, uns von ihnen zu befreien und einen Angriff zu vermeiden, der wahrscheinlich viel Blut kostet ... Indeß, was denken Sie darüber, Master Evans?“

Evans hatte Gordon aufmerksam zugehört. Sein Vorschlag verrieth den allezeit praktischen Geist, der sich unüberlegten Eingebungen nicht fügte, und einen Charakter, der jenen in den Stand setzte, die gegebene Lage mit Ruhe zu überschauen. Er dachte dabei – und er täuschte sich ja auch nicht – daß dieser Knabe der gereifteste von allen sein möge und daß sein Vorschlag wenigstens genauere Erwägung verdiene.

„In der That, Herr Gordon," antwortete er, „es würde gewiß jedes Mittel gut sein, uns von jenen Uebelthätern zu erlösen. Wenn sie wirklich, nachdem sie in den Stand gesetzt wurden, ihre Schaluppe auszubessern, darauf eingingen, abzufahren, so wäre das allemal besser, als sich auf einen Kampf einzulassen, dessen Ausgang immerhin zweifelhaft sein kann. Doch wer könnte sich auf Walston verlassen? Wenn Sie mit ihm in Verbindung treten, würde er das ohne Zweifel nur benutzen, um French-den zu überfallen und sich alles Ihres Besitzthums zu bemächtigen. Er kommt vielleicht auch auf den Gedanken, daß Sie vom Schiffbruche noch etwas Geld gerettet haben könnten. Glauben Sie mir, diese Schurken würden Ihnen jede Wohlthat nur durch irgend welche Schandthat lohnen. In jenen Herzen ist kein Raum für die Dankbarkeit! Sich mit ihnen verständigen, heißt sich ihnen völlig ausliefern."

„Nein!... Nein!..." riefen Baxter und Doniphan, denen ihre Kameraden sich mit einer Entschiedenheit anschlossen, welche dem Steuermann sehr wohl gefiel.

„Nein," setzte auch Briant hinzu, „wir wollen keine Gemeinsamkeit mit Walston und seinen Genossen haben!"

„Und dann," fuhr Evans fort, „brauchen sie nicht allein Werkzeuge, sondern vor Allem Schießbedarf. Gewiß besitzen sie davon noch so viel, um zu einem Angriffe vorschreiten zu können; wenn es aber darauf ankommt, andere Ländergebiete mit bewaffneter Hand zu durchstreifen, so wird, was ihnen von Pulver und Blei noch übrig blieb, nicht ausreichen. Sie würden das also von Ihnen verlangen... würden es fordern! Könnten Sie den Mördern das noch zugestehen?"

„Nein, gewiß nicht!" antwortete Gordon.

„Nun, dann würden jene eben versuchen, es mit Gewalt zu erlangen. Sie hätten damit den drohenden Kampf nur vertagt, und dieser müßte unter für Sie minder günstigen Bedingungen ausbrechen."

„Sie haben Recht, Master Evans," stimmte ihm Gordon zu. „Halten wir uns in der Defensive und warten den Lauf der Dinge ab."

„Ja, das ist wohl das Richtigste . . . Warten wir Alles ab, Herr Gordon. Was das übrigens betrifft, habe ich noch einen Grund, der mich näher angeht, als alle Anderen."

„Welchen denn?"

„Hören Sie mich an. Walston kann, wie Sie wissen, die Insel nur auf der Schaluppe des ›Severn‹ verlassen."

„Das liegt auf der Hand," sagte Briant.

„Diese Schaluppe ist aber recht gut wieder herzustellen, dafür stehe ich ein; und wenn Walston darauf verzichtete, sie für sich in Stand zu setzen, so lag das nur am Mangel an Werkzeugen."

„Ohne diesen Mangel wäre es gewiß längst geschehen," bemerkte Briant.

„Ganz recht, junger Freund. Liefern Sie Walston nun die Hilfsmittel, das Boot wirklich auszubessern – ich nehme einmal an, er gäbe den Gedanken an eine Plünderung von French-den gänzlich auf – so würde er sich beeilen, davon zu fahren, ohne sich um Sie weiter zu kümmern."

„Ei, wenn er es doch schon gethan hätte," rief Service.

„Alle Wetter, wenn er es gethan hätte," antwortete Evans, „wie kämen wir dann in die Lage, es auch selbst thun zu können, wenn die Schaluppe vom ›Severn‹ nicht mehr zur Hand ist?"

„Wie, Master Evans?" fragte Gordon, „Sie rechnen auf dieses Boot, um die Insel zu verlassen? . . ."

„Natürlich, Herr Gordon!"

„Um damit nach Neuseeland zu fahren und über den Stillen Ocean wegzusegeln?" setzte Doniphan hinzu.

„Ueber den Ocean? . . . Nein, meine jungen Freunde," erwiderte Evans, „wohl aber um einen weniger entfernten Punkt zu erreichen, von dem wir Aussicht hätten, nach Auckland zurückzukehren."

„Sprechen Sie die Wahrheit, Herr Evans?" rief Briant.

Gleichzeitig wollten schon zwei oder drei seiner Kameraden den Steuermann mit Fragen bestürmen.

„Wie, diese Schaluppe sollte geeignet sein, mit ihr eine Ueberfahrt von mehreren hundert Meilen zu unternehmen?“ bemerkte Briant.

„Mehrere hundert Meilen? ...“ antwortete Evans, „nein, das freilich nicht, aber doch im Nothfalle dreißig!“

„Ist es denn nicht das Meer, das rings um die Insel fluthet?“ fragte Doniphan.

„Im Westen derselben, ja,“ antwortete Evans; „aber nicht im Süden, Norden und Osten; dort befinden sich nur Canäle, welche man bequem in sechzig Stunden überschreiten kann.“

„So täuschten wir uns also nicht mit der Annahme, daß hier andere Länder in der Nähe lägen?“ sagte Gordon.

„Nein, keineswegs,“ versicherte Evans. „Im Osten liegen sogar sehr ausgedehnte Landstrecken.“

„Ja, ja ... im Osten!“ rief Briant. „Jener weißliche Fleck und dann der Feuerschein, den ich in dieser Richtung wahrnahm ...“

„Ein weißlicher Fleck, sagen Sie?“ erwiderte Evans. „Das ist offenbar irgend ein Gletscher, und jener Feuerschein rührte von der Flammengarbe eines Vulcans her, dessen Lage auf den Karten verzeichnet sein muß. – Ah, sagt mir doch, Ihr Leutchen, wo glaubtet Ihr denn eigentlich zu sein?“

„Auf einer vereinzelt liegenden Insel des Stillen Weltmeeres,“ erklärte Gordon.

„Auf einer Insel? ... Nun ja! ... Auf einer vereinzelten ... nein! Glauben Sie mir getrost, daß dieselbe zu einem der zahlreichen Archipele gehört, welche der Küste Südamerikas vorlagern. – Und, halt einmal, da Sie den Vorgebirgen, den Buchten und Wasserläufen Ihrer Insel Namen gegeben haben, hörte ich doch noch nicht, wie Sie diese selbst nennen? ...“

„Die Insel Chairman, nach dem Namen unseres Pensionats,“ antwortete Doniphan.

„Die Insel Chairman!“ wiederholte Evans. „Nun, damit hat sie also zwei Namen, denn sie heißt schon längst die Insel Hannover.“

Nachdem noch die gewohnten Vorsichtsmaßregeln sorgsam getroffen worden waren, begaben sich nun Alle zur Ruhe und auch für den Steuermann hatte man eine Lagerstätte in der Halle hergerichtet. Die jungen Colonisten standen jetzt unter einem doppelten Eindruck, der wohl geeignet war, ihren Schlummer zu stören: einmal die Aussicht auf einen blutigen Kampf, und andererseits die Möglichkeit, wieder in die Heimat zu gelangen . . .

Der Master Evans hatte für den nächsten Morgen alle weiteren Erklärungen verschoben und zeigte ihnen nur noch im Atlas die genaue Lage der Insel Hannover. Und während Moko und Gordon sich der Wache unterzogen, verlief die Nacht in French-den in ungestörter Ruhe.

XII.

Die Magellan-Straße. – Die Länder und Inseln an derselben. – Die Niederlassungen, welche daselbst gegründet wurden. – Zukunftspläne. – Gewalt oder List. – Rock und Forbes. – Die falschen Schiffbrüchigen. – Gastfreundlicher Empfang. – Zwischen elf Uhr und Mitternacht. – Ein Schuß Evans'. – Das Dazwischentreten Kate's.

———

Ein etwa dreihundertachtzig Meilen langer Canal, der sich von Westen nach Osten hin ausbiegt, vom Cap der Jungfrauen im Atlantischen Ocean bis zum Cap Los Pilares im Stillen Ocean reicht – umrahmt von bergigen Ufern, beherrscht von dreitausend Fuß über die Meeresfläche aufragenden Gebirgshäuptern – unterbrochen von Buchten, deren Hintergrund zahlreiche Häfen bildet – reich an Wasserplätzen, wo die Schiffe mühelos ihren Bedarf an Trinkwasser erneuern können – eingefaßt von dichten Wäldern mit zahlreichem Wild – widerhallend vom Donner mächtiger Wasserfälle, welche sich zu Tausenden in die unzähligen Einbuchtungen stürzen – den Schiffen, die von Osten oder Westen herkommen, einen kürzeren Weg bietend als die Lemaire-Straße, zwischen dem Staatenland und Feuerland, und weniger von Stürmen aufgewühlt als der Weg um das Cap Horn – das ist die Magellan-Straße, welche der berühmte portugiesische Seefahrer im Jahre 1520 entdeckte.

Die Spanier, welche während eines halben Jahrhunderts allein die Magellan-Länder besuchten, gründeten auf der Halbinsel Braunschweig die Niederlassung des Hunger-Hafens. Den Spaniern folgten die Engländer unter Drake, Cavendish, Chidley und Hawkins, dann die Holländer unter de Weert, de Cord, de Noort mit Lemaire und Shouten, welche im Jahre 1610 die Meerenge dieses Namens entdeckten. Endlich, von 1696 bis 1712, erschienen hier Franzosen unter Degennes, Beauchesne-Gunin und Frenzier, und von dieser Zeit ab besuchten diese Gegenden die berühmtesten Seefahrer aus dem Ende des Jahrhunderts, wie Anson, Cook, Byron, Bougainville und Andere.

Jetzt wurde die Magellan-Straße ein häufig benutzter Weg bei der Fahrt von einem Ocean zum anderen – vorzüglich, seitdem die Dampfschifffahrt, welche weder ungünstigen Wind noch Gegenströmungen kennt, gestattete, dieselbe unter den günstigsten Bedingungen zu durchmessen.

Das war also die Meerenge, welche Evans am nächsten Tage – am 28. November – Briant, Gordon und deren Kameraden auf der Karte des Stieler'schen Atlas zeigte.

Wenn Patagonien – die äußerste Provinz Südamerikas – das König Wilhelms-Land und die Halbinsel Braunschweig die nördliche Begrenzung der Meerenge bildet, so ist diese nach Süden zu durch den Magellan'schen Archipel abgeschlossen, der sehr große Inseln, wie Feuerland, Desolations-Land, die Inseln Clarence, Hoste, Gordon, Navarin, Wollaston, Stevart und eine Anzahl von minder bedeutenden umfaßt bis hinab zur letzten Gruppe der Hermiten, deren äußerste, zwischen den beiden Oceanen gelegene, nichts weiter ist, als der vorgeschobene letzte Gipfel der hohen Cordilleren, der Anden, und sich das Cap Horn nennt.

Im Osten schneidet die Magellan-Straße mit einer oder zwei engen Einfahrten zwischen dem Cap der Jungfrauen (zu Patagonien gehörig) und dem Cap Espiritu-Santo (zu Feuerland gehörig) in das Festland ein. Im Westen sind die Verhältnisse andere – wie Evans durch den Augenschein darlegte. An dieser Seite reihen sich Eilande, Inseln, Archipele, Straßen, Canäle und Meeresmeere bis in's Unendliche aneinander. Mit einer zwischen dem Vorgebirge Los Pilares und der Südspitze der großen Insel der Königin Adelaide gelegenen Durchfahrt mündet die Meerenge im Stillen Ocean aus. Ueber derselben taucht eine große, unregelmäßig angeordnete Reihe von Inseln auf, die sich von der Meerenge des Lord Nelson bis zur Gruppe der nahe der Grenze Chiles liegenden Gruppe der Chonos- und der Chiloë-Inseln hingestreckt.

„Und seht Ihr nun hier," setzte Evans hinzu, „jenseits der Magellan-Straße eine Insel, welche durch einfache Canäle von der Insel Cambridge im Süden und von den Inseln Madre de Dios und Chatam im Norden eingeschlossen ist? Nun, diese

Insel auf dem 51. Grade südlicher Breite ist die Insel Hannover, der Ihr den Namen Insel Chairman gegeben und die Ihr seit länger als zwanzig Monaten bewohnt habt!“

Ueber den Atlas gebeugt, betrachteten Gordon, Briant und Doniphan neugierig diese Insel, welche sie für sehr entfernt von jedem Lande gehalten hatten und die doch der amerikanischen Küste so nahe lag.

„Wie,“ sagte Gordon, „wir wären von Chile nur durch einen Meeresarm getrennt?“

„Ja, meine Freunde,“ versicherte Evans, „doch zwischen der Insel Hannover und dem Festlande Amerikas liegen nur ganz ebenso verlassene Inseln wie diese hier. Einmal nach genanntem Festlande gelangt, hättet Ihr Hunderte von Meilen bis zu den nächsten Niederlassungen Chiles oder der Argentinischen Republik zurücklegen müssen. Welche Beschwerden hätte das mit sich gebracht, gar nicht von den Gefahren zu reden, denn die Puelche-Indianer, welche durch die Pampas schweifen, sind gerade nicht gastfreundlicher Natur. Ich meine also, es war besser, diese Insel nicht zu verlassen, schon weil die materielle Existenz hier gesichert erschien und wir dieselbe, wie ich zu Gott hoffe, noch zusammen verlassen können.“

Die verschiedenen Canäle also, welche die Insel Chairman umflossen, maßen an gewissen Stellen nicht mehr als fünfzehn bis zwanzig Meilen Breite, und Moko hätte über dieselben bei günstiger Witterung ohne Mühe schon in der kleinen Jolle gelangen können. Daß Briant, Gordon und Doniphan diese Länder bei Gelegenheit ihrer Ausflüge nach dem Norden und dem Osten nicht hatten wahrnehmen können, lag nur daran, daß dieselben völlig flach waren. Der erkannte weißliche Fleck aber gehörte einem der Gletscher des Inneren an, und der flammende Berg war nur ein Vulkan der Magellans-Länder.

Uebrigens hatte, wie Briant bei aufmerksamer Betrachtung der Karte bemerkte, der Zufall sie immer nur nach solchen Punkten der Küste geführt, welche von den Nachbarinseln verhältnißmäßig entfernt lagen. Vielleicht hätte Doniphan bei seinem Besuche der Severn-shores die Südspitze der Insel Chatam erkennen müssen, wenn der von den Dunstmassen des bald ausbrechenden Sturmes erfüllte Horizont nicht blos in beschränktem Umkreise sichtbar gewesen wäre. Was die Deception-Bai angeht, welche ziemlich tief in die Insel Hannover einschneidet, so konnte man weder von der Mündung des East-river, noch vom Gipfel des Bear-rock etwas von dem im Osten gelegenen Eilande sehen, noch weniger natürlich von der Insel Espérance, welche etwa zwanzig Meilen weit entfernt liegt. Um die benachbarten Ländergebiete wahrnehmen zu können, hätte man sich nach dem North-Cape begeben müssen, von wo aus die untersten Theile der Insel Chatsam und der Insel Madre de Dios jenseits der Conceptions-Straße sichtbar gewesen wären; oder nach dem South-Cape, von wo aus man die Spitzen der Insel der Königin Adelaide oder Cambridge hätte wahrzunehmen vermocht; oder endlich nach dem äußersten Küstenpunkte der Down-lands, welche die Höhe der Insel Owen oder die Gletscher der Länder im Südosten beherrschen.

Die jungen Colonisten hatten ihre Streifzüge jedoch niemals bis zu diesen entfernten Punkten ausgedehnt. Was die Karte François Baudoin's betraf, so konnte sich Evans allerdings nicht erklären, warum jene Inseln und Ländermassen auf ihr nicht verzeichnet standen. Da der französische Schiffbrüchige im Stande gewesen war, die Umfassungslinie der Insel Hannover so richtig wiederzugeben, mußte er um dieselbe doch ganz herumgekommen sein. Sollte man nun annehmen, daß gerade bei seinem Besuche der genannten Punkte der bedeckte Himmel seinen Gesichtskreis auf nur wenige Meilen beschränkt hatte? Das war mindestens nicht unglaublich.

Und wenn es nun gelang, sich der Schaluppe vom „Severn“ zu bemächtigen und diese wieder auszubessern, nach welcher Seite hin würde Evans sie wohl führen?

Diese Frage richtete Gordon gelegentlich an den Steuermann.

„Meine lieben Freunde,“ antwortete Evans, „ich würde weder nach Norden, noch nach Osten hin zu segeln suchen. Je weiter wir zu Wasser gelangen können, desto besser. Gewiß könnte uns die Schaluppe bei günstigem Winde nach irgend einem Hafen Chiles bringen, wo wir sicherlich den besten Empfang fänden. Der Seegang an diesen Küsten ist aber stets ziemlich schwer, während die Canäle des Archipels uns immer eine bequeme Fahrt gestatten.“

„Gewiß,“ erklärte Briant. „Doch werden wir in jenen Gegenden auch Niederlassungen antreffen und in solchen Niederlassungen Gelegenheit, in die Heimat zurückzukehren?“

„Daran zweifle ich nicht,“ erwiderte Evans. „Hier, betrachtet einmal diese Karte. Wenn wir die Durchfahrten des Archipels der Königin Adelaide hinter uns haben, wohin gelangen wir dann durch den Smyth-Canal? In die Magellan-Straße, nicht wahr? Nun, ziemlich am Eingange der Meerenge liegt hier der

Hafen Tamar, der zu Desolations-Land gehört, und hier wären wir schon so gut wie auf dem Rückwege."

„Ja, doch wenn wir daselbst kein Schiff finden," antwortete Briant, „wollen wir da warten, bis eins vorüberkommt?"

„Nein, Herr Briant. Folgen Sie mir nur etwas weiter durch die Magellan-Straße. Sehen Sie hier die große Halbinsel Braunschweig? . . . Hier, im Hintergrunde der Fortescue-Bai, im Port Galant, legen die Schiffe sehr häufig bei. Müßten wir noch weiter segeln und das Cap Forward im Süden der Halbinsel umschiffen, so finden wir da die Bougainville-Bai, wo die meisten Fahrzeuge anhalten, welche die Meerenge passiren. Ueber diesen Punkt hinaus liegt ferner noch Port Famine (der Hungerhafen), nördlich von Punta Arena."

Der Steuermann hatte ganz Recht. Einmal in der Meerenge, mußte die Schaluppe zahlreiche Ankerplätze finden. Unter solchen Verhältnissen schien die Heimkehr gesichert, ohne zu erwähnen, daß man ja schon unterwegs Schiffe auf dem Wege nach Australien oder Neuseeland treffen konnte. Wenn Port-Tamar, Port-Galant und Port-Famine zwar nur wenig Hilfsquellen bieten, so ist Punta-Arena dagegen mit Allem versehen, was zur Nothdurft des Leibes und Lebens gehört. Diese große, durch die chilenische Regierung gegründete Niederlassung bildet eine wirkliche, am Ufer erbaute kleine Stadt mit hübscher Kirche, deren Thurmspitze zwischen den prächtigen Bäumen der Halbinsel Braunschweig emporsteigt. Sie befindet sich in blühendem Zustande, während die Station Port-Famine, die aus dem Ende des sechzehnten Jahrhunderts herrührt, heute fast nur noch ein Dorf in Ruinen ist.

Heutzutage gibt es übrigens auch noch weiter im Süden andere Niederlassungen, welche vorzüglich wissenschaftliche Expeditionen aufsuchen, wie die Station Livya auf der Insel Navarin, und vor Allem die von Ooshovia im Beagle-Canal unterhalb Feuerlands. Dank der Opferfreudigkeit englischer Missionäre fördert letztere sehr bedeutend die Kenntnisse der Gegenden, wo die Franzosen zahlreiche Spuren ihrer Anwesenheit zurückgelassen haben, wovon die Namen wie Dumas, Cloné, Pasteur, Chanzy und Grévy, welche verschiedenen Inseln des Magellan'schen Archipels beigelegt wurden, Zeugniß geben.

Die Rettung der jungen Colonisten schien also gesichert, wenn sie die Meerenge erreichen konnten. Dazu war es freilich nothwendig, die Schaluppe des „Severn" wieder in Stand zu setzen, und um das ausführen zu können, sich derselben zu bemächtigen – woran doch nicht eher zu denken war, als bis Walston und seine Spießgesellen zu Paaren getrieben waren.

Wäre dieselbe noch auf der Stelle geblieben, wo Doniphan sie auf der Küste der Severn-shores gefunden hatte, so hätte man vielleicht versuchen können, sie zu erlangen. Walston, der sich in der Hauptsache gegen fünfzehn Meilen von dort aufhielt, würde schwerlich etwas davon bemerkt haben. Was er vermocht hatte, konnte Evans natürlich auch, das heißt, die Schaluppe nicht zur Mündung des East-river, sondern zur Mündung des Rio Sealand, und wenn er diesen stromaufwärts benützte, sie sogar bis zur Höhe von French-den schaffen.

Hier würde die Ausbesserung unter Anleitung des Steuermannes unter den günstigsten Verhältnissen auszuführen gewesen sein. Nachdem das Boot dann neue Takelage erhalten, mit Munition, Lebensmitteln und einigen Gegenständen, welche zurückzulassen es schade gewesen wäre, beladen worden, wären sie von der Insel weggesegelt, ehe die Uebelthäter nur in die Lage kamen, sie anzugreifen.

Unglücklicherweise war das nicht ausführbar. Die Frage der Wegfahrt von hier konnte nur noch durch die Gewalt gelöst werden, ob man nun zum Angriff überging oder sich auf die Vertheidigung beschränkte. Jedenfalls ließ sich aber nichts thun, ehe man nicht die Mannschaft vom „Severn" überwältigt hatte.

Evans flößte übrigens den jungen Colonisten ein unbegrenztes Vertrauen ein. Kate hatte ja so viel und in so warmen Worten von ihm gesprochen. Seit der Steuermann sich Haar und Bart hatte schneiden können, erweckte schon sein offenes, entschlossenes Gesicht die beste Beruhigung. Wenn er energisch und muthig war, fand man, daß er auch gut, von entschlossenem Charakter und zu jeder Aufopferung fähig sein müsse.

Ganz wie Kate gesagt, schien er wirklich wie ein Sendbote des Himmels, der in French-den erschienen – endlich ein Mann inmitten dieser Kinder! Zuletzt wollte der Steuermann die Hilfsmittel kennen lernen, über die er, um Widerstand zu leisten, verfügen konnte.

Der Store-room und die Halle schienen ihm zur Vertheidigung völlig geeignet. Von deren Außenseite beherrschte die eine das Ufergelände und den Rio, die andere die Sport-terrace bis zum Gestade des Sees. Die Wandöffnungen gestatteten nach diesen Richtungen hin bei vollständiger Deckung zu feuern. Mit ihren acht Gewehren konnten die Belagerten die Angreifer entfernt halten und mit den beiden kleinen Kanonen sie mit einem Kartätschenhagel überschütten, wenn sie sich bis French-den heranwagten. Kam es aber gar zu einem Handgemenge, so würden Alle sich des Revolvers, der Aexte und Schiffsmesser zu bedienen wissen.

Evans lobte Briant auch, daß dieser im Innern so viel Steine aufgehäuft hatte, wie zur sicheren Abschließung der Thüren nöthig erschienen. Im Innern also waren die Vertheidiger verhältnißmäßig stark, draußen freilich nur schwach. Man darf nicht vergessen, daß es nur sechs Knaben von dreizehn bis fünfzehn Jahren waren gegen sieben kräftige Männer, welche, waffengewohnt und tollkühn, ja nicht einmal vor einem Morde zurückschreckten.

„Sie halten jene also für sehr zu fürchtende Burschen, Master Evans?“ fragte Gordon.

„Ja, Herr Gordon, für sehr zu fürchtende Gesellen.“

„Bis auf Einen, der vielleicht nicht ganz verloren ist,“ ließ Kate sich vernehmen, „ich meine Forbes, der mir das Leben gerettet hat.“

„Forbes?“ antwortete Evans. „Ach, alle Wetter, ob er nun blos durch schlechten Rath und aus Furcht vor seinen Genossen dazu verführt wurde, jedenfalls trägt er auch seinen Theil an dem Gemetzel auf dem ›Severn‹. Hat der Schurke mich nicht mit Rock auf's Tollste verfolgt? Hat er nicht auf mich wie auf ein wildes Thier geschossen? Hat er sich nicht beglückwünscht, als er mich im Rio ertrunken glaubte? Nein, liebe Kate, ich fürchte, er ist nicht mehr Werth als die Anderen! Wenn er Sie damals verschonte, so wußte er gewiß recht gut, daß die Schurken Ihrer Dienste noch bedurften, und er würde nicht zurückbleiben, wenn es darauf ankäme, French-den zu überfallen.“

Inzwischen gingen einige Tage dahin, ohne daß etwas Verdächtiges von den jungen Leuten, welche die Umgebung vom Auckland-hill aus stets überwachten, gemeldet worden wäre, was Evans einigermaßen verwunderte.

Da er die Pläne Walston's kannte und wußte, welches Interesse jener hatte, deren Ausführung zu beschleunigen, so legte er sich die Frage vor, warum zwischen dem 27. und dem 30. November noch gar nichts geschehen sei.

Da kam ihm der Gedanke, daß Walston vielleicht mit List statt mit Gewalt werde zum Ziel zu gelangen und in French-den einzudringen suchen. Er theilte seine Muthmaßungen Briant, Gordon, Doniphan und Baxter, mit denen er meist Alles besprach, gleich darauf mit.

„So lange wir uns im Innern von French-den halten," sagte er, „würde er gezwungen sein, eine oder die andere Thür zu stürmen, da er Niemand hat, der sie ihm öffnete. Er könnte also versuchen, durch List Zugang zu erhalten ..."

„Und wie?" fragte Gordon.

„Vielleicht in der Weise, wie es mir zufällig eingefallen ist," antwortete Evans. „Ihr wißt, junge Freunde, daß Kate und ich die einzigen Wesen wären, welche Walston als Anführer einer Bande von Mordbuben, deren Angriff die kleine Colonie zu fürchten hätte, anzeigen könnten. Walston hält sich nun überzeugt, daß Kate bei der Strandung umgekommen ist. Was mich betrifft, so bin ich vorschriftsmäßig im Rio ertrunken, nachdem Rock und Forbes auf mich gefeuert hatten – und Ihr wißt ja, daß ich sie habe frohlocken hören, meiner ledig geworden zu sein. Walston muß demnach annehmen, daß Ihr noch von gar nichts unterrichtet seid – nicht einmal von der Anwesenheit der Matrosen vom „Severn" auf Eurer Insel, und daß Ihr, wenn einer derselben in French-den erschiene, ihn wie jeden Schiffbrüchigen bestens aufnehmen würdet. Wäre ein solcher Schuft aber einmal hereingekommen, so müßte es ihm leicht werden, seine Spießgesellen einzulassen – was für uns jeden Widerstand fast unmöglich machte."

„Nun gut," meinte Briant; „wenn also Walston oder irgend ein Anderer unsere Gastfreundschaft in Anspruch zu nehmen suchte, so würden wir ihm mit einem Loth Blei die Wege weisen ..."

„Wenn wir vor ihm nicht etwa besser die Mützen ziehen," warf Gordon ein.

„Ja, Sie haben vielleicht Recht, Herr Gordon," erwiderte der Steuermann. „Das könnte sogar besser sein. List wider List! Im gegebenen Falle werden wir ja sehen, was zu thun ist."

Ja, es empfahl sich gewiß, mit größter Klugheit zu Werke zu gehen. Wendete sich die Sache zum Guten, gelang es Evans sich in den Besitz der Schaluppe des „Severn" zu setzen, so durfte man wohl hoffen, daß die Stunde der Erlösung nicht mehr ferne sei. Doch welche Gefahren drohten noch bis dahin! – Und würde diese ganze kleine Welt noch vollzählig sein, wenn sie endlich nach Neuseeland zurückkehrte?

Am folgenden Tage verlief der Vormittag auch ohne Zwischenfall. In Begleitung Doniphan's und Baxter's wagte sich der Steuermann sogar eine halbe Meile weit in der Richtung nach den Traps-woods hinaus, wobei alle Drei hinter den vereinzelten Bäumen am Fuße des Auckland-hill Deckung suchten. Er bemerkte nichts Außergewöhnliches, und Phann, der auch mitlief, gab nichts zu erkennen, was ihn hätte mißtrauisch machen können.

Gegen Abend jedoch, kurz vor Sonnenuntergang, kam es zu einem Alarm. Webb und Cross, die auf dem Steilufer Wache hielten, kamen eiligst herunter und meldeten die Annäherung zweier Männer, welche das südliche Vorland des Sees am anderen Ufer des Rio heraufkamen.

Kate und Evans zogen sich, um nicht bemerkt zu werden, sofort nach dem Store-room zurück. Von da aus bemerkten sie, durch die Schießscharten lugend, die beiden angemeldeten Männer. Es waren zwei Genossen Walston's, Rock und Forbes.

„Da haben wir's ja," sagte der Steuermann, „sie verlegen sich auf die List und wollen sich hier als Matrosen einführen, die sich aus einem Schiffbruche gerettet haben."

„Was sollen wir nun thun? . . ." sagte Briant.

„Sie bestens aufnehmen," erwiderte Evans.

„Diese Elenden auch noch gut empfangen!" rief Briant. „Ich wäre nimmermehr im Stande . . ."

„Lass' mich das besorgen," unterbrach ihn Gordon.

„Recht so, Herr Gordon!" sagte der Steuermann. „Doch hüten Sie sich, daß jene keine Ahnung von unserem Hiersein bekommen. Kate und ich, wir werden uns schon zeigen, wenn es Zeit ist!"

Evans und die Aufwärterin versteckten sich in einem der Nebenräume des Verbindungsganges, dessen Thür hinter ihnen verschlossen wurde. Gleich darauf begaben sich Gordon und Baxter nach dem Ufer des Rio Sealand. Bei dem Anblick derselben heuchelten die beiden Männer das größte Erstaunen, und Gordon stellte sich so, als ob er nicht weniger verwundert sei.

Rock und Forbes schienen von Strapazen erschöpft, und als sie an den Wasserlauf herankamen, entstand folgendes kurze Gespräch zwischen beiden Ufern:

„Wer seid Ihr?"

„Schiffbrüchige, welche im Süden dieser Insel mit der Schaluppe des Dreimasters ›Severn‹ verunglückt sind.“

„Seid Ihr Engländer?“

„Nein, Amerikaner.“

„Und Eure Gefährten?“

„Die sind umgekommen. Uns allein gelang die Rettung aus dem Schiffbruche; doch jetzt sind unsere Kräfte zu Ende! . . . Mit wem haben wir es hier zu thun?“

„Mit den Colonisten der Insel Chairman.“

„So bitten wir diese um Mitleid und um gastfreundliche Aufnahme, denn uns fehlt nicht weniger als Alles . . .“

„Schiffbrüchige haben stets gerechten Anspruch auf Beistand seitens ihres Gleichen! . . .“ antwortete Gordon. „Auch Ihr sollt uns willkommen sein!“

Auf ein Zeichen Gordon's bestieg Moko die Jolle, welche nahe dem kleinen Damme angebunden lag, und mit einigen Ruderschlägen hatte er die beiden Matrosen nach dem rechten Ufer des Rio Sealand befördert.

Walston mochte wohl keine Wahl gehabt haben, doch mußte man gestehen, daß die Erscheinung Forbes' alles andere als vertrauenerweckend war, selbst gegenüber Kindern, denen es noch so sehr an Uebung fehlte, die Physiognomie eines Menschen zu entziffern. Obwohl er versucht hatte, sich das Ansehen eines ehrbaren Mannes zu geben, zeigte dieser Rock mit seiner gedrückten Stirn, dem hinten weit ausspringenden Kopfe und der dicken unteren Kinnlade unverkennbar den Typus des Verbrechers. Forbes – der, dessen menschliches Gefühl der Aussage Kate's nach vielleicht noch nicht ganz erloschen war – hatte wenigstens ein etwas besseres Aussehen und wahrscheinlich hatte ihn Walston gerade aus diesem Grunde dem Anderen hier zugesellt.

Nach besten Kräften spielten nun Beide die Rolle falscher Schiffbrüchiger. Um keinen Verdacht zu erregen, vermieden sie es, sich eingehende Fragen vorlegen zu lassen, indem sie erklärten, mehr von Anstrengung als von Nahrungsmangel erschöpft zu sein, und deshalb baten, zunächst etwas ausruhen und vielleicht die Nacht in French-den zubringen zu dürfen. Sie wurden sofort dorthin geleitet. Beim Eintreten – und das entging Gordon keineswegs – hatten sie sich nicht enthalten können, auf die Anordnung der Halle etwas gar zu prüfende Blicke zu werfen. Sie schienen auch nicht wenig erstaunt über das Vertheidigungsmaterial, welches die kleine Colonie besaß – vorzüglich über die Kanone, welche über die Schießscharte lugte.

Die jungen Colonisten mußten also, wenn auch mit größtem Widerstreben, ihre Rolle vorläufig weiter spielen, da Rock und Forbes sich, nachdem sie den Bericht über ihre Erlebnisse bis zum folgenden Tage verschoben, nur schnellstens niederzulegen wünschten.

„Eine Handvoll trockenes Gras wird uns als Lagerstätte genügen," sagte Rock. „Da wir Euch so wenig wie möglich belästigen möchten ... Habt Ihr vielleicht noch einen ähnlichen Raum wie diesen? ..."

„Ja," antwortete Gordon, „den, der uns als Küche dient, und dort könnt Ihr gut bis morgen ausruhen."

Rock und sein Begleiter gingen nach dem Store-room hinüber, dessen Inneres sie mit forschendem Blick überflogen, wobei sie auch erkannten, daß die Thür desselben sich nach dem Rio zu öffnete.

Wirklich hätte Niemand zuvorkommender gegen diese armen Verunglückten sein können! Die beiden Schurken mußten sich sagen, daß es sich, um mit diesen unschuldigen Kindern fertig zu werden, gar nicht der Mühe lohne, eine solche Posse aufzuspielen.

Rock und Forbes streckten sich in einem Winkel des Store-room nieder. Hier sollten sie freilich nicht allein bleiben, da Moko in demselben Raume schlief; um diesen Burschen kümmerten sie sich indessen nicht und waren entschlossen, ihn einfach zu erwürgen, wenn sie bemerkten, daß er nur mit einem Auge schliefe. Zur verabredeten Stunde sollten nämlich Rock und Forbes die Thür öffnen, und Walston, der sich mit vier anderen seiner Spießgesellen am Uferlande aufhielt, hoffte damit French-den ohne Widerstand in seine Gewalt zu bekommen.

Gegen neun Uhr, als Rock und Forbes voraussichtlich schon schlafen mußten, trat auch Moko ein und warf sich sogleich auf sein Lager, bereit, beim ersten verdächtigen Zeichen Lärm zu schlagen.

Briant und die Uebrigen waren in der Halle geblieben. Nach Verschluß der Thür des Verbindungsganges gesellten sich Evans und Kate wieder zu ihnen. Alles war so gekommen, wie der Steuermann es vorausgesehen, und dieser zweifelte nicht daran, daß Walston jetzt in der nächsten Umgebung nur den Augenblick abwartete, hier einzudringen.

„Seien wir auf unserer Hut!" sagte er.

Inzwischen vergingen zwei Stunden, und Moko fragte sich schon, ob Rock und Forbes ihren Anschlag nicht bis zu einer anderen Nacht verschoben haben möchten, als seine Aufmerksamkeit durch ein leichtes Geräusch im Store-room erweckt wurde.

Beim Scheine der an der Decke hängenden Laterne sah er da Rock und Forbes den Winkel, in dem sie gelegen hatten, verlassen und nach der Seite der Thür hinkriechen.

Diese Thür war durch eine Anhäufung großer Steine gesichert – eine wirkliche Barricade, welche schwierig, wenn nicht ganz unmöglich auf einmal beseitigt werden konnte.

Die beiden Matrosen begannen also damit, die Steine einzeln abzutragen und geräuschlos längs der rechten Wand aufzuschichten. Nach wenigen Minuten war die Thür vollständig freigelegt. Jetzt brauchte nur noch der Riegel zurückgeschoben zu werden, der sie von innen verschloß, um den Zugang nach French-den jeden Augenblick zu öffnen.

In dem Augenblicke aber, als Rock nach Zurückschiebung jenes Riegels die Thür aufstoßen wollte, legte sich eine Hand auf seine Schulter. Er drehte sich um und erkannte den Steuermann, dessen Gesicht die Laterne voll beleuchtete.

„Evans!“ rief er. „Evans hier! . . .“

„Hierher, Jungens!“ rief der Steuermann.

Briant und seine Genossen stürzten sofort nach dem Store-room. Hier wurde zunächst Forbes von den vier stärksten Knaben, Baxter, Wilcox, Doniphan und Briant, gepackt und ihm jedes Entkommen unmöglich gemacht.

Rock hatte mit einem wuchtigen Stoße Evans zurückgedrängt und versetzte ihm dabei einen Messerstich, der diesen jedoch nur leicht am linken Arme streifte.

Dann eilte er durch die offene Thür hinaus. Er hatte noch keine zehn Schritte gemacht, als ein Schuß hinter ihm krachte.

Der Steuermann war es, der auf Rock geschossen hatte. Allem Anscheine nach war der Flüchtling unverletzt geblieben, wenigstens ließ sich kein Aufschrei hören.

„Alle Wetter! . . . Ich habe den Schuft gefehlt!“ rief Evans. „Doch wir haben ja den andern . . . Einer wird also immer weniger sein!“

Das Messer in der Hand, erhob er schon den Arm gegen Forbes.

„Gnade! . . . Gnade! . . .“ winselte der Elende, den die vier Knaben auf der Erde festhielten.

„Ja, Gnade, Evans!“ bat Kate, sich zwischen den Steuermann und Forbes eindrängend. „Gewährt ihm Gnade, da er mir das Leben gerettet hat! . . .“

„Es sei!“ sagte Evans; „ich gebe Ihnen nach, Kate, wenigstens für den Augenblick.“

Sicher geknebelt wurde jetzt Forbes in eine der Nebenkammern gesteckt.

Dann verschloß und verbarricadirte man die Thür des Store-room wieder und Alle blieben bis Tagesanbruch, um jeder Ueberraschung vorzubeugen, wach.

XIII.

Ausfragung Forbes'. – Die Lage. – Eine geplante Auskundschaftung. – Abwägung der Streitkräfte. – Reste des Lagers. – Briant verschwunden. – Doniphan ihm zu Hilfe. – Schwere Verwundung. – Ein Schrei von French-den her. – Auftreten Forbes'. – Ein Kanonenschuß Moko's.

———

So anstrengend diese Nacht ohne Schlaf auch gewesen, fiel es am nächsten Tage doch Niemand ein, nur eine Stunde Ruhe zu suchen. Es war jetzt nicht mehr zweifelhaft, daß Walston, nachdem die List mißlungen, Gewalt anwenden würde. Rock, der dem Schusse des Steuermannes entgangen war, mußte jenen wieder aufgesucht und ihm gemeldet haben, daß er, da seine Schliche entdeckt waren, nur durch Sprengung der Thüren nach French-den hinein gelangen könne.

Schon beim Morgenrothe begaben sich Evans, Briant, Doniphan und Gordon vorsichtig hinaus. Mit dem Aufgange der Sonne verdichteten sich die Morgennebel mehr und mehr und legten den See frei, den eine leichte Brise kräuselte.

Die ganze Umgebung von French-den, sowohl nach der Seite des Rio Sealand, wie nach der der Traps-woods zu, erschien völlig still. Im Innern des Geheges bewegten sich die Hausthiere wie gewöhnlich hin und her. Phann, der auf der Sport-terrace herumlief, ließ kein Zeichen von Unruhe erkennen.

Vor Allem beschäftigte sich Evans damit, zu erkennen, ob auf dem Boden Fußeindrücke zu finden seien. Wirklich zeigten sich solche in großer Menge – vorzüglich ganz nahe bei French-den. Sie kreuzten sich in den verschiedensten Richtungen und bewiesen deutlich, daß Walston und seine Begleiter bis nach dem Rio selbst vorgedrungen waren und dort auf Oeffnung der Thür des Store-room gelauert hatten.

Blutflecken bemerkte man auf dem Sande nicht – ein Beweis, daß Rock durch die Kugel des Steuermannes nicht verwundet worden sein konnte.

Hier drängte sich jedoch die Frage auf, ob Walston gleich den falschen Schiffbrüchigen vom Süden des Family-lake gekommen oder nicht vielmehr vom Norden her auf French-den zugezogen sei. In letzterem Falle mußte Rock nach den Traps-woods zu entflohen sein, um sich ihm wieder anzuschließen.

Da es von Wichtigkeit schien, diese Thatsache aufzuklären, beschloß man, Forbes zu fragen, um zu erfahren, welchen Weg Walston wohl eingeschlagen habe. Doch ob Forbes sich auch wohl herbeiließ, zu sprechen, und wenn er sprach, ob er dann auch die Wahrheit sagte? . . . Würden in seinem Herzen aus Dankbarkeit gegen Kate, die ihm jetzt das Leben gerettet hatte, wohl einige bessere Empfindungen erwachen? . . . Würde er vergessen, was es bedeutete, Diejenigen zu verrathen, die er erst um gastliche Aufnahme in French-den angesprochen hatte?

Um ihn persönlich zu befragen, kehrte Evans nach der Halle zurück, er öffnete die Thür des Seitenbehälters, in dem Forbes untergebracht worden war, löste seine Fesseln und führte ihn nach der Halle.

„Forbes," begann Evans, „Dein und Rock's listiger Anschlag hat seinen Zweck verfehlt. Mir liegt daran zu wissen, was Walston zunächst geplant, und Du mußt davon unterrichtet sein. Willst Du Antwort geben?"

Forbes hatte den Kopf gesenkt und wagte nicht, die Augen weder auf Evans noch auf Kate oder auf die Knaben zu erheben, denen der Steuermann ihn vorgeführt hatte. Er verhielt sich schweigend.

Kate versuchte zu vermitteln.

„Forbes," sagte sie, „früher zeigtet Ihr eine Spur von Mitgefühl, als Ihr Eure Kameraden während des Gemetzels auf dem ›Severn‹ abhieltet, auch mich umzubringen. Wäret Ihr jetzt nicht bereit, auch etwas zu thun, um diese Kinder vor einem noch schauderhafteren Gemetzel zu bewahren?“

Forbes gab keine Antwort.

„Forbes,“ fuhr Kate fort, „sie haben Euch das Leben geschenkt, da Ihr den Tod verdientet! Jede menschliche Regung kann in Euch nicht erloschen sein! Nachdem Ihr so viel Böses gethan, könnt Ihr noch auf den Weg des Guten zurückkehren. Bedenkt, zu welch' scheußlichem Verbrechen Ihr jetzt die Hand bietet!“

Ein halberstickter Seufzer rang sich jetzt aus Forbes' Brust.

„Was kann ich denn dabei thun?“ antwortete er mit dumpfer Stimme.

„Du kannst uns mittheilen,“ nahm Evans wieder das Wort, „was diese Nacht geschehen sollte, was später gegen uns geplant ist. Erwartetest Du Walston und die Uebrigen, welche wohl hier eindringen wollten, sobald Ihnen eine Thür geöffnet wurde? . . .“

„Ja! . . .“ stammelte Forbes.

„Und diese Knaben, welche Dich so freundlich aufgenommen hatten, wären ermordet worden?“ . . .“

Forbes ließ den Kopf noch tiefer sinken und fand nicht die Kraft zu einer Antwort.

„So sage uns, von welcher Seite Walston und die Anderen hierher gekommen waren?“ fragte der Steuermann.

„Vom Norden des Sees her,“ erwiderte Forbes.

„Während Ihr Beide, Rock und Du, vom Süden her kamt? . . .“

„Ja!“

„Haben Sie schon im Westen die anderen Theile der Insel besucht?“

„Noch nicht.“

„Wo mögen sie jetzt sich aufhalten?“

„Das weiß ich nicht . . .“

„Du kannst uns nicht mehr sagen, Forbes?“

„Nein . . . Evans . . . nein! . . .“

„Und Du denkst, daß Walston wiederkommen wird?“

„Ja!“

Offenbar hatten Walston und seine Gefährten, als sie den Schuß des Steuermanns hörten und erkannten, daß ihre List durchschaut war, es für rathsam gehalten, sich in Erwartung einer günstigeren Gelegenheit seitwärts zu schlagen.

Evans, der nicht hoffen konnte, von Forbes weitere Aufklärung zu erlangen, führte diesen wieder nach seinem Gefängniß, dessen Thür von außen verschlossen wurde.

Die Lage war und blieb also immer eine höchst ernste. Wo befand sich jetzt Walston? Hielt er sich in den Traps-woods verborgen? Forbes hatte das nicht sagen können oder nicht sagen wollen. Und doch wäre es so wünschenswerth gewesen, in dieser Beziehung unterrichtet zu sein. Deshalb kam der Steuermann auf den Gedanken, in jener Richtung hin eine, wenn auch mit Gefahr verknüpfte Recognoscirung vorzunehmen.

Gegen Mittag brachte Moko dem Gefangenen etwas Nahrung. Forbes saß in sich zusammengesunken da und rührte diese kaum an. Was mochte in der Seele des Unglücklichen vorgehen? Wurde er vielleicht von Gewissensbissen gefoltert? – Wer könnte das errathen?

Nach dem Frühstück eröffnete Evans den Knaben seine Absicht, bis zum Saume der Traps-woods hinauszugehen, da es ihm gar zu sehr am Herzen lag, zu erfahren, ob die Verbrecher noch immer in der Nachbarschaft von French-den verweilten. Dieser Vorschlag wurde ohne weitere Verhandlungen angenommen, und man traf alle geeigneten Maßregeln, um sich gegen jede Eventualität zu sichern.

Gewiß zählten Walston und seine Spießgesellen seit der Gefangennahme Forbes' nur sechs Mann, während die kleine Colonie aus fünfzehn Knaben, ohne Kate und Evans zu rechnen, bestand.

Von dieser Zahl waren aber die Kleinsten abzuziehen, welche an einem Kampfe nicht unmittelbar theilnehmen konnten. Es wurde also beschlossen, daß während des Recognoscirungszuges des Steuermanns Iverson, Jenkins, Dole und Costar mit Kate, Moko und Jacques unter der Hut Baxter's in der Halle zurückbleiben sollten. Die Großen dagegen, nämlich Briant, Gordon, Doniphan, Cross, Service, Webb, Wilcox und Garnett, bildeten die Begleitung Evans'. Acht

Knaben gegen sechs Männer im kräftigsten Alter, das war freilich kein gleiches Verhältniß.

Zwar führte jeder derselben als Waffen Gewehr und Revolver, während Walston nur fünf vom „Severn" herrührende Flinten besaß. Unter diesen Umständen mußte also ein Fernkampf noch die besten Aussichten bieten, da Doniphan, Wilcox und Cross sehr gute Schützen und folglich den amerikanischen Matrosen überlegen waren. Dazu fehlte es ihnen nicht an Munition, wogegen Walston, wie der Steuermann gesagt hatte, sich auf nur wenige Patronen beschränkt sah.

Es war gegen zwei Uhr Nachmittags, als die kleine Truppe unter Führung Evans' zusammentrat. Baxter, Jacques, Moko, Kate und die Kleinen kehrten sofort nach French-den zurück, wo die Thüre zwar verschlossen, aber nicht verbarricadirt wurde, um gegebenen Falls dem Steuermann und den Anderen schnell Obdach bieten zu können.

Uebrigens war ebenso wenig vom Süden wie vom Westen her etwas zu fürchten, da Walston, um von diesen Richtungen her anzugreifen, erst nach der Sloughi-Bai und dann längs des Rio Sealand hätte hinziehen müssen, was zu viel Zeit erforderte. Nach Aussage Forbes' war er vielmehr am westlichen Ufer des Sees heruntergekommen und kannte jenen Theil der Insel wohl überhaupt nicht. Evans brauchte demnach keinen Rückenangriff zu fürchten, da die feindlichen Kräfte jedenfalls nur im Norden zu suchen sein konnten.

Die Knaben und der Steuermann drangen längs des Ufers am Auckland-hill möglichst behutsam vor. Jenseits des Geheges gestatteten ihnen Gesträuche und Baumgruppen den Wald zu erreichen, ohne sich allzusehr bloßzustellen.

Evans marschirte an der Spitze, nachdem er den Feuereifer Doniphan's, der immer der Erste sein wollte, mühsam gemäßigt hatte. Als er an dem kleinen Erdhügel vorübergekommen war, der die sterblichen Ueberreste des französischen Schiffbrüchigen bedeckte, hielt es der Steuermann für angezeigt, eine schräge Richtung einzuschlagen, um sich dem Strande des Family-lake mehr zu nähern.

Phann, den Gordon vergeblich zurückzuhalten versucht hatte, schien mit aufgerichteten Ohren und die Nase am Boden etwas auszuspüren, und bald gewahrte man, daß er eine Fährte gefunden haben müsse.

„Achtung!" rief Briant.

„Ja," antwortete Gordon. „Das ist nicht die Fährte eines Thieres. Seht nur das seltsame Verhalten des Hundes!"

„Schleichen wir unter dem Gebüsch hin," sagte Evans, „und Sie, Herr Doniphan, da Sie sicher schießen, fehlen Sie ja keinen der Schurken, wenn einer sichtbar würde! Eine nützlichere Kugel werden Sie nie verschossen haben!"

Einige Augenblicke später hatten Alle die ersten Baumgruppen erreicht. Hier, am Saume der Traps-woods, fanden sich noch Spuren eines neuerlichen Lagers, halb verkohlte Zweige und kaum erkaltete Asche.

„Ganz sicherlich hat Walston an dieser Stelle die letzte Nacht verweilt," bemerkte Gordon.

„Und vielleicht war er sogar vor wenigen Stunden noch hier," antwortete Evans. „Ich halte es also für richtiger, wir ziehen uns mehr nach dem Steilufer hin zurück . . ."

Er hatte kaum geendet, als von rechts her ein Krachen erschallte. Eine Kugel schlug, nachdem sie Briant leicht am Kopfe gestreift, in den Baum, an den er sich lehnte.

Fast zu derselben Zeit donnerte noch ein anderer Schuß, dem ein Schrei folgte, während etwa fünfzig Schritte weiterhin eine Masse schnell unter den Bäumen verschwand.

Doniphan war es gewesen, der, als Ziel den Rauch des ersten Schusses nehmend, Feuer gegeben hatte.

Da der Hund nicht stehen blieb, eilte Doniphan, von Kampfesmuth beseelt, diesem ohne zu überlegen nach.

„Vorwärts!" rief Evans, „wir können ihn nicht allein in's Gedränge kommen lassen!" . . .

Nur wenige Minuten später hatten sie Doniphan erreicht und bildeten da einen Kreis um einen inmitten des hohen Grases ausgestreckten Körper, der kein Lebenszeichen mehr von sich gab.

„Der hier, das ist Pike!" sagte Evans. „Dieser Schurke hat seinen Lohn empfangen! Wenn der Teufel auf ihn Jagd macht, wird er nicht als Schneider wieder nach Hause kommen. – Wieder Einer weniger!"

„Die Anderen können nicht weit von hier sein," bemerkte Garnett.

„Nur, junge Freunde, lassen wir uns nicht unnöthig sehen."

„Nieder auf die Knie! Auf die Knie!" ..."

Ein dritter Knall, dieses Mal von der linken Seite. Service, der den Kopf nicht niedrig genug gehalten hatte, erhielt einen Streifschuß an der Stirn.

„Bist Du verwundet? ..." rief Gordon auf ihn zueilend.

„O, es ist nichts, Gordon, gar nichts," antwortete Service. „Höchstens eine leichte Schramme!"

Jetzt galt es, sich nicht von einander zu trennen. Nachdem Pike getödtet war, blieb nur Walston mit noch vier Leuten übrig, welche in geringer Entfernung hinter den Bäumen Aufstellung genommen haben mochten. Evans und die Seinigen bildeten, unter dem Gesträuch hingekauert, eine gedrängte Truppe, bereit sich zu vertheidigen, von welcher Seite der Angriff auch erfolgte.

Plötzlich rief Garnett:

„Wo ist denn Briant?"

„Ich sehe ihn nicht mehr!" antwortete Wilcox.

In der That war Briant verschwunden, und da sich das Gebell Phanns jetzt nur mit erneuerter Heftigkeit hören ließ, war zu fürchten, daß der unerschrockene Knabe mit einigen Leuten der Bande in's Handgemenge gekommen sei.

„Briant! ... Briant!" rief Doniphan.

Alle folgten, vielleicht unbewußt, den Spuren Phanns nach. Evans hatte sie nicht zurückhalten können. Sie schlüpften von Baum zu Baum und gewannen so immer mehr an Terrain.

„Vorsehen, Master, vorsehen!" rief plötzlich Cross, der sich schnell zur Erde niederwarf.

Instinctiv senkte der Steuermann den Kopf, gerade als eine Kugel nur wenige Zoll über ihn hinpfiff.

Als er sich gleich wieder aufrichtete, bemerkte er einen der Spießgesellen Walston's, der durch das Gehölz flüchtete.

Er erkannte Rock, der ihm die Nacht vorher entkommen war.

„Das für Dich, Rock!" rief er.

Er gab Feuer und Rock verschwand, als ob die Erde sich unter ihm aufgethan hätte.

„Sollt' ich ihn nochmals gefehlt haben? . . .“ rief Evans. „Alle Wetter, das wäre Pech!“

Alles das geschah binnen wenigen Secunden. Plötzlich erschallte das Gebell des Hundes ganz in der Nähe und gleich darauf hörte man die Stimme Doniphan's.

„Fest halten, Briant, halt aus!“ rief er.

Evans und die Anderen sprangen nach der betreffenden Seite hin, und zwanzig Schritte weiter sahen sie Briant im Kampfe mit Cope.

Der Elende hatte den Knaben schon zu Boden geworfen und wollte ihm eben das Messer ins Herz bohren, als Doniphan, der zur rechten Zeit dazu kam, um den Stoß abzulenken, sich auf Cope warf, ohne vorher Gelegenheit gehabt zu haben, seinen Revolver zu ziehen.

Jetzt traf ihn das Messer des Schurken mitten in die Brust . . . er fiel zusammen, ohne nur einen Laut von sich zu geben.

Cope, welcher bemerkte, daß Evans, Garnett und Webb ihm den Rückzug abzuschneiden versuchten, ergriff nach Norden zu die Flucht. Mehrere Schüsse wurden ihm gleichzeitig nachgesendet. Er verschwand jedoch und Phann kam zurück, ohne Jenen eingeholt zu haben.

Kaum hatte er sich erhoben, da trat Briant an Doniphan heran, unterstützte den Kopf des Verwundeten und bemühte sich, diesen wieder zu beleben.

Evans und die Anderen waren ebenfalls hinzugekommen, nachdem sie ihre Gewehre eiligst wieder geladen hatten.

Der Kampf verlief anfänglich entschieden zum Nachtheile Walston's, da Pike getödtet und Cope und Rock mindestens außer Gefecht gesetzt waren.

Leider war freilich Doniphan in die Brust, und wie es schien, tödtlich getroffen worden. Die Augen geschlossen, das Gesicht weiß wie Wachs, machte er nicht die geringste Bewegung und hörte nicht einmal, daß Briant seinen Namen rief.

Inzwischen hatte sich Evans über den Körper des Knaben gebeugt, hatte dessen Weste aufgeknöpft und das von Blut getränkte Hemd aufgerissen. Aus einer schmalen dreieckigen Wunde in der Höhe der vierten Rippe an der linken

Seite sickerte noch immer Blut. Daß die Spitze des Messers das Herz nicht getroffen haben konnte, ergab sich schon daraus, daß Doniphan noch athmete. Wohl war dagegen zu befürchten, daß die Lunge verletzt sei, denn die Athmung des Verwundeten ging nur sehr schwach vor sich.

„Wir wollen ihn nach French-den schaffen," sagte Gordon; „nur dort allein vermögen wir ihn zu pflegen . . ."

„Und zu retten!" rief Briant. „Ach, mein armer Kamerad! . . . Für mich, für mich, hast Du Dein Leben auf's Spiel gesetzt!"

Evans billigte den Vorschlag, Doniphan nach French-den zurückzubringen, um so mehr, als jetzt ein Stillstand des Gefechts eingetreten schien. Wahrscheinlich hatte es Walston angesichts der ungünstigen Wendung der Dinge vorgezogen, sich nach den Tiefen der Traps-woods zu flüchten.

Am meisten beunruhigte es Evans, daß er weder Walston selbst, noch Brandt oder Book, vielleicht die gefährlichsten Mitglieder der Bande, gesehen hatte.

Der Zustand Doniphan's erforderte, diesen ohne Erschütterung fortzuschaffen. Baxter und Service beeilten sich also, eine Tragbahre aus Aesten und Zweigen herzustellen, auf welche der arme Verwundete gelegt wurde, ohne daß er wieder zum Bewußtsein gekommen wäre. Dann hoben vier seiner Kameraden ihn sorgsam auf, während die Anderen ihn, das Gewehr schußfertig und den Revolver in der Hand, umringten.

Der traurige Zug wandte sich dem Fuße des Auckland-hill zu, was rathsamer schien als der Weg am Seeufer hin. Längs des Steilufers brauchten sie ihre Aufmerksamkeit nur nach links und nach rückwärts zu richten. Nichts störte jedoch den stillen Zug. Zuweilen nur entrang sich Doniphan ein schmerzlicher Seufzer, so daß Gordon anhalten ließ, um die Athemzüge des Verwundeten zu beobachten, und dann ging es wieder langsam vorwärts.

Drei Viertel des Weges wurden in dieser Weise zurückgelegt; jetzt waren nur noch acht- bis neunhundert Schritte zu machen, um French-den zu erreichen, dessen hinter einem Vorsprunge des Steilufers verborgene Thüre man noch nicht sehen konnte.

Plötzlich ertönten Rufe von der Seite des Rio Sealand. Phann sprang in dieser Richtung davon.

Offenbar war French-den von Walston und seinen beiden anderen Spießgesellen angegriffen worden.

In der That war hier, wie sich später herausstellte, Folgendes vorgegangen:

Während Rock, Cope und Pike unter dem Schutze der Bäume der Traps-woods die kleine Truppe des Steuermanns beschäftigten, waren Walston, Brandt und Book, in dem ausgetrockneten Bette des Dike-cree vordringend, nach der Höhe des Auckland-hill gelangt. Nachdem sie schnell das Hochplateau desselben überschritten, kletterten sie in der Schlucht herunter, welche am Ufergelände des Rio unfern vom Eingange zum Store-room ausmündete. Einmal hier angelangt, hatten sie die jetzt nicht verbarricadirte Thüre eingestoßen und waren in French-den selbst eingedrungen.

Sollte Evans nun noch zeitig genug dazu kommen, um das drohende Unheil abzuwenden?

Des Steuermanns Entschluß war schnell gefaßt. Während Cross, Webb und Garnett bei Doniphan blieben, den man nicht allein lassen durfte, eilten Gordon, Briant, Service, Wilcox und er selbst auf kürzestem Wege nach French-den hin. Wenige Minuten später und als sie die Sport-terrace übersehen konnten, hatten sie einen Anblick, der ihnen jede Hoffnung zu rauben schien.

Eben jetzt trat Walston aus der Thüre der Halle und hielt ein Kind, das er nach dem Rio schleppte.

Dieses Kind war Jacques. Vergebens hatte Kate, die Walston nachstürzte, es diesem zu entreißen gesucht.

Gleich darauf erschien auch der zweite Begleiter Walston's, Brandt, der den kleinen Costar gepackt hatte, und ihn in der nämlichen Richtung hinzog.

Baxter warf sich zwar auf Brandt, doch von einem wuchtigen Stoße getroffen, rollte er zur Erde.

Die übrigen Kinder, Dole, Jenkins und Iverson, waren ebensowenig wie Moko zu erblicken. Sollten sie vielleicht schon innerhalb French-dens umgekommen sein?

Walston und Brandt näherten sich inzwischen rasch dem Rio. Hatten sie eine Möglichkeit, denselben anders als schwimmend zu überschreiten? Ja, Book war da, und zwar in der Jolle, die er aus dem Store-room hierher geschafft hatte.

Einmal erst auf dem linken Ufer, waren sie gegen jeden Angriff gesichert. Ehe man ihnen hätte den Weg verlegen können, mußten sie, mit Jacques und

Costar als Geiseln in ihren Händen, das Lager beim Bear-rock schon erreicht haben.

Evans, Briant, Gordon, Cross und Wilcox liefen also, was sie die Füße tragen konnten, um nach der Sport-terrace zu gelangen, ehe Walston, Book und Brandt sich jenseits des Flusses in Sicherheit gebracht hätten. Hätten sie jetzt auf die Schurken feuern wollen, so würden sie Costar und Jacques gleichzeitig gefährdet haben.

Noch war Phann jedoch da. Mit einem furchtbaren Sprunge packte er Brandt an der Kehle. Dieser mußte, um zur Abwehr des Hundes freie Hand zu behalten, Costar loslassen, während Walston sich beeilte, Jacques nach der Jolle zu zerren.

Plötzlich stürmte noch ein Mann aus der Halle.

Das war Forbes.

Wollte er sich seinen früheren Spießgesellen wieder anschließen, nachdem er die Kammerthüre gesprengt hatte? – Walston bezweifelte das nicht.

„Hierher, Forbes! . . . Komm! . . . Komm!" . . . rief er.

Evans war stehen geblieben; er wollte schon Feuer geben, als er Forbes sich auf Walston stürzen sah.

Verdutzt über diesen Angriff, dessen er sich nimmermehr versehen hatte, mußte er jetzt Jacques ebenfalls freigeben, und sich umwendend, stieß er mit dem Messer nach dem neuen Feinde!

Forbes sank zu Walston's Füßen nieder.

Das ging Alles so blitzschnell von statten, daß Evans, Briant, Gordon, Service und Wilcox sich noch etwa hundert Schritte von der Sport-terrace entfernt befanden.

Walston wollte Jacques wieder ergreifen, um ihn bis in die Jolle zu schleppen, wo Book ihn mit Brandt, der sich mit Mühe von dem Hunde befreit hatte, zum Abstoßen fertig erwartete.

Er gewann nicht die Zeit dazu, denn Jacques, der auch einen Revolver bei sich hatte, schoß ihm diesen mitten auf die Brust ab. Kaum behielt der schwer verwundete Walston Kraft genug, zu seinen beiden Gefährten hinunter zu wanken, die ihn mit den Armen auffingen, ihn niedersetzten und die Jolle kräftig abstießen.

In diesem Augenblicke krachte es wie ein heftiger Donnerschlag. Ein Hagel von Bleikugeln schlug in das Wasser des Flusses.

Dieser kam von dem kleinen Geschütze, das der Schiffsjunge durch die Schießscharte des Store-room abgefeuert hatte.

Mit Ausnahme der beiden Elenden, welche unter dem Baumdickicht der Traps-woods verschwanden, war die Insel jetzt gesäubert von den Mordgesellen des „Severn“, welche durch die Strömung des Rio Sealand nach dem Meere hinab getragen wurden.

XIV.

Befreit! – Die Helden des Schlachtfeldes. – Das Ende eines Unglücklichen. – Streifzug in den Wald. – Wiedergenesung Doniphan's. – Am Hafen des Bear-rock. – Die Neuverplankung. – Abfahrt am 5. Februar. – Stromab den Rio-Sealand. – Begrüßung der Sloughi-Bai. – Die letzte Spitze der Insel Chairman.

———

Ein neuer Lebensabschnitt nahm nun für die jugendlichen Colonisten der Insel Chairman seinen Anfang.

Nachdem sie bisher für die Sicherung ihrer Existenz unter zuweilen sehr bedrohlichen Verhältnissen gekämpft, sollten sie jetzt nur noch für ihre Befreiung arbeiten, um durch eine letzte Anstrengung sich die Aussicht, Angehörige und Vaterland wiederzusehen, zu eröffnen.

Nach dem durch den Kampf hervorgerufenen Zustande stärkster Erregung und Ueberreizung trat jetzt bei Mehreren eine gar zu natürliche Gegenwirkung zu Tage. Sie fühlten sich wirklich erdrückt von ihrem Erfolge, an den sie kaum geglaubt hatten. Jetzt, wo die Gefahr vorüber war, erschien sie ihnen sogar größer, als sie sich früher darstellte, und in der That auch gewesen war. Gewiß hatten sich ihre günstigen Aussichten nach dem ersten Zusammenstoße am Rande der Traps-woods einigermaßen gehoben, ohne das so unerwartete Dazwischentreten Forbes' wären ihnen Walston, Book und Brandt aber doch wohl entgangen. Moko konnte ebensowenig wagen, den Kartätschenhagel abzugeben, der Costar und Jacques jedenfalls gleichzeitig mit den Räubern derselben vernichten mußte . . . Was wäre dann die Folge gewesen? . . . Zu welch' drückender Vereinbarung hätten sie sich verstehen müssen, um die beiden Kinder auszulösen?

Als dann Briant und seine Kameraden die Sachlage mit mehr nüchternem Auge überschauen konnten, ergriff sie fast eine Art nachträglichen Schauders. Das hielt jedoch nicht lange an, und obwohl man noch nicht wußte, was aus Rock und Cope geworden war, erschien doch die Sicherheit auf der Insel im Großen und Ganzen wieder hergestellt.

Was die Helden des Schlachtfeldes anging, so wurden diese nach Verdienst beglückwünscht – Moko für seinen zu so gelegener Zeit durch die Schießscharte des Store-room abgefeuerten Kanonenschuß, – Jacques für die Kaltblütigkeit, von der er Zeugniß abgelegt, als er seinen Revolver Walston mitten auf die Brust losdrückte, und endlich auch Costar, der „gewiß ganz dasselbe gethan haben würde," wie er sagte, „wenn er nur einen solchen sechsschüssigen ›Puffer‹ in der Hand gehabt hätte" – er hatte aber leider keine solche Waffe.

Selbst Phann wurde hierbei nicht übergangen; man überhäufte ihn vielmehr mit Liebkosungen, ohne eine tüchtige Portion Markknochen zu rechnen, mit der Moko ihn dafür belohnte, daß er dem Schurken Brandt, der den kleinen Knaben entführen wollte, mit den Zähnen zu Leibe ging.

Es versteht sich von selbst, daß Briant gleich nach Moko's Kanonenschusse eiligst nach der Stelle zurücklief, wo seine Kameraden Doniphan bewachten. Wenige Minuten später war die Tragbahre mit dem Verwundeten in der Halle niedergesetzt worden, ohne daß dieser wieder zum Bewußtsein kam, während Forbes, den Evans aufgehoben hatte, eine Lagerstatt im Store-room erhielt. Die Nacht über wachten Kate, Gordon, Briant, Wilcox und der Steuermann bei den beiden Verletzten.

Daß Doniphan sehr schwer verwundet war, zeigte sich nur allzu deutlich. Da er jedoch regelmäßig athmete, konnte die Lunge desselben von Cope's Messer wenigstens nicht ganz durchbohrt sein. Zum Verbinden seiner Wunde benützte Kate gewisse Blätter, welche man im Far-West gewöhnlich in ähnlichen Fällen verwendete und die ihr hier einige Sträuche vom Ufer des Rio Sealand lieferten. Es waren das Erlenblätter, welche, zerquetscht und zu Umschlägen benützt, sich gegen das Auftreten erschöpfender Eiterungen sehr wirksam erweisen, und von solchen war die größte Gefahr zu befürchten. Nicht ebenso gut ging es mit Forbes, den Walston in den Leib gestochen hatte. Er wußte auch, daß er tödtlich getroffen war, und als er das Bewußtsein wieder erlangte und Kate pflegebereit über sein Lager gebeugt sah, sagte er schwach:

„Ich danke, gute Kate, ich danke! . . . Es ist nutzlos! . . . Ich bin doch verloren!" Dabei drangen ihm die Thränen aus den Augen.

Hatte die Stimme des Gewissens in ihm nun doch noch wachgerufen, was von besseren Eigenschaften im Herzen des Unglücklichen schlummerte? . . . Ja! Verführt durch schlimme Einflüsterungen und böse Beispiele, hatte er sich zwar am Gemetzel auf dem „Severn" betheiligt, sein ganzes Wesen empörte sich aber gegen das schreckliche Geschick, das den jungen Colonisten bereitet werden sollte, und er hatte sein Leben für sie in die Schanze geschlagen.

„Hoffe nur, Forbes!" redete Kate ihm tröstend zu. „Du hast Dein Vergehen gesühnt . . . Du wirst leben bleiben. . . ."

Doch nein, der Unglückliche sollte sterben. Trotz der besten Pflege, an der man es ihm nicht fehlen ließ, wurde die Verschlimmerung seines Zustandes von Stunde zu Stunde sichtbarer. Während der wenigen Augenblicke, in welchen der brennende Schmerz ihn einmal verließ, richteten sich seine ruhelosen Augen auf Kate oder Evans . . . Er hatte Blut vergossen und jetzt floß sein Blut, um frühere Sünden abzuwaschen.

Gegen vier Uhr Morgens hatte Forbes ausgelitten.

Er starb reuevoll, darum hatten ihm Gott und Menschen verziehen und blieb ihm ein qualvoller Todeskampf erspart, denn fast ohne jedes Zeichen von Schmerz hauchte er den letzten Seufzer aus.

Man begrub ihn am nächsten Tage ganz nahe der Stelle, wo der französische Schiffbrüchige ruhte, und jetzt bezeichnen zwei kleine Kreuze die beiden vereinsamten Gräber.

Immerhin bildete die Anwesenheit Rock's und Cope's auch jetzt noch eine gewisse Gefahr; die Sicherheit konnte nicht als vollständig gelten, so lange diese nicht außer Stand gesetzt waren, weiter zu schaden.

Evans beschloß also, diesem Zustand ein Ende zu machen, bevor er sich nach dem Bear-rock begab.

Gordon, Briant, Baxter, Wilcox und er brachen, begleitet von Phann, dessen Spürsinn zur Auffindung einer Fährte nicht zu verachten war, mit dem Gewehre unterm Arm und den Revolver im Gürtel noch am nämlichen Tage auf.

Die Nachforschungen waren weder schwierig noch lang, und, wie wir einschalten müssen, auch keineswegs gefährlich. Es zeigte sich nämlich bald, daß man von den beiden Spießgesellen Walston's nichts mehr zu fürchten hatte. Cope, dessen Weg man in Folge der Blutspuren in den Traps-woods unschwer verfolgen konnte, wurde nur wenige hundert Schritte von der Stelle, wo ihn eine Kugel ereilte, todt aufgefunden. Ebenso entdeckte man den Leichnam Pike's, der gleich im Anfang des Gefechtes gefallen war. Was endlich Rock anging, der so überraschend verschwand, als hätte die Erde ihn verschlungen, so konnte Evans sich diese Thatsache sehr schnell erklären: der Elende war tödtlich getroffen in eine der von Wilcox ausgehobenen Fallgruben gerathen. Die drei Leichname wurden sogleich in der zum Grabe verwandelten Aushöhlung beerdigt. Dann kehrten der Steuermann und seine Begleiter mit der erfreulichen Nachricht heim, daß die Colonie jetzt gar nichts mehr zu fürchten habe.

Nun wäre in French-den die Freude vollkommen gewesen, hätte nur Doniphan nicht an der schweren Verletzung daniedergelegen. Immerhin konnte die Hoffnung wieder in Aller Herzen einziehen.

Am folgenden Tage besprachen Evans, Gordon, Briant und Baxter die Aufgaben, welche eine unmittelbare Erledigung erheischten. Vor Allem kam es jetzt darauf an, sich in Besitz der Schaluppe des „Severn“ zu setzen. Das bedingte aber einen Ausflug nach dem Bear-rock und selbst einen längeren Aufenthalt daselbst, wenn dort die nöthigen Arbeiten, um das Fahrzeug wieder segeltüchtig zu machen, ausgeführt werden sollten.

Man einigte sich also dahin, daß Evans, Briant und Baxter über den See weg und durch den East-river nach dessen Mündung führen, denn damit benützten sie den kürzesten und auch den sichersten Weg.

Die in einem Winkel des Rio wiedergefundene Jolle hatte von dem Kartätschenhagel, der dicht über sie wegfegte, nicht gelitten. Man belud diese also mit den Werkzeugen zum Ausbessern der Beplankung, mit Mundvorrath, Munition und Waffen, und bei günstigem Seitenwinde segelte sie am 6. December des Morgens unter der Führung Evans' ab.

Die Fahrt über den Family-lake ging schnell von statten, und der Wind blieb während derselben so beständig, daß die Schote des Segels weder angezogen noch nachgelassen zu werden brauchte. Gegen elfeinhalb Uhr zeigte Briant dem Steuermann die kleine Einbuchtung, durch welche die Gewässer des Sees im

Bette des East-river abflossen, und die durch die Ebbe unterstützte Jolle glitt bald zwischen den beiden Ufern des Rio dahin.

Nicht weit von dessen Mündung lag die aus dem Wasser gezogene Schaluppe beim Bear-rock im Sande.

Nach Besichtigung derselben und nach Feststellung der unerläßlich nöthigen Reparaturen sagte Evans:

„Wir haben, meine jungen Freunde, allerdings Werkzeuge zur Hand, dagegen fehlt uns das Material zu Spanten und Planken. In French-den finden sich nun Planken und Krummhölzer genug, welche vom Rumpfe des ›Sloughi‹ herrühren, und wenn wir das Fahrzeug nach dem Rio Sealand bugsiren könnten . . ."

„Ja, das war auch mein Gedanke," fiel Briant ein. „Sollte sich das nicht ausführen lassen, Master Evans?"

„Daran zweifl' ich nicht im geringsten," erwiderte Evans. „Da die Schaluppe von den Severn-shores bis zum Bear-rock gelangt ist, wird sie auch vom Bear-rock nach dem Rio Sealand zu schaffen sein. Dort wird uns die Arbeit wesentlich erleichtert, und dann fahren wir endlich von French-den aus nach der Sloughi-Bai und segeln von da aus auf's Meer hinaus!"

Wenn diese Absicht ausführbar war, so ließ sich ein besseres Vorgehen offenbar gar nicht ersinnen. Es wurde also beschlossen, die erste Fluth des folgenden Tages zu benützen, um den East-river stromauf zu fahren und die Schaluppe dabei im Schlepptau der Jolle mitzunehmen.

Zunächst bemühte sich Evans so gut wie möglich, die Lecke des Fahrzeuges mit Wergpfropfen zu verschließen, welche er von French-den mitgebracht, und mit dieser Arbeit kam er erst spät am Abend zustande.

Die Nacht verlief dann ganz ruhig im Schutze der Grotte, welche Doniphan und seine Begleiter bei ihrem ersten Besuche der Deception-Bai zur Wohnstätte ausersehen hatten.

Sehr früh am folgenden Tage wurde die Schaluppe durch ein Seil mit der Jolle verbunden, und Evans, Briant und Baxter fuhren mit Eintritt der Fluth wieder ab. Indem sie noch obendrein die Ruder gebrauchten, gelangten sie bis zum Eintritt des höchsten Wasserstandes recht gut vorwärts, nur als die Ebbe sich mehr fühlbar machte, wurde das durch eingetretenes Wasser weiter beschwerte Fahrzeug nur mit großer Anstrengung mitgeschleppt. So kam die fünfte

Nachmittagsstunde heran, ehe die Jolle das rechte Ufer des Family-lake erreichte.

Der Steuermann hielt es nicht für gut, unter den obwaltenden Verhältnissen eine Nachtfahrt zu wagen.

Uebrigens zeigte der Wind gegen Abend Neigung abzuflauen, während die Brise höchst wahrscheinlich, wie es in der schöneren Jahreszeit fast stets geschieht, mit den ersten Sonnenstrahlen wieder auffrischen mußte.

Man lagerte sich also an Ort und Stelle, aß mit vortrefflichem Appetit und schlief ausgezeichnet, wobei sich der Kopf auf die Wurzeln einer großen Buche stützte und die Füße vor einem bis zum Morgenrothe brennenden Feuer ausgestreckt lagen.

„Einsteigen!“ das war das erste Wort, welches der Steuermann aussprach, als der erste Tagesschein die Gewässer des Sees erhellte.

Wie erwartet, hatte sich die Nordostbrise mit anbrechendem Tage auf's neue erhoben, und eine günstigere Richtung, um nach French-den hinüber zu kommen, war gar nicht zu wünschen.

Das Segel wurde also gehißt und die Jolle, die schwere, bis an den Bordrand im Wasser eintauchende Schaluppe nachschleppend, wendete nach Westen.

Die Fahrt über den Family-lake ging ohne die geringste Störung von statten. Aus Vorsicht hielt sich Evans jedoch bereit, das Schleppseil sofort zu kappen, wenn die Schaluppe gänzlich versunken wäre, da diese die leichte Jolle jedenfalls nachgezogen hätte. Diese Möglichkeit machte sie natürlich recht besorgt. Mit dem Versinken des größeren Fahrzeuges war die endliche Abreise auf unbestimmte Zeit vertagt und die ganze Gesellschaft vielleicht gezwungen, noch recht lange auf der Insel Chairman auszuhalten.

Endlich tauchten gegen drei Uhr Nachmittags die Höhen des Auckland-hill am westlichen Horizonte auf. Um fünf Uhr fuhren die Jolle und die Schaluppe in den Rio Sealand ein und gingen unter dem Schutze des kleinen Dammes vor Anker. Laute Hurrahs begrüßten Evans und seine Begleiter, welche so schnell nicht zurückerwartet worden waren.

Während ihrer Abwesenheit hatte sich Doniphan's Zustand ein wenig gebessert. Der wackere Knabe vermochte jetzt schon den Händedruck seines Kameraden Briant zu erwidern. Seine Athmung ging, da die Lunge nicht angegriffen war, leichter vor sich. Obgleich er noch auf strenge Diät beschränkt blieb, so begannen seine Kräfte doch zuzunehmen, und unter den Kräuteraufschlägen, welche Kate von zwei zu zwei Stunden erneuerte, mußte seine Wunde sich voraussichtlich bald völlig schließen. Ohne Zweifel folgte jetzt noch eine langdauernde Zeit der Wiedergenesung; Doniphan hatte aber soviel gesunde Lebenskraft, daß seine gänzliche Heilung nur eine Frage der Zeit sein konnte.

Am nächsten Tage schon nahmen die Ausbesserungsarbeiten ihren Anfang. Zuerst mußte man sich freilich tüchtig in's Geschirr legen, um die Schaluppe nur auf's Land zu ziehen. Bei dreißig Fuß Länge und – an ihrem Hauptquerbalken – sechs Fuß Breite mußte sie für die siebzehn Passagiere ausreichen, welche die kleine Kolonie, Kate und den Steuermann eingerechnet, derzeit zählte.

Nach jenem mühseligen Anfange gingen die Arbeiten in regelmäßigem Verlaufe vor sich. Ein gleich guter Schiffszimmermann, wie guter Seemann, verstand sich Evans darauf vollkommen und lernte dabei auch die Geschicklichkeit Baxter's schätzen. An Material fehlte es hier ebenso wenig wie an Werkzeugen. Mit den Ueberresten vom Schoonerrumpfe konnte man die zerbrochenen Krummhölzer, die geborstene Bordwand und die zerstörten Kreuzhölzer wieder herstellen; das alte, in eingedicktem Fichtensaft wieder erweichte Werg gestattete, die Fugen des Rumpfes vollständig zu dichten.

Die früher nur am Vordertheile gedeckte Schaluppe wurde jetzt auf zwei Drittel eingedeckt, was bei schlechtem Wetter besseren Schutz versprach, obgleich letzteres während der Sommerzeit kaum zu befürchten war. Die Passagiere konnten sich so nach Belieben unter oder über Deck aufhalten. Die Bramstenge des „Sloughi“ vertrat hier den Großmast, und Kate gelang es unter Anleitung des Steuermannes aus der Reserve-Brigantine der Yacht ein Focksegel, ebenso wie ein Hinter- und ein Klüversegel herzustellen. Bei dieser Ausrüstung war das Gleichgewicht des Fahrzeuges besser gesichert und konnte dasselbe den Wind in jeder Haltung und Wendung ausnützen. Diese, dreißig volle Tage in Anspruch nehmenden Arbeiten wurden erst am 8. Januar beendigt, und nun waren blos noch gewisse Einzelheiten der Ausrüstung zu bestimmen.

Der Steuermann wollte nichts außer Acht lassen, die Schaluppe in möglichst guten Zustand zu setzen. Sie sollte ebenso zur Fahrt durch die Wasserstraße des magellanischen Archipels geeignet sein, wie im Nothfalle einige hundert Meilen unter Segel bleiben können, wenn es unumgänglich wurde, bis zur

Niederlassung von Punta Arena an der Ostküste der Halbinsel Braunschweig zu fahren.

Hier muß noch eingeschaltet werden, daß im Verlaufe der letzten Zeit die Christmas mit einem gewissen Aufwand gefeiert wurde, und auch der 1. Januar des Jahres 1862, welches die jungen Colonisten allerdings nicht mehr auf ihrer Insel zu vollenden hofften.

Damals war die Genesung Doniphan's schon so weit vorgeschritten, daß er die Halle verlassen konnte, wenn er sich auch noch recht schwach fühlte. Die gute Luft und gehaltreichere Nahrung gaben ihm seine Kräfte sichtlich wieder. Uebrigens beabsichtigten seine Kameraden gar nicht abzufahren, ehe er nicht im Stande wäre, ohne Gefahr eines Rückfalles eine Reise von einigen Wochen auszuhalten.

Inzwischen nahm das Leben in French-den seinen gewohnten Fortgang.

Freilich wurden die Unterrichtsstunden und die Redeübungen nicht mehr so streng eingehalten. Jenkins, Iverson, Dole und Costar blieben doch der Meinung, daß sie ja Ferien hätten.

Wie man sich wohl denken kann, hatten Wilcox, Cross und Webb die Jagden, sowohl am Rande der South-moors wie in den Dickichten der Traps-woods, wieder aufgenommen. Jetzt verachtete man die Fallen und Schlingen, trotz der Einrede Gordon's, der immer seine Munition geschont sehen wollte. Da knallte es hier und krachte es dort, daß die Speisekammer Moko's bald von frischem Wildpret übervoll wurde, was wenigstens die Aufsparung der Conserven für die Reise ermöglichte.

Ach, hätte Doniphan sein Amt als Jägermeister der Colonie versehen können, mit welchem Feuereifer würde er jetzt alles Haar- und Federwild verfolgt haben, wo es auf einen Schuß mehr oder weniger nicht ankam. Er empfand es auch als ein recht schweres Herzeleid, sich seinen Kameraden nicht anschließen zu können; doch er mußte sich schon in Geduld fassen und durfte keine Unklugheit begehen.

Während der letzten zehn Tage des Januars schritt Evans nun zur Beladung des Fahrzeugs. Wohl hatten Briant und die Andern den Wunsch, Alles, was sie aus ihrem „Sloughi“ gerettet, mitzunehmen. Aus Mangel an Platz war das jedoch nicht möglich, und es mußte also eine Auswahl davon getroffen werden.

In erster Linie brachte Gordon sicher das Geld unter, das er an Bord der Yacht einst vorfand und das die jungen Colonisten für die bevorstehende Heimfahrt wohl noch brauchen mußten; Moko sorgte in hinreichender Menge für den Mundvorrath der siebzehn Passagiere, und zwar nicht allein für eine, auf einige Wochen berechnete Reise, sondern auch für den Fall, daß die Umstände sie nöthigten, auf einer Insel des Archipels ans Land zu gehen, ehe sie Punta Arena, Port-Galant oder Port-Tamar erreichten.

Was von Schießbedarf noch übrig war, fand, ebenso wie die Gewehre und Revolver von French-den, in den Kästen der Schaluppe Unterkunft. Doniphan bestand selbst darauf, daß man die beiden kleinen Geschütze von der Yacht nicht zurückließ. Belasteten sie das Fahrzeug zu bedeutend, so konnte man sich ihrer unterwegs ja jeder Zeit entledigen.

Briant nahm ebenso den ganzen Vorrath an Kleidungsstücken zum Wechseln mit, den größten Theil der Bücher der Bibliothek, ferner die nöthigsten Geräthe zum Kochen an Bord – unter Anderem einen der Oefen aus dem Store-room – und endlich die zur Schifffahrt unentbehrlichen Instrumente, wie Seechronometer, Fernrohre, Compasse, Log, Signallaternen, das Halkett-boat nicht zu vergessen. Wilcox wählte unter den Leinen und Schnuren aus, was unterwegs zum Fischfang Verwendung finden konnte.

Das Süßwasser, welches zum Mitnehmen aus dem Rio Sealand geschöpft worden war, ließ Gordon in zehn kleine Fässer füllen, welche unten im Boote auf dem Kielschweine regelmäßige Aufstellung fanden. Man vergaß auch nicht, was von Brandy, Gin und den aus den Trulcafrüchten und dem Algarrobebeeren bereiteten Liqueuren übrig war.

Am 3. Februar war die gesammte Ladung an ihrem Platze. Jetzt handelte es sich nur noch um Bestimmung des Abfahrtstages, sobald Doniphan in der Lage war, die Reise aushalten zu können.

Der wackere Knabe veranlaßte keinen nennenswerthen Aufschub. Seine Wunde war gänzlich vernarbt und der Appetit zurückgekehrt, so daß er sich nur hüten mußte, zu viel zu essen. Auf Briant's oder Kate's Arm gestützt, unternahm er jetzt tägliche mehrstündige Spaziergänge auf der Sport-terrace.

„Reisen wir ab! . . . Ohne Verzug!“ sagte er. „Es drängt mich, erst unterwegs zu sein . . . Die Seeluft wird mich vollends wieder herstellen.“

Die Abfahrt wurde nun auf den 5. Februar bestimmt.

Am Vorabend hatte Gordon die Hausthiere wieder in Freiheit gesetzt. Guanakos, Vigogne-Schafe, Trappen und das ganze Federvieh – Alles flüchtete, undankbar für die genossene Pflege, die einen, was sie laufen, die andern, was sie fliegen konnten, in die Weite, so unwiderstehlich trieb sie ihr Verlangen nach Freiheit.

„Die Undankbaren!“ rief Gordon. „Das ist der Lohn für alle Mühe, die wir an sie verschwendet!“

„Ja, so ist einmal die Welt!“ antwortete Service mit so komischem Ernste, daß sein philosophischer Ausspruch mit allgemeinem Gelächter aufgenommen wurde.

Am nächsten Morgen schifften sich die jungen Passagiere auf der Schaluppe ein, welche die Jolle, die Evans als Barkasse dienen sollte, in's Schlepptau nahm.

Bevor sie aber die Taue vom Ufer lösten, wollten Briant und seine Kameraden noch einmal zu den Gräbern François Baudoin's und Forbes' treten. In andächtiger Stimmung begaben sie sich dahin und mit einem letzten Gebete weihten sie den Unglücklichen eine letzte Erinnerung.

Doniphan hatte am Hinterende des Bootes neben Evans, der das Steuer führen sollte, Platz genommen. Im Vordertheile hielten Briant und Moko die Schoten der Segel, obwohl man zur Fahrt längs des Rio Sealand mehr auf die Strömung zu rechnen hatte, als auf den Wind, dessen Richtung durch die Kette des Auckland-hill vielfach geändert wurde.

Die Uebrigen hatten sich, ebenso wie Phann, nach Gutdünken auf dem Deck des Vordertheiles untergebracht.

Die Taue wurden losgeworfen und die Ruder peitschten das Wasser.

Drei Hurrahs erschallten der gastlichen Wohnstätte, welche den jugendlichen Colonisten seit der langen Reihe von Monaten ein so sicheres Obdach gewährt hatte, und nicht ohne gewisse Rührung sahen sie – bis auf Gordon, der ganz untröstlich schien, seine Insel zu verlassen – Auckland-hill hinter den Bäumen des Ufergeländes verschwinden.

Den Rio Sealand hinab kam die Schaluppe kaum schneller als dessen Strömung vorwärts, und diese war eben keine bedeutende. Auf der Höhe der Schlammlache in den Bog-woods mußte Evans dann gegen Mittag Anker werfen.

Dieser Theil des Wasserlaufes gerade hatte so geringe Tiefe, daß die schwer belastete Schaluppe auf Grund zu gerathen drohte. Es erschien also richtiger, eine Fluthperiode abzuwarten und erst mit wieder beginnender Ebbe weiter zu fahren.

Dieser Halt dauerte gegen sechs Stunden. Die Passagiere benützten denselben zu einer reichlichen Mahlzeit, und Wilcox und Cross stiegen dann aus, um am Rande der South-moors einige Becassinen zu schießen.

Vom Achter der Schaluppe aus gelang es Doniphan sogar, ein paar feiste Tinamus zu erlegen, welche über dem rechten Ufer hinflatterten. Damit war er natürlich ganz geheilt.

Erst ziemlich spät Abends traf die Schaluppe an der Ausmündung des Rio ein. Da es die Dunkelheit nicht zuließ, sich durch die engen Rinnen des Klippengürtels zu winden, wollte Evans als vorsichtiger Seemann den andern Tag abwarten, um in See zu stechen.

Eine friedliche Nacht. Gegen Abend hatte sich der Wind gelegt, und als das Seegeflügel, die Felstauben, Möven und Taucherenten, ihre Löcher in der Felswand aufgesucht, herrschte in der Sloughi-Bai das tiefste Schweigen.

Am andern Morgen mußte bei dem herrschenden Landwinde der Seegang bis zur äußersten Spitze der South-moors ein ganz leichter sein, und es galt diesen zu benützen, um gegen zwanzig Meilen zurück zu legen, auf welcher Strecke bei Seewind das Meer recht schwer gewesen wäre.

Mit Tagesanbruch ließ Evans also die drei Segel der Schaluppe hissen, und von der sichern Hand des Steuermannes geleitet, glitt diese aus dem Rio Sealand heraus.

In diesem Augenblicke richteten sich alle Blicke nach dem Kamme des Auckland-hill und dann auf die letzten Felsmassen der Sloughi-Bai, welche mit der Umschiffung des American-Cape ebenfalls verschwanden.

Da wurde ein Kanonenschuß abgegeben, dem ein dreifaches Hurrah folgte, während die Flagge des Vereinigten Königreiches zum Top des Mastes emporstieg.

Acht Stunden später drang die Schaluppe in den Canal zur Seite der Insel Cambridge ein, umsegelte das South-Cape und folgte den Umrissen der Insel Adelaide.

Die letzte Spitze der Insel Chairman versank damit am nördlichen Horizonte.

XV.

In den Kanälen. – Die Meerenge. – Der Dampfer „Graston". – Rückkehr nach Auckland. – Empfang in der Hauptstadt Neuseelands. – Evans und Kate. – Schluß.

———

Die Fahrt durch die Canäle des magellanischen Archipels brauchen wir kaum eingehender zu schildern; sie verlief ohne jeden bemerkenswerthen Zwischenfall. Die Witterung blieb beständig schön. In jenen, nur sechs bis sieben Meilen breiten Wasserstraßen hätte das Meer auch kaum Zeit gehabt, durch einen kurzen Sturm besonders aufgewühlt zu werden.

Alle diese Canäle waren verlassen, und es war fast ein Vortheil zu nennen, mit den Eingeborenen dieser Gegenden, welche nicht sehr gastfreundlicher Natur sind, nicht zusammenzutreffen. Ein- oder zweimal während der Nacht wurden zwar Feuer im Innern der Inseln wahrgenommen, doch zeigte sich kein Bewohner derselben an deren Strande.

Am 11. Februar gelangte die Schaluppe, welche bis hierher stets vom Winde begünstigt worden war, durch den Smyth-Sund, zwischen der Westküste der Insel der Königin Adelaide und den Höhen des König-Wilhelm-Landes in die Magellan-Straße. Zur Rechten erhob sich die St. Anna-Spitze. Zur Linken, im Hintergrunde der Beaufort-Bucht, bauten sich einige jener prächtigen Gletscherriesen auf, von denen Briant einen der höchsten vom Osten der Insel Hannover – der die jungen Colonisten übrigens immer den Namen der Insel Chairman gaben – vor langer Zeit undeutlich gesehen hatte.

An Bord ging Alles gut; man hätte glauben können, daß die mit „Meeresduft" geschwängerte Luft Doniphan ganz besonders zusagte, denn er aß und trank nicht allein, sondern fühlte sich auch schon gekräftigt genug, an's Land zu gehen, wenn es der Zufall fügte, das frühere Robinsonleben noch einmal zu beginnen.

Im Laufe des 12. gelangte die Schaluppe in Sicht der Insel Tamar bei König Wihelms-Land, deren Hafen oder vielmehr Bucht in diesem Augenblicke ganz verlassen war. Ohne hier beizulegen, schlug Evans also, nach Umschiffung des Cap Tamar, eine südwestliche Richtung durch die Magellan-Straße ein.

Auf der einen Seite dehnte hier das lange Desolations-Land seine flachen, unfruchtbaren Küsten aus, denen die üppiggrüne Pflanzenwelt der Insel Chairman vollständig abging. An der andern zeigten sich die so auffallend vertheilten Einschnitte oder Einzahnungen der Halbinsel Crooker. An dieser hin suchte Evans nun mehr südlich vorzudringen, um das Cap Forward zu umsegeln und die Ostküste der Halbinsel Braunschweig bis zur Niederlassung von Punta Arena hinauf zu steuern.

Es wurde nicht nothwendig, so weit zu gehen.

Am Morgen des 13. rief Service, der im Vordertheile stand:

„Eine Rauchwolke an Steuerbord!"

„Der Rauch von einem Fischerfeuer?" fragte Gordon.

„Nein ... das ist die Rauchsäule eines Dampfschiffes!" erklärte Evans.

In der That lag von hier aus jedes Land zu entfernt, als daß der Rauch eines Lagers von Fischern hätte sichtbar sein können.

Briant erkletterte sogleich das Tauwerk des Mastes, erreichte die Spitze desselben und rief auch seinerseits:

„Ein Schiff! ... Ein Schiff! ..."

Das Fahrzeug kam bald in Sicht. Es war ein Dampfer von sieben- bis achthundert Tonnen, der mit einer Geschwindigkeit von elf bis zwölf Meilen dahinglitt.

Von der Schaluppe ertönten Hurrahs und krachten die Gewehre.

Die Schaluppe war bemerkt worden, und zehn Minuten später legte sie schon neben dem, auf der Fahrt nach Australien begriffenen Dampfer „Grafton" an.

Mit kurzen Worten war dessen Capitän Tom Long über die Abenteuer des „Sloughi" verständigt worden. Von dem verschollenen Schooner hatte übrigens, in England und Amerika, Jeder mit Theilnahme gehört, und Tom Long beeilte sich also, die Passagiere der Schaluppe an Bord aufzunehmen. Er bot diesen sogar an, sie geraden Weges nach Auckland überzuführen, was für ihn keinen großen Umweg bildete, da der „Grafton" nach Melbourne, der Hauptstadt der Provinz Adelaide, fast ganz im Süden von Australien, bestimmt war.

Die Ueberfahrt ging rasch von statten, und am 25. Februar schon ankerte der „Grafton“ auf der Rhede von Auckland.

Bis auf wenige Tage waren jetzt zwei Jahre verflossen, seit die fünfzehn Zöglinge der Pension Chairman achtzehnhundert Meilen weit von Neuseeland verschlagen wurden.

Wir müssen darauf verzichten, die Freude der Familien zu schildern, welchen ihre Kinder unerwartet wiedergegeben waren – diese Kinder, welche man in die Tiefen des Stillen Weltmeers versunken glaubte. – Nicht Eines fehlte von Allen, die einst der Sturm nach der Gegend des untersten Südamerika entführt hatte.

Fast augenblicklich verbreitete sich in der Stadt die Botschaft, daß der „Grafton“ die jungen Schiffbrüchigen wieder heimgebracht habe. Die ganze Bevölkerung strömte zusammen und jubelte laut auf, als diese in die Arme ihrer Eltern sanken.

Und wie begierig zeigten sich Alle, genau kennen zu lernen, was sich auf der Insel Chairman zugetragen hatte. Die berechtigte Neugier sollte bald Befriedigung finden. Erstens hielt Doniphan einige Vorträge darüber – Vorträge, welche rauschenden Beifall fanden, worüber der Knabe natürlich nicht wenig stolz war. Dann wurde auch das von Baxter, man kann sagen, Stunde für Stunde vervollständigte Tagebuch von French-den durch den Druck veröffentlicht und es bedurfte vieler, sehr vieler Tausende von Exemplaren, nur um die Leser auf Neuseeland zu befriedigen. Endlich druckten dasselbe die Zeitungen beider Welten in allen Sprachen ab, denn es gab so gut wie Niemand, der sich nicht für den Unfall des „Sloughi“ interessirt hätte. Die Klugheit Gordon's, die Opferwilligkeit Briant's, die Unerschrockenheit Doniphan's, wie die stille Ergebung Aller, der Kleinen wie der Großen, fand überall bewundernde Anerkennung.

Es ist unnütz, bei dem Empfange, der Kate und dem Master Evans zutheil wurde, länger zu verweilen. Hatten sie sich für die Rettung dieser Kinder nicht wirklich geopfert? Mittels einer öffentlichen Subscription wurde deshalb ein Handelsschiff, der „Chairman“ angekauft und Evans zum Geschenk gemacht, der damit gleichzeitig dessen Eigenthümer und Capitän wurde, nur mit der Bedingung, daß Auckland der Heimatshafen desselben zu bleiben habe. Und wenn ihn seine späteren Reisen nach Neuseeland zurückführten, fand er stets in den Familien „seiner Jungen“ die herzlichste Aufnahme.

Was die vortreffliche Kate anging, so wurde diese von den Familien Briant, Garnett, Wilcox und manchen anderen beansprucht, ja fast erkämpft. Schließlich entschied sie sich für das Haus der Eltern Doniphan's, dem sie durch liebende Pflege ja einst das Leben gerettet hatte.

Was soll aber als Moral dieser Erzählung, welche wohl mit Recht den Titel „Zwei Jahre Ferien“ führt, in der Erinnerung junger Leser haften bleiben?

„Niemals vielleicht werden Zöglinge eines Pensionats während ihrer Ferien so schweren Prüfungen ausgesetzt sein. Doch – das mögen sich Alle merken – bei regem Ordnungssinn, Eifer und Muth gibt es keine noch so gefährliche Lebenslage, aus der man sich nicht zu befreien vermöchte. Vorzüglich sollen sie sich erinnern, wenn sie an die jungen Schiffbrüchigen vom ›Sloughi‹ denken, die unter den schwersten Prüfungen und der härtesten Lehrzeit für dieses Leben heranreiften, daß die Kleinen derselben fast als Große und die Großen fast als Männer in die langentbehrte Heimat zurückkehrten.“

Ende des zweiten Bandes.